HEYNE
BÜCHER

Das Buch

Tim Cranmer ist ein vorzeitig »ausgemusterter« Geheimdienstmann, der seinen Kalten Krieg hinter sich hat und nun mit seiner jungen Geliebten Emma auf einem Landgut in Somerset lebt. Doch dann taucht Larry Pettifer auf, ein ewig linker Träumer, Rußlandspezialist und einst Tims Doppelagent. Rivalitäten gab es bei ihnen immer, aber jetzt steht die attraktive Emma zwischen ihnen. Als Larry plötzlich verschwindet und mit ihm Emma, setzt sich Tim auf ihre Spuren. Die Suche nach den beiden Verrätern führt ihn quer durch das heutige Rußland bis in den von Nationalitätenkonflikten erschütterten Kaukasus.

Spannend und aktuell, witzig und ironisch, bewegend und scharf analysierend beschreibt der Großmeister anspruchsvoller Agentenromane dieses raffiniert in Szene gesetzte Doppelspiel, in dem Täuschung, Verrat und Verschleierung die Regeln bestimmen – ein einmaliges Leseabenteuer.

Der Autor

John Le Carré, geboren 1931, studierte in Bern und Oxford Germanistik, er lehrte in Oxford und arbeitete einige Jahre im diplomatischen Dienst Großbritanniens in Bonn und Hamburg. Mit seinem dritten Roman, *Der Spion, der aus der Kälte kam* (Heyne-Taschenbuch 01/8121), gelang ihm der große Durchbruch. Mit seinen Spionage-Thrillern, die häufig vor dem Hintergrund des Kalten Krieges spielen, erreicht er heute ein Millionenpublikum. John Le Carré lebt in Cornwall.

Im Wilhelm Heyne Verlag liegen außerdem vor: *Agent in eigener Sache* (01/7720), *Ein blendender Spion* (01/7762), *Schatten von gestern* (01/7921), *Ein Mord erster Klasse* (01/8052), *Eine kleine Stadt in Deutschland* (01/8155), *Das Rußland-Haus* (01/8240), *Die Libelle* (01/8351), *Endstation* (01/8416), *Der heimliche Gefährte* (01/8614), *Smiley* (01/8870).

JOHN LE CARRÉ

UNSER SPIEL

Roman

Aus dem Englischen
von Werner Schmitz

WILHELM HEYNE VERLAG
MÜNCHEN

HEYNE ALLGEMEINE REIHE
Nr. 01/10708

Titel der Originalausgabe
OUR GAME

Umwelthinweis:
Dieses Buch wurde auf
chlor- und säurefreiem Papier gedruckt.

Taschenbuchausgabe 10/99

Wilhelm Heyne Verlag GmbH Co. KG, München
Printed in Germany 1999
Umschlaggestaltung: Hauptmann & Kampa, CH-Zug
unter Verwendung eines Fotos von Jürgen Spohn

Druck und Bindung: Elsnerdruck, Berlin

ISBN: 3-453-15325-1

http://www.heyne.de

Wer an die Folgen denkt,
kann nicht tapfer sein.

Sprichwort der Inguschen

Mehrt man das Wissen,
mehrt man den Schmerz.

Kohelet

Lebte ich im Kaukasus,
ich würde dort Märchen schreiben

Tschechow, 1888

Danksagung

Wissenschaftler kommen in diesem Buch schlecht weg, aber das ist Larrys Schuld. Ich selbst habe ihnen viel zu verdanken: Dr. George Hewitt von der School of Oriental & African Studies und Honorarkonsul von Abchasien; Marie Bennigsen Broxup, Herausgeberin des *Central Asian Survey*; Robert Chenciner vom St. Anthony's College in Oxford; und Federico Varese vom Nuffield College in Oxford. Major Colin Gillespie und seine Frau Sue von der Winzerei Wootton in Somerset machen viel besseren Wein als Tim Cranmer. John Goldsmith führte mich durch die Flure des Winchester College. Edward Nowell, Juweliermeister und Antiquitätenhändler aus Wells, öffnete mir seine Aladinshöhle. Während der ganzen Arbeit an meinem Buch waren mir Freunde und Fremde gleichermaßen hilfreich.

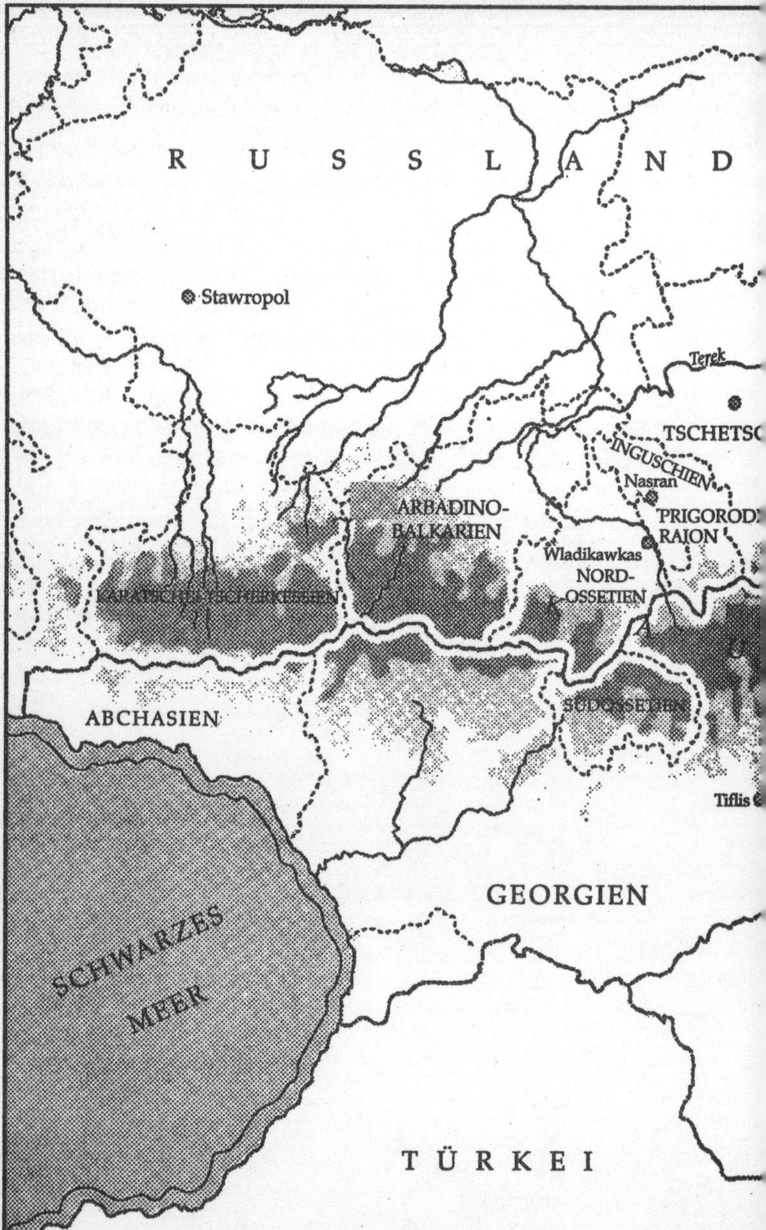

R U S S L A N D
Stawropol
Terek
TSCHETS
INGUSCHIEN
Nasran
PRIGOROD
RAION
ARBADINO-
BALKARIEN
Wladikawkas
NORD-
OSSETIEN
ABCHASIEN
SÜDOSSETIEN
Tiflis
GEORGIEN
SCHWARZES
MEER
T Ü R K E I

KASACHSTAN
KASPISCHES MEER
N
DAGESTAN
Baku
ASERBEIDSCHAN
NAGORNIJ KARABACH
MENIEN
ASERBEIDSCHAN
IRAN

1

Larrys Verschwinden fiel offiziell zum erstenmal am zweiten Montag des Oktober auf, um zehn nach elf, als er nicht zu seiner Eröffnungsvorlesung des neuen Studienjahres erschien.

Ich kann den Schauplatz der Handlung exakt beschreiben, denn vor noch gar nicht langer Zeit habe ich Larry bei dem gleichen trübseligen Wetter nach Bath gelockt und mit diesem erbärmlichen Ort bekanntgemacht. Noch heute erinnere ich mich mit äußerst schlechtem Gewissen an die scheußlichen Plattenbauten, die ihn einschlossen wie die Mauern einer neuen Zelle. Und ich erinnere mich an seinen noch immer jugendlichen Rücken, als Larry sich vorwurfsvoll von mir abwandte und in der Betonschlucht verschwand wie ein Mann, der seinem Schicksal entgegengeht. Ich starrte ihm nach und dachte, hätte ich einen Sohn, dann wüßte ich jetzt, wie man sich fühlt, wenn man ihn zum erstenmal im Internat abliefert.

»He, Timbo«, flüstert er über die Schulter, wie nur Larry aus weiter Ferne zu einem sprechen kann.

»Ja, Larry.«

»Das ist es also, ja?«

»Was denn?«

»Die Zukunft. Wo alles aufhört. Der Rest des Lebens.«

»Es ist ein neuer Anfang«, sage ich loyal.

Aber wem gegenüber loyal? Ihm? Mir? Der Firma?

»Wir müssen bescheidener werden«, sage ich. »Wir beide.«

Der Tag seines Verschwindens muß allen Berichten zufolge genauso deprimierend gewesen sein. Ein widerwärtiger Nebel umhüllt den abscheulich grauen Campus der Universität und haucht einen dunstigen Schleier auf die stahlgerahmten Fenster von Larrys schmutzigem Hörsaal. Zwanzig Studenten sitzen an Pulten vor dem leeren Katheder, das aus dem besonders grellen gelben Holz der Pechkiefer gefertigt und mit Schrammen übersät ist. Das Thema seiner Vorlesung steht bereits mit Kreide an die Tafel geschrieben, von unbekannter Hand, vermutlich der eines vernarrten Schülers. »Karl Marx im Supermarkt: Revolution und moderner Materialismus«. Man hört vereinzeltes Lachen. Studenten sind überall gleich. Am ersten Tag des Semesters lachen sie über alles. Aber allmählich werden sie still und begnügen sich damit, einander anzugrinsen, nach der Tür zu sehen und auf Larrys Schritte zu horchen. Bis sie, nachdem sie ihm die volle Frist von zehn Minuten gewährt haben, verunsichert ihre Bleistifte und Notizhefte zusammenpakken und über den schwankenden Beton zur Mensa poltern.

Die Erstsemester empören sich beim Kaffee gehörig über diese erste Erfahrung mit Larrys Unberechenbarkeit. So etwas haben wir in der Schule nie erlebt! *Wie* sollen wir das aufholen? Wird man uns *benachrichtigen? O Gott!* Aber die Abgebrühten, Larrys Fans, lachen nur. Typisch Larry, erklären sie selig: Das nächstemal wird er drei Stunden lang quatschen, und ihr werdet so fasziniert sein, daß ihr das Mittagessen vergeßt. Sie spekulieren darüber, was ihn verhindert haben könnte: ein gewaltiger Kater oder eine der haarsträubenden Liebesaffären, von denen sie ihm jede Menge zutrauen, denn mit Mitte Vierzig ist Larry noch durchaus ansehnlich und besitzt den hilflosen Charme eines Dichters, der nie erwachsen geworden ist.

Die Universitätsleitung sah Larrys Fernbleiben ähnlich gelassen. Einige Kollegen hatten, nicht alle aus den freundlichsten Motiven, den Verstoß binnen einer Stunde gemeldet. Gleichwohl wartete die Verwaltung den nächsten Montag und das nächste Nichterscheinen ab, ehe jemand die Energie aufbrachte, seine Vermieterin anzurufen und, als diese keine befriedigende Auskunft geben konnte, die Polizei von Bath. Erst nach weiteren sechs Tagen kam die Polizei zu mir: an einem Sonntag, Sie werden es kaum glauben, um zehn Uhr abends. Hinter mir lag ein anstrengender Nachmittag, an dem ich eine Busladung unserer Dorfsenioren auf einen Ausflug nach Longleat begleitet hatte, und ein frustrierender Abend in der Weinkellerei, wo ich mit einer deutschen Traubenpresse zu kämpfen hatte, die mein verstorbener Onkel Bob ›Eingeschnappter Hunne‹ getauft hatte. Dennoch, als ich das Klingeln hörte, machte mein Herz einen Sprung, während ich mir einzureden versuchte, daß es Larry sei, der mit seinen anklagenden braunen Augen und dem vertrauensvollen Lächeln bei mir vor der Tür stünde: »Los, Timbo, mach uns einen großen Scotch, und überhaupt, wer macht sich schon was aus Frauen?«

Zwei Männer.

Es goß in Strömen, deshalb drängten sie sich, während sie warteten, daß ich aufmachte, unter dem Vordach. Zivilbeamte von der bewußt erkennbaren Sorte. Den Wagen hatten sie in meiner Einfahrt geparkt, Peugeot 306 Diesel, sehr glänzend in dem Wolkenbruch, Aufschrift POLIZEI, die übliche Ausstattung mit diversen Spiegeln und Antennen. Als ich mir ihre hutlosen Köpfe durch den Spion besah, starrten sie mich an wie aufgedunsene Leichen: der Ältere ein derber Typ mit Schnurrbart, der Jüngere ein Ziegengesicht mit einem Schädel, der länglich und abgeschrägt war wie ein Sarg, und kleinen runden Augen, die wie Einschußlöcher aussahen.

Warte noch, sagte ich mir. Einmal durchatmen. Immer mit der Ruhe. Das ist dein Haus, es ist spätabends. Erst dann ließ ich mich herbei, die Kette aufzuhaken. Die Tür stammt aus dem siebzehnten Jahrhundert, ist mit Eisen beschlagen und wiegt eine Tonne. Unruhiger Nachthimmel. Ein launischer Wind tobt in den Bäumen. Die Krähen klagen und sind trotz der Dunkelheit noch nicht zur Ruhe gekommen. Tagsüber war unverhofft Schnee gefallen. Geisterhaft graue Reste davon lagen auf der Einfahrt.

»Hallo«, sagte ich. »Sie müssen nicht draußen frieren. Kommen Sie doch rein.«

Das Vestibül ist ein später Anbau meines Großvaters, ein Kasten aus Mahagoni und Glas wie ein sehr geräumiger Aufzug, der als Vorraum zur großen Eingangshalle dient. Einen Moment lang standen wir alle drei dort unter der

Messinglaterne, fuhren weder auf- noch abwärts und musterten einander.

»Das hier ist doch Honeybrook Manor, Sir?« sagte der Schnurrbart, ein Lächler. »Wir haben nur nirgendwo ein Schild gesehen.«

»Heutzutage nennen wir es Weingarten«, sagte ich. »Was kann ich für Sie tun?« Aber mochten meine Worte auch höflich sein, mein Tonfall war es nicht. Ich sprach so, wie ich es mit Störenfrieden zu tun pflege: Entschuldigen Sie. Kann ich Ihnen helfen?

»Dann sind Sie also Mr. Cranmer, ist das richtig, Sir?« fuhr der Schnurrbart fort, noch immer lächelnd. Warum ich »lächelnd« sage, weiß ich nicht, denn seine rein äußerlich zwar freundliche Miene ließ weder Humor noch eine Spur von Gutmütigkeit erkennen.

»Ja, mein Name ist Cranmer«, erwiderte ich, behielt aber den fragenden Tonfall bei.

»Mr. Timothy Cranmer? Nur eine Routinesache, Sir, falls Sie nichts dagegenhaben. Wir stören doch hoffentlich nicht?« Sein Schnurrbart verdeckte eine senkrechte weiße Narbe. Ich tippte auf eine operierte Hasenscharte. Oder vielleicht hatte ihm jemand mit einer zerbrochenen Flasche ins Gesicht geschlagen, es wirkte wie zusammengeflickt.

»Routinesache?« wiederholte ich unverhohlen ungläubig. »So spät am Abend? Erzählen Sie mir nicht, meine Autozulassung sei abgelaufen.«

»Nein, Sir, es geht nicht um Ihre Zulassung. Wir ermitteln im Fall eines gewissen Dr. Lawrence Pettifer von der Universität Bath.«

Ich erlaubte mir eine Kunstpause, dann ein Stirnrunzeln zwischen Belustigung und Verärgerung. »Sie meinen Larry? Du lieber Himmel! Was hat er denn nun wieder angestellt?« Und als ich keine Antwort erhielt, sondern bloß angestarrt wurde: »Doch hoffentlich nichts *Schlimmes?«*

»Man hat uns zu verstehen gegeben, Sie seien mit dem Doktor bekannt, um nicht zu sagen, gut befreundet. Oder ist das nicht richtig?«

Ein wenig zu richtig, dachte ich.

»*Gut?*« wiederholte ich, als sei mir der Gedanke an Freundschaft noch nie gekommen. »*So* weit würde ich nicht gehen wollen.«

Wie ein Mann reichten sie mir ihre Mäntel, sahen zu, wie ich sie aufhängte, und sahen dann wieder zu, als ich die Innentür für sie aufmachte. Die meisten Leute, die zum erstenmal nach Honeybrook kommen, legen an dieser Stelle eine ehrfürchtige Pause ein, betrachten staunend die Galerie, den großen Kamin, die Porträts und die Tonnendecke mit den Wappenschilden. Nicht so der Schnurrbart. Und ebensowenig der Sargschädel, der sich, nachdem er bis dahin unseren Wortwechsel nur hinter der Schulter seines älteren Kollegen verfolgt hatte, jetzt dazu entschloß, mich mit dem barschen monotonen Tonfall des Zukurzgekommenen anzureden:

»*Wir* haben gehört, daß Sie und Pettifer eng befreundet sind«, sagte er mißbilligend. »Unseres Wissen waren Sie gemeinsam auf dem Winchester College, waren Schulkameraden.«

»Wir waren drei Jahre auseinander. Das ist für Schulkinder eine Ewigkeit.«

»Trotzdem, es ist uns nicht *un*bekannt, daß so etwas unter Besuchern von Eliteschulen Gemeinsamkeiten schafft. *Außerdem* haben Sie zusammen in Oxford studiert«, fügte er anklagend hinzu.

»Was ist mit Larry?« sagte ich.

Meine Frage entlockte den beiden nur ein anmaßendes Schweigen. Sie schienen zu überlegen, ob ich einer Antwort würdig sei. Dem Älteren, als ihrem offiziellen Sprecher, kam es zu, sie mir zu geben. Seine Methode hatte ich schon durchschaut: Er karikierte sich selbst. Und zwar in Zeitlupe.

»Ja nun, um die Wahrheit zu sagen, Ihr Freund, der Doktor, wird gewissermaßen *vermißt,* Mr. Cranmer, Sir«, gestand er im Stil eines zögerlichen Inspektor Plod. »Kein Hinweis auf ein Verbrechen, zum jetzigen Zeitpunkt. Aber er ist weder in seiner Wohnung noch an seinem Arbeitsplatz aufgetaucht. Und so weit wir das *verifizieren* konnten« – wie sehr er das Wort liebte, bekundete sein Stirnrunzeln –, »hat er auch niemandem einen Abschiedsbrief geschrieben. Es sei denn, Ihnen, natürlich. Er ist doch nicht zufällig hier, Sir? Schläft oben seinen Rausch aus?«

»Selbstverständlich nicht. Machen Sie sich nicht lächerlich.«

Sein narbiger Schnurrbart zog sich abrupt in die Breite und entblößte zornig schlechte Zähne. »Ach? Und was soll daran lächerlich sein, Mr. Cranmer, Sir?«

»Ich hätte es Ihnen sofort gesagt. Er ist oben, hätte ich gesagt. Warum sollte ich Ihre oder meine Zeit verschwenden und so tun, als sei er nicht hier, wenn er hier wäre?«

Wieder blieb die Antwort aus. Er machte das recht klug. Ich begann zu argwöhnen, daß er vielleicht auch sonst recht klug war. Ich hatte Polizisten gegenüber Vorurteile und bemühte mich jetzt, sie abzulegen, während er gleichzeitig versuchte, sie gezielt auszunutzen. Das hatte teils mit gesellschaftlichen Dingen zu tun; teils mit meinem früheren Beruf, in dem Polizisten als arme Verwandte betrachtet wurden. Und schließlich agitierte auch Larry in mir, denn, wie wir in der Firma zu sagen pflegten, Larry brauchte nur mit einem Polizisten in derselben Stadt aufzutauchen, um von diesem prompt wegen Widerstands gegen die Staatsgewalt festgenommen zu werden.

»Nur, verstehen Sie, Sir, der Doktor hat offensichtlich keine Frau, keine Gefährtin, niemanden sonst von Bedeutung, keinen Menschen«, lamentierte der Schnurrbart. »Bei den Studenten ist er sehr beliebt, die halten ihn für einen Spaßvogel; aber fragen Sie einmal seine Kollegen nach ihm, da stoßen Sie, ich will mal sagen, auf eisige Ablehnung, halb aus Neid, halb aus Verachtung.«

»Er ist ein unabhängiger Geist«, sagte ich. »Das sind Akademiker nicht gewohnt.«

»Wie bitte, Sir?«

»Er pflegt offen seine Meinung zu sagen. Besonders wenn's um Akademiker geht.«

»Aber der Doktor gehört doch auch zu diesem Verein«, sagte der Schnurrbart und zog großspurig eine Augenbraue hoch.

»Er war der Sohn eines Pastors«, sagte ich unbedacht.

»War, Sir?«

»War. Sein Vater ist tot.«

»Trotzdem ist er noch immer der Sohn seines Vaters, Sir«, bemerkte der Schnurrbart tadelnd.

Sein falsches Pathos kam mir langsam beleidigend vor. So hättest du uns beschränkte Polypen wohl gern, gab er mir zu verstehen, also bitte, dann bin ich eben so.

Zu meinem Salon geht es durch einen langen Gang, in dem Aquarelle aus dem neunzehnten Jahrhundert hängen. Ich ging voran und hörte hinter mir das Klappen ihrer Schuhe. Vorhin hatte ich auf meiner Stereoanlage Schostakowitsch gehört, jedoch ohne Überzeugung. Jetzt schaltete ich sie aus und schenkte in demonstrativer Gastfreundlichkeit drei Gläser mit Honeybrook Rouge ein. Der Schnurrbart brummte »Zum Wohl«, trank und sagte, es sei eine erstaunliche Vorstellung, daß der hier in diesem Haus gewachsen sei, wie man doch sagen könnte, Sir. Sein linkischer Partner hingegen hielt sein Glas vors Kaminfeuer, um die Farbe zu prüfen. Schob die lange Nase hinein und schnüffelte. Nahm endlich einen fachmännischen Schluck und kaute darauf herum, während er den exquisiten kleinen Bechstein begutachtete, den ich in meinem Wahnsinn für Emma gekauft hatte.

»Schmecke ich hier nicht irgendwie eine Spur von Pinot?« wollte er wissen. »Auf jeden Fall ist eine Menge Gerbsäure drin.«

»Das *ist* Pinot«, antwortete ich zähneknirschend.

»Ich wußte gar nicht, daß man Pinot in England zur Reife bringen kann.«

»Das kann man auch nicht. Es sei denn, man hat eine ungewöhnlich gute Lage.«

»Ist Ihre Lage ungewöhnlich gut?«

»Nein.«

»Warum pflanzen Sie ihn dann an?«

»Das tue ich nicht. Mein Vorgänger hat es getan. Er war ein unverbesserlicher Optimist.«

»Wie kommen Sie zu dieser Behauptung?«

Ich konnte kaum noch an mich halten. »Aus verschiedenen Gründen. Der Boden hier ist zu fett, außerdem schlecht bewässert und zu hoch über dem Meeresspiegel. Mein Onkel war entschlossen, diese Schwierigkeiten zu ignorieren. Als andere Weingärten hier in der Gegend gediehen und nur seiner nicht, schob er das auf sein Pech und versuchte es im nächsten Jahr wieder.« Ich wandte mich an den Schnurrbart. »Darf ich vielleicht Ihre Namen erfahren?«

Mit vorschriftsmäßig gespielter Verlegenheit hielten sie mir ihre Ausweise hin, aber ich winkte sie weg. Auch ich hatte zu meiner Zeit Ausweise geschwenkt, von denen die meisten gefälscht waren. Der Schnurrbart sagte, er habe versucht, mich vorher anzurufen, aber feststellen müssen, daß ich nicht mehr im Telefonbuch stehe. Da sie sich zufällig in einer anderen Sache hier in der Gegend aufhielten, Sir, hätten sie sich erlaubt, gleich bei mir anzuläuten. Ich glaubte ihnen nicht. Ihr Peugeot hatte ein Londoner Kennzeichen. Sie trugen städtische Schuhe. Ihre Gesichter waren nicht von der Landluft gerötet. Sie hießen, sagten sie, Oliver Luck und Percy Bryant. Luck, der Sargschädel, war Sergeant. Bryant, der Schnurrbart, war Inspektor.

Luck registrierte die Einrichtung meines Salons: die Miniaturen meiner Familie, meine düsteren Möbel aus dem achtzehnten Jahrhundert, meine Bücher – Herzens Erinnerungen, Clausewitz' *Vom Kriege.*

»Sie lesen wohl viel«, sagte er.

»Wenn ich Zeit habe.«

»Die Sprachen, sind die kein Hindernis?«

»Manche sind es, manche nicht.«

»Welche sind es nicht?«

»Ich kann ein wenig Deutsch. Russisch.«

»Französisch?«

»Nur lesen.«

Die ganze Zeit ihre Augen auf mir, alle vier. Sehen Polizisten uns als das, was wir sind? Erkennen sie etwas in uns, das sie an sie selbst erinnert? Die Monate meiner Pensionierung fielen von mir ab. Ich befand mich wieder im Einsatz und fragte mich, ob man mir das ansah und inwieweit die

Firma dahintersteckte. Emma, dachte ich, haben sie dich gefunden? Dich ausgequetscht? Dich zum Reden gebracht?

Es ist vier Uhr morgens. Sie sitzt in ihrem Dachstudio an dem Schreibtisch aus Rosenholz, auch so ein kostspieliges Geschenk, das ich ihr gemacht habe. Sie tippt. Sie hat schon die ganze Nacht getippt, eine Pianistin, die süchtig nach der Schreibmaschine ist.

»Emma«, flehe ich sie von der Tür aus an. »Was soll das alles?« Keine Antwort. »Du machst dich kaputt. Leg dich jetzt schlafen, *bitte.*«

Inspektor Bryant rieb die Hände zwischen den Knien auf und ab, wie jemand, der Weizen schält. »Also, Mr. Cranmer Sir«, sagte er, das Lächeln in Lauerstellung, »wann haben Sie, wenn ich fragen darf, unseren Freund, den Doktor, das letztemal gesehen oder von ihm gehört?«

Und das war genau die Frage, auf die ich mich in den letzten fünf Wochen Tag und Nacht vorbereitet hatte.

Aber ich antwortete nicht. Noch nicht. Entschlossen, ihn aus dem Rhythmus seines Verhörs zu bringen, entschied ich mich lieber für einen behaglichen Tonfall, der unserer Runde am Kamin angemessen war.

»Sie sagten eben, er habe keine *Gefährtin*«, wandte ich ein.

»Ja, Sir?«

»Nun, also wirklich« – ich lachte –, »irgend jemanden hat Larry immer gehabt, da können Sie sicher sein.«

Luck unterbrach mich. Grob. Er kannte nur Bremse oder Vollgas, nichts dazwischen. »Reden Sie von einer *Frau*?« platzte er heraus.

»Solange *ich* ihn gekannt habe, hatte er immer einen ganzen Stall davon«, sagte ich. »Wollen Sie mir weismachen, er sei im Alter zölibatär geworden?«

Bryant wog meine Worte sorgsam ab.

»Dieser Ruf ist ihm nach Bath vorausgeeilt, Mr. Cranmer, Sir. Aber die Wahrheit sieht, wie wir herausgefunden haben, ein wenig anders aus, stimmt's, Oliver?« Luck starrte noch immer finster in den Kamin. »Wir haben seine Vermieterin gründlich befragt, und wir haben seine Kollegen von der Universität befragt. Selbstredend vertraulich. Wir wollten schließlich in diesem frühen Stadium unserer Ermittlungen kein ungereimtes Zeug in Umlauf bringen.« Er holte Luft, und ich fragte mich, wie viel von seinem grämlichen Betragen er wohl seinen absurd erfolgreichen Fernsehkollegen abgeschaut haben mochte. »Anfangs, unmittelbar nach Antritt seiner Stellung in Bath, war er tatsächlich genau so, wie Sie sagen. Er hatte seine Stammlokale, er hatte eine Schwäche für hübsche Studentinnen, von denen auch anscheinend einige schwach geworden sind. Dann aber tritt allmählich eine Veränderung ein. Er wird seriös. Er geht nicht mehr auf Partys. Viele Abende verbringt er auf seiner Bude. Manchmal ganze Nächte. Er trinkt weniger. *Beherrscht* ist ein Ausdruck, der ziemlich oft auftaucht. *Zielstrebig* ein anderer. Um es einmal nicht so feinfühlig auszudrücken, der Doktor umgibt sich in letzter Zeit mit Geheimnissen, die wir noch nicht haben knacken können.«

So was nennt man Handwerk, dachte ich. »Vielleicht ist er endlich erwachsen geworden«, bemerkte ich leichthin, offenbar aber erregter als beabsichtigt; denn Lucks länglicher Schädel wandte sich zu mir um, und er starrte mich an, während der Schein des Kaminfeuers rot und orange über seine Halssehnen glitt.

»In den letzten zwölf Monaten hatte er unseres Wissens nur gelegentlich von einem Gentleman aus Übersee Besuch, genannt der Professor«, fuhr Bryant fort. »Professor wofür oder wo, bleibt vorerst rätselhaft. Der Professor ist nie lange geblieben und anscheinend stets unangemeldet aufgetaucht, aber der Doktor hat sich immer über seinen Besuch gefreut. Meist ließen sie sich ein Curry kommen und tranken Bier dazu, auch Scotch wurde nicht verschmäht, und Zeugen haben sie lachen gehört. Der Professor war unserer Quelle zufolge offensichtlich selber ein geistreicher Kopf. Er schlief auf dem Sofa und ist am nächsten Tag wieder abgereist. Hatte nur eine leichte Tasche dabei, ganz autark. Selbständig wie eine Katze, so hat sie ihn genannt. Einen Namen hat er nicht gehabt, jedenfalls nicht für die Vermieterin, nur Professor, das ist der Professor. Außerdem haben er und der Doktor in einer gänzlich unbekannten Sprache gesprochen, ziemlich oft bis in die frühen Morgenstunden.«

Ich nickte, versuchte höfliches Interesse zu bekunden und mir nichts von der Faszination anmerken zu lassen, die er in mir weckte.

»Russisch war es nicht, das hätte die Vermieterin erkannt. Ihr verstorbener Mann war Marineoffizier und hatte Russisch gelernt, daher weiß sie, wie diese Sprache sich anhört. Wir haben bei der Universität nachgefragt. Keiner der offiziellen Gäste paßt auf die Beschreibung. Der Professor ist privat gekommen und privat wieder abgereist.«

Ich spaziere durch Hampstead Heath, Larry neben mir; fünf Jahre ist das her. Wir gehen zu schnell. Beide, immer. Ob in den Parks von London oder bei unseren Wochenendaufenthalten im sicheren Haus der Firma in Norfolk, wir gehen wie zwei Sportler, die selbst noch in ihrer Freizeit Wettkämpfe miteinander austragen.

»Tschetschejew hat sich zum Curry bekehrt«, verkündet Larry. »Sechs Monate lang liegt er mir in den Ohren, Lamm ist Lamm, und Saucen sind dekadent. Gestern Abend beim Viceroy of India verschlingt er Chicken vindaloo und findet zu Gott.«

»Anscheinend war er klein und stämmig«, sagte Bryant gerade. »Sie schätzt ihn auf Ende Vierzig, Haarfarbe schwarz, nach hinten gekämmt. Koteletten, dicker Schnauzbart, der über die Mundwinkel hängt. Trug meistens eine Bomberjacke und Laufschuhe. Hautfarbe *bräunlich,* aber noch *weiß,* sagt sie. Voller Narben. Hat früher wohl Pickel gehabt. Trockener Humor, Schalk im Nacken. Nicht so wie andere Professoren, die sie kennt. Klingelt da vielleicht was bei Ihnen?«

»Leider nein«, sagte ich. Ich versuchte die Klingel zu unterdrücken – oder, genauer, ihr betäubendes Schrillen zu überhören.

»Hat ihn sogar *bezaubernd* genannt, richtig, Oliver? Kam uns fast so vor, als ob sie in ihn verknallt war.«

Anstatt ihm zu antworten, wandte Luck sich brüsk an mich. »Welche Sprachen genau spricht Pettifer, außer Russisch?«

»Keine Ahnung, welche *genau*« – das gefiel ihm nicht –, »er ist Slawist. Sprachen sind seine Stärke, insbesondere die Sprachen von Minderheiten. Ich hatte den Eindruck, daß er sie regelrecht sammelte. Außerdem ist er Philologe, glaube ich.«

»Liegt ihm im Blut, wie?«

»Das kann ich nicht sagen. Er ist einfach begabt.«

»So wie Sie.«

»Bei mir ist es Fleiß.«

»Bei Pettifer nicht?«

»Das hat er nicht nötig. Wie gesagt. Er ist begabt.«

»Wann ist er Ihres Wissens das letztemal ins Ausland gereist?«

»Gereist? Du liebe Zeit, er ist ständig gereist. Früher. Das war seine Leidenschaft. Am meisten angetan haben es ihm möglichst unangenehme Orte.«

»Wann war das *letzte* Mal?«

18. September, dachte ich. *Wann sonst? Das letzte Mal, sein letztes heimliches Treffen, sein absolut letztes Wort.* »Sie meinen, wann er das letztemal *gereist* ist?« fragte ich. »Das weiß ich leider wirklich nicht. Ich könnte spekulieren, aber das führt Sie womöglich in die Irre. Warum überprüfen Sie nicht Passagierlisten und so was? Solche Informationen sind doch heutzutage alle in Computern gespeichert, oder?«

Luck warf Bryant einen Blick zu. Bryant sah mich an, mit einem Lächeln, das kaum noch geduldig zu nennen war.

»Ja, also, Mr. Cranmer, Sir, wenn ich auf meine ursprüngliche Frage zurückkommen dürfte«, sagte er mit vernichtender Höflichkeit. »Das Problem ist: *wann*, und nichts anderes. Und es wäre sehr freundlich von Ihnen, wenn Sie uns endlich verraten würden, *wann* Sie das letztemal Kontakt mit dem Vermißten hatten.«

Zum zweitenmal drängte sich beinahe die Wahrheit auf. *Kontakt?* wollte ich sagen. *Kontakt, Mr. Bryant? Vor fünf Wo-*

chen, am 18. September am Weiher in Priddy, Mr. Bryant! Kontakt in einer Weise, von der Sie sich nichts träumen lassen!

»Ich schätze, kurz nachdem ihm die Universität eine Dauerstellung angeboten hatte«, antwortete ich. »Er war völlig begeistert. Hatte es satt, immer nur kurzfristige Lehraufträge zu erhalten und sich nebenher als Journalist durchs Leben zu schlagen. Bath hat ihm die Sicherheit geboten, die er brauchte. Er hat mit beiden Händen zugegriffen.«

»Und?« sagte Luck, für den Schroffheit ein Zeichen von Tugend war.

»Und er hat mir geschrieben. War ein zwanghafter Briefeschreiber. Das war unser letzter Kontakt.«

»Was genau hat er geschrieben?« wollte Luck wissen.

Daß die Universität von Bath genau so war, wie sie war, als ich ihn hierherbrachte: grau, verdammt kalt und nach Katzenpisse stinkend, gab ich im Geiste zurück, als die Wahrheit schon wieder in mir hochstieg. *Daß er in einer Welt ohne Glauben oder Nichtglauben vom Kopf aufwärts verwese. Daß die Universität von Bath das gleiche wie die Lubjanka sei, nur werde hier nicht gelacht, und daß ich wie immer persönlich schuld daran sei. Unterschrift Larry.*

»Daß er seine offizielle Ernennungsurkunde erhalten habe, daß er überglücklich sei und daß wir alle an seinem Glück teilhaben sollten«, antwortete ich verbindlich.

»*Wann* genau war das?«

»Mit Daten habe ich's leider nicht so. Wie schon mehrmals gesagt. Es sei denn, es handelt sich um Jahrgänge.«

»Haben Sie seinen Brief noch?«

»Ich bewahre keine alten Briefe auf.«

»Aber Sie haben ihm geantwortet.«

»Umgehend. Bei Privatbriefen mach ich das immer. Ich kann es nicht leiden, wenn meine Post unerledigt ist.«

»Das ist noch der Beamte in Ihnen, nehme ich an.«

»Schon möglich.«

»Aber jetzt sind Sie im Ruhestand.«

»Von Ruhestand kann wahrlich keine Rede sein, Mr. Luck. Ich bin in meinem ganzen Leben noch nie so beschäftigt gewesen.«

Bryant übernahm nun wieder, mit seinem Lächeln und seinem vernarbten Schnurrbart. »Damit spielen Sie wohl auf ihre vielfältige und nützliche Arbeit in der Gemeinde an. Wie ich höre, wird Mr. Cranmer hier in der Gegend geradezu als Heiliger verehrt.«

»Nicht Gegend. Nur hier im Dorf«, erwiderte ich gleichmütig.

»Die Kirche retten. Den Alten helfen. Landurlaub für unsere benachteiligten Kinder aus den Innenstädten. Haus und Grundstück den Kleinbauern öffnen, zum Wohl des örtlichen Einkehrhauses. Hat mich beeindruckt, stimmt's, Oliver?«

»Sehr«, sagte Luck.

»Vergessen wir mal die zwanghafte Briefschreiberei. – Wann also haben wir den Doktor das letztemal *gesehen*, Sir, von Angesicht zu Angesicht?« fuhr Bryant fort.

Ich zögerte. Absichtlich. »Vor drei Monaten? Vier? Fünf?« Er sollte sich was aussuchen.

»War das hier, Sir? In Honeybrook?«

»Er ist hier gewesen, ja.«

»Wie oft, was schätzen Sie?«

»Meine Güte – ich habe darüber nicht Buch geführt. Larry schneit herein, man fertigt ihn in der Küche mit einem Ei ab und wirft ihn wieder raus – in den letzten beiden Jahren, na ja, ein halbes dutzendmal. Sagen wir achtmal.«

»Und das *aller*letzte Mal, Sir?«

»Ich habe darüber nachgedacht. Wahrscheinlich im Juli. Wir wollten schon mal die Weinfässer schrubben. Larry wird man am besten los, wenn man ihm was zu arbeiten gibt. Er hat eine Stunde lang mitgemacht, dann etwas Brot und Käse gegessen, vier Gin Tonic getrunken, und dann ist er weg.«

»Also im Juli«, sagte Bryant.

»Wie gesagt. Juli.«

»Wissen Sie noch das Datum? Vielleicht den Wochentag? War's am Wochenende?«

»Ja, muß es gewesen sein.«

»Warum?«

»Keine Angestellten da.«

»Haben Sie nicht eben ›wir‹ gesagt, Sir?«

»Ein paar Kinder aus der Siedlung haben mir geholfen, für ein Pfund die Stunde«, antwortete ich und vermied wieder einmal behutsam, Emmas Namen zu erwähnen.

»Reden wir hier von Mitte Juli, von Anfang oder eher Ende Juli?«

»Mitte. Muß es gewesen sein.« Ich stand auf, vielleicht um zu zeigen, wie entspannt ich war, und studierte demonstrativ den Kalender eines Flaschenherstellers, den Emma neben das Telefon gehängt hatte. »Da haben wir's ja. Tante Madeline, zwölfter bis neunzehnter. Ich hatte meine alte Tante zu Besuch. An diesem Wochenende muß Larry vorbeigekommen sein. Er hat ihr die Ohren vollgequatscht.«

Ich hatte Tante Madeline seit zwanzig Jahren nicht mehr gesehen. Aber falls sie vorhatten, Zeugen aufzusuchen, war es mir lieber, sie suchten Tante Madeline als Emma.

»Nun *sagt* man aber, Mr. Cranmer, Sir«, erklärte Bryant durchtrieben, »Dr. Pettifer habe ausgiebig Gebrauch von seinem *Telefon* gemacht.«

Ich lachte belustigt auf. Jetzt betraten wir ein anderes dunkles Gebiet, und ich brauchte alle Selbstsicherheit, die ich aufbringen konnte. »Das sagt man bestimmt. Und nicht ohne Grund.«

»Ihnen ist etwas eingefallen, hab ich recht, Sir?«

»Na ja, du liebe Zeit, ja, das wird es sein. Wenn Larry ein Telefon hatte, konnte er einem das Leben schier zur Hölle machen. Anrufe zu jeder Tages- und Nachtzeit. Nicht daß er jemand Bestimmten angerufen hat, sondern jede Nummer in seinem Notizbuch.«

Ich lachte noch einmal, und Bryant lachte mit, während der Puritaner Luck weiter mürrisch in die Flammen starrte.

»Solche Typen kennt jeder von uns, Sir«, sagte Bryant. »Kalamitätenkrämer heißen die bei mir, nicht böse gemeint. Haben irgendein Problem – Streit mit Freund oder Freundin –, sollen sie dieses unglaubliche Haus kaufen, das sie vorhin oben vom Bus aus gesehen haben? – und sind erst glücklich, wenn sie einen da mit reingezogen haben. Wenn ich ehrlich sein soll, bei mir zu Hause ist es meine Frau, die solche Leute anzieht. Ich selbst habe dazu nicht die Geduld. Wann ist Dr. Pettifer das letztemal mit so was angekommen, Sir?«

»Mit was?«

»Mit so einem Anruf, Sir. Oder Notruf, wie ich zu sagen pflege.«

»Ach, das ist lange her.«

»Monate?«

Wieder tat ich so, als kramte ich in meinem Gedächtnis. Für Verhöre gibt es zwei goldene Regeln, und ich hatte bereits gegen beide verstoßen. Die erste lautet: niemals freiwillig unwesentliche Einzelheiten ausplaudern. Die zweite lautet: niemals eine direkte Lüge auftischen, es sei denn, man kann sie bis zum bitteren Ende durchhalten.

»Wenn Sie uns vielleicht den Grund des Anrufs schildern würden, Sir? Das könnte uns bei der Datierung helfen«, schlug er vor, als ob es sich um ein Spiel im Familienkreis handelte.

Jetzt saß ich in der Klemme. In meinem früheren Leben wurde allgemein davon ausgegangen, daß die Polizei, im Gegensatz zu uns, nur selten Wanzen verlegte und Telefone anzapfte. Bei ihren zu Unrecht so genannten diskreten Nachforschungen beschränkte sie sich darauf, Nachbarn, Ladeninhaber und Bankdirektoren zu belästigen, verzichtete aber auf die uns vorbehaltenen Mittel elektronischer Überwachung. Jedenfalls glaubten wir das. Ich beschloß, mich in die ferne Vergangenheit zu retten.

»Wenn ich mich recht erinnere, war es die Zeit, als Larry sich gewissermaßen öffentlich von radikalen Positionen des Sozialismus distanzierte und seine Freunde daran teilhaben lassen wollte«, sagte ich.

Luck, der noch immer vor dem Kamin saß, legte sich eine lange Hand an die Wange, als hätte er dort Nervenschmerzen. »Reden wir hier vom *russischen* Sozialismus?« fragte er mit seiner mißmutigen Stimme.

»Von welchem Sie wollen. Er hat sich ent-radikalisiert – so seine eigene Formulierung –, und er wollte, daß seine Freunde das miterlebten.«

»Wann genau soll das gewesen sein, Mr. Cranmer, Sir?« fragte Bryant von der andern Seite.

»Vor etwa zwei Jahren. Nein, mehr. Zu der Zeit, als er seine Akte in Ordnung brachte, um sich für die Stelle an der Universität zu bewerben.«

»November 92«, sagte Luck.

»Wie bitte?«

»Falls Sie von seiner öffentlichen Abkehr vom radikalen Sozialismus reden, geht es doch wohl um seinen Artikel ›Tod eines Experiments‹ in der *Sozialistischen Rundschau* vom November 92. Der Doktor begründet da seine Entscheidung mit einer Analyse dessen, was er als heimliches Kontinuum des russischen Expansionismus bezeichnet, der unter zaristischer, kommunistischer oder, wie heute, föderalistischer Flagge stets gleichgeblieben sei. Dabei verweist er auch auf die vom Westen neuentdeckte moralisch orthodoxe Haltung, die er mit der Frühphase der kommunistischen Gesellschaftslehre vergleicht, nur ohne deren fundamentalen Idealismus. Einige seiner linken akademischen Kollegen haben diesen Artikel als ziemlich schweren Verrat betrachtet. Und Sie?«

»Ich hatte dazu keine Meinung.«

»Haben Sie mit ihm darüber gesprochen?«

»Nein. Ich habe ihm gratuliert.«

»Wieso?«

»Weil ihm daran gelegen war.«

»Reden Sie den Leuten immer nach dem Mund?«

»Wenn ich jemandem seinen Willen lasse, der mir auf die Nerven geht, Mr. Luck, und wenn ich endlich wieder zu was anderem kommen will, ja, dann tue ich das in der Tat«, sagte ich und riskierte einen Blick auf meine französische Schlaguhr in ihrer gläsernen Kuppel. Aber so einfach ließ Luck sich nicht abfertigen.

»Und November 1992 – als Pettifer diesen famosen Artikel schrieb –, das war doch etwa die Zeit, als Sie sich von dem, was auch immer Sie in London getan haben, zurückgezogen haben, wenn ich nicht irre?«

Es gefiel mir nicht, wie Luck zwischen unseren Leben

Parallelen zog, und sein anmaßender Ton war mir zuwider.

»Kann sein.«

»Waren Sie mit seiner Abkehr vom Sozialismus einverstanden?«

»Erwarten Sie von mir, daß ich Ihnen meine politische Einstellung darlege, Mr. Luck?«

»Ich dachte nur, es muß für Sie doch einigermaßen riskant gewesen sein, daß Sie ihn zur Zeit des Kalten Kriegs gekannt haben. Sie waren Beamter, und er war damals, wie Sie gerade noch gesagt haben, ein sozialistischer Revolutionär.«

»Ich habe aus meiner Bekanntschaft mit Dr. Pettifer nie ein Geheimnis gemacht. Daß wir zur gleichen Zeit die Universität besucht haben und auf dieselbe Schule gegangen sind, war schließlich kein Verbrechen, auch wenn Sie das offensichtlich anders sehen. In meiner Dienststelle jedenfalls ist das nie ein Thema gewesen.«

»Jemals irgendwelche seiner Freunde aus dem Sowjetblock kennengelernt? Diese Russen, Polen, Tschechen und so weiter, mit denen er sich rumgetrieben hat?«

Ich sitze im oberen Zimmer unseres sicheren Hauses in Shepherd Market und trinke ein letztes Glas mit dem Rechtskonsulenten (für Wirtschaftsfragen) Wolodja Zorin, der in Wirklichkeit leitender Resident des wiederbelebten russischen Nachrichtendienstes in London ist. Es ist unser letzter halbamtlicher Meinungsaustausch. In drei Wochen werde ich mich von der geheimen Welt und allen ihren Aktivitäten verabschieden. Zorin ist ein ergrauter Kalter Krieger im geheimen Rang eines Obersten. Der Abschied von ihm kommt einem Abschied von meiner eigenen Vergangenheit gleich.

»Und was werden Sie mit dem Rest Ihres Lebens anfangen, Freund Timothy?« fragt er.

»Mich beschränken«, antworte ich. »A la Rousseau. Großen Projekten den Rücken zukehren, Reben züchten und gute Werke im Kleinen tun.«

»Sie wollen sich mit einer Berliner Mauer umgeben?«

»Das ist leider bereits geschehen, Wolodja. Mein Onkel Bob hat seinen Weingarten innerhalb eines ummauerten Gartens aus dem achtzehnten Jahrhundert angelegt. Eine Frostfalle und eine Brutstätte für Krankheiten.«

»Nein, Dr. Pettifer hat mich nie mit solchen Leuten bekanntgemacht«, antwortete ich.

»Hat er Ihnen von diesen Leuten erzählt? Wer sie waren? Was er mit ihnen getrieben hat? Was für Geschäfte er mit ihnen ausgeheckt hat? Gegenseitige Gefälligkeiten, irgend etwas dieser Art?«

»Geschäfte? Natürlich nicht.«

»Geschäfte. Gegenseitige Gefälligkeiten. *Transaktionen*«, fügte Luck drohend mit Nachdruck hinzu.

»Ich habe keine Ahnung, wovon Sie reden. Nein, er hat nichts dergleichen mit mir besprochen. Nein, ich weiß nicht, was er mit ihnen getrieben hat. Wahrscheinlich viel leeres Stroh gedroschen. Die Probleme der Welt lässig in drei Flaschen gelöst.«

»Sie mögen Pettifer nicht, stimmt's?«

»Er ist mir weder sympathisch noch unsympathisch, Mr. Luck. Ich habe, offenbar im Gegensatz zu Ihnen, keine Vorurteile. Er ist ein alter Bekannter von mir. In hinreichend kleinen Dosen genossen, ist er ganz amüsant. Und danach habe ich mich immer gerichtet.«

»Gab's jemals ernsthaften Streit mit ihm?«

»Weder ernsthaften Streit noch ernsthafte Freundschaft.«

»Hat Pettifer jemals angeboten, Ihnen ein Stück vom Kuchen abzugeben, im Gegenzug für irgendwelche Gefälligkeiten? Sie sind schließlich Beamter. Oder waren jedenfalls einer. Da konnten Sie ihm doch Wege ebnen, Tips geben, Empfehlungen für ihn aussprechen?«

Falls Luck vorhatte, mich in Rage zu bringen, machte er seine Sache ausgezeichnet. »Das ist eine absolut ungebührliche Unterstellung«, gab ich zurück. »Ebensogut könnte ich Sie fragen, ob Sie Bestechungsgelder nehmen.«

Wieder einmal legte Bryant sich mit wohlkalkulierter Plumpheit, die mich wütend machen sollte, ins Mittel. »Verzeihen Sie ihm, Mr Cranmer, Sir, Oliver ist noch jung.« Er faltete die Hände wie zum Gebet. »Mr. Cranmer, Sir – *bitte* – dürfte ich vielleicht, Sir –«

»Ja, Mr. Bryant?«

»Ich denke, wir sind mal wieder vom Thema abgekommen, Sir. Darin sind wir ziemlich gut, wie ich feststelle. Wir reden vom Telefon, und auf einmal sind wir mitten in einer zwei Jahre alten Geschichte. Was ist denn mit *jetzt*, Sir? Wann hat Ihr *letztes* Telefongespräch mit Dr. Pettifer stattgefunden, um es einmal so auszudrücken. Inhalt oder Thema interessieren mich nicht, sagen Sie nur: wann. Nur das will ich wissen, und es kommt mir allmählich so vor, als ob Sie mir aus irgendeinem Grund keine klare Antwort geben wollen; und deshalb ist der junge Oliver eben ein wenig unwirsch geworden. Sir?«

»Ich denke nach.«

»Lassen Sie sich nur Zeit, soviel Sie wollen.«

»Das ist wie mit seinen Besuchen. Man vergißt sie einfach. Er ruft immer an, wenn man gerade schwer beschäftigt ist.« Zum Beispiel, wenn man mit Emma schläft, damals, als es wirklich noch Liebe war. »Habe ich diesen oder jenen Artikel in der Zeitung gelesen – habe ich diesen oder jenen Dummkopf im Fernsehen das Blaue vom Himmel runterlügen hören? So ist das nun mal mit Studentenfreundschaften. Was vor fünfundzwanzig Jahren reizvoll war, ist heute eine Plage. Man wird erwachsen. Die Freunde werden es nicht. Man paßt sich an. Sie bleiben sich immer gleich. Sie werden alte Kinder, die nur noch langweilen. Und dann schaltet man ab.«

Lucks finsteres Gesicht gefiel mir ebenso wenig wie Bryants anzügliches Schnurrbartgrinsen.

»Ist das *wörtlich* zu nehmen, Sir?« fragte Bryant. »Das Telefon? Man läßt das Telefon abstellen? Ich glaube nämlich, genau das haben wir am vorigen 1. August getan, Mr. Cranmer, Sir, und erst volle drei Wochen später den Kontakt zur Außenwelt wiederhergestellt. Und zwar mit einer neuen Nummer.«

Ich muß darauf gefaßt gewesen sein, denn ich parierte den Angriff sofort, nach beiden Seiten.

»Inspektor Bryant. Sergeant Luck. Jetzt reicht es mir aber langsam. Erst erkundigen Sie sich nach einem Vermißten. Und plötzlich kommen Sie mir mit irgendwelchem irrelevanten Unsinn von wegen zweifelhafter Kontakte, die ich als Beamter gehabt haben soll, fragen nach meiner politischen Einstellung, ob ich ein Sicherheitsrisiko bin und warum ich nicht mehr im Telefonbuch stehe.«

»Und? Warum?« sagte Luck.

»Weil ich belästigt wurde.«

»Von wem?«

»Jemand, der für Sie nicht die geringste Bedeutung hat.«

Bryant übernimmt wieder. »Nun, wenn das so war, Sir, warum haben Sie dann nicht die Polizei verständigt? Sie sind doch sonst kein so scheues Wesen? Bei Telefonterror helfen wir sehr gern, gleichgültig, ob es sich um Drohungen oder Obszönitäten handelt. Selbstverständlich in Zusammenarbeit mit der britischen Telecom. Sie hätten nicht drei Wochen lang die Verbindung zur Außenwelt abschneiden müssen.«

»Die Anrufe waren mir unerwünscht, aber es waren keine Drohungen oder Obszönitäten.«

»Ach? Was denn dann, Sir, wenn ich fragen darf?«

»Das war kein Fall für Sie. Und ist es auch jetzt nicht.« Ich fügte eine zweite Rechtfertigung hinzu, wo eine durchaus genügt hätte: »Außerdem sind drei Wochen ohne Telefon die reinste Erholung.«

Bryant griff in eine Innentasche. Er zog einen schwarzen Notizblock hervor, entfernte das Gummiband und schlug ihn auf dem Schoß auf.

»Nur, verstehen Sie, Sir, ich und Oliver, wir haben uns mit den Telefonaten des Doktors gründlich beschäftigt, und zwar während der gesamten Zeit seines Aufenthalts in Bath«, erklärte er. »Wobei uns überaus hilfreich war, daß der Doktor eine durch und durch schottische Vermieterin hat, die den Anschluß mit ihm teilt. Jedes von dort geführte Gespräch wurde mit genauer Zeitangabe notiert. Begründet hat diese Tradition ihr verstorbener Mann, der Marinekommandant. Mrs. Macarthur führt sie fort.«

Bryant feuchtete den Daumen an und schlug eine Seite um.

»Angerufen wurde der Doktor zahllose Male, oft von weit entfernten Orten, dem Klang nach zu urteilen, und nicht selten wurde das Gespräch mittendrin abgebrochen. Ziemlich häufig hat der Doktor dabei auch diese Sprache benutzt, mit der sie nichts anfangen kann. Aber wenn er selbst jemand angerufen hat, war es anders. In diesen Fällen waren nach Aussage von Mrs. Macarthur bis zum 1. August dieses Jahres Sie sein Hauptgesprächspartner. Allein im Mai und Juni hat der Doktor es mit Ihnen auf insgesamt sechs Stunden zwanzig Minuten gebracht.«

Er schwieg, aber ich unterbrach ihn noch immer nicht. Ich hatte ein unmögliches Spiel gewagt und verloren. Ich hatte mich hin und her gewunden und gehofft, sie mit Halbwahrheiten abspeisen zu können. Aber gegen einen so gut geplanten Angriff hatte ich keine Verteidigung. Auf der Suche nach einem Sündenbock fiel mir die Firma ein. Wenn die Idioten in der Firma von Larrys Verschwinden wußten, warum zum Teufel hatten sie mich nicht vorgewarnt? Die *mußten* doch wissen, daß die Polizei nach ihm suchte. Warum also hatten sie das nicht unterbunden? Und wenn sie es nicht unterbinden konnten, warum ließen sie mich im Regen stehen und sagten mir nicht, wer was wußte und warum?

Ich habe meine letzte Besprechung mit Jake Merriman, dem Leiter der Personalabteilung. Er sitzt in seinen mit Teppichen ausgelegten Räumen am Berkeley Square, zerknackt einen Rich-Tea-Keks und stöhnt über das Rad der Geschichte. Merriman spielt schon so lange den englischen Volltrottel, daß weder er noch sonst irgend jemand mehr weiß, ob er das nun wirklich auch ist oder nicht.

»Ihre Arbeit getan, Tim, alter Junge«, klagt er mit seiner schleppenden, echolosen Stimme. »Für die Leidenschaft Ihrer Zeit gelebt. Was mehr kann man tun?«

Ich sage, ja was wohl. Aber Merriman ist taub für Ironie wenn es nicht die eigene ist.

»Es war da, es war böse, Sie haben es ausspioniert, und

jetzt ist es weg. Aber daß wir gewonnen haben, kann doch nicht heißen, daß der Kampf sinnlos gewesen ist, oder? Warum rufen wir nicht hurra, wir haben sie niedergemacht, der rote Hund ist tot und begraben, Zeit für die nächste Party.« Ihm gelingt ein leises belustigtes Wiehern. »Keine großartige Party. Was Bescheideneres.« Dann zerbricht er eine der Kekshälften noch einmal und tunkt die Spitze in seinen Kaffee.

»Aber ich bin zu der neuen Party nicht eingeladen?« sage ich.

Merriman spricht schlechte Nachrichten nie selber aus. Er zieht es vor, sie aus einem herauszukitzeln.

»Ich glaube kaum, Tim«, stimmt er zu und dreht bedauernd den dicken Kopf zur Seite. »Fünfundzwanzig Jahre hinterlassen deutliche Spuren im Denken. Ich meine, es wäre *viel* besser für Sie, sich damit abzufinden, daß Sie Ihr Pensum geleistet haben und jetzt die Zeit gekommen ist, sich nach neuen Wirkungsfeldern umzusehen. Sie sind ja schließlich kein armer Mann. Sie besitzen ein schönes Anwesen auf dem Land und können von den Zinsen leben. Ihr verehrter Onkel Robert war so freundlich, das Zeitliche zu segnen, was wir von manch anderen reichen Onkeln selten behaupten können. Wenn das kein Grund zur Freude ist?«

In der Firma heißt es, bei Merriman solle man eher aus Versehen selber kündigen als darauf warten, daß er einen an die Luft setzt.

»Ich glaube nicht, daß ich zu alt bin, neue Aufgaben zu übernehmen«, sage ich.

»Kalte Krieger von siebenundvierzig kann man nicht recyceln, Tim. Sie sind viel zu nett. Sie haben zu viele Rücksichten zu nehmen. Das werden Sie Pettifer doch sagen? Es ist am besten, wenn es von Ihnen kommt.«

»Was genau soll ich ihm sagen?«

»Nun ja, dasselbe, was ich Ihnen gesagt habe. Sie glauben doch nicht, daß wir *ihn* auf Terroristen ansetzen können? Wissen Sie, was der Mann mich kostet? Allein die Vorschüsse? Ganz zu schweigen von den Spesen, die geradezu lachhaft sind.«

»Das weiß ich. Schließlich ist meine Sektion für seine Bezahlung zuständig.«

»Nur frage ich Sie: wofür denn noch? Zum Henker damit, wenn ich jemand überreden will, daß er sich für mich in Bagdad irgendeiner Bande anschließt, dann brauche ich jeden Penny, den ich kriegen kann. Die Pettifers dieser Welt sind ausgestorben. Geben Sie's zu, sage ich.«

Zu spät, wie üblich, beginne ich die Geduld zu verlieren. »Das war nicht die Linie der Oberen Etage, als sein Fall zuletzt zur Debatte stand. Alle Seiten waren sich einig, daß wir abwarten sollten, ob Moskau sich eine neue Rolle für ihn ausdenkt.«

»Wir haben gewartet, und die Zeit ist uns zu lang geworden.« Er schiebt mir einen Ausschnitt aus dem *Guardian* über den Schreibtisch hin. »Pettifer braucht ein Umfeld, sonst macht er Schwierigkeiten. Reden Sie mit der Abteilung Deaktivierung. Die Universität Bath sucht einen Sprachwissenschaftler, der auch über globale Sicherheit lesen kann, wie die das nennen; ich nenne es das schärfste Oxymoron aller Zeiten. Befristet, könnte aber dauerhaft werden. Der Oberbonze dort war früher bei uns und ist positiv eingestellt, vorausgesetzt, Pettifer läßt sich nichts zuschulden kommen. Ich wußte gar nicht, daß Bath eine Universität *hat*«, fügt er griesgrämig hinzu, als ob ihm niemand je etwas sagen würde. »Bestimmt nur so eine aufgemotzte TH.«

Es ist der schlimmste Moment unserer über zwanzigjährigen Zusammenarbeit. Das Leben will es nun einmal so, daß wir auf irgendwelchen Hügeln in geparkten Autos sitzen müssen. Diesmal ist es ein Rastplatz auf einem Hügel in der Nähe von Bath. Larry sitzt neben mir, das Gesicht in den Händen vergraben. Über den Bäumen erkenne ich die grauen Umrisse der Universität, die wir eben besichtigt haben, und die beiden schmutzigen Metallschlote, die ihr bedrohliches Wahrzeichen sind.

»Woran glauben wir also jetzt, Timbo? An Sherry beim Dekan und schmucklose Kiefernmöbel?«

»Sag doch, an den Frieden, für den du gekämpft hast«, rate ich ihm lahm.

Er schweigt, und das ist jedesmal schlimmer, als wenn er flucht. Er greift mit den Händen nach oben, gelangt aber nicht ins Freie, sondern stößt ans Wagendach.

»Das ist eine sichere Zuflucht«, sage ich. »Eine Hälfte des Jahres langweilst du dich, die andere Hälfte kannst du tun und lassen, was du willst. Damit hast du's bei weitem besser als der Durchschnitt der Menschheit.«

»Ich lasse mich nicht zähmen, Timbo.«

»Das verlangt auch niemand von dir.«

»Ich will keine sichere Zuflucht. Hab ich nie gewollt. Das kann mir alles gestohlen bleiben. Sichere Zufluchten! Stillstand! Unidozenten und an den Preisindex gebundene Pensionen! Am Sonntag den Wagen waschen! Und du kannst mir auch gestohlen bleiben.«

»Dir kann noch mehr gestohlen bleiben: die Geschichte, die Firma, das Leben und das Altwerden«, steigere ich noch seine Thesen.

Trotzdem habe ich einen Kloß im Hals, das kann ich nicht leugnen. Am liebsten würde ich ihm eine Hand auf die bebende und verschwitzte Schulter legen, nur daß solche Berührungen zwischen uns nicht üblich sind.

»Paß auf«, sage ich zu ihm. »Hörst du mir zu? Du bist hier dreißig Meilen von Honeybrook entfernt. Du kannst jeden Sonntag zum Lunch und zum Tee kommen und mir erzählen, wie beschissen das alles ist.«

Es ist die schlimmste Einladung, die ich jemals in meinem Leben ausgesprochen habe.

Bryant sprach in seinen Notizblock, den er sich vors Gesicht hielt, während er mir höhnisch die Liste von Larrys Telefongesprächen vorlas.

»Mr. Cranmer taucht ebenfalls unter den Anrufern auf, wie ich sehe. Es sind nicht nur diese komischen Ausländer. Ein gebildeter Gentleman, immer sehr höflich, spricht eher wie jemand von der BBC als wie ein Mensch, um die Vermieterin zu zitieren. Tja, genau so würde ich selbst Sie auch beschreiben, wenn Sie gestatten.« Er feuchtete einen Finger an und blätterte fröhlich um. »Dann machen Sie plötzlich kehrt und brechen jeden Kontakt mit dem Doktor ab. Jaja. Keinerlei Anrufe mehr, weder von Ihrer noch von seiner Seite, volle drei Wochen lang. Könnte man als Funkstille bezeichnen. Haben ihm die Tür vor der Nase zugeschlagen, Mr. Cranmer, Sir, und ich und Oliver, wir haben uns gefragt, warum Sie ihm das angetan haben. Wir haben uns gefragt, was da gelaufen ist, *bevor* Sie den Kontakt zu ihm abgebrochen haben, und was dann anschließend *aufgehört* hat. Stimmt doch, Oliver?«

Er lächelte noch immer. Hätte ich mich auf dem Weg zum Galgen befunden, sein Lächeln würde sich nicht verändert haben. Meine Wut auf Merriman fand jetzt in Bryant ein dankbares Ziel.

»Inspektor«, fing ich an und geriet dann immer mehr in Rage. »Sie nennen sich Freund und Helfer. Trotzdem besitzen Sie die Unverschämtheit, sonntags um zehn Uhr abends unbefugt und unangemeldet in mein Haus einzudringen – Sie, Sie und Ihr –«

Bryant stand bereits. Sein mokantes Verhalten war wie eine Maske von ihm abgefallen. »Sie waren sehr freundlich, Sir, und wir sind schon viel zu lange hier. Vermutlich, weil die Unterhaltung mit Ihnen so anregend war.« Er klatschte eine Karte auf meinen Kaffeetisch. »Rufen Sie uns an, Sir, ja? Was auch immer passiert. Falls er anruft, schreibt, plötzlich vor Ihrer Haustür steht, Sie etwas von dritter Seite hören, das uns helfen könnte, ihn ausfindig zu machen –« Ich hätte ihm sein schmeichlerisches Lächeln in den Schädel schlagen können. »Ach, und für den Fall, daß der Doktor auftaucht, wären Sie bitte so freundlich, uns Ihre neue Telefonnummer zu geben? Vielen Dank.«

Er kritzelte, ich diktierte, Luck sah zu.

»Hübsches Klavier«, sagte Luck. Er war plötzlich zu nah bei mir, und zu groß.

Ich sagte nichts.

»Sie spielen doch selbst?«

»Das ist bekannt.«

»Ihre Frau ist nicht da?«

»Ich habe keine Frau.«

»Genau wie Pettifer. In welcher Abteilung waren Sie noch gleich? Wo im öffentlichen Dienst? Ich hab's vergessen.«

»Von einer Abteilung habe ich nichts gesagt.«

»Also, was dann?«

»Ich war dem Finanzministerium unterstellt.«

»Als Sprachwissenschaftler?«

»Nicht unbedingt.«

»Und das war Ihnen nicht zu frustrierend? Das Finanzministerium? Öffentliche Ausgaben stutzen, Lohnrunden einfrieren, kein Geld mehr für Krankenhäuser? Ich fände das deprimierend.« Auch darauf verweigerte ich eine Antwort. »Sie sollten sich einen Hund halten, Mr. Cranmer. So ein Haus, das schreit doch förmlich danach.«

Der Wind hatte sich vollständig gelegt. Es regnete nicht mehr, und über dem Boden hingen Nebelschleier, die aus den Rücklichtern des Peugeots herbstliche Feuer machten.

2

Ich gerate nicht so leicht in Panik, aber noch nie war ich so nah daran wie in dieser Nacht. Auf wen von uns hatten sie es abgesehen – auf Larry oder mich? Oder auf uns beide? Wieviel wußten sie von Emma? Warum hatte Tschetschejew Larry in Bath besucht, und vor allem: wann? Wann? Diese Polizisten waren nicht auf der Suche nach irgendeinem linken Dozenten, der mal für ein paar Tage abgetaucht war. Sie verfolgten eine Spur, sie witterten Blut, sie jagten jemanden, der ihre aggressivsten Instinkte weckte.

Aber für wen hielten sie ihn – Larry, meinen Larry, unseren Larry? – Was hatte er *getan*? Dieses Geschwätz von Geld und Russen und Tschetschejew, von mir und Sozialismus und noch einmal von mir – wie konnte Larry irgend etwas anderes sein als das, was *wir* aus ihm gemacht hatten: ein zielloser englischer Revolutionär aus dem Mittelstand, ein ewiger Dissident, ein Amateur, ein Träumer, ein ständiger Verweigerer; ein zäher, hilfloser, lüsterner, verkommener, halbwegs kreativer Versager, der zu klug war, ein Argument kaputtzumachen, zu störrisch, sich mit einem fehlerhaften zufriedenzugeben?

Und für wen hielten sie *mich* – diesen alleinstehenden pensionierten Staatsbeamten, der seine Fremdsprachen mit sich selber spricht, Wein produziert und in seinem reizvollen Weingarten in Somerset den guten Samariter spielt? *Sie sollten sich einen Hund halten,* also wirklich! Wie kamen sie darauf, nur weil ich allein lebte, könnte mir etwas fehlen? Verfolgten sie *mich,* nur weil sie Larry oder Tschetschejew nicht zu fassen bekamen? Und Emma – meine zarte oder nicht so zarte verschwundene Herrin von Honeybrook – wie lange noch, bis auch sie den beiden ins Visier geriet? Ich ging nach oben. Nein, falsch. Ich rannte nach oben. Das Telefon stand neben meinem Bett, aber als ich den Hörer abnahm und wählen wollte, wußte ich zu meiner Demütigung plötzlich die Nummer nicht mehr, etwas, das mir selbst bei den heikelsten Operationen meines ganzen geheimen Lebens nie passiert war.

Aber wieso war ich überhaupt nach oben gegangen? Unten im Salon stand ein einwandfrei funktionierendes Telefon, ein weiteres im Arbeitszimmer. Warum war ich nach oben gerannt? Ich erinnerte mich an einen fanatischen Dozenten, der uns während der Ausbildungszeit mit Vorträgen über Fluchtstrategien gelangweilt hatte. Wenn Menschen in Panik geraten, hatte er gesagt, fliehen sie nach oben. Treppen, Aufzüge, Rolltreppen, alles wird benutzt, Hauptsache es geht rauf und nicht runter. Wenn das Haus gestürmt wird, sind alle, die nicht vor Schreck erstarrt sind, auf dem Dachboden.

Ich setzte mich aufs Bett. Ließ die Schultern sinken und versuchte sie zu lockern. Befolgte den Rat irgendeines Gurus aus einem bunten Prospekt zum Thema Selbstmassage und ließ den Kopf kreisen. Ich spürte keine Erleichterung. Ich ging über die Galerie zu Emmas Seite des Hauses, blieb vor ihrer Tür stehen und horchte, worauf, war mir selbst nicht klar. Das Klappern ihrer Schreibmaschine, wie es wahllos einen hoffnungslosen Fall nach dem anderen erfaßte? Ihr verliebtes Geflüster am Telefon, bis ich es nicht mehr an mich heranließ? Ihre Stammesmusik aus dem tiefsten Afrika – Guinea, Timbuktu? Ich drückte die Klinke. Die Tür war abgeschlossen. Von mir. Ich horchte noch einmal, ging aber nicht hinein. Fürchtete ich mich vor ihrem Geist? Vor ihrem offenen, anklagenden, allzu unschuldigen Blick, mit dem sie mir sagte: Bleib draußen, ich bin gefährlich, ich habe mir selbst angst gemacht, und jetzt mache ich dir angst? Auf dem Rückweg zu meiner Seite blieb ich vor dem hohen Fenster am Treppenabsatz stehen und blickte auf die fernen Umrisse der Gartenmauer, die vom fahlen Licht der Treibhäuser beleuchtet wurde.

Ein warmer Spätsommertag auf Honeybrook. Wir sind seit sechs Monaten zusammen. Am Morgen stehen wir als erstes Schulter an Schulter im Abfüllraum, und Cranmer, der große Weinbauexperte, mißt atemlos den Zuckergehalt unserer Madeleine-Anjou-Trauben, auch so eine von Onkel Bobs fragwürdigen Anschaffungen. Die Madeleine ist so kapriziös wie jede andere Frau, hatte mir einmal ein französischer Fachmann unter viel Zwinkern und Kopfnicken versichert: heute reif und willig, morgen alt und ungenießbar. Ein sexistischer Vergleich, den ich Emma wohlweislich verschweige. Ich hoffe inständig auf siebzehn Prozent, aber schon sechzehn würden eine gute Ernte verheißen. Im sagenhaften Weinjahr 1976 kam Onkel Bob auf erstaunliche zwanzig Prozent, bevor die englischen Wespen sich über die Trauben hermachten und der englische Regen den Rest besorgte. Emma sieht zu, wie ich das Refraktometer nervös ans Licht halte. »Knapp achtzehn Prozent«, verkünde ich schließlich mit einer Stimme, die einem berühmten General am Vorabend der Schlacht besser angestanden hätte. »In zwei Wochen beginnen wir mit der Lese.«

Jetzt sitzen wir träge hinter der Gartenmauer zwischen unseren Rebstöcken und reden uns ein, wir könnten durch unsere Anwesenheit auf das letzte Stadium des Reifungsprozesses einwirken. Emma sitzt im Schaukelstuhl und trägt – auf meine Anregung hin – ein Kleid im Watteau-Stil: breiter Hut, langer Rock, die Bluse zum Sonnenbad aufgeknöpft; sie nippt an ihrem Pimm's und liest Partituren, und ich sehe ihr dabei zu und möchte für den Rest meines Lebens nichts anderes mehr tun. Vorige Nacht haben wir miteinander geschlafen. Heute morgen nach der Zeremonie der Zuckerbestimmung haben wir noch einmal miteinander geschlafen, was ich, wie ich mir einbilde, noch am Glanz ihrer Haut und dem verträumten Ausdruck ihrer Augen erkennen kann.

»Wenn wir eine vernünftige Mannschaft zusammenbekommen, dürften wir das Ganze an einem Tag schaffen«, erkläre ich kühn.

Sie schlägt lächelnd eine Seite um.

»Onkel Bob hat den Fehler gemacht, dazu Freunde einzuladen. Das bringt nichts. Reine Zeitverschwendung. Richtige Landbewohner schaffen sechs Fässer am Tag. Oder sagen wir fünf. Auch wenn wir hier nicht mehr als drei haben, bestenfalls.«

Sie hebt lächelnd den Kopf, sagt aber nichts. Woraus ich schließe, daß sie meine landwirtschaftlichen Hirngespinste mit leisem Spott bedenkt.

»Wir könnten Ted Lanxon und die beiden Toller-Mädchen bekommen, und Mike Ambry, falls er nicht pflügen muß, und vielleicht noch Jack Taplows zwei Söhne aus dem Kirchenchor, falls sie nach dem Gottesdienst Zeit haben – natürlich als Gegenleistung für unsere Hilfe beim Erntefest –«

Ein zerstreuter Ausdruck erscheint auf ihrem jungen Gesicht, und ich fürchte, daß ich sie langweile. Sie furcht die Stirn, sie hebt eine Hand, um die Bluse zu schließen. Gleich darauf bemerke ich erleichtert, es ist bloß irgendein Geräusch, das sie gehört hat und ich nicht, denn ihr Musikergehör ist viel feiner als meins. Dann höre ich es auch: das Quietschen und Rattern eines gräßlichen Autos, das nun auf der Auffahrt anhält. Und ich weiß sofort, wessen Auto das ist. Ich brauche nicht zu warten, bis ich die vertraute Stimme erkenne, die nie laut wird, aber auch nie so leise ist, daß man sie nicht hören kann.

»Timbo. Cranmer, um Gottes willen. Wo zum Teufel steckst du, Mann? Tim?«

Und dann, denn Larry findet einen immer, fliegt die Tür in der Gartenmauer auf und steht er da, schlank wie eine Gerte in seinem nicht sehr weißen Hemd, der ausgebeulten schwarzen Hose und den erbärmlichen Wildlederstiefeln, die Pettifer-Stirnlocke kunstvoll überm rechten Auge. Und ich weiß, daß er, mit fast einem Jahr Verspätung, gerade als ich zu glauben beginne, daß ich ihn niemals wiedersehen werde, gekommen ist, um das erste der von mir versprochenen sonntäglichen Mittagessen einzufordern.

»Larry! Phantastisch! Du liebe Zeit!« rufe ich. Wir schütteln uns die Hände, dann, zu meinem Erstaunen, umarmt er mich und reibt seine Designerstoppeln an meiner frischrasierten Wange. Er hat mich nie umarmt, solange er mein Joe war. »Wunderbar. Endlich hast du's geschafft. Emma, das ist Larry.« Ich halte ihn jetzt am Arm. Auch das ist für mich etwas Neues. »Gott hat uns beide nach Winchester und dann nach Oxford geschickt, und seitdem hab ich ihn nicht mehr loswerden können. Stimmt's, Larry?«

Zunächst scheint er unfähig, sie offen anzublicken. Er ist bleich wie unter der Guillotine und ein wenig böse: sein finsteres Lubjanka-Gesicht. Seinem Atem nach zu urteilen, ist er noch betrunken, wahrscheinlich hat er mit den Uni-Hausmeistern die ganze Nacht durchgesoffen. Anzusehen ist ihm aber wie üblich nichts davon. Er sieht aus wie ein eifriger empfindsamer Duellant, der allzu jung sterben soll. Er steht vor ihr, legt prüfend den Kopf zurück und mustert sie. Er fährt sich mit den Knöcheln übers Kinn. Er zeigt sein durchtriebenes, selbstkritisches Lächeln. Auch sie lächelt durchtrieben, ihre obere Gesichtshälfte wird vom Schatten des Sonnenhuts in geheimnisvolles Dunkel getaucht, eine Tatsache, deren sie sich vollkommen bewußt ist.

»Mensch, also wirklich!« erklärt er zufrieden. »Was für eine Schönheit. Wer ist das, Timbo? Wo zum Teufel hast du die gefunden?«

»Unter einem Giftpilz«, antworte ich stolz, was, so unbefriedigend es sein mag, bei Larry wesentlich besser ankommt als »an einem verregneten Freitagabend im Wartezimmer eines Physiotherapeuten in Hampstead«.

Dann begegnet sich beider Lächeln und leuchtet einander an – ihres leicht spöttisch, und seins, vielleicht wegen ihrer Schönheit, vorübergehend nicht ganz so seiner Wirkung bewußt wie sonst. Auf jeden Fall aber ein beiderseitiges Lächeln des Erkennens, auch wenn noch nicht klar ist, was da erkannt wird.

Aber *mir* ist es klar.

Ich bin der Makler, der Mittelsmann der beiden. Über zwanzig Jahre lang habe ich Larrys Suchen geleitet. Jetzt leite ich Emmas Suchen, beschütze sie vor dem, was sie in der Vergangenheit allzu häufig gefunden hat und was sie, wie sie beteuert, nicht noch einmal finden will. Doch als ich meine beiden Schicksalssucher einander in Augenschein nehmen sehe, wird mir klar, daß ich nur aus dem Ring zu gehen brauche, um vergessen zu werden.

»Sie weiß nichts«, erkläre ich Larry in festem Ton, sobald ich ihn in der Küche allein sprechen kann. »Ich bin ein pensionierter Spezialist aus dem Finanzministerium. Du bist du. Und das ist *alles.* Mehr ist nicht. Klar?«

»Immer noch die alten Lügen, was?«

»Bei dir etwa nicht?«

»Doch, sicher. Andauernd. Und was ist mit ihr?«

»Wie meinst du das?«

»Was macht sie hier? Sie ist halb so alt wie du.«

»Sie ist auch halb so alt wie du. Minus drei Jahre. Sie ist meine Freundin. Was glaubst du denn, was sie hier macht?«

Er hat den Kopf in den Kühlschrank gesteckt und sucht nach Käse. Larry hat immer Hunger. Manchmal frage ich mich, was er in all den Jahren gegessen haben würde, wäre er nicht mein Joe gewesen. Ein Cheddar aus der Gegend weckt sein Interesse.

»Wo hast du das verdammte Brot versteckt? Anschließend ein Bier, falls du nichts dagegen hast. Erst ein Bier, dann was Alkoholisches.«

Er hat sie gewittert, denke ich, während ich das verdammte Brot für ihn suche. *Seine Stimmen haben ihm zugeflüstert, daß ich mit einem Mädchen zusammenlebe, und jetzt ist er gekommen, um es sich anzusehen.*

»He, neulich hab ich Diana gesehen«, sagt er mit jenem bewußt unbekümmerten Tonfall, den er immer anschlägt, wenn er von meiner ehemaligen Frau redet. »Sieht zehn Jahre jünger aus. Läßt dich grüßen.«

»Mal was Neues«, sage ich.

»Na ja, viel Worte hat sie nicht drum gemacht. Bloß *indirekt,* sie liebt dich ja noch immer. Jedesmal hat sie diesen schmelzenden Blick in den Augen, wenn dein Name fällt.«

Diana ist schon immer seine letzte Geheimwaffe gegen mich gewesen. Als ich noch mit ihr verheiratet war, hat er sie stets nur mit beißendem Spott behandelt, doch nun trägt er eine brüderliche Verbundenheit mit ihr zur Schau, die er jedesmal dann aufs Tapet bringt, wenn er mir eins auswischen will.

»Von ihm *gehört*?« protestiert Emma an diesem Abend, empört darüber, daß ich überhaupt gefragt habe. »Darling, ich habe seit frühester Kindheit zu Lawrence Pettifers Füßen gesessen. Na ja, nicht *buchstäblich*. Aber metaphorisch gesprochen ist er ein *Gott*.«

Und wie so oft erfahre ich jetzt etwas Neues über sie. Vor einigen Jahren – es ist Emmas Natur, fast würde ich sagen, ihr Handwerk, sich nicht genau auszudrücken – gelangte sie zu der Einsicht, daß Musik allein sie nicht ausfülle und sie sich weiterbilden müsse. Anstatt also beim Alternativen Musikfestival in Devon mitzumachen – ehrlich, Tim, da geht's doch heute nur noch um Tai Chi und Kiffen, erklärt sie mit einem geringschätzigen Lächeln, das mich ganz und gar nicht überzeugt –, entschied sie sich spontan für einen Grundkurs in Politik und Philosophie, der in jenem Sommer in Cambridge angeboten wurde. »Und bei den radikalen Sachen, derentwegen ich natürlich hingegangen bin, bei praktisch *allem* war Pettifer einfach *obligatorisch* ...« Sie wedelt zuviel mit den Händen herum. »Also sein Aufsatz über ›Künstler im Aufstand‹ und ›Die materialistische Wüste‹ ...« Sie scheint plötzlich nicht weiterzuwissen, und da sie die Titel zwar richtig zitiert, aber nicht näher darauf eingeht, frage ich mich ziemlich bösartig, ob sie die wirklich gelesen oder nur davon gehört hat.

Worauf das Thema Larry in stillschweigender Übereinkunft zu den Akten gelegt wird. Am nächsten Sonntag säubern wir den Eingeschnappten Hunnen und machen ihn klar zum Gefecht. Dabei horche ich die ganze Zeit nach Larrys abscheulichem Wagen, er kommt aber nicht. Sonntag darauf jedoch, pünktlich wie das Schicksal und wieder unangemeldet, taucht Larry auf, diesmal mit einem französischen Bauernblouson aufgetakelt, seinem zerfledderten Winchester-Strohhut und einem getüpfelten roten Halstuch, dessen Zipfel lose herumflattern.

»In Ordnung, prima. Sehr komisch«, warne ich ihn,

längst nicht so freundlich wie sonst. »Aber wenn du uns bei der Lese helfen willst, dann tu's auch richtig.«

Und natürlich hilft er bis zum Umfallen, typisch Larry. Braucht man ihn, kommt er nicht. Braucht man ihn nicht, verhext er einem die Freundin. Als drei Wochen später die Gärung abgeschlossen ist, machen wir den ersten Abstich und bereiten die Grobfilterung vor. Inzwischen decke ich den Tisch automatisch für drei Personen: für Cranmer, für Emma und für den metaphorischen Gott, zu dessen Füßen sie seit frühester Kindheit gesessen hat.

Ich lief runter ins Arbeitszimmer und holte mein Adreßbuch hervor. Merriman war nicht verzeichnet, aber ich suche auch gar nicht Merriman. Ich suche Mary, das ist mein homophober Codename für ihn. Emma, da war ich mir sicher, würde es nicht im Traum einfallen, in meinem Adreßbuch zu schnüffeln. Hätte sie es aber doch getan, hätte sie anstelle von Merriman eine Frau gefunden, die in Chiswick wohnte und ein Büro in London hatte. Larry hingegen las grundsätzlich und bedenkenlos meine Privatpost und die anderer Leute. Und wer wollte ihm daraus einen Vorwurf machen? Wer einen Mann ermutigt, sich zu verstellen und Herzen zu brechen, hat es sich selber zuzuschreiben, wenn der dann plötzlich umschwenkt und einem die Geheimnisse und auch sonst noch alles mögliche klaut.

»Hallo?« Eine Frauenstimme.

»Ist dort Anschluß sechs sechs neun sechs?« fragte ich. »Hier spricht Arthur.«

Die vier Zahlen, die ich genannt hatte, waren nicht ihre Telefonnummer, sondern meine persönliche Kennummer. Es hatte Zeiten gegeben, wo mich solche Tricks beeindruckten.

»Ja, Arthur, wen möchten Sie sprechen?« fragte sie leicht überheblich und gedehnt.

Mir fiel ein, daß meine Kennummer mich als ehemaligen und nicht als derzeitigen Mitarbeiter ausgewiesen hatte. Daher ihr renitenter Tonfall, denn Ehemalige bedeuten in aller Regel Ärger. Ich stellte mir eine große, über Dreißigjährige mit Pferdegesicht und einem Namen wie Sheena vor. Es hatte Zeiten gegeben, da hatte ich solche Sheenas für das Rückgrat Englands gehalten.

»Ich möchte bitte mit Sidney sprechen«, antwortete ich. »Und zwar am liebsten gestern, falls das möglich ist.«

Sidney stand für Jake Merriman. Arthur für Tim Cranmer alias Timbo. Niemand, der jemand ist, benutzt den eigenen Namen. Und was hatte er uns genützt, dieser ganze Spionage-Hokuspokus? Was hatte es uns geschadet, dieses ewige Verhüllen und Verstecken unserer Identitäten? Quietschen. Pfeifen. Mysteriöse Resonanzen, während Computer mit Computer spricht und dann mit Gott. Geräusch, mit dem Wasser aus der Wanne läuft. »Sidney ruft in zwei Minuten zurück, Arthur. Warten Sie, wo Sie sind.«

Und mit einem Klicken war sie weg.

Aber wo bin ich? Wie soll Sidney wissen, wo er mich erreichen kann? Dann fiel mir ein, daß die ganze Zurückverfolgerei von Anrufen seit dem Umzug aus dem alten Gebäude passé war. Wahrscheinlich stand meine Telefonnummer schon auf ihrem Bildschirm, bevor sie überhaupt den Hörer abgenommen hatte. Sie wußte sogar, von welchem Anschluß aus ich sprach: *Cranmer ist in seinem Arbeitszimmer ... Cranmer kratzt sich am Arsch ... Cranmer hat Liebeskummer ... Cranmer ist ein Anachronismus ... Cranmer denkt gerade, wie wir Ewigkeit erklären, kann sie auch Sekunden währen, und fragt sich, wo er das gelesen hat ... Cranmer nimmt wieder den Hörer ab ...*

Ein Vakuum, dann wieder Elektronisches. Ich hatte meine Rede vorbereitet. Ich hatte meinen Tonfall vorbereitet. Reserviert. Keine unziemlichen Gefühle, das mag Merriman nicht. Nicht den Eindruck erwecken, daß hier bloß mal wieder ein Ehemaliger versuchen könnte, sich in die Herde zurückzureden, etwas, wofür Ehemalige berüchtigt sind. Ich hörte Merriman und fing an mich zu entschuldigen, daß ich so spät am Sonntagabend anrief, aber das interessierte ihn nicht.

»Haben Sie mit Ihrem Telefon irgendeinen Scheiß angestellt?«

»Nein. Wieso?«

»Ich versuche Sie seit Freitagabend zu erreichen. Sie haben Ihre Nummer geändert. Warum zum Teufel haben Sie uns das nicht mitgeteilt?«

»Ich dachte, Sie hätten schon Ihre Methoden, das herauszufinden.«

»Am Wochenende? Sehr witzig.«

Ich schloß die Augen. Der britische Nachrichtendienst muß bis Montag warten, um an eine nicht eingetragene Nummer heranzukommen. Erzähl das mal dem neuesten nutzlosen Überwachungsausschuß, der dafür eingesetzt ist, unsere Arbeit kosteneffektiv, rechenschaftspflichtig oder – was für ein Witz – transparent zu gestalten.

Merriman fragte mich, ob ich Besuch von der Polizei bekommen hätte.

»Ein Inspektor Percy Bryant und ein Sergeant Oliver Luck«, antwortete ich. »Kamen angeblich aus Bath. Hatte eher den Eindruck, sie wären von der Zentrale.«

Schweigen, während er seinen Terminkalender befragte oder einen Kollegen oder womöglich seine Mutter. War er in der Firma? Oder in seinem attraktiven Chiswicker Herrenhaus, nur einen Katzensprung von der Themse entfernt? »Vor morgen fünfzehn Uhr ist nichts zu machen«, sagte er mit der gleichen Stimme wie mein Zahnarzt, wenn man ihn bittet, wegen läppischer Zahnschmerzen seinen lukrativen Zeitplan zu ändern: *Ja, tut es denn wirklich weh?* »Sie wissen doch, wo wir jetzt sind? Sie finden hierher?«

»Ich kann ja immer einen Polizisten fragen«, sagte ich.

Er fand das nicht komisch. »Gehen Sie zum Haupteingang, und bringen Sie Ihren Ausweis mit.«

»*Wie* bitte?«

Schon aufgelegt. Ich riß mich zusammen: ganz ruhig. Da hatte nicht Zeus gesprochen, sondern Jake Merriman, das leichteste der Leichtgewichte von der Oberen Etage. Noch etwas leichter, und der Wind bläst ihn vom Dach, pflegten wir damals zu sagen. Eine Krise, das war für Jake eine schlechte Olive in seinem trockenen Martini. Und überhaupt, was war denn so sensationell an Larrys Verschwinden? Eigentlich nur, daß die Polizei sich eingeschaltet hatte. Wie war das früher, wenn Larry verschwunden war? In Oxford, als er, anstatt die Aufnahmeprüfung zu machen, lieber mit dem Fahrrad nach Delphi fuhr? In Brighton, wo er sich an dem Tag, als sein erstes heimliches Treffen mit einem russischen Kurier stattfinden sollte, lieber im Kreise kongenialer Seelen betrank, die er in der Bar des Metropol aufgelesen hatte?

Es ist drei Uhr morgens. Als mein Agent steckt Larry noch in den Kinderschuhen. Wir parken wieder einmal auf einem unserer abgelegenen Hügel, diesmal in den Downs von Sussex. Unter uns liegen die Lichter von Brighton. Dahinter das Meer. Sterne und Halbmond machen aus dem Himmel ein Kinderzimmerfenster.

»Ich seh da keinen *Sinn,* Timbo, altes Haus«, protestiert Larry, während er kurzsichtig durch die Windschutzscheibe späht. Er ist noch ein Junge, hat die Silhouette eines jungen Pan – lange Wimpern und volle Lippen. Sein von unbekümmerter Kühnheit und hochherziger Entschlossenheit geprägtes Auftreten gewinnt ihm die Herzen seiner kommunistischen Freier. Sie begreifen nicht – und wie sollten sie auch? –, daß ihr jüngster Fang, wenn sein ständiger Tatendrang nicht befriedigt wird, sich mit einem Schlag um hundertachtzig Grad drehen kann; daß Larry Pettifer die Welt lieber in die Katastrophe stürzen als stillstehen sieht. »Du hast den falschen Mann, Timbo. Müßte ein paar Nummern schlechter sein. Ein größeres Arschloch.«

Hier, iß was, Larry, sage ich und gebe ihm ein Stück Schweinepastete. Hier, nimm noch einen Schluck Limonensaft. Denn dies ist das Verbrechen, das ich jedesmal begehe, wenn er anfängt schwach zu werden: Ich rede seine Bedenken nieder; ich schwenke die furchtbare Fahne der Pflicht. Ich ziehe die gleiche Nummer ab wie früher auf der Schule als Vertrauensschüler, als Larry ein rebellischer Pfarrerssohn war und ich der König von Babylon.

»Hörst du mich?«

»Ich höre.«

»Dienst ist Dienst, weißt du noch? Du säuberst die Kloaken der Politik. Das ist der schmutzigste Job, den die Demokratie zu bieten hat. Wenn du ihn anderen Leuten überlassen willst, werden wir alle Verständnis haben.«

Langes Schweigen. Auch betrunken ist Larry nicht dumm. Manchmal ist er betrunken weit scharfsichtiger als in nüchternem Zustand. Und ich habe ihm geschmeichelt. Ich habe ihm eine große, beschwerliche Aufgabe angeboten.

»Du glaubst nicht, Timbo, daß wir, wenn es um Demokratie geht, mit schmutzigen Kloaken *besser* dran sein könnten?« fragt er und spielt jetzt den Hüter unserer freiheitlichen Demokratie.

»Nein, das glaube ich nicht. Aber wenn das deine Meinung ist, sag es lieber gleich, und geh nach Hause.«

Was vielleicht etwas zu dick aufgetragen ist, aber ich befinde mich mit Larry noch im Stadium der Gier: Er ist mein Geschöpf, und ich muß ihn haben, welche Fäden auch immer ich ziehen muß, um ihn zu behalten. Es ist erst wenige Wochen her, seit der amtierende Resident der sowjetischen Botschaft in London, angeblich heißt er Brod, ihn nach einem endlosen Fächertanz als seinen Agenten rekrutiert hat. Jetzt wird mir jedesmal schlecht vor Angst, wenn Larry mit Brod zusammen ist. Ich wage mir nicht vorzustellen, was da für staatsgefährdende Ansichten sein launisches, beeinflußbares Wesen ins Wanken bringen und das Vakuum seiner ewigen Langeweile ausfüllen könnten. Wenn ich ihn in die Welt hinausschicke, soll er mir nach seiner Rückkehr noch mehr gehören als vorher. Und falls sich das wie der Wunschtraum eines Potentaten anhört, so entspricht es doch auch dem, was man uns jungen Marionettenspielern über die Führung unserer Joes beigebracht hat: Sie sind unsere Mündel, eine zweite Familie, Männer und Frauen, die wir lenken, beraten, unterstützen, motivieren, erziehen, vervollkommnen und besitzen sollen.

Also hört Larry mir zu, und ich höre mir zu. Und ich bin gewiß so überzeugend und ermutigend, wie man nur sein kann. Was vielleicht der Grund dafür ist, daß Larry für kurze Zeit einschläft, denn plötzlich, als sei er gerade aufgewacht, rutscht sein verschwitzter Wunderkindkopf in die Senkrechte.

»Habe ein ernstes Problem, Timbo«, verkündet er tapfer und zutraulich. »Ein sehr ernstes sogar. Gigantisch.«

»Erzähl's mir«, sage ich großzügig.

Aber das Herz ist mir schon in die Hose gerutscht. Eine Frau, denke ich. Wieder mal eine. Sie ist schwanger, sie hat sich die Pulsadern aufgeschnitten, ist von zu Hause weg, ihr Mann ist mit der Peitsche hinter Larry her. Ein Auto, denke ich: wieder mal eins. Er hat eins zu Schrott gefahren, hat eins gestohlen, hat eins geparkt und weiß nicht mehr, wo. Jedes dieser Probleme ist in der kurzen Zeit unserer Zusammenarbeit bereits mindestens einmal aufgetaucht, und in deprimierten Momenten frage ich mich, ob Larry dieser Mühe wert ist, eine Frage, die mir von der Oberen Etage praktisch seit Beginn unserer Bemühungen gestellt wird.

»Meine Unschuld«, erklärt er.

»*Wie* bitte?«

Er wiederholt, sehr präzise. »Unser Problem, Timbo, ist meine törichte, unheilbare, alles verschlingende Unschuld. Ich kann das Leben nicht sich selbst überlassen. Dafür liebe ich es zu sehr. Seine Fakten und seine Fiktionen. Ich liebe alle Menschen, immer. Am meisten liebe ich die, mit denen ich zuletzt gesprochen habe.«

»Und was ergibt sich daraus?«

»Und daraus ergibt sich, daß du dir sehr genau überlegen mußt, was du von mir verlangst. Denn ich werde es tun. Du bist so ein redegewandtes Schwein. So ein *feiner* Kerl. Du mußt dich *mäßigen,* kannst du mir folgen? Du mußt dich *zurückhalten.* Du darfst mich nicht immer ganz beanspruchen.«

Dann dreht er sich um und hebt sein Gesicht zu mir hoch, und ich sehe die alkoholhaltigen Tränen wie Regenwasser darüber hinströmen, was sich allerdings nicht auf seine Stimme auswirkt, die so sanft und selbstbewußt ist wie immer: »Ich meine, *dir* macht es nichts aus, deine Seele zu verkaufen. Du hast gar keine. Aber was ist mit meiner?«

Ich ignoriere seine Bitte. »Die Russen rekrutieren Linke, Rechte und Gemäßigte«, sage ich mit der Stimme reiner

Vernunft, die er am meisten haßt. »Sie sind vollkommen skrupellos und sehr erfolgreich. Falls der Kalte Krieg jemals heiß wird, haben sie uns in der Hand, es sei denn, wir schlagen sie in ihrem eigenen Spiel.«

Und meine Taktik geht auf, denn am nächsten Tag geht Larry, womit niemand außer mir gerechnet hat, zu dem Rückzugstreffen mit seinem Kontaktmann und entledigt sich seiner Aufgabe in der Rolle des Heimlichen Beschützers der Gerechten wie ein Engel. Denn am Ende – ich war damals jünger und fest davon überzeugt –, am Ende beugt sich der Pfarrerssohn, richtig geführt, stets unters Joch, trotz seiner törichten Unschuld.

Mein Ausweis lag in der rechten oberen Schublade meines Schreibtischs. Umschlag Blau und Gold, vierundneunzig Seiten stark, ein echter britischer Ausländerschreck der alten Schule, ausgestellt auf Timothy d'Abell Cranmer, nicht in Begleitung von Kindern, keine Berufsangabe, Geltungsdauer noch sieben Jahre, hoffentlich lebt der Inhaber noch so lange.

»Bringen Sie Ihren Ausweis mit«, hatte Merriman gesagt.

Wozu? Wohin will er mich schicken? Oder soll das im Geiste alter Kameradschaft heißen: Sie haben bis morgen fünfzehn Uhr Zeit, sich aus dem Staub zu machen?

Mir klangen die Ohren. Ich hörte Schreie, dann Schluchzen, dann das Stöhnen des Winds. Ein Unwetter zog auf. Der Zorn Gottes. Gestern dieser verrückte Herbstschnee, und heute nacht ein ausgewachsener Seesturm, der mit den Fensterläden klappert, unterm Dachvorsprung heult und das ganze Haus knarren läßt. Ich stand am Fenster des Arbeitszimmers und sah die Regentropfen ans Glas klatschen. Ich spähte in die Finsternis und erblickte Larrys bleiches, grinsendes Gesicht und seine schöne weiße Hand, die an die Scheibe klopfte.

Silvesterabend, aber Emma hat ihre Rückenschmerzen und ist nicht zum Feiern aufgelegt. Sie hat sich in ihre königlichen Gemächer zurückgezogen, wo sie lang ausgestreckt auf ihrem Schlafbrett liegt. Unsere Schlafvereinbarung würde jeden, der nach der herkömmlichen Liebeslaube sucht, vor ein Rätsel stellen. Sie bewohnt eine Seite des Hauses, ich die andere; so haben wir es vom ersten Tag an verabredet: Jeder von uns sollte sein eigenes Reich haben, sein Territorium, sein Recht auf Alleinsein. Die Forderung kam von ihr, und ich erklärte mich einverstanden, weil ich nicht recht glauben konnte, daß sie auf meinem Versprechen bestehen würde. Aber das tut sie. Selbst wenn ich ihr Tee oder Brühe bringe oder sonst etwas, das sie aufheitern könnte, klopfe ich an und warte, bis ich sie sagen höre, daß ich eintreten darf. Und heute, weil es unser erster Silvesterabend ist, darf ich neben ihr auf dem Boden liegen und ihre Hand halten; wir sprechen zur Decke, aus ihrer Stereoanlage kommt Lautenmusik, und das restliche England feiert.

»Er ist wirklich der letzte Typ«, sagt sie unwillig – mit einer Prise Humor, gewiß, was aber nicht reicht, ihre Enttäuschung zu verschleiern – »ich meine, selbst *Larry* muß doch wissen, wann Weihnachten ist. Er hätte wenigstens *anrufen* können.«

Also erkläre ich ihr, und nicht zum erstenmal, daß Weihnachten für ihn ein Greuel ist; daß er, seit ich ihn kenne, noch jedes Weihnachten gedroht hat, zum Islam überzutreten; und daß er zu Weihnachten vor Wut jedesmal eine verrückte Reise unternimmt, um der Scheußlichkeit des pseudochristlichen englischen Trubels zu entfliehen. Ich male ihr scherzend aus, wie er mit einer Schar Beduinen durch ungastliche Wüsten zieht. Aber es kommt mir vor, als höre sie kaum zu.

»Trotzdem, es gibt doch heute keinen Ort mehr auf der Welt, von wo aus man nicht *telefonieren* kann«, sagt sie streng.

Denn inzwischen ist Larry unser Sorgenkind, unser Genius auf Abwegen. Fast nichts in unserem Leben geschieht ohne irgendeine Anspielung auf ihn. Selbst unser jüngster Cuvée, der zwar erst in einem Jahr trinkbar sein wird, hat hausintern den Spitznamen Château Larry bekommen.

»Wir rufen *ihn* oft genug an«, nörgelt sie. »Ich meine, er

könnte uns wenigstens Bescheid sagen, daß es ihm *gut*geht.«

Tatsächlich ist sie es aber, die ihn anruft, doch wäre jeder Hinweis darauf ein Eingriff in ihre Souveränität. Sie ruft ihn an, um sich zu vergewissern, daß er gut nach Hause gekommen ist; um ihn zu fragen, ob es in diesen Zeiten wirklich richtig sei, südafrikanische Trauben zu kaufen; um ihn daran zu erinnern, daß er versprochen habe, mit dem Dekan zu Abend zu essen oder nüchtern und korrekt bei einem Treffen der Kollegen zu erscheinen.

»Vielleicht hat er irgendein hübsches Mädchen aufgegabelt«, spekuliere ich hoffnungsvoller, als sie es sich wohl jemals vorstellen kann.

»Und warum sagt er uns nichts davon? Wenn's sein muß, kann er das Flittchen ja mitbringen. Als ob uns das groß störte!«

»Natürlich nicht.«

»Ich kann bloß nicht den Gedanken ertragen, daß er allein ist.«

»Zu Weihnachten.«

»Immer. Wenn er aus dem Haus geht, habe ich einfach immer das Gefühl, daß er niemals wiederkommt. Er ist – ich weiß nicht –, irgendwie ist er in Gefahr.«

»Du wirst noch dahinterkommen, daß er nicht ganz so empfindlich ist, wie du glaubst«, sage ich, ebenfalls in Richtung Zimmerdecke.

In letzter Zeit fällt mir auf, daß wir ohne Blickkontakt besser miteinander reden können. Vielleicht können wir überhaupt nur so miteinander reden. »Zu früh alles erreicht, *das* ist Larrys Problem. An der Uni die große Leuchte, in der realen Welt ein Versager. Zwei oder drei solcher Typen hat es in meiner Generation gegeben. Aber die schlagen sich durch. Beziehungsweise können gut einstecken.«

Sei es nun Tarnung, sei es etwas Schäbigeres: In den letzten Wochen habe ich mich immer wieder dabei beobachtet, wie ich den geduldigen Guten Samariter spielte, während ich im tiefsten Herzen der schlimmste Samariter auf Erden bin.

Aber für heute abend hat Gott von meiner Falschheit genug: Denn kaum habe ich das gesagt, da höre ich auch schon nicht das Krähen eines Hahns, sondern Klopfgeräusche an einem Fenster im Parterre. Aber so deutlich – und so genau im Takt mit ihrer Lautenmusik –, daß ich mich eine Sekunde lang frage, ob das Klopfen womöglich nur in meinem Kopf ist, bis Emma ihre Hand aus meiner reißt, als hätte ich sie gestochen, und sie sich auf die Seite rollt und hinsetzt. Und wie Larry ruft sie nicht, sie spricht. Zu ihm. Als ob nicht ich neben ihr liege, sondern Larry. »Larry? Bist du's? Larry?«

Und von unten vernehme ich nach dem Klopfen jene samtweiche Stimme, für die Schwerkraft und meterdicke Steinmauern keine Hindernisse sind und die dank dieser Fähigkeit in jedes Versteck einzudringen vermag. Gehört hat er Emma natürlich nicht. Ausgeschlossen. Er kann unmöglich wissen, wo wir uns aufhalten oder ob wir überhaupt zu Hause sind. Sicher, unten brennen ein paar Lampen, aber das mache ich immer, um Einbrecher abzuschrekken. Und mein Sunbeam steht unsichtbar in der verschlossenen Garage.

»He, Timbo. Emm. *Liebe Leute.* Laßt die Zugbrücke runter. Ich bin zurück. Kennt ihr noch Larry Pettifer, den großen Erzieher? Pettifer den Petomanen? Frohes neues Jahr. Frohes, frohes Was-ihr-wollt.«

Er nennt sie Emm. Sie hat nichts dagegen. Im Gegenteil, so langsam denke ich, sie betrachtet es als Auszeichnung.

Und ich? Habe ich keinen Text in diesem Kabarett? Ist es nicht meine Rolle, meine Pflicht, ihm seinen Willen zu lassen? Muß ich nicht in mein Schlafzimmer stürzen, das Schiebefenster hochreißen und ihm zurufen: »Larry, da bist du ja, endlich – bist du allein? Hör zu, Emma hat's am Rükken – bin gleich unten!« –, muß ich nicht entzückt sein, ihn willkommen heißen, meinen ältesten Freund, der am Silvesterabend so einsam ist? Ich, Timbo, sein Fels, der ihn zerschmettert hat, wie er zu sagen pflegt? Muß ich nicht nach unten rennen, die Außenbeleuchtung einschalten und, während ich die Schlösser entriegle, durch den Spion seine im Dunkeln schwankende byronische Gestalt betrachten? Muß ich nicht, unseren neuen Gepflogenheiten entsprechend, die Arme um ihn schlingen, um ihn und seinen geliebten grünen österreichischen Regenmantel, den er seine Wetterhaut nennt? Jetzt ist er allerdings trotzdem naß bis auf die Knochen, denn nachdem er die größte Strecke von London her mit dem Wagen geschafft hatte, wurde das verfluchte Ding plötzlich widerspenstig und fuhr in einen Graben, so daß Larry per Anhalter fahren mußte, und zwar mit einer Horde betrunkener alter Jungfern. Seine Designerstoppeln sind heute nicht einen, sondern sechs Tage alt, und er strahlt eine Überlegenheit aus, die nicht nur vom Trinken kommt; es ist der Widerschein, der Abglanz ferner Welten. Recht gehabt, dachte ich: Er hat eine seiner heroischen Reisen hinter sich, und jetzt wird er mir davon vorprahlen.

»Am *Rücken*?« sagt er. »Emm? Unsinn. *Heute* kann man's doch nicht am *Rücken* haben, *Emm* doch nicht!«

Er hat recht.

Schon bei Larrys Ankunft ist Emma eine Wunderheilung widerfahren. Um Mitternacht fühlt sie sich wie neugeboren, als ob sie noch nie in ihrem Leben Rückenschmerzen gehabt hätte. Während ich Larry ein Bad einlaufen lasse, in meinem Ankleidezimmer frische Socken, Hosen, Hemd und Pullover für ihn zusammensuche und auch noch ein Paar Pantoffeln hole, die er statt seiner scheußlichen Ziegenlederstiefel anziehen soll, höre ich sie in lustvoller Unschlüssigkeit in ihrem Schlafzimmer hin und her hasten. Designerjeans oder den langen Kaminrock, den Tim mir zum Geburtstag gekauft hat? Ihre Schranktür quietscht, sie nimmt den Rock. Die hochgeschlossene weiße Bluse oder die tief ausgeschnittene schwarze? Lieber die weiße, Tim mag es nicht, wenn ich zu verführerisch aussehe. Und zu der weißen Bluse kann ich die Intaglio-Kette tragen, die Tim mir unbedingt zu Weihnachten schenken wollte.

Wir tanzen.

Larry weiß genau, wie ungern ich tanze; wohingegen er der geborene Tänzer ist: Er tanzt Foxtrott mit der Würde eines britischen Kolonialherrn, und gleich darauf gebärdet er sich wie ein verrückter Kosake, oder was auch immer das sein soll: Die Hände auf den Hüften, stolziert er gebieterisch um sie herum und stampft mit meinen Pantoffeln auf das glänzende Parkett. Wir singen, obgleich ich kein Sänger bin und es mir längst angewöhnt habe, zu den Liedern in der Kirche nur noch die Lippen zu bewegen. Wir stellen uns im Dreieck auf und lauschen den zwölf Schlägen der Uhr. Dann nehmen wir Emma in die Mitte, jeder einen weichen weißen Arm, und schmettern »Auld Lang Syne«, wobei Larry den Diskant der Chorknaben aus Winchester parodiert und die Intaglios an Emmas Hals sich glitzernd auf und ab bewegen. Und obwohl ihre Blicke und ihr Lächeln mir zugewandt sind, brauche ich keine Nachhilfe in Sachen Liebe, um zu erkennen, daß sämtliche Konturen und Wölbungen ihres Körpers, von der Haltung ihres dunklen Kopfs bis zum züchtigen Faltenfall ihres Rocks, nur auf ihn gerichtet sind. Und als um halb vier zum zweiten Mal in dieser Nacht für uns Schlafenszeit ist und Larry, der sich in den Ohrensessel geworfen hat, uns bereits wieder zu Tode gelangweilt beobachtet und ich hinter ihr stehe und ihr die Schultern massiere, da weiß ich, daß sie nicht meine Hände auf ihrem Körper fühlt, sondern seine.

»Also, du warst mal wieder auf Reisen«, sage ich am nächsten Morgen zu ihm; er ist bereits in der Küche und mit der Zubereitung von Tee und Baked beans auf Toast beschäftigt. Er hat nicht geschlafen. Während der ganzen frühen Morgenstunden habe ich ihn gehört, er ist in meinem Arbeitszimmer herumgeschlichen, hat in meinen Büchern gekramt und Schubladen aufgezogen, hat sich zwischendurch hingelegt und ist wieder aufgestanden. Während der ganzen Nacht habe ich den üblen Gestank seiner abscheulichen russischen Zigaretten ertragen müssen: *Prima,* wenn er sich wie ein proletarischer Intellektueller fühlen will; *Belomorkanal,* wenn er zur Entspannung ein wenig Lungenkrebs nötig hat, wie er gern zu sagen pflegt.

»Also, ja, war ich«, gibt er schließlich zu. Denn bis jetzt ist er, was seine Abwesenheit betrifft, ungewöhnlich zurückhaltend gewesen und hat damit meine Hoffnung wiederbelebt, daß er endlich eine eigene Frau gefunden habe.

»Mittlerer Osten?« rate ich.

»Nicht direkt.«

»Asien?«

»Nicht direkt. Genaugenommen Europa. Bollwerk der europäischen Zivilisation.«

Ich weiß nicht, ob er mich zum Schweigen bringen oder provozieren will, hartnäckiger nachzufragen; aber ich tue ihm weder so noch so den Gefallen. Ich bin nicht mehr sein Aufpasser. Für deaktivierte Joes – fragt sich nur, wann Larry jemals aktiviert wurde? – ist die Abteilung Soziales zuständig, falls nichts anderes schriftlich vereinbart ist.

»Jedenfalls eine Gegend, wo es schön heidnisch zugeht«, bemerke ich, um das Thema abzuschließen.

»Ja, schön heidnisch, das kann man wohl sagen. Wenn du mal richtig Weihnachten erleben willst, besuch mal im Dezember das geschmackvolle Grosny. Stockfinster, Ölgestank, betrunkene Hunde, Teenager mit Goldschmuck und Kalaschnikows.«

Ich starre ihn an. »Grosny in Rußland?«

»Eigentlich Tschetschenien. Nordkaukasus. Hat sich als unabhängig erklärt. Einseitig. Moskau ist leicht eingeschnappt.«

»Wie bist du da hingekommen?«

»Per Anhalter. Flugzeug nach Ankara. Flugzeug nach Baku. Stückchen die Küste rauf. Links abgebogen. Kinderspiel.«

»Und was hast du da gemacht?«

»Alte Freunde besucht. Freunde von Freunden.«

»Tschetschenen?«

»Auch ein paar. Und einige von ihren Nachbarn.«

»Hast du der Firma Bescheid gesagt?«

»Wozu die damit belästigen? Weihnachtsreise. Schöne Berge. Frische Luft. Was geht die das an? Nimmt Emm Zukker in den Tee?«

Er ist schon halb aus der Küche, eine frische Tasse Tee in der Hand.

»He. Gib das mir«, sage ich scharf und nehme sie ihm ab. »Ich will sowieso nach oben.«

Grosny? sage ich mir immer wieder vor. Glaubt man den jüngsten Presseberichten aus dieser Region, ist Grosny heute eine der ungastlichsten Städte der Welt. Ich hätte gewettet, nicht einmal Larry würde es riskieren, sich von blutrünstigen Tschetschenen als Gegenmittel gegen englische Weihnachten opfern zu lassen. Lügt er also? Oder will er mich schockieren? Was sind das für alte Freunde, Freunde von Freunden, Nachbarn? Grosny, und was *dann*? Hat die Firma ihn reaktiviert, ohne es mir zu sagen? Ich will mich da nicht reinziehen lassen. Ich tue so, als habe das ganze Gespräch nicht stattgefunden. Und Larry verhält sich ebenso – bis auf sein verdammtes Lächeln und diese überlegene Ausstrahlung des Weitgereisten.

»Emm ist einverstanden, mir ein bißchen Drecksarbeit abzunehmen«, sagt Larry, als wir an einem sonnigen Sonntagabend auf der oberen Terrasse herumschlendern. »Will mir bei ein paar meiner hoffnungslosen Fälle helfen. Du hast doch nichts dagegen?«

Inzwischen kommt er sonntags nicht nur zum Lunch. Manchmal sind wir drei zusammen so glücklich, daß Larry sich verpflichtet fühlt, auch noch zum Abendessen zu bleiben. Er besucht uns nun seit acht Wochen, und in dieser Zeit hat sich der Ablauf seiner Besuche vollständig geändert. Keine öden Geschichten mehr vom akademischen Schattendasein. Statt dessen haben wir den alten Larry wieder, Larry den Weltenträumer und Sonntagsprediger, der in einem Atemzug gegen die schändliche Trägheit des Westens wettert und schmalzige Visionen von altruistischen Kriegen einer UNO-Eingreiftruppe entwirft, die ermächtigt werden sollte, ihre Batman-Uniform anzuziehen, um jeglicher Tyrannei, Seuche und Hungersnot im Handumdrehen ein Ende zu machen. Und da ich nun einmal solche Fantasien für gefährlichen Unsinn halte, fällt mir die unglückliche Rolle des Hausskeptikers zu.

»Wen soll Emma denn retten?« frage ich übertrieben sarkastisch. »Die Araber in den Marschländern? Die Ozonschicht? Oder die armen Wale?«

Larry schlägt mir lachend auf die Schulter, was mich sofort wachsam werden läßt. »Alles auf einmal, blöder Kerl, nur um dich zu ärgern. Emm schafft das im Alleingang.«

Aber als seine Hand auf meiner Schulter liegenbleibt und ich sein allzu strahlendes Lächeln erwidere, beunruhigt mich etwas Wesentlicheres als sein Kosename für sie. Vordergründig sehe ich in seinem Lächeln die Verheißung eines mutwilligen, wenn auch harmlosen Wettbewerbs. Dahinter aber erkenne ich die Drohung einer bevorstehenden Abrechnung: »Du hast mich eingeschaltet, Timbo, weißt du noch?« sagt sein spöttischer Blick. »Aber das heißt noch lange nicht, daß du mich wieder ausschalten kannst.«

Ich befinde mich in einem Dilemma, und das habe ich meinem Gewissen oder, wie Larry es nennen würde, meinen Schuldgefühlen zu verdanken. Ich bin Larrys Freund, aber auch sein Erfinder. Und als sein Freund weiß ich, daß die sogenannten hoffnungslosen Fälle, mit denen er den Mief von Bath bekämpft – Schluß mit den Greueln in Ruanda, Laßt Bosnien nicht verbluten, Helft den Molukken! –, für ihn die einzige Möglichkeit darstellen, die Leere auszufüllen, die die Firma hinterlassen hat, als sie ihn zum alten Eisen warf und ohne ihn weitermachte.

»Na, ich hoffe, sie wird dir eine Hilfe sein«, sage ich großzügig. »Falls du noch mehr Büroraum brauchst, kannst du gern die Ställe haben.«

Doch als ich ein zweites Mal seine Miene studiere, gefällt sie mir kaum besser als beim erstenmal. Und als ich ein paar Tage später einen günstigen Augenblick nutzen und herausfinden will, in was genau er Emma hineingezogen hat, spielt ausgerechnet sie die Geheimnisvolle.

»Hat irgendwie mit Amnesty zu tun«, sagt sie, ohne von der Schreibmaschine aufzublicken.

»Na wunderbar. Und worum geht es – politische Häftlinge freizubekommen und so weiter?«

»Es geht eigentlich um alles.« Sie tippt etwas.

»Das ist ja eine ganze Menge«, sage ich unbeholfen, denn

es ist ziemlich anstrengend, die Unterhaltung quer durch ihr ganzes Atelierzimmer aufrechtzuerhalten.

Es ist viele Sonntage später, aber alle Sonntage sind zu einem verschmolzen. Erst sind es Larrys Tage, dann Larrys und Emmas Tage, dann die Hölle, die trotz all ihrer Variationen von erstickender Einförmigkeit ist. Genauer gesagt, es ist früh am Montagmorgen, das erste Licht scheint über den Mendips auf. Larry hat uns vor einer guten halben Stunde verlassen, aber das Rattern seines entsetzlichen Wagens, wie er klappernd und furzend die Zufahrt hinunterfährt, klingt mir noch immer in den Ohren, und Larrys freundlich gedämpftes »Schlaft schön, meine Lieben« ist ein Befehl, dem zu gehorchen mein Kopf sich hartnäckig weigert – bei Emma ist es offenbar nicht anders, denn sie steht, ein nackter Wachtposten, am Fenster meines Schlafzimmers und paßt auf, wie die schwarzen Wolkenballen vor dem feurigen Sonnenaufgang aufreißen und sich wieder zusammenschieben. In meinem ganzen Leben habe ich nie etwas so Unerreichbares oder Schönes gesehen wie Emma mit ihrem langen schwarzen Haar, das ihr über den Rücken fällt, als sie nackt in die Morgendämmerung blickt.

»*Genau* das wünsche ich mir auch«, sagt sie in dem übertrieben begeisterten Plauderton, der mir allmählich verdächtig wird. »Ich möchte auseinanderbrechen und wieder neu zusammengesetzt werden.«

»Deswegen bist du ja hier, Liebling«, erinnere ich sie.

Aber sie will ihre Träume nicht mehr mit mir teilen.

»Was *ist* eigentlich mit euch beiden?« sagt sie.

»Wen meinst du?«

Sie überhört das. Sie weiß, und ich weiß es, daß es in unserem Leben nur noch einen anderen gibt.

»*Wie* eigentlich wart ihr befreundet?« fragt sie.

»Wir waren kein Liebespaar, falls du das denken solltest.«

»Vielleicht wäre das besser gewesen.«

Manchmal ärgert mich ihre Toleranz. »Wieso?«

»Dann hättet ihr es hinter euch gebracht. Die meisten englischen Eliteschüler, die *ich* kenne, hatten in ihrer Kindheit irgendwelche Liebesaffären mit anderen Jungen. Warst du nicht mal in ihn verknallt?«

»Nicht daß ich wüßte. Nein.«

»Vielleicht war er in dich verknallt. Du warst sein glänzender älterer Ritter. Sein großes Vorbild.«

»Mußt du jetzt sarkastisch werden?«

»Er sagt, du hast ihn sehr beeinflußt. Du hast ihm die Stichworte geliefert. Auch noch nach der Schule.«

Sei es Handwerk, sei es verliebter Wahnsinn: Ich bin eiskalt. Kalt wie bei einem Einsatz. Hat Larry das Gesetz der Omerta gebrochen – hat Larry, nach zwanzig Jahren geheimdienstlicher Tätigkeit, meinem Mädchen etwas ausgeplaudert? Ihr die gleichen vordergründigen Formulierungen aufgetischt wie damals seinem leidgeprüften Führungsoffizier? *Cranmer hat das Menschliche in mir pervertiert, Emma, Cranmer hat mich verführt, meine törichte Unschuld ausgebeutet, mich zum Lügner und Heuchler gemacht?*

»Was hat er dir sonst noch erzählt?« frage ich lächelnd.

»Wieso? Gibt's da noch mehr?« Sie ist noch immer nackt, aber jetzt wird ihr die Nacktheit unangenehm; sie nimmt eine Decke, wickelt sich hinein und setzt dann ihre Wache fort.

»Ich möchte bloß wissen, wie mein schlechter Einfluß ausgesehen haben soll.«

»Von schlecht hat er nichts gesagt. Das hast *du* gesagt.« Zur Abwechslung lacht *sie* jetzt einmal, wenn auch gezwungen. »Ich darf mich doch wohl fragen, ob ich zwischen euch beiden in der Falle sitze? Wahrscheinlich habt ihr zusammen im Gefängnis gesessen. Das würde erklären, warum das Finanzministerium dich mit siebenundvierzig rausgeschmissen hat.«

Ich muß ihr zuliebe annehmen, daß das ein Witz sein soll; ein Ausweichen vor einem Thema, das außer Kontrolle zu geraten droht. Wahrscheinlich erwartet sie, daß ich jetzt lache. Aber plötzlich ist der Graben zwischen uns unüberbrückbar, und wir haben beide Angst. Noch nie sind wir so weit auseinander gewesen, noch nie waren wir so bewußt mit dem Unsagbaren konfrontiert.

»Gehst du zu seinem Vortrag?« fragt sie in einem mißlungenen Versuch, das Thema zu wechseln.

»Was für ein Vortrag? Ein Vortrag jeden Sonntag reicht mir eigentlich.«

Ich weiß genau, welchen Vortrag sie meint. Er heißt ›Der vergeudete Sieg: Westliche Außenpolitik seit 1988‹, eine weitere Schmährede Pettifers auf den moralischen Bankrott der westlichen Außenpolitik.

»Larry hat uns zu seiner Gedenkrede an der Universität eingeladen«, antwortet sie und gibt mir durch den Tonfall zu verstehen, daß sie übernatürliche Geduld mit mir hat. »Er hat uns zwei Eintrittskarten gegeben und will uns hinterher zu einem Curry einladen.«

Aber ich bin zu sehr unter Druck, zu wachsam, zu wütend, um jetzt einzuwilligen. »Ich mache mir nichts mehr aus Curry, darauf kann ich verzichten, Emma. Und daß du zwischen uns in der Falle sitzt –«

»Ja?«

Ich unterbreche mich rechtzeitig, aber nur noch gerade so. Im Gegensatz zu Larry hasse ich große Worte; das Leben hat mich gelehrt, Gefährliches ungesagt sein zu lassen. Was hat es für einen Sinn, wenn ich ihr sage: Nicht Emma sitzt zwischen mir und Larry in der Falle, sondern Cranmer zwischen seinen beiden Geschöpfen? Ich möchte es ihr ins Gesicht schreien: daß sie, wenn sie Beispiele für ungebührliche Beeinflussung sucht, sich nur einmal anzusehen braucht, wie Larry *sie* manipuliert; wie er sie durch wöchentliche und jetzt tägliche Appelle an ihr unendlich empfängliches Gewissen gnadenlos verführt und gängelt; wie er sie unter dem Deckmantel dieser sogenannten hoffnungslosen Fälle, für die er sich immer wieder einsetzt, skrupellos als seine Gehilfin und Leibeigene einspannt; und daß sie, wenn sie Hinterlist verabscheut, doch mal bei ihrem neuen Freund danach suchen soll.

Aber ich sage nichts von alldem. Im Gegensatz zu Larry liegt mir nichts an Konfrontation. Noch nicht.

»– ich möchte nur, daß du frei bist«, sage ich. »Ich möchte nicht, daß du irgendwem in die Falle gehst.«

Aber in meinem Kopf kreischt die Bandsäge hilflos weiter: *Er spielt mit dir! Was glaubst du denn! Warum kannst du nicht über deine Nasenspitze hinaussehen? Er wird dich immer höher heben, und wenn er genug von dir hat, läßt er dich da oben hängen, schwankend am Abgrund, ohne ihn. Alles, wovor du fliehen wolltest, verkörpert er in einer Person, und die ist mein Werk.*

Es ist mein finsteres Mittelalter. Der Rest meines Lebens vor Emma. Ich höre mir Larrys gespreizte Reden an, er prahlt mit seinen Eroberungen. Siebzehn Jahre sind vergangen, seit Cranmer seinen weinenden jungen Agenten auf dem Hügel über Brighton mit Worten aufzumuntern versuchte. Heute gilt Larry als bester Joe im Arsenal der Firma. Wo sind wir? In Paris? Stockholm? In einem unserer Londoner Pubs, niemals derselbe zweimal hintereinander? Wir sind in der sicheren Wohnung in der Tottenham Court Road, bevor das Haus abgerissen wurde, um für einen weiteren Klotz moderner Einsamkeit Platz zu schaffen; Larry geht mit der grimmigen Miene eines Stardirigenten auf und ab, trinkt Scotch, und ich beobachte ihn.

Sein Hosenbund auf Halbmast um die schmalen Hüften. Aschenflocken seiner abscheulichen Zigarette auf der offenen schwarzen Weste, die er seit neuestem zu seinem Markenzeichen bestimmt hat. Die dünnen Finger nach oben gerichtet, melkt er die Luft im Rhythmus seiner Halbweisheiten. Die berühmte Pettifer-Stirnlocke, jetzt grau meliert, hängt noch immer in pubertärer Aufsässigkeit schwungvoll über der Stirn. Morgen geht er wieder nach Rußland, offiziell zu einer einmonatigen wissenschaftlichen Konferenz an der Moskauer Staatsuniversität, in Wirklichkeit zu seinen jährlichen Ruhe- und Erholungswochen bei seinem derzeitigen Kontrolleur vom KGB, dem vermeintlichen Zweiten Kulturattaché Konstantin Abramowitsch Tschetschejew.

Die Art, wie Moskau mit Larry umgeht, wirkt heutzutage ebenso majestätisch wie anachronistisch: VIP-Empfang am Flughafen Scheremetjewo; ein Zil mit geschwärzten Fenstern, der ihn schnellstens zu seiner Wohnung bringt; die besten Tische; die besten Karten; die besten Mädchen.

Und Tschetschejew wird eigens aus London eingeflogen, um im Hintergrund den Haushofmeister zu spielen. Träte man hinter den Spiegel, könnte man sich vorstellen, sie erwiesen ihm zum Abschied die Ehre, die einem langjährigen Agenten des britischen Geheimdienstes zukommt.

»Frauen treu sein, das ist das letzte«, erklärt Larry; dann streckt er die belegte Zunge heraus und betrachtet sie eingehend. »Wie kann ich für die Gefühle einer Frau verantwortlich sein, wenn ich nicht mal für meine eigenen verantwortlich bin?« Er läßt sich in einen Sessel fallen. Warum haben selbst seine schwerfälligsten Bewegungen einen so unbekümmerten Charme? »Wer bei Frauen herausfinden will, wann es genug ist, muß nur zuviel tun«, verkündet er, und es hört sich an, als solle ich es für die Nachwelt aufschreiben.

In solchen Zeiten versuche ich Larry nicht allzu kritisch zu sehen. Meine Aufgabe ist es, ihn in Sicherheit zu wiegen, seinen Stimmungen entgegenzukommen, ihm Mut zu machen, seine Beleidigungen hinzunehmen und stets mit einem Lächeln zu beantworten.

»Tim?«

»Ja, Emma.«

»Ich muß es wissen.«

»Was immer du willst«, sage ich großzügig und klappe mein Buch zu. Es ist einer ihrer Frauenromane, und ich finde ihn reichlich zäh.

Wir sind im Frühstückszimmer, einem kreisrunden Ziertürmchen, das Onkel Bob auf die Südwestecke des Hauses hat setzen lassen. Die Morgensonne macht einen freundlichen Ort daraus. Emma steht in der Tür. Seit sie allein zu Larrys Vortrag gegangen ist, habe ich sie kaum noch gesehen.

»Das ist alles erlogen, stimmt's?« sagt sie.

Ich ziehe sie sanft ins Zimmer und schließe die Tür, damit Mrs. Benbow nicht mithören kann. »Was ist erlogen?«

»Du. Dich gibt es gar nicht. Du hast mich mit jemand ins Bett gehen lassen, der gar nicht existiert.«

»Redest du von Larry?«

»Ich rede von *dir*! Nicht von Larry. Von *dir*! Wie kommst du darauf, daß ich mit Larry ins Bett gegangen bin? Ich rede von *dir*!«

Weil du's getan hast, denke ich. Aber jetzt umarmt sie mich, um ihr Gesicht vor mir zu verbergen. Ich blicke nach unten und sehe erstaunt, wie meine Rechte aus eigenem Antrieb agiert und ihr tröstend den Rücken tätschelt, weil ich ihre Geschichte falsch verstanden habe. Und mir kommt der Gedanke, daß man sich, wenn einem auf Gottes weiter Erde nichts anderes Sinnvolles mehr zu tun bleibt, ebensogut die Zeit damit vertreiben kann, jemandem den Rücken zu tätscheln, wie mit irgend etwas anderem. Sie jammert und schluchzt an meiner Brust, sie stöhnt Larry, Tim, und beschuldigt lieber mich als sich, aber zum Glück verliert sich viel von dem, was sie sagt, in meinem Hemd. Ich verstehe so etwas wie *Fassade* oder vielleicht auch *Scharade.* Und dann noch ein Wort, das wie *Märchen* klingt.

Unterdessen denke ich angestrengt darüber nach, wer wohl letztlich die Schuld an dieser und ähnlichen Szenen trägt. Denn in der Welt, in der Larry und ich aufgewachsen sind, wäre es vollkommen falsch anzunehmen, daß nur, weil die rechte Hand gerade Trost spendet, die linke nicht gleichzeitig eigene heimliche Aktivitäten in Erwägung zieht.

Und dennoch kann sie mich nicht verlassen. Manchmal kommt sie mitten in der Nacht wie ein Dieb in mein Zimmer geschlichen und schläft mit mir, ohne ein Wort zu sagen. Und ehe der Morgen sie ertappt, schleicht sie wieder weg und läßt ein naßgeweintes Kopfkissen zurück. Eine Woche vergeht, wir leben in unseren getrennten Räumen und nicken uns kaum noch zu. Das einzige Geräusch von ihrer Seite des Hauses ist das Klappern ihrer Schreibmaschine: Lieber Freund, Lieber Unterstützer, Lieber Gott, hol mich hier raus, aber wie? Sie telefoniert, aber ich habe keine Ahnung, mit wem, kann es mir aber denken. Gelegentlich ruft Larry an, und wenn ich den Hörer abnehme, bin ich die

Freundlichkeit in Person; er ist es auch, so ziemt es sich schließlich auch für verfeindete Spione.

»Hallo, Timbo. Was treibst du so?«

Wenn hier einer was treibt, dann ist er es, denke ich. Aber was soll's, schließlich sind wir doch so gute Freunde.

»Mir geht's prima, danke. Sehr gut. Ist für dich, Liebling. Die Einsatzzentrale«, sage ich und stelle den Anruf zu ihr durch.

Am nächsten Tag lasse ich meinen Anschluß sperren, aber noch immer weiß sie nicht, ob sie gehen oder bleiben soll.

»Nur zu meiner Information, woran erkenne ich, daß du mich verlassen hast?« frage ich sie eines Abends, als wir uns wie zwei Gespenster auf dem Gang zwischen unseren Haushälften begegnen.

»Wenn der Klavierhocker nicht mehr da ist«, erwidert sie.

Sie meint den rückenfreundlichen Klappstuhl, den sie am Tag ihres Einzugs mitgebracht hatte. Ein befreundeter schwedischer Osteopath hatte ihn für sie angefertigt – wie befreundet, kann ich nur vermuten.

»Und du bekommst den Schmuck zurück«, fügt sie hinzu.

Und ich sehe einen Ausdruck wütender Panik auf ihrem Gesicht, als habe sie sich versprochen und verfluche sich jetzt selbst dafür.

Sie meint die stetig wachsende Sammlung kostspieliger Schmuckstücke, die ich ihr bei Mr. Appleby in Wells zusammengekauft habe, um Lücken in unserer Beziehung auszufüllen, die sich nicht ausfüllen lassen.

Der nächste Tag ist ein Sonntag, und da verlangt es der Brauch, daß ich zur Kirche gehe. Als ich zurückkomme, sehe ich auf dem Teppich vor dem Bechstein nur noch die Abdrücke des Klavierhockers. Aber den Schmuck hat sie nicht dagelassen. Und es entspricht dem Wahnsinn des enttäuschten Liebhabers, daß mich das Fehlen des Schmucks mit einer gewissen verzweifelten Hoffnung erfüllt – die aber nicht stark genug ist, die Entschlossenheit meiner linken Hand zu schwächen.

Ich lag auf meinem Bett, angezogen, die Leselampe war eingeschaltet. Ich lag auf meiner Seite des Betts – auf meinen Kissen, meiner Hälfte. *Ruf sie an,* flüsterte mein Versucher. Aber die Vernunft setzte sich durch, und anstatt den Hörer abzunehmen, griff ich nach unten, zog die Buchse aus der Wand und ersparte mir so die Demütigung, ein weiteres Mal von einem dummdreisten Abwimmler zum anderen weiterverbunden zu werden:

»Emma ist leider nicht *hier,* Tim, nein ... Versuch's mal bei Lucy ... Sekunde, Tim, Lucy ist zur Zeit in Paris, versuch's mal bei Sarah ... He, Deb, es geht um Tim, kannst du mir mal Sarahs Nummer geben?« Aber Sarah, falls sie aufzutreiben ist, weiß genausowenig wie alle anderen, wo Emma steckt. »Vielleicht bei John-and-Gerry's, Tim, nur daß da jetzt der Teufel los ist. Oder versuch's bei Pat, *die* wird es wissen.« Aber Pats Telefon gibt nur ein schrilles Jaulen von sich, also ist bei ihr wahrscheinlich auch der Teufel los.

Die Dorfuhr schlug sechs. Aber vor meinem inneren Auge sah ich die Gesichter der zwei Polizisten in der Linse des Spions treiben. Und irgendwo hinter ihnen Larrys Gesicht, ertrunken und aufgequollen wie die ihren, starrte es aus dem mondbeschienenen Weiher von Priddy zu mir hoch.

3

Ein subversiver Nachmittagsregen zog schmuddlige Vorhänge über die Themse, als ich, unter meinen Schirm geduckt, auf der Südseite des Embankment stand und nachdenklich das neue Hauptquartier meiner ehemaligen Dienststelle betrachtete. Ich hatte den Vormittagszug genommen und in meinem Club zu Mittag gegessen, an einem Einzeltisch, der zum Verdruß der Mitglieder vom Lande neben dem Speiseaufzug aufgestellt war. Danach hatte ich mir in der Jermyn Street ein paar Hemden gekauft und eins davon sofort angezogen. Doch nichts konnte mich über den Anblick dieses entsetzlichen Gebäudes hier vor mir hinwegtrösten. Larry, dachte ich, wenn die Universität von Bath deine Lubjanka ist, wie nennst du dann das hier?

Von Berkeley Square aus den Weltbolschewismus zu bekämpfen, das hatte Spaß gemacht. An meinem Schreibtisch das unaufhaltsame Fortschreiten der großen proletarischen Revolution auszuwerten und am Abend hinauszutreten aufs goldene Pflaster des kapitalistischen Mayfair mit den parfümierten Damen der Nacht, den glitzernden Hotels und leise schnurrenden Rolls Royce – diese Ironie hatte meinen Schritt stets beflügelt. Aber das hier – dieser düstere vielstöckige Klotz von einem Haus, umgeben von fürchterlichem Verkehr, 24-Stunden-Cafés und heruntergekommenen Kleidergeschäften –, wen sollte dieser Kasten mit seiner finsteren Fassade einschüchtern oder schützen können?

Ich packte den Schirm fester und schritt über die Straße. Schon waren hinter den Gardinen die ersten jämmerlichen Lichter angegangen; Chromleuchter und billige Schreibtischlampen für die höheren Etagen, Neonlampen für den Pöbel weiter unten. Eine Betonschikane führte zum Eingang. Junge Männer in Chauffeuruniformen standen mit ernsten Gesichtern an einem provisorisch aus Sperrholz errichteten Empfangsschalter. Cranmer, sagte ich und übergab meinen Schirm und die Tragetasche mit der hübschen Schachtel des Hemdenmachers: Ich werde erwartet. Aber ich mußte noch Schlüssel und Münzen aus den Taschen nehmen, bevor die Metalldetektoren mich durchlassen wollten.

»Tim! Prima! Lange nicht gesehen! Wie geht's denn so? Offenbar *gut*, Mann, wenn ich mir Sie so ansehe, verdammt gut sogar! He, haben Sie auch an Ihren Ausweis gedacht?«

Das alles, während Andreas Munslow mir überschwenglich die Hand schüttelte, mir auf die Schulter schlug, dem Pförtner einen rosa Zettel wegschnappte, für mich unterschrieb und zurückgab.

»Hallo, Andy«, sagte ich.

Munslow hatte auf Probe in meiner Abteilung gearbeitet, bis ich ihn kurzerhand woandershin versetzen ließ. Und ich würde dich morgen gleich wieder rausschmeißen, dachte ich gut gelaunt, als wir wie alte Freunde, die sich wiedergefunden hatten, plaudernd den Korridor entlangschritten.

An derTür stand H/IS. Am Berkeley Square hatte es eine solche Stelle nicht gegeben. Im Vorzimmer standen Möbel aus künstlichem Rosenholz. Am Berkeley Square hatten wir mehr für Chintz geschwärmt. Ein Hinweisschild: KNOPF DRÜCKEN, GRÜN ABWARTEN. Munslow sah auf seine Tiefseetaucheruhr und murmelte: »Bißchen früh.« Wir setzten uns, ohne den Knopf gedrückt zu haben.

»Ich dachte, Merriman hätte was mit der Oberen Etage arrangiert«, sagte ich.

»Na ja, das ist so, Jake wollte Sie erst mal direkt an die Leute verweisen, die sich mit dieser Sache befassen, Tim, und dann irgendwie erst später zu Ihnen stoßen.«

»Was für eine Sache?«

»Na, Sie wissen schon. Ex-Sowjetunion. Neue Ära.«

Ich fragte mich, was an einem verschwundenen ehemaligen Agenten eine neue Ära sein sollte.

»Und was bedeutet IS? Inquisitions-Stelle? Immanente Suspendierungen?«

»Das sollten Sie lieber Marjorie fragen, Tim.«

»Marjorie?«

»Ich kann nicht alles wissen, muß ich noch deutlicher werden?« Er strahlte scheinheilig. »He, toll, Sie zu sehen. Echt super. Keinen Tag älter geworden.«

»Sie auch, Andy. Sie haben sich kein bißchen verändert.«

»Wenn ich jetzt bitte den Ausweis haben könnte, Tim.«

Ich gab ihn ihm. Die Zeit verging.

»Wie läuft es denn heutzutage so in der Firma?« fragte ich.

»Tim, rundum großartig. Toller Arbeitsplatz. Immer was los.«

»Freut mich.«

»Und Sie sind unter die Winzer gegangen, Tim. Richtig?«

»Ich presse ein paar Trauben aus.«

»Toll. Fabelhaft. Man sagt ja, der britische Wein soll echt im Kommen sein.«

»Sagt man das? Das ist ja wirklich nett. Nur gibt es so etwas leider gar nicht. Es gibt englischen Wein. Es gibt walisischen Wein. Meiner ist ein mittelmäßiger englischer, aber wir arbeiten daran, ihn zu verbessern.«

Er wirkte vollkommen gleichgültig, und das erinnerte mich an seine Dickfelligkeit.

»He, wie geht's Diana? Königin der Sicherheitsüberprüfung, wie sie früher genannt wurde. Heute noch. Ein großes Kompliment.«

»Danke, gut, hoffe ich, Andy. Aber wir sind seit sieben Jahren geschieden.«

»Ach nein, das tut mir aber leid.«

»Nicht doch. Mir tut es nicht leid. Diana auch nicht.«

Er drückte den Knopf und setzte sich wieder, während wir Grün abwarteten.

»He, was macht eigentlich Ihr Rücken?« formulierte er den nächsten Geistesblitz.

»Danke, daß Sie danach fragen, Andy. Keinen Mucks mehr, seit ich aus dem Service bin, wie ich mit Stolz vermelden kann.«

Das war gelogen, aber Munslow war einer von diesen Leuten, mit denen man die Wahrheit nicht teilen möchte, deshalb hatte ich ihn auch nicht in meiner Abteilung haben wollen.

Pew, sagte sie. Marjorie Pew.

Ihr Händedruck war gut, ihr Blick offen: graugrüne Augen, ein wenig verträumt. Das Gesicht matt gepudert, durchscheinend. Sie trug breitschultriges Marineblau mit einem weißen Kragen, der mich immer an Rechtsanwältinnen denken laßt, und um den Hals eine goldene Uhrkette, die vermutlich ihrem Vater gehört hatte. Sie hatte eine jugendliche Figur und eine sehr englische Haltung. Als sie mir die Hand hinhielt, verbeugte sie sich aus der Hüfte und winkelte den Ellbogen ab, was auf ein Mädchen vom Land und Internatserziehung schließen ließ. Ihr braunes Haar war männlich kurz geschoren.

»Tim«, sagte sie. »Alle nennen Sie Tim, also werde ich es auch tun. Ich bin Marjorie, mit i-e. Marge nennt mich *niemand.*«

Jedenfalls nicht zweimal, dachte ich und nahm Platz.

Keine Ringe an den Fingern, stellte ich fest. Keine gerahmten Fotos vom Gatten, der dem Spaniel die Ohren zaust. Keine Zehnjährigen mit Zahnlücken beim Zelturlaub in der Toskana. Ob ich Tee oder Kaffee möchte? Kaffee, bitte, Marjorie. Sie nahm einen Hörer ab und gab die Bestellung durch. Sie war es gewöhnt, Befehle zu geben. Kein Papier, Schreibzeug, Spielsachen, kein Kassettenrecorder. Jedenfalls war keiner zu sehen.

»Also, fangen wir ganz von vorne an?« schlug sie vor.

»Warum nicht?« sagte ich ebenso freundlich.

Sie hörte mir zu, wie Emma, wenn sie Musik hört: reglos, gelegentlich ein Lächeln, ein Runzeln der Stirn, aber nie an den Stellen, wo ich es erwartet hätte. Sie besaß die kluge Überlegenheit einer Psychiaterin. Ohne Notizen zu machen, wartete sie mit ihrer ersten Frage, bis ich fertig war. Ich erzählte flüssig. Ein Teil von mir hatte für diesen Auftritt den ganzen Tag lang geübt, wahrscheinlich auch die ganze Nacht. Das Erscheinen eines halb vergessenen Kollegen brachte mich nicht aus dem Konzept. Die Tür ging auf – eine andere als die, durch die ich hineingekommen war –, ein gutgekleideter Mann stellte ein Kaffeetablett zwischen uns ab, zwinkerte mir zu und sagte, Jake werde in einer Minute dasein, das Außenministerium sei in heller Aufregung. Freudig überrascht erkannte ich Barney Waldon, den wichtigsten Verbindungsmann der Firma zur Polizei. Wenn man einen Einbruch organisierte, eine kleine Entführung plante oder die eigene Tochter geschnappt worden war, als sie, bis zum Stehkragen mit Drogen vollgepumpt, um drei Uhr nachts mit ihrem frisierten Mini über die M25 raste, dann sorgte Barney dafür, daß das Gesetz auf unserer Seite war. In seiner Gegenwart fühlte ich mich ein wenig sicherer.

Marjorie hatte die Hände sittsam unterm Kinn gefaltet. Während ich sprach, beobachtete sie mich mit frommer Besorgnis, die mich äußerst wachsam machte. Ich vermied jede Erwähnung Emmas, ich spielte die Änderung meiner Telefonnummer herunter – vage Andeutungen über fehlgeleitete Computeranrufe, die einem das Leben zur Hölle machen –, räumte aber ein, die Aussicht, von Larrys betrunkenen nächtlichen Anrufen verschont zu werden, sei mir dabei recht willkommen gewesen. Ich machte einen wehmütigen Scherz daraus: Jeder, sagte ich, der die Last einer Freundschaft mit Larry auf sich nehme, werde im Handumdrehen zum Fachmann in der Kunst des Selbstschutzes. Was mir ein dünnes Lächeln von ihr einbrachte. Vielleicht hätte ich der Polizei gegenüber aufrichtiger sein sollen, sagte ich, aber ich hätte den Eindruck vermeiden wollen, daß Larry und ich gut befreundet seien; sie hätten daraus nur die falschen Schlüsse gezogen – beziehungsweise die richtigen.

Dann lehnte ich mich auf meinem Stuhl zurück, um anzudeuten, daß ich ihr die ganze Wahrheit und nichts als die Wahrheit gesagt hatte. Ich wechselte einen freundlichen Blick mit Barney.

»Üble Sache«, sagte er.

»Etwas übertrieben«, stimmte ich zu. »Aber typisch Larry.«

»Allerdings.«

Dann sahen wir beide Marjorie mit i-e an, die noch nichts gesagt hatte. Sie starrte eine Stelle auf ihrem Schreibtisch an, als habe sie dort etwas zu lesen entdeckt. Hatte sie aber nicht. Links und rechts hinter ihr bemerkte ich zwei Türen.

Mir kam der Gedanke, das hier sei gar nicht ihr Zimmer, sondern irgendein Vorzimmer, und das wahre Leben finde anderswo statt. Ich hatte das Gefühl, wir würden abgehört. Aber dieses Gefühl hat man in der Firma sowieso.

»Entschuldigen Sie, Tim. Ist es Ihnen nicht in den Sinn gekommen, die Polizei zu bitten, später noch einmal wiederzukommen, und uns unverzüglich anzurufen? Anstatt sie einfach hereinzulassen?« fragte sie, noch immer den Schreibtisch studierend.

»Ich hatte die Wahl – wie in jeder operativen Situation«, erklärte ich, vielleicht ein wenig herablassend. »Ich hätte sie fortjagen und Sie anrufen können; dann wären bei Ihnen die Alarmglocken losgegangen. Oder die Sache als etwas Normales auffassen. Bloß eine normale polizeiliche Befragung über einen normalen vermißten Freund. Und dafür habe ich mich entschieden.«

Zufrieden griff sie meinen Standpunkt auf. »Und im übrigen *war* es doch wohl normal, oder? Könnte es noch immer sein. Wie Sie sagen: Larry hat nichts getan, außer daß er verschwunden ist.«

»Nun ja, da war immerhin dieser Hinweis auf Tschetschejew«, erinnerte ich sie. »Die Beschreibung der Vermieterin von Larrys ausländischem Besucher hat haargenau auf ihn gepaßt.«

Bei der Erwähnung von TT hob sie den grüngrauen Blick und sah mich abweisend an.

»Tatsächlich?« fragte sie eher sich selbst als mich. »Erzählen Sie mir etwas über ihn.«

»Über Tschetschejew?«

»Ist er nicht Georgier oder so was?«

Ach Larry, dachte ich, wenn du jetzt bei uns wärst.

»Nein, ich fürchte, er war genau das Gegenteil. Kam aus dem Nordkaukasus.«

»Also Tschetschene«, sagte sie auf diese dogmatische Art, auf die ich mich inzwischen bei ihr eingestellt hatte.

»Na ja, fast, aber nicht ganz«, sagte ich freundlich, obwohl ich nicht übel Lust hatte, sie aufzufordern, mal einen Blick auf die Landkarte zu werfen. »Er ist Ingusche. Aus Inguschien. Gleich neben Tschetschenien, aber kleiner. Tschetschenien auf der einen Seite, Nord-Ossetien auf der anderen. Inguschien in der Mitte.«

»Verstehe«, sagte sie mit demselben leeren Blick wie zuvor.

»Für den KGB war Tschetschejew ein Ausnahmefall. Russen aus den alten moslemischen Minderheiten haben in der Regel keine Auslandsaufträge vom KGB bekommen. Auch sonst so gut wie nichts. Man hält sie durch spezielle Gesetze unter Kontrolle, man beschimpft sie als Schwarzärsche und läßt sie möglichst nicht aus ihren Provinzen heraus. TT hat dieses Schema durchbrochen.«

»Verstehe.«

»TT, so hat Larry ihn genannt.«

»Verstehe.«

Es wäre mir lieber gewesen, wenn sie damit aufgehört hätte, denn es war so offenkundig unwahr.

»Schwarzarsch klingt auf russisch viel schlimmer als in unserer Sprache. Wurde ursprünglich nur für mittelasiatische Moslems gebraucht. Im neuen Geist der Offenheit hat man den Begriff auch auf die Bewohner des Nordkaukasus angewandt.«

»Verstehe.«

»Tschetschejew hat eine heldenhafte Figur gemacht, zumindest nach Larrys Ansicht. Verwegen, kultiviert, robust, ein ganz typischer *gorets,* und obendrein ein kluger Kopf. Nach dem ganzen Abschaum, mit dem Larry sich in den sechzehn Jahren davor hatte herumschlagen müssen, war TT die reinste Erholung.«

»*Gorets?*«

»Gebirgsbewohner. Plural *gortsy.* Er war auch ein guter Führungsoffizier.«

»Ach ja?« Sie betrachtete fragend ihre Hände.

»Larry neigt dazu, Menschen zu idealisieren«, erklärte ich. »Das ist Teil seiner ewigen Unreife. Wenn ihn jemand enttäuscht, kann er den nicht schwarz genug malen. Aber mit TT ist ihm das nie passiert.«

Ich hatte sie an etwas erinnert.

»Hatte Larry nicht irgendeinen *Posten* im Kaukasus?« fragte sie unwillig. »Ich glaube mich zu erinnern, daß wir das Außenministerium einschalten mußten, weil er sich *Gehör* verschaffen wollte.«

»Er war der Meinung, wir sollten uns damals, zur Zeit des sowjetischen Machtverfalls, mehr für diese Region interessieren.«

»*Wieso* mehr interessieren?«

»Der Nordkaukasus war für ihn das nächste Pulverfaß. Das nächste Afghanistan. Eine ganze Reihe von Bosnien, kurz vor dem Ausbruch. Er meinte, man dürfe den Russen in dieser Region nicht trauen. Er wollte nicht, daß sie sich da einmischten. Teilen und herrschen. Er verabscheute die Dämonisierung des Islam als Ersatz für den antikommunistischen Kreuzzug.«

»*Und?*«

»Wie bitte?«

»Unsere Rolle dabei. Was sollten wir im Westen nach Pettifers Ansicht *tun,* um unsere Sünden wiedergutzumachen?«

Ich zuckte die Schultern, vielleicht ein wenig heftig. »Nicht mehr Partei für die alten russischen Dinosaurier ergreifen ... auf gebührenden Respekt vor kleinen Nationen bestehen ... unserer Vorliebe für große politische Gruppierungen entsagen und uns mehr um individuelle Minderheiten kümmern ...« Ich zitierte Larry Wort für Wort, Pettifers Sonntagspredigten. Wie Larry hätte ich den ganzen Tag weiterreden können. »Uns mit den Details befassen. Mit den Menschen, für die wir im Kalten Krieg doch hauptsächlich gekämpft haben.«

»Haben wir das?«

»Er jedenfalls.«

»Und Tschetschejew hat ihn dabei offensichtlich beeinflußt.«

»Offensichtlich.«

Ihre Augen hatten mich die ganze Zeit kaum einmal losgelassen. Jetzt blitzten sie anklagend auf. »Und haben Sie diese Ansicht geteilt – Sie persönlich?«

»TTs Ansicht?«

»Diese Auffassung von den Pflichten des Westens.«

Nein, ganz bestimmt nicht, dachte ich. Da war Larry nicht zu ertragen, wenn er, bloß weil er sich langweilte, seine große Show abzog. Aber das sagte ich nicht. »Ich bin Profi gewesen, Marjorie. Ich hatte keine Zeit, Ansichten zu teilen oder zurückzuweisen. Ich habe alles geglaubt, was damals für den Job nötig war.«

Sie wandte den Blick nicht von mir, und es kam mir so vor, als hörte sie weniger auf meine Worte als auf das, was ich nicht gesagt hatte.

»Jedenfalls haben wir ihn angehört«, sagte sie, als ob wir damit von unserer Schuld freigesprochen wären.

»Ja, schon richtig, angehört haben wir ihn. Unsere Analytiker haben ihn angehört. Der Südrußland-Experte des Außenministeriums hat ihn angehört. Aber geführt hat es zu nichts.«

»Wieso nicht?«

»Man hat ihm gesagt, Großbritannien habe in dieser Region keine Interessen. So ziemlich das gleiche hatten wir ihm auch gesagt, aber als er es von so weit oben zu hören bekam, hat er die Geduld verloren. Er hat ein mingrelisches Sprichwort zitiert. ›Wozu braucht ihr Licht, wenn ihr blind seid?‹«

»Wußten Sie, daß Tschetschejew vor zwei Jahren mit allen Ehren in den Ruhestand getreten ist?«

»Selbstverständlich.«

»Warum selbstverständlich?«

»Das war zu der Zeit, als wir Larry deaktiviert haben. TTs Abschied hat zu der Entscheidung der Oberen Etage, die Operation Pettifer abzuschließen, wesentlich beigetragen.«

»War Tschetschejew ein anderer Posten angeboten worden?«

»Ihm zufolge nein. Er hat aufgehört.«

»Wohin ist er denn gegangen? Ihm zufolge.«

»Nach Hause. Wollte wieder in seine Berge. Wollte nicht mehr den Intellektuellen spielen, sondern zurück zu seinen Stammeswurzeln.«

»So jedenfalls hat er es dargestellt.«

»So hat er es Larry erzählt, das ist schon ein kleiner Unterschied.«

»Warum?«

»Die beiden glaubten gern, sie hätten ein Vertrauensverhältnis. TT hat ihn nie betrogen. Jedenfalls hat er das behauptet, und Larry hat ihm geglaubt.«

»Und Sie?«

»Ob ich Larry belogen habe?«

»Ob Sie Tschetschejew geglaubt haben.«

»Wir haben ihn nie beim Lügen erwischt.«

Marjorie Pew faßte sich mit Daumen und Zeigefinger der rechten Hand an die Nase, als wollte sie sie zurechtrücken.

»Aber Tschetschejew war doch nicht wirklich der leitende Resident hier?« versuchte sie mir den Geschworenen zuliebe einzureden.

Nicht zum erstenmal fragte ich mich, wieviel sie wußte und wieweit sie auf meine Antworten angewiesen war. Ich kam zu dem Schluß, daß ihre Methode eine Mischung aus Unwissenheit und Verschlagenheit war; daß sie mich Dinge aufzählen ließ, die ihr bereits bekannt waren, und mir verbarg, was sie nicht wußte.

»Nein, war er nicht. Der leitende Resident war ein Mann namens Zorin. Ein Schwarzarsch hätte nie die Spitzenposition auf einem wichtigen Posten im Westen haben können. Nicht einmal TT.«

»Hatten Sie mit Zorin zu tun?«

»Das wissen Sie doch.«

»Erzählen Sie davon.«

»Unsere Gespräche fanden nach Anweisung der Oberen Etage statt. Alle paar Monate haben wir uns in einem sicheren Haus getroffen.«

»In welchem?«

»Trafalgar. Shepherd Market.«

»Über welchen Zeitraum?«

»Insgesamt haben wir uns etwa ein dutzendmal getroffen. Die Gespräche wurden natürlich aufgezeichnet.«

»Hatten Sie auch Gespräche mit Zorin, die nicht aufgezeichnet wurden?«

»Nein, und er hat zur Sicherheit sogar seinen eigenen Kassettenrecorder mitgebracht.«

»Und der Zweck dieser Gespräche?«

Ich sagte ihr den ganzen Bandwurm auf, genau wie es in meinem Protokoll gestanden hatte: »Informeller Meinungsaustausch zwischen unseren beiden Geheimdiensten zu Themen von potentiell beiderseitigem Interesse, die im neuen Geist der Kooperation durchzuführen sind.«

»Das heißt genau?«

»Themen, die beiden Seiten Kopfschmerzen machen. Drogenhandel. Eigenmächtige Waffenschmuggler. Bombenwerfende Extremisten. Größere internationale Betrugsfälle, die russische Interessen berühren. Anfangs haben wir nichts nach außen dringen lassen und auch den Amerikanern nichts Genaues gesagt. Zur Zeit meines Ausscheidens war die Zusammenarbeit dann schon ziemlich offiziell.«

»Haben Sie eine Beziehung zu ihm aufgebaut?«

»Zu Zorin? Natürlich. Das war mein Job.«

»Haben Sie die später fortgesetzt?«

»Sie meinen, ob wir noch was miteinander haben? Wenn ich danach noch Verbindung zu Zorin gehabt hätte, hätte ich der Firma davon Bericht erstattet.«

»Wann haben Sie das letztemal von ihm gehört?«

»Er hat London kurz darauf verlassen. Er sagte, er übernehme einen langweiligen Schreibtischjob in Moskau. Ich habe ihm nicht geglaubt. Hat er auch nicht von mir erwartet. Wir haben ein letztes Glas getrunken, und er hat mir seinen Taschenflakon vom KGB geschenkt. Ich war gebührend gerührt. Wahrscheinlich hatte er zwanzig Stück davon.«

Das mit dem »gebührend gerührt« gefiel ihr nicht. »Haben Sie jemals mit ihm über Tschetschejew gesprochen?«

Inzwischen hatte ich es aufgegeben, den Schockierten zu spielen. »Selbstverständlich nicht. TT war offiziell Kulturattaché, seine Tarnung wurde konsequent durchgehalten; wohingegen Zorin uns als Diplomat mit nachrichtendienstlichen Aufgaben vorgestellt wurde. Daß wir Tschetschejew durchschaut hatten, wollte ich Zorin auf gar keinen Fall zu verstehen geben. Denn damit hätte ich Larry kompromittieren können.«

»Über was für internationale Betrugsfälle haben Sie gesprochen?«

»Bestimmte Fälle? Nein. Es ging darum, daß unsere und ihre Ermittler in Zukunft zusammenarbeiten sollten. Wir wollten ehrliche Männer zusammenbringen, wie wir das nannten. Zorin war von der alten Schule. Sah aus wie einer von der Oktoberparade.«

»Verstehe.«

Ich wartete. Sie auch. Aber sie wartete länger. Ich bin wieder mit Zorin am Shepherd Market, wir nehmen unseren Abschiedsdrink. Bis jetzt haben wir immer nur den Whiskey der Firma getrunken. Heute trinken wir Zorins Wodka. Vor uns auf dem Tisch steht der glänzende silberne Taschenflakon mit den roten Insignien seines Dienstes.

»Ich weiß nicht recht, auf welche Zukunft wir jetzt trinken dürfen, Freund Timothy«, gesteht er mit ungewohnter Bescheidenheit. »Vielleicht fällt Ihnen ein angemessener Trinkspruch für uns ein.«

Also schlage ich das russische Wort für Ordnung vor, denn ich weiß, nicht Fortschritt, sondern Ordnung ist für den alten kommunistischen Soldaten das wichtigste. Und während unten die Leute ihre Einkäufe machen, Huren aus Hauseingängen ihre Kunden mustern und der Plattenladen seinen Lärm vertreibt, trinken wir hinter der Gardine unseres Fensters im ersten Stock auf die Ordnung.

»Die Fragen, die Ihnen die Polizei über Larrys Geschäftsbeziehungen gestellt hat«, sagte Marjorie Pew gerade.

»Ja, Marjorie.«

»Haben die Ihrem Gedächtnis gar nicht auf die Sprünge geholfen?«

»Ich nahm an, die Polizei habe wie üblich den Falschen erwischt. Was Geschäfte angeht, ist Larry ein Kleinkind. Meine Abteilung war dauernd damit beschäftigt, seine Steuererklärungen, Spesenabrechnungen, Kontoüberziehungen und unbezahlten Stromrechnungen in Ordnung zu bringen.«

»Sie glauben nicht, das könnte Tarnung gewesen sein.«

»Was hätte er denn tarnen sollen?«

Ihr Achselzucken gefiel mir nicht. »Unsauber erworbenes Geld, von dem niemand etwas wissen sollte«, sagte sie. »Seinen guten Geschäftssinn.«

»Ausgeschlossen.«

»Sind Sie der Auffassung, Tschetschejew könnte auf irgendeine Weise mit Larrys Verschwinden zu tun haben?«

»Das ist nicht meine Auffassung, sondern das, was die Polizei zu unterstellen schien.«

»Sie glauben demnach nicht, daß Tschetschejews Anwesenheit in Bath irgend etwas zu bedeuten hatte?«

»Ich habe dazu keine Meinung, Marjorie. Wieso denn auch? Larry und TT waren gute Freunde. Das weiß ich. Sie haben sich gegenseitig bewundert. Das weiß ich. Ob das noch immer so ist, ist eine ganz andere Frage.« Ich sah meine Chance und nutzte sie. »Ich weiß nicht einmal, wann TTs Besuche in Bath überhaupt stattgefunden haben sollen.«

Sie fuhr nicht auf. »Halten Sie es nicht für denkbar, daß Larry und Tschetschejew zum Beispiel irgendwelche geschäftlichen Verbindungen aufgenommen haben? Welcher Art auch immer?«

Auf der Suche nach jemandem, der meine Verärgerung teilte, sah ich wieder einmal Barney an, aber der stellte sich tot.

»Nein. Ausgeschlossen«, sagte ich. »Wie ich auch der Polizei mehrmals gesagt habe.« Und fügte hinzu: »Vollkommen undenkbar.«

»Warum?«

Mir gefiel nicht, mich wiederholen zu müssen. »Weil Larry sich nie etwas aus Geld gemacht hat und überhaupt keinen Geschäftssinn hatte. Das Gehalt von der Firma war für ihn ein Judaslohn. Er hat es mit schlechtem Gewissen genommen. Er hat –«

»Und Tschetschejew?«

Langsam hatte ich ihre ständigen Unterbrechungen satt. »*Was* soll mit Tschetschejew sein?«

»Hatte er Geschäftssinn?«

»Überhaupt nicht. So etwas war ihm zuwider. Kapitalismus, Profit, Geld als Motiv – das hat er verabscheut.«

»Sie meinen, er hat über solchen Dingen gestanden?«

»Darunter. Wie Sie wollen.«

»Er war zu ehrlich? Zu aufrichtig? Sie teilen also Larrys Einschätzung?«

»Die *gortsy* sind stolz darauf, daß man in den Bergen für Geld nichts kaufen kann. Habgier macht den Menschen dumm, sagen sie«, zitierte ich wieder einmal Larry. »Das einzige, was zählt, ist Männlichkeit und Ehre. Das mag romantischer Unsinn sein, aber so hat er es Larry dargestellt, und Larry war gebührend beeindruckt.« Es reichte mir jetzt. »Ich habe mit all dem nichts zu schaffen, Marjorie. Larry ist im Ruhestand, TT auch, und ich ebenfalls. Ich dachte, Sie sollten wissen, daß TT Larry in Bath besucht hat und daß Larry verschwunden ist. Falls Sie es nicht schon gewußt haben. Warum, das kann man nur vermuten.«

»Aber Sie sind nicht ›man‹, oder? Sie sind der Experte für das Verhältnis Larry-Tschetschejew, ob Sie nun im Ruhestand sind oder nicht.«

»Die einzigen Experten für dieses Verhältnis sind Larry und TT selbst.«

»Aber Sie haben es doch erfunden? Und kontrolliert? Haben Sie nicht genau das in all den Jahren getan?«

»Ich habe vor über zwanzig Jahren ein Verhältnis zwischen Larry und dem damaligen leitenden Residenten des KGB aufgebaut. Larry hat sich unter meiner Führung an ihn herangemacht, zunächst den Spröden gespielt und schließlich zugestimmt, ja, ich will für Moskau spionieren.«

»Fahren Sie fort.«

Das hatte ich ohnehin vor. Ich wußte nicht, warum sie mich anstachelte, und sie selbst wußte es wahrscheinlich auch nicht. Aber wenn sie einen Vortrag über Larrys Fallgeschichte wollte, den konnte sie haben. »Zuerst war Brod an der Reihe. Nach Brod hatten wir Miklow, dann Kransky, dann Scherpow, dann Mislanski und schließlich Tschetschejew, wobei Zorin der Boß und TT Larrys Betreuer war. Larry hat zu jedem von ihnen einen eigenen Zugang gefunden. Doppelagenten sind Chamäleons. Gute Doppelagenten *spielen* ihre Rollen nicht, sondern verkörpern sie. Sie *leben* sie. Wenn Larry mit Tim zusammen war, war er mit Tim zusammen. Wenn er mit seinem sowjetischen Kontrolleur zusammen war, war er mit seinem sowjetischen Kontrolleur zusammen, ob mir das gefiel oder nicht. Meine Aufgabe war es, dafür zu sorgen, daß unsere Seite den größeren Vorteil aus der Sache zog.«

»Und Sie waren vom Erfolg Ihrer Arbeit überzeugt.«

»In Larrys Fall war ich das, ja.«

»Und Sie sind es noch heute.«

»Wenn ich in ruhigen Stunden an die Ereignisse zurückdenke, ja, dann bin ich es noch heute. Bei Doppelagenten setzt man einen gewissen Verschleiß an Loyalität voraus. Die Gegenseite ist für sie stets attraktiver als die eigene. Das liegt in der Natur dieser Agenten. Sie sind ewige Rebellen. Auch Larry war ein Rebell. Aber er war unser Rebell.«

»Larry und seine russischen Führungsoffiziere hätten also alles mögliche aushecken können, und Sie hätten nichts davon mitbekommen.«

»Falsch.«

»Wieso?«

»Wir hatten vorgesorgt.«

»Wie?«

»Mit Hilfe anderer aktiver Quellen. Abhörmaßnahmen. Die Wohnung eines Mittelsmannes. Ein Restaurant, in dem wir Wanzen eingebaut hatten. Ein entsprechend präpariertes Auto. Und unsere Abhörprotokolle entsprachen jedesmal Wort für Wort Larrys Darstellungen. Wir konnten ihm keinen einzigen Fehler nachweisen. Das alles steht übrigens in den Akten.«

Sie lächelte mich erbarmungslos an und betrachtete wieder eingehend ihre Hände. Offenbar hatte sie den Schwung verloren. Ich hatte den Eindruck, daß sie müde war und daß es unfair von mir war, mir einzubilden, sie könnte an einem Krisenwochenende Aktenberge aus zwanzig Jahren durchgelesen haben. Sie holte tief Luft.

»In einem Ihrer letzten Berichte verweisen Sie auf ›Larrys bemerkenswerte Übereinstimmung‹ mit Tschetschejew. Könnte sich das auf Gebiete beziehen, von denen Sie womöglich keine Kenntnis hatten?«

»Wenn ich keine Kenntnis davon hatte, wie kann ich Ihre Frage dann beantworten?«

»Worauf *hat* es sich denn bezogen?«

»Wie bereits gesagt, hat Larry TT zu seinem Lehrmeister in Sachen Nordkaukasus ernannt. So ist Larry nun einmal. Er vereinnahmt Menschen mit Haut und Haar. Als Tschetschejew hierherkam, wußte Larry über diese Region so wenig wie jeder andere. Er besaß zwar ein ordentliches Allgemeinwissen über Rußland, aber die Völker des Kaukasus sind ein Kapitel für sich. Nach einigen Monaten hielt er ganze Vorträge über Tschetschenen, Osseten, Dagestanis, Inguschen, Tscherkessen, Abchasier und so weiter. TT hat ihn wirklich gut betreut. Er hatte ein instinktives Gefühl für ihn. Er konnte mit der Peitsche knallen, konnte ihm aber auch um den Bart gehen. Er war ein lustiger Mensch. Er hatte Galgenhumor. Und er hielt Larrys Gewissen wach. Das hat Larry immer gebraucht, ein waches Gewissen –«

Wieder unterbrach sie mich. »Wollen Sie damit sagen, Ihre Übereinstimmung mit Larry sei *größer* gewesen?«

Nein, meine liebe Marjorie, das will ich nicht damit sagen. Ich sage, daß Larry begierig nach Liebe und innerlich zerrissen war und daß er, kaum hatte er TT bezaubert, zu mir zurücklaufen mußte, um es wiedergutzumachen, denn er war nicht nur ein Spion, sondern auch ein Pfarrerssohn mit vermindertem Verantwortungsbewußtsein, der von allen Seiten Absolution für seinen Verrat an allen Seiten brauchte. Ich sage, daß er sich trotz all seiner Reuegefühle und Moralpredigten und trotz seiner mutmaßlichen geistigen Spannweite der Spionage hingegeben hat wie ein Süchtiger. Ich sage, daß er darüber hinaus auch ein Schweinehund war; daß er verschlagen und rachsüchtig war und einem im Handumdrehen die Frau wegnahm; daß er in unserem Beruf und in den schwarzen Künsten ein Naturtalent war und daß meine Sünde darin bestand, den Betrüger in ihm über den Träumer zu stellen; deshalb hat er mich manchmal ein wenig mehr gehaßt, als ich verdient habe.

»Larry hat es mit Archetypen, Marjorie«, antwortete ich, nun in mißmutigem Tonfall. »Wenn keine da sind, schafft er sich welche. Er ist ganz wild auf Action, um es einmal modern zu formulieren. Er ist für den Ausgleich. TT hat ihn herbeigeführt.«

»Und Sie?«

Ich lachte nachsichtig. Worauf hatte sie es bloß abgesehen außer auf mich? »Ich vertrat unsere Seite, Marjorie. Ich war für ihn England, mit all seinen Schwächen und Fehlern. TT war ein Exot. Ein heimlicher Moslem, so wie Larry ein heimlicher Christ war. Bei TT hat Larry sich wie in den Ferien gefühlt. Bei mir wie auf der Schule.«

»Und die Sache hatte Bestand«, sagte sie. Und ließ mich einen Augenblick lang baumeln. »Dank Ihnen.« Wieder betrachtete sie fragend ihre Hände. »Nachdem unsere Kalten Krieger die Arbeit längst eingestellt hatten, wurde Larrys Einsatz unvermindert fortgesetzt. Tschetschejews Dienstzeit in London wurde von Moskau eigens verlängert, damit er Larry weiter bearbeiten konnte. Ist das, im Rückblick betrachtet, nicht ziemlich eigenartig?«

»Wieso?«

»Wenn andere Kalten Krieger längst abgebaut wurden?«

»Larrys Beziehung zu Moskau war einmalig. Wir hatten allen Grund zu der Annahme, daß sie die kommunistische Ära überdauern könnte. Seine russischen Kontrolleure waren der gleichen Ansicht.«

»Und diese Ansicht haben Sie natürlich unterstützt.«

»Aber selbstverständlich!« Ich hatte die Macht meiner damaligen Überzeugungen vergessen. »Sicher, es hat große Umwälzungen gegeben. Es gab kein kommunistisches Experiment mehr, das Larry bewundern konnte, andererseits freilich ist Larry sowieso nicht dieser Typ von Agent gewesen, weder in ihren Augen noch in seinen. Er war die Geißel des westlichen Materialismus, ein Fürsprecher Rußlands, in guten und schlechten Zeiten. Angetrieben hat ihn – im Fiktiven wie im Realen –, seine romantische Veranlagung, seine Sympathie für die Benachteiligten, seine instinktive Verachtung des britischen Establishments und dessen unterwürfiger Anhänglichkeit an Amerika. Larrys Abneigungen haben sich mit dem Zusammenbruch des Kommunismus nicht geändert. Ebensowenig wie seine Sympathien. Seine Träume von einer besseren, gerechteren Welt sind die gleichen geblieben – seine Sympathie für den Einzelnen, nicht für das Kollektiv – seine Sympathie für Abweichlertum und Verschrobenheit. Ebensowenig hat sich unsere ungehobelte Gesellschaft verändert. Nach dem Kalten Krieg ist sie nur noch schlimmer geworden. Auf beiden Seiten des Atlantiks. Korrupter, egoistischer, konformistischer, intoleranter, isolationistischer, selbstgefälliger. Parteiischer. Ich gebe Larrys Äußerungen wieder, Marjorie. Ich zitiere den abtrünnigen Menschenfreund, der die Welt retten will. Das Großbritannien, gegen das Larry in der Fantasie in all diesen Jahren Sabotage betrieben hat, ist heute so wohl und munter wie eh und je. Die schlechteste Regierung, die farbloseste Führung, die jämmerlichste, betrogenste Wählerschaft, die wir jemals hatten – warum hätte Larry uns *nicht* weiter verraten sollen?«

Ich stieg von meiner Seifenkiste und bemerkte zufrieden, daß sie rot wurde. Ich stellte mir Onkels im Kabinett und Tanten mit blaugetönten Haaren vor, die das Rückgrat der Tory-Rechten waren. »Lassen Sie Larry da draußen, habe ich argumentiert. Warten Sie ab, was der neue russische Nachrichtendienst mit ihm vorhat. Das sind dieselben Leute, nur mit anderen Hüten. Die werden sich nicht zurücklehnen und die Welt von einer einzigen korrupten Supermacht regieren lassen. Warten Sie auf den nächsten Akt, anstatt ihn abzuservieren und dann wieder hinterherzurennen, wenn es zu spät ist, wie wir es sonst immer machen.«

»Aber Ihre Redekunst hat Ihnen auch nicht geholfen«, stellte sie fest, während sie nachdenklich an ihrer Uhrkette herumfingerte.

»Da haben Sie leider recht. Jeder, der von Geschichte auch nur die leiseste Ahnung hat, hätte wissen sollen, daß nach ein oder zwei Jahren alles wieder beim alten sein würde. Die Obere Etage gehörte nicht dazu. Nicht die Russen haben Larry fallenlassen. Sondern wir.«

Ihre Hände ließen die Uhrkette los und falteten sich wieder unterm Kinn zum Gebet. Ihr Schweigen hatte etwas Warnendes. Barney Waldon starrte auf der anderen Seite des Zimmers in die Luft. Dann wurde mir klar, daß die beiden etwas gehört hatten, auf das sie eingestellt waren und ich nicht: ein elektronisches Piepen oder Summen oder Klirren aus einem anderen Zimmer, und ich mußte daran denken, wie Emma am Tag von Larrys erstem Auftauchen im Obstgarten seinen Wagen noch vor mir gehört hatte.

Marjorie Pew stand ohne ein Wort der Erklärung auf und ging wie ferngesteuert auf eine der inneren Türen zu. Sie schritt wie ein Gespenst durch die Tür, die auch danach verschlossen blieb.

»Barney, was zum Teufel geht hier vor?« flüsterte ich, sobald wir allein waren. Wir spitzten beide die Ohren, aber die Akustik war tadellos, und ich jedenfalls hörte nichts.

»Viele kluge Frauen heutzutage in diesem Laden, Tim«, antwortete er, noch immer horchend. Mir war nicht klar, ob das Prahlerei oder Klage war. »Paßt ja auch zu ihnen, diese Korinthenkackerei. Genau das richtige für sie.«

»Aber was *will* sie von mir?« drängte ich. »Mensch, Barney, ich bin im Ruhestand. Ausrangiert. Warum nimmt sie mich so in die Mangel?«

Marjorie Pew kam zurück und ersparte ihm die Antwort. Ihr Gesicht war steinern und noch blasser als zuvor. Sie setzte sich und legte die Fingerspitzen aneinander. Ich sah, daß sie zitterten. Du hast einen Rüffel bekommen, dachte ich. Wer auch immer uns zuhört, hat dir gesagt, du sollst feindselig werden oder Schluß machen. Ich spürte, wie mein Puls sich beschleunigte. Ich wünschte, ich hätte aufstehen und herumgehen können. Ich bin viel zu ungezwungen gewesen, verdammt, dachte ich, und jetzt werde ich dafür bezahlen müssen.

4

»Tim.«

»Marjorie.«

»Gehe ich recht in der Annahme, daß Larry zu der Zeit, als er ging, uneins mit uns war?« Eine härtere Stimme. Ein festerer Blick.

»Er war immer uneins mit uns, Marjorie.«

»Aber am Ende ganz besonders, nehme ich an.«

»Er fand, wir hätten das Glück nicht verdient, das die Geschichte uns zugeteilt hat.«

»Glück? Inwiefern?«

»Als die Gewinner des Kalten Krieges. Er hat beklagt, wie unwirklich das alles war.«

»*Was* alles?« – schneidend.

»Der Kalte Krieg. Zwei in Verruf geratene Ideologien, die mit nicht funktionierenden Waffen für einen Frieden kämpften, den keine Seite wollte. Auch das ist ein Zitat von Larry.«

»Haben Sie ihm zugestimmt?«

»In gewisser Weise.«

»Glauben Sie, er meinte, wir seien ihm etwas schuldig? Wir, die Firma. Zum Beispiel etwas, das zu nehmen er einen Anspruch zu haben glaubte?«

»Er wollte sein Leben zurückhaben. Das war wohl etwas mehr, als wir für ihn tun konnten.«

»Glauben Sie, er meinte, die Russen seien ihm etwas schuldig?«

»Ganz im Gegenteil. Er war ihnen etwas schuldig. Auch was Schuldgefühle angeht, ist er immer ziemlich stark gewesen.«

Sie warf unwillig den Kopf zurück, als lägen Schuldgefühle nicht in ihrem Zuständigkeitsbereich. »Und Sie sagen also, daß in den letzten vier Jahren seiner Tätigkeit für uns zwischen ihm und Konstantin Abramowitsch Tschetschejew keine Geldtransaktionen stattgefunden haben? Oder jedenfalls keine, von denen Sie berichtet haben?«

»Ich sage, daß ich, falls er so etwas getan hat, nichts davon wußte und daher auch nichts berichten konnte.«

»Und was ist mit Ihnen?«

»Wie bitte?«

»Gab es zwischen Ihnen und Tschetschejew irgendwelche Geldtransaktionen, über die Sie nicht berichtet haben?«

»Nein, Marjorie, es gab keinerlei Geldtransaktionen zwischen mir und Tschetschejew oder irgendeinem anderen Mitglied des ehemaligen oder jetzigen russischen Nachrichtendienstes.«

»Nicht mit Wolodja Zorin?«

»Nicht mit Zorin.«

»Auch nicht mit Pettifer?«

»Abgesehen davon, daß ich ihn vor dem Bankrott bewahrt habe, nein.«

»Aber Sie verfügen doch sicher über private Mittel?«

»Ich habe Glück gehabt, Marjorie. Mein Eltern sind gestorben, als ich noch jung war, und ich bekam Geld statt Liebe.«

»Würden Sie mir bitte einen Überblick über Ihre persönlichen Ausgaben in den letzten zwölf Monaten verschaffen?«

Sagte ich bereits, daß Merriman jetzt auch mit von der Partie war? Wahrscheinlich nicht, denn ich bin mir nicht sicher, wann genau er gekommen ist; es muß aber kurz nach Marjories Rückkehr gewesen sein. Er war ein großer, dicker Mann, aber sehr leichtfüßig, er schwebte geradezu, wie es solche Männer häufig tun, und ich nehme an, die Tür, durch die er kam, stand offen, das heißt, Marjorie hatte sie nicht wieder zugemacht. Dennoch verwirrte es mich, daß ich das nicht mitbekommen hatte, denn wie viele Leute in meinem Gewerbe kann ich offene Türen nicht ausstehen. Ich konnte nur vermuten, daß mir in dem durch Marjories Attacke ausgelösten inneren Aufruhr die Verdrängung von Luft und Licht entgangen war, als Merriman sein breites Hinterteil geräuschlos auf die bequeme Seitenlehne von Barneys Sofa plazierte. Ich hatte mich entrüstet zu Barney umgedreht, um gegen die Ungeheuerlichkeit von Marjories Frage zu protestieren. Statt dessen sah ich plötzlich Merriman. Er trug einen steifen weißen Kragen, eine silberfarbene Krawatte und eine rote Nelke. Merriman war stets gekleidet, als wollte er zu einer Hochzeit.

»Tim. Wie schön.«

»Hallo, Jake. Sie kommen gerade rechtzeitig. Man hat mich gebeten, offenzulegen, wieviel Geld ich dieses Jahr ausgegeben habe.«

»Ja, wieviel war es denn? Da ist zunächst einmal der Bechstein. Hat ein Heidengeld gekostet. Dann Ihre kleine Wallfahrt nach Wells, zu Mr. Applebys reizendem Juweliergeschäft, das alles andere als billig ist, dort haben Sie dreißig Riesen gelassen, ganz zu schweigen von all den Fummeln und schicken Kleidern, die Sie ihr massenweise gekauft haben. Muß ja ein tolles Mädchen sein. Glück für Sie, daß sie etwas gegen Autos hat, sonst hätten Sie ihr bestimmt einen Bentley mit lederbezogenen Sitzen geschenkt. Ich weiß, Sie haben früh Ihre Eltern beerbt, ich weiß, Ihr Onkel Bob hat Ihnen das Schloß samt Inhalt hinterlassen, aber was ist mit dem Rest? Oder stammt das alles von der unartigen Tante Cecily, die vor einigen Jahren so zweckmäßig in Portugal das Zeitliche gesegnet hat? Für jemand, der sich nie etwas aus Geld gemacht hat, besitzen Sie wahrlich einen guten Riecher, was die Auswahl der Verwandtschaft betrifft.«

»Wenn Sie mir nicht glauben, fragen Sie bei meinen Anwälten nach.«

»Mein Lieber, die bestätigen Ihre Aussage in allen Punkten. Sie hatten ja vorher schon Geld, aber für eine halbe Million Pfund, in zwei Raten ausgezahlt aus einem reizenden Treuhandvermögen auf einer der Kanalinseln, bekommt man die besten. Allerdings haben die Anwälte Ihre Tante nie gesehen, Tim. Sie bekamen ihre Instruktionen von einer Firma in Lissabon. Die Firma in Lissabon hat sie ebenfalls nie gesehen. Die bekam ihre Instruktionen vom Geschäftsführer der Tante, einem Anwalt in Paris. Also wirklich, Tim, das *Geld* gewaschen wird, ist mir bekannt, aber *Anwälte*?« Er wandte sich an Marjorie Pew und sprach mit ihr, als wäre ich gar nicht im Zimmer. »Wir überprüfen das noch, er braucht sich also nicht einzubilden, daß der Verdacht ausgeräumt ist. Wenn wir Tante Cecily in einem Armengrab entdecken, ist Cranmer geliefert.«

»Tim?«

Wieder Marjorie. Sie wolle auf die Logik meines Verhaltens am gestrigen Abend zurückkommen, sagte sie. Sie frage sich, ob sie das noch einmal mit mir durchsprechen könne, um sicherzugehen, daß sie alles richtig verstanden habe, Tim.

»Tun Sie sich keinen Zwang an«, sagte ich – eine Redewendung, die ich in meinem ganzen Leben noch nicht gebraucht hatte.

»Tim, warum haben Sie uns von Ihrem Haus aus angerufen? Sie haben von Ihrem Verdacht gesprochen, die Polizei könnte Sie illegal abhören und hätte die Geschichte über Larrys wachsame schottische Vermieterin womöglich bloß erfunden. Hätte man nicht auch Ihr Telefon überwachen lassen können? Bei jemandem mit Ihrer Ausbildung und Erfahrung würde ich denken, Sie wären ins Dorf gefahren und hätten die Telefonzelle benutzt.«

»Ich bin nach dem üblichen Verfahren vorgegangen.«

»Da bin ich mir nicht so sicher. Regel eins verlangt Vorkehrungen gegen Mithörer.«

Ich sah zu Merriman hinüber, aber der hatte sich in feindseliges Schweigen gehüllt und musterte mich wie einen Häftling auf der Anklagebank.

»Die Polizei könnte auch die Telefonzelle abhören«, sagte ich. »Nicht daß sie große Freude daran hätte. Die ist meistens kaputt.«

»Verstehe«, sagte sie, was einmal mehr bedeutete, daß sie nichts verstand.

»Hätte einen verdammt merkwürdigen Eindruck gemacht, wenn ich um elf Uhr abends eine Meile ins Dorf gefahren wäre, um zu telefonieren. Besonders, wenn die Polizei mein Haus observiert hätte.«

Sie betrachtete die Spitzen ihrer gepflegten Finger, dann wieder mich, und begann mit einer Aufzählung der Punkte, die ihr Sorgen machten. Merriman hatte sich für die Decke entschieden. Waldon sah auf den Boden.

»Sie haben die Verbindung zu Pettifer abgebrochen. Sie halten sein Verschwinden für relativ normal. Aber es beunruhigt Sie so sehr, daß Sie uns unbedingt benachrichtigen müssen. Sie wissen, daß Tschetschejew nicht mehr im Dienst ist. Und Pettifer auch nicht mehr. Aber Sie vermuten, die beiden hätten etwas vor, auch wenn Sie nicht wissen, was oder warum. Sie glauben, die Polizei könnte Ihr Telefon überwachen. Aber das hält Sie nicht davon ab, uns anzurufen. Sie starren zwanzig Minuten lang dieses Gebäude an, bevor Sie den Mut finden, es zu betreten. Woraus man den nicht unzulässigen Schluß ziehen kann, daß Sie sich seit dem Besuch der Polizei gestern abend in einem Streßzustand befinden, der in gar keinem Verhältnis zu Pettifers Verschwinden steht. Man könnte sogar vermuten, daß Ihnen etwas sehr Schweres auf der Seele liegt. So schwer, daß selbst ein so kaltblütiger Mensch wie Sie seine Ausbildung vergißt und eine Reihe handwerklicher Fehler begeht.«

Meine Befürchtungen hatten sich in Jubel aufgelöst. Ich verzieh ihr alles: ihre richterliche Blasiertheit, ihre versteckte Bosheit, ihre Beschreibung meiner Person als kaltblütig. Engelchöre sangen in meinen Ohren, und einer dieser Engel, das stand für mich fest, war Marjorie Pew. Ich hatte ihr nichts gesagt. Es spielte keine Rolle, daß sie mir das Datum von TTs letztem Besuch nicht sagen konnte oder wollte. Sie hatte mir etwas viel Wichtigeres gesagt: *Sie wußten nichts von Emma und Larry.*

Sie wußten von Emma und mir, denn nach den Regeln der Firma war ich verpflichtet, sie davon zu benachrichtigen. Aber die dritte Linie des Dreiecks hatten sie nicht gezogen. Und das war, wie wir zu sagen pflegten, eine Drei-Sterne-Information: Allein dafür hatte sich die ganze Fahrt gelohnt.

Ich wählte einen sentimentalen, verletzten Tonfall: »Larry war mehr als mein *Agent,* Marjorie«, sagte ich. »Er war ein Vierteljahrhundert lang mein Freund. Außerdem war er die beste aktive Quelle, die wir damals hatten. Er war einer dieser Joes, die immer auf die Füße fallen. Am Anfang hat der KGB ihn auf gut Glück rekrutiert. Larry war nicht groß genug, um als Agent irgendwelchen Einfluß zu haben; er hatte keinen Zugang zu wichtigen Informationen. Man zahlte ihm ein kleines Gehalt und ließ ihn, ausgestattet mit einem Schwung Instruktionen von der Moskauer Zentrale, auf den internationalen Konferenz-Zirkus los; man hatte gehofft, er werde es im Lauf der Zeit zu etwas bringen. Das war dann auch der Fall. Er wurde Moskaus Mann, Talentsucher unter linken Studenten, Hinweisgeber auf künftige Sympathisanten des Kreml, Sondierer auf Weltkonferenzen. Nach wenigen Jahren hatte die Firma dank Larrys Hilfe ein eigenes Ensemble zahmer kommunistischer Agenten zusammengestellt, einige Briten, einige Ausländer, aber alle im Alleinbesitz unseres Service; diese Leute haben Moskau einige der raffiniertesten Fehlinformationen des Kalten Krieges zukommen lassen, und der KGB ist nie dahintergekommen. Larry hat subversive Elemente angezogen wie ein Magnet. Er hat die Zaungäste der Dritten Welt bearbeitet, bis er Blasen am Hintern hatte. Er hatte ein Gedächtnis, für das die meisten von uns einen Mord begehen würden. Er kannte jeden gekauften Parlamentarier in Westminster, jeden bestochenen britischen Journalisten, Lobbyisten und Meinungsmacher auf der Londoner Gehaltsliste der Moskauer Zentrale. Beim KGB und in der Firma gab es Leute, die ihr Einkommen und ihre Beförderung ihm zu verdanken hatten. Ich war einer davon. Also, ja, ich war beunruhigt. Und bin es noch immer.«

In dem respektvollen Schweigen, das dieser langen Rede folgte, fiel mir plötzlich wieder ein, was H/IS bedeutete. Wenn Jake Merriman Leiter der Personalabteilung war und Barney Waldon unser Verbindungsmann zu Scotland Yard, mußte es sich bei Marjorie Pew um jenen verhaßten Schakal des Service handeln, der bei den unteren Chargen früher als

Politkommissar bekannt war und heute den würdevollen Titel Hauptabteilungsleiter Innere Sicherheit trug. Zu Marjories Aufgabengebiet gehörten ungeleerte Papierkörbe und schmutzige Gedanken über das Liebesleben ehemaliger und aktueller Mitarbeiter ebenso wie die Weitergabe von Verdachtsmomenten an Jake Merriman. Warum sonst sollten Merriman und Waldon ihr so ergeben sein? Warum sonst sollte sie mich bitten, ihr zu schildern – *mit meinen eigenen Worten,* als ob ich die von irgend jemand anderem zu verwenden vorhatte –, wie es mir überhaupt gelungen sei, Larry für die Firma zu gewinnen? Marjorie Pew wollte irgendeine hirnrissige Verschwörungstheorie testen, nach der Larry und ich von Anfang an unter eine Decke gesteckt hatten; nach der nicht ich Larry rekrutiert hatte, sondern er sich selbst; oder besser noch, nach der Larry und TT mich hinterlistig für ihre Zwecke rekrutiert hatten.

Ich war trotzdem vorsichtig. In unserem Gewerbe hatten solche Theorien, bevor sie kleinlaut zu den Akten gelegt wurden, auf beiden Seiten des Atlantiks das Leben so manches guten Menschen ruiniert. Ich beantwortete ihre Fragen sorgfältig und genau, auch wenn ich mir, um Gemütsruhe zu demonstrieren, gelegentlich eine schnoddrige Bemerkung erlaubte.

»Als ich ihn kennenlernte, war er der reinste Zigeuner«, sagte ich.

»Das war in Oxford?«

»Nein, in Winchester. Larry kam in dem Schuljahr zu uns, als ich Vertrauensschüler wurde. Er bekam irgendwelche finanziellen Zuwendungen. Die Hälfte seiner Gebühren bezahlte die Schule, die anglikanische Kirche gab ihm ein Stipendium wegen Bedürftigkeit und übernahm auch den Rest. In der Schule ging es noch zu wie im Mittelalter. Sklavenarbeit der jüngeren für die älteren Schüler, Prügelstrafen, jede Menge Schikanen, der ganze Horrorkatalog Thomas Arnolds. Larry paßte da nicht hinein und wollte es auch nicht. Er war schludrig und clever, er dachte nicht daran, seinen Kram zu lernen, konnte aber auch nicht den Mund halten, was ihn in manchen Kreisen unbeliebt und in anderen zu einem kleinen Helden machte. Er bekam ständig Prügel. Ich versuchte ihn zu beschützen.«

Sie lächelte nachsichtig, nahm den homosexuellen Unterton zur Kenntnis, war aber zu geschickt, darauf einzugehen. »Beschützen? Wie sah das aus, Tim?«

»Ich habe ihm geholfen, sein Mundwerk zu zügeln. Ihn davon abgehalten, sich weiter so verdammt unbeliebt zu machen. Ein paar Halbjahre hat es funktioniert, dann wurde er beim Rauchen erwischt, dann wurde er beim Trinken erwischt. Dann wurde er in der St.-Swithin-Mädchenschule bei dieser anderen Sache erwischt, was den Neid nicht so beherzter Seelen erregte –«

»Wie zum Beispiel Sie selbst?«

»... und ihn von der homosexuellen Hauptströmung abschnitt«, fuhr ich fort und lächelte Merriman freundlich an. »Als die Prügelstrafen nicht die gewünschte Wirkung zeigten, wurde er von der Schule gewiesen. Sein Vater, Kanonikus an irgendeiner großen Kathedrale, wollte nichts mehr mit ihm zu tun haben, seine Mutter war tot. Ein entfernter Verwandter ließ etwas Geld springen und schickte ihn auf eine Schule in die Schweiz, aber die Schweizer hatten nach einem Halbjahr genug von ihm und schickten ihn nach England zurück. Wie er an das Stipendium für Oxford gekommen ist, ist mir zwar ein Rätsel, aber jedenfalls ging er nach Oxford, wo man völlig begeistert von ihm war. Er sah sehr gut aus, die Mädchen drehten sich scharenweise nach ihm um. Er war ein bezaubernder, zügelloser« – plötzlich war ich verlegen – »extrovertierter Mensch«, sagte ich und entschied mich für einen Ausdruck, von dem ich annahm, er gefalle ihr.

Jake Merriman schaltete sich ein. »Und er war Marxist, na wunderbar!«

»Und Trotzkist, Atheist, Pazifist, Anarchist und alles mögliche andere, Hauptsache es hat den Reichen angst gemacht«, erwiderte ich. »Eine Zeitlang bevorzugte er eine Synthese aus Marx und Jesus, ließ aber wieder davon ab, als er feststellte, daß er an Jesus nicht glauben konnte. Und er war ein sinnlicher Mensch.« Ich warf dies unbekümmert hin und registrierte erfreut, wie Marjorie Pews ungeschminkte Lippen sich zusammenzogen. »Am Ende seines zweiten Jahres mußte sich die Universität entscheiden, ob sie ihn relegieren oder bis in alle Ewigkeit durchfüttern sollte. Sie hat ihn relegiert.«

»Aus welchem Grund *genau*?« fragte Pew, die meinen Redefluß zu steuern versuchte.

»Es war einfach alles zuviel. Zuviel Alkohol, zuviel Politik, zuwenig Arbeit, zu viele Frauen. Er war ihnen zu frei. Er war ohne Maß. Er mußte gehen. Das nächstemal habe ich ihn in Venedig gesehen.«

»Da waren Sie inzwischen natürlich verheiratet«, sagte sie, wobei es ihr gelang, durchblicken zu lassen, meine Ehe sei so etwas wie ein Verrat an der Freundschaft mit Larry gewesen. Und ich sah, wie Merriman den Kopf wegdrehte und die Augen wieder der Decke zuwandte.

»Ja, und bei der Firma«, bestätigte ich. »Diana war auch bei der Firma. Wir waren in den Flitterwochen. Und auf dem Sankt-Markus-Platz läuft uns plötzlich Larry über den Weg, er trug ein Union-Jack-T-Shirt und hielt seinen Winchester Strohhut auf der Spitze eines eingerollten Schirms hoch über sich.« Nirgendwo ein Lächeln, nur bei mir. »Er spielte für eine Gruppe amerikanischer Matronen den Reiseleiter, und wie üblich war jede von ihnen in ihn verschossen. Und warum auch nicht. Er wußte alles, was man über Venedig wissen mußte, seine Begeisterung war unerschöpflich, sein Italienisch war gut, er sprach Englisch wie ein Lord und konnte sich nicht entscheiden, ob er zum Katholizismus übertreten oder im Vatikan eine Bombe hochgehen lassen sollte. Ich rief: ›Larry!‹ Er sah mich, warf Hut und Schirm in die Luft und fiel mir um den Hals. Dann habe ich ihn Diana vorgestellt.«

Ich redete zwar, doch meine Gedanken konzentrierten sich auf den Hintergrund: die qualvolle Eintönigkeit und die ungeschickten Liebesspiele unserer Flitterwochen, von denen wir gerade zwei hinter uns hatten; die reine Wohltat – auch für Diana, wie sie mir später erzählte –, die ein Dritter für unser Leben bedeutete, zumal jemand, der so ungestüm war wie Larry, auch wenn er sich über ihre altbackenen Ansichten lustig machte. Ich sah Larry in seinem rotweißblauen T-Shirt dramatisch vor Diana aufs Knie fallen, eine Hand ans Herz gepreßt, mit der anderen seinen Hut hochhaltend, den Hut, seinen Winchester Hut, der dann wundersamerweise durch die Zeiten gekommen war und den er auch noch vor einem Jahr zur Weinlese auf Honeybrook getragen hatte. Das Ding war mit Klebestreifen geflickt, speckig und glänzend, damals wie heute, und hatte längst den Geist aufgegeben. Und um den Kopfteil hatte Larry, zerfetzt, aber siegreich, das heilige Hutband unseres Hauses gewunden. Ich hörte seine sanfte Stimme mit dem künstlich italienischen Akzent theatralisch durch den venezianischen Sonnenschein schallen, als er seine verrückte Begrüßung losließ: *Mein-a Timbo! Der kleine Bischof-a persönlich! Und Sie sind-a seine reizende Braut-a!*

»Wir sind mit ihm essen gegangen, haben ihn auf seinem furchtbaren Zimmer besucht – er wohnte bei einer pommerschen Gräfin, wo sonst –, und eines Morgens beim Aufwachen kam mir die Erleuchtung: Er ist genau das, was wir suchen, genau der, über den wir auf den Freitagseminaren gesprochen haben. Wir werben ihn an und bauen ihn komplett neu auf.«

»Und es hat Sie nicht gestört, daß er Ihr Freund war?« meinte sie.

Bei dem Wort *Freund* durchfuhr mich ein anderer Schmerz. Freund? Ich bin ihm nie nahe gekommen, dachte ich. Ein Bekannter vielleicht, aber niemals ein Freund. Er verkörperte das Risiko, das ich niemals eingehen wollte.

»Es hätte mich viel mehr gestört, wenn er mein Feind gewesen wäre, Marjorie«, hörte ich mich ölig antworten. »Damals waren wir mitten im Kalten Krieg. Wir haben ums Überleben gekämpft. Wir haben an das geglaubt, was wir da getan haben.« Ich konnte mir den Seitenhieb nicht verkneifen: »Ich nehme an, heutzutage fällt das ein wenig schwerer.«

Und für den Fall, daß die neue Ära ihre Erinnerung an die alte ausgelöscht hatte, erklärte ich dann, was es hieß, jemanden komplett neu aufzubauen: wie die Abteilung Agentenführung ständig unter Druck war, einen jungen Mann zu finden – damals kamen nur Männer in Frage –, der die nimmermüden russischen Werber köderte, die von der Sowjetischen Botschaft in Kensington Palace Gardens aus die Unis Oxford und Cambridge bearbeiteten. Und wie Larry in nahezu jeder denkbaren Weise dem Bild entsprach, das wir, beziehungsweise die Abteilung, vom Mann unserer Träume entworfen hatten – wir konnten ihn sogar für ein drittes Jahr nach Oxford zurückschicken und das Examen machen lassen.

»Der Schuft hat eine glatte Eins gemacht, ich nur eine ziemlich wacklige Zwei«, sagte ich und lachte anerkennend, aber niemand lachte mit: weder Merriman, der weiter prüfend die Decke betrachtete, noch Waldon, der die Zähne so grimmig aufeinanderbiß, daß man sich fragen konnte, ob er jemals wieder den Mund aufbekäme.

Und wie wir so den russischen Werbern genau das bieten würden, wonach sie suchten und was sie in der Vergangenheit oft so wirkungsvoll eingesetzt hatten, fuhr ich fort – einen englischen Gentleman, der vom rechten Weg abgekommen war, einen intellektuellen Forschergeist, einen Goldjungen auf Abwegen, einen Gottessucher, der mit der Partei sympathisierte, aber nicht durch förmliche Mitgliedschaft kompromittiert war, ungefestigt, unreif, labil, einen politischen Allesfresser, undefinierbar clever und, wenn es drauf ankam, auch mal zu einem Diebstahl bereit.

»Sie sind also an ihn herangetreten«, unterbrach Marjorie Pew, und es gelang ihr, das so klingen zu lassen, als hätte ich Larry in einer öffentlichen Bedürfnisanstalt aufgelesen.

Ich lachte. Mein Lachen ärgerte sie, also lachte ich ziemlich häufig.

»Du liebe Zeit, das hat noch Monate gedauert, Marjorie. Zunächst einmal mußten wir ihn hier durchs System schleusen. Viele Leute in der Oberen Etage waren der Meinung, er werde sich niemals der Disziplin unterwerfen. Seine Schulzeugnisse waren entsetzlich, die von der Universität noch schlimmer. Überall hieß es, er sei brillant; aber in welcher Beziehung? Darf ich hier eine Anmerkung machen?«

»Bitte.«

»Larrys Rekrutierung war eine Gruppenoperation. Als er bereit war, den Schleier zu nehmen, hat mein Abteilungsleiter mich zu seinem Betreuer bestimmt. Aber nur unter der Voraussetzung, daß ich ihm vor und nach jedem Treffen mit Larry Bericht erstattete.«

»Und *warum* hat er den Schleier genommen, wie Sie es ausdrücken?« fragte sie.

Ihre Frage erfüllte mich mit tiefer Müdigkeit. Wenn du es jetzt noch nicht weißt, wirst du es niemals wissen, wollte ich ihr sagen. Weil er ungebunden war. Weil er ein Kämpfer war. Weil Gott es ihm gesagt hatte und er nicht an Gott glaubte. Weil er einen Kater hatte. Oder auch nicht. Weil seine dunkle Seite auch einmal durchgelüftet werden mußte. Weil er Larry war und ich Tim und es sich eben ergeben hatte.

»Ich nehme an, ihn hat die Herausforderung gereizt«, sagte ich. »Sich selbst zu verwirklichen, aber in gesteigerter Form. Ihm gefiel die Vorstellung, als freier Knecht zu wirken. Das paßte zu seinem Pflichtbewußtsein.«

»Als freier *was*?«

»Er hatte da so einen deutschen Satz im Kopf. Frei sein heißt Knecht sein.«

»Ist das alles?«

»Was alles?«

»Ist das alles, was ihn motiviert hat, oder haben auch praktischere Überlegungen eine Rolle gespielt?«

»Der Glamour dieser Arbeit hat ihn auch gereizt. Wir haben ihm gesagt, dergleichen gebe es nicht, aber das hat erst recht seinen Appetit geweckt. Er sah sich als eine Art ketzerischen Tempelritter, der den Strenggläubigen seinen Tribut entrichtet. Es gefiel ihm, zwei Väter zu haben, auch wenn er das nie gesagt hat – den KGB und uns. Wenn Sie mich bitten würden, das alles aufzuschreiben, bekämen Sie eine Kette von Widersprüchen zu lesen. Typisch für Larry. Typisch für Joes. Die handeln nicht aus abstrakten Motiven.

Es geht nicht darum, wer sie sind. Sondern um das, was sie tun.«

»Ich danke Ihnen.«

»Keine Ursache.«

»Und das Geld?«

»Wie bitte?«

»Das Geld, das wir ihm gezahlt haben. Sein stattliches steuerfreies Einkommen. Was glauben Sie, welche Rolle das Geld in seinen Überlegungen gespielt hat?«

»Aber um Gottes willen, Marjorie, kein Mensch hat damals für Geld gearbeitet, und Larry hat in seinem ganzen Leben nicht für Geld gearbeitet. Wie schon gesagt. Das Gehalt war für ihn ein Judaslohn. Was Geld betrifft, ist er Analphabet. Ein Neandertaler.«

»Jedenfalls hat er eine ganze Menge bekommen.«

»Er war haltlos. Hat immer alles gleich ausgegeben. Er ist auf jede rührselige Geschichte reingefallen. Er hatte ein paar kostspielige elitäre Gewohnheiten, worin wir ihn noch bestärkt haben, weil die Russen Snobs sind, aber in fast jeder anderen Beziehung war er vollkommen unmaterialistisch.«

»Zum Beispiel?«

»Daß er seinen Wein bei Berry's gekauft hat, zum Beispiel; daß er seine Schuhe hat anfertigen lassen.«

»So etwas nenne ich nicht unmaterialistisch. Sondern extravagant.«

»Das sind doch nur Worte«, gab ich zurück.

Eine Zeitlang sprach niemand, was ich als gutes Vorzeichen deutete. Marjorie inspizierte aufs neue ihre unlackierten Fingernägel. Barney sah aus, als wäre er lieber wieder in Sicherheit bei seinen Polizisten. Schließlich erwachte Jake Merriman aus seiner unnatürlichen Trance, er richtete sich auf, strich sich mit den Händen über die Weste und fuhr dann mit einem Finger an der Innenseite seines steifen weißen Kragens entlang, um ihn aus den Speckfalten zu befreien, die ihn zu ersticken drohten.

»Ihr Konstantin Abramowitsch Tschetschejew hat die russische Regierung um mindestens siebenunddreißig Millionen Pfund erleichtert«, sagte er. »Die Russen zählen noch. Vorigen Freitag hat der hiesige russische Botschafter beim Außenminister vorgesprochen und ihm beweiskräftiges Aktenmaterial vorgelegt. Warum er dafür einen Freitag gewählt hat, als der Minister gerade zu seiner Datscha aufbrechen wollte, weiß der Himmel. Aber so war es, und die Akten sind voll von Larrys Hufabdrücken. Offener, vorsätzlicher Raub, Tim Cranmer, ausgeübt von Ihrem ehemaligen Agenten und seinem ehemaligen Kontrolleur vom KGB. Wahrscheinlich hat Tschetschejew Wind davon bekommen, daß die Sache hochgehen würde, und ist sofort nach Bath geeilt, um Larry zu raten, sich abzusetzen, bevor der Botschafter diplomatische Schritte unternehmen würde. Wollen Sie etwas sagen? Tun Sie's nicht.«

Ich war mir nicht bewußt, dies auf irgendeine Weise signalisiert zu haben, also schüttelte ich den Kopf; aber er sprach bereits weiter.

»Ihre Masche war reichlich simpel, aber das macht die Sache auch nicht besser. Nur sehr wenige russische Banken sind ermächtigt, Geld ins Ausland zu transferieren. Und diese wenigen Banken haben in der Regel enge Beziehungen zum ehemaligen KGB. Ein in Großbritannien stationierter Komplize gründet eine britische Scheinfirma – Import, Export und so weiter – und bombardiert seine Kumpane in Moskau mit Scheinrechnungen. Kriminelle Beamte mit Mafia-Verbindungen beglaubigen die Rechnungen. Dann werden sie bezahlt. Eins gefällt mir dabei ganz besonders. Wie es aussieht, sind die russischen Gesetze noch nicht soweit, daß so moderne Skurrilitäten wie etwa Bankbetrug davon erfaßt werden, folglich kann niemand belangt werden, und jeder, der deswegen Stunk machen könnte, wird am Profit beteiligt. Die russischen Banken befinden sich noch in der Eiszeit, Gewinne sind ein abstrakter Begriff, den niemand ernst nimmt; um es mit den unsterblichen Worten Noel Cowards zu sagen: Laß Kaviar auffahren, und bedank dich bei Gott.«

Wieder eine Pause. Merriman sah mich an und hob einladend die Augenbrauen, aber ich blieb stumm.

»Sobald er das Geld dann eingesackt hatte, tat Tschetschejew das, was wir alle tun würden. Er hat es auf eine Reihe von britischen und ausländischen Nummernkonten verteilt. Bei den meisten dieser Unternehmungen hat Ihr alter Freund Larry als sein Mittelsmann fungiert, als Kassierer und räuberischer Komplize: Er hat die Firmen eingetragen, Konten eröffnet, Rechnungen vorgelegt, die Beute verschwinden lassen. Und jetzt werden Sie mir gleich sagen, das alles habe sich der heimtückische Tschetschejew ausgedacht, er habe Larrys Unterschrift gefälscht. Da irren Sie sich. Larry steckt bis zu seinem schmutzigen Hals in der Sache drin, und Sie offenbar auch. Richtig?«

»Nein.«

Er wandte sich an Barney. »Wie weit sind Ihre Bullen jetzt?«

»Der Kommandant der Sondergruppe wird um fünf Uhr heute nachmittag dem Kabinettssekretär Bericht erstatten«, sagte Barney, nachdem er sich geräuspert hatte.

»Sind Bryant und Luck auch von dort geschickt worden?« fragte ich.

Barney Waldon wollte das gerade bestätigen, als Merriman barsch dazwischenfuhr: »Was wir wissen, braucht er nicht zu erfahren, Barney.«

Aber ich hatte meine Antwort: ja.

»Angeblich kommen sie mit ihren Ermittlungen nicht allzu schnell voran, aber das könnte auch ein Bluff sein«, fuhr Barney fort. »Ich darf auf gar keinen Fall übertriebenes Interesse zeigen. Ich habe der Sondergruppe gesagt, das sei nicht unser Problem, und ich habe dabei die Hand aufs Herz gelegt. Ich habe es der Londoner Polizei gesagt, ich habe es der Polizei in Somerset gesagt. Ich habe ihnen ins Gesicht gelogen.« Es schien ihn zu bekümmern.

Wieder Merriman: »Also verderben Sie uns nicht das Spiel, Tim Cranmer, ist das klar? Wenn sie Larry schnappen und er behauptet, er arbeite für uns, werden wir das abstreiten, wir werden es abstreiten, bis der ganze Prozeß gelaufen ist. Wenn er sagt, er habe für Sie gearbeitet, wird Mr. Timothy Cranmer, Ex-Angestellter des Finanzministeriums, in ein sehr tiefes Loch fallen. Und im neuen Geist der Offenheit sage ich Ihnen: Wenn Sie auch nur einmal den Mund aufmachen, dann gnade Ihnen Gott.«

»Präsentiert der russische Botschafter TT als echten Diplomaten?« fragte ich.

»Als Ex-Diplomaten. Ja, macht er. Und da wir uns in den vier Jahren, die Tschetschejew in London war, nie über ihn beschwert haben, weil wir ja schließlich den Informationsfluß nicht unterbrechen wollten, nehmen wir dieselbe Position ein. Sollte irgend jemand so was wie Spion flüstern, wird das Außenministerium Migräne vorschützen.«

»Und TTs Verhältnis zu Larry?«

»Was damit war? Das war rechtmäßig. Tschetschejew war Kulturattaché, beliebt und erfolgreich. Larry war ein rot angehauchter ewig gestriger Intellektueller, der regelmäßige Gratisflüge nach Mütterchen Rußland, Kuba und anderen unersprießlichen Winkeln des Globus akzeptierte. Heute spielt er in Bath den stillen Don. Ihr Verhältnis war natürlich und anständig, und falls nicht, behauptet es jedenfalls niemand.« Merriman hatte mich nicht aus den Augen gelassen. »Sollten die Russen je auf die Idee kommen, daß Larry Pettifer für unseren Dienst gearbeitet hat – daß er, wie Sie uns wiederholt erinnert haben, mehr als zwanzig Jahre lang unser sehr ergebener Diener war –, dann wird es ein Erdbeben geben, falls Sie mir folgen können. Ihren netten Freund Zorin haben sie bereits im Schnellverfahren abserviert – wegen Alkoholismus, passiver Verschwörung, weil er den Kopf überm Arsch trägt –, er steht unter Hausarrest und hat nach allem, was man so hört, eine gute Chance, irgendwann im Morgengrauen erschossen zu werden. Es ist überaus freundlich von uns, daß wir mit Ihnen nicht dasselbe gemacht haben. Falls die mit ihren Zwergenhirnen jemals auf die Idee kommen sollten – die Polizei oder die Russen oder auch beide, in dieser Situation ist das alles eins, da die Polizei im dunkeln tappt und wir es auch dabei belassen wollen –, daß unser Dienst, in Zusammenarbeit mit der einen oder anderen russischen Mafia, sich in einer Zeit, da die russische Wirtschaft an der gemeinen Grippe stirbt, dazu entschlossen hat, sie um siebenunddreißig Millionen Pfund zu betrügen, dann ...« Er gab auf. »Sie können den Satz selbst beenden. Ja, was ist?«

Es war der ewige Refrain in mir. So aufgewühlt ich auch war, ich konnte ihn nicht zurückhalten: »Wann wurde Larry zum letztenmal gesehen?« sagte ich.

»Fragen Sie die Polizei, das heißt: lassen Sie's.«

»Wann ist TT zuletzt nach Großbritannien gekommen?«

»In den letzten sechs Monaten ist kein Tschetschejew nach Großbritannien eingereist. Aber da von vornherein feststand, daß Tschetschejew nicht sein richtiger Name ist, wäre es nicht sonderlich überraschend, wenn er als jemand zurückkäme, der er bisher noch nicht gewesen ist.«

»Haben Sie seine Decknamen geprüft?«

»Darf ich Sie daran erinnern, daß Sie pensioniert sind?« Er hatte genug geplaudert. »Sie unternehmen gar nichts, junger Freund, ist das klar, Tim Cranmer? Sie bleiben auf Ihrem Schloß, tun Ihre guten Werke, fabrizieren Ihre Jahrgangsplörre, benehmen sich natürlich und machen ein unschuldiges Gesicht. Sie verlassen das Land nur mit Mamis Erlaubnis, und wir behalten Ihren Paß, auch wenn das heutzutage leider nicht mehr viel zu bedeuten hat. Sie unterlassen jeden Versuch der Kontaktaufnahme mit Larry durch Wort, Tat, Hinweis oder Telefon. Das gilt für Sie selbst, Ihre Agenten oder Mittelsmänner, und auch für Ihre reizende Emma. Sie reden mit keinem Menschen, Kollegen und Kunden eingeschlossen, über Larry, über sein Verschwinden und irgendwelche Teile dieses Gesprächs. Ist Larry noch immer hinter Diana her?«

»Das war er nie. Er hat den Kontakt mit ihr nur aufrechterhalten, um mich zu ärgern. Und weil sie beide beschlossen hatten, die Firma zu hassen.«

»Es ist absolut nichts passiert. Niemand wird vermißt. Sie sind ehemaliger Beamter des Finanzministeriums, leben mit einer neurotischen kindlichen Komponistin oder so was Ähnlichem zusammen und bauen Ihren abscheulichen Wein an. Basta. Wenn Sie uns anrufen, dann nur mit allem Drum und Dran der Geheimhaltung und von einem abhörsicheren Telefon aus. Die Nummer, die wir Ihnen geben, wechselt täglich die Endziffer. Sonntag eins, Montag zwei. Glauben Sie, daß Sie damit zurechtkommen?«

»Da ich dieses System erfunden habe: ja.«

Marjorie Pew gab mir einen Zettel, auf dem eine 071-Nummer getippt war. Merriman sprach weiter.

»Wenn die Bullen wieder mit Ihnen reden wollen, lügen Sie ihnen weiter die Hucke voll. Die wollen jetzt beim Finanzministerium herausfinden, was für Forschungen Sie dort betrieben haben, aber die vom Finanzministerium sind ja in der analen Phase steckengeblieben und rücken nichts heraus, da werden die Bullen nicht weiterkommen. Was uns betrifft, existieren Sie gar nicht. Sie sind nie hiergewesen. Cranmer? Cranmer? Nie gehört.«

Wir waren allein, Merriman und Cranmer, Blutsbrüder wie eh und je, Merriman hatte mich am Arm genommen. Er nahm einen immer am Arm, wenn er sich verabschiedete.

»Nach allem, was wir für ihn getan haben«, sagte er. »Eine Pension, einen Neubeginn, einen guten Job, nachdem praktisch jede Universität in England ihn abgelehnt hatte, Prestige. Und jetzt das.«

»Schlimme Sache«, stimmte ich zu. Was hätte ich anderes sagen können.

Merriman lächelte spitzbübisch. »Sie haben ihn doch nicht um die Ecke gebracht, Tim?«

»Wieso hätte ich das tun sollen?«

Zum erstenmal an diesem Tag hätte ich um ein Haar verloren, was Marjorie Pew meine Kaltblütigkeit genannt hatte.

»Warum hätten Sie es *nicht* tun sollen?« gab Merriman schelmisch zurück. »So ist es unter Gaunern doch üblich, wenn sie die Beute nicht aufteilen wollen?« Ein freudloses Kichern. »Und ist es mit Emma nicht einfach *wunderbar*? Noch immer *rasend* verliebt?«

»Ja, aber zur Zeit ist sie nicht da.«

»Wie entsetzlich! Wo ist sie denn?«

»In den Midlands, wo einige ihrer Sachen aufgeführt werden.«

»Und warum begleiten Sie sie nicht?«

»Sie zieht es vor, so etwas allein zu machen.«

»Natürlich. Sie ist ja unabhängig. Und sie ist Ihnen nicht zu jung?«

»Wenn sie's ist, wird sie's mir zweifellos mitteilen.«

»Gratuliere, Tim. Tapfer. Nie die Kavallerie aus der Schlacht nehmen, sag ich immer. Die Emmas dieser Welt verlangen unsere ständige Aufmerksamkeit. Sehen Sie sich nur ihre Akte an.«

»Nein, vielen Dank.«

Aber bei Merriman hat man keine Chance. »Nein, vielen Dank? Sie haben nicht mal reingesehen?«

»Nein, und ich habe auch nicht die Absicht.«

»Aber mein Lieber, das müssen Sie! So prall, so bunt, *quel courage*! Wenn Sie die Namen ändern, können Sie auf Ihre alten Tage einen wahren Knüller daraus machen. Bei weitem lukrativer als Onkel Bobbys Rattenpisse. Tim?«

»Was ist?«

Seine Hand schloß sich um meinen Bizeps. »Sie waren so lange mit dem lieben Larry zusammen. Winchester, Oxford, die Firma – das war damals sehr fruchtbar. Sehr nützlich. Aber heute, mein Lieber, Finger weg.«

»Wovon reden Sie eigentlich?«

»Vom Image, mein Lieber. Von der noblen Vergangenheit, der alten Ära. Dynamit in den Händen irgendwelcher Schreiberlinge und Schmierfinken. Die werden schneller von Agentenringen an Universitäten lostönen und von der Liebe, die ihren Namen nicht auszusprechen wagt, als Sie Kim Philby sagen können. Da war doch nichts, oder?«

»Was war nicht?« fragte ich zurück und versuchte die Erinnerung an Emma abzuwehren, wie sie nackt an meinem Schlafzimmerfenster stand und mir die gleiche Frage stellte.

»Na, Sie wissen schon. Sie und Larry. Irgend so was. Also?«

»Falls Sie damit meinen, ob wir homosexuell und Verräter waren: weder das eine noch das andere. Larry war eine Rarität unter den Eliteschülern: Er war hundertprozentig heterosexuell.«

Er quetschte noch einmal lange meinen Arm. »Sie Armster. So eine Enttäuschung für einen gesunden jungen Mann. Na ja, so geht's nun mal. Wir werden bestraft für Verbrechen, die wir nie begangen haben, aber dafür kommen wir anderswo mit schwerem Diebstahl durch. Es ist so wichtig, daß wir alle furchtbar aufpassen. Skandal ist das schlimmste. Lügen Sie, soviel Sie wollen, aber ersparen Sie mir den Skandal. Die Firma hat es heutzutage sehr schwer, noch ein ruhiges Plätzchen zu finden. Jede Menge Fliegen um den Honigtopf. Bin immer hier, mein Lieber. Jederzeit.«

Munslow stand im Vorzimmer. Als er mich herauskommen sah, schloß er sich mir an. Er ließ unbehaglich die Hände baumeln. Mein Ausweis war nicht darin zu sehen.

5

Ich hatte zwei Stunden totzuschlagen, ehe der letzte Zug nach Castle Cary ging, und wahrscheinlich bin ich spazierengegangen. Irgendwo muß ich mir, obwohl ich diese Blätter nicht ausstehen kann, eine Abendzeitung gekauft haben. Sie steckte am nächsten Morgen, zu einem schmutzigen Packen primitiven Zeitungspapiers gefaltet, in der Tasche meines Regenmantels; das Kreuzworträtsel war vollständig gelöst, in steilen Großbuchstaben, wie sie gar nicht typisch für mich sind. Und ich muß unterwegs ein paar Scotch getrunken haben, denn an die Fahrt habe ich kaum noch eine Erinnerung, abgesehen von dem Spiegelbild, das in dem schwarzen Fenster neben mir mitfuhr und das manchmal Larrys Gesicht war, manchmal mein eigenes und manchmal Emmas; sie hatte die Haare hochgesteckt, um den Hals das Perlenkollier aus dem achtzehnten Jahrhundert, das ich ihr an dem Tag geschenkt hatte, als sie ihren Klavierhocker nach Honeybrook brachte. Ich hatte so viel im Kopf, daß ich nichts drin hatte. Larry hat siebenunddreißig Millionen gestohlen; TT ist sein Komplize; ich bin angeblich auch einer. Er ist mit der Beute geflohen; Emma ist ihm nachgereist – Larry, dem ich das alles beigebracht hatte: stehlen, Schreibtische durchwühlen, Schlösser knacken, Papiere fotografieren, sich alles mögliche einprägen, den richtigen Augenblick abwarten und, wenn es einmal sein mußte, weglaufen und untertauchen. Oberst Wolodja Zorin, einst der Stolz von Moskaus England-Abteilung, steht unter Hausarrest. Beim Überqueren der Fußgängerbrücke am Bahnhof von Castle Cary brachte mich das Klappern von Kinderschuhen auf der viktorianischen Eisenkonstruktion ganz durcheinander, ich glaubte Dampf und brennende Kohlen zu riechen. Ich war wieder ein Kind und schleifte meine Schultasche die Steintreppe hinunter, um die nächsten einsamen Ferien bei Onkel Bob zu verbringen.

Mein prächtiger alter Sunbeam stand auf dem Bahnhofsparkplatz, wo ich ihn abgestellt hatte. Hatten sie daran herumgemacht, Wanzen und Fahrtenschreiber eingebaut, den Wagen mit der neuesten Zauberfarbe besprüht? Die moderne Technik ging über meinen Horizont. Das war schon immer so gewesen. Beim Fahren irritierten mich die Scheinwerfer eines Autos, das dicht hinter mir fuhr, aber auf dieser kurvenreichen Strecke versuchen nur Idioten und Betrunkene zu überholen. Ich ließ die Hügel hinter mir und fuhr durchs Dorf. An manchen Abenden war die Kirche angestrahlt. Heute nicht. In den Fenstern flackerten die letzten Bildschirme wie verlöschende Glut. Die Scheinwerfer kamen von hinten auf mich zugerast, blendeten auf und wieder ab. Ich hörte eine Hupe. Ich fuhr an die Seite, um den Wagen vorbeizulassen, und erblickte Celia Hodgson, die mir aus ihrem Land-Rover übermütig zuwinkte. Ich winkte übermütig zurück. Celia war eine meiner hiesigen Eroberungen aus der Zeit vor Emma, als ich noch nicht auf Honeybrook wohnte und als Besitzer dieses Anwesens einer der begehrtesten Wochenendgeschiedenen der Gemeinde war. Sie lebte in ärmlichen Verhältnissen auf einem großen Gut in der Nähe von Sparkford, nahm an Fuchsjagden teil und organisierte das Ferienprogramm unserer Kinder. Als ich sie eines Sonntags zu mir zum Lunch eingeladen hatte, war ich zu meiner Überraschung schon vor der Avocado mit ihr im Bett. Ich war noch immer Vorsitzender ihres Komitees, wir plauderten noch immer beim Lebensmittelhändler. Danach habe ich nie mehr mit ihr geschlafen, und sie schien mir wegen Emma nicht böse zu sein. Manchmal habe ich mich gefragt, ob sie sich überhaupt an die Episode erinnerte.

Vor mir erhoben sich die steinernen Torpfosten von Honeybrook. Ich verlangsamte auf Schrittempo, schaltete den messinggelben Nebelscheinwerfer ein und zwang mich, die Reifenspuren in der Einfahrt zu studieren. Da war zuerst John Guppys Postauto. Jeder andere Fahrer weicht nach links aus, um die drei großen Schlaglöcher in der Senke zu umfahren, aber weil John es schon seit vierzig Jahren so macht, nützen auch meine inständigsten Bitten nichts: Er weicht lieber nach rechts aus, ramponiert mir die Rasenkante und rammt die Zwiebeln der Osterglocken in den Boden.

Neben John Guppy die tapfere dünne Fahrradspur von Ted Lanxon. Ted war mein Züchter, mir von Onkel Bob mit der Weisung hinterlassen worden, den Mann zu behalten, bis er umfiel, was zu tun er sich beharrlich weigerte; da wollte er doch lieber die vielen Fehler meines Onkels in alle Ewigkeit fortsetzen. Und kreuz und quer darüber die holprigen Abdrücke des in Dschungelfarben gestrichenen Subaru der Toller Schwestern, der den Boden nur berührte, um gleich wieder abzuheben. Die Tollers waren unsere Aushilfskräfte und Teds Fluch, aber auch seine Wonne. Und breit ausgewalzt zog sich der fremde Abdruck eines schweren Lastwagens über die Tollers. Offenbar war etwas angeliefert worden. Aber was? Der bestellte Dünger? War am Freitag gekommen. Die neuen Flaschen? Waren vorigen Monat gekommen.

Auf der Kiesfläche vor dem Haus sah ich nichts Beunruhigendes, bis dieses Nichts mich zu stören begann. Warum waren auf dem Kies keine Reifenabdrücke? Waren die Tollermädchen auf dem Weg zum ummauerten Garten nicht hier durchgebraust? Hatte John Guppy hier nicht geparkt, als er meine Post ablieferte? Und was war mit meinem mysteriösen Lastwagen: War der den weiten Weg gekommen, nur um hier senkrecht in die Luft zu steigen?

Ich ließ die Scheinwerfer an, stieg aus dem Wagen und schritt auf der Suche nach Fuß- oder Reifenabdrücken die Auffahrt ab. Jemand hatte den Kies geharkt. Ich machte die Scheinwerfer aus und stieg die Stufen zum Haus hinauf. Während der Zugfahrt hatte mir der Rücken zu schaffen gemacht. Doch als ich in den Windfang trat, waren die Schmerzen plötzlich weg. Auf der Fußabmatte lag ein Dutzend Umschläge, die meisten braun. Nichts von Emma, nichts von Larry. Ich untersuchte die Poststempel. Alle um einen Tag zu spät. Ich untersuchte die Klebeverschlüsse. Alle zu gut verschlossen. Wann würde die Firma jemals klug werden? Ich legte die Umschläge auf die Marmorplatte des Beistelltischs, stieg, ohne Licht zu machen, die sechs Stufen zur großen Eingangshalle hoch und blieb reglos stehen.

Und lauschte. Und schnüffelte. Und spürte den Hauch eines warmen Körpers in der bewegungslosen Luft. Schweiß? Deodorant? Pomade? Bestimmen konnte ich es zwar nicht, aber registrieren. Behutsam schlich ich durch den Gang zu meinem Arbeitszimmer. Auf halbem Weg spürte ich es wieder: das gleiche Deodorant, eine kaum merkliche Spur von abgestandenem Zigarettenrauch. Nicht im Haus geraucht – das wäre Wahnsinn gewesen. Sondern vielleicht im Pub oder im Auto, nicht unbedingt von demjenigen, dessen Kleider den Mief mitgebracht hatten, aber auf jeden Fall fremder Zigarettenrauch.

Als ich am Morgen nach London gefahren war, hatte ich keine raffinierten Fallen gelegt, keine Haare in Schlösser gesteckt, keine Fädchen über die Türangeln gespannt, keine Polaroidaufnahmen gemacht. So etwas hatte ich nicht nötig. Ich hatte meinen Staub. Montag ist Mrs. Benbows freier Tag. Ihre Freundin Mrs. Crook kommt nur, wenn auch Mrs. Benbow kommt, womit sie ihre Abneigung gegen Emma zum Ausdruck bringt. Zwischen Freitagabend und Dienstagmorgen wird daher im ganzen Haus nicht staubgewischt, es sei denn, ich tue es selbst. Und normalerweise tue ich es. Ein bißchen Hausarbeit macht mir Spaß, und montags poliere ich gern meine Sammlung von Barometern aus dem achtzehnten Jahrhundert und ein paar Einzelstücke, die in Mrs. Benbows ziemlich strengem Dienstplan nur selten vorkommen: meine chinesischen Chippendale-Schemel und den Kartentisch in meinem Ankleidezimmer.

Aber an diesem Morgen war ich früh aufgestanden und hatte mit jenem Gespür für mein Handwerk, mit dem ich offenbar schon seit meiner Kindheit begabt bin, den Staub liegen lassen. Bei einem Kaminfeuer in der Eingangshalle und einem zweiten im Salon kommt bis Montagmorgen einiges zusammen, mehr noch freilich bis Montagabend. Und ich sah, kaum war ich ins Arbeitszimmer getreten, keine Staubschicht auf meinem Walnußschreibtisch. Nicht ein einziges ehrbares Stäubchen auf der gesamten Fläche. Die Messinggriffe glänzten wie neu. Ich konnte die Politur riechen.

Also waren sie hier, dachte ich ohne Gefühlsregung. Es steht fest: Sie waren hier. Merriman bestellt mich nach London, und während er mich sicher unter den Augen hat, schickt er seine Spürhunde in einem Möbelwagen oder Elektrikerwagen los, oder was auch immer die heute für solche Zwecke benutzen, läßt sie in mein Haus einbrechen und es durchsuchen, in der Gewißheit, daß Montag ein günstiger Tag ist. Er weiß, daß Lanxon und die Toller-Mädchen fünfhundert Meter vom Hauptgebäude entfernt beschäftigt sind, in einem Garten, hinter dessen Ziegelsteinmauer sie nichts anderes sehen können als den Himmel. Und da er schon mal dabei ist, läßt er gleich auch meine Post überprüfen und hat inzwischen bestimmt auch längst mein Telefon anzapfen lassen.

Ich ging nach oben. Wieder Rauch. Mrs. Benbow raucht nicht. Ihr Mann ebenfalls nicht. Ich auch nicht, ich kann diese Angewohnheit und den Geruch nicht ausstehen. Wenn ich von irgendwoher zurückkomme und habe Rauch in der Kleidung, muß ich mich vollständig umziehen, ein Bad nehmen und mir die Haare waschen. Wenn Larry zu Besuch hiergewesen ist, reiße ich sämtliche Türen und Fenster auf, soweit es das Wetter zuläßt. Aber auf dem Treppenabsatz roch ich wieder abgestandenen Zigarettenrauch. Ebenso im Ankleide- und Schlafzimmer. Ich ging über die Galerie zu Emmas Seite des Hauses: ihre Seite, meine Seite, und die Galerie zwischen uns wie ein Schwert. Larrys Schwert.

Den Schlüssel in der Hand, stand ich vor ihrer Tür, genau wie in der vorigen Nacht, und wieder unsicher, ob ich hineingehen sollte. Die Tür war aus Eiche und mit Ziernägeln beschlagen, eine Haustür, die es irgendwie nach oben geschafft hatte. Ich drehte den Schlüssel um und trat ein. Dann schloß ich hastig hinter mir ab, wozu, wußte ich nicht. Seit dem Tag, als ich nach ihrem Weggang aufgeräumt hatte, war ich nicht mehr hier drin gewesen. Ich holte langsam Luft, durch Mund und Nase zugleich. Ein Hauch von parfümiertem Körperpuder vermischte sich mit dem Moschusgeruch unbenutzter Zimmer. Hier haben sie also eine Frau reingeschickt, dachte ich. Eine Frau, die sich pudert. Oder zwei. Oder sechs. Aber auf jeden Fall Frauen: irgendein törichter Rest von Anstandsgefühl bei der Firma beharrt darauf. Verheiratete Männer dürfen nicht in den Kleidern junger Frauen wühlen. Ich stand in ihrem Schlafzimmer. Links von mir das Bad. Vorne ihr Studio. Kein Staub auf ihrem Nachttisch. Ich hob ihr Kopfkissen an. Darunter lag das Seidennachthemd aus dem White House in Bond Street, das ich ihr in den Weihnachtsstrumpf gesteckt hatte, sie aber nie hatte tragen sehen. Als sie mich verließ, hatte ich es, noch in Seidenpapier gewickelt, ganz hinten in einer Schublade gefunden. In meiner Rolle als Agent im Einsatz hatte ich es auseinandergefaltet, ausgeschüttelt und unter ihr Kopfkissen gelegt, für alle Fälle. *Miss Emma ist in den Norden gereist, um sich eine Aufführung ihrer Musik anzuhören, Mrs. Benbow ... Miss Emma kommt in wenigen Tagen zurück, Mrs. Benbow ... Miss Emmas Mutter ist schwer erkrankt, Mrs. Benbow ... verdammt, Miss Emma ist sich noch immer im ungewissen, Mrs. Benbow ...*

Ich zog ihren Kleiderschrank auf. All die Kleider, die ich ihr jemals gekauft hatte, hingen ordentlich auf ihren Bügeln, genau so, wie ich sie am Tag ihres Verschwindens gesehen hatte: lange seidene Jerseykleider, maßgeschneiderte Kostüme, ein Zobelcape, das sie nicht einmal hatte anprobieren wollen, elegante Schuhe, noch elegantere Gürtel und Handtaschen. Ich starrte das alles an und fragte mich, wer ich gewesen war, als ich das gekauft hatte, und was für eine Frau ich dabei im Sinn gehabt hatte.

Es war ein Traum, dachte ich. Aber wozu sollte ein Mann, der Emma im wirklichen Leben besaß, Träume haben? Ich hörte ihre Stimme in der Dunkelheit: *Ich bin nicht schlecht, Tim. Ich muß mich nicht dauernd ändern und verkleiden. Ich bin gut so, wie ich bin. Ehrlich.* Ich hörte Larry, wie er im Dunkel jener Nacht in den Mendips höhnisch zu mir sagte: *Du liebst die Menschen nicht, Timbo. Du erfindest sie. Das ist Gottes Aufgabe, nicht deine.* Ich hörte wieder Emma: *Nicht ich muß mich ändern, Tim, sondern du. Seitdem Larry in unsern ummauerten Garten gekommen ist, benimmst du dich wie jemand auf der Flucht.* Ich hörte wieder Larry: *Du hast mir das Leben gestohlen. Ich habe dir die Frau gestohlen.*

Ich schloß den Schrank, trat in ihr Studio, machte Licht und schaffte es, mich einmal schnell umzusehen, wie jemand, der bereit ist, augenblicklich die Flucht zu ergreifen, falls sich irgend etwas Unsichtbares zeigt. Aber meine Augen entdeckten nichts, was sie hätten meiden müssen. Alles war so, wie ich es verlassen hatte, als ich nach ihrem Weggang den Schein wiederhergestellt hatte. Der Queen-Anne-Schreibtisch, den ich ihr zum Geburtstag geschenkt hatte, war dank meiner Mühen ein Muster an Ordnung. Die Schubladen, alle aufgeräumt, waren mit frischem Schreibpapier versehen. Auf dem glänzenden Kaminrost lagen Zeitungspapier und Anmachholz. Emma liebte ein Feuerchen. Wie eine Katze streckte sie sich davor aus, eine Hüfte nach oben, mit einem gebeugten Arm den Kopf stützend.

Meine Nachforschungen verschafften mir vorübergehend Erleichterung. Angenommen, die ganze Einbruchsmannschaft hatte sich hier mit Kameras, Gummihandschuhen und Kopfhörern hineingedrängt: Was konnten sie schon gesehen haben außer dem, was sie sehen sollten? *Cranmers Frau ist nicht von operativer Bedeutung. Sie spielt Klavier, trägt lange Seidenkleider und schreibt an einem Damenschreibtisch über ländliche Angelegenheiten.*

Von den Aktenordnern mit ihrer Korrespondenz, von ihrem neu entflammten Entschluß, die Welt von allen Übeln zu heilen, vom Klappern und Fiepen ihrer elektrischen Schreibmaschine zu allen Tages- und Nachtstunden, von all dem wußten sie nichts.

Plötzlich hatte ich einen Bärenhunger. Ich fiel, wie früher Larry, über den Kühlschrank her und verputzte die Reste eines Fasans, übriggeblieben von einer schauderhaften Dinnerparty, die ich für einige Dorfgrößen gegeben hatte. Eine halbe Flasche Pauillac wartete ebenfalls darauf, ausgetrunken zu werden, aber ich hatte noch zu arbeiten. Ich zwang mich, die Fernsehnachrichten einzuschalten, aber kein Wort, keine Silbe von vermißten Professoren und durchgebrannten Komponistinnen. Um Mitternacht ging ich wieder nach oben, machte im Ankleidezimmer Licht und zog mich hinter geschlossenen Vorhängen um: dunkler Pullover mit Reißverschluß, graue Flanellhose und schwarze Turnschuhe. Ich schaltete das Licht im Badezimmer an, damit man es von draußen sehen konnte, und nach zehn Minuten knipste ich es wieder aus. Das gleiche tat ich in meinem Schlafzimmer, dann schlich ich nach unten, setzte, immer noch im Dunkeln, eine Schlägermütze auf und wand mir einen schwarzen Schal vors Gesicht, bevor ich auf Zehenspitzen die Dienstbotentreppe zu den Küchen hinunterstieg, wo ich beim Schein der Zündflamme des Gasboilers einen uralten, riesigen Schlüssel vom Haken in der Butlerkammer nahm und in meiner Hosentasche versenkte.

Ich öffnete die Hintertür, schloß sie hinter mir und stand bewegungslos in der eisigen Nacht, bis meine Augen sich an die Dunkelheit gewöhnt hatten. Anfangs schien es gar nichts damit zu werden, denn es war stockfinster und kein einziger Stern am Himmel. Die Kälte hing mir wie ein Mantel aus Eis um den zitternden Leib. Ich hörte Vogelrufe und das Winseln eines kleinen Tiers.

Allmählich erkannte ich den gepflasterten Weg. Er führte über vier Sandsteintreppen die Terrassen hinunter zu dem Bach, von dem das Haus den Namen hat. Über den Bach ging ein Steg, und dahinter war ein Gattertor, durch das man auf eine baumlose Anhöhe gelangte, von der aus ich nach und nach die vertraute Silhouette einer gedrungenen kleinen Kirche erkannte, die sich so massiv vom Himmel abhob, daß sie wie ein aus der Dunkelheit gemeißeltes Relief aussah.

Ich schlich weiter. Ich ging zur Kirche. Aber nicht zum Beten.

Ich bin kein gläubiger Mensch, glaube aber dennoch, daß es der Gesellschaft mit Gott besser geht als ohne ihn. Ich verneine ihn nicht, wie Larry es tut, nur um ihm dann nachzulaufen und ihn um Entschuldigung zu bitten. Aber ich bejahe ihn auch nicht.

Wenn ich im Innersten an einen zentralen Sinn glaube, einen *Urgeist,* wie Larry es nannte, führt mein Weg dorthin eher über die Ästhetik – die Schönheit der Mendips im Herbst, zum Beispiel, oder wenn Emma mir Liszt vorspielt – als über das Gebet.

Aber das Schicksal hatte verfügt, daß ich ein Hüter des Glaubens werden sollte, denn als ich Honeybrook von meinem seligen Onkel Bob erbte und es zum Ruhesitz für mich Kalten Krieger bestimmte, erhielt ich auch den Titel eines Squire und damit das Patronat der Pfarrei für die Kirche St. James the Less, eine frühgotische Miniaturkathedrale an der Ostgrenze meiner Ländereien, mit allem, was dazugehört, wie Vorkapelle, Tonnendach, sechseckigem Glockentürmchen und einem prächtigen Paar riesiger Raben; jedoch ist sie wegen ihrer Abgelegenheit und des nachlassenden religiösen Interesses jetzt nicht mehr in Gebrauch.

Frisch aus London gekommen und beseelt von pflichtbewußter Begeisterung für mein neues bukolisches Leben beschloß ich mit voller Zustimmung der Diözesanbehörde, meine Kirche wieder zu einem aktiven Haus des Gebets zu machen, wobei ich ebenso wie der Bischof übersah, daß ich damit die ohnehin schon dezimierte Besucherzahl der eine Meile entfernten Gemeindekirche noch stärker gefährden würde. Ich ließ auf eigene Kosten das Dach reparieren und bewahrte den herrlichen kleinen Holzvorbau vorm Verfall. Von der Frau des Bischofs persönlich unterstützt, ließ ich die Altardecke renovieren, organisierte mit willigen Helfern einen Dienstplan zum Säubern der Kirche und stellte, als alles fertig war, einen blassen Hilfspfarrer aus Wells ein, der einer gemischten Schar aus Bauern, Wochenendgästen und Pensionären wie mir, die wir alle uns Mühe gaben, einen frommen Eindruck zu machen, gegen ein inoffizielles Entgelt Brot und Wein austeilte.

Aber schon nach einem Monat mußten die Diözese und ich einsehen, daß meine Mühen verfehlt waren. Als erstes kamen meine willigen Helfer bald gar nicht mehr so willig, was angeblich mit Emma zu tun hatte. Sie fänden es gar nicht gut, sagten sie, wenn sie in ihren Land-Rovern mit Wischlappen und Eimern zur Kirche kämen und sie dann auf der Empore säße und vor einer einköpfigen Gemeinde Werke von Peter Maxwell Davies auf der Orgel spiele. Sie gaben wenig freundlich zu verstehen, daß dieser auf jugendlich machende Londoner und sein Luxusmädchen, wenn sie die Kirche als ihren privaten Konzertsaal benutzen wollten, sie dann auch selber putzen könnten. Als nächstes erschien ein unsympathischer Mensch in Blazer und Ziegenlederstiefeln à la Larry; er behauptete, im Namen irgendeiner gänzlich unbekannten kirchlichen Körperschaft zu sprechen, und verlangte Auskunft von mir: zum Beispiel über die zahlenmäßige Stärke unserer Gemeinde, Höhe und Verwendung unserer Kollekten und die Namen unserer Gastprediger. In einem anderen Leben hätte ich seine Legitimation angezweifelt, denn er fragte mich auch, ob ich Freimaurer sei; aber als er endlich weg war, hatte ich entschieden, daß meine Tage als Retter von St. James the Less vorüber waren. Der Bischof stimmte mit Freuden zu.

Aber ich ließ den mir anvertrauten Besitz nicht im Stich. Irgendwo steckt ein Butler in mir, und sehr bald entdeckte ich, wie wohltuend und befriedigend es war, in der Stille meiner siebenhundert Jahre alten Privatkirche Steinfliesen blank zu scheuern, Kirchenbänke abzustauben und Messingkerzenhalter zu polieren. Doch inzwischen hatte ich andere Gründe, damit weiterzumachen: Vom geistlichen Trost einmal abgesehen, stellte der heilige James mir ein sicheres Haus zur Verfügung, wie ich es mir sicherer nie hätte träumen lassen.

Ich rede nicht von der Marienkapelle mit der wurmzerfressenen Täfelung, die sich so gelockert hat, daß man ein komplettes Archiv dahinter verschwinden lassen könnte; auch nicht von den geräumigen Kellergewölben, wo die zerbröckelnden Grabsteine der Bauernäbte jede Menge natürlicher toter Briefkästen bieten. Ich rede von dem Turm; von einem geheimen fensterlosen sechseckigen Raum: Der Weg dorthin führt durch einen Soutanenschrank in der Sakristei, von wo man über eine enge Wendeltreppe zu einer zweiten Tür gelangt, die, wie ich wirklich glaube, seit Jahrhunderten von keiner Menschenseele benutzt wurde, bis ich, nachdem mir die Diskrepanz zwischen den äußeren und inneren Maßen des Turms zu denken gegeben hatte, zufällig darauf gestoßen war.

Ich sage fensterlos, aber welcher geniale Geist auch immer mein Geheimgemach ersonnen hatte – ob als Zufluchtsort oder als Liebesnest –, hatte nicht weniger genial für schmale horizontale Bogenscharten oben in der Wand gesorgt, und zwar an allen Stellen, wo die Deckenbalken das hölzerne Vordach stützen, das um den Turm herumläuft. So daß ich, wenn ich mich aufrichtete und von einer Bogenscharte zur anderen ging, einen ausgezeichneten Rundblick auf den heranrückenden Feind hatte.

Und das Licht hatte ich ein dutzendmal überprüft. Nach Einbau einer primitiven elektrischen Beleuchtung war ich aufmerksam, in weiten und engen Kreisen, um die Kirche herumgegangen. Nur wenn ich mich direkt an den Turm drückte und den Kopf reckte, konnte ich an der Unterseite des Vordachs einen ganz schwachen Widerschein ausmachen.

Ich habe mein Versteck so genau beschrieben, weil es für mein heimliches Leben überaus wichtig ist. Niemand, der kein verborgenes Leben geführt hat, vermag nachzuvollziehen, wie süchtig das machen kann. Niemand, der sich aus der Welt der Geheimdienste zurückgezogen hat, oder vor dem sie sich zurückgezogen hat, kann sich jemals von den Entzugserscheinungen erholen. Die Sehnsucht nach dem heimlichen Leben, sei es religiöser oder geheimdienstlicher Art, wird zuweilen unerträglich. Immer wieder träumt man davon, die geheime Stille möge einen wieder in die Arme schließen.

Und so war es bei mir jedesmal, wenn ich das Versteck betrat und wieder einmal meinen kleinen Schatz an Andenken betrachtete: die Terminkalender, die ich nicht hätte aufbewahren dürfen, aber, da ich es nun einmal getan hatte, weiter aufbewahrte; alte Berichtsbögen, ungeschminkte

Operationsprotokolle, Notizen, die in verschwörerischem Gleichmut niedergeschrieben worden waren, unzensierte Tonbandaufnahmen von Einsatzbesprechungen, einige komplette Akten, deren Vernichtung die Obere Etage angeordnet hatte und von mir auch bestätigt worden war – nur um dann in meinem Privatarchiv zu verschwinden, teils zur Belehrung der Nachwelt, teils aber auch als private Versicherung gegen die schlechten Zeiten, vor denen ich mich immer gefürchtet hatte und die jetzt gekommen waren: wenn irgendeine Fehleinschätzung auf seiten meiner Arbeitgeber oder irgendeine Dummheit meinerseits Dinge, die ich in aller Rechtschaffenheit gesagt oder getan hatte, nachträglich in ein schiefes Licht rücken würden.

Und schließlich hatte ich hier außer meinen Papieren auch noch meine persönliche Fluchtausrüstung, für den Fall, daß nichts, nicht einmal Schriftliches, mir mehr helfen konnte: meine zweite Identität auf den Namen Bairstow, bestehend aus Paß, Kreditkarte und Führerschein, die für eine später abgebrochene Operation rechtmäßig erworben, dann von mir einbehalten und kunstvoll verlängert und immer wieder aufs neue getestet worden war, bis ich sicher sein konnte, daß unser Quartiermeister von ihrer Existenz nichts mehr wußte. Und wohlgemerkt, die Papiere taugten was. Sie stammten immerhin von der Firma, die auf heimischer Scholle tätig war, und nicht von irgendeinem billigen Fälscher, der ein einmaliges Risiko auf sich nimmt. Jedes dieser Papiere war in die richtigen Computer eingespeist, auf Kreditwürdigkeit überprüft und gegen Anfragen von außen abgesichert, so daß man damit, vorausgesetzt man beherrschte sein Handwerk, und das beherrschte ich, und man hatte Geld, und auch das hatte ich, ein vollkommen anderes Leben in größerer Sicherheit leben konnte als das eigene.

Als ich über die Brücke ging, wallte aus dem Bach eine eisige Nebelwolke zu mir hoch. Ich kam an das Gattertor, löste den Riegel und schob ihn in die Halterung. Dann stieß ich das Tor mit aller Kraft zurück, es kreischte empört auf, ein Laut, der sich kurz in die Geräusche der Nacht mischte. Ich schlich den Pfad hinauf, gelangte über den alten Friedhof, auf dem Onkel Bob seine letzte Ruhestätte gefunden hatte, zum Portal der Kirche und tastete nach dem Schlüsselloch. Bei absoluter Finsternis führte ich den Schlüssel ins Schloß, drehte ihn hart um, schob die Tür auf und trat ein.

Kirchenluft ist eigenartig. Es ist die Luft der Toten, feucht, alt und furchterregend. Sie hallt, auch wenn es vollkommen still ist. Ich tastete mich, so schnell ich es wagte, zur Sakristei, fand den Soutanenschrank, öffnete ihn, wand mich, die Handflächen an die uralten Steine gepreßt, die Wendeltreppe hinauf in mein Heiligtum und machte Licht.

Ich war in Sicherheit. Endlich konnte ich das Undenkbare denken. Das ganze geheime Leben, das ich nicht anzuerkennen und schon gar nicht zu erforschen wagte, bevor ich nicht die Geborgenheit meines Verstecks erreicht hatte, lag wieder einmal offen vor meinem prüfenden Blick.

Mr. Timothy d'Abell Cranmer. Reden Sie! Haben Sie am Abend des achtzehnten September, am Weiher von Priddy in der Grafschaft Somerset, einen gewissen Larry Pettifer, Ihren ehemaligen Freund und Geheimagenten, durch Körperverletzung und Ertränken ermordet oder nicht?

Wir kämpfen, wie nur Brüder kämpfen können. Alle meine Versuche, ihn zu beschwichtigen und zu verhätscheln, all seine gedankenlosen Beleidigungen, die ich unzerkaut geschluckt habe – es fing an mit seinen hämischen Bemerkungen über Diana, meine erste Frau, und ging dann zwanzig Jahre lang weiter mit Sticheleien über meine emotionelle Unzulänglichkeit, über mein, wie er es nennt, ewiges Sabberlächeln, meine guten Manieren, die ein Herz ersetzen sollen, bis hin zu seinem brutalen Diebstahl Emmas –, all meine krebserzeugende Nachsicht bricht jetzt in einem Anfall lang aufgestauter Wut aus mir heraus.

Ich prügle wütend auf ihn ein, und wahrscheinlich schlägt er zurück, aber davon spüre ich nichts. Was immer mich trifft, ist bloß ein Hindernis auf dem Weg zu ihm, denn ich werde ihn töten. Ich bin mit einem Plan gekommen, und der steht kurz vor der Erfüllung. Ich schlage Larry, wie wir uns als Kinder geschlagen haben, mit wilden, ausholenden, stümperhaften Schlägen, die allem widersprechen, was man uns während der Kampfausbildung beigebracht hat. Wenn meine Finger nicht stark genug wären, würde ich ihn mit den Zähnen in Stücke reißen. *Also schön!* schreie ich: *Du hast mich einen krankhaften Schnüffler genannt, hier hast du deinen krankhaften Schnüffler!* Und zwischendurch brülle ich ihm, ohne die leiseste Hoffnung auf Antwort, die Fragen ins Gesicht, die mir auf der Seele brennen, seit Emma mich verlassen hat: *Was hast du mit ihr gemacht? Welche Lügen hast du ihr über uns erzählt?* – ich meinte: welche Wahrheiten – *was hast du ihr versprochen, das ich ihr nicht bieten kann?*

Es ist Vollmond. Das hohe Riedgras unter unseren Füßen ist im peitschenden Wind der Mendips zu dicken Büscheln gewachsen. Während ich auf ihn losgehe, auf ihn eindresche, fühle ich, wie das Zeug mir an die Knie schlägt. Offenbar stürze ich, denn der Mond schwenkt von mir weg, dann kommt er wieder, und ich sehe den vom Tagebau zerklüfteten Horizont senkrecht. Aber ich schlage noch immer mit behandschuhten Händen auf ihn ein, brülle noch immer Fragen wie der schlimmste Vernehmer der Welt. Sein Gesicht ist naß und erhitzt, und ich denke, es muß blutüberströmt sein, aber im Dämmerlicht des Mondes kann man sich auf nichts verlassen: Eine Schicht aus Schweiß und Schmutz kann genauso aussehen wie ein zerschlagenes Gesicht. Ich traue dem also nicht und prügle und schreie weiter auf ihn ein: *Wo ist sie? Gib sie mir wieder! Laß sie in Ruhe!* Er spottet nicht mehr, sondern gibt nur noch ein weinerliches Schluchzen von sich, als ich zum entscheidenden Schlag aushole.

Endlich habe ich ihn besiegt, Larry, die wahre Version meiner selbst, wie er sich nennt, den Entfesselten Timbo, dessen Leben ich nie zu führen gewagt hatte, bis ich es stellvertretend durch ihn leben konnte. *Dann stirb,* schreie ich ihn an, als ich zuschlage – jetzt vor Erschöpfung mit dem Ellbogen, und dann fallen mir ein paar Tricks ein. Gleich werde ich ihm einen harten Schlag auf die Luftröhre verpassen oder ihm mit den Fingern meiner behandschuhten Hand die gierigen Augen tief in die Höhlen drücken. *Stirb, dann ist nur noch einer von uns da, der mein Leben führt. Denn wenn das zwei von uns tun, Larry, alter Freund, ist es schon einer zuviel.*

Wohlgemerkt, wir hatten lange geredet, ausführlich über die Omerta diskutiert, die er gebrochen hat, und wessen Leben wem gehört, wessen Mädchen wem gehört, wo sie sich jetzt versteckt und warum. Das Gespräch hatte weit in unsere dunkle Vergangenheit geführt. Aber Worte sind nur Worte, und ich bin gekommen, um ihn zu töten. Ich habe die 38er im Hosenbund, und zu gegebener Zeit werde ich ihn damit erschießen. Die Waffe ist nicht identifizierbar, nicht numeriert, es ist nicht festzustellen, woher sie stammt. Weder die britische Polizei noch die Firma haben je von ihr gehört. Ich bin mit einem Auto hierhergekommen, das nichts mit mir zu tun hat, und trage Kleider, die ich nie mehr tragen werde. Inzwischen ist mir klar, daß ich, ohne mir dessen je bewußt gewesen zu sein, den Mord an Larry seit Jahren geplant habe, vielleicht schon an dem Tag, als wir uns auf dem Markusplatz umarmten. Vielleicht schon in Oxford, wo es ihm solchen Spaß machte, mich öffentlich zu demütigen: *Timbo, der es nicht erwarten kann, ein reifer Herr zu werden; Timbo, unsere Uni-Jungfrau, unser spießiger Streber, unser kleiner Bischof;* vielleicht sogar schon in Winchester, wo er trotz aller Fürsorge, die ich ihm zukommen ließ, niemals die rechte Ehrfurcht vor meiner gehobenen Stellung bekundet hatte.

Ich bin auch ziemlich raffiniert gewesen. Verdeckte Operation, wie in alten Zeiten. Das ist kein Sonntagsessen, zubereitet von Timbo, Dialog mit freundlicher Genehmigung von Larry, und anschließend ein romantischer Spaziergang mit Emma. Ich habe ihn zu einem heimlichen Treffen hier oben in den Mendips bestellt, in dieser Mondlandschaft, die dem Himmel näher ist als der Erde, wo die Schatten der Bäume wie Tote auf dem bleichen Fahrweg liegen und keine Autos vorbeikommen. Um seinen Argwohn zu beschwichtigen, habe ich etwas von einem dringenden, aber unbestimmten operativen Zusammenhang angedeutet.

Und Larry hat sich mehr als pünktlich eingefunden, denn trotz all seines unkonventionellen Verhaltens ist er nach zwanzig Jahren geduldiger Bearbeitung durch mich stets einsatzbereit bis in die Fingerspitzen.

Und ich? Schreie ich? Nein, nein, ich glaube nicht. »Es geht eigentlich um Emma, Larry«, erkläre ich zur Einleitung, als wir uns unter dem Mond gegenüberstehen. Wahrscheinlich gewähre ich ihm mein ewiges Sabberlächeln. Der entfesselte Timbo schlägt noch nicht los. »Um unsere Beziehung.«

Unsere Beziehung? *Wessen* Beziehung? Die von Emma und mir? Larry und mir? *Ihnen* und mir? *Du hast mich ihm aufgedrängt,* sagt Emma unter Tränen. *Du hast mich, ohne es zu merken, für ihn aufgebaut.*

Aber er sieht mein Gesicht, zweifellos vom Mondlicht verzerrt und bereits wild genug, Alarm bei ihm auszulösen. Doch anstatt zu erschrecken, reagiert er so unverschämt, so vollkommen in Einklang mit allem, was ich dreißig Jahre lang an ihm zu hassen gelernt habe, daß er damit nichtsahnend sein Todesurteil unterschreibt. Seine Antwort geht mir seitdem nicht mehr aus dem Kopf. Sie hängt vor mir in der Dunkelheit wie ein Licht, das ich finden und auslöschen muß. Selbst am hellichten Tag gellt sie mir frech in den Ohren.

»Mann, das ist doch wohl dein Problem, Timbo. Du hast mir mein Leben gestohlen. Ich habe deine Frau gestohlen. So einfach ist das.«

Ich merke, daß er getrunken hat. Im Wind der Mendips rieche ich nicht nur den Herbst, sondern auch Scotch. Ich vernehme jenen arroganten Unterton, den er immer anschlägt, wenn er zu einem seiner perfekt einstudierten Monologe ansetzt, komplett mit Neben- und Relativsätzen und Semikolons. Die Vorstellung, daß er nicht ganz klar im Kopf ist, macht mich ungehalten. Er soll nüchtern sein und sich verantworten können.

»Sie ist eine erwachsene, selbständige Frau, du Idiot!« faucht er mich an. »Nicht der Betthase irgendeines Spätentwicklers!«

Rasend vor Wut ziehe ich die 38er – quer über den Körper aus dem Hosenbund, wie man es uns beiden beigebracht hat und richte sie aus etwa dreißig Zentimeter Entfernung auf seinen Nasenrücken.

»Schon mal so was hier gesehen, Larry?« frage ich.

Aber der Anblick der auf ihn gerichteten Waffe macht ihn anscheinend nur albern. Er schielt danach, dann zieht er die Augenbrauen hoch und lächelt mich bewundernd an.

»Mann, hast *du* aber ein großes Ding«, sagt er.

Das bringt mich um meine Beherrschung, und ich schlage ihm mit beiden Händen den Griff ins Gesicht.

Denke ich jedenfalls.

Vielleicht habe ich ihn damit getötet.

Oder vielleicht habe ich nur den Schein, nicht das Sein in Erinnerung.

Vielleicht waren alle späteren Schläge, falls ich sie denn ausgeteilt habe, an einen Toten oder Sterbenden vergeudet. Ob ich träumte oder wachte, ich wußte es nicht mehr. Die Tage und Nächte seither haben mir keinen Aufschluß gebracht, immer nur schreckliche Variationen der gleichen Szene. Ich schleife ihn zum Weiher, ich stoße und wälze ihn hinein, es gibt keinen großen Platscher, nur eine Art saugendes Geräusch, als ob er sofort nach unten gezogen würde. Ich kann nicht unterscheiden, ob ich von Panik oder von Reue zu dieser abschließenden Handlung getrieben werde. Vielleicht ist es Selbsterhaltungstrieb, denn selbst als ich ihn mit den Füßen voran über die Grasbüschel zerre – als ich seinen nickenden, mondbleichen Kopf zu mir hoch grinsen und dann untergehen sehe –, überlege ich noch ernsthaft, ob ich ihm eine Kugel verpassen oder ihn auf schnellstem Wege nach Bristol ins Krankenhaus bringen soll.

Aber ich tue weder das eine noch das andere. Weder im Schein noch im Sein. Er gleitet mit dem Kopf voran ins Wasser, und sein bester Freund fährt allein nach Hause, hält unterwegs nur einmal an, um Wagen und Kleidung zu wechseln. Bin ich in Hochstimmung? Bin ich verzweifelt? Ich bin beides, im einen Augenblick ist mir's leichter ums Herz als seit vielen Jahren, im nächsten werde ich von der Reue des Mörders gepackt.

Aber habe ich ihn ermordet?

Ich habe keinen Schuß abgegeben. Im Magazin fehlt keine Kugel.

Am Griff meines Revolvers sind keine Blutspuren.

Er hat geatmet. Ich habe Luftblasen gesehen. Und Tote, es sei denn, sie heißen Larry und sind betrunken, atmen nicht, selbst wenn sie grinsen.

Also habe ich vielleicht nur mich selbst getötet?

Larry ist mein Schatten, denke ich in einer abgelegenen Außenstation meines Kopfs, als ich in traumhafter Losgelöstheit zwischen den Sandsteinpfosten von Honeybrook hindurchfahre. Man fängt ihn nur, wenn man auf ihn fällt. Dann erinnere ich mich an etwas, das er mir einmal gesagt hat, ein Zitat von einem seiner literarischen Götzen: »Töten, ohne selbst getötet zu werden, ist eine Illusion.«

Zurück in der Sicherheit meines Arbeitszimmers, zittern mir endlich die Hände, und ich gieße mir einen großen Whisky ein und stürze ihn hinunter; dann noch einen und noch einen und noch einen. So habe ich nicht mehr getrunken seit einer abendlichen Guy-Fawkes-Feier in Oxford, als Larry und ich uns bei einem Wetttrinken fast zu Tode gesoffen hatten. Es ist das schwarze Licht, denke ich, als ich die leere Flasche beiseite schiebe und, standhaft nüchtern, eine zweite anbreche: das schwarze Licht, das der Boxer sieht, wenn er zu Boden geht und angezählt wird; das schwarze Licht, von dem anständige Menschen mit Revolvern im Gürtel übers Moor gelockt werden, um ihre besten Freunde zu ermorden; das schwarze Licht, das von dieser Nacht an in meinem Kopf auf alles scheinen wird, was am Weiher von Priddy geschehen oder nicht geschehen ist.

Ich zwang mich aufzuwachen. Ich saß, den Kopf in die Hände gestützt, von meinen Akten und Andenken umgeben, an dem Tapeziertisch in meinem Versteck.

Aber Larry ein *Dieb* und gleichzeitig meine tote Nemesis? fragte ich mich. Ein Betrüger, ein Verschwörer, ein Liebhaber von heimlichen Reichtümern und gleichzeitig von Frauen?

Alles, was ich von mir und Larry wußte, empörte sich

gegen diese Vorstellung. *Er konnte mit Geld nichts anfangen:* Wie oft mußte ich das noch in die Wüste schreien, bevor mir jemand glaubte? *Habgier macht dumm.*

Nicht ein einziges Mal hatte er mich bei all den Gelegenheiten, wenn wir ihn im Lauf seiner Agentenkarriere zu diesem oder jenem Schritt gedrängt hatten, gefragt: Wieviel bezahlt ihr mir dafür?

Nicht ein einziges Mal hatte er eine Erhöhung seines Judaslohns verlangt, sich über knausrige Abrechnung seiner Spesen beschwert oder gedroht, aus der Sache auszusteigen, falls wir ihm nicht mehr versprechen würden.

Nicht ein einziges Mal hatte er, wenn er von seinem sowjetischen Führungsoffizier die monatliche Aktentasche mit dem Geld für die Entlohnung seiner imaginären Unteragenten erhalten hatte – es ging immerhin um Beträge von mehreren zehntausend Pfund –, in irgendeiner Weise dagegen protestiert, daß er nach den Regeln der Firma verpflichtet war, das Ganze mir zu übergeben.

Und jetzt plötzlich ein Dieb? Tschetschejews Kassierer und Komplize? Mindestens siebenunddreißig Millionen Pfund, auf ausländische Konten verteilt: von *Larry*? Und *Tschetschejew*? Mit *Zorins* Einverständnis? Diese drei sollten gemeine Betrüger sein?

»He, Timbo!«

Es ist Abend, wir sind in Twickenham, wo keiner von uns beiden wohnt, und deshalb haben wir uns hier getroffen. Wir sitzen im besseren Teil eines Pub, der »Das Kohlfeld« heißt, oder vielleicht auch »Der Mond unter Wasser«. Larry wählt seine Pubs nur nach den Namen.

»He, Timbo. Weißt du, was TT mir gesagt hat? Die stehlen. Die *gortsy.* Diebstahl ist ehrenhaft, solange sie die Kosaken bestehlen. Man zieht mit seiner Büchse los, erschießt einen Kosaken, klaut sein Pferd und wird zu Hause als Held gefeiert. Früher haben sie auch noch den Kopf ihres Opfers mitgebracht, als Spielzeug für die Kinder. Prost.«

»Prost«, sage ich und stelle mich auf einen Larry ein, der äußerst leicht zu beeindrucken ist.

»Es gibt auch keine Gesetze gegen das Töten. Wer in eine Blutfehde verwickelt ist, hat geradezu die *Pflicht*, jeden kaltzumachen, der ihm über den Weg läuft. Und die Inguschen beginnen den Ramadan früher als im Kalender festgelegt, damit sie ihren Nachbarn eins auswischen und demonstrieren können, wie fromm sie sind.«

»Also, was hast du nun vor?« frage ich tolerant. »Willst du für ihn stehlen, töten oder beten?«

Er lacht, gibt mir aber keine direkte Antwort. Statt dessen muß ich mir einen Vortrag über die sufistischen Bräuche der *gortsy* und die enorme Bedeutung der Geheimgesellschaften für die Bewahrung der ethnischen Einheit anhören; muß mich daran erinnern lassen, daß der Kaukasus der wahre Schmelztiegel der Erde ist, die große Barriere gegen Asien, das letzte Bollwerk kleiner Nationen und ethnischer Individualität. Vierzig Sprachen auf einem Gebiet von der Größe Schottlands, Timbo! Ich muß mir sagen lassen, ich soll noch einmal Lermontow und Tolstois *Kosaken* lesen und Alexandre Dumas als romantischen Trottel abtun.

Und wenn Larry glücklich ist, bin ich es auf einer gewissen Ebene auch. Vor TTs Ankunft in London hätte ich auf die Zukunft unserer Operation keinen Penny gesetzt. Nun aber erleben wir drei einen neuen Aufschwung. Wie übrigens auch in düsterer Verborgenheit TTs stocksteifer Boß, der ehrwürdige Wolodja Zorin. Aber auf einer anderen Ebene mißtraue ich Larrys Beziehung zu TT mehr als jeder anderen Beziehung, die er mit seinen früheren russischen Kontrolleuren eingegangen ist.

Warum?

Weil TT bei Larry etwas anspricht, das seine Vorgänger nicht erreicht haben. Und ich auch nicht.

Larry viel zu gut vorbereitet, las ich in einer gereizten Fußnote in meiner Handschrift auf dem Berichtsbogen. *Überzeugt, daß er und Tschetschejew etwas aushecken …* Ja, aber was? verlangte ich ungeduldig von dieser nutzlosen Einsicht zu wissen. Zum Spaß ein paar Flachländer ausrauben? Das war doch zu absurd. Unter dem Einfluß eines Stärkeren war

Larry zu vielem fähig. Aber Quittungen fälschen, im Ausland Konten eröffnen? Sich an fortgesetztem, ausgeklügeltem Betrug zur Melodie von siebenunddreißig Millionen Pfund beteiligen? Einen solchen Larry kannte ich nicht. Aber welchen Larry kannte ich denn überhaupt?

TT PERSÖNLICHES, las ich in Cranmers steifen Großbuchstaben auf einem dicken blauen Aktenordner, der meine privaten Aufzeichnungen zu Tschetschejew enthielt, die am Tag seiner Ankunft in London begannen und mit Larry letztem aktenkundigen Besuch in Rußland endeten.

»TT ist ein Star, Timbo ... halb Edelmensch, halb Wilder, und verdammt komisch ...,« schwärmt Larry. »... Früher hat er alles, was russisch war, gehaßt, wegen der Dinge, die Stalin seinem Volk angetan hatte, aber als dann Chruschtschow kam, wurde er ein Mann des 20. Parteitags. Das sagt er immer, wenn er betrunken ist: ›*Ich glaube an den 20. Parteitag*‹, wie ein Glaubensbekenntnis ...«

»TT, wie sind Sie zur Spionage gekommen«, frage ich ihn. Das sei zur Zeit seines Studiums in Grosny gewesen, sagt er. Er habe sich den Zugang zur Universität gegen schwere bürokratische Behinderungen erkämpft. Anscheinend sind inguschische Heimkehrer auf der einzigen Universität im benachbarten Tschetschenien nicht gern gesehen. Ein paar Hitzköpfe versuchten ihn zu überreden, er solle aus Protest gegen die Art, wie man dort mit den Inguschen umsprang, die Parteizentrale in die Luft sprengen. TT erklärte sie für verrückt, aber sie hörten nicht auf ihn. Er sagte ihnen, er sei ein Mann des 20. Parteitags, aber sie hörten immer noch nicht. Da hat er ihnen eine ordentliche Tracht Prügel verpaßt, dann gewartet, bis sie in die Berge geflohen waren, und sie an den KGB verpfiffen ...

Die vom KGB waren so beeindruckt, daß sie ihn, als er das Studium beendet hatte, für drei Jahre auf eine Schule in der Nähe von Moskau schickten: Englisch, Arabisch und Spionage. »He, und hör dir das an – er hat den Lord Goring in *Ein idealer Ehemann gespielt.* Er sagt, er sei absolute Spitze gewesen. Ein Ingusche, der Lord Goring spielt! Ich liebe ihn!«

Durch Abhörmaßnahmen bestätigt, hatte Cranmer nüchtern und vorschriftsmäßig in seiner Bankangestelltenschrift notiert.

Grosny in Rußland? höre ich mich fragen.

Eigentlich Tschetschenien. Nordkaukasus. Hat sich unabhängig erklärt.

Wie bist du da hingekommen?

Per Anhalter. Flugzeug nach Ankara. Flugzeug nach Baku. Stückchen die Küste rauf. Links abgebogen. Kinderspiel.

Zeit, dachte ich und starrte mit leerem Blick die Mauer vor mir an.

Halte dich an die Zeit.

Zeit, die Zeit macht die Toten lebendig. Daran hatte ich mich schon seit fünf Wochen festgehalten, aber jetzt klammerte ich mich daran, als gelte es mein Leben.

Am 1. August lasse ich mein Telefon abstellen.

Einige Sonntage später – der Sonntag ist unser Schicksalstag – nimmt Emma ihren Klavierhocker und den antiken Schmuck und geht weg, ohne eine Nachsendeadresse zu hinterlassen.

Am 18. September, nachdem mein Telefon wieder angeschlossen ist, habe ich Larry Pettifer am Weiher von Priddy getötet oder nicht getötet. Bis zu Emmas Verschwinden wußte ich lediglich, daß ich, in bester Geheimdiensttradition, Maßnahmen zu ergreifen hatte. Die Zeit wird ein von schwarzem Licht erhelltes Vakuum.

Die Zeit wird wieder Zeit, als am 10. Oktober, dem Tag, an dem Larry seine Vorlesungsreihe an der Universität Bath beginnen soll, und zweiundzwanzig Tage nach Priddy, Dr. Lawrence Pettifer offiziell verschwunden ist.

Frage: *Wie lange war Larry verschwunden, bevor er offiziell verschwunden war?*

Frage: *Wo war Emma, als ich Larry getötet oder nicht getötet habe?*

Frage: *Wo ist Emma jetzt?*

Und die größte Frage von allen, die niemand mir beantworten wird, auch wenn es jemand könnte: *Wann hat Tschetschejew Larry besucht?* Denn sollte TTs letzter Besuch in Bath nach dem 8. September stattgefunden haben, wäre Larrys Wiederauferstehung perfekt. War es davor, mußte ich weiter in dem schwarzen Licht umherirren, ein Mörder meiner selbst, wenn nicht Larrys.

Nach der Zeit die Materie: *Wo ist Larrys Leiche?*

Es gab in Priddy zwei Teiche, der eine hieß Mineries, der andere Waldegrave. Mineries war für uns Einheimische der Weiher von Priddy; im Sommer kletterten die Kinder den ganzen Tag lang an seinen Ufern herum. An den Wochenenden kamen Mittelstandsfamilien mit ihren Volvos auf den Rastplatz und machten Picknicks auf dem mit Grasbüscheln bewachsenen Moorland. Wie war es möglich, daß eine Leiche, die so groß war wie Larry – oder überhaupt irgendeine Leiche –, siebenundzwanzig Tage und Nächte lang dort verwesend und stinkend im Wasser schwamm, ohne entdeckt zu werden?

Erste Theorie zur Materie: *Die Polizei hat Larrys Leiche gefunden und lügt.*

Zweite Theorie zur Materie: *Die Polizei hält mich hin und wartet, daß ich den Beweis liefere, der ihr fehlt.*

Dritte Theorie zur Materie: *Ich halte die Polizei für zu intelligent.*

Und die Firma, was macht die? *Ach, nun ja, was wir immer getan haben! Wir haben alle Pferde auf einmal ins Rennen geschickt und gelangen nirgendwo hin.*

Vierte Theorie zur Materie: *Schwarzes Licht wird weißes Licht, und Larrys Leiche ist nicht tot.*

Wie oft war ich nach Priddy zurückgekehrt, um mich umzusehen? Fast. Den Wagen herausgeholt, ein altes Sportsakko angezogen, die Einfahrt verlassen, nur um dann ein anderes Ziel zu erfinden – vielleicht nach Castle Cary, ein bißchen einkaufen, oder mal in Wells bei Appleby vorbeischauen?

Frauenleichen treiben nach oben, hatte ich irgendwo gelesen. Männerleichen bleiben mit dem Gesicht unter Wasser. Oder war es umgekehrt? Was würde mich anklagen: Larrys Grinsen – war es noch da – würde es mich noch immer im Mondlicht anstarren? Oder sein eingeschlagener Hinterkopf, während er für immer in die schlammigen Wasser des Jenseits spähte?

Ich hatte einen handschriftlichen Bericht über Tschetschejews Stationen aufgeschlagen, zusammengestellt aus seiner offiziellen Biographie und Larrys Ausschmückungen:

1970 Iran, unter dem Namen Grubajew. Hat durch Kontaktaufnahme mit der örtlichen (verbotenen) kommunistischen Partei auf sich aufmerksam gemacht. Ernannt und belobigt durch das Zentralkomitee, von dem der KGB-Personalleiter von Amts wegen Mitglied ist. Befördert.

1974 Südjemen, unter dem Namen Klimow als stellvertretender Leiter der Residentura. Tollkühne Wüstenscharmützel, Halsabschneiden. [Larrys taktlose Beschreibung: Er war ein russischer Lawrence, hat von Kamelpisse und gebratenem Sand gelebt.]

1980–82 Blitzversetzung nach Stockholm unter dem Namen Tschetschejew, als Ersatz für den dortigen zweiten Mann, der wegen nicht akzeptierbarer Aktivitäten usw. ausgewiesen worden war. Zu Tode gelangweilt. Konnte Skandinavien nicht ausstehen, vom Aquavit und den Frauen abgesehen. [Larry: Er hatte im Schnitt etwa drei die Woche. Frauen und Flaschen.]

1982–86 Moskauer Zentrale, Abteilung England; todunglücklich, erhält Verweis wegen impertinenten Verhaltens.

1986–90 In London unter dem Namen Tschetschejew, zweiter Mann in der Residentura unter Zorin [weil ein Schwarzarsch, wie ich der guten Marjorie erzählt hatte, in einer wichtigen westlichen Residenz niemals an die Spitze kommen kann].

Aus einem Umschlag, der an die Innenseite des Aktendekkels geheftet war, zog ich ein Bündel Schnappschüsse, die meisten davon hatte Larry gemacht: TT vor der Datscha der sowjetischen Botschaft in Hastings, wohin Larry manchmal übers Wochenende eingeladen wurde; TT in seiner Rolle als Kulturattaché beim Edinburgh Festival, vor einem Plakat, auf dem »Kaukasische Unterhaltung mit Tanz & Musik« angekündigt wird.

Wieder betrachtete ich Tschetschejews Gesicht, wie ich es in der Vergangenheit so oft betrachtet hatte: scharfe, aber angenehme Züge mit einem Ausdruck von sarkastischem Humor und Pfiffigkeit. Ruhige Augen im Wert von siebenunddreißig Millionen Pfund.

Und betrachtete es weiter. Nahm Onkel Bobs alte Lupe und betrachtete das Gesicht eingehender als jemals zuvor. Große Generale, hatte ich gelesen, trugen Fotos ihrer Gegner mit sich herum, hängten sie in ihren Zelten auf und saßen gedankenverloren davor, ehe sie ihre Gebete an den abscheulichen Kriegsgott richteten. Aber meine Gefühle für TT hatten nichts Feindseliges. Wie immer, wenn ich an Larrys zweiten Vater dachte, hatte ich mich gefragt, wie Larry es nur geschafft hatte, ihn zu täuschen. Aber so war es mit Doppelagenten überall auf der Welt. War man auf der richtigen Seite, sah die andere Seite ziemlich lächerlich aus. Und war man auf der falschen Seite, kämpfte man wie ein Irrer, um die Leute davon zu überzeugen, daß man auf der richtigen Seite war; bis es zu spät war. Und natürlich hatte es mich gewundert, daß jemand, dessen Volk dreihundert Jahre lang von den Russen verfolgt worden war, sich hatte überwinden können, seinen Unterdrückern zu dienen. »Er ist ein kaukasischer Werwolf, Timbo«, sagt Larry aufgeregt. »Tagsüber vernunftbegabter Spion, nachts ein *gorets.* Um sechs Uhr abends kannst du seine Reißzähne wachsen sehen ...«

Ich wartete, daß seine Begeisterung sich legte. Doch in diesem einen Fall geschah das nicht. So daß mir TT, mit Larry als unserem Mittelsmann, allmählich selbst sympathisch wurde. Auf seine Professionalität war tatsächlich Verlaß. Ich bewunderte offen seine Fähigkeit, nicht in Larrys Achtung zu sinken. Und wenn ich auch nicht verstand, was Larry den Wolf in ihm nannte, so konnte doch selbst ich, der ich ihn nur mittelbar kannte, das Reizvolle seiner Revolte gegen das eintönige System, dem er diente, nachempfinden.

Ich bin im Observationshaus in Lambeth und sitze neben Jack Andover, unserem Chef-Beobachter, der mir ein Video zeigt: TT leert in Kew Gardens einen toten Briefkasten, den Larry eine Stunde zuvor gefüllt hat. Zuerst schlendert er an dem Hinweis vorbei, der ihm sagt, daß der Briefkasten gefüllt ist, und die Kamera zeigt uns das Kreidezeichen, das Larry mit Kinderhand an die Backsteinmauer gekrakelt hat. TT registriert es aus dem Augenwinkel und schlendert weiter. Sein Gang ist beschwingt, fast anmaßend, als ob er weiß, daß er gefilmt wird. Er schreitet lässig auf ein Rosenbeet zu. Er bückt sich und tut so, als lese er die botanische Beschreibung an den Stielen. Dabei macht er mit dem Oberkörper eine rasche Bewegung nach vorn, während er mit der Hand blitzschnell ein Päckchen aus seinem Versteck zieht und in seiner Kleidung verschwinden läßt: aber so geschickt, so unmerklich, daß ich an eine militärische Veranstaltung denken muß, zu der mich Onkel Bob einmal mitgenommen hat: Kosaken, die bei vollem Galopp unter den Bauch ihrer ungesattelten Pferde glitten und gleich wieder oben zum Salutieren auftauchten.

»Hat Ihr Mann vielleicht Vorfahren in Wales?« fragt mich Jack, während TT weiter unschuldig die Rosenbeete betrachtet.

Jack hat recht. TT hat die Gewandtheit und den wiegenden Gang eines walisischen Bergarbeiters.

»Meine Jungs und Mädchen haben richtig Gefallen an ihm gefunden«, versichert mir Jack, als ich gehe. »Aalglatt ist das falsche Wort. Sie halten es geradezu für ein Privileg, ihn zu beschatten, Mr. Cranmer.« Und schüchtern: »Zufällig irgendwas von Diana gehört, Mr. Cranmer?«

»Der geht's gut, danke. Sie ist glücklich wiederverheiratet, und wir sind gute Freunde.«

Meine ehemalige Frau Diana hatte in Jacks Abteilung gearbeitet, bevor ihr die Augen aufgingen.

Noch einmal Geld.

Nach Zeit, Materie und Konstantin Tschetschejew nun also Geld. Nicht meine jährlichen Ausgaben, oder wieviel ich von Onkel Bob oder Tante Cecily geerbt hatte, oder wie ich mir den Bechstein leisten konnte, den Emma nicht haben wollte. Sondern richtiges Geld, siebenunddreißig Millionen Pfund, um die die russische Regierung geschröpft wurde, geplanter Raub im weißen Kragen, die Akten voll von Larrys Hufabdrücken.

Ich stand vom Tisch auf, machte einen Rundgang durch mein Versteck und sah der Reihe nach durch alle Bogenscharten. Ich versuchte Erinnerungen festzuhalten, die mir entglitten, sobald ich danach greifen wollte.

Geld.

Ich versuchte Situationen wachzurufen, in denen Larry von Geld gesprochen hatte, es aber nicht um Steuern und Schulden und vergessene Rechnungen ging, um den kleinkarierten Materialismus des Westens und irgendwelche Schecks, die er versehentlich nicht eingezahlt hatte.

Ich ging an den Tisch zurück und stöberte noch einmal in den Akten herum, bis ich auf den Eintrag stieß, nach dem ich gesucht hatte, ohne eine rechte Vorstellung davon zu haben: ein gelber Notizzettel, von meinem blauen Kugelschreiber mit spröden Kommentaren bedeckt. Und am oberen Rand, so befangen formuliert wie immer, wenn ich laut mit mir selbst rede, die Frage: *Warum hat Larry mich im Zusammenhang mit seinem reichen Freund in Hull belogen?*

Ich rücke langsam zu dieser Frage vor, genau wie Larry. Ich bin beim Nachrichtendienst. Nichts existiert ohne Kontext.

Larry ist gerade aus Moskau zurück; das letzte Jahr unserer Zusammenarbeit beginnt. Diesmal sind wir nicht in der sicheren Wohnung an der Tottenham Court Road, sondern in einem Haus an der Hohen Warte in Wien, einer klobigen, grüngekachelten Villa, die zum Abriß bestimmt ist; Mobiliar Bauministeriums-Biedermeier. Der Morgen graut, aber wir sind noch nicht zu Bett gegangen. Larry ist spät am Abend zuvor eingeflogen, und wie üblich haben wir sofort mit der Einsatzbesprechung begonnen. In wenigen Stunden wird er auf einer internationalen Konferenz des Verbandes Engagierter Journalisten, von Larry wie vorauszusehen in Wichtigtuer umgetauft, eine Grundsatzrede halten. Er lümmelt sich auf dem Sofa, eine schlanke Hand hängt schlaff nach unten wie auf einer Zeichnung von Sickert, die andere balanciert einen mahagonifarbenen Whisky auf seinem Bauch. Ein Hexensabbat nicht mehr ganz junger Rußland-Analytiker – der Ausdruck Moskaubeobachter ist bereits veraltet – hat ihn in eine Stimmung versetzt, die dem anbrechenden Morgen nicht günstig ist. Er spricht über die Welt: unseren Teil davon. Selbst wenn Larry auf das Thema Geld zusteuert, muß er zunächst über die Welt reden.

»Dem Westen ist das Mitleid ausgegangen, Timbo«, verkündet er zur Decke hin, ohne sich die Mühe zu machen, ein gewaltiges Gähnen zu unterdrücken. »Der Tank ist leer. Wir sind Arschlöcher.«

Du bist noch in Moskau, denke ich, während ich ihn beobachte. Je älter du wirst, desto schwerer fällt es dir, von einem Lager aufs andere umzuschalten, und desto länger brauchst du, nach Hause zu kommen. Wenn du an die Dekke starrst, weiß ich, daß du die Skyline von Moskau vor dir siehst. Wenn du mich anstarrst, vergleichst du meine wohlgenährten Züge mit den verhärmten Gesichtern, die du zurückgelassen hast. Und wenn du so fluchst wie jetzt, weiß ich, daß du fix und fertig bist.

»Wir sind für die neue russische Demokratie«, fährt er vage fort. »Antisemitisch, antimoslemisch, antiwestlich und korrupt bis zum Geht-nicht-mehr. He, Timbo –«

Aber auch wenn Larry kurz davor ist, über Geld zu reden, muß er erst einmal essen. Eier, Speck und gebratenes Brot, sein Lieblingsgericht. Nichts macht ihn dick. Die Eier von Freilandhühnern und auf beiden Seiten gebraten, wie er's am liebsten hat. Englischer Frühstückstee von Fortnum & Mason, mit dem Hexensabbat eingeflogen. Vollmilch und Kristallzucker. Vollkornbrot. Jede Menge gesalzene Butter. Mrs. Bathurst, unsere hier wohnende Haushälterin, kennt sich, genau wie ich, mit all den kleinen Eigenheiten von Mr. Larry gut aus. Das Essen hat ihn besänftigt. Wie immer. In dem langen braunen mottenzerfressenen Morgenrock, den er überallhin mitnimmt, ist er wieder mein Freund geworden.

»Was gibt's denn?« antworte ich.

»Kennen wir jemand, der mit Geld zu tun hat?« fragt er mit vollem Mund. Wir sind an seinem Ziel angelangt. Da ich natürlich nichts davon weiß, fertige ich ihn untypisch kurz ab. Vielleicht kommt es daher, daß er mir am Ende des Kalten Krieges mehr auf die Nerven geht, als ich mir eingestehen will.

»Na schön, Larry, was hast du denn jetzt schon wieder angestellt? Es ist erst ein paar Wochen her, daß wir dir aus der Patsche geholfen haben.«

Er lacht auf, zu herzlich für meinen Geschmack. »Laß den Quatsch, Dummkopf. Es geht nicht um *mich.* Sondern um einen Freund von mir. Ich brauche einen blutsaugerischen faschistischen Banker. Kennen wir da jemand?«

Also fangen wir an. Von Geld. Dieser Freund von mir an der Universität Hull, erklärt er freundlich, während er sich Marmelade aufs Brot streicht. Du kennst ihn nicht, fügt er hinzu, bevor ich nach seinem Namen fragen kann. Das arme Schwein hat einen Haufen Geld geerbt, sagt er. Einen Riesenhaufen. Aus heiterem Himmel. Ähnlich wie du, Timbo, als deine Tante Dingsda ins Gras gebissen hat. Jetzt braucht er Hilfe. Steuerberater, Anwälte, Treuhänder und diesen ganzen Schrott. Einen Profi, im Ausland, ausgebufft, kennen wir da jemand? Sag schon, Timbo, du kennst doch jeden.

Also denke ich für ihn nach, konzentriere mich aber vornehmlich darauf, herauszufinden, warum er ausgerechnet jetzt etwas so Nebensächliches wie die Geldsorgen seines Freundes in Hull besprechen muß.

Und zufälligerweise habe ich erst vor zwei Tagen in meiner Eigenschaft als ehrenamtlicher Kurator einer wohltätigen Einrichtung, der Charles Lavender Stadt-und-Land-Stiftung für Wales, genau neben einem solchen Banker gesessen.

»Na ja, ich denke zum Beispiel an den großartigen, ehrenwerten Jamie Pringle«, schlage ich vorsichtig vor. »Man kann ihn nicht gerade ausgebufft nennen, aber ein Profi ist er auf alle Fälle, wie er dir selbst sofort versichern wird.«

Pringle war zur gleichen Zeit wie wir in Oxford gewesen, ein Rugby spielender Sprößling aus der von Larry verabscheuten höheren Gesellschaft.

»Jamie ist ein Hornochse«, erklärt Larry und schüttet seinen englischen Frühstückstee hinunter. »Wo steckt der jetzt überhaupt? Falls mein Freund Interesse haben sollte?«

Aber Larry lügt.

Wieso ich das weiß? Ich weiß es. Um seine Tricks zu durchschauen, braucht man nicht den depressiv verbitterten Blick der Zeit nach dem Kalten Krieg. Wenn man einen Mann zwanzig Jahre lang geführt hat, ihn in Täuschung geschult und damit durchtränkt hat, wenn man ihn zur Tücke verführt und ausgebildet hat, wenn man ihn losgeschickt hat, um mit dem Feind ins Bett zu steigen, und sich die Nägel abgekaut hat, bis er endlich wieder zurück war; wenn man Phasen von Liebe und Haß, seine Anfälle von Verzweiflung und mutwilliger Boshaftigkeit und sein ewiges Gelangweiltsein mit ihm durchgestanden hat und mit ganzem Herzen darum gekämpft hat, zwischen seiner Schauspielerei und der Realität unterscheiden zu lernen, dann gibt es nur eins: entweder kennt man sein Gesicht, oder man weiß gar nichts, und ich kannte Larrys Gesicht wie die Landkarte meiner eigenen Seele. Wäre ich Künstler, könnte ich es Ihnen zeichnen: jede Reaktion seiner Züge, jedes Zucken einer jeder verräterischen Falten, und auch die Stellen, wo nichts passiert und fromme Ruhe eintritt, wenn er Lügen erzählt. Über Frauen, über sich selbst. Oder über Geld.

Cranmers knappe Notiz, gerichtet an ihn selbst, undatiert: *Jamie Pringle fragen, was LP vorhat.*

Aber da Merrimans Schwert drohend über uns hing und LP mir ungewohnt heftig an den Nerven zerrte, muß Cranmer anderes zu tun gehabt haben.

Und so ist es erst wenige Monate her – wir sitzen zu dritt, zwei freie Männer und Emma, bei unserem zigsten Sonntagslunch in Honeybrook, und ich habe die reichlich gestelzte Unterhaltung auf ein anderes Thema gelenkt, weg von den Leiden Bosniens, der ethnischen Säuberung der Abchasier, der Dezimierung der Molukken und irgendwelchen anderen brennenden Tagesthemen, von denen die beiden verzehrt werden –, daß Jamie Pringles Name beiläufig wieder auftaucht. Oder vielleicht hat irgendein Dämon in mir mich angestoßen, denn ich werde jetzt langsam ein wenig leichtsinnig.

»Ja – ach übrigens – wie ist eigentlich die Sache mit Jamie gelaufen?« frage ich Larry mit jener besonderen Unbekümmertheit, mit der wir Spione in Gegenwart eines gewöhnlichen Sterblichen ein Thema aus seiner geheimen Verpakkung holen.

»Hat er deinem Freund in Hull nützen können? War er hilfreich? Erzähl doch mal.«

Larry sieht Emma an, dann mich, aber ich frage mich schon lange nicht mehr, warum er Emma zuerst ansieht, denn mittlerweile ist alles, was sich zwischen uns dreien abspielt, erst einmal Gegenstand stummer Beratung zwischen den beiden.

»Pringle ist ein Arschloch«, antwortet Larry barsch. »Damals. Heute. In alle Ewigkeit. Amen.«

Und dann ergeht er sich, während Emma sittsam auf ihren Teller blickt, in ausgiebigen Schmähungen auf die, wie er sie nennt, nichtsnutzigen Schwätzer unserer Oxford-Generation und macht auf diese Weise das Thema Jamie Pringle zu einer weiteren Hetzrede gegen das Erlahmen des Mitleids im Westen.

Er hat sie umgedreht, denke ich im Jargon unseres Gewerbes. Sie ist weg. Desertiert. Übergelaufen. Und weiß es nicht einmal.

Durch die Bogenscharten sah ich hinter den Hügeln die grauen Streifen des Morgens erscheinen. Eine junge Schleiereule auf Frühstückssuche flatterte in Höhe der Grasspitzen unbeholfen über den bereiften Hang. So viele gemeinsame Morgendämmerungen, dachte ich. So viel Leben an einen einzigen Mann verschwendet. Larry ist für mich gestorben, ob ich ihn getötet habe oder nicht, und ich bin für ihn gestorben. Es bleibt nur die Frage: Wer ist für Emma gestorben?

Ich ging an den Tisch zurück, vertiefte mich aufs neue in meine Papiere, und als ich mir ins Gesicht faßte, fühlte ich dort zu meiner Überraschung einen Sechsunddreißig-Stunden-Bart. Ich blinzelte in meiner geheimen Zuflucht umher und zählte die Kaffeetassen. Ich befragte meine Uhr und wollte nicht glauben, daß es drei Uhr nachmittags war. Aber die Uhr ging richtig, die Sonne fiel bereits durch die südwestliche Bogenscharte. Ich durchlebte keine taghelle Nacht in Helsinki, ich lief nicht in einem Hotelzimmer auf und ab und betete um Larrys sichere Rückkehr aus Moskau, Havana oder Grosny. Ich war hier in meinem Versteck und hatte ein paar Fäden herausgetrennt, aber noch keinen Strick daraus gedreht.

Als ich um mich sah, fiel mein Blick in eine Ecke meines Reichs, zu der ich nach eigenem Beschluß keinen Zugang hatte, eine Nische, zugehängt mit einem Verdunkelungsvorhang, den ich auf dem Dachboden gefunden und davorgenagelt hatte. Diesen Winkel nannte ich Emmas Archiv.

»Ihre liebe Emma ist schon ein tolles Mädchen«, erklärt Merriman mit Behagen, nachdem ich zwei Wochen zuvor meiner Pflicht Genüge getan und ihm den Namen meiner zukünftigen Lebensgefährtin genannt hatte. »Für niemanden ein Risiko, das wird Sie freuen, außer wahrscheinlich für Sie. Möchten Sie einen winzigen unverbindlichen Blick in ihre Bio werfen, bevor Sie sich da reinstürzen? Ich habe

Ihnen ein kleines Bündel zusammengepackt, das Sie mit nach Hause nehmen können.«

»Nein.«

»Ihre entsetzliche Herkunft?«

»Nein.«

Das Bündel, wie er es nennt, liegt bereits zwischen uns auf dem Schreibtisch, eine namenlose hellbraune Din-A4-Mappe, aus der ein halbes Dutzend Seiten namenlosen weißen Papiers hervorsehen.

»Ihre fehlenden Jahre? Ihre exotischen Auslandsreisen? Ihr skandalöses Liebesleben, ihre absurden Anliegen, ihre Barfußmärsche und Einsätze als Streikposten, ihr ewiges Mitleid mit allem und jedem? Bei manchen dieser jungen Musiker heutzutage fragt man sich, woher sie noch die Zeit nehmen, ihre Tonleitern zu lernen.«

»Nein.«

Wie sollte er auch verstehen können, daß Emma mein selbstauferlegtes Sicherheitsrisiko ist, meine neue Offenheit, mein Glasnost-Mädchen? Ich möchte keine gestohlenen Informationen über sie, nichts, das sie mir nicht aus freien Stücken erzählt. Dennoch, zu meiner Schande nehme ich, wie von ihm vorausgesehen, die Akte und klemme sie mir wütend unter den Arm. Mein alter Beruf läßt mich eben einfach nicht los. Wissen tötet nicht, habe ich vor zwanzig Jahren jedem gepredigt, der mir zuhören wollte: wohl aber Nichtwissen.

Als alles für meinen nächsten Besuch vorbereitet war, schob ich meinen müden Körper die Wendeltreppe zum Soutanenschrank hinunter. In der Sakristei stieg ich in einen Overall und nahm Besen, Staubtuch und Bohnermaschine. So ausgestattet trat ich in den Mittelgang, wo ich vor dem Altar stehenblieb und trickreich, wie wir Agnostiker nun einmal sind, dem Schöpfer, an den zu glauben ich nicht über mich bringen konnte, unbeholfen Dank und Anerkennung zollte. Als das erledigt war, begann ich mit den Reinigungsarbeiten, denn meine Tarnung vernachlässigte ich nie.

Als erstes staubte ich die mittelalterlichen Kirchenbänke ab, dann wischte ich den Boden und setzte, zum Verdruß einer Fledermausfamilie, abschließend auch noch die Bohnermaschine ein. Eine halbe Stunde später wagte ich mich im Overall, als zusätzliches Zeugnis meiner Tätigkeit den Besen in der Hand, ans Tageslicht. Die Sonne war hinter einer blauschwarzen Wolkenbank verschwunden. Verwaschene Regenstriemen hingen über den kahlen Hügeln. Mir blieb das Herz stehen. Ich starrte den Hügel an, den wir Beacon nennen. Es ist der höchste der sechs. Sein Umriß ist mit behauenen Steinen und Erdbuckeln übersät, bei denen es sich um die Reste einer vorzeitlichen Begräbnisstätte handeln soll. Zwischen diesen Steinen stand, schwarz ausgeschnitten vor dem brodelnden Horizont, die Silhouette eines Mannes; sein langer Mantel oder Regenmantel hatte anscheinend keine Knöpfe, denn er flatterte und bauschte sich in den heftigen Windstößen, obwohl der Mann die Hände tief in den Taschen hatte.

Der Mann hatte den Kopf von mir weggedreht, als hätte ich ihn gerade mit dem Griff eines 38er Revolvers geschlagen. Er hatte den linken Fuß nach außen gestellt, eine merkwürdige, von Napoleon abgeschaute Haltung, die Larry gerne einnahm. Er trug eine flache Mütze; ich konnte mich zwar nicht erinnern, Larry jemals mit einer Mütze gesehen zu haben, aber das hatte nichts zu bedeuten, denn er vergaß andauernd seine Hüte in irgendwelchen Häusern und nahm sich dann andere, die ihm gefielen. Ich versuchte zu schreien, aber ich brachte keinen Ton heraus. Ich machte den Mund auf, ich wollte »Larry!« rufen, aber meine Zunge schaffte nicht einmal das L. Komm zurück, bat ich ihn stumm, komm da runter! Laß uns noch mal von vorne anfangen, laß uns Freunde sein, keine Rivalen.

Ich machte einen Schritt nach vorn, und noch einen. Ich nehme an, ich wollte wie damals in Priddy auf ihn losstürmen, über die Mauern springen, die Steigung ignorieren und brüllen: »Larry, Larry, alles in Ordnung mit dir?« Aber wie Larry mir immer gesagt hat, bin ich kein besonders spontaner Typ. Also stellte ich bloß den Besen ab, wölbte die Hände vorm Mund und schrie etwas wie: »Hallo, bist du das da oben?«

Oder vielleicht hatte ich inzwischen erkannt, daß meine Worte zum zweitenmal innerhalb von zwei Tagen an den unliebenswürdigen Andreas Munslow gerichtet waren, den früheren Mitarbeiter meiner Abteilung und jetzigen Vollzeithüter meines Ausweises.

»Was zum Teufel haben Sie hier zu suchen?« schrie ich ihn an. »Was fällt Ihnen ein, mir nachzuschnüffeln? Verschwinden Sie. Auf der Stelle!«

Er sprang, geschickt wie eine Spinne, in großen Sätzen den Hügel hinunter auf mich zu. Bis dahin war mir nie aufgefallen, wie behende er war.

»Tag, Tim«, sagte er, und es klang längst nicht mehr so respektvoll wie noch einen Tag zuvor. »Bißchen für Gott saubergemacht?« fragte er und musterte den Besen, dann mich. »Rasieren Sie sich nicht mehr?«

»Was haben Sie hier zu suchen?«

»Ich passe auf Sie auf, Tim. Zu Ihrer Sicherheit und Beruhigung. Anweisung der Oberen Etage.«

»Ich brauche keinen Aufpasser. Ich kann selbst auf mich aufpassen. Verschwinden Sie.«

»Jake Merriman meint, Sie brauchen einen. Er meint, Sie führen ihn an der Nase herum. Ich habe Order von ihm, Sie zu überwachen. Ihnen eine Glocke an den Arsch zu hängen, wie er es ausgedrückt hat. Ich bin in der ›Krone‹, Tag und Nacht.« Er hielt mir einen Zettel unter die Nase. »Die Nummer von meinem Handy. Daniel Moore, Zimmer 3.« Er stach mir den Zeigefinger in die Brust. »Und hüten Sie sich, Cranmer. Passen Sie bloß auf. Ich habe Ihnen das von damals nicht vergessen. Das ist eine Warnung.«

Im Salon wartete Emmas Geist auf mich. In der für sie typischen strengen Haltung, die die Taille schmal und die Hüften breit macht, saß sie auf ihrem Spezialhocker vor dem Bechstein und dachte laut ihre Noten vor sich hin. Um mir eine Freude zu machen, hatte sie ihren ganzen antiken

Schmuck angelegt. »Hast du mal wieder mit Larry geflirtet?« fragte sie durch die Musik hindurch.
Aber ich war nicht in der Stimmung, mich auslachen zu lassen, am allerwenigsten von ihr.

Der Abend senkte sich herab, aber ich war bereits ins schwarze Licht meiner Seele eingetreten. Das helle Tageslicht wäre keine Erlösung gewesen. Ich streifte durchs Haus, berührte Gegenstände, schlug Bücher auf und zu. Ich bereitete mir eine Mahlzeit und ließ sie ungegessen stehen. Ich legte eine Platte auf und hörte nicht hin. Ich schlief ein, und als ich aufwachte, träumte ich denselben Traum weiter, der mich aus dem Schlaf gerissen hatte. Ich kehrte in mein Versteck zurück. Welcher Spur folgte ich, welchen Hinweisen? Ich stöberte im Schutt meiner Vergangenheit, suchte nach Bruchstücken der zerstörerischen Bombe. Mehr als einmal stand ich verzweifelt von meinem behelfsmäßigen Tisch auf, stellte mich vor den zerlumpten Vorhang aus alten Kriegszeiten, und meine Hand war bereit, die selbsterrichtete Schranke vor dem verbotenen Emma-Territorium wegzureißen. Aber jedesmal hielt ich mich zurück.

6

»Das Übliche, oder, Mr. Cranmer?«

»Bitte sehr, Tom.«

»Hab ich recht, Sie gehen doch bald in Pension?«

»Danke der Nachfrage, Tom, aber damit hat es noch ein paar Jahre Zeit, und ich bin froh darüber.«

Lachen, in das ich einstimme, denn diesen schlechten Witz machen wir an jedem zweiten Freitag des Monats, wenn ich meine Fahrkarte nach Paddington kaufe und mich zu den Londoner Anzügen auf den Bahnsteig stelle. Und wäre dies ein normaler Freitag gewesen, hätte ich jetzt bestimmt ein bißchen geträumt und mir vorgestellt, ich sei noch immer im Dienst. Und Emma hätte mir in den guten Zeiten schelmisch die Krawatte gerichtet, die Jackettaufschläge glattgestrichen und mir einen schönen Tag im Büro gewünscht, Darling, bevor sie mir einen letzten, köstlichen, schandhaft aufreizenden Kuß gegeben hätte. Und in den schlechten Zeiten hätte sie meine Abfahrt im Schutz ihres Dachfensters beobachtet, offenbar ohne zu merken, daß auch ich sie im Seitenspiegel meines Sunbeam beobachtete, denn ich wußte, ich ließ sie den ganzen Tag allein zurück, mit Schreibmaschine und Telefon und Larry, der nur dreißig Meilen weit weg wohnte.

Aber an diesem Morgen spürte ich nicht Emmas dilettantischen Blick im Nacken, sondern das Prickeln professioneller Observation. Ich unterhielt mich über alltägliche Dinge mit einem einsamen Baronet, den wir hier in der Gegend den armen Percy nennen, weil er, nachdem er eine florierende Maschinenbaufirma geerbt und in den Bankrott geführt hatte, nun gegen Provision Lebensversicherungen verkaufen mußte, und sah dabei, wie Tom, der Fahrkartenverkäufer, sich hinter dem Schalterfenster vorsichtig zum Telefon umdrehte und mit dem Rücken zu mir hineinsprach. Als der Zug aus dem Bahnhof fuhr, entdeckte ich auf dem Parkplatz einen Mann in Schlägermütze und Regenmantel, der eifrig einer Frau ein paar Plätze vor mir zuwinkte, die mich und ihn überhaupt nicht beachtete. Es war derselbe Mann, der mir seit der Kreuzung am Ende meines Feldwegs in einem Lieferwagen mit Bedforder Kennzeichen gefolgt war.

Aufs Geratewohl ordnete ich Tom der Polizei zu und den Regenmantel mit Mütze Munslow. Viel Glück, Leute, dachte ich. Teilt allen verfolgenden Parteien mit, daß Tim Cranmer auch an diesem Freitag seine Pflicht tut und wieder einmal seinen gewohnten Geschäften nachgeht.

Ich trug meinen blauen Nadelstreifenanzug. Ich kann nichts dagegen machen, ich verkleide mich für die Leute. Will ich den Pfarrer besuchen, ziehe ich einen Tweedanzug an; gehe ich zum Kricket, trage ich Blazer und sportliche Krawatte. Und wenn ich, nachdem ich vier alptraumhafte Tage lang in meinem Kopf eingekerkert war, an der zweimonatlichen Versammlung des Kuratoriums der Charles Lavender Stadt-und-Land-Stiftung für Wales unter Federführung der Pringle Brothers AG in der Threadneedle Street teilnehme, kann ich nichts dagegen machen, daß ich ein wenig wie ein Banker aussehe, wenn ich den Zug besteige, die Wirtschaftsseiten meiner Zeitung studiere, vor Brunels prächtigen Bögen in den Wagen steige, der mich dort samt Chauffeur erwartet, Pringles livriertem Pförtner einen guten Morgen wünsche und in der Scheibe des Mahagoniportals dasselbe unbesetzte Taxi mit ausgeschaltetem Licht gespiegelt sehe, das mir die ganze Strecke von der Praed Street an gefolgt ist.

»Mr. Cranmer, hallo, wie schön, daß Sie gekommen sind«, winselte Jamies träge Sekretärin Pandora, als ich das mit edwardianischen Ledermöbeln eingerichtete Vorzimmer betrat, in dem sie das Zepter führte.

»Teufel auch, Tim!« rief Jamie Pringle, der seine zweihundert Pfund in ein gestreiftes Hemd und maulbeerfarbene Hosenträger gequetscht hatte, und zwang mich zu einem zermalmenden Händedruck. »Jetzt sag bloß, wir haben schon wieder Freitag, was, was?«

Pringle ist ein Arschloch, hatte ich Larrys Stimme im Ohr. *Damals. Heute. In alle Ewigkeit. Amen.*

Monty trieb herein wie sein eigener Schatten. Er trug eine verbeulte schwarze Weste und eine Hose mit breiten Aufschlägen und stank nach den Zigaretten, die er auf der Etage seiner Kompagnons nicht rauchen durfte. Monty führte die Bücher und bezahlte vierteljährlich unsere Spesen mit Schecks, die Jamie unterschrieb.

Nach ihm kam Paul Lavender, noch immer zitternd von der gefährlichen Reise, die er im Rolls Royce von seinem Haus in der Mount Street hierher unternommen hatte. Paul war ein katzenhafter, blonder Mann von siebzig Jahren und bewegte sich sehr langsam in seinen mit schlappen Fransen verzierten Marken-Mokassins. Sein Vater, unser Wohltäter, hatte als Lehrer in Llandudno angefangen, dann eine Hotelkette gegründet und später für hundert Millionen Pfund verkauft.

Nach Paul kamen Dolly und Eunice, seine zwei unverheirateten Schwestern. Dolly trug einen Diamantanhänger in Form eines Rennpferds. Sie hatte vor Jahren beim Derby gewonnen, so behauptete sie jedenfalls, aber ihre Schwester schwor, Dolly habe nie etwas Größeres besessen als einen überfütterten Chihuahua.

Und wiederum nach ihnen kam Henry, der Familienanwalt der Lavenders. Unsere häufigen Besprechungen hatten wir Henry zu verdanken. Und wer wollte ihm einen Vorwurf machen, wo er dabei vierhundert Pfund die Stunde verdiente?

»Die Weinpreise halten sich noch?« fragte er zweifelnd, als wir uns die Hand gaben.

»Ja, ich glaube schon, danke. Ganz gut.«

»Das billige Franzosenzeug drängt Sie nicht aus dem Markt? Da muß ich wohl die falschen Zeitungen gelesen haben.«

»Das scheint mir auch so, Henry«, sagte ich.

Wir saßen um Pringles berühmten Konferenztisch. Jeder von uns hatte das Protokoll der letzten Sitzung vor sich, einen Rechenschaftsbericht und eine Wedgwood-Knochenporzellanteetasse mit einem gesüßten Mürbeteigkeks auf der Untertasse. Pandora schenkte ein. Paul stützte den Kopf auf eine blutleere Hand und schloß die Augen.

Jamie, unser Vorsitzender, schickte sich zum Reden an. Die Fäuste, die vor dreißig Jahren verdreckte Rugbybälle aus dem wildesten Gedränge gerissen hatten, schlossen sich um das winzige Goldgestell einer Lesebrille und hakten es um die Ohren. Der Markt, sagte Jamie, sei flau. Er gab den Ausländern die Schuld daran.

»Solange die Deutschen ihre Zinsen nicht senken und der Yen seinen Höhenflug hat und die High-Street-Einnahmen im Keller sind« – er sah verwirrt um sich, als hätte er vergessen, wo er war –, »wird die britische Währung in der Talsohle steckenbleiben.« Er nickte Henry zu, der mit scheußlichem Klacken die beiden Verschlüsse eines Hartschalenkoffers aufspringen ließ und uns einen endlosen Bericht vorlas:

Die Verhandlungen mit den örtlichen Behörden über Bereitstellung von Sporteinrichtungen in den Innenstädten ziehen sich in der Geschwindigkeit hin, die man von Kommunalbeamten zu erwarten hat, Jamie ...

Das Angebot der Stiftung, in der Lavender Mütterklinik eine zusätzliche Kinderabteilung einzurichten, kann erst dann weiterverfolgt werden, wenn zusätzliche Stiftungsgelder für die Personalkosten bereitgestellt sind. Für solche Zwecke steht zur Zeit nichts zur Verfügung, Jamie ...

Unser Vorschlag, für die Kinder in unterversorgten Gebieten eine Fahrbücherei zur Verfügung zu stellen, ist im Stadtrat auf politischen Widerstand gestoßen – von einer Seite wird angeführt, die Zeiten kostenloser Bibliotheken seien endgültig vorbei, andere verlangen, die Zuständigkeit für die Auswahl der Bücher solle beim örtlichen Kulturdezernat liegen, Jamie ...

»So ein Blödsinn!«

Eunice war explodiert. Das tat sie in etwa diesem Stadium der Verhandlung meistens.

»Unser Vater würde sich im Grab umdrehen«, brüllte sie

mit ihrem unterdrückten walisischen Akzent. »Bücher umsonst für die Ungebildeten? Das ist ja der reinste *Kommunismus*!«

Dolly widersprach nicht minder heftig. Wie meistens.

»Das ist eine glatte Lüge, Eunice Lavender. Dad würde aufstehen und begeistert Beifall klatschen. Für Kinder hat er sich bis zum letzten Atemzug engagiert. Er hat uns geliebt. Stimmt's, Paulie?«

Aber Paul war mit seinen Gedanken in einem anderen Wales. Er hatte die Augen immer noch geschlossen und ein vages Lächeln im Gesicht.

Jamie Pringle leitete den Ball behende an mich weiter. »Tim. So schweigsam heute? Wie siehst du das denn?«

Aber diesmal verließ mich mein diplomatisches Geschick. An jedem anderen Tag hätte ich ihm mit irgendeinem Ablenkungsmanöver dienen können: Ich hätte Henry gedrängt, seine Verhandlungen mit den städtischen Behörden zu beschleunigen, oder ich hätte mein Mißfallen über Pringles Verwaltungskosten geäußert, die als einziger Posten in den Geschäftsbüchern steigende Tendenz aufwiesen. Aber an diesem Vormittag mußte ich zu viel an Larry denken. Immer wenn ich in die Runde blickte, sah ich ihn auf einem der großen leeren Sessel sitzen: wie er uns, in meinem grauen Anzug, den er nie zurückgegeben hatte, irgendein Märchen von seinem Freund in Hull erzählte.

»Monty. Du bist dran«, bestimmte Jamie.

Also ließ Monty ein pflichtschuldiges Räuspern vernehmen, nahm ein Blatt Papier aus dem Stapel vor ihm und hielt uns einen Vortrag über die Einnahmen, die diesmal zu verteilen waren. Doch leider gab es nach Abzug von Spesen und Kosten und sonstigen Auslagen nun schon auf der zehnten Sitzung in Folge keine Einnahmen zu verteilen. Und nicht einmal im Hause Pringle hatte man bis jetzt eine Methode entwickelt, einen nicht vorhandenen Betrag prozentual an die Armen und Bedürftigen des walisischen Landadels auszuschütten, wie es laut Satzung aus dem Jahre Soundso vorgesehen war.

Wir aßen zu Mittag. Das weiß ich noch. In dem holzgetäfelten Heiligtum, wo wir immer aßen. Mrs. Peters servierte in weißen Handschuhen, und wir köpften ein paar Magnumflaschen des 1955er Cheval Blanc, den die Stiftung vor zwanzig Jahren zur Erquickung ihrer schwer gestreßten Funktionäre in weiser Voraussicht eingelagert hatte. Aber von unserer furchtbaren Unterhaltung habe ich Gott sei Dank fast alles vergessen. Dolly verabscheute Nigger: Daran erinnere ich mich. Eunice fand sie reizend. Monty fand, in Afrika seien sie am besten aufgehoben. Paul bewahrte sein undurchdringliches Lächeln. Eine prächtige Schiffsuhr, die im Hause Pringle traditionsgemäß die Zeit angab, registrierte lautstark unsere Fortschritte. Um halb drei waren Dolly und Eunice mit wütend roten Köpfen davongestürmt. Um drei war Paul eingefallen, daß er noch etwas zu erledigen hatte; mußte er irgendwo hin, oder hatte er einen Termin? Wahrscheinlich zum Friseur, meinte er. Henry und Monty gingen mit ihm, wobei ihm Henry etwas von unerledigten Dingen zu vierhundert Pfund die Stunde ins Ohr murmelte, während Monty der ersten von zahlreichen Zigaretten entgegenfieberte, die er jetzt brauchte, um den Rückstand wieder aufzuholen.

Jamie und ich saßen nachdenklich vor unserer Karaffe mit hauseigenem Portwein.

»Na wunderbar«, sagte er tiefsinnig. »Tja. Na denn. Prost. Auf uns.«

Wenn ich ihn jetzt nicht unterbrach, würde er im nächsten Atemzug zu einem Vortrag über die großen Themen unserer Zeit anheben: über die Anmaßung der Frauen, die rätselhaften Gewinneinbrüche der North Sea Oil Company – er fürchtete ernsthaft um die Arbeitsplätze –, oder wie der Computer anständige Bankgeschäfte unmöglich gemacht habe. Und in exakt dreißig Minuten würde Pandora ihr langweiliges Adelsgesicht zur Tür hineinstecken und Mr. Jamie an einen Termin erinnern, den er noch vor Schalterschluß wahrzunehmen habe; was in der Sprache von Pringle Brothers bedeutete: »Sie wollten doch zum Golf nach St. Andrews, der Chauffeur wartet schon, um Sie zum Flughafen zu bringen«, oder »Sie haben versprochen, übers Wochenende mit mir nach Deauville zu fahren«.

Ich erkundigte mich nach Henrietta, Jamies Frau. Das machte ich immer, und ich wagte es nicht, an diesem Ritual etwas zu ändern.

»Henrietta geht's einfach phantastisch«, antwortete Jamie abwehrend. »Hunt bekniet sie, weiterzumachen, aber die liebe Hen ist sich unschlüssig. Hat es offen gestanden langsam satt, wie die Gegner dauernd dazwischenfunken.«

Ich fragte nach seinen Kindern.

»Die machen sich prächtig, Tim. Marcus ist Captain o' Fives, Penny debütiert im nächsten Frühjahr. Kein *richtiges* Debüt, nicht so, wie die Mädchen zu *unserer* Zeit. Aber immer noch besser als gar nichts«, fügte er hinzu und sah wehmütig an mir vorbei auf die illustren Namen der Pringles, die in zwei Kriegen gefallen waren.

Ich fragte, ob er in letzter Zeit jemanden aus unserer alten Clique in Oxford gesehen habe. Seit dem Gelage bei Boodle niemand mehr, antwortete er. Ich fragte, wer dagewesen sei. Ich brauchte noch zwei weitere Züge, bis er scheinbar aus eigenem Antrieb von Larry erzählte. Was meinerseits im Grunde kein großes Kunststück war, denn wenn unser Jahrgang von alten Kumpels sprach, landete man früher oder später zwangsläufig bei Larry.

»Außerordentlicher Bursche«, erklärte Jamie mit der felsenfesten Gewißheit, die Leuten seines Schlages eigen ist. »Begabt, ungemein talentiert, charmant. Anständige christliche Herkunft, Vater bei der Kirche und so weiter. Aber keine Beständigkeit. Wer nicht beständig ist, bringt es im Leben zu nichts. Eine Woche rot angehaucht, in der nächsten nichts mehr davon wissen wollen. Hat's jetzt endgültig aufgegeben. Die Kommunisten sind jetzt allesamt Kapitalisten. Schlimmer als die verfluchten Amis.« Und dann, fast zu unbekümmert, als ob ihm mein Schutzengel ins Ohr flüsterte: »Hat mich kürzlich mal besucht. Bißchen angeschlagen, fand ich. Bißchen deprimiert. War sich offenbar bewußt, die falsche Seite unterstützt zu haben, nehme ich an. Durchaus verständlich, wenn man's sich überlegt.«

Ich lachte herzlich. »Jamie! Du willst mir doch nicht erzählen, daß Larry unter die kapitalistischen Unternehmer gegangen ist? Das wäre ja ein starkes Stück.«

Aber Jamie, der sonst ohne Vorwarnung wie ein Irrer lachen konnte – und meistens humorlos –, schenkte sich nur Portwein nach und wurde noch ernster. »Offen gestanden, ich habe keine Ahnung, *was* er geworden ist. Geht mich auch nichts an. Auf jeden Fall mehr als nur Unternehmer. Hat wohl eher die Gunst der Stunde genutzt, wenn du mich fragst«, fügte er undeutlich hinzu und stieß mir die Karaffe hin, als wollte er sie nie mehr sehen. »Und außerdem fehlt es ihm offen gestanden am gebührenden Respekt.«

»Du liebe Zeit«, sagte ich.

»Ziemlich übertriebene Vorstellungen von sich selbst.« Ein gereizter Schluck Portwein. »Muß jetzt wohl überkompensieren. Predigt lauter idiotisches Zeug, wir hätten die Pflicht, den gerade befreiten Nationen auf die Füße zu helfen, altes Unrecht wiedergutzumachen, Normen sozialer Gerechtigkeit aufzustellen. Fragt, ob ich die Absicht hätte, mich auf die andere Seite zu schlagen. ›Immer mit der Ruhe, Alter‹, hat er gesagt. Abwarten. Warst du nicht auch einer von denen, die den Sowjets unter die Arme gegriffen haben? Hat mich ein bißchen verblüfft, wenn ich mal so sagen darf. Bißchen konsterniert. Verwirrt.‹«

Ich beugte mich vor, um ihm zu zeigen, daß ich ganz Ohr war. Ich gab meinem Gesicht den Ausdruck faszinierter schmeichlerischer Ungläubigkeit. Mit meiner ganzen Körpersprache versuchte ich ihn dazu zu bringen, diese verdammte Geschichte aus dem nebligen Dickicht seines einsamen kleinen Kopfes hervorzuziehen: »Weiter, Jamie. Das ist ja ungeheuer spannend. Mehr davon.«

»*Ich* kenne nur die Pflicht gegenüber meinem Haus, habe ich ihm erklärt. Wollte nichts davon wissen. Ich hab ihn doch immer für einen Intellektuellen gehalten. Aber wie kann man ein Intellektueller sein und nichts wissen wollen? Hat glatt an mir vorbeigeredet. Ich würde den

Kopf in den Sand stecken. Tu ich nicht. Ich habe Familie. Zum Heulen.«

»Aber was um alles in der Welt hat er denn von dir verlangt, Jamie? Daß du Pringle Brothers zu einem Dritte-Welt-Laden machen sollst?« Als ich das sagte, schoß es mir durch den Kopf, daß das gar keine so schlechte Idee wäre. Aber mein Gesicht, falls es denn richtig reagierte, bekundete lediglich aufrichtiges Mitgefühl darüber, daß Jamie mit derart schlechten Manieren konfrontiert worden war.

Eine halbe Minute Stille, während er seine intellektuellen Ressourcen zusammensuchte. »Die sowjetische kommunistische Partei wird privatisiert. Richtig?«

»Richtig.«

»Darum ging es. Verkauf von Parteivermögen. Gebäude. Altersheime, Büros, Verkehrsmittel, Sportpaläste, Schulen, Krankenhäuser, ausländische Botschaften, Land in rauhen Mengen, unbezahlbare Gemälde, Fabergé, weiß der Himmel was sonst noch alles. Zeug im Wert von zig Milliarden Dollars. Kann das sein?«

»Aber sicher. Rußland AG. Hat unter Gorbatschow heimlich angefangen, dann wild um sich gegriffen.«

»Wie Larry da reingekommen ist, kann man nur vermuten. Pringle Brothers verfügt nicht über solche Beziehungen wie er, und ich bin stolz darauf.« Noch ein gewaltiger Schluck Portwein. »Ich will so was nicht. Würde ich nicht mal mit der Kohlenzange anfassen. Kommt nicht in die Tüte.«

»Aber, Jamie –« Mir lief die Zeit davon, aber ich wagte mein Interesse nicht allzu deutlich zu bekunden. »Aber, Jimminy« sein Spitzname aus Oxford – »guter Mann, was hat er denn von dir verlangt? Daß du den Kreml kaufen sollst? Faszinierend.«

Jamies geröteter Blick richtete sich wieder auf die Gefallenenliste seines Unternehmens. »Arbeitest du immer noch für wen auch immer du damals gearbeitet hast?«

Ich zögerte. Jamie hatte sich einmal bei uns beworben, aber ohne Erfolg. Seitdem hatte er mir gelegentlich kleine Informationen zukommen lassen, meistens nachdem wir dasselbe bereits ausführlicher und früher aus anderen Quellen erfahren hatten. Gefiel ihm unsere geheimnisvolle Aura, oder ärgerte er sich darüber? Würde er mir mehr erzählen, wenn ich ja sagte? Ich entschied mich für den Mittelweg.

»Nur noch ab und zu, Kleinigkeiten, Jamie. Nichts Beschwerliches. Aber du machst mich ganz krank vor Neugier. Was um alles in der Welt hatte Larry vor?«

Noch eine Pause, noch mehr Wein und Grimassenschneiden.

»Pardon?«

»Zweimal mit der Peitsche geknallt. Das erstemal vor einigen Jahren, ruft mich an, erzählt einen Haufen Mist von irgendeinem guten Geschäft, das er mir zuschieben will, ob ich Lust habe, geht um mehrere Millionen, wir sind doch alte Freunde, ich soll ihn treffen, wenn er das nächstemal in der Stadt ist, von wegen, nix ist passiert. Hat sich in Luft aufgelöst.«

»Und die zweite Runde? Wann war das?«

Ich wußte kaum, was mir wichtiger war: das Was oder das Wann. Aber Jamie nahm mir die Entscheidung ab.

»Larry Pettifer hatte folgendes vor«, verkündete er mit alarmierend lauter Stimme. »Larry Pettifer hat behauptet, er habe Vollmacht von einer gewissen ehemals sowjetischen staatlichen Stelle, der Name wurde nicht genannt – Korrektur: von Mitarbeitern dieser Stelle, *deren* Namen ebenfalls nicht genannt wurden –, mit diesem Haus in einen Dialog darüber einzutreten, ob die Möglichkeit bestünde, bei diesem Haus ein Konto zu eröffnen – eine ganze Reihe von Konten –, selbstverständlich im Ausland, wofür mein Haus beträchtliche Summen in harter Währung erhalten würde – aus welchen Quellen, wurde nicht deutlich –, was praktisch darauf hinauslief, daß wir besagte Gelder anonym verwalten und von Zeit zu Zeit gewisse Auszahlungen vornehmen sollten, und zwar auf Anweisung durch Personen, die sich durch ein bestimmtes Kennwort oder Schriftstück ausweisen würden, welches jeweils einem ähnlichen, bei diesem Hause niedergelegten Kennwort oder Schriftstück zu entsprechen habe. Bei den Auszahlungen werde es sich um erhebliche Beträge handeln, aber sie würden nie die Aktiva übersteigen, und man würde niemals Kredit von uns verlangen.«

Jamies Monolog hatte sich auf fünfzehn Umdrehungen pro Minute verlangsamt, und nach der Schiffsuhr blieben mir nur noch neun Minuten.

»Waren es große Beträge? Ich meine: groß für eine *Bank*? Von was für Summen hat Larry geredet?«

Wieder konsultierte Jamie die Tafel hinter mir. »Wenn du an eine Zahl in der Größenordnung derjenigen dächtest, wie sie von gewissen Kuratoren und ihren Beratern heute Vormittag in Erwägung gezogen wurde, dürftest du nicht allzu falsch liegen.«

»Dreißig Millionen Pfund? Was wollten die denn davon kaufen? Und woher hatten die so viel Geld? Ich meine, das ist doch richtig viel, oder? Auch für dich? Für *mich* auf jeden Fall! Was hat er da bloß vorgehabt? Ich bin völlig außer mir.«

»Geldwäsche, darum ging es eigentlich. Nach meinem Gefühl hat er nach Anweisungen gehandelt, die er selbst nicht durchschaut hat. Hatte irgendeinen Teilhaber oder Partner im Norden, mit dem wir das abwickeln sollten. Er sollte bis zu gewissen Beträgen als Mitunterzeichner fungieren. Faule Sache.«

Meine Zeit lief ab. Jamies auch.

»Hat er gesagt, *wo* im Norden?«

»Wie bitte?«

»Du sagtest, er habe da irgendwen im Norden.«

»Macclesfield. Ein Teilhaber in Macclesfield. Könnte auch Manchester gewesen sein. Nein, doch nicht. Macclesfield. Hab da mal ein Mädchen gevögelt. Cindy. Hat in der Seidenbranche gearbeitet. Seidencindy.«

»Aber woher in Gottes Namen kriegt Larry Pettifer dreißig Millionen Pfund? Na schön, das Geld gehört nicht ihm, aber *irgendwem* muß es doch gehören!«

Warten. Zählen. Beten. Lächeln.

»Irgendeiner Mafia«, knurrte Jamie. »So nennt man das doch wohl da drüben? Einander bekämpfende Mafias? Die

Zeitungen sind voll davon.« Er schüttelte den Kopf und murmelte etwas wie *»seine Sache«.*

»Und was hast du getan?« fragte ich krampfhaft bemüht, einen Tonfall amüsierter Verblüffung beizubehalten. »Hast du deine Partner zu Rate gezogen? Ihn zum Teufel gejagt?«

Die Schiffsuhr tickte wie eine Bombe, aber zu meiner Verzweiflung sagte Jamie noch immer nichts. Bis er plötzlich ungeduldig auffuhr, so als ließe ich ihn warten.

»Ach was, in solchen Situationen jagt man die Leute nicht zum Teufel. Man lädt sie zum Essen ein. Man redet von alten Zeiten. Sagt, man wird darüber nachdenken, die Sache mit dem Vorstand besprechen. Ich habe ihnen erklärt, es gebe da ein paar Probleme, praktische und moralische. Habe angedeutet, es wäre nicht schlecht, wenn sie mir sagen würden, wer denn eigentlich ihr Klient sei, mit welchen *Waren* er zu handeln beabsichtige und wie das Ganze *steuerlich* aussehe. Ein bißchen rechtliche Absicherung wäre *hilfreich.* Habe vorgeschlagen, sie sollten zunächst einmal an das Außenministerium herantreten – auf hoher Ebene natürlich. Die hatten einen *Brief* von der Botschaft in London dabei. Von irgendeinem *Beamten* unterschrieben. Nicht vom Botschafter. Vielleicht eine Fälschung. Vielleicht auch koscher. Wie soll man das wissen.«

Er studierte die Prägestempel auf der Rückseite seines Kaffeelöffels und verglich sie mit dem Löffel auf dem freien Platz neben ihm. »Verschiedenes Besteck«, brummte er. »Unglaublich«, sagte er bekümmert. »Wie kann so was passieren? Muß die Peters fragen. Verdammte Schlamperei.«

»Du hast im *Plural* gesprochen, Jamie«, sagte ich.

»Wie bitte, alter Freund?«

Ich legte ihm eine Hand auf den Arm. »Entschuldige, Jamie – vielleicht habe ich mich verhört –, ich dachte, du hättest *sie* gesagt. Heißt das, Larry ist nicht allein gekommen? Ich glaube, ich habe das nicht richtig mitgekriegt.«

»*Sie* ist richtig.« Er untersuchte immer noch die Löffel.

Meine Gedanken rasten wild durcheinander. Tschetschejew? Der Teilhaber in Macclesfield? Oder Larrys Freund von der Universität Hull?

»Und? Wer war noch dabei?« fragte ich.

Zu meiner Überraschung zeigte Jamie ein überlegenes und sehr anzügliches Lächeln. »Pettifer hatte eine *Assistentin* dabei. Eher eine Puppe, würde ich sagen. Sollte als seine Vermittlerin agieren, meinte er. Die Kopfarbeit machen. Larry ist kein großer Rechenkünstler, dafür hat er diese scharfe Mieze. Wesentlich besser auf Draht als Larry, wenn es um Zahlen ging.«

Das amüsierte mich sehr. Es muß so gewesen sein, denn ich lachte belustigt auf, obgleich in mir alles erstarrte. »Bitte, Jamie. Verschweig mir nichts. Das war eine Russin. Sie hatte noch Schnee an den Stiefeln.«

Das überlegene Lächeln schwand nicht von seinen Lippen. Er legte die anstößigen Löffel hin. »Falsch. Anständiges englisches Mädchen, soweit ich das beurteilen konnte. anständig gekleidet. Sprach das Englisch der Königin so gut wie du und ich. Würde mich nicht wundern, wenn sie die treibende Kraft gewesen wäre. Hätte jederzeit einen Job bei mir kriegen können.«

»Hübsch?«

»Nein. Nicht hübsch. Sie war *schön*. Ein Wort, das ich übrigens sehr selten verwende. Weiß der Geier, warum so eine sich mit einem Scheißkerl wie Pettifer einläßt.« Er war jetzt bei seinem Lieblingsthema angelangt. »Umwerfende Figur. Entzückender kleiner Hintern. Beine bis zum Hals. Hat mir damit vor der Nase rumgewedelt.« Er schlug einen philosophischen Ton an. »Das ist eins der außerordentlichsten Dinge im Leben, Tim, ich habe das immer wieder beobachtet. Hübsches Mädchen; kann jeden haben, den sie will; und in wen verknallt sie sich? In ein Arschloch. Jede Wette, daß Pettifer sie verprügelt. Gefällt ihr wahrscheinlich. Masochistin. Genau wie meine Schwägerin Angie. Geld wie Heu, sieht wahnsinnig gut aus, aber Angie wandert von einem Scheißkerl zum nächsten. Kann von Glück sagen, daß sie noch ein paar Zähne übrig hat, so wie die sie behandeln.«

»Hatte sie einen Namen?« fragte ich.

»Sally. Sally Soundso.« Er verzog einen Mundwinkel zu einem widerlichen Grinsen. »Pechschwarzes Haar, oben auf dem Kopf zusammengesteckt, man muß es nur noch runterlassen. Absolut tödliche Schwäche von mir. Bin verrückt nach schwarzen Haaren. Finde ich ungeheuer weiblich. Wunderbar.«

Ich hörte nichts, sah nichts, fühlte nichts. Ich funktionierte, sammelte und verzeichnete. Sonst tat ich nichts in dieser Welt, während Jamie alt und traurig aussah, mir zunickte und seinen Portwein schlürfte.

»Hast du seitdem noch was von ihm gehört?«

»Keinen Mucks. Weder von ihm noch von ihr. Nehmen an, sie haben's kapiert. Nicht das erstemal, daß wir einem Betrüger die Tür gewiesen haben. Und seiner Gangsterbraut.«

Nach der Schiffsuhr hatte ich noch fünf Minuten.

»Hast du ihn an jemanden weiterempfohlen? Ihm irgendeinen Tip gegeben, an wen er sich wenden könnte?«

Eine scheußliche Grimasse, ein letzter Angriff. »Wir bei Pringle Brothers sind mit derartigen Geschäften nicht sonderlich vertraut. Es gab hier in der Nähe mal einen kleinen Laden, BCCI, der so was gemacht hat, früher. Anzunehmen, daß die Dreck am Stecken haben.«

Ich hatte eine vorletzte Frage. Und begleitete sie mit meinem ewigen Sabberlächeln, kameradschaftlichen Gefühlen und einem genießerischen Schluck Portwein.

»Und nachdem er gegangen war – beziehungsweise die beiden –, Jamie, bist du nicht auf die Idee gekommen, bei wem auch immer ich damals gearbeitet habe anzurufen und auf Larry hinzuweisen – Larry und sein Mädchen? – jetzt, wo ich nicht mehr an diesem Schreibtisch sitze?«

Jamie Pringle durchbohrte mich mit einem empört strafenden Blick.

»Larry verpfeifen? Was denkst du dir eigentlich? Ich bin Bankier. Wenn er seine liebe Mutter erdrosselt und in eine Wanne voll Säure getunkt hätte, ja dann könnte ich mir gerade noch vorstellen, daß ich jemand benachrichtigen würde. Aber wenn ein alter Kommilitone hier vorbeikommt und ein Bankgeschäft mit mir bespricht, das, zugegeben, für meinen Geschmack zum Himmel stinkt, dann fühle ich mich zu absoluter und *totaler* Verschwiegenheit *verpflichtet.* Wenn du das weitergeben willst, ist das *deine* Sache. Bedien dich.«

Ich war am Ziel. Blieb nur noch das letzte schreckliche Hindernis. Vielleicht hatte das Selbstquälerische in mir entschieden, daß ich mich diesmal, nachdem ich mich übertrieben auf die Frage nach der Polizei und Pew-Merriman konzentriert hatte, bis ganz zum Schluß damit zurückhalten sollte. Vielleicht riet mir auch nur der Agent im Einsatz, zunächst einmal alles andere einzusammeln und mich erst dann auf die Kronjuwelen zu stürzen.

»Also wann, Jamie?«

»Wie bitte, alter Freund?«

Er war halb eingeschlafen.

»Wann? Wann sind sie bei dir aufgetaucht? Larry und sein Mädchen? Sie hatten doch vermutlich einen Termin, sonst hättest du sie doch nicht zum Essen eingeladen«, meinte ich und hoffte ihn damit zu ermuntern, in seinem Terminkalender nachzusehen oder über das Haustelefon bei Pandora anzufragen.

»Waldhuhn«, verkündete er laut, und ich dachte zuerst, er rede von Emma.

»Habe ihnen Waldhuhn vorgesetzt«, fuhr er fort. »Das heißt, die Peters hat es getan. Kommilitone. Alte Zeiten. Hatte ihn seit fünfundzwanzig Jahren nicht mehr gesehen. Habe den roten Teppich ausgerollt. Pflichtgefühl. Letzte Septemberwoche, letztes Waldhuhn der Saison, was dieses Haus betrifft. Die verfluchten Araber knallen alles ab. Schlimmer als die Itaker. Mitte September ist kaum noch ein Vogel übrig. Da hilft nur Selbstdisziplin. Die Familie hält sich zurück, egal, was die Ausländer machen. Kanaken darf man nicht mehr sagen. Nicht PC.«

Mein Mund war wie betäubt. Wie von einer Zahnarztspritze. Mein Oberkiefer war tiefgefroren, und die Zunge war mir in den Rachen gerutscht.

»Also *Ende* September«, brachte ich heraus, als redete ich zu einem Greis oder Tauben. »Richtig? Richtig, Jamie? Die beiden haben dich in der letzten Septemberwoche besucht? Ganz schön großzügig von dir, sie mit Waldhuhn zu bewirten. Hoffentlich haben sie es dir gebührend gedankt. Wenn man bedenkt, daß du sie ebensogut hättest hinauswerfen können. Also, *ich* wäre jedenfalls dankbar gewesen. Und du auch. Ende September. Ja?«

Ich faselte weiter, weiß aber nicht, ob Jamie mir geantwortet hat: allenfalls mit einem Achselzucken, mit Grimassen und Hinterbänklergeräuschen à la »Oho« und »Sehr richtig«. Daß die Uhr schlug, weiß ich noch. Ich erinnere mich, daß Pandora ihr Mondgesicht zur Tür reinsteckte und verkündete, Aschenbrödels Kutsche sei vorgefahren. Ich erinnere mich, daß in meinem Kopf ein tausendstimmiger Engelchor losjauchzte und ich dachte, zur Feier deiner Erlösung aus dem schwarzen Licht ist eine Flasche 55er Cheval Blanc und ein ordentliches Quantum 87er Grahams Portwein ein angemessen himmlisches Beiwerk.

Jamie Pringle hatte sich schwerfällig erhoben und entfaltete eine Leidenschaft, wie ich es außerhalb des Rugbyplatzes nie bei ihm erlebt hatte.

»Pandora. Sie kommen genau richtig. Sehen Sie sich das hier an. Ein Skandal. Rufen Sie bitte *sofort* Mrs. Peters an, ja? Hat verschiedene Teelöffel gedeckt. Am Ende ruiniert sie das ganze Besteck. Finden Sie raus, *warum, wo* und *wer.*«

Ich jedoch hatte herausgefunden, *wann.*

Die Euphorie, die in gewissen Teilen meines Kopfs anhalten mochte, war im übrigen nur von kurzer Dauer. Das weiße Licht, in dem ich nun wieder lebte, ermöglichte mir, die Ungeheuerlichkeit ihres gemeinsamen Verrats deutlicher zu sehen als je zuvor. Sicher, ich hatte zur Waffe gegriffen. Ich hatte ein falsches Spiel getrieben, ich hatte ein Auto gemietet und war in die Nacht hinausgefahren, fest entschlossen, meinen langjährigen Freund und Agenten kaltzumachen. Aber er hatte es verdient! Und sie auch!

Ich ging zu Fuß.

Emma.

Ich war betrunken. Nicht vom Wein. Nach fünfundzwanzig Jahren bei der Firma habe ich den Schädel eines

Ochsen. Trotzdem betrunken: benebelt, demütigend betrunken.

Emma.

Was an dir ist Sein, was Schein – wenn du, die Haare hochgesteckt, mit den Beinen vor Jamie Pringles Nase herumwedelst?

Was sonst noch war von dir gelogen, während ihr beide hinter meinem Rücken über mich gelacht habt – über Timbo, den spießigen Timbo, den Spätentwickler mit seinem ewigen Sabberlächeln?

Spielt den Engel. Rackert sich bis tief in die Nacht mit hoffnungslosen Fällen ab. Telefoniert, klappert auf der Schreibmaschine, macht ein ernstes Gesicht, ein feinsinniges, ein beschäftigtes, ein reserviertes Gesicht, borgt sich den Sunbeam, um zur Post, zum Bahnhof, nach Bristol zu fahren. Für die Unterdrückten dieser Erde. Für Larry.

Ich ging zu Fuß. Ich schäumte. Ich jubelte. Ich schäumte wieder.

Aber trotz meiner Wut entging mir doch nicht das unscheinbare Pärchen, das auf der anderen Straßenseite nicht mehr länger ein Schaufenster betrachtete und sich in gleicher Richtung und gleicher Geschwindigkeit mit mir in Bewegung setzte. Und ich wußte, mir folgten noch drei weitere, außerdem ein harmloses Auto, ein Lieferwagen oder ein Taxi, das ihnen zur Verfügung stand. Und daher wußte ich, daß ich trotz aller Wut und Erleichterung und neuer Entschlossenheit und verändertem Stauts als absolut normaler Zeitgenosse den Schein zu wahren hatte. Ich durfte nichts unternehmen, was mich als etwas anderes denn als gut abgefütterten Kurator und ehemaligen Spion erscheinen ließ, der seinen legitimen Beschäftigungen nachging. Und ich war Emma und Larry und meinen Beobachtern dankbar, daß sie mir diese Verantwortung auferlegten. Denn der Schein war stets eine geregelte Tätigkeit gewesen, eine Disziplin, die die Anarchie in Schach hielt, und in meinem Innern war die Anarchie jetzt voll ausgebrochen:

Emma! Wie hat er dich in Gottes Namen nur soweit bringen können!

Larry! Du heimtückischer, rachsüchtiger, räuberischer Schweinehund.

Ihr beide! Was zum Teufel treibt ihr bloß und warum?

Cranmer! Du bist kein Mörder! Du kannst aufrecht gehen! Du bist unschuldig!

Ich war ein Idiot.

Ein rasender, wütender, kaltblütiger Idiot, zugleich aber ein Idiot, dem die Freiheit wiedergegeben war. Ich hatte mir eingebildet, ungeheuer verliebt zu sein, und eine Schlange in mein Leben gelassen.

Ich hatte sie aufgenommen, verhätschelt, bedient, gesalbt und ihre Eigenarten vergöttert; sie verschwenderisch mit Schmuck und Freiheit beschenkt, sie zu meiner Modepuppe und zum Objekt meiner Liebe gemacht, sie war die Frau all meiner Träume, meine Heilige, Göttin, Tochter und, wie Larry sagen würde, meine Sklavin. Ich hatte sie geliebt, weil sie mich liebte, weil sie ernst sein und lachen konnte; ich hatte sie wegen ihrer Schwächen und ihrer Promiskuität und wegen des Vertrauens geliebt, das sie in meinen Schutz setzte. Und *weshalb* das alles? Was nur, abgesehen von den blauäugigen Sehnsüchten eines Spätentwicklers, hatte mich dazu getrieben?

In meiner neuen, von nichts mehr gehemmten Wut geriet ich in einen wahren Strudel der Unvernunft: Emma war eine Falle, eine Honigfalle, eigens für mich aufgestellt durch eine Verschwörung meiner Feinde! Ich, Cranmer, der Zurückhaltende, der heimliche Romantiker und Veteran einer Unmenge gescheiterter Liebesaffären, war auf den ältesten Trick aller Zeiten hereingefallen!

Sie war von Anfang an auf mich angesetzt gewesen! Von Larry. Von TT. Von Zorin. Von den beiden, von den dreien zusammen, von allen vier!

Aber *warum?* Zu welchem Zweck? Um mich als Tarnung zu benutzen? Honeybrook als Tarnung? Das war einfach zu absurd.

Voller Scham, ein Opfer derart abwegiger, unprofessioneller Fantasien geworden zu sein, drängte ich sie zurück und suchte, um meine auflodernde Paranoia weiter zu schüren, nach anderen Möglichkeiten.

Was wußte ich von ihr? Auf mein eigenes Drängen hin so gut wie nichts, außer dem, was sie mir oder an Sonntagen Larry in meinem Beisein freiwillig erzählt hatte. Merrimans Bündel verstaubte noch immer ungelesen hinter dem Vorhang in meinem Versteck, Symbol meiner Integrität als Liebhaber.

Ein italienischer Name.

Ein toter Vater.

Eine irische Mutter.

Eine unstete, amateurhafte Kindheit.

Ein englisches Internat.

In Wien Musik studiert.

Nach Osten gegangen, auf Esoterik gemacht, sich jeder hirnrissigen Sache verschrieben, die einem Hippie nur einfallen kann, vor die Hunde gegangen.

Nach Hause gekommen, sich wieder treiben lassen, weiter Musik studiert, komponiert, arrangiert, Gründungsmitglied einer sogenannten Alternativen Kammermusikgruppe, die traditionelle Musikinstrumente der neuen Welt in die klassische Musik der alten einbringen wollte – oder war es umgekehrt?

Sich dabei gelangweilt, einen Sommerkursus in Cambridge besucht, die tröstlichen Worte Lawrence Pettifers über die Degeneration des Westens gelesen oder nicht gelesen. Nach London zurück, sich jedem hingegeben, der bitte, bitte sagte. In Panik geraten, Cranmer kennengelernt, ihn zu ihrem willfährigen, vernarrten, geblendeten Beschützer ernannt.

Larry kennengelernt. Verschwunden. Mit hochgesteckten Haaren und mit den Beinen vor Jamie Pringles Nase herumwedelnd unter dem Namen Sally wieder aufgetaucht.

Meine Emma. Meine falsche Morgendämmerung.

Wir liegen im Bett, nackt. Sie legt mir ihr schwarzes Haar um die Schultern.

»Soll ich Timbo zu dir sagen?«

»Nein.«

»Weil Larry es tut?«

»Ja.«

»Weißt du, ich liebe dich. Also nenne ich dich natürlich so, wie du willst. Ich sag auch ›He du‹ zu dir, wenn du willst. Ich bin da sehr flexibel.«

»Tim ist schon in Ordnung. Einfach Tim. Und, ja, du bist sehr flexibel.«

Wir liegen vor dem Kamin in ihrem Schlafzimmer. Sie birgt ihr Gesicht an meinem Hals.

»Du bist ein Spion, stimmt's?«

»Sicher. Wie bist du drauf gekommen?«

»Heute morgen. Habe beobachtet, wie du deine Post gelesen hast.«

»Du meinst, du hast die Geheimtinte *gesehen*?«

»Du wirfst nichts in den Papierkorb. Alles, was du wegzuwerfen hast, kommt in eine Plastiktüte, und die steckst du in den Verbrennungsofen. Du persönlich.«

»Ich bin noch ein sehr junger Winzer. Erst vor sechs Monaten auf die Welt gekommen, als ich dich kennengelernt habe.«

Aber ein erster Argwohn war geweckt. Warum beobachtete sie mich? Warum dachte sie so etwas von mir? Was hat Larry ihr in den Kopf gesetzt, womit hat er sie dazu gebracht, ihren Beschützer so streng zu observieren?

Ich war bei meinem Club angelangt. In der Eingangshalle lasen alte Männer die Börsenkurse. Jemand begrüßte mich, Gordon Soundso – Gordon, wunderbar, wie geht's Prunella? Ich setzte mich im Rauchzimmer in einen Ledersessel, starrte in eine unlesbare Zeitung und lauschte dem Gemurmel von Männern, die ihr Gemurmel für wichtig hielten. Der Nebel der Saison legte sich an die hohen Schiebefenster. Charlie, der nigerianische Portier, ging umher und machte die Leselampen an. Draußen auf der Pall Mall stand die tapfere Schar meiner Beobachter in Hauseingängen, trat sich die Füße warm und beneidete die freitäglichen Pendler, die fürs Wochenende nach Hause durften. Ich sah sie in Gedanken deutlich vor mir. Ich saß bis zum Einbruch der Dunkelheit im Rauchzimmer, scheinbar mit Lesen beschäftigt. Die Standuhr schlug sechs. Kein pensionierter Admiral rührte sich.

»Larry glaubt wirklich daran, oder?« sagt sie.

Ein Sonntagabend. Wir sind im Salon. Larry ist vor zehn Minuten gegangen. Ich habe mir einen großen Scotch eingeschenkt und hänge in meinem Sessel wie ein Boxer zwischen den Runden.

»Woran?« frage ich.

Keine Reaktion.

»Ich habe noch nie einen Engländer kennengelernt, der an etwas glaubt. Die meisten sagen bloß ›einerseits und andererseits‹ und tun überhaupt nichts. Als ob man ihnen die mittleren Teile des Motors ausgebaut hätte.«

»Ich versteh dich immer noch nicht. Woran glaubt er?«

Ich habe sie verärgert.

»Schon gut. Du hast offenbar nicht zugehört.«

Ich nehme noch einen Schluck Scotch. »Vielleicht hören wir verschiedene Dinge«, sage ich.

Was habe ich damit gemeint? fragte ich mich, während ich durch die Gardinen vor den Fenstern des Rauchzimmers in den rosa schwelenden Abend hinausstarrte. Was habe ich gehört, das Emma nicht hörte, als Larry ihr seine Vorträge hielt, seine politischen Arien sang, sie begeisterte, ausfragte, beschämte und lossprach und noch ein bißchen mehr ausfragte? Ich hatte Larry, den großen Verführer, gehört, beantwortete ich mir die Frage selbst. Ich dachte, daß meine Vorurteile mich in die Irre geführt hatten, daß Larry, wenn es darum ging, Herzen zu gewinnen, immer viel besser gewesen war als ich. Und daß ich mich zwanzig Jahre lang einer sehr einseitigen Täuschung darüber hingegeben hatte, wer bei dem großen Cranmer-Pettifer-Unentschieden die Fäden gezogen hatte.

Im Kamin des Rauchzimmers brannten die Kohlen träge vor sich hin, und ich wandte mich der Frage zu, ob Larry durch irgendwelche geheimnisvollen Mittel, die ich noch zu ergründen hatte, seine Ermordung gewissermaßen selbst inszeniert hatte. Und ob ich, wenn ich den tödlichen Schlag ausgeführt und nicht zurückgehalten hätte, ihm damit einen Gefallen getan haben würde.

Der rosa Nebel, den ich durch die Fenster meines Clubs beobachtet hatte, wurde noch dichter, als das Taxi Haverstock Hill hinauffuhr. Wir kamen in Emmas Ödland. Es begann, soweit ich das je hatte ermitteln können, etwa bei Belsize Village und erstreckte sich nach Norden bis Whitestone Pond, nach Osten bis Kentish Town und im Westen bis zur Finchley Road. Was auch immer dazwischen lag, war feindliches Gebiet.

Was Hampstead ihr angeblich angetan hat, hat sie mir nie erzählt, und aus Respekt vor der Souveränität, die uns beiden so viel bedeutete, habe ich nie danach gefragt. Aus ihren seltenen Andeutungen hatte ich mir ein Bild zusammengesetzt, wie sie durch die Hände von intellektuellen Kleinfürsten gegangen war, die älter und weniger ätherisch waren als sie. Angesehene Journalisten spielten eine große Rolle in ihrem Bestiarium. Psychiater beiderlei Geschlechts waren die schlimmsten. Eine Zeitlang hatte ich mir vorgestellt, wie meine arme Schöne immer wieder aus dem Sumpf herauswatete und nur allzu oft bei dem verzweifelten Versuch, aufs feste Land zu kommen, beinahe ertrank.

Das Sprechzimmer befand sich in einer ehemaligen Baptistenkirche. Ein Messingschild am Torpfosten pries Arthur Medawi Dass und seine zahlreichen wissenschaftlichen Qualifikationen. Auf einer Anschlagtafel im Wartezimmer wurden angeboten: Aromatherapie, Zen und vegetarisches Bed & Breakfast. Die Sprechstundenhilfe war nach Hause gegangen. Auf Emmas Stuhl saß eine verhärmte Frau in Grün. Vermutlich habe ich sie lange angesehen, denn sie wurde rot. Aber ich sah dort keine Frau in Grün, sondern

Emma in der Rolle der tragischen Heldin, wie sie mir am Abend unserer ersten Begegnung erschienen war.

Herzzerreißend gekleidet. Nicht *anständig*, wie für Pringles Bank. Wedelt nicht mit den Beinen vor mir herum, dennoch erkenne ich ohne weiteres, daß sie, auch vor Schmerzen zusammengekrümmt, ein großes und sehr hübsches Mädchen ist und bemerkenswert schöne Beine hat. Ein sittsames Käppchen zieht ihr das schwarze Haar aus der Stirn. Ihr Blick ist stoisch abgewandt. Ihre Kleidung eine Mischung aus Heilsarmee und Edith Piaf auf dem Strich. Ein langer schwarzer Lederrock, schwarze Wanderstiefel. Eine gestreifte Wollweste, die vage an Buschpioniere erinnert. Und zum Schutz ihrer Pianistinnenhände Fausthandschuhe, schwarz und leicht ausgefranst.

Mein Rücken macht mir wirklich zu schaffen. Beißende Schlangen vom Kopf bis zu den Füßen. Doch während ich sie verstohlen mustere, wird mir ihre Not wichtiger als meine eigene. Ihr Schmerz ist zu alt für sie, zu häßlich. Er läßt sie allzusehr als Gouvernante und nicht genug als Göre erscheinen. Ich möchte ihr die besten Ärzte besorgen, die wärmsten Betten. Wieder begegnen sich unsere Blicke. Ihr Schmerz macht sie offener für Kontakte, erkenne ich: anziehender, als eine schöne junge Frau es sich normalerweise erlauben würde. Der alte Taktiker in mir überschlägt hastig seine Möglichkeiten. Anteilnahme bekunden? Versteht sich von selbst, denn wir sind Leidensgenossen. Den Erfahrenen spielen? Sie fragen, ob sie das erstemal hier ist? Lieber nicht gönnerhaft auftreten. So, wie die Mädchen heutzutage sind, ist sie mit ihren gut zwanzig Jahren womöglich erfahrener als ich mit meinen siebenundvierzig. Ich entscheide mich spontan für drolligen Humor.

»Sie sehen ja wirklich furchtbar aus«, sage ich.

Ihr Blick noch immer weit weg. Die Hände in den Fäustlingen halten sich zu gegenseitigem Trost.

Aber da, wunderbar! Plötzlich lächelt sie!

Ein leichtsinniges, zweiundzwanzigkarätiges Lächeln strahlt hell durch den Raum und triumphiert über Plastikstühle, weiße Neonröhren und zwei schmerzende Rücken. Und ich sehe, daß sie rauchblaue Augen hat, wie Zinn.

»Na, vielen Dank«, sagt sie in der modisch farblosen Art der jungen Menschen von heute. »Genau so eine Bemerkung hat mir noch gefehlt.«

Und wir haben noch kein Dutzend Takte miteinander gesprochen, da weiß ich schon, daß ihr Lächeln das tapferste von ganz London ist. Denn man stelle sich vor: An eben diesem Abend, während sie darauf wartet, von ihren Qualen erlöst zu werden, verpaßt sie das erste professionelle Engagement ihrer musikalischen Laufbahn! Wenn sie es nicht am Rücken hätte, säße sie zu dieser Stunde in einem Konzertsaal in Wimbledon und lauschte einer Aufführung der von ihr arrangierten Volks- und Stammesmusik aus aller Welt!

»Haben Sie das öfter«, frage ich, »oder ist es nur eine Zerrung oder Verstauchung oder so was? In *Ihrem* Alter kann es doch wohl kaum das gleiche sein wie bei *mir*.«

»Die Polizei ist daran schuld.«

»Wie, die Polizei? Mein Gott!«

»Freunde von mir sollten aus einem besetzten Haus vertrieben werden. Einige von uns sind hin und haben vor dem Haus eine Sitzblockade gemacht. Ein großer, fetter Bulle versucht mich hochzuheben und in einen Wagen zu verfrachten, und da ist das mit dem Rücken passiert, einfach so.«

Mein gewöhnlicher Respekt vor Autoritäten ist wie weggeblasen. »Aber das ist ja furchtbar. Sie sollten Anzeige gegen ihn erstatten.«

»Na ja, eigentlich sollte er Anzeige gegen mich erstatten. Ich habe ihn gebissen.«

Und ich schlage mich gleich auf ihre Seite, Augen weit geschlossen. Ich verschlinge jedes betörende Wort. Ich erkläre sie zu einer der raren unbefleckten Seelen dieser Welt. Ich verhalte mich ganz so, wie es von einem Fünf-Sterne-Trottel erwartet wird. Und lasse auch nicht das Versprechen aus, daß ich ihr, sobald sie wiederhergestellt ist, als kleine Entschädigung für ihr Mißgeschick ein Abendessen im besten Restaurant Londons ausgeben werde.

»Bekommt man dort Nachschlag?« fragt sie.
»Soviel Sie wollen.«
Zu meiner Verblüffung ist sie nicht einmal Vegetarierin.

Unsere Romanze ist nicht gerade stürmisch – aber wie denn auch? Seit ich sie zum erstenmal gesehen habe, ist mir bewußt, daß sie weder vom Alter her noch von ihrer ganzen Art zu der Klasse gehört, aus der gewöhnlich meine Eroberungen stammen: unterwürfige Kolleginnen oder ältere Sekretärinnen; unternehmenslustige Ehebrecherinnen vom Lande. Emma ist intelligent. Sie ist Neuland. Sie bedeutet Gefahr. Und es ist Jahre her, daß Cranmer, falls überhaupt jemals, die Grenzen seiner Selbstbeschränkung überschritten, sich tapfer an die Regeln gehalten, ungeduldig auf den Abend gewartet und bis zum Morgengrauen wachgelegen hat.

Hat sie einen ganzen Stall von Leuten wie mir? frage ich mich. Ältere Männer, die sie von ihrer Wohnung abholen, sie zu irgendeinem provisorischen Konzertsaal in den Außenbezirken von London fahren – an einem Abend ist es ein leerstehendes Theater in Finchley, die Woche darauf eine Turnhalle in Ruislip oder irgendein privates Wohnzimmer in Ladbroke Grove – und dann in der hintersten Reihe sitzen und in loyaler Verzückung ihrer seltsamen Musik lauschen, bevor sie sie zum Essen ausführen? Und ihr beim Essen Lobeshymnen singen, wenn sie niedergeschlagen ist, oder Kritik an ihr üben, wenn sie zu übermütig ist, und sie schließlich vor ihrer Tür absetzen, ohne ihr mehr als einen brüderlichen Kuß auf die Wange und dann das Versprechen zu geben, das Ganze nächste Woche zu wiederholen?

»Ich bin ein richtiges *Flittchen,* Tim«, gesteht sie mir bei unserem exzellenten Essen im Wilton's. »Wenn ich in einen Raum voller Leute komme, starren sie mich an, und ich muß sofort mit allen Anwesenden flirten. Und wenig später habe ich irgendwen am Hals, der im Schaufenster ganz gut aussah, sich aber zu Hause als das reinste Brechmittel herausstellt!«

Provoziert sie mich vorsätzlich? Erzählt sie Märchen? Drängt sie mich, mein Glück bei ihr zu versuchen? Ich bin doch keine schlechtere Wahl als irgendein windelweicher dreißigjähriger Banker aus Hampstead mit einem Porsche? Aber wie soll ich wissen, daß es kein Bluff ist – und wenn ich mich erkläre und sie mich abweist, was wird dann aus unserer Beziehung? Hat sie einen Dachschaden? Ihr zielloser Weg durchs Leben hat ja wirklich den Beigeschmack von Wahnsinn – auch wenn ich neidisch darauf bin: Ihr wilder Trip von London nach Karthum, bloß in der vagen Hoffnung, dort vielleicht zufällig einen erstaunlich duften Italiener zu treffen, mit dem sie einmal dreißig Sekunden lang in Camden Lock gesprochen hat; die sechs Monate, die sie in einem Aschram in Zentralindien untergetaucht ist; ihr Fußmarsch über die Landenge von Darien, von Panama nach Kolumbien auf der Suche nach irgendeiner ganz bestimmten Musik; und schließlich, daß sie einen Gesetzeshüter gebissen hat – es sei denn, natürlich, der gebissene Polizist ist auch nur eine ihrer Märchengestalten.

Was ihr gedankenloses Eintreten für dieses und jenes betrifft, so ist das eine Karikatur der sonntäglichen Leitartikler, die sich anmaßen, das Gewissen der Stammtischredner zu sein. Aber warum sollte ich sie verspotten, wenn sie sich weigert, türkische Feigen zu essen, denn sieh doch bloß, was die mit den Kurden machen? Oder japanischen Fisch, denn sieh doch bloß, was die mit den Walen machen? Was war daran denn lächerlich – oder unenglisch –, sein Leben nach Grundsätzen auszurichten, selbst wenn diese Grundsätze nach meinem abgestumpften Urteil nichts bewirken konnten?

Unterdessen pirsche ich mich an sie heran, male sie mir aus, versuche sie zu deuten; und warte: daß sie mich ermutigt, daß endlich ein Funke überspringt, aber das geschieht allenfalls in den Augenblicken, wenn sie mir an einem unserer geschwisterlichen Abende die Hand an die Wange legt oder mit den Knöcheln verständnisvoll den schmerzenden Rücken massiert. Nur ein einziges Mal fragt sie mich, wie ich meinen Lebensunterhalt verdiene. Und als ich sage, beim Finanzministerium, fragt sie, das Kinn mit dem Grübchen herausfordernd vorgeschoben:

»Auf wessen Seite stehst du da?«

»Auf gar keiner. Ich bin Beamter.«

Aber das reicht ihr keineswegs.

»Man kann nicht auf *keiner* Seite stehen, Tim. Das wäre ja so, als ob man gar nicht existierte. Wir müssen an etwas glauben. Gerade das definiert uns doch.«

Einmal fragt sie mich nach Diana: was da schiefgelaufen sei?

»Nichts. Wir haben schon vor der Hochzeit nicht zusammengepaßt, und daran hat sich auch später nichts geändert.«

»Und warum hast du dann geheiratet?«

Ich unterdrücke meine Gereiztheit. Alte Fehler in der Liebe, will ich ihr sagen, lassen sich ebensowenig erklären wie berichtigen. Aber sie ist jung und glaubt vermutlich noch, daß es für alles eine Erklärung gibt, wenn man nur sorgfaltig genug sucht.

»Einfach aus Dummheit«, antworte ich mit möglichst entwaffnender Offenheit. »Also wirklich, Emma. Erzähl mir nicht, du hättest nicht auch schon diverse Fehler gemacht. Du erzählst mir doch dauernd davon.«

Worauf sie mit einem ziemlich hochmütigen Lächeln reagiert und ich sie in verhohlener Wut plötzlich mit Larry vergleiche. Schönen Menschen wie euch sind die schweren Prüfungen des Lebens erlassen, wie? will ich ihr sagen. Ihr braucht euch nicht anzustrengen, wie? Ihr sitzt einfach da und urteilt über das Leben, anstatt euch von ihm beurteilen zu lassen.

Aber meine Verbitterung, oder was auch immer das sein mag, ist bei ihr angekommen. Sie nimmt meine Hand in beide Hände, drückt sie nachdenklich an die Lippen und mustert mich. Ist sie klug? Ist sie ganz einfach dumm? Emma paßt nicht in solche Kategorien. Wie Larrys Schönheit ist auch die ihre eine Tugend für sich.

Eine Woche später sind wir wieder gute Freunde, und so geht es weiter bis zu dem Tag, an dem Merriman mich in sein Büro bestellt und mir sagt, daß man Kalte Krieger nicht recyceln kann und daß ich mit sofortiger Wirkung meinen Ruhestand auf Honeybrook antreten darf. Doch anstelle der üblichen Verzweiflung, die mich ob dieses Urteilsspruchs hätte befallen sollen, empfinde ich nur unbekümmerten Tatendrang. Merriman, da hast du ausnahmsweise einmal recht! Cranmer ist frei! Cranmer hat seine Schuldigkeit getan! Von heute an und für den Rest seines Lebens wird Cranmer sich entgegen allen früheren Grundsätzen an Larrys Ratschlag halten. Er wird erst handeln, dann denken. Er wird nicht geben, sondern nehmen.

7

Aber Cranmer wird mehr tun als nur nehmen. Er wird sich bescheiden, auf dem Land leben, frei sein. Jetzt, da der Kalte Krieg gewonnen und beendet ist, wird er sich aus dem Wirrwarr der großen Welt zurückziehen. Er hat mitgeholfen, den Sieg zu erringen, und überläßt das Schlachtfeld in aller Würde der neuen Generation, von der Merriman mit solcher Wärme spricht. Er wird buchstäblich den Frieden ernten, zu dem er selbst beigetragen hat: in den Feldern, im Boden, in ländlicher Einfachheit. In anständigen, geordneten, offenen menschlichen Beziehungen wird er endlich die Freiheiten genießen, die er in diesen mehr als zwanzig Jahren verteidigt hat. Und zwar keineswegs eigennützig. Im Gegenteil, er wird sich an zahlreichen gesellschaftlich nützlichen Werken beteiligen: aber im Mikrokosmos, in der kleinen Gemeinschaft, und nicht mehr für das sogenannte nationale Interesse, das heutzutage selbst denen ein Rätsel ist, die ihrer Stellung nach am besten dafür sorgen könnten.

Und diese herrliche Aussicht, mir von so unwahrscheinlicher Seite gewährt, verleitet mich zu einem Schritt von grandioser Verantwortungslosigkeit. Ich wähle dazu den Grillroom des Connaught, wo ich große Ereignisse am liebsten feiere. Mit etwas mehr Vorsicht hätte ich mich für ein bescheideneres Lokal entschieden, so aber erkenne ich zu spät, daß ich ihre Garderobe überschätzt habe. Macht nichts. Lange genug vorsichtig gewesen. Wenn sie jemals zu mir kommt, werde ich sie von Kopf bis Fuß in Gold einkleiden!

Sie hört mir bedächtig zu, auch wenn ich selbst gar nicht bedächtig spreche – nur wenn es um meine geheime Vergangenheit geht, sind meine Lippen natürlich versiegelt.

Ich sage, daß ich sie liebe und Tag und Nacht Angst um sie habe. Um ihr Talent, ihren Verstand, ihren Mut, besonders aber um ihre Labilität und das, was ich – da sie selbst darauf hingewiesen hat – als ihre gefährliche Verfügbarkeit bezeichnen würde.

Die Wahrheit spricht aus mir wie nie zuvor. Vielleicht mehr als die Wahrheit, vielleicht ein Traum von Wahrheit, hingerissen vor Freude, nach einem Leben voller Täuschungsmanöver keine taktischen Erwägungen mehr anstellen zu müssen. Endlich darf ich Gefühle haben. Und das habe ich nur ihr zu verdanken. Ich möchte alles für sie sein, was ein Mann sein kann, sage ich ihr: Ich möchte sie behüten und beschützen, nicht zuletzt vor sich selbst; ich möchte ihr künstlerisches Talent fördern, ihr Freund sein, ihr Gefährte, ihr Geliebter und ihr Schüler; und ich möchte ihr ein Dach bieten, unter dem die widersprüchlichen Teile ihrer selbst harmonisch zueinander finden können. Und zu diesem Zweck schlage ich vor, sie sollte sich hier und jetzt meinem ländlichen Leben anschließen: in der am dünnsten besiedelten Gegend von Somerset, auf Honeybrook, um in den Hügeln zu wandern, Wein zu züchten, sich der Musik und der Liebe hinzugeben, ein Leben á la Rousseau zu führen, nur daß unsere Welt kleiner wäre und fröhlicher; endlich die Bücher zu lesen, die wir schon immer lesen wollten.

Verblüfft von meiner Verwegenheit, ganz zu schweigen von meiner Eloquenz – die freilich noch immer die heikle Frage nach den letzten fünfundzwanzig Jahren meines Lebens ausschließt –, höre ich mir selber zu, wie ich mein komplettes Arsenal in einer einzigen gewaltigen Salve abfeuere. Mein Liebesleben, sage ich, war bis heute abend eine Komödie von Mesalliancen, eine klare Konsequenz der Tatsache, daß ich meinen Gefühlen niemals freien Lauf gelassen habe.

Zitiere ich wieder einmal Larry? Zu meiner Bestürzung fällt mir oft erst zu spät auf, daß manche meiner besten Sprüche von ihm stammen.

Aber heute abend, sage ich, sind meine Gefühle auf dem richtigen Weg, und beschämt blicke ich auf die allzu vielen falschen Abzweigungen zurück, die ich eingeschlagen habe. Und vielleicht – falls ich sie nicht mißverstehe – ist das sogar etwas, das uns trotz unseres Altersunterschiedes verbinden könnte: denn gesteht sie mir nicht unablässig, daß auch sie das alles satt hat: die leeren Liebesaffären, das leere Geschwätz, die leeren Köpfe? Für ihre Karriere wird sie weiter in der Nähe von London bleiben müssen. Sie wird ihre Freunde haben, sie braucht nichts aufzugeben, was ihr lieb und teuer ist, sie wird ein freier Mensch sein, nie meine Gefangene im Turm. Und unter Vorbehalten glaube ich mir selbst jedes Wort, jede Tirade. Denn ist Tarnung nicht gerade dazu da, ein Leben abzustreifen und ein anderes anzufangen?

Lange scheint sie unfähig, etwas zu sagen. Vielleicht habe ich sie heftiger bestürmt, als man es von einem gesetzten Bürokraten auf der Suche nach einer Ruhestandsgefährtin erwarten darf. Und während ich auf ihre Antwort warte, bin ich mir gar nicht mehr sicher, ob ich überhaupt gesprochen habe oder ob ich bloß den befreiten Sirenen meiner in heimlicher Einkerkerung verbrachten Jahre gelauscht habe.

Sie sieht mich an. Beobachtet mich, um genau zu sein. Sie liest mir die Worte von den Lippen, betrachtet mein Mienenspiel, die Angst und Verehrung, den Ernst und das Verlangen oder was auch immer sich auf meinem Gesicht abspielt, während ich mich ihr offenbare. Die zinngrauen Augen sind fest und hellwach auf mich gerichtet. Sie gleichen dem Meer vor einem Gewitter. Schließlich heißt sie mich schweigen, dabei rede ich schon gar nicht mehr. Sie tut das, indem sie mir einen Finger auf die Lippen legt und dort liegen läßt.

»Schon gut, Tim«, sagt sie. »Du bist ein guter Mensch. Besser, als du weißt. Du brauchst mir jetzt nur einen Kuß zu geben.«

Im Connaught? Sie muß mir die Verblüffung angesehen haben, denn plötzlich lacht sie laut auf, erhebt sich und kommt um den Tisch und drückt mir ohne das leiseste Zeichen von Verlegenheit einen langen feurigen Kuß auf die Lippen; ein ältlicher Weinkellner, dem ich zufällig in die Augen sehe, als sie mich aus der Umarmung freigibt, quittiert das mit beifälligem Nicken.

»Unter einer Bedingung«, sagt sie streng und setzt sich wieder.

»Sag schon.«

»Mein Klavier.«

»Was ist mit deinem Klavier?«

»Kann ich es mitbringen? Ohne Klavier kann ich keine Arrangements schreiben. Das Geklimper gehört einfach dazu.«

»Ich weiß, daß du das Geklimper brauchst. Von mir aus bring sechs Klaviere mit. Ein ganzes Geschwader. Sämtliche Klaviere der Welt.«

In dieser Nacht schlafen wir zum erstenmal miteinander. Am nächsten Morgen eile ich beschwingten Schritts nach Honeybrook und lasse die Handwerker kommen. Blicke ich ein einziges Mal zurück, halte ich ein und überlege, ob ich das Richtige getan habe? Ob ich einen zu hohen Preis bezahle für etwas, das ich auch leichter hätte haben können? Nein. Mein ganzes Leben lang habe ich mich versteckt und hin- und hergewunden und um Ecken gespäht. Von jetzt an, mit Emma als meiner heißgeliebten Schutzbefohlenen, sollen mein Denken und Handeln eins sein – und zum Beweis führe ich noch am selben Tag ein dringendes Telefonat mit Mr. Appleby in Wells, der mit exquisitem altem Schmuck und Möbeln handelt. Und gebe ihm den Auftrag, sich unverzüglich, Kosten spielen keine Rolle, auf die Suche nach dem entzückendsten und schönsten Stutzflügel zu machen, der je von Menschenhand gebaut wurde: etwas richtig Altes und Gediegenes, Mr. Appleby, und aus bestem Holz, ich denke an Satinholz; und wo wir schon mal dabei sind, haben Sie noch dieses wundervolle dreireihige Perlenkollier mit der Kameenspange, das ich vor nicht ganz vier Wochen in Ihrem Schaufenster gesehen habe?

Mr. Dass war zu schüchtern, darum zu bitten, daß man sich auszog. War man ein Mann, stand man in Strümpfen vor ihm, mit nacktem Oberkörper und baumelnden Hosenträgern, und hielt sich die Hose fest. Selbst wenn man auf dem Bauch lag und er einem das untere Ende des Rückgrats bearbeitete, entblößte er nur gerade so viel Fleisch, wie für seine Zwecke erforderlich war.

Und Mr. Dass redete. In seinem schmeichelnden orientalischen Singsang. Der Vertrauen einflößen und Vertraulichkeit vorbeugen sollte. Und gelegentlich, damit man nicht einnickte, stellte er Fragen, dabei hätte ich ihm heute in meiner neu erwachten Ruhelosigkeit am liebsten selbst welche gestellt: Haben Sie die beiden gesehen? – Ist sie hiergewesen? – Hat er sie hergebracht? Wann?

»Haben Sie Ihre Gymnastik gemacht, Timothy?«

»Gewissenhaft«, log ich mit schläfriger Stimme.

»Und wie geht es der Dame in Somerset?«

Hinter der Maske meiner Schläfrigkeit war ich hellwach. Er sprach, wie ich sofort erkannte, von einer Arztkollegin in Frome, die er mir empfohlen hatte, als ich nach Honeybrook umgezogen war. Aber ich zog eine andere Deutung vor.

»Ach, danke, sehr gut. Arbeitet zuviel. Dauernd auf Tournee. Aber gut. Sie haben sie in letzter Zeit wahrscheinlich öfter gesehen als ich. Wann war sie das letztemal hier?«

Er lachte bereits und erklärte das Mißverständnis. Ich lachte mit ihm. Meine Affäre mit Emma war weder Mr. Dass noch sonst jemandem ein Geheimnis. In den ersten Monaten meines neuen Lebens war es mir ein Vergnügen gewesen, jedem, der mir zuhörte, von ihr zu erzählen: von Emma, die bei mir eingezogen war, meiner großen Leidenschaft, meiner Schutzbefohlenen, ich hatte nichts zu verbergen.

»Sie ist nicht entfernt so gut wie Sie, Mr. Dass, das kann ich Ihnen versichern«, ging ich schließlich auf seine Frage ein; was ihn prompt entsetzlich verlegen machte.

»Also, Timothy, das kann aber gar nicht sein«, beteuerte er und drückte mir die glühendheißen Handflächen auf die Schultern. »Gehen Sie regelmäßig zu ihr? Hier und da mal ein Termin und dann sechs Monate gar nichts, das ist vollkommen zwecklos.«

»Versuchen Sie das mal Emma zu erklären«, sagte ich. »Sie hatte mir versprochen, Sie vorige Woche aufzusuchen. Ich wette, das hat sie nicht getan.«

Aber Mr. Dass ließ sich von meiner Bohrerei nicht aus seinem ausweichenden Schweigen locken. Ich versuchte ihn weiter auszuforschen, zu plump vermutlich, denn ich war viel zu nervös. Ist sie gestern hiergewesen? Heute? Wich er meinen Fragen aus, weil es ihm peinlich war, mir zu erzählen, daß sie mit Larry gekommen war? Wie auch immer, er ließ sich nicht aus der Reserve locken. Vielleicht hörte er die Spannung in meiner Stimme oder fühlte sie in meinem Körper. Mr. Dass war blind, und daher konnte man nie wissen, ob er mit seinem übersinnlichen Gehör und seinen sanft tastenden Fingern nicht doch irgendwelche verräterischen Botschaften empfing.

»Das nächstemal sind Sie hoffentlich etwas mehr bei der Sache, Timothy«, sagte er streng, als ich ihm die zwanzig Pfund in die Hand drückte.

Während er seine Geldkassette aufschloß, fiel mein Blick auf den Terminkalender der Sprechstundenhilfe neben dem Telefon. Mitgehen lassen, dachte ich. Schnapp ihn dir und geh. Dann kannst du selbst nachsehen, ob sie hier war, mit wem und wann. Aber ich hätte dem blinden Mr. Dass nichts stehlen können, auch nicht, wenn es um Emma ging, nicht einmal, wenn es um die Lösung der Welträtsel gegangen wäre.

Ich stand schwer atmend auf dem Bürgersteig vor der Praxis, der dicke Nebel brannte mir in Augen und Nase. Zehn Meter entfernt lauerte ein parkender Wagen unter dem kurzen Bogen einer Laterne. Meine Beobachter? Ich schritt auf das Auto zu, schlug mit den Händen aufs Dach und schrie: »Jemand da?« Der Nebel verschlang das Echo meiner Stimme. Ich stapfte zwanzig Schritt weiter und drehte mich blitzschnell um. Kein Schatten wagte sich mir zu nähern. Kein nahes Geräusch antwortete mir aus der grauen Nebelwand.

Mein Ziel hat sich geändert, erinnerte ich mich. Ich suche nicht mehr ängstlich nach Hinweisen, ob Larry tot oder lebendig ist. Ich suche nach ihnen beiden. Nach ihrer Verschwörung. Nach dem Grund, den sie dafür haben.

Ich hastete durch Lichtkegel, durch Nebenstraßen, unter stachlig überhängenden Bäumen entlang. Vermummte Flüchtlingsgestalten huschten an mir vorbei. Ich zog mir den Regenmantel über. In der Tasche fand ich eine flache Mütze und setzte sie auf. Ich habe meine Konturen verändert. Ich bin unsichtbar. Drei Hunde tappten in einem melancholischen Wachwechsel umeinander. Ich blieb wieder stehen, horchte ins Nichts. Ich ging ein Stück zurück. Meine Beobachter haben sich verzogen.

Auch noch nach zehn Jahren machte das Haus mir angst. Obwohl ich daraus geflohen war, ließ es mich nicht los. Hinter seinen grauen Mauern, die in die blaßviolette Halbtrauer von Glyzinien gehüllt waren, lagen die Reste meines Lebenstraums von Glück. Nachdem ich damals in eine bescheidene Wohnung weiter außerhalb gezogen war, hatte ich, um das Haus bloß nicht mehr zu sehen, auf dem Weg zur Firma jeden Umweg in Kauf genommen. Mußte ich doch einmal in seine Nähe, quälten mich Fantasien, daß man mich dort hineinschleppte und wieder hinter Schloß und Riegel setzte.

Aber nach einiger Zeit wich meine Beklommenheit einer verstohlenen Neugierde, und ich fühlte mich gegen meinen Willen von dem Haus angezogen. Oft verließ ich die U-Bahn eine Station früher und eilte durch Hampstead Heath, bloß um einen Blick in die beleuchteten Fenster zu werfen. Wie leben sie jetzt? Wovon, abgesehen von mir, reden sie? Wer war ich, als ich noch dort wohnte? Daß Diana nicht mehr bei der Firma arbeitete, wußte ich nur zu gut, denn sie hatte Merriman einen ihrer Briefe geschrieben.

»Ihre entzückende Exfrau beliebt uns für die Gestapo zu halten«, erklärt er wutschnaubend. »Ist verdammt grob geworden. Verfassungswidrig, unfähig, verantwortungslos: Das sind wir. *Wußten* Sie, daß Sie eine Schlange an Ihrem Busen genährt haben?«

»Typisch Diana. Zieht gern vom Leder.«

»Und was macht sie als nächstes? Vor aller Öffentlichkeit ihr Gewissen reinwaschen, nehme ich an. Im *Guardian* über uns herziehen. Haben Sie irgendwelchen Einfluß auf sie?«

»Sie vielleicht?«

Sie studiert jetzt Psychologie, habe ich gerüchteweise gehört. Sie ist Eheberaterin. Sie hat abgenommen. Sie nimmt Yogastunden in Kentish Town. Edgar hat einen wissenschaftlichen Verlag.

Ich klingelte. Sie machte sofort auf.

»Ich dachte, du wärst Sebastian«, sagte sie.

Es lag mir auf der Zunge, mich dafür zu entschuldigen, daß ich der Falsche war.

Wir saßen im Salon. Ich hatte vergessen, wie niedrig die Zimmer waren. Vielleicht war ich von Honeybrook verwöhnt. Sie trug Jeans und einen Pullover aus Cornwall, den sie während unseres Urlaubs in Padstow gekauft hatte. Verwaschen blau, stand ihr gut. Ihr Gesicht war sanfter, als ich in Erinnerung hatte, und breiter. Ihr Teint weicher. Die Augen nicht mehr so dunkel umrandet. Edgars Bücher reichten vom Boden bis zur Decke. Die meisten handelten von Dingen, von denen ich noch nie gehört hatte.

»Er ist zu einem Seminar in Ravenna«, sagte sie.

»So, ach ja. Großartig. Prima.« Es war mir nicht möglich, natürlich mit ihr zu reden. Ich war befangen. Schon immer gewesen. »Ravenna«, wiederholte ich.

»Gleich kommt ein Patient von mir, und ich lasse meine Patienten nicht warten«, sagte sie. »Was willst du?«

»Larry ist verschwunden. Man sucht ihn.«

»Man? Wer?«

»Alle. Die Firma, die Polizei. Getrennt voneinander. Die Polizei darf von seiner Verbindung zur Firma nichts erfahren.«

Ihr Gesicht wurde hart, und ich fürchtete, sie würde mir eine ihrer Predigten halten: daß wir alle immer offen zueinander sein sollten und Heimlichtuerei kein Symptom, sondern eine Krankheit sei.

»Warum?« fragte sie.

»Du meinst, warum die Polizei nichts davon erfahren darf, oder warum er verschwunden ist?«

»Beides.«

Wieso hat sie eine solche Macht über mich? Warum muß ich stottern und will sie beschwichtigen? Weil sie mich zu gut kennt? Oder weil sie mich nie gekannt hat?

»Er soll Geld gestohlen haben«, sagte ich. »In rauhen Mengen. Die Polizei hält mich für seinen Komplizen. Die Firma ebenfalls.«

»Aber das bist du nicht.«

»Natürlich nicht.«

»Und warum kommst du zu mir?«

Sie saß auf einer Sessellehne, den Rücken gerade, die Hände auf dem Schoß gefaltet, im Gesicht das freudlose Lächeln des professionellen Zuhörers. Auf der Anrichte standen Getränke, aber sie bot mir nichts an.

»Weil er dich gern hat. Du bist eine der wenigen Frauen, die er bewundert und mit denen er nicht geschlafen hat.«

»Bist du sicher?«

»Nein. Ich nehme es an. Außerdem hat er stets so von dir gesprochen.«

Sie lächelte überheblich. »Tatsächlich? Und das nimmst du ihm einfach so ab? Du bist ja sehr vertrauensselig, Tim. Sag bloß, du wirst im Alter noch weich.«

Fast wäre ich auf sie losgegangen. Und hätte ihr gesagt, daß ich schon immer weich gewesen sei und sie als einzige das nie bemerkt habe; und hätte am liebsten hinzugefügt, daß es mir vollkommen gleichgültig sei, ob sie mit Larry schlafe oder mit einem zweizehigen Faultier; und daß Larry einzig und allein deshalb ein bißchen Interesse an ihr bekundet habe, weil er an *mich* herankommen wollte. Zum Glück kam sie mir mit einer eigenen Spitze zuvor:

»Wer hat dich geschickt, Tim?«

»Niemand. Ich handle auf eigene Faust.«

»Wie bist du hergekommen?«

»Zu Fuß. Allein.«

»Ich stelle mir nur gerade vor, wie Jake Merriman unten im Auto auf dich wartet.«

»Tut er nicht. Wenn er wüßte, daß ich hier bin, würde er die Hunde auf mich hetzen. Ich bin praktisch selbst auf der Flucht.« Es läutete an der Tür. »Diana. Wenn du irgend etwas über ihn weißt – wenn er sich gemeldet hat – telefonisch, schriftlich, persönlich –, wenn du weißt, wo ich ihn erwischen kann, sag es mir, bitte. Ich bin verzweifelt.«

»Das ist Sebastian«, sagte sie und ging in den Flur.

Ich hörte Stimmen, dann jugendliche Schritte, die die Kellertreppe hinuntergingen. In einem Anfall anachronistischer Entrüstung begriff ich, daß sie mein altes Arbeitszimmer requiriert und zu ihrem Sprechzimmer gemacht haben mußte. Sie kehrte zu ihrem Sessel zurück und nahm genau wie zuvor auf der Lehne Platz. Ihr Gesicht war so entschlossen, daß ich dachte, sie würde mich zum Gehen auffordern. Bis mir klar wurde, daß sie einen Entschluß gefaßt hatte und ihn mir jetzt mitteilen würde.

»Er hat gefunden, was er gesucht hat. Mehr weiß ich nicht.«

»Und was hat er gesucht?«

»Das hat er nicht gesagt. Und wenn er es gesagt hätte, würde ich es dir wahrscheinlich nicht verraten. Stell kein Verhör mit mir an, Tim, nicht mit mir. Du hast mich sieben Jahre lang in die Firma geschleppt, und das war schlimm genug. Ich will von eurer Moral nichts wissen, und eure Pflichten gehen mich nichts an.«

»Das ist kein Verhör, Diana. Ich stelle dir eine Frage: Was hat er gesucht?«

»Den perfekten Ton. Das war immer sein Traum, hat er gesagt. Einen perfekten Ton zu spielen. Er hat sich immer sehr anschaulich ausgedrückt. Hat mich angerufen. Er habe ihn gefunden. Den Ton.«

»Wann?«

»Vor einem Monat. Ich hatte den Eindruck, er breche irgendwohin auf und wolle sich verabschieden.«

»Hat er gesagt, wohin?«

»Nein.«

»Hat er etwas *angedeutet*?«

»Nein.«

»Ins Ausland? Nach Rußland vielleicht? War es was Aufregendes? Was Neues?«

»Er hat keinerlei Andeutung gemacht. Er war ziemlich sentimental.«

»Du meinst betrunken?«

»Ich meine sentimental, Tim. Du hast Larrys schlimmste Seiten geweckt, aber das bedeutet noch lange nicht, daß du irgendwelche Besitzrechte an ihm hast. Er war sentimental, es war spätabends, und Edgar war hier. ›Diana, ich liebe dich, ich hab's gefunden. Ich habe den perfekten Ton gefunden.‹ Er hatte sein Gleichgewicht wiedererlangt. Er war mit sich im reinen. Das wollte er mir mitteilen. Ich habe ihm gratuliert.«

»Hat er dir ihren Namen genannt?«

»Nein, Tim, er hat nicht von einer Frau gesprochen. Larry ist erwachsen genug, er weiß, daß wir nicht die Antwort auf alles sind. Er hat von Selbstfindung gesprochen, von Selbstverwirklichung. Es wird Zeit, daß du lernst, ohne ihn zu leben.«

Ich hatte nicht damit gerechnet, sie anzuschreien, und mir bis jetzt große Mühe gegeben, es zu vermeiden. Aber da sie sich zur Hohepriesterin der Selbstdarstellung ernannt hatte, glaubte ich keinen Grund zu haben, mich zurückzuhalten. »Es ist mein größter Wunsch, ohne ihn zu leben, Diana! Ich würde mein gesamtes Vermögen hergeben, um Larry und seine verdammten Machenschaften für den Rest meiner Erdentage loszuwerden. Aber leider sind wir unlösbar aneinandergekettet, und deshalb muß ich ihn finden, zu meiner eigenen Rettung und wahrscheinlich auch zu seiner.«

Sie lächelte jetzt den Boden an, was sie vermutlich immer tat, wenn Patienten sie anbrüllten. Ihre Stimme wurde ganz besonders milde.

»Und was macht Emma?« erkundigte sie sich. »Immer noch so jung und schön?«

»Ja, danke, alles bestens. Warum fragst du? Hat er auch von ihr gesprochen?«

»Nein. Aber du auch nicht. Das hat mich gewundert.«

Ich ging bergauf. Wenn man in Hampstead bergauf geht, ist man ein Forscher, und wenn man bergab geht, steigt man in die Hölle zurück. Dünnere Luft, dichterer Nebel, Backsteinhäuser und georgianische Fassaden. Ich ging in einen Pub, trank einen großen Scotch und noch einen, dann noch einige und dachte an den Abend, als ich mit dem schwarzen Licht im Kopf nach Honeybrook gekommen war. Falls in dem Pub Leute waren, sah ich sie nicht. Ich zog wieder los und fühlte mich nicht anders als vorher.

Ich bog in eine Nebenstraße. Auf einer Seite eine hohe Backsteinmauer. Auf der anderen ein Eisengitter wie aus Speeren. Am hinteren Ende eine aus hellem Holz gebaute Kirche, der Turm vom Nebel geköpft.

Ich fing an zu fluchen.

Ich verfluchte das englische Joch, das mich mein Leben lang eingeschränkt und vorwärtsgedrängt hatte.

Ich verfluchte Diana, weil sie mir die Kindheit gestohlen und mich dabei verachtet hatte.

Ich erinnerte mich an all das quälende Hin und Her auf der Suche nach Gemeinschaft, die gescheiterten Affären, die ewigen Rückfälle in die Einsamkeit.

Und nachdem ich das England verflucht hatte, dessen Geschöpf ich war, verfluchte ich die Firma als seine heimliche Brustätte, und Emma, weil sie mich aus meiner behaglichen Gefangenschaft gelockt hatte.

Und dann verfluchte ich Larry, weil er in das hohle Vakuum dessen geleuchtet hatte, was er meinen dummen rechtwinkligen Kopf zu nennen pflegte, und mich über die Grenzen meiner kostbaren Selbstbeherrschung geschleift hatte.

Vor allem aber verfluchte ich mich selbst.

Plötzlich wollte ich nur noch schlafen. Mein Kopf war so schwer, daß ich ihn nicht mehr tragen konnte. Die Beine wollten mir versagen. Ich überlegte schon, ob ich mich auf den Bürgersteig legen sollte, als zum Glück ein Taxi auftauchte; und so fuhr ich zu meinem Club zurück, wo Charlie, der Portier, mir eine telefonische Nachricht überreichte. Sie war von Kriminalinspektor Bryant, der mich bat, ich möge so freundlich sein und so bald wie möglich die folgende Nummer anrufen.

Im Club schläft man nicht. Man riecht Männerschweiß und Kohlgeruch, man lauscht dem Schniefen der anderen Insassen, man erinnert sich an die Schulzeit.

Es ist der Abend nach dem Sechser-Spiel, dem jährlichen Fest des Winchester-Fußballs; dieses Spiel ist so geheimnisvoll, daß nicht einmal erfahrene Spieler sämtliche Regeln kennen dürften. Unser Haus hat gewonnen. Um es unbescheiden auszudrücken: Ich habe gewonnen, denn niemand anders als Cranmer, Mannschaftskapitän und Held des Spiels, hat den außerordentlich wilden Sturm angeführt. Jetzt feiern die siegreichen Sechs traditionsgemäß mit Speis und Trank in der Bibliothek, während die Neuen auf dem Tisch stehen und sie mit Gesang und anderen Kunststücken unterhalten müssen. Manche der Neuen singen schlecht, und man wirft mit Büchern nach ihnen, um ihre Stimmen zu verbessern. Andere singen zu gut und werden durch hämische Zwischenrufe und Brotgeschosse auf den Boden der Tatsachen zurückgeholt. Und ein Neuer will überhaupt nicht singen und wird zu gegebener Zeit Schläge erhalten; und das ist Pettifer.

»Warum hast du nicht gesungen?« frage ich ihn, als er sich später an diesem Abend über den Tisch beugt.

»Das verstößt gegen meine Religion. Ich bin Jude.«

»Nein, bist du nicht. Dein Vater ist bei der Kirche.«

»Ich bin konvertiert.«

»Ich gebe dir eine Chance«, sage ich freundlich. »Was ist der Grundgedanke beim Winchester-Fußball?« Es ist die leichteste Frage aus dem gesamten Schuljargon, die mir einfällt, ein Geschenk.

»Juden quälen«, antwortet er.

Und da bleibt mir nichts anderes übrig, als ihn zu schlagen; dabei hätte er nur zu sagen brauchen: Unser Spiel.

8

Das Fenster war zu klein, um hinauszuspringen, und zu hoch, um etwas zu sehen, es sei denn, man hatte Lust auf orangefarbene Kranspitzen und die regenschweren Wolkenbänke von Bristol. Die drei Stühle waren wie der Tisch mit Bolzen am Boden befestigt. Ein Spiegel, vermutlich von der anderen Seite aus durchsichtig, war in die Wand geschraubt. Die Luft verbraucht, es roch nach abgestandenem Bier. Ein welliges Plakat, das mich auf meine Rechte hinwies, zitterte vom Straßenverkehr fünf Stockwerke weiter unten.

Bryant saß an einem Tischende, ich am anderen, zwischen uns Luck in Hemdsärmeln. Ich fragte mich, wo er seine Jacke hatte. Rechts von ihm stand auf dem Boden eine offene Aktentasche aus braunem Lederimitat. In ihren Fächern erspähte ich vier rechtwinklige Päckchen verschiedener Größe, jedes in schwarzes Plastik gewickelt und etikettiert. Auf den Etiketten standen in rotem Filzstift Abkürzungen, zum Beispiel »LP Beweis«, was ich als Beweisstück 27 im Fall Lawrence Pettifer deutete. Es entsprach irgendwie meiner abgespannten Verfassung, daß ich mir um Beweisstück 27 weniger Sorgen machte als um die anderen sechsundzwanzig. Und wenn es siebenundzwanzig gab, warum waren dann nur vier davon in der Aktentasche?

Es gab keine Einleitung. Niemand bat um Entschuldigung, daß man mich an einem Sonntagnachmittag nach Bristol geholt hatte. Bryant hatte einen Ellbogen auf dem Tisch und stützte das Kinn in die geballte Faust wie ein Mann, der sich den Bart festhält. Luck zog einen ramponierten Kassettenrecorder aus der Aktentasche und knallte ihn auf den Tisch.

»Was dagegen?«

Ohne abzuwarten, ob ich was dagegen hatte oder nicht, drückte er auf den Startknopf, schnipste dreimal mit den

Fingern, drückte auf Stop und spulte zurück. Dann hörten wir Luck dreimal mit den Fingern schnipsen. Bei unserer letzten Begegnung hatte er noch keinen Rasurbrand im Gesicht gehabt und auch nicht diese Säcke unter den kleinen Augen.

»Besitzt Ihr Freund Dr. Pettifer ein *Auto,* Mr. Cranmer?« fragte er grämlich. Und deutete mit dem langen Schädel in Richtung Rekorder: Sprich mit dem Ding da, nicht mit mir.

»In London hatte Pettifer einen ganzen Fuhrpark«, antwortete ich. »Der aber größtenteils anderen Leuten gehörte.«

»Namen?«

»Nie danach gefragt. Ich hatte keinen Umgang mit seinen Bekannten.«

»Und wie war das in Bath?«

»Keine Ahnung, welche Vorkehrungen er in Bath zu seiner Fortbewegung getroffen hat.«

Ich war teilnahmslos und sachlich. Ich war viel älter als vor einer Woche.

»Wann haben Sie ihn das letztemal in einem Auto gesehen?« fragte Luck.

»Daran kann ich mich beim besten Willen nicht erinnern.«

Bryant hatte einen neuen Ausdruck einstudiert. So etwas wie ein siegessicheres Lächeln. »Wir können Ihrem Gedächtnis gerne nachhelfen, wenn Sie wollen, Mr. Cranmer, Sir. Stimmt doch, Oliver?«

»Ich dachte, Sie hätten mich hierherbestellt, damit ich irgendwelche Gegenstände identifiziere«, sagte ich.

»Richtig«, bestätigte Bryant.

»Also wenn es hier um sein Auto gehen soll, werde ich Ihnen leider wohl kaum helfen können.«

»Haben Sie ihn mal in einem grünen oder schwarzen Toyota gesehen, Baujahr circa 1990?« fragte Luck.

»Mit japanischen Autos kenne ich mich nicht aus.«

»Mr. Cranmer-Sir kennt sich in gar nichts aus«, teilte Bryant Luck mit. »Ein völlig ungebildeter Typ, Kollege. Das erkennt man schon an all den dicken ausländischen Büchern, die er in seiner Villa stehen hat.«

Luck nahm ein abgegriffenes Polizeihandbuch mit Strichzeichnungen von Autos aus der Aktentasche und gab es mir. Beim Durchblättern sah ich die Umrisse eines blauen 89er Toyota Carina mit schwarzen Leisten, genau wie der, mit dem Larry bei seinem definitv letzten Sonntagsbesuch in Honeybrook aufgetaucht war. Luck hatte den Wagen auch bemerkt.

»Was ist mit dem da?« wollte er wissen und hielt die Seite mit seinem knochigen Finger fest.

»Kommt mir leider ganz unbekannt vor.«

»Das heißt: nein?«

»Das heißt: Ich erinnere mich nicht, ihn in einem solchen Wagen gesehen zu haben.«

»Und warum *erinnert* sich dann Mr. Guppy, Ihr Briefträger, daß er an einem sehr heißen Sonntag, vermutlich im Juli, beim Verlassen der Dorfkirche gesehen hat, wie ein schwarzer oder grüner Toyota, auf dessen Fahrer Pettifers Beschreibung zutrifft, in Ihre Einfahrt eingebogen ist?«

Daß sie John Guppy befragt hatten, fand ich geradezu widerwärtig. »Ich habe keine Ahnung, warum er sich an so etwas erinnert oder nicht erinnert. Da aber der Zugang zu meiner Einfahrt von der Kirche aus gar nicht zu sehen ist, möchte ich seine Aussage eher bezweifeln.«

»Der Toyota ist in Richtung *Ihres* Hauses an der Kirche vorbeigefahren«, gab Luck zurück. »Er ist in dem toten Winkel unterhalb der Kirchhofmauer verschwunden und *nicht* mehr auf der anderen Seite aufgetaucht. Einzige Erklärung: Er ist in *Ihre* Einfahrt eingebogen.«

»Vielleicht hat Mr. Guppy nicht mitbekommen, daß der Wagen wieder aufgetaucht ist«, erwiderte ich. »Oder der Wagen hat kurz vorher angehalten.«

Von Bryant beobachtet, stöberte Luck erneut in seiner Aktentasche, zog eins der Päckchen heraus und und entnahm diesem ein in Plastik eingebundenes Kontobuch von Larrys Londoner Bank. Der Anblick war mir so vertraut, daß ich beinahe gelächelt hätte. Ich hatte zu meiner Zeit wohl Hunderte davon durchgesehen, immer dem Rätsel auf der Spur, was mit Larrys Geld passiert war, wem er es gegeben hatte, welche Schecks er einzuzahlen vergessen hatte.

»Hat Pettifer Ihnen zufällig irgendwann einmal *Bargeld* geschenkt?« fragte Luck.

»Nein, Mr. Luck, Dr. Pettifer hat mir niemals Geld gegeben.«

»Und Sie? Haben Sie ihm welches gegeben?«

»Ich habe ihm gelegentlich kleinere Beträge geliehen.«

»Wie klein?«

»Zwanzig hier. Fünfzig da.«

»Das nennen Sie klein?«

»Ich weiß, mit diesem Geld könnte man viele hungernde Kinder sättigen. Larry ist nicht lange damit ausgekommen.«

»Gedenken Sie in irgendeiner Weise von Ihrer Behauptung abzugehen, Sie und Pettifer hätten niemals irgendwelche geschäftlichen Beziehungen miteinander gehabt?«

»Das ist die Wahrheit. Deshalb gedenke ich nicht davon abzugehen.«

»Seite acht«, sagte er und warf mir das Kontobuch hin.

Ich schlug Seite acht auf. Kontobewegungen vom September 1993, dem Monat, in dem die Firma ihm seine schwerverdiente Gratifikation ausgezahlt hatte: einhundertfünfzigtausend Pfund, überwiesen von Mills & Highborn, Vermögensverwaltung, in St. Hellier auf Jersey, womit eine Überziehung in Höhe von £ 3728 mehr als ausgeglichen war.

»Haben Sie *irgendeine* Vorstellung«, fragte Luck, »woher, wie oder warum Dr. Pettifer im September 1993 einhundertfünfzigtausend Pfund bezogen hat?«

»Nein. Warum fragen Sie nicht die Leute, die die Zahlung angewiesen haben?«

Mein Vorschlag brachte ihn in Rage. »Ich bitte Sie, Mills & Highborn ist eine altmodische, erstklassige Vater-und-Sohn Anwaltskanzlei auf den Kanalinseln. Man spricht dort *nicht* gern mit Polizisten und ist *nicht* bereit, ohne eine auf den Inseln rechtswirksame richterliche Verfügung Informationen über Kunden herauszugeben. *Allerdings* –«

Bryant plusterte sich auf, er stützte die Unterarme auf den Tisch und ging in Kampfstellung.

»*Allerdings*«, wiederholte Luck, »haben meine Ermittlungen *ergeben*, daß Pettifer von derselben Vermögensverwaltung ein jährliches *Gehalt* ausgezahlt wurde, offenbar auf Anweisung gewisser ausländischer *Verlags*- und *Film*gesellschaften mit Sitz in so komischen Ländern wie der Schweiz. Überrascht Sie das nicht?«

»Wüßte nicht, warum.«

»Weil die sogenannten Gehaltszahlungen ein Schwindel waren, darum. Pettifer hat nie für solche Gesellschaften gearbeitet. Ausländische Honorarzahlungen für Bücher, die er nie *geschrieben* hat. Vorschüsse, für die er keine *Leistung* erbracht hat. Die ganze Konstruktion war von Anfang bis Ende ein fauler Zauber, und nicht einmal besonders gut gemacht, falls Sie meine Meinung interessiert. Sie haben nicht zufällig irgendeine *Theorie*, nehme ich an, Mr. Cranmer, wer da zugunsten des Doktors einen solchen Aufwand betrieben haben könnte?«

Ich hatte keine Theorie und sagte das auch unverblümt. Und mußte ihm innerlich entsetzt recht geben: Die vielgepriesenen Verschleierungsmaßnahmen der Oberen Etage bei der Auszahlung von Larrys Judaslohn ließen sich, wie ich immer geargwöhnt hatte, von einem einzigen fanatischen Polizisten mit Hilfe eines Computers in wenigen Tagen auseinandernehmen.

»Etwas an dieser Kanzlei Mills & Highborn kommt mir besonders komisch vor. Wenn Sie gestatten, erkläre ich es Ihnen«, fuhr Luck mit dröhnendem Sarkasmus fort. »Eine ihrer Nebenaktivitäten – soweit wir das aus gewissen Quellen ermitteln konnten – besteht darin, inoffizielle Zahlungen im Namen der Regierung Ihrer Majestät abzuwickeln.« Meine Welt geriet ins Wanken. »Soll heißen: von unserem *Finanzministerium* bedeutende Geldbeträge zu empfangen und anderweitig wieder auszuzahlen« – bei dem Wort *Finanzministerium* reckte er mir das Kinn entgegen – »zum Beispiel in Form von Bestechungsgeldern für ausländische Potentaten, zum Beispiel in Form von Schmiergeldern für

Rüstungsaufträge und andere sogenannte Grauzonen der Staatsausgaben. Von so etwas haben Sie natürlich keine Ahnung, stimmt's? Mr. Bryant und ich sind völlig hingerissen über den Zufall, daß erstens Sie fürs Finanzministerium gearbeitet haben und zweitens Gelder der britischen Regierung an Pettifers Wohltäter auf den Kanalinseln weitergeleitet wurden.«

In meinen schlimmsten Alpträumen war mir nicht in den Sinn gekommen, daß die Gehaltsabteilung so haarsträubend dumm gewesen sein könnte, Larrys Waschsalon auch für andere, nicht damit zusammenhängende verdeckte Operationen zu benutzen, womit das Risiko, Larry und alle anderen auf der Gehaltsliste zu kompromittieren, ins Unermeßliche gesteigert wurde.

»Ich komme da leider nicht mehr mit«, sagte ich.

»Vielleicht erzählen Sie uns dann einmal, wo Sie noch mitkommen«, fuhr Bryant grob dazwischen. »Sie, ein hochrangiger Mitarbeiter des Finanzministeriums – was so ziemlich alles ist, was wir über Sie wissen dürfen.«

»Ich habe keine Ahnung, was Sie damit sagen wollen.«

»Sagen wollen? Ich? Nicht doch, gar nichts, Mr. Cranmer, Sir. Das stünde einem wie mir nicht zu. Höchst kompliziert, das Ganze, Schmiergelder der Regierung, wie ich höre. Also, das kann ich ja verstehen. Immerhin, wenn ich irgendeinem arabischen Gauner ein paar Millionen rüberschiebe, damit er mir hilft, meine schrottreifen Kampfflugzeuge zu verscherbeln – warum sollte ich dann nicht zur Belohnung, daß ich ein englischer Gentleman bin, für mich selbst auch ein paar Scheinchen abzweigen? Oder besser noch, für meinen Komplizen?«

»Das ist eine skandalöse und absolut unzutreffende Unterstellung.«

»Seite drei«, sagte Luck.

»Merken Sie was?« fragte Luck.

Allerdings. Auf Seite dreizehn von Larrys Sparbuch ging es um den Juli 1994. Bis zum Einundzwanzigsten dieses Monats hatte Larry über hundertvierzigtausend Pfund auf dem Konto gehabt. Am Zweiundzwanzigsten hatte er hundertachtunddreißgtausend Pfund abgehoben, ihm blieb noch ein Haben von £ 2176.

»Was sagen Sie dazu?«

»Nichts. Wahrscheinlich hat er ein Haus gekauft.«

»Falsch.«

»Dann hat er's investiert. Was geht mich das an?«

»Am zweiundzwanzigsten Juli hat Dr. Pettifer, nachdem er zwei Tage zuvor den Direktor telefonisch von seiner Absicht in Kenntnis gesetzt hatte, den *gesamten* Betrag von einhundertachtunddreißigtausend Pfund in *bar* bei seiner Bank abgehoben, in braunen Umschlägen mit Zwanzig-Pfund-Noten. Fünfziger wollte er nicht. Da er keine *Tasche* mitgebracht hatte, mußte der Mann am Schalter bei den Angestellten herumfragen und sich von einem der Mädchen eine *Plastik*tüte geben lassen, in der die Umschläge verstaut werden konnten. Am nächsten Tag gab Pettifer seiner Vermieterin tausend Pfund in bar und beglich vier ausstehende Rechnungen, unter anderem seine Weinrechnung. Was er mit dem restlichen Bargeld angefangen hat – insgesamt exakt einhundertdreißigtausend Pfund –, ist bis heute *unbekannt.*«

Warum? dachte ich benommen. Was für eine Logik steckt dahinter, daß jemand, der die russische Botschaft um siebenunddreißig Millionen betrügt, sein eigenes Konto komplett um hundertdreißigtausend plündert? Für wen? Wozu?

»Es sei denn, natürlich, er hat es *Ihnen* gegeben, Mr. Cranmer«, meinte Bryant vom Kopfende des Tischs.

»Oder es hat von Anfang an Ihnen gehört«, behauptete Luck.

»Natürlich illegal«, sagte Bryant. »Aber es geht hier ja auch nicht um legale Geschäfte, oder? Sondern um Betrug. Sie haben das Geld mit irgendwelchen Tricks abgezweigt. Pettifer hat es aufbewahrt. Er war ihr Strohmann. Ihr Komplize. Richtig?«

Da ich ihn keiner Antwort würdigte, fuhr er in seinem Ton gequälter Allwissenheit fort.

»Sie haben eine Schwäche für Geld, stimmt's, Mr. Cranmer, Sir? Elstern nenne ich solche Typen. Sie haben eine ganze Menge, wollen aber immer noch mehr. Ist es nicht so? Sie hocken, ich rede von früher, tagein, tagaus im Finanzministerium. Sie sehen riesige Geldbeträge in alle möglichen Richtungen wandern, und manche nicht gerade für gute Zwecke, möchte ich behaupten. Und da sagen Sie sich: ›Na, Timothy, wäre ein bißchen davon bei mir nicht besser aufgehoben als bei denen?‹ Sie zweigen ein wenig ab. Keiner merkt etwas davon. Also zweigen Sie noch ein wenig ab. Ein wenig mehr. Immer noch merkt keiner was. Und als guter Geschäftsmann expandieren Sie. Stillstand können wir uns nicht leisten, heutzutage schon gar nicht. Niemand kann sich das leisten. Das liegt nicht in der menschlichen Natur. Jedenfalls nicht mehr seit Mrs. Thatcher. Und eines Tages ergibt sich die Gelegenheit, sagen wir, in einen gewissen ausländischen Markt einzudringen. Einen Markt, dessen Sprache Sie beherrschen und auf dem Sie sich auskennen. Rußland zum Beispiel. Also ziehen Sie die große Nummer ab. Sie und der Doktor und ein gewisser ausländischer Ehrenmann aus seinem Bekanntenkreis, der sich Professor nennt. Allesamt Experten auf ihrem Gebiet. Aber Mr. Cranmer-Sir ist der Drahtzieher. Der starke Mann. Er hat Format. Nerven. Eine hohe Stellung. Na, wird's allmählich wärmer, Sir? Uns können Sie's doch verraten. Wir sind ja nur kleine Leute, stimmt's, Oliver?«

Wenn einem ungeheuerliche Dinge vorgeworfen werden, klingt nichts so flau wie die Wahrheit. Ich hatte mein Leben der Aufgabe gewidmet, mein Land vor Plünderern zu schützen. Jetzt wurde ich selbst als Plünderer bezeichnet. Ich hatte niemals auch nur einen einzigen Penny unterschlagen, der mir anvertraut war. Jetzt beschuldigte man mich, ich hätte riesige Beträge auf die Kanalinseln geleitet und über meinen ehemaligen Agenten an mich selbst ausgezahlt. Doch als ich mich meine Unschuld beteuern hörte, klang das wie bei jedem anderen Schuldigen. Meine Stimme versagte und wurde viel zu laut, meine Gewandtheit ließ mich im Stich, ich kam mir selbst ebenso wenig überzeugend vor wie meinen Anklägern. *Na ja, so geht's nun mal,* hörte ich Merriman sagen: *Wir werden bestraft für Verbrechen, die wir nie begangen haben, aber dafür kommen wir anderswo mit schwerem Diebstahl durch.*

»Wir denken bloß laut, Mr. Cranmer, Sir«, erklärte Bryant mit plumper Liebenswürdigkeit, nachdem sie mich hatten ausreden lassen. »Es wird keine *Anklage* erhoben, nicht in diesem Stadium. Es geht uns um Zusammenarbeit, wir wollen keinem ans Leder. Sie sagen uns, wo wir finden, was *wir* suchen; *wir* schaffen es wieder dahin, wo es herkam; alle gehen nach Hause und trinken ein schönes Glas Honeybrook-Wein. Haben wir uns verstanden?«

»Nein.«

Nun entspann sich ein wirres Intermezzo, als Luck mir frühere Kontobücher vorlegte, die sich nur in den Größenordnungen von dem ersten unterschieden. Das Muster war deutlich. Jedesmal, wenn Larry einiges Geld auf dem Konto hatte, ließ er es sich in bar auszahlen. Was er damit anstellte, blieb ein Rätsel. Dann war da eine noch gültige Monatskarte für die Strecke zwischen Bath und Bristol, Preis einundsiebzig Pfund. Angeblich hatten sie sie in einer Schublade des Pults in seinem Vorlesungsraum gefunden. Nein, sagte ich, ich könne mir nicht denken, warum es Larry so oft nach Bristol gezogen habe. Vielleicht wegen der Theater und Bibliotheken oder irgendwelcher Frauen. Einen glücklichen Moment lang schien Luck beruhigt. Er saß da mit offenem Mund, wie außer Atem, die Schultern hoben und senkten sich in seinem verschwitzten Hemd.

»Hat Dr. Pettifer Ihnen jemals etwas *gestohlen*?« fragte er mit jener hartnäckigen Verdrossenheit, die ihn zu einem so unangenehmen Gesprächspartner machte.

»Natürlich nicht.«

»Das ist aber seltsam. In anderen Dingen haben Sie keine sehr hohe Meinung von ihm. Warum sind Sie so sicher, daß er Sie nicht bestehlen würde?«

Die Frage war ein Trick, ein Vorspiel zu irgendeiner neuen Attacke. Aber da ich nicht wußte, worauf er damit abzielte, blieb mir nichts anderes übrig, als ihm geradeheraus zu antworten.

»Dr. Pettifer mag ja alles mögliche sein, aber für einen Dieb halte ich ihn nicht«, sagte ich und hatte noch nicht ausgesprochen, als Bryant mich plötzlich anbrüllte. Ich dachte zuerst, das sei Taktik, um mich aus meiner Versunkenheit zu reißen. Dann sah ich, daß er mit einem gefütterten Umschlag über seinem Kopf herumwedelte.

»Und für was halten Sie dann das hier, Mr. Cranmer, Sir?«

Ich hörte es, noch ehe ich es sah: Es war Emmas antiker Schmuck, der klappernd vor mir auf den Tisch flog, Stück für Stück, alles, was ich ihr seit meinem ersten schüchternen Geschenk, einem Paar viktorianischer Jett-Ohrringe, gekauft hatte: das dreireihige Perlenkollier, die Intaglio-Kette, der Smaragdring, der Granatanhänger und die mit Gold unterlegte Kamee, die eine Darstellung von Emma hätte sein können – alles wurde von dem barbarischen Kriminalinspektor Bryant wie eine Handvoll Dreck vor mich hingeworfen.

Ich stand jetzt. Der Schmuck lag auf dem Tisch wie eine Spur, und die Spur endete bei mir. Ich muß aufgesprungen sein, denn Luck stand jetzt auch und versperrte mir den Weg zur Tür. Ich nahm die Intaglio-Kette und ließ sie besorgt durch die Finger laufen, als wollte ich mich vergewissern, daß sie nicht beschädigt war, berührte aber in Gedanken nur Emma. Ich drehte ihre Kamee um, dann ihre Brosche, ihren Anhänger, schließlich den Ring. Alle möglichen Schlagworte der Firma gingen mir durch den Kopf: Junktim ... Streuverluste ... vernetztes Denken. Du darfst Emma und Larry nicht zusammenbringen, schärfte ich mir ein. *Was auch immer sie tun oder dir androhen: Emma hat mit Larry nichts zu tun.*

Ich setzte mich.

»Sind uns irgendwelche dieser Gegenstände vielleicht zufällig bekannt, Mr. Cranmer, Sir?« fragte Bryant freundlich wie ein Zauberer, der einen raffinierten Trick vorgeführt hat.

»Natürlich. Ich habe sie selbst gekauft.«

»Wo, Sir?«

»Bei Appleby in Wells. Wie sind Sie an die Sachen gekommen?«

»Zu welchem Zeitpunkt genau, wenn ich fragen darf, haben Sie die Sachen bei Appleby in Wells erworben? Wir wissen ja daß Sie mit Daten im allgemeinen ein wenig Probleme haben, aber –«

Weiter kam er nicht. Ich hatte mit der Faust so heftig auf den Tisch geschlagen, daß der Schmuck hochsprang und der Kassettenrecorder einen Salto mit anschließender Bauchlandung machte.

»Dieser Schmuck gehört Emma. Sagen Sie mir, wo sie ihn herhaben. Und lassen Sie Ihre höhnischen Bemerkungen!«

Es kommt selten vor, daß Gefühle und operative Erfordernisse sich decken, aber diesmal war es so. Bryants Lächeln war verschwunden, und er sah mich berechnend an. Vielleicht dachte er, ich sei im Austausch gegen Emma zu einem Geständnis bereit. Luck saß aufrecht da und streckte den langen Schädel in meine Richtung.

»Emma?« wiederholte Bryant nachdenklich. »Eine *Emma* kennen wir nicht, nicht daß ich wüßte, oder, Oliver? Wer soll denn diese Emma sein, Sir? Könnten Sie uns darüber vielleicht aufklären?«

»Sie wissen ganz genau, wer sie ist. Das ganze Dorf weiß es. Emma Manzini ist meine Lebensgefährtin. Sie ist Musikerin. Der Schmuck gehört ihr. Ich habe die Sachen für sie gekauft und ihr geschenkt.«

»Wann?«

»Was spielt das für eine Rolle? Im Lauf des letzten Jahres. Zu besonderen Anlässen.«

»Sie ist wohl Ausländerin?«

»Ihr Vater war Italiener, er ist tot. Sie ist gebürtige Britin und in England aufgewachsen. Wo haben Sie das her?« Ich verfiel auf eine wehmütige Fiktion. »Ich bin praktisch mit ihr verheiratet, Inspektor! Sagen Sie mir, was das soll.«

Bryant hatte eine Hornbrille aufgesetzt. Ich weiß nicht, warum sie mich so erschreckt hat, aber es war so. Die Brille schien seinen Augen den letzten Rest von Menschenfreundlichkeit zu nehmen. Sein mottenzerfressener

Schnurrbart hatte sich zu einem wütenden Grinsen nach unten gebogen.

»Und steht Miss Manzini in irgendeinem freundschaftlichen Verhältnis zu Dr. Pettifer, Mr. Cranmer, Sir?«

»Die beiden kennen sich. Was spielt das für eine Rolle? Sagen Sie mir endlich, wo sie ihren Schmuck herhaben!«

»Machen Sie sich auf einen Schock gefaßt, Mr. Cranmer, Sir. Wir haben den Schmuck Ihrer Emma von Mr. Edward Appleby am Marktplatz in Wells erhalten, von eben dem Gentleman, der Ihnen besagte Schätze ursprünglich verkauft hat. Er hat versucht Sie anzurufen, aber irgendwas hat mit Ihrem Telefon nicht gestimmt. Da er fürchtete, die Angelegenheit könnte dringend sein, hat er sich an die Polizei in Bath gewandt, die aber gerade ein wenig unterbesetzt war und nichts weiter unternommen hat.« Er hatte die Rolle des Geschichtenerzählers übernommen. »Mr. Appleby macht seine Runde in Hatton Garden, besucht befreundete Juweliere, Sie verstehen schon, das ist so seine Art. Diese Leute wissen natürlich, daß Mr. Appleby auf antiken Schmuck spezialisiert ist, und plötzlich bietet ihm einer Miss Manzinis Halskette an – so was Italienisches, wie heißt das noch? Das da links von Ihnen.«

»Intaglio.«

»Vielen Dank. Und nach diesem Intalljo bietet er Mr. Appleby auch den ganzen anderen Krempel an. Alles, was Sie hier vor sich sehen. Ist das alles, was Sie Miss Manzini gekauft haben, Sir – die komplette Sammlung?«

»Ja.«

»Und da die Händler sich untereinander alle kennen, fragt ihn Mr. Appleby, wo er das Zeug herhat. Die Antwort lautet: von einem Dr. Pettifer aus Bath. Zweiundzwanzigtausend Pfund hat der Doktor für seinen Schmuck bekommen. Hat erzählt, es seien Familienerbstücke. Habe er von seiner alten Mutter geerbt, die nun leider verstorben sei. Ist doch ein guter Preis für die Sachen, oder – zweiundzwanzigtausend Pfund?«

»Höchstens der Großhandelspreis«, hörte ich mich sagen. »Der Schmuck war mit fünfunddreißig versichert.«

»Von Ihnen?«

»Als Eigentümerin des Schmucks ist Miss Manzini eingetragen. Ich zahle die Prämien.«

»Ist der Verlust der Schmuckstücke bei der Versicherung gemeldet und ein Antrag auf Entschädigung gestellt worden?«

»Niemand wußte, daß sie verschwunden waren.«

»Sie wußten es nicht, wollen Sie sagen. Hätten der Doktor oder Miss Manzini in Ihrem Namen einen solchen Antrag stellen können?«

»Ich wüßte nicht, wie. Fragen Sie die Versicherung.«

»Vielen Dank, Sir, das werde ich«, sagte Bryant und schrieb den Namen und die Adresse aus meinem Notizbuch ab. »Der Doktor wollte Bargeld für die Hinterlassenschaft seiner alten Mutter, aber damit konnte der Laden in Hatton Garden nicht dienen«, fuhr er mit seinem katzenfreundlichen Tonfall fort. »Vorschriften, Sie verstehen, Sir. Das Äußerste war ein Barscheck, weil er angeblich kein Bankkonto hatte. Der Doktor geht mit dem Scheck ein paar Häuser weiter, präsentiert ihn bei der Bank des Juweliers, kassiert seine Beute und ward von dem Juwelier nicht mehr gesehen. Mußte allerdings seinen vollen Namen hinterlassen. Beglaubigt durch seinen Führerschein, was ich ziemlich amüsant finde, wenn man bedenkt, wieviel dagegen spricht. Adresse: Universität Bath. Der Juwelier hat zur Sicherheit im Einwohnermeldeamt angerufen: Ja, einen Dr. Pettifer haben wir.«

»Wann ist das alles passiert?« fragte ich.

Wie er es liebte, mich mit seinem wissenden Lächeln zu quälen: »Das macht Ihnen wirklich Sorge, stimmt's?« sagte er. »Wann. Sie können sich nicht an Daten erinnern, aber Sie fragen ständig, wann.« Er schien einlenken zu wollen. »Der Doktor hat den Schmuck Ihrer Lady am siebenundzwanzigsten Juli verhökert, einem Freitag.«

Also ungefähr zu der Zeit, als sie aufgehört hat, ihn zu tragen, dachte ich. Nach Larrys Vortrag und dem Curry für zwei, das darauf gefolgt war oder nicht.

»Wo *ist* Miss Manzini jetzt eigentlich?« fragte Bryant.

Ich hatte die Antwort vorbereitet und trug sie glaubwürdig vor. »Als ich das letztemal von ihr gehört habe, war sie irgendwo zwischen London und Newcastle auf einer Konzerttournee. Sie reist gerne mit der Gruppe, die ihre Musik aufführt. Sie inspiriert diese Leute. Wo sie sich zur Zeit aufhält, weiß ich nicht. Es ist nicht unsere Art, ständig in Verbindung zu sein. Aber sie wird mich sicher sehr bald anrufen.«

Jetzt war Luck an der Reihe, seine Scherze mit mir zu treiben. Er hatte ein weiteres Päckchen aufgemacht, das aber anscheinend nur mit Tinte geschmierte Notizen enthielt, die er für sich selbst gemacht hatte. Ich fragte mich, ob er verheiratet war und wo er leben mochte – falls er überhaupt irgendwo anders lebte als in den gebohnerten keimfreien Korridoren seines Gewerbes.

»Hat Emma Ihnen *zufällig* mitgeteilt, daß sie ihren Schmuck vermißt?«

»Nein, Mr. Luck, das hat Miss Manzini nicht getan.«

»Warum nicht? Wollen Sie uns etwa erzählen, daß Ihre Emma ihren Schmuck im Wert von fünfunddreißigtausend Pfund monatelang nicht finden kann und nicht einmal ein *Wort* darüber verliert?«

»Ich sage, vielleicht hat Miss Manzini gar nicht bemerkt, daß ihr Schmuck verschwunden war.«

»Sie ist doch in den vergangenen Monaten dagewesen? Ich meine: bei *Ihnen* gewesen. Sie wird doch nicht ununterbrochen durch die Gegend reisen.«

»Miss Manzini war den ganzen Sommer über in Honeybrook.«

»Trotzdem ist Ihnen niemals aufgefallen, daß Emma ihren Schmuck von heute auf morgen plötzlich nicht mehr hatte.«

»Stimmt.«

»Sie haben also zum Beispiel nicht bemerkt, daß sie das Zeug plötzlich nicht mehr *getragen* hat? Das hätte Sie doch stutzig machen können?«

»Bei ihr nicht.«

»Warum nicht?«

»Miss Manzini ist recht eigenwillig, wie die meisten Künstler. An einem Tag putzt sie sich heraus, dann aber wieder kann ihr die Vorstellung, sich mit wertvollem Schmuck zu behängen, wochenlang ein Greuel sein. Gründe gibt es viele dafür. Ihre Arbeit – irgendein deprimierendes Erlebnis – Rückenschmerzen.«

Meiner Anspielung auf Emmas Rücken folgte ein vielsagendes Schweigen.

»War das eine Verletzung, das mit dem Rücken?« erkundigte sich Bryant besorgt.

»Ja, leider.«

»Ach Gott. Wie ist denn das passiert?«

»Soweit ich weiß, wurde sie während einer friedlichen Demonstration mißhandelt.«

»Dazu sollte man vielleicht beide Seiten hören, meinen Sie nicht?«

»Selbstverständlich sollte man das.«

»Hat sie in letzter Zeit noch mehr Polizisten gebissen?«

Ich gab keine Antwort.

Luck fuhr fort: »Und Sie fragen sie also nicht: Emma, warum trägst du nicht deinen Ring? Oder die Halskette? Oder die Brosche? Oder die Ohrringe – zum Beispiel?«

»Nein, das frage ich sie nicht, Mr. Luck. Miss Manzini und ich reden nicht so miteinander.«

Ich war arrogant, und ich wußte es. Aber bei Luck konnte ich nicht anders.

»Na schön. Sie reden also nicht miteinander«, stieß er hervor. »Deshalb wissen Sie auch nicht, wo sie ist.« Er schien die Geduld zu verlieren. »Na schön. Wir wollen Ihre höchstpersönliche, Ihre höchst privilegierte Finanzministeriumsmeinung hören: Wie interpretieren Sie es, daß Ihr Freund Dr. Lawrence Pettifer im Juli diesen Jahres den Schmuck Ihrer Emma für zwei Drittel dessen, was *Sie* dafür bezahlt haben, an einen Händler in Hatton Garden verhökert und diesem gegenüber behauptet, der Schmuck stamme von seiner Mutter, wenn er in Wirklichkeit, auf dem Umweg über *Emma*, von *Ihnen* stammt?«

»Miss Manzini konnte mit dem Schmuck machen, was sie wollte. Wenn sie ihn dem Milchmann geschenkt hätte, hätte ich nichts dagegen machen können.« Ich sah eine Möglichkeit, ihm eins auszuwischen, und nahm sie dankbar wahr. »Aber sicher hat Mr. Guppy Ihnen längst die Lösung geliefert, Mr. Luck?«

»Was soll das heißen?«

»Behauptet Guppy nicht, daß er Pettifer im Juli zu meinem Haus hat fahren sehen? An einem Sonntag? Da haben Sie Ihren Einbrecher. Pettifer kommt zum Haus und trifft niemanden an. Sonntags sind keine Angestellten da. Miss Manzini und ich sind auswärts essen gegangen. Er bricht ein Fenster auf, steigt ins Haus, geht in ihre Wohnung und nimmt den Schmuck.«

Offenbar ahnte er, daß ich ihn aufzog, denn er bekam einen roten Kopf. »Sie sagten doch eben, Pettifer sei kein Dieb«, wandte er argwöhnisch ein.

»Sagen wir, Sie haben mir Anlaß gegeben, diese Meinung zu revidieren«, antwortete ich verbindlich; der Kassettenrecorder ächzte und schaltete auf Stop.

»Machen Sie mal bitte eine kurze Pause, Oliver«, befahl Bryant liebenswürdig.

Luck hatte schon die Hand ausgestreckt, um die Kassette zu wechseln. Jetzt zog er sie, leicht unheilverkündend, wie ich fand, wieder zurück und legte sie zu der anderen in den Schoß.

»Mr. Cranmer, Sir.«

Bryant stand dicht neben mir. Schloß eine Hand um meine Schulter, der traditionelle Verhaftungsgriff. Er beugte sich vor und schob die Lippen sehr dicht an mein Ohr. Bis dahin hatte ich überhaupt nicht an körperliche Bedrohung gedacht, aber Bryant erinnerte mich wieder daran.

»Wissen Sie, was das bedeutet, Sir?« fragte er mich sehr leise und drückte auf meine Schulter, bis es weh tat.

»Natürlich weiß ich das. Nehmen Sie die Hand da weg.«

Aber die Hand rührte sich nicht von der Stelle. Und als er weitersprach, nahm der Druck noch zu.

»Denn genau das werde ich mit Ihnen machen, Mr. Cranmer, Sir, falls Sie sich nicht endlich, wie ich vorhin schon sagte, sehr viel kooperativer zeigen. Wenn Sie nicht sehr bald mit mir zusammenarbeiten, werde ich nach der alten Leier irgendeinen Vorwand finden, irgendwelche Beweisstücke hervorzaubern und mich persönlich dafür einsetzen, daß Sie den Rest der besten Jahre Ihres Lebens nicht mehr Miss Manzini, sondern eine sehr langweilige Mauer anstarren müssen. Haben Sie das gehört, Sir? Ich nicht.«

»Ich höre Sie laut und deutlich«, sagte ich und versuchte vergeblich, seine Hand abzuschütteln. »Lassen Sie mich los.« Aber er drückte nur um so fester zu.

»Wo ist das Geld?«

»Welches Geld?«

»Kommen Sie mir nicht dumm, Mr. Cranmer, Sir. Wo ist das Geld, das Sie und Pettifer auf ausländischen Konten angelegt haben? Zig Millionen, Eigentum einer gewissen ausländischen Botschaft in London.«

»Ich habe keine Ahnung, wovon Sie reden. Ich habe nichts gestohlen und mache keine gemeinsame Sache mit Pettifer oder sonstwem.«

»Wer ist AM?«

»Wer?«

»AM, der überall in Pettifers Terminkalender auftaucht, den wir in seiner Wohnung gefunden haben. AM anrufen. AM instruieren. AM besuchen.«

»Ich habe nicht die leiseste Ahnung. Vielleicht bedeutet es A.M., Morgen. Und P.M. heißt Nachmittag.«

Ich glaube, an einem anderen Ort hätte er mich jetzt geschlagen, denn er hob die Augen zum Spiegel, als bäte er um Erlaubnis.

»Und wo steckt Ihr Freund Tschetschejew jetzt?«

»Wer?«

»Sie sollen mir nicht so dumm kommen, habe ich gesagt. Konstantin Tschetschejew ist russischer Kulturbeauftragter, früher der sowjetischen, dann der russischen Botschaft in London.«

»Den Namen habe ich nie im Leben gehört.«

»Natürlich nicht. Denn anstatt mir bei meinen *Ermittlun-*

gen zu helfen, Mr. Cranmer, Sir, führen Sie eine einzige unverschämte Lügennummer vor mir auf.« Er quetschte meine Schulter und drückte sie gleichzeitig nach unten, so daß mir stechende Schmerzen durch den Rücken jagten. »Wissen Sie, wofür ich Sie halte, Mr. Cranmer, Sir? Ja?«

»Das ist mir vollkommen schnuppe.«

»Ich halte Sie für einen höchst habgierigen Gentleman, der eine Menge arroganter Gelüste zu stillen hat. Ich glaube, daß Sie einen kleinen Freund namens Larry haben. Und einen kleinen Freund namens Konstantin. Und eine kleine Goldgräberin namens Emma, die Sie wie blöd verhätscheln, die sich über die Gesetze lustig macht, für die Polizisten dazu da sind, daß man sie beißt. Und ich glaube, Sie spielen den großen Saubermann, und Larry spielt Ihr kleines Unschuldslamm, und Konstantin singt mit ein paar sehr ungezogenen Engeln im Moskauer Staatschor, und Emma spielt auf Ihrem Klavier dazu. Was haben Sie da gesagt?«

»Ich habe nichts gesagt. Lassen Sie mich los.«

»Ich habe es genau gehört, Sie haben mich beleidigt. Mr. Luck, hat dieser Gentleman einem Polizeibeamten gegenüber beleidigende Ausdrücke gebraucht?«

»Ja«, sagte Luck.

Er schüttelte mich heftig und schrie mir ins Ohr: »Wo ist er?«

»Ich weiß es nicht!«

Der Druck seiner Faust ließ nicht nach. Seine Stimme wurde leise und vertraulich. Ich spürte seinen heißen Atem in meinem Ohr.

»Sie stehen am Scheideweg Ihres Lebens, Mr. Cranmer, Sir. Sie können mit Kriminalinspektor Bryant zusammenarbeiten, und in diesem Fall werden wir über viele, freilich nicht alle Ihrer Missetaten hinwegsehen. Oder Sie können uns weiter zum Narren halten, und in dem Fall werden wir bei unseren Ermittlungen niemanden ausschließen, der Ihnen irgend etwas bedeutet, auch wenn sie noch so jung und musikalisch ist. Habe ich etwa schon wieder unflätige Ausdrücke von Ihnen gehört, Mr. Cranmer, Sir?«

»Ich habe kein Wort gesagt.«

»Gut. Denn Ihre Dame ist da nicht so zimperlich, unseren Akten zufolge. Und diese Dame und ich werden in naher Zukunft eine Menge miteinander zu plaudern haben, und ich werde mich dabei sehr anständig benehmen, du kennst mich doch, Oliver.«

»Und ob«, sagte Luck.

Bryant drückte noch einmal und gab mich dann frei.

»Danke, daß Sie nach Bristol gekommen sind, Mr. Cranmer. Falls Sie Ihre Spesen erstattet haben wollen, die bekommen sie unten. In bar.«

Luck hielt mir die Tür auf. Ich nehme an, er hätte sie mir lieber ins Gesicht geknallt, aber sein englischer Sinn für Fairplay hielt ihn davon ab.

Bryants Faustabdruck brannte demütigend auf meiner Schulter, als ich in den grauen Nieselregen hinaustrat und energisch den Weg bergauf in Richtung Clifton einschlug. Ich hatte in zwei Hotels Zimmer gebucht. Das erste war das Eden, vier Sterne, schöne Aussicht auf das Tal. Dort war ich Mr. Timothy Cranmer und Erbe von Onkel Bobs altem Sunbeam, dem Prunkstück des Parkplatzes. Das zweite war das Starcrest, ein schäbiges Motel am anderen Ende der Stadt. Dort war ich ein Mr. Colin Bairstow, Handlungsreisender und Fußgänger.

Jetzt saß ich in meinem eleganten Zimmer im ersten Stock des Eden mit Blick auf das Tal, bestellte ein Minutensteak und eine halbe Flasche Burgunder und bat die Rezeption, bis zum nächsten Morgen keine Anrufe durchzustellen. Ich warf das Steak ins Gebüsch unter meinem Fenster, goß den Wein ins Waschbecken – bis auf ein kleines Glas, das ich mir genehmigte –, stellte das Tablett und ein Ersatzpaar Schuhe vor die Tür, hängte das ›Bitte nicht stören‹-Schild an die Klinke, glitt die Feuertreppe zum Nebenausgang hinunter und ging los.

In einer Telefonzelle wählte ich die Notfallnummer der Firma, Endziffer sieben, da heute Samstag war. Ich hörte die zuckersüße Stimme von Marjorie Pew.

»Ja, Arthur. Was kann ich für Sie tun?«

»Ich bin heute nachmittag schon wieder von der Polizei verhört worden.«

»Ach ja.«

Du kriegst auch noch ein Achja, dachte ich.

»Die haben die Zahlungen an Absalom über unsere Freunde auf den Kanalinseln aufgespürt«, sagte ich, einen von Larrys zahllosen Decknamen benutzend. Ich stellte mir vor, wie sie Absalom auf ihren Bildschirm tippte. »Haben einen Zusammenhang mit dem Finanzministerium entdeckt und glauben jetzt, ich hätte Regierungsgelder beiseite geschafft und an meinen Komplizen Absalom weitergeleitet. Sind überzeugt davon, daß diese Spur sie auch zu dem russischen Gold führen wird.«

»Ist das alles?«

»Nein. Irgendein Idiot von der Gehaltsabteilung hat Mist gebaut. Hat die Absalom-Pipeline zur Bezahlung anderer Freunde als Absalom benutzt.«

Entweder grinste sie jetzt sarkastisch, oder es hatte ihr die Sprache verschlagen.

»Ich bleibe heute nacht in Bristol«, sagte ich. »Könnte sein, daß die Polizei es morgen Vormittag noch mal mit mir versuchen will.«

Ich legte auf, Auftrag ausgeführt. Ich hatte sie gewarnt, daß andere Quellen in Gefahr sein könnten. Ich hatte ihr einen Vorwand aufgetischt, warum ich nicht nach Honeybrook zurückfuhr. Zur Polizei laufen und meine Geschichte überprüfen lassen wäre das letzte, was sie tun würde.

Colin Bairstows Motelbett war eine klumpige Couch mit einer glitzernden orangefarbenen Steppdecke. Lang darauf ausgestreckt, das Telefon neben mir, starrte ich an die schmutzige cremefarbene Decke und überlegte meinen nächsten Schritt. Von dem Augenblick an, wo ich Bryants telefonische Nachricht in meinem Club erhalten hatte, hatte ich auf höchste Alarmstufe geschaltet. Ich war vom Bahnhof Castle Cary nach Honeybrook gefahren und hatte dort mein Bairstow-Fluchtgepäck abgeholt: Kreditkarten, Führerschein, Geld und Paß, alles stopfte ich in einen abgeschabten Aktenkoffer voller alter Aufkleber, die vom Nomadenleben des Vertreters kündeten. In Bristol angekommen, hatte ich Cranmers Sunbeam beim Eden abgestellt und Bairstows Aktentasche hier im Motel zur Aufbewahrung im Safe abgegeben.

Aus dieser Aktentasche nahm ich jetzt ein Adreßbuch mit Spiralbindung, von dessen Umschlag mich ein geflecktes Reh ansah. Wie sehr hatte sich die Firma mit dem Umzug zum Embankment geändert? fragte ich mich. Merriman hatte sich nicht verändert. Barney Waldon auch nicht. Und wenn ich die Polizei richtig einschätzte, würde sie vermutlich jede Vorgehensweise, die fünfundzwanzig Jahre lang funktioniert hatte, auch in den nächsten hundert beibehalten.

Das Herz schlug mir bis zum Hals, als ich die automatische Vermittlung der Firma anwählte und mich mit Hilfe der Nummern in meinem Adreßbuch in das hausinterne Netz von Whitehall einklinkte. Fünf weitere Ziffern brachten mich in die Geheimdienstverbindungsstelle bei Scotland Yard. Eine sonore Männerstimme meldete sich. Hier North House, sagte ich; das war der alte Deckname meiner Abteilung. Die sonore Stimme zeigte sich nicht überrascht. Ich sagte, Bunbury am Apparat; das war der alte Deckname des Abteilungsleiters. Die sonore Stimme fragte: »Wen wünschen Sie zu sprechen, Bunbury?« Ich verlangte Mr. Hatts Abteilung. Kein Mensch hatte Mr. Hatt je gesehen, aber falls es ihn gab, war er für Auskünfte über Fahrzeuge zuständig. Ich hörte Rockmusik im Hintergrund, dann eine muntere Mädchenstimme.

»Hier spricht Bunbury von North House, ich habe eine langweilige Frage an Mr. Hatt«, sagte ich.

»Schon in Ordnung, Bunbury. Mr. Hatt langweilt sich gern. Hier spricht Alice. Was können wir für Sie tun?«

Zwei Jahrzehnte lang hatte ich mich über Larrys Autos auf dem laufenden gehalten. Ich hätte die Nummer jeder Schrottkiste aufsagen können, mit der er jemals aufgekreuzt war, plus Farbe, Baujahr, Schadensbericht und Name des unglücklichen Eigentümers. Ich nannte Alice die Nummer des blauen Toyota. Kaum hatte ich den letzten Buchstaben ausgesprochen, las sie mir schon den Computerausdruck vor.

»Anderson, Sally, 9A Cambridge Street, Nähe Bellevue Road, Bristol«, meldete sie. »Den Rest auch?«

»Ja, bitte.«

Ich hörte: Versicherung, Telefonnummer der Eigentümerin, äußere Kennzeichen des Wagens, Erstzulassung, Gültigkeitsdauer, keine Eintragung anderer Wagen auf diesen Namen.

Am Empfang des Motels gab mir ein pickliger Junge in roter Smokingjacke einen abgegriffenen Stadtplan von Bristol.

9

Ich fuhr mit dem Taxi durch Bristol zum Bahnhof Temple Meads und ging von dort zu Fuß weiter. Eine Industriewüste, von der Nacht prunkvoll ausgestattet. Schwere Lastwagen rasten an mir vorbei, verspritzten öligen Schlamm und zerrten an meinem Regenmantel. Doch über der Stadt im Tal hing ein zarter Dunstschleier, feuchte Sterne erfüllten den Himmel, und ein träger Vollmond zog mich den Berg hinauf. Unter mir lagen etliche Stränge orange beleuchteter Eisenbahngleise, und während ich lief, mußte ich an Larry und seine Saisonkarte denken, von Bath nach Bristol, einundsiebzig Pfund im Monat. Ich versuchte ihn mir als Pendler vorzustellen. Wo arbeitete er? Wo wohnte er? Anderson, Sally, 9A Cambridge Street. Die Lastwagen hatten mich taub gemacht. Ich konnte meine Schritte nicht mehr hören.

Die Straße, die als Viadukt angefangen hatte, stieß jetzt auf den Hang. Der Kamm des Hügels zog sich rechts von mir hin. Direkt über mir eine Reihe schmuckloser kleiner Häuser, vom Schutzwall einer roten Backsteinmauer umgeben. *Da oben,* dachte ich und erinnerte mich an den Stadtplan. *Da oben,* dachte ich und erinnerte mich an Larrys Vorliebe für öde Gegenden. Ich kam an einen Verkehrskreisel, drückte auf den Ampelknopf und wartete, daß die motorisierte Kavallerie Englands mit kreischenden Bremsen zum Stillstand kam. Auf der anderen Seite bog ich in eine mit Überlandleitungen geschmückte Seitenstraße. Ein kleiner Schwarzer von etwa sechs Jahren saß mit schüchterner Miene im Eingang der Ocean Fish Bar, wo es chinesisches Essen zum Mitnehmen gab.

»Ist das hier die Cambridge Street? Bellevue Road?«

Ich lächelte, aber er lächelte nicht zurück. Ein bärtiger Druide mit einer irischen Ballonmütze auf dem Kopf trat ein wenig zu vorsichtig aus Robbins' Spirituosenladen. Er trug eine braune Papiertüte im Arm.

»Passen Sie auf, wo Sie hintreten, Mann«, empfahl er mir.

»Wieso?«

»Sie suchen die Cambridge Street?«

»Ja.«

»Sie stehen schon fast mitten drin, Mann.«

Ich folgte seinen Anweisungen, ging fünfzig Meter weiter und bog rechts ab. Nur auf einer Seite standen Häuser. Auf der anderen befand sich eine Grasfläche, eingefaßt von der mit Zickzackmuster und roter Mauerkrone versehenen Brustwehr, die ich von unten gesehen hatte. Ich spielte den zufällig hier aufgekreuzten Touristen und blieb davor stehen. Vom Bahnhof strömten die abgeschnittenen Hauptstraßen des Empire in die Dunkelheit.

Ich drehte mich um und betrachtete die Häuser. Jedes hatte oben zwei Fenster, ein Flachdach, einen Schornstein und eine Fernsehantenne. Jedes Haus war in einem anderen Pastellton gestrichen. Eingangstüren links, Erkerfenster rechts. Mein Blick schwenkte über die ganze Reihe; bei den meisten war das Erkerfenster erleuchtet, bei manchen ein Schlafzimmer, oder ein Fernseher flackerte; oder eine phosphoreszierende Türklingel leuchtete, und man spürte, daß hinter den Vorhängen Leben war. Nur das letzte Haus war völlig dunkel, und es hatte die Nummer 9A. Waren die Bewohner geflohen? Hatten zwei Liebende ihre Armbanduhren abgelegt und waren eng umschlungen eingeschlafen?

Gemächlich, ein Mensch ohne Geheimnisse, verschränkte ich die Hände auf dem Rücken und schritt, ganz Kolonialherr, zur Inspektion. Ich bin Architekt, Landvermesser, ein potentieller Käufer. Ich bin ein englischer Weinzüchter von einem gewissen gesellschaftlichen Rang. Geparkte Autos verstellten den Bürgersteig. Ich ging mitten auf der Straße. Kein blauer Toyota. Überhaupt kein Toyota. Ich ging langsam, ich tat so, als läse ich die Hausnummern. Soll ich das da kaufen, oder das daneben? Oder alle auf einmal?

Schweiß lief mir über die Rippen. Ich bin nicht vorbereitet, dachte ich. Nicht kompetent, nicht trainiert, nicht bewaffnet, nicht mutig. Ich habe zu lange am Schreibtisch gesessen. Auf die Angst folgte ein Sturm von Schuldgefühlen. Er ist hier. Tot. Er ist hierher zurückgetaumelt und hier gestorben. Gleich wird der Mörder die Leiche entdecken. Der Schuldige ist gekommen, um die bittere Pille zu schlucken. Dann fiel mir ein, daß Larry am Leben war, daß er wieder lebendig war, seit Jamie Pringle sich an das letzte Waldhuhn der Saison erinnert hatte, und meine Schuldgefühle zogen sich in ihren Bau zurück.

Ich hatte das Ende der Häuserreihe erreicht. Nummer 9A war ein Eckhaus, wie jedes sichere Haus es sein sollte. Die zugezogenen Vorhänge in den oberen Fenstern waren orangefarben und glatt. Das bleiche Licht der Straßenlaterne schimmerte auf dem billigen Gewebe. Innen war es dunkel.

Ich setzte meinen Erkundungsgang fort und bog in die Nebenstraße. Oben noch ein Fenster, unbeleuchtet. Eine verputzte Mauer. Ein Nebeneingang. Ich ging auf den Bürgersteig gegenüber und sah mich besitzergreifend auf der Straße um. Hinter einer Gardine saß eine gelbe Katze und starrte mich an. Ein Dutzend Autos parkten auf beiden Seiten der Straße, darunter eins, das zum Schutz vor dem Wetter mit einer Plastikplane abgedeckt war.

Noch ein gemessener Blick über Haustüren, Bürgersteige und geparkte Autos. Die Schatten waren nicht leicht zu durchschauen, aber eine menschliche Gestalt konnte ich nicht darin erkennen. Mit der Spitze meines rechten Schuhs hob ich die Plastikplane und erblickte die verbeulte hintere Stoßstange und das vertraute Kennzeichen von Larrys blauem Toyota. Es war einer der kleinen Tricks, die wir den Joes in der Ausbildung beibrachten, damit sie leichter über den Augenblick der Rückkehr in die wirkliche Welt hinwegkommen konnten: wenn ihr euch Sorgen um euren Wagen macht, deckt eine Plane drüber.

Der Nebeneingang hatte weder Klinke noch Schlüsselloch. Ich ging wieder zurück und drückte im Vorbeigehen heimlich dagegen, aber die Tür war von innen verriegelt oder abgeschlossen. Mitten drauf war mit Kreide ein L gemalt. Der untere Balken des L zeigte nach unten. Ich betastete den Kreidestrich. Wachsmalkreide, regenbeständig.

Ich bog wieder in die Cambridge Street ein, marschierte selbstbewußt zur Vordertür und drückte auf die Klingel. Nichts. Strom abgestellt. Larry und seine Rechnungen. Ich nahm den Klopfer und pochte behutsam. Wie auf Honeybrook am Silvesterabend, dachte ich, als der Lärm durchs Haus schallte: Diesmal bin ich dran und klopfe das verliebte Pärchen aus dem Bett. Ich verhielt mich ganz dreist, nichts war vorbereitet. Aber das Kreidezeichen gab mir zu denken.

Ich hob die Brieflkastenklappe und ließ sie zufallen. Ich klopfte an das Erkerfenster. Ich rief: »He, ich bin's!« – weniger dem Sein als dem Schein zuliebe, denn auf dem Bürgersteig kamen Leute an mir vorbei. Ich rüttelte an dem Schiebefenster, versuchte es nach oben oder unten zu drücken, aber es war zu. Ich trug Lederhandschuhe, und die erinnerten mich an Priddy. Noch immer am Erkerfenster, legte ich das Gesicht an die Scheibe und sah im Licht der Straßenlaterne angestrengt hinein. Kein Hausflur. Die Vordertür führte direkt ins Wohnzimmer. Ich erkannte den geisterhaften Umriß einer Reiseschreibmaschine auf einem Schreibtisch und links davon auf dem Boden einen Berg Briefe, hauptsächlich Rechnungen und Drucksachen: Larry brachte es fertig, über so etwas wochenlang hinwegzusteigen. Ich sah noch einmal hin und erkannte jetzt, was ich beim erstenmal nur flüchtig bemerkt hatte: Vor der Schreibmaschine stand Emmas Klavierhocker. Inzwischen mußte ich annehmen, daß irgendwelche Nachbarn auf mich aufmerksam geworden waren, und tat daher, was rechtmäßige Besucher in solchen Fällen zu tun pflegen: Ich zückte mein Notizbuch, schrieb etwas, riß das Blatt heraus und schob es in den Briefkasten. Dann ging ich die Straße hinunter, um ihrem Gedächtnis eine Ruhepause zu gönnen.

Ich machte einen raschen Spaziergang um den Block, immer mitten auf der Straße, weil mir die Schatten nicht gefielen, und gelangte schließlich von der anderen Seite wieder in die Straße. Ich kam ein zweitesmal an dem Nebeneingang vorbei, sah aber nicht nach dem Kreidezeichen, sondern in die Richtung, die der untere Balken des L anzeigte.

L wie Larry. L wie Larrys Tricks aus der Zeit, als er und Tschetschejew ihr Geheimmaterial mit Hilfe von Chiffren und toten Briefkästen austauschten. In Parks. Auf Pub-Toiletten. Auf Parkplätzen. In Kew Gardens. L wie »Ich habe etwas in den toten Briefkasten gesteckt«, Unterschrift Larry. Das L, in ein t verwandelt, wie »Ich habe ihn geleert«, Unterschrift TT. Hin und her, nicht einmal, sondern mehr als fünfzigmal in den vier Jahren ihrer Zusammenarbeit: Mikrofilm für dich; Geld und Anweisungen für mich; Geld und Anweisungen für dich; Mikrofilm für mich.

Der L-Balken zeigte schräg nach unten und war kräftig gezeichnet. Wie ein Pfeil. Er zeigte auf meinen rechten Fuß, und der wiederum zeigte mit der Spitze auf den unteren Türrand, unter dem ein flachgedrückter Zigarettenstummel steckte; und ich nehme an, ein sehr neugieriger Mensch würde sich wohl fragen, wie denn eigentlich ein flachgedrückter Zigarettenstummel derart unter eine Tür geraten sein mochte, falls nicht jemand absichtlich daraufgetreten und ihn dorthin geschoben hatte; derselbe Beobachter hätte vielleicht auch bemerkt, daß der Lichtstrahl von der Straßenlaterne an der Ecke hell auf den unteren Teil der Tür fiel, so daß man sich, war einem die Verbindung zwischen Kreidestrich und Zigarettenstummel erst einmal aufgefallen, nur noch wundern konnte, warum hier nicht Scharen von Leuten standen und dieses Phänomen angafften.

Ich war jedoch körperlich längst nicht so behende wie Tschetschejew; ich verfügte nicht über jene Fähigkeit, den Oberkörper blitzartig vorzubeugen, die Jack Andover, unseren Chefbeobachter, an walisische Bergarbeiter erinnert hatte. Also machte ich es wie alle ältlichen Spione dieser Welt: Ich ging in die Knie und fummelte demonstrativ an meinen Schnürsenkeln herum, griff mit einer Hand nach dem Zigarettenstummel, bekam die darin versteckte Schnur zu fassen und zog: und wurde belohnt, denn nach einigem Ziehen kam der flache Sicherheitsschlüssel zum Vorschein, der daran befestigt war. Dann, den Schlüssel in der Hand verborgen, stand ich auf und schritt selbstbewußt um die Ecke zur Vordertür.

»Die sind in Urlaub, Darling«, rief neben mir eine tiefe Stimme.

Ich fuhr herum und setzte mein ewiges Sabberlächeln auf. In der Haustür nebenan stand, von hinten beleuchtet, eine große blonde Frau, sie trug eine Art weißes Nachthemd und hatte ein Glas mit etwas Starkem in der Hand.

»Ich weiß«, sagte ich.

»Er sagt immer *Föps* zu mir. Eigentlich heiße ich Phoebe. Sie waren schon mal hier, stimmt's?«

»Stimmt. Ich hatte den Schlüssel vergessen und mußte ihn mir noch holen. Demnächst vergesse ich noch meinen eigenen Namen. Die beiden hatten einen Urlaub aber auch wirklich nötig, wie?«

»*Er* ja«, sagte sie dunkel.

Mein Hirn lief offenbar auf Hochtouren, denn ich begriff sofort, was sie meinte. »O ja! Der Ärmste!« rief ich. »Aber wie sah er aus – besser? – ist er wieder auf dem Damm? Oder hat er immer noch ein Gesicht wie ein Regenbogen?«

Aber ein gewisser Argwohn hielt sie von weiteren Vertraulichkeiten ab. »Also was wollen Sie hier?« fragte sie mürrisch.

»Ich soll den beiden was holen. Sallys Schreibmaschine. Noch ein paar Kleider. Praktisch alles, was ich tragen kann.«

»Sie sind also kein Schuldeneintreiber?«

»Du liebe Zeit, nein!« Ich lachte und ging ein paar Schritte auf sie zu, damit sie sehen konnte, was für ein vertrauenswürdiger Mensch ich war. »Ich bin sein Bruder. Richard. Genannt Dick, der Ehrbare. Die beiden haben mich angerufen. Ob ich ihnen ein paar Sachen einpacken könnte. Nach London bringen. Er hat einen Unfall gehabt. Die Treppe runtergefallen, hat er gesagt. Der Ärmste, hat aber auch immer Pech. Konnten die beiden wenigstens zusammen abreisen? Das muß ja ziemlich überstürzt gewesen sein.«

»Hier gib's keine Unfälle, Darling. Nur vorsätzliche Handlungen.« Sie kicherte über ihren Einfall. Ich lachte tüchtig mit. »Er ist vorgefahren, sie hinterher. Warum, weiß ich nicht.« Sie nahm einen Schluck aus ihrem Glas, ließ mich aber nicht aus den Augen. »Irgendwie gefällt es mir nicht, daß Sie da reinwollen. Nicht, solange die beiden in Frankreich sind. Das beunruhigt mich.«

Sie trat in ihr Haus zurück und knallte die Tür zu. Gleich darauf zerriß ein dumpfes Krachen wie von einer Übungsgranate die Stille: Im oberen Stockwerk war ein Fenster aufgegangen, und ein haariger Mensch im Unterhemd streckte seinen breiten Schädel heraus.

»Sie da! Kommen Sie mal her! Sie sind also Terrys Bruder?«

»Ja.«

»Dick. Richtig?«

»Ganz recht.«

»Und Sie kennen ihn gut?«

»So ziemlich.«

»Und was ist dann seine Lieblings Fußballmannschaft, Dick?«

»Dynamo Moskau«, sagte ich, ohne lange nachzudenken denn Fußball war eine von Larrys vielen ungereimten Leidenschaften. »Und Lew Jaschin war der größteTorwart aller Zeiten. Und das beste Tor aller Zeiten hat Ponedelnik geschossen, 1960 beim Länderspiel Rußland-Jugoslawien.«

»Donnerwetter.«

Er verschwand, es gab eine kurze Pause; vermutlich besprach er sich mit Phoebe. Dann tauchte er grinsend wieder auf.

»Ich selbst bin ja Arsenal-Fan. Hat ihn aber nicht gestört. He. Wo hatte er eigentlich das blaue Auge her? Ich habe schon einige Veilchen gesehen, aber seins war ja das reinste Blumenbeet. ›Was ist denn passiert?‹ frage ich ihn. ›Hat sie zu früh die Beine zugemacht?‹ Bin in eine Tür gelaufen, sagt er. Dann kommt Sally dazu und sagt, es war ein Autounfall. Heutzutage weiß man gar nicht mehr, wem man noch glauben soll. Kann ich Ihnen helfen?«

»Später vielleicht. Ich rufe Sie, wenn ich Sie brauche.«

»Wilf ist mein Name. Er ist ein verrückter Hund, aber ich mag ihn.«

Das Fenster wurde zugeknallt.

Ich schloß die Eingangstür hinter mir und stieg über die

Briefe auf dem Boden. In einer Anwandlung von sinnlosem Optimismus drückte ich auf den Lichtschalter, aber es tat sich nichts. Dumm wie ich war, hatte ich keine Taschenlampe dabei. Ich stand im Halbdunkel und wagte nicht zu atmen. Die Stille machte mir angst. Bristol ist evakuiert. Nichts wie weg, oder ihr seid alle tot. Wieder Schweiß, diesmal ölig kalt. Ich atmete aus, dann langsam wieder ein und roch ein altes, ein altersschwaches Haus. Ich sah mich um, versuchte mehr Licht in die Augen zu bekommen. Es gab nur das von der Straßenlaterne. Aber deren Schein fiel nur auf das Erkerfenster, nicht hindurch. Um mehr sehen zu können, mußten meine Augen das Licht im Erker aufsammeln und hastig damit durchs Zimmer eilen, wie wenn man Wasser in den gewölbten Händen trägt.

Ihr Klavierhocker, unversehrt. Ich strich mit der Hand darüber: die Leichtmetallrohre, die sich wie bei einer gewinkelten Leselampe auswärts und wieder einwärts bogen und ihr die gepolsterte Stütze ins Kreuz drückten. Ihre elektrische Reiseschreibmaschine. Sie stand auf einem Tisch, aber den konnte ich vor lauter Papieren kaum sehen, und diese wiederum konnte ich vor lauter Staub kaum sehen. Dann erblickte ich einen zweiten Tisch, nur daß es kein Tisch war, sondern ein Teewagen, und auf dem Teewagen stand ein Digitaltelefon, an das ein Anrufbeantworter angeschlossen war: eine typische Pettifer-Konstruktion aus Verlängerungskabeln und Antennendrähten und Klebebändern, von denen er umsichtig Gebrauch gemacht hatte. Aber kein Lämpchen glühte an dem Gerät, denn es kam kein Strom aus der Steckdose.

Das Zimmer wurde kleiner, die Wände kamen auf mich zu. Meine Augen sahen mehr. Schon konnte ich das Kabel der Schreibmaschine bis zur Wand verfolgen. Und allmählich unterschied ich die Anzeichen eines hastigen Aufbruchs: herausgezogene und halb geleerte Schreibtischschubladen, verstreute Dokumente auf dem Boden, angekokelte Zettel im Kamin, den umgekippten Papierkorb. Und noch mehr Larry-typisches: an der Wand aufgestapelte Berge von Extremisten-Zeitschriften mit eingelegten Lesezeichen; ein altes Poster, auf dem ein überaus gütiger Josef Stalin in einem Garten Rosen beschneidet. Larry hatte ihm eine Krone auf den Kopf gemalt und ihm die Worte »Wir haben nie geschlossen« auf die Brust geschrieben. Überm Kamin eine Radierung von Notre Dame, beklebt mit vollgekritzelten Stickerzetteln. Mit einer behandschuhten Hand zog ich ein paar davon ab und trat damit in den Erker: Entziffern konnte ich sie hier zwar nicht, sah aber immerhin, daß einer von Emma und der andere von Larry geschrieben war. Ich zog auch die anderen der Reihe nach ab und klebte sie sorgfältig übereinander, bevor ich sie in meiner Tasche verschwinden ließ.

Dann ging ich zu dem Haufen Briefe an der Vordertür und nahm mir eine Handvoll davon. Miss Sally Anderson, las ich gebückt, Freiheit für Prometheus GmbH, 9A Cambridge Street. Poststempel nicht Macclesfield, sondern Zürich. Terry Altmann, Esq., las ich, Freiheit für Prometheus GmbH – Terry Altmann, einer von Larrys früheren Decknamen, und Prometheus, wegen seiner Machenschaften an einen Berg im Kaukasus geschmiedet, bis Larry und Emma ihn befreit hatten. Flugblätter, grellbunte Broschüren, russische Qualität. Drucksachen aus Caversham vom Abhördienst der BBC für Südrußland (West). An den Geschäftsführer, Freiheit für Prometheus GmbH. An Sally, Freiheit für Prometheus GmbH. Kontoauszüge. Eine Mappe mit handschriftlichen Briefen an Emma; sie stammten von Larry, der für seine Briefe alles benutzte, was ihm in die Hände fiel: Bierdeckel, Papierservietten, die Titelseite eines radikalen Taschenbuchs aus einem windigen Anarchistenverlag in Islington. Adressiert an Darling, Geliebte Emm, und dann weiter: Himmel, ich habe vergessen, Dir zu sagen. Ein Rundschreiben, Überschrift »Medien manipuliert«, Untertitel »Wie die westliche Presse Moskau in die Hände spielt«. Nur die Ruhe, redete ich mir zu, als ich das alles auf den Haufen zurückwarf. Systematisch vorgehen, Cranmer. Du bist Agent, ein alter Hase nach unzähligen Einbrüchen für die Firma, bei denen auch Larry dir manche Dienste geleistet hat. Also ruhig jetzt. Eins nach dem anderen. Ein rotweißes Heft in Russisch, Titel *Genozid im Kaukasus* in grellen Großbuchstaben, Typ Sowjet-Agitprop, Jahrgang 1950, nur daß es vom Februar 1993 stammte und sich auf den »Holocaust vom letzten Oktober« bezog. Ich schlug es irgendwo auf und sah zerstochene aufgedunsene Kinderleichen. *Kaukasus Rundschau II*, München 56, vgl. Seite 134–156. *Kaukasus Rundschau V* (München 56), vgl. Seite 41–46. Angestrichene Passagen. Wütende Randnotizen, nicht lesbar bei dem kränklichen Licht.

Es gab eine Innentür, und die Geographie verlangte, daß sie in den Teil des Hauses führte, der zu der Nebenstraße hin lag. Ich drückte auf die Klinke. Nichts. Ich drückte mit aller Gewalt, die Tür gab nach und quietschte übers Linoleum. Es roch nach ranziger Butter, Staub und Lifebuoy-Seife. Ich war in der Küche. Durch ein Fenster über dem Spülbekken fiel mehr Licht von der Straße auf die Fliesen. Auf einem Ständer trockneten Teller. Und zwar schon so lange, daß sie wieder schmutzig waren. Auf den Regalen eine Auswahl von Larrys undemokratischen Extravaganzen: Pfeffersardinen aus einem Luxusladen in der Jermyn Street, Oxford Marmalade und Fortnum's Englischer Frühstückstee. Im Kühlschrank ranziger Joghurt, saure Milch. Daneben eine Holztür, oben und unten mit Riegeln und zusätzlich noch mit einer Sperrkette versehen. Der Seiteneingang, den ich vom Bürgersteig aus inspiziert hatte. Ich ging ins Wohnzimmer zurück und sah auf die Uhr. Bis jetzt hatte die Ewigkeit drei Minuten gedauert.

Auf der Treppe war es stockdunkel, wacklige Stufen ohne Teppich. Ich zählte vierzehn, erreichte einen Absatz, ertastete eine Tür, dann eine Klinke. Ich drückte sie auf und trat hinein. Das Badezimmer. Ich ging wieder raus, schloß die Tür, lehnte mich mit dem Rücken daran und tastete nach links und rechts, bis ich eine weitere Tür fand; ich machte sie auf und trat in Emmas Schlafzimmer, taghell erleuchtet vom Halogenlicht der Straßenlaterne, die durchs Fenster strahlte, als ob die fadenscheinigen Vorhänge gar nicht vorhanden wären. Ich habe ihr alles geboten, dachte ich, als mein Blick über die nackten Dielenbretter und das gesprungene Waschbecken wanderte, über die welken Blumen im Kleistertopf, die altersschwache Leselampe, die braungeblümte, in Fetzen von der Wand hängende Tapete: Und sie hat nichts davon gewollt. Hiervor habe ich sie gerettet. Und hierhin hat sie es wieder zurückgezogen.

Auf dem Boden ein Futon, hergerichtet, wie sie immer unser Bett hergerichtet hatte, wenn wir miteinander schlafen wollten: seitlich zum Kamin, Berge von Kopfkissen, ein weißes Federbett. Auf dem Plumeau das schlichte Nachthemd von Marks & Spencer, das sie mitgebracht hatte, als sie bei mir eingezogen war, die langen Ärmel wie zur Umarmung ausgebreitet. Ich sah sie nackt auf dem Bauch liegen, das Kinn auf die Hände gestützt, dann, als sie mich hereinkommen hört, dreht sie den Kopf zu mir herum. Der Schein des Kaminfeuers wirft fingernde Schatten auf ihre Flanken. Das aufgelöste Haar fällt ihr wie schwarze Flammen über die Schultern.

Zwei Bücher, eins auf seiner Seite, eins auf ihrer. Für Larry ein roter Leinenband, vermutlich 19. Jahrhundert, von einem gewissen W. E. D. Allen, mit dem merkwürdigen Titel *Béled-es-Siba.* Ich schlug irgendwo in der Mitte auf und geriet an einen Beitrag zum Gedenken an den Dichter Aubrey Herbert, worin die Worte *es fehlte ihm an der Ranküne des Genies* unterstrichen waren. Ich erinnerte mich dunkel, daß Herbert für die Rettung Albaniens vor den selbsternannten Befreiern des Balkans gekämpft hatte und daß er einer von Larrys Helden war. Für Emma Fitzroy Macleans *Der Kaukasus,* Untertitel *Das Ende der Welt.*

Ein Poster, Sepiadruck. Diesmal nicht Josef Stalin, überhaupt niemand, den ich kannte. Ein bärtiger moderner Prophet mit starker Kinnpartie und dunklen Augen, im traditionellen Gewand der kaukasischen Bergvölker: Pelzmütze, Fellweste mit Patronenschlaufen. Bei genauerem Hinsehen entdeckte ich in der linken unteren Ecke in deutlichen kyrillischen Buchstaben den Namen Bashir Haji und entzifferte mit einigen Schwierigkeiten die Worte »Für meinen Freund Mischa, den großen Krieger«. Seltsame Trophäe für ein Liebesnest. Ich riß das Bild von der Wand und legte es auf das

Bett neben Emmas Nachthemd. Kleider, dachte ich: Ich brauche mehr Kleider. Niemand, der überstürzt abreist, nimmt alle seine Kleider mit. Vor einer Nische neben dem Kamin hing ein Vorhang, der mich an Onkel Bobs Verdunkelungsvorhang vor dem Alkoven in meinem Versteck erinnerte. Ich zog ihn beiseite und fuhr entsetzt zurück.

Ich bin in Priddy und kämpfe mit ihm. Ich packe ihn am Kragen seines grünen österreichischen Regenmantels, den er seine Wetterhaut nennt. Ein langes, flatterndes, olivgrünes Ding, das sich anfühlt wie Seide. So weich, daß es mich anwidert. Als ich ihn zu mir hinzerre, höre ich etwas reißen und muß lachen. Als wir kämpfen, male ich mir aus, wie das Ding in Stücke geht. Als ich ihn schlammbedeckt und mit den Füßen voran zum Teich zerre, sehe ich die Fetzen im Mondlicht hinter ihm herschleifen wie das Totenhemd eines Bettlers.

Und ich sah das Ding auch jetzt: Chemisch gereinigt und wieder tragbar, hing es an einem Drahtbügel, der Zettel von der Reinigung noch am Innenfutter. Ich zählte die Knöpfe nach. Alle da. Hatte ich die Knöpfe abgerissen? Ich konnte mich nicht daran erinnern. Der Riß, wo war der Riß? Das Reißen von Stoff hatte ich deutlich gehört. Ich fand aber nichts, keinen einzigen Einriß, keine Stoßstelle, weder im Futter noch am Saum, noch um die Knopflöcher. Und auch nicht am Kragen, wo ich ihn gepackt hatte.

Ich untersuchte den Gürtel. Er hatte ihn nur geknotet getragen. Die Schnalle war vollkommen in Ordnung, falls man den Regenmantel mit einem Gürtel tragen wollte, aber Larry war die Schnalle nicht gut genug. Er mußte seinen Gürtel knoten wie ein Gigolo, und eben deshalb hatte es mir solchen Spaß gemacht, den Gürtel in meine behandschuhten Fäuste zu nehmen und Larry daran über den Boden zu schleifen und zu sehen, wie sein Kopf über die Unebenheiten kollerte und sein Grinsen im Mondlicht an- und ausging.

Das ist ein anderer Mantel, dachte ich. Und dann: Wann hat Larry, von Frauen abgesehen, jemals etwas doppelt gehabt?

Unter der Küchenspüle hatte ich eine Rolle schwarzer Plastikmüllbeutel gefunden. Ich riß einen ab und stopfte die ganze Post hinein, alles, Drucksachen und Privatbriefe. Dabei sah ich wieder die von Bajonetten durchbohrten Kinder, und mir fiel Diana ein und sein perfekter Ton. Was, fragte ich mich, war perfekt an den Schreien sterbender Kinder? Auf den Knien vorm Kamin, kratzte ich das verkohlte Papier zusammen und legte es mit großer Sorgfalt in einen zweiten Beutel. Einen dritten und dann einen vierten füllte ich mit Akten und Papieren, die auf dem Schreibtisch herumlagen. Dazu kamen noch ein Esso Terminkalender, ein angesengtes Kontobuch, das jemand vergeblich zu verbrennen versucht hatte, und ein herausklappbares Adreßbuch aus Bakelit im Stil der vierziger Jahre, das ich weder mit Larry noch mit Emma in Verbindung bringen konnte – ich dachte, es wird ihnen wohl irgendwie zugelaufen sein, bis mir auffiel, daß es ein russisches Erzeugnis war. Ich nahm das Farbband aus der Schreibmaschine, zog den Stecker aus der Dose und stellte die Schreibmaschine für den späteren Abtransport durch den Nebenausgang auf den Küchentisch. Ich mußte sie mitnehmen, um den Schein zu wahren, schließlich hatte ich Phoebe erzählt, ich müsse Sallys Schreibmaschine abholen. Das Farbband kam in den dritten Müllbeutel.

Ich ging ins Wohnzimmer zurück, um den Anrufbeantworter auszustöpseln, überlegte es mir aber noch einmal, hob das Gerät mitsamt dem Telefon hoch und suchte im Schein der Straßenlaterne die Wahlwiederholungstaste, dann nahm ich den Hörer ab und drückte auf den Knopf. Irgendwo läutete es. Ich hörte eine Männerstimme, sanft, ausländisch und wohlartikuliert wie die von Mr. Dass: »Das Teppichhaus International dankt für Ihren Anruf. Wenn Sie eine Nachricht hinterlassen oder eine Bestellung aufgeben wollen, sprechen Sie bitte nach dem Signalton ...« Ich hörte mir das zweimal an, zog den Stecker heraus und stellte das Gerät auf den Küchentisch neben die Schreibmaschine. Dann fiel mein Blick auf einen Bund Autoschlüssel, der an einem Nagel hing. Der Toyota. Ich steckte sie ein, dankbar, daß ich nicht Samstag nachts in einer finsteren Nebenstraße über die Zäune würde klettern müssen. Ich rannte nach oben. Es gab keinen zwingenden Grund für diese übermäßige Eile, aber wäre ich nicht gelaufen, hätte ich vielleicht nicht den Mut zum Gehen gefunden.

Ich stand am Schlafzimmerfenster. Die Cambridge Street war menschenleer. Während ich wartete, daß ich einen klaren Kopf bekam, blickte ich über die Grasfläche hinaus nach den Strömen der Eisenbahngleise. Die Nacht war noch dunkler geworden. Bristol legte sich schlafen. Hier hat Emma gestanden, wenn sie auf ihn wartete, dachte ich. Nackt, wie sie auch auf mich zu warten pflegte, wenn sie beschlossen hatte, mit mir ins Bett zu gehen. Ich stand neben dem Futon. Die Kopfkissen lagen alle auf einer Seite, nur für eine Person. Was mochte sie gedacht haben, wenn sie hier alleine lag? *Er ist vorgefahren, sie hinterher,* hatte Phoebe gesagt. Und hier hatte sie also gelegen, ganz allein, bevor sie losfuhr. Ich beugte mich vor, um das signierte Poster mit dem Bergbewohner mitzunehmen. Ob nun eingebildet oder wirklich vorhanden, aus dem Bettzeug stieg mir der Geruch ihres Körpers entgegen. Ich faltete das Poster, bis es in meine Tasche paßte. Ich nahm Larrys grünen Regenmantel vom Bügel und legte ihn mir über den Arm. Dann ging ich langsam nach unten in die Küche. Langsam. Ich entriegelte den Seiteneingang und hängte die Sperrkette so ein, daß die Tür offenblieb. Langsam. Es war mir sehr wichtig, nichts zu überstürzen.

Ich ließ die Tür angelehnt, ging über den Bürgersteig zum Auto, zog die Plane weg und erblickte auf dem Rücksitz Larrys Wildlederstiefel. Mach jetzt bloß kein Drama aus diesen Stiefeln, nahm ich mir vor. Es waren Larrys Stiefel, Larry war am Leben. Was sollte an diesen verdammten Stiefeln schon bemerkenswert sein, maßgefertigt von Lobb in St. James's und unter Wutgeheul von der Oberen Etage bezahlt, nur weil Larry gefunden hatte, es sei an der Zeit, unsere Liebe zu ihm auf die Probe stellen?

Sie waren schlammverkrustet, entdeckte ich, so wie man eben irgendwo Schlamm entdeckt: mal mit der Drahtbrüste drangehen, später. Der Haß war wieder in mir aufgeflammt. Ich sehnte mich nach einer Revanche, ich wollte noch einmal nach Priddy und ihn endgültig fertigmachen.

Ich ging in die Küche zurück, nahm die Schreibmaschine und den Anrufbeantworter und trug sie zum Wagen, wobei mich die Frage quälte, ob er überhaupt anspringen würde. Ich stellte bizarre Berechnungen an, wie lange es dauern würde, den Wagen auf den höchsten Punkt der Straße zu schieben, damit ich von dort zum Bahnhof hinunterrollen und, falls er dann immer noch nicht angesprungen war, meinen neuen Besitz in ein Taxi verfrachten konnte.

Mein Mut hatte mich fast verlassen, als ich ins Haus zurückging, um den Rest der Ladung zu holen: Larrys Wetterhaut-Regenmantel, den ich als eindeutigen Beweis für sein Überleben zu brauchen schien, und meine vier Müllbeutel, die ich am Kragen trug und rings um die Schreibmaschine verstaute, bis auf den einen mit dem verbrannten Papier, den ich mit Rücksicht auf den empfindlichen Inhalt auf den Beifahrersitz legte. Und dann wollte ich nur noch eins: einsteigen und mich und meine Schätze in Sicherheit bringen. Aber Phoebe und Wilf machten mir Sorgen. Während des Einbruchs waren sie in meiner Phantasie zu Hauptdarstellern geworden. Ich war dankbar, daß sie mich akzeptiert hatten, mußte mich aber vergewissern, daß ich auch wirklich alles getan hatte, mir ihre gute Meinung, insbesondere die von Phoebe, die mir mißtraute, nicht zu verscherzen. Ich wollte nicht, daß sie die Polizei anriefen. Sie sollten ganz beruhigt sein.

Also ging ich durch den Nebeneingang ins Haus zurück, schob oben und unten die Riegel vor, hängte die Sperrkette ein und durchquerte das Wohnzimmer, wobei ich wieder an Emmas Klavierhocker vorbeikam. Ich verließ das Haus durch die Vordertür und schloß sie zweimal ab, so wie ich sie vorgefunden hatte. Dann stand ich vor dem Nachbarhaus und rief zum oberen Fenster hinauf:

»Danke, Wilf. Auftrag ausgeführt. Alles erledigt.«

Keine Antwort. Längere zwanzig Meter als die Strecke von der Haustür 9A bis zu dem blauen Toyota habe ich wohl nie in meinem Leben zurückgelegt, und ich hatte erst die Hälfte hinter mir, als ich merkte, daß mir jemand nachschlich. Erst dachte ich, es sei Larry, oder Munslow, denn mein Verfolger war so leise, daß nicht so sehr mein Gehör als vielmehr andere professionelle Sinnesorgane seine Anwesenheit wahrnahmen: ein Prickeln im Rücken; irgendein Widerschein in der Luft vor mir, der von jemandem hinter mir stammte; das Gefühl, daß da jemand ist, wenn man zur Kontrolle in ein Schaufenster blickt und niemanden sieht.

Ich bückte mich und schloß den Wagen auf. Ich sah mich um, aber da war nichts. Ich richtete mich auf, fuhr herum, hob schlagbereit den Arm und stand plötzlich dem kleinen Schwarzen von der Ocean Fish Bar gegenüber, der zu schüchtern gewesen war, mit mir zu sprechen.

»Warum bist du nicht im Bett?« fragte ich ihn.

Er schüttelte den Kopf.

»Nicht müde?«

Er schüttelte wieder den Kopf. Nicht müde, oder kein Bett.

Unter seinen Blicken kletterte ich auf den Fahrersitz und drehte den Zündschlüssel. Der Motor sprang beim ersten Mal an. Der Junge zeigte mit dem Daumen: Alles in Ordnung, und ehe ich mich bremsen konnte, hatte ich Colin Bairstows Brieftasche aus den schweißgetränkten Tiefen meiner Jacke gezogen und ihm einen Zehn-Pfund-Schein gegeben. Als ich dann losgefahren war, konnte ich meine unglaubliche Dummheit kaum fassen, denn schon klang mir in den Ohren, wie Inspektor Bryant sich aalglatt erkundigte, was denn wohl dieser freundliche weiße Gentleman mittleren Alters in dem blauen Toyota für sich zu kaufen glaubte, als er dir diesen Zehner durchs Fenster reichte, mein Sohn.

Auf der Bristol-Seite der Mendips gibt es einen Hügel mit einer der weitesten und schönsten Aussichten Englands, tief unten kleine Felder und unverschandelte Dörfer und dahinter zwischen zwei Hügeln die Stadt. Es war eine der Stellen, die ich an sonnigen Abenden mit Emma aufsuchte, wenn wir Lust hatten, einfach zum Spaß durch die Gegend zu fahren. Im Frühjahr und im Sommer wimmelt es hier von jungen Liebespaaren. Auf den nahegelegenen Feldern spielen Väter mit ihren Kindern Fußball. Aber Ende Oktober, zwischen Mitternacht und sieben Uhr morgens, kann man ziemlich unbesorgt sein, gestört zu werden.

Die Arme aufs Steuer gelegt, das Kinn in die Arme geschmiegt, saß ich in dem Toyota und starrte ins Treiben der Nacht. Über mir hingen Mond und Sterne. Gerüche von Tau und Herbstfeuern erfüllten den Wagen.

Im Licht der Innenbeleuchtung las ich die Botschaften der Liebenden, einen gelben Zettel nach dem anderen, in derselben Reihenfolge ans Armaturenbrett geklebt, wie ich sie von dem Bilderrahmen abgenommen hatte.

Emma: AM erwartet deinen Anruf heute 5:30.

Wer ist AM? hörte ich Bryant fragen. *AM, der überall in Pettifers Terminkalender auftaucht?*

Larry: Liebst du mich?
Emma: Anruf von TT. Hat nicht gesagt, von wo. Immer noch keine Teppiche.
Larry: Frau, wo ist der verdammte Bovril?

(Larry konnte Kaffee nicht ausstehen, war aber süchtig danach. Bovril war das, was er sein Methadon nannte.)

Larry: Ich bin NICHT von dir besessen. Es ist nur so, daß ich dich nicht aus meinem dummen Kopf kriegen kann. Warum schläfst du nicht mit mir?
Emma: Anruf von AM. Teppiche eingetroffen. Alles da, wie versprochen. Weil ich nicht in Form bin. Warte bis Donnerstag.
Larry: Kann ich nicht.

Die Stunden schlichen dahin wie alle nutzlos vergeudeten Stunden, wenn ich auf das Kommen und Gehen von Spionen gewartet hatte – in Autos, an Straßenecken, auf Bahnhöfen und in schäbigen Cafés. Ich hatte zwei Betten in zwei

Hotels und konnte in keinem schlafen. Ich besaß einen komfortablen Sunbeam mit Lederpolstern und nagelneuer Heizung, mußte aber in einem schrottreifen Toyota frieren. Ich zog mir Larrys Wetterhaut wie einen Umhang über die Schultern und versuchte mehrmals einzuschlafen, aber vergeblich. Gegen sieben ging ich auf dem Schotter auf und ab und schimpfte über den Nebel. Ich sitze fest! Ich komme nie mehr von diesem Hügel runter! Um halb neun erreichte ich bei perfekter Sicht die Einfahrt zum überdachten Parkplatz eines neuen Einkaufszentrums, mußte aber erfahren, daß dort an Sonntagen erst um neun geöffnet wurde. Ich fuhr zu einem Friedhof, sah mir eine halbe Stunde lang gedankenlos die Grabsteine an, kehrte dann zum Einkaufszentrum zurück und begann die nächste Etappe meiner Odyssee als Spion. Ich stellte den Wagen auf dem Parkplatz ab, kaufte mir, um den Schein zu wahren, Rasiercreme und Rasierklingen, nahm ein Taxi nach Clifton, holte den Sunbeam vom Eden ab und fuhr damit zum Einkaufszentrum zurück. Dort parkte ich den Sunbeam möglichst nahe bei dem Toyota, befreite einen widerspenstigen Einkaufswagen aus einer verkeilten Reihe, schob ihn neben den Toyota, warf die vier Müllbeutel hinein, dann Stiefel, Schreibmaschine, Anrufbeantworter und den grünen Regenmantel und brachte das ganze Zeug zu meinem Sunbeam.

All dies schamlos und ohne Vorsichtsmaßnahmen, denn, wie wir in der Firma zu sagen pflegten, Gott, als er den Supermarkt erschuf, machte uns Spionen ein Geschenk, von dem wir bis dahin nur geträumt hatten: einen Ort, wo jeder Idiot alles und jedes von einem Wagen in einen anderen verladen kann, ohne daß irgendein Idiot etwas davon mitbekommt.

Da ich nicht den Wunsch hatte, die Aufmerksamkeit auf Miss Sally Anderson, wohnhaft Cambridge Street, zu lenken – übrigens auch nicht auf die Freiheit für Prometheus GmbH oder Terry Altman Esq. –, fuhr ich den Toyota auf ein schmutziges Industriegelände jenseits der innerstädtischen Parkzone, zog die Plastikplane darüber und wünschte ihm alles Schlechte.

Dann zurück zum Parkplatz des Supermarkts und mit dem Sunbeam zum Hotel Eden; dort stellte ich den Wagen ab, bezahlte meine Rechnung mit einer Cranmer-Kreditkarte und fuhr mit dem Taxi zum Starcrest Motel, wo ich eine zweite Rechnung mit Bairstows Kreditkarte bezahlte.

Von dort zum Eden, wo ich mein Auto abholte, weiter nach Honeybrook, um zu schlafen und vielleicht sogar zu träumen.

Oder auch nicht, wie Larry sagen würde.

Auf dem Randstreifen gegenüber dem Haupttor standen zwei auffällig unbeschäftigte Radfahrer herum. Im Flur lag ein mühsam geschriebener Zettel von Mrs. Benbow, auf dem sie bedauerte, mir »wegen dem kranken Herz von meinem Mann und den dauernden Fragen der Polizei« künftig nicht mehr gefällig sein zu können. Der Rest meiner Post war kaum erfreulicher: zwei Strafmandate der Polizeiwache Bristol für Parkvergehen, die ich nicht begangen hatte; ein Brief des Inspektors der Mehrwertsteuerstelle, der mich in Kenntnis setzte, daß er aufgrund erhaltener Informationen eine vollständige Untersuchung meiner Vermögensverhältnisse – Einkommen, Ausgaben und Zahlungseingänge der letzten zwei Jahre – durchzuführen beabsichtige. Und eine verfrühte Rechnung von Mr. Rose, meinem Transportunternehmer, der seine Rechnungen sonst immer grundsätzlich erst dann verschickte, wenn ihm die Gläubiger im Nacken saßen. Nur mein Freund von der Verbrauchssteuerstelle war anscheinend der Rekrutierung entgangen:

> Lieber Tim,
> ich habe vor, Ihnen nächsten Mittwoch gegen Mittag einen meiner Überraschungsbesuche abzustatten. Laden Sie mich zum Mittagessen ein?
>
> Gruß David

David Beringer, Ex-Mitarbeiter der Firma. Nie glücklicher gewesen als bei seiner Deaktivierung.

Blieb ein letzter Umschlag. Braun. Schlechte Qualität.

Getippt auf einer alten Reiseschreibmaschine. Poststempel Helsinki. Fest zugeklebt. Beziehungsweise, argwöhnte ich, neu zugeklebt. Innen ein Blatt Papier, liniert. Handgeschrieben, mit Tinte. Männerschrift. Kleckse. Datiert Moskau, vor sechs Tagen.

> Timothy, mein Freund,
> man macht mir das Leben zur ungerechten Hölle. Ich bin Gefangener im eigenen Haus, wegen nichts in Ungnade gefallen. Falls Sie Grund haben, nach Moskau zu kommen, oder falls Sie noch Kontakt haben zu Ihrem früheren Arbeitgeber, bitte helfen Sie mir und bringen meine Unterdrücker zur Vernunft. Sie können mit Sergej Kontakt aufnehmen, er hilft mir auch diesen Brief abzuschikken. Rufen Sie ihn an, aber *nur auf englisch,* unter der Ihnen bekannten Nummer, und nennen Sie nur den Namen ihres alten Freundes und Sparringpartners: Peter

Ich starrte den Brief noch lange an. Peter wie Wolodja Zorin. Peter wie am Telefon, um ein Treffen in Shepherd Market zu verabreden. Peter wie der Beginn einer Freundschaft, die man verleugnen mußte. Peter, das Opfer einer ungerechten Hölle, unter Hausarrest, gute Chance, im Morgengrauen erschossen zu werden: Willkommen im Club.

Es war Sonntag, und an Sonntagen gab es, auch wenn nicht für Larry gekocht werden mußte, eine Menge zu tun, um den Schein zu wahren. Um elf Uhr kniete ich in meinem staubgrünen Anzug auf Onkel Bobs Bettkissen und brummte die mittleren Töne bei der gesungenen Messe mit, was mir von Herzen zuwider ist. Mr. Guppy ging mit dem Klingelbeutel herum, und als der arme Alte ihn mir reichte, traute er sich nicht, den Blick zu heben. Nach der Kirche waren die Damen Bethel im Dower House an der Reihe, uns mit schlechtem Sherry und den neuesten alarmierenden Gerüchten über die Umgehungsstraße zu versorgen. Aber die war heute nicht von Interesse, und wir sprachen deshalb über gar nichts, wobei sie mir aber jedesmal, wenn sie sich unbeobachtet glaubten, verstohlene Seitenblicke zuwarfen. Doch als ich im Schutz der Dunkelheit, meine Beute auf Ted Lanxons Handkarren, zu dem Turmversteck aufbrach, fühlte ich mich immer weniger als Herr im eigenen Hause, sondern eher wie ein Einbrecher, der dort einstieg.

Ich stand vor dem Fetzen des alten Verdunkelungsvorhangs, den ich vor den Alkoven genagelt hatte. Selbst heute Abend noch achtete ich Emmas Privatsphäre, so, wie sie es immer verlangt hatte. Ihr nachzuspionieren war ein Verstoß gegen Überzeugungen, die ich bis zu der Begegnung mit ihr nie gehabt hatte. Wenn ein Anruf für sie gekommen war und zufällig ich ihn entgegengenommen hatte, berichtete ich ihr kommentarlos davon und stellte keine Fragen. Oder ein Brief: Der lag unberührt auf dem Tisch im Flur, bis sie ihn zur Kenntnis zu nehmen geruhte. Ich stellte keine Überlegungen an über den Poststempel, das Geschlecht des Korrespondenten, die Qualität des Briefpapiers. Wenn die Versuchung unerträglich wurde – ich hatte Larrys Handschrift erkannt, oder eine andere Männerschrift wurde mir allmählich zu vertraut –, dann stapfte ich fröhlich nach oben, wedelte mit dem Umschlag herum, rief »Post für Emma! Post für Emma! Emma, Post für dich!«, schob ihn mit frommer Erleichterung unter der Tür ihres Studios durch, und weg war er.

Bis jetzt.

Bis ich nun, alles andere als Siegesfreude empfindend, den Vorhang zur Seite riß und die acht Weinkisten betrachtete, die ich an jenem Sonntag, als sie für immer gegangen war, blindlings mit dem Inhalt ihres Schreibtischs gefüllt hatte; und die namenlose hellbraune Mappe, die Merriman so lustig mein Bündel getauft hatte und die jetzt schräg auf den Kisten lag.

Ich schlug die Mappe hastig auf, etwa so, wie ich es mir immer ausgemalt hatte, wenn ich Gift schlucken müßte. Fünf A4-Blätter ohne Überschrift, zusammengestellt von seinen Sheenas. Ohne mir auch nur die Zeit zu nehmen, mich hinzusetzen, las ich sie in einem Zug durch; dann las ich noch einmal, langsamer, und wartete auf die Erscheinung, die mich an der Kehle packen und mich anschreien würde: »Cranmer, Cranmer, wie konntest du nur so blind sein?«

Es kam aber keine.

Denn ich hatte keine billige Lehrbuchlösung für Emmas Geheimnis gefunden, sondern bloß die rührende Bestätigung mancher Dinge, die ich vermutet oder längst gewußt hatte: flüchtige Liebschaften, diverse Affären und Zerstreuungen, ihr Streben nach dem Absoluten in einer Welt aus Pfusch und Falschheit. Ich erkannte ihre Bereitschaft, bei der Suche nach Prinzipien auf Prinzipien zu verzichten; und die Leichtigkeit, mit der sie alle Verpflichtungen abschüttelte, wenn diese mit dem in Konflikt gerieten, was sie für das Ziel ihrer Suche hielt. Ihre Herkunft hatte, auch wenn sie nicht so entsetzlich war, wie sie mir vorzumachen versucht hatte, unter einem ebenso unglücklichen Stern gestanden. Von ihrer Mutter in dem Glauben erzogen, sie sei das uneheliche Kind eines großen Musikers, hatte sie dessen Heimatdorf auf Sardinien besucht und dort erfahren müssen, daß er Maurer gewesen war. Wenn überhaupt von jemandem, hatte sie ihr musikalisches Talent von der Mutter geerbt. Emma hatte sie gehaßt, und ich, als ich die Akte las, haßte sie auch.

Ich legte die Mappe sachte beiseite und nahm mir Zeit, darüber nachzudenken, was Merriman wohl damit zu erreichen geglaubt hatte, als er sie mir aufdrängte. Erreicht hatte er nur, daß die qualvolle Angst, die ich um Emma empfand, ebenso wiederauflebte wie meine Entschlossenheit, sie vor den Folgen jedweder Verrücktheit zu retten, in die Larry sie hineingezogen hatte.

Ich nahm die erstbeste Kiste, kippte sie aus und nahm die nächste, bis alle acht geleert waren. Die vier Müllbeutel aus der Cambridge Street, die mit Drahtclips zugebunden waren, starrten mich an wie maskierte Inquisitoren. Ich riß ihnen die Schlingen vom Hals und schüttelte den Inhalt auf den Boden. Blieb nur noch der Beutel mit den verkohlten Papieren. Behutsam kippte ich ihn aus und schob die nicht verbrannten Teile mit den Fingerspitzen zu einzelnen Häufchen zusammen. Vor den Überresten von Emmas improvisiertem Verschwinden kniend, machte ich mich an die Aufgabe, in die geheime Welt meiner Geliebten und ihres Liebhabers einzudringen.

10

Ich las, wie ich noch nie gelesen hatte. Was meinem Blick entging, meine Hände fanden es, mein Hirn konstruierte es. Ich strich Zettel glatt und setzte andere, die sorglos zerrissen worden waren, wieder zusammen, legte sie auf verschiedene Stapel und prägte sie mir gleichzeitig ins Gedächtnis ein. Wenn ich nicht irrte, blieben mir nur noch Stunden, und so schaffte ich in Stunden, wozu ich früher Wochen gebraucht hätte. Meine Besessenheit mochte einer blinden Logik folgen, aber da spielte auch eine ungeheure Erleichterung mit. Die Erklärung liegt vor dir! Alles, das Wie und Warum, das Wann und Wo, ich muß es nur noch entschlüsseln! In diesen Papieren – und nicht in irgendeinem paranoiden Winkel von Cranmers allzu aktiver Fantasie – sind Antworten auf Fragen begraben, die mich seit Wochen Tag und Nacht verfolgt haben: Hat man mir etwas angehängt, mich reingelegt, bin ich das Opfer einer teuflischen Verschwörung? Oder bloß ein verliebter Trottel, der den Wahnvorstellungen seiner Wechseljahre aufgesessen ist?

Wie weit ich hinter Larry und Emma zurück war, oder wie weit ich ihnen voraus war, konnte ich nicht beurteilen. Manches wußte ich ganz, manches halb. Dann wußte ich wieder gar nichts. Oder ich hatte ihre Schritte vorausgeahnt, und nur das Ziel blieb mir ein Rätsel. Oder ich kannte das Ziel, wollte aber das Motiv nicht billigen: Es war zu verrückt, zu weithergeholt, zu abseitig, auf geradezu sträfliche Weise zu obskur, als daß ich es glauben konnte. Oder ich lehnte mich plötzlich auf meinem Stuhl zurück, um wider alle Vernunft glückselig die Decke anzugrinsen: Ich war nicht das Ziel, ich war nicht das Opfer ihres Betrugs; die beiden waren hinter etwas Größerem her; Cranmer war bloß ein nicht ganz unschuldiger Zuschauer.

Papiere voller Zahlen, Geschäftsbriefe, Briefe von Banken und Kopien von Antwortbriefen. Infomaterial von einer Organisation, die sich Bündnis für das Überleben von Stammesvölkern nannte; Material aus München; eine Broschüre *Gott als Nebensache,* Verfasser ein P. Wook in Islington. Der Esso-Terminkalender, ein Kalender mit Eintragungen, das russische herausklappbare Adreßbuch, Larrys wirres Gekritzel. Rechnungen: Telefon, Strom, Wasser, Miete, Lebensmittelgeschäfte, Larrys Whiskey. Rechnungen: ordentlich aufbewahrt, bezahlt, quittiert. Typisch Emma, nicht Larry, auch wenn die Rechnungen unterschiedlich adressiert waren, an S. Anderson, an T. Altman, an Freiheit für Prometheus GmbH, Cambridge Street. Ein Kinderschreibheft, aber das Kind war Emma. Das Heft steckte zwischen diversen Akten und fiel heraus, als ich anfing, sie durchzublättern. Ich schlug es auf, klappte es aber in einer spontanen Anwandlung von Selbstzensur erst noch einmal zu, bevor ich es etwas behutsamer wieder aufschlug. Inmitten von Haushaltsnotizen und musikalischen Entwürfen war ich auf ziellose Nachrichten an ihren früheren Geliebten Cranmer gestoßen:

Tim, ich versuche ja zu begreifen, was mit uns passiert ist, damit ich es dir erklären kann, aber oft denke ich, warum eigentlich sollte ich dir irgend etwas erklären? Und gleich darauf denke ich wieder, daß ich es dir trotzdem in aller Offenheit sagen werde, und dazu bin ich jetzt entschlossen …

Aber diesem schönen Entschluß folgte keine entsprechende Tat, denn das Signal brach ab. Feuchte Batterien im Sender? Geheimpolizei poltert an die Tür? Ich blätterte ein paar Seiten weiter.

Emma an Emma: *Alles in meinem Leben hat mich darauf vorbereitet … Jeder falsche Geliebte, jeder falsche Schritt, meine schlechte und meine gute Seite, alle meine Seiten, alles marschiert in dieselbe Richtung, solange ich mit Larry marschiere … Larry sagt, er glaubt nicht an Worte, ich glaube auch nicht daran. Larry ist Handeln. Handeln ist Charakter. In der Musik, in der Liebe, im Leben …*

Doch Emma an Emma klang nur wie eine Parodie auf Larry.

Emma an Tim: *... du hast bei mir nur eine gewaltige gähnende Leere hinterlassen, in der ich meine Liebe zu dir aufbewahrte, bis ich erkannte, daß du gar nicht da warst. Wieviel ich über dich erahnt habe und wieviel ich von dir oder Larry erfahren habe, ist unwichtig, außer daß Larry dich nie so verraten hat, wie du meinst, und nie so, wie ...*

Ja sicher, dachte ich wütend: hat er nicht, überhaupt nicht! Seinem besten Freund die Frau stehlen, das ist doch kein Verrat, und siebenunddreißig Millionen Pfund stehlen und dich zu seiner Komplizin machen, das ist auch kein Verrat. Das ist Altruismus. Eine edle Tat. Ein Opfer!

Sechs Seiten Larry-inspirierter Beschäftigung mit sich selbst, ehe sie wieder den Mut findet, mich anzureden; diesmal in gönnerhaftem Ton:

Verstehst du, Tim, Larry ist ununterbrochenes Leben. Er wird mich nie im Stich lassen. Larry ist das Leben, das wieder wirklich geworden ist, mit ihm zusammensein bedeutet Fortschritte machen und Anteil nehmen, denn wo Tim ausweicht, setzt Larry sich ein. Und wo Tim ...

Wieder abgebrochen. Wo Tim was? Was konnte sie denn noch von mir zerstören, nachdem sie alles zerstört hatte? Und wenn Larry die Fortsetzung des Lebens war, was war dann Tim im Evangelium des heiligen Larry, überliefert von der Apostelin Emma? Das Ende des Lebens, nahm ich an. Auch als Tod bekannt. Und der Tod, als sie dann plötzlich mit ihm lebte, wurde wohl ein bißchen ansteckend – weshalb sie den Mut aufgebracht hatte, an jenem Sonntagmorgen, als ich in der Kirche war, das Weite zu suchen.

Aber ich bin nicht schuldig, dachte ich. Ich bin der Betrogene, nicht der Betrüger.

»Mach mich zu einem ganzen Menschen, Tim«, beschwört sie mich in unserer ersten Nacht auf Honeybrook. »Ich bin zu lange gespalten gewesen, Tim. Sei mein Ein-Mann-Kloster, Tim, meine Heilsarmee. Laß mich nie im Stich.«

Larry wird dich nie im Stich lassen, du Einfaltspinsel? Larry wird dich in das tiefste Loch stoßen, das du je gesehen hast! Garantiert! Predige *mir* doch nichts von deiner Liebe zu ihm! Larry soll das *Leben* sein? Deine heiligen Gefühle? Wie oft kannst du deinen Gefühlen treu bleiben, und hast du noch Gefühle, denen du treu sein kannst? Wie oft kannst du dich dem blauen Himmel der Ewigkeit anvertrauen, wenn du hinterher jedesmal in den frühen Morgenstunden mit zerrissenem Kleid und zwei ausgeschlagenen Zähnen nach Hause schleichen mußt?

Aber der Beschützer in mir war alarmiert, auch als die Fesseln der Schuldgefühle und Unwissenheit längst von mir abgefallen waren. Mit jeder Seite und jedem Wort, das ich las, erneuerte sich meine Entschlossenheit, wuchs mein Verlangen, sie aus ihrer neuesten und größten Torheit zu retten.

Emma als Künstlerin. Emma als Expertin Freudscher Kritzeleien. Emma als Echo von Larrys ewigem Aufschrei gegen eine Welt, die er weder zur seinen machen noch zerstören kann. *»Für uns«*, hat sie geschrieben. Leuchtturm wäre noch die nachsichtigste Bezeichnung dafür. Stolz erhebt er sich auf der Mitte der Seite. Vier schmale, sich nach oben verjüngende Wände mit Fenstern, so ähnlich wie meine Bogenscharten. Oben eine kegelförmige Spitze, wie ein Helm, wie andere kegelförmige Spitzen auch. Ins Erdgeschoß hat sie eine seelenvoll dreinblickende Kuh gezeichnet, im ersten Stock essen Larry und Emma aus Schüsseln, im zweiten Stock umarmen sich die beiden. Und ganz oben stehen sie, nackt wie im Paradies, an gegenüberliegenden Fenstern und halten Ausschau.

Aber wonach? Nach wem? Jetzt war es Cranmer, ihr Retter, der ihr nachkletterte und rief *Halt!* und *Warte!* und *Komm zurück!*

Eine entrüstete Abhandlung von Larry, nur für Emma geschrieben, über die Herkunft des Wortes Inguschen, das sich als Begriff der russischen Invasoren erweist. Ingusche ist anscheinend einfach das inguschische Wort für Menschen, so wie Tschetschene das tschetschenische Wort für Menschen ist (vgl. den Namen Bantu, den die burischen Kolonisatoren den Schwarzen Afrikas gegeben haben). Das inguschische Wort für das Volk der Inguschen ist offenbar *galgai.* Larry empört sich über diese Gefühllosigkeit auf seiten der Russen, und Emma will seinen Zorn natürlich teilen...

Ich las verbranntes Papier.

Manchmal mußte ich es ans Licht halten. Manchmal mußte ich eine Lupe nehmen oder einen lückenhaften Satz ergänzen. Papier brennt schlecht, wie jeder Spion weiß. Gedrucktes bleibt stehen, wenn auch nur Weiß auf Schwarz. Aber Emma war kein Spion, und was auch immer sie an Sicherheitsmaßnahmen zu treffen glaubte, entsprach keineswegs den Vorstellungen von Marjorie Pew und ihresgleichen. Ich las Buchstaben und Zahlen. Ihre schräge Handschrift hatte die Flammen überstanden.

25 x MKZ22...	200 ungef...
500 x ML7...	900
1 x MQI8...	50

Neben jedem Eintrag ein Kreuz oder ein Häkchen. Und am unteren Rand der Seite die Worte: *Bestellung am 14. Sep., 10 Uhr 30, von AM telefonisch bestätigt.*

Ich hörte Jamie Pringle: *Larry ist kein großer Rechenkünstler ... wesentlich besser auf Draht als Larry, wenn es um Zahlen ging.* Ich stellte sie mir am Schreibtisch in der Cambridge Street vor: Das schwarze Haar streng hinter die Ohren und in den Kragen ihrer hochgeschlossenen Bluse gesteckt, stellt sie Berechnungen an, für die ihr Musikerhirn wie geschaffen ist, und wartet, daß Larry nach einem weiteren anstrengenden Tag in der Lubjanka, Darling, vom Bristoler Bahnhof Temple Meads den Berg hinauf zu ihr nach Hause eilt.

Endsumme ca. viereinhalb, las ich unten auf der nächsten Seite. Auch die Zahlen schrieb sie schräg.

Viereinhalb *wovon,* verdammt noch mal? fragte ich, nun doch wütend auf sie. Tausend? Millionen? Wozu mußte Larry dann deinen Schmuck verkaufen? Warum mußte er seine Gratifikation von der Firma weggeben?

Wieder hörte ich Diana, und mir sträubten sich die Nakkenhaare: *den perfekten Ton.*

Das Bild formte sich. Vielleicht hatte es sich bereits geformt. Vielleicht war das *Was* längst da, und nur das *Warum* fehlte noch. Aber in dieser Stimmung war Cranmer ein Schreibtischsoldat. Und Schlußfolgerungen, falls er überhaupt welche zog, kamen erst nach, nicht vor oder während seiner Ermittlungen.

Ich lauschte.

Ich hatte das Bedürfnis zu lachen, zu winken, zu antworten: »Emma! Ich bin's. Ich liebe dich. Wirklich, immer noch! Unglaublich, wie von Sinnen, ich bete dich an, ob ich Leben oder Tod für dich bin oder bloß der langweilige alte Tim Cranmer!«

Die Welt draußen vor meinen Schießscharten ging zum Teufel. Der Turm der Kapelle ächzte, Fensterläden knallten, bleierne Fallrohre krachten ans Gemäuer, als der Donner zuschlug. Dachrinnen liefen über, die Wasserspeier konnten die rauschenden Massen nicht schnell genug von sich geben. Der Regen hörte auf, und es begann wieder die unsichere Waffenruhe einer Nacht auf dem Lande. Ich aber dachte nur: »Emma, du bist es« und hörte nichts anderes als Emmas Stimme auf dem Anrufbeantworter aus der Cambridge Street, so liebenswert, daß ich mir den Kasten am liebsten ans Gesicht gedrückt hätte: eine Stimme, die warm und geduldig und auch musikalisch war, vielleicht ein wenig träge von der Liebe, an Leute gerichtet, die Englisch nicht sonderlich beherrschten oder mit westlichen Mysterien wie dem Anrufbeantworter nicht vertraut waren.

»Freiheit für Prometheus, Bristol; Sally am Apparat«, sagte sie. »Hallo, und danke für Ihren Anruf. Leider sind wir zur Zeit nicht zu Hause und können deshalb nicht mit Ihnen sprechen. Wenn Sie eine Nachricht hinterlassen wollen, warten Sie auf den kurzen Signalton und fangen unmittelbar danach an zu sprechen. Sind Sie bereit ...?«

Nach Emma das Ganze noch einmal, von Larry auf russisch vorgetragen. Und wenn Larry Russisch sprach, schlüpfte er in eine andere Haut, denn die russische Sprache war seine Zuflucht vor der Tyrannei gewesen. Dort verkroch er sich vor seinem Vater, der ihm Vorträge hielt, und vor der Schule, die ihn abzurichten versuchte, und vor Vertrauensschülern, die dem allem mit Schlägen nachhalfen.

Nach der russischen Durchsage sprach er noch einmal, in einer Sprache, die ich im Kaukasus ansiedelte – auf gut Glück, denn ich verstand keine Silbe. Was mir aber nicht entging, war der dramatische Tonfall, der verschwörerische Rhythmus, in den er eine so förmliche kleine Mitteilung zu kleiden wußte. Ich hörte ihn mir noch einmal auf russisch an. Dann wieder in der unbekannten Sprache. So geladen, so heldenhaft, so schwungvoll. Woran erinnerte er mich? An das Buch neben seinem Bett in der Cambridge Street? Die Memoiren seines Helden Aubrey Herbert, der für die Rettung Albaniens gekämpft hatte?

Und dann hatte ich's – das Canning!

Wir sind wieder in Oxford, es ist Abend, draußen fällt Schnee. Wir sitzen zu zwölft bei einem im Trinity auf dem Zimmer und trinken Glühwein, und heute ist Larry an der Reihe, uns einen Aufsatz über eins der hochgestochenen Themen vorzulesen, die seine Fantasie beschäftigen. Das Canning ist eine der vielen blasierten Oxforder Diskussionsgruppen, nur daß es ein bißchen älter ist als die meisten anderen und über anständiges Silberzeug verfügt. Larry hat sich für Byron entschieden und gedenkt uns zu schockieren. Und das gelingt ihm auch, indem er darlegt, Byrons große Liebe seien nicht Frauen, sondern Männer gewesen, und näher auf die Verehrung eingeht, die der Dichter zu seiner Cambridger Zeit einem Chorknaben und in Griechenland seinem Pagen Loukas entgegengebracht habe.

Was mir aber, als ich mir den Abend ins Gedächtnis zurückrufe, besonders deutlich im Ohr klingt, ist nicht Larrys vorhersehbares Behagen an Byrons sexuellen Heldentaten, sondern seine Begeisterung für Byron, den Retter der Griechen, *der sein eigenes Geld spendet,* um die griechische Flotte zum Kampf zu rüsten, *der Soldaten anwirbt und bezahlt,* um sich selbst an die Spitze des Angriffs auf die Türken bei Lepanto zu stellen.

Und ich sehe noch vor mir, wie Larry, den Pokal mit Glühwein an die Brust gedrückt, vor dem Gasofen sitzt und ganz in der Rolle Byrons aufgeht; die Stirnlocke, die geröteten Wangen, die von Wein und Rede fiebrig strahlenden Augen. Hatte Byron den antiken Schmuck seiner Geliebten verkauft, um den hoffnungslosen Fall mit Geld zu unterstützen? Hatte er seine Gratifikation in diese Sache investiert?

Und ich erinnere mich, wie Larry uns während einer seiner Predigten auf Honeybrook erzählt, Byron sei ein Kaukasus-Fan, schließlich habe er eine Grammatik der armenischen Sprache verfaßt.

Ich hörte den Anrufbeantworter ab. Und wurde angesteckt von der Sucht, inhalierte die Schwaden, versank im Rausch und badete in der gefährlichen Glut.

»Sally?« Eine kehlige Männerstimme, heiser und drängend, Englisch mit ausländischem Akzent. »Hier spricht Issa. Unser Oberster Führer fährt morgen nach Nasran. Zu einem Geheimgespräch mit dem Rat. Richten Sie das bitte Mischa aus.«

Klick.

Mischa, dachte ich. Einer von Tschetschejews Decknamen für Larry. Nasran, einstweilige Hauptstadt von Inguschien im Nordkaukasus.

Eine andere Männerstimme, nicht kehlig, todmüde, ersticktes Murmeln in Russisch. »Mischa, ich habe Neuigkeiten. Die Teppiche sind auf dem Berg angekommen. Die Männer sind glücklich. Grüße von unserem Obersten Führer.«

Klick.

Ein Mann, flottes Englisch mit leicht asiatischem Akzent: Mr. Dass' Doppelgänger, den ich nach Betätigung der Wahlwiederholung in der Cambridge Street gehört hatte.

»Hallo, Sally, hier Teppichhaus, vom *Autotelefon*«, verkündet er stolz, als ob das Telefon oder das Auto eine brandneue Errungenschaft seien. »Soeben kam Nachricht von unseren Lieferanten, wir sollen uns für nächste Woche bereithalten. Müssen noch mal über Finanzen reden, glaub ich. (Kichern) Prost.«

Klick.

Und nach ihm Tschetschejews Stimme, wie ich sie unzählige Male auf Telefon- und Abhörmitschnitten vernommen hatte. Er spricht Englisch, doch bei genauerem Hinhören hat seine Stimme die künstliche Höflichkeit eines Mannes, der unter Beschuß steht.

»Sally, guten Morgen, hier TT, ich habe Mischa etwas Eiliges auszurichten, bitte. Er darf auf keinen Fall in den Norden. Falls er die Reise schon angetreten hat, soll er sie bitte abbrechen. Befehl unseres Obersten Führers. Bitte, Sally.«

Klick.

Noch einmal Tschetschejew, noch gefaßter als zuvor, und langsamer.

»TT an Mischa. Mischa, hör bitte zu. Der Wald beobachtet uns. Mischa, hörst du mich? Wir sind verraten. Der Wald ist auf dem Weg nach Norden, in Moskau ist alles bekannt. Geh nicht in den Norden, Mischa. Sei nicht waghalsig. Wichtig ist jetzt nur, daß du dich in Sicherheit bringst, damit du weiterkämpfen kannst. Komm zu uns, wir werden für dich sorgen. Bitte, Sally, richte das Mischa umgehend aus. Sag ihm, er soll sich an die von uns vereinbarten Maßnahmen halten.«

Klick. Ende der Durchsage. Ende aller Durchsagen. Der Wald wandert nordwärts, und der große Birnams-Wald ist zum Dunsinan emporgestiegen, und Larry hat die Nachricht bekommen oder nicht. Und Emma, frage ich mich? Was hat sie bekommen?

Ich zählte Geld: Rechnungen, Briefe, Scheckabschnitte. Ich las verbrannte Mitteilungen von Banken.

»Sehr geehrte Miss Stoner« – Ecke rechts oben verkohlt, Absenderadresse unleserlich bis auf die Buchstaben SBANK und die Worte »... *des Pays, Genève*«. Miss Stoners

Adresse: 9A Cambridge Street, Bristol. »Wir ersehen aus d...Verluste zu... daß ... ... erhebliche Be... ... Pfund ...cht in ... ge... ...irokont... Sollten Sie ... kein unmitt... auffordern ... ...llten Sie wünschen ... ...rweisen an ...«

Linke Seite und untere Hälfte des Schreibens zerstört, Miss Stoners Antwort unbekannt. Aber inzwischen kenne ich Miss Stoner. Emma kennt sie auch.

»Sehr geehrte Miss Roylott«.

Ganz richtig: Miss Roylott und Miss Stoner gehören von Natur aus zusammen. Heiligabend vor dem großen Kamin im Salon von Honeybrook. Emma trägt die Intaglio-Kette und einen langen Rock und sitzt in dem Queen-Anne-Sessel; ich lese ihr Conan Doyles *Das gefleckte Band* vor, wo Sherlock Holmes die schöne Miss Stoner vor den Mordintrigen des Dr. Grimesby Roylott rettet. Im Rausch meines Glücks täusche ich vor, mich weiter an den Text zu halten, weiche aber tatsächlich raffiniert davon ab:

»Und wenn ich mir erlauben darf, Madam«, bemerke ich im besten Holmesschen Tonfall, »Ihnen mein demütiges Interesse an ihrer makellosen Person zu bekennen, so erlauben Sie mir auch den Vorschlag zu machen, daß wir uns in wenigen Augenblicken nach oben verfügen sollten, um jene Neigungen und Gelüste in praxi zu erproben, deren ich im Ungestüm meines Geschlechts kaum noch Herr zu sein vermag –«

Aber jetzt legt Emma mir die Fingerspitzen auf die Lippen und küßt sie dann mit ihren eigenen ...

»Sehr geehrte Miss Watson«.

Der Schreiber sitzt in Edinburgh und unterzeichnet mit »Übersee Wertpapiere Dir...« Und Watson wäre den Untieren aus Dr. Grimesby Roylotts Privatzoo besser mit einem Armeerevolver Eley Nr. 2 in der Tasche entgegengetreten, anstatt sich als Frau namens Sally hinter einer Adresse in der Cambridge Street, Bristol, zu verstecken.

»Wir freuen uns Ihnen mitteilen ... ...swahl ... kurzfristige ... Kombi... ...hohen Erträ... ...unt... ... Beding... zurückziehen ... ...sland.«

Aber natürlich freust du dich, dachte ich. Wer würde

das nicht, wenn er siebenunddreißig Millionen zum Spielen bekäme?

»Sehr geehrte Miss Holmes«.

Und noch ein Schwall Öl aus der schmierigen Flasche des Bankhauses.

Ich sammelte Teppiche.

Kilims, Hamadans, Belutschs, Kolyais und Aserbeidschans, Gabbehs, Bachtiaris, Basmakis und Dosemealtis. Notizen zu Teppichen, gekritzelte Vermerke zu Teppichen, telefonische Nachrichten, auf fleckiges graues Papier getippte Briefe, abgeschickt von unserem guten Freund Soundso, der nach Stockholm reist: Sind die Kilims eingetroffen? Sind sie unterwegs? Vorige Woche haben Sie gesagt, nächste Woche. Unser Oberster Führer ist sehr beunruhigt, so viel besorgtes Gerede über Teppiche. Auch Issa ist beunruhigt, weil Magomed keine Teppiche hat, auf denen er sitzen kann.

Anruf von TT. Hofft nächsten Monat hier zu sein. Hat nicht gesagt, von wo. Immer noch keine Teppiche …

Anruf von TT. UOF begeistert. Teppiche werden in diesem Augenblick ausgepackt. Vorzüglicher Lagerraum in großer Höhe gefunden, alles unversehrt. Wann darf er mehr erwarten?

Teppiche von AM. Für unseren Obersten Führer beziehungsweise, wie man in Winchester sagt, UOF.

»Sehr geehrter Prometheus«. Stark versengter Brief auf normalem weißem Papier, elektronische Schreibmaschine. »Wir sind …ber… zu arra… …ren …slieferung von 300 Gaschgais wie besprochen, un… werden Ihnen gern ent… Sie zum nächsten vereinbarten Termin nach Eingang …« Unterschrift eine gezackte Hieroglyphe, sieht aus wie drei Pyramiden nebeneinander; Absender Die Teppichhaus Gesellschaft, Postfachnummer unleserlich, … sfield.

Petersfield?

Mansfield?

Irgendein anderes englisches …field?

Macclesfield, höre ich Jamie Pringle mit von Portwein geölter Stimme sagen. *Hab da mal ein Mädchen gevögelt.*

Und unter der Unterschrift ein geschäftsinterner Vermerk; Larry mit seinem ungeduldigen Gekrakel an Emma:

Emma! Wichtig! Können wir soviel zusammenkratzen, bis TT endlich sein Ei gelegt hat? L.

Ihr Schmuck, dachte ich, dahin. Seine Gratifikation, dahin. Und dann endlich ein wertvolles Datum, von Larrys unruhiger Hand gekritzelt: 18. 7. – 18. Juli, wenige Tage bevor Larry seinen Judaslohn bekam.

Und, ja, sie hatten es zusammengekratzt – Beweis die unverbrannte, vollständig erhaltene halbe Seite mit Teppichkäufen in Emmas akkurater Schrägschrift:

Kilimis	60.000
Dosemealtis	10.000
Hamadans	1.500
Kolyais	10 x 1.000

Am unteren Rand, ebenfalls in ihrer Schrift:

Gesamtzahlung an Macclesfield
bisher .... £ 14.976.000

Lubjanka
Zwischen Demonstrationen

Emm, paß gut auf!
Letzte Nacht habe ich meinen Kopf auf Deinen Bauch gelegt und deutlich das Meer gehört. Hatte ich getrunken? Du? Antwort: nein, bloß auf meinem einsamen Lager geträumt. Du kannst Dir nicht vorstellen, wie beruhigend es ist, einen freundlichen Nabel am Ohr zu haben und gleichzeitig in der Ferne Wasser rauschen zu hören. *Weißt* Du eigentlich – bist Du so klug, es Dir *vorstellen* zu können –, wie das ist, wenn man aus lauter unverfälschter, frustrierter Liebe zu Emm mit allen Nervenfasern in Alarmbereitschaft ist? Wahrscheinlich nicht. Zu starkes Stück. Aber arbeite daran, heute abend komme ich zurück, das heißt also, wie mir gerade auffällt, zwölf Stunden vor Eintreffen dieses Briefs, aber auch das ist nur ein

Zeichen meiner *lächerlichen, göttlichen, wahnsinnigen* Liebe zu Dir.

Gib Dir bitte *extra* viel Mühe
und liebe und vergöttere
Deinen
Larry
und nimm keinen anderen.

PS. In einer halben Stunde ist Seminar. Marcia wird weinen, wenn ich sie beleidige, und weinen, wenn ich's nicht tue. Wenn Talbot – wer *tauft* bloß diese armen Kinder? – seinen Säuglingsthron besteigt, werde ich kotzen müssen.

PPS. *Nachdem ich sie gelangweilt habe.* Ich hätte Talbot erwürgen können. Manchmal glaube ich, ich liege im Clinch mit der gesamten mittelenglischen Geistesverfassung von Thatchers Kindern.

PPPPPPPS. Marcia hat mir einen *Kkkkuchen mitgebracht!*

Der Brief ist, typisch Larry, undatiert.

Emm! Betrifft Timbo.

Timbo ist die Schachtel, in der ich gekommen bin. Timbo ist die perfekte Rückversicherung. Er ist der einzige Mensch, den ich kenne, der es fertigbringt, gleichzeitig vorwärts und rückwärts zu gehen und diese Bewegung je nach Vorliebe des Betrachters als Fortschritt oder Sparmaßnahme erscheinen zu lassen.

Außerdem ist Timbo feuerfest, weil jemand, der an nichts glaubt und daher für alles aufgeschlossen ist, uns gegenüber einen ungeheueren Vorteil hat. Was man bei ihm für freundliche Toleranz halten könnte, ist in Wirklichkeit ein feiges Hinnehmen der schlimmsten Verbrechen der Welt. Er ist ein unbeweglicher, apathischer Klotz und ein militanter Dulder. Und natürlich ist er ein liebenswürdiger Mensch. Nur sind es leider die liebenswürdigen Menschen, von denen die Erde kaputtgemacht wird. Timbo ist Zuschauer. Wir sind Akteure. Und was für welche! L.

PS. Ich bin tief in Dir und möchte dort bleiben, bis wir uns wiedersehen – und ich tief in Dir sein werde ...

Emm,
nach Nietzsches entsetzlich strengem Diktum ist Humor Flucht vor ernstem Nachdenken; ich beuge mich N. und denke ernst über dich nach. Ich liebe Dich. Dein Herz, Dein Lachen, Dein Schulter-an-Schulter, Deinen Mut, Dein Schweigen, alle Deine Grübchen und Poren, Deine Haare, Leberflecken, Sommersprossen, Brustwarzen und Deine makellose Haut. Ich liebe Dich, bis es mir aus den Ohren kommt. Auf den Bäumen, im Himmel, im Gras und in Wladikawkas am Terek, wo der Kaukasus uns aufnimmt und Schutz vor Moskau und den Nachstellungen der Christen bietet. Jedenfalls theoretisch, wenn da nicht auch die verdammten Osseten säßen.
Eines Tages wirst Du es kennenlernen und dann auch verstehen. Während ich das hier schreibe, habe ich Negley Farsons Buch auf dem Knie liegen. Hör, was er Tröstliches zu sagen hat: »So seltsam es scheinen mag, denn der Kaukasus zählt zu den wildesten Gebirgen der Erde, man empfindet in der Einsamkeit hier eine tiefe menschliche Liebe, ein wahres Gefühl von Brüderlichkeit: und bei allem Bewußtsein der Vergeblichkeit den schmerzlichen Wunsch, die seltene Schönheit dieser Berge bewahren zu können. Sie nehmen einen gefangen. Wer einmal in den Bann des Kaukasus geraten ist, wird sich nie mehr davon befreien können.« Bestätigt und nochmals bestätigt durch meine Reise vorige Weihnachten. Gott, ich liebe Dich. In einer Stunde kommt der Unterausschuß Künste zusammen. Wie typisch für die Lubjanka, daß sogar der Ausschuß Künste mit einem »unter« versehen wird. Du bist mein Kaukasus. *Ich bin ein Ingusche.*
In Allah, Dein L.

Emm,
Frage von Thatcherknabe Talbot, der beschlossen hat, sich einen Bart wachsen zu lassen: Bitte, Larry, warum ist der Westen auf Schewardnadse reingefallen?

Antwort, lieber Talbot: weil Schew mit seinem traurigen, verquollenen Gesicht zwar aussieht wie jedermanns Daddy, in Wirklichkeit aber ein KGB-Dinosaurier ist, der früher mit der CIA zusammengearbeitet und jede Menge Dissidenten schändlich unterdrückt hat.

Frage von Thatcherkind Marcia: Warum hat der Westen dem ordentlich gewählten Gamsachurdia die Anerkennung verweigert? Dann aber, sobald Moskau die Marionette Schewardnadse eingesetzt hatte, nicht nur diese halbe Portion anerkannt, sondern auch noch vor seinem Völkermord an den Abchasiern, den Mingreliern und so weiter die Augen verschlossen?

Antwort, liebes Thatcherkind Marcia: danke für deinen Kkkkuchen, und bitte geh ins Bbbbett mit mir, die guten Menschen auf beiden Seiten des Atlantiks haben sich zusammengetan und sind der Meinung, daß die Rechte der Minderheiten eine ernsthafte Bedrohung für den Weltfrieden seien ...

Ich liebe Dich bis zur Verzweiflung und wieder zurück. Wenn Du mich die Straße heraufkommen hörst, leg Dich bitte nackt hin, nachdenklich auf einen Ellbogen gestützt, und träume von den Bergen. L.

Meine Finger waren schwarz.

Schlangen wanden sich um meine Knöchel.

Ich stand mit zur Kreuzigung ausgebreiteten Armen, zog das Farbband aus der Kassette und hielt es abschnittsweise ans Licht, bis es in Schleifen um meine Füße lag. Am Anfang verstand ich überhaupt nichts. Dann erkannte ich, daß ich wieder einmal auf Larry den Briefschreiber gestoßen war, diesmal in seiner vertrauteren Rolle als akademischer Terrorist:

Ihr Artikel »Den Kaukasus mit Gewalt zur Vernunft bringen« ist ein widerwärtiges Machwerk. Besonders abstoßend daran ist der Versuch, die anhaltende Verfolgung stolzer und leidenschaftlich unabhängiger Völker zu rechtfertigen. Seit dreihundert Jahren plündern, morden und vertreiben zaristische und sowjetische Russen die Bergvölker des Nordkaukasus mit dem Ziel, deren Kultur, Religion und Lebensart zu vernichten. Wo Konfiszierungen, Versklavung, gewaltsame Bekehrungen und vorsätzlich Uneinigkeit stiftende Grenzziehungen nicht zum Erfolg führten, verlegten sich die Russen auf Massendeportationen, Folter und Völkermord. Hätte der Westen während des Niedergangs der Sowjetmacht selbst auch nur das geringste Interesse für den Kaukasus aufgebracht, anstatt mit offenem Mund auf gewisse Interessengruppen zu hören – für die Ihr Autor ein eklatantes Beispiel ist –, dann hätten die furchtbaren Konflikte, von denen die Region in letzter Zeit heimgesucht wird, vermieden werden können. Und ebenso diejenigen, die uns in Kürze überrollen werden. L. Pettifer

Eine an einen anderen von Larrys Feinden gerichtete Breitseite war unvollständig:

... weshalb die Osseten auch heutzutage Moskaus zuverlässige Handlanger sind, wie schon unter den Kommunisten und davor unter den Zaren. Gewiß, im Süden haben die Osseten gegen die anderen ethnischen Säuberer, die Georgier, den kürzeren gezogen. Aber im Norden, in ihrem Zermürbungskrieg gegen die Inguschen, bei dem sie schamlos von regulären Einheiten bestens ausgerüsteter russischer Truppen unterstützt wurden, gehen sie eindeutig als Sieger hervor ...

Getippt von Emma, drei Tage bevor ich den Verfasser beinahe umgebracht hatte. Wofür sein namenloser Feind zweifellos gebührend dankbar war.

Mein Liebling,

Larrys ruhige Handschrift, die er benutzte, wenn er mir seine Briefe zur Lage des Universums schrieb. Diesen sonoren Tonfall, diese konstruierte Egozentrik eines älteren Bruders haßte ich schon seit langem.

Ich habe Dir, während wir immer tiefer da hineingeraten, etwas zu sagen; also betrachte das als meinen Urbrief am Scheideweg, womit ich Dir eine letzte Chance zur Umkehr biete.

Es sind nun einmal die Inguschen, und ich brauche Dir nicht zu sagen, daß meine Sympathie Menschen gilt, die in der Welt keine Stimme haben, die nicht die kleinste Chance haben, sich auf dem Medienmarkt durchzusetzen ... Das Recht der Inguschen auf Überleben ist *mein* Recht und *Dein* Recht und das Recht aller guten freien Menschen, nicht mit den bösen Mächten der Gleichmacherei übereinzustimmen: sei diese nun von Kommunisten auferlegt, von Kapitalistenschweinen oder dem Brechreiz erregenden Jargon der politisch Korrekten.

Es sind nun einmal die Inguschen, weil ich ihre Freiheitsliebe liebe; weil sie niemals ein Feudalsystem hatten, niemals eine Aristokratie, keine Leibeigenen, keine Sklaven, keine sozial Höher- oder Tiefergestellten; weil sie Wälder lieben und auf Berge steigen und vieles mit ihrem Leben anstellen, was wir anderen auch eher tun sollten, anstatt uns mit globaler Sicherheit zu beschäftigen und Pettifers Platitüden zu lauschen.

Es sind nun einmal die Inguschen, weil die an Inguschen und Tschetschenen begangenen Sünden so unbestreitbar entsetzlich sind, daß es gar keinen Sinn hat, irgendwo anders nach Menschen zu suchen, denen womöglich noch größeres Unrecht angetan wird. Denn damit würde man bloß wieder dem armen Schwein, das da vor einem auf dem Boden verblutet, den Rücken zukehren ...

Jetzt hatte ich schreckliche Angst. Aber nicht um mich, sondern um Emma. Mir drehte sich der Magen um, und die Hand, die den Brief hielt, war schweißnaß.

Es sind nun einmal die Inguschen (und nicht die Araber in den Marschländern oder die armen Wale, wie Tim netterweise meinte), weil ich sie in ihren kleinen Bergdörfern und in ihren Bergen gesehen habe und weil ich dort wie Negley Farson eine Art Paradies erblickt habe, für das ich mich engagieren muß. Wie wir beide wissen, ist alles im Leben Zufall: wen man kennenlernt und wann, wieviel man noch zu geben hat, und auch der Zeitpunkt, wenn man sagt, zum Teufel mit allem anderen, hier will ich mitmachen, an dieser Sache will ich festhalten. Du kennst doch die Fotos von den alten Gebirgsbewohnern in diesen großen weiten Umhängen, diesen *bourkas*? Nun, bei einem ungleichen Kampf, wenn ein nordkaukasischer Krieger von Feinden umringt ist, wirft er seine *bourka* auf den Boden und stellt sich darauf, um zu zeigen, daß er von der Fläche, die seine *bourka* bedeckt, keinen Schritt weichen wird. Ich, ich werfe meine *bourka* irgendwo auf die Straße nach Wladikawkas, an einem herrlichen Wintertag, wenn die gesamte Schöpfung sich vor dir ausbreitet und dich auffordert, ohne Rücksicht auf Gefahren und Kosten einzutreten.

Draußen um den Turm fiepten Fledermäuse und schrien Eulen. Aber die Geräusche, auf die ich hörte, waren in meinem Kopf: der Trommelschlag der Revolte, der Ruf zu den Waffen.

Es sind nun einmal die Inguschen, weil sich an ihnen die ganze abgrundtiefe Gemeinheit unserer Nachkriegswelt zeigt. Während des Kalten Kriegs haben wir im Westen immer großspurig behauptet, wir verteidigten die Schwachen gegen die Tyrannen. Das war eine miese Lüge. Im Kalten Krieg und danach hat der Westen zur Verzweiflung genau der Menschen, die wir zu beschützen vorgaben, immer wieder aus Gründen der Stabilität, wie wir das nennen, gemeinsame Sache mit den Tyrannen gemacht.
Das wollen wir jetzt ändern.

Wie oft hatte ich mir diese schwülstigen Ausführungen anhören müssen? Und Ohren und Kopf davor verschlossen? So oft, nahm ich an, daß ich vergessen hatte, wie sie auf jemanden wirkten, der die Ohren so weit offen hatte wie Emma.

Die Inguschen wollen ihre Existenz nicht wegrationalisieren lassen, sie wollen sich nicht ignorieren, herabsetzen oder abtun lassen. Und ihr Kampf gilt, ob sie es wissen oder nicht, dem obszönen Bündnis zwischen einem korrupten russischen Imperium, das immer noch nach den alten Weisen marschiert, und einer westlichen Führung, die für ihren Umgang mit dem Rest der Welt moralische Gleichgültigkeit als ihr anständiges Christenrecht deklariert hat.
Auch dagegen werden wir kämpfen.
Heute nachmittag bin ich im Unterricht eingenickt und plötzlich dreihundert Jahre später aufgewacht. Helmut Kohl war Kanzler aller russischen Provinzen, Breschnew marschierte mit den bosnischen Serben in Berlin ein, und Margaret Thatcher stand am Ausgang und kassierte.
Mit all dem will ich sagen: Ich liebe Dich, aber sei auf der Hut vor mir, denn von dort, wo ich hinwill, gibt es kaum noch ein Zurück. Amen und Ende. L.

Ich baute mich vor Larrys grünem Regenmantel auf, den ich an einen Holzhaken an der Wand gehängt hatte. Auf dem Boden darunter standen die schlammverkrusteten Stiefel. Vor meinem inneren Auge sah ich sein melancholisches Lächeln.

»Du verdammter wildgewordener Rattenfänger«, flüsterte ich. »Wo in Gottes Namen hast du sie hingebracht?«

Ich habe sie in einem hohlen Berg im Kaukasus eingeschlossen, antwortete er. Ich habe sie nach den Gesetzen meiner Blutfehde gegen den Ungläubigen Tim Cranmer verführt. Ich habe sie auf dem weißen Hengst meiner Kasuistik mit mir fortgerissen.

Ich erinnerte mich. Starrte den grünen Regenmantel an und erinnerte mich.

»He, Timbo!«

Schon diese Anrede macht mich fertig.

»Ja, Larry.«

Es ist ein verdammter Sonntag, unser letzter, wie ich jetzt sehe. Larry hat Emma von London hergebracht. Er war zufällig in der Stadt, er hatte zufällig ein Auto. Also hat er, anstatt allein nach Bath zu fahren, Emma zu mir gefahren. Wie er sie in London hat finden können, ist mir ein Rätsel. Und ich habe auch keine Ahnung, wie lange sie schon zusammen sind.

»Gute Neuigkeiten«, erklärt Larry.

»Wirklich? Wie schön.«

»Ich habe Emma zu unserer Botschafterin am britischen Hof ernannt. Sie wird für ganz Amerika, Europa, Afrika und den größten Teil Asiens zuständig sein. Stimmt's, Emm?«

»Na großartig«, sage ich.

»Ich habe ihr einen Kopierer besorgt. Jetzt brauchen wir nur noch das richtige Briefpapier, dann können wir den Vereinten Nationen beitreten. Stimmt's, Emm?«

»Na wunderbar«, sage ich.

Aber mehr sage ich nicht, denn so hat er Cranmers Rolle festgelegt. Cranmer senkt freundlich den Blick. Ist tolerant und selbstlos. Läßt den Kindern ihren Idealismus und bleibt auf seiner Hausseite. Eine Rolle, die nicht leicht mit Würde zu spielen ist. Und vielleicht sieht Larry mir das an und empfindet, wenn nicht Schuldbewußtsein, so doch wenigstens Mitleid, denn er wirft mir einen Arm um die Schulter und drückt mich an sich.

»Wir sind schon ein Pärchen, was, Timbo?«

»So munkelt man«, sage ich, und Emma lächelt belustigt über unsere Freundschaft.

»Hier. Lies dir das durch«, sagt Larry; er wühlt in seiner abgewetzten Reisetasche und reicht mir eine weiße Broschüre mit dem Titel *Martyrium eines Volkes.* Welchen Volkes, ist mir nicht klar. Unsere sonntäglichen Seminare der letzten Monate hatten so viele unlösbare Konflikte zum Thema, daß dieses Martyrium überall zwischen Osttimor und Alaska angesiedelt sein könnte.

»Ich danke euch beiden sehr«, sage ich. »Das werde ich heute abend vor dem Schlafengehen lesen.«

Aber kaum bin ich in meinem Arbeitszimmer, stopfe ich das Ding auf Nimmerwiedersehen in das Regal, wo ich all die ungenießbaren Pamphlete aufbewahre, die Larry mir im Lauf der Jahre aufgedrängt hat.

Ich starrte ein Bild an.

Ich stand vor dem Poster, das ich aus Emmas Liebesnest geholt und in meiner zölibatären Zelle auf einen krummen Nagel gespießt hatte.

Wer zum Teufel bist du, Bashir Haji?

Du bist UOF, unser Oberster Führer.

Du bist Bashir Haji, denn mit diesem Namen hast du unterschrieben: *Für meinen Freund Mischa, den großen Krieger.*

»Larry, du verrückter Scheißkerl«, sagte ich laut. »Du *total* verrückter Scheißkerl.«

Ich rannte geduckt durch Regen und Dunkelheit zum Haus. Mich trieb etwas, das ich nicht unter Kontrolle hatte. Weit vorgebeugt, die Knie streiften mir das Kinn, sprang ich im Finstern den Abhang hinunter und über die Brücke, glitt aus, schlug hin und schürfte mir Knie und Ellbogen auf; über den Himmel rasten schwarze Wolkenmassen wie fliehende Armeen, der Regen klatschte in wilden Böen auf mich nieder. Endlich am Kücheneingang, sah ich mich, bevor ich das Haus betrat, erst noch einmal hastig um, konnte aber vor den dicht stehenden Bäumen kaum etwas erkennen. Mit durchweichten Schuhen hastete ich durch die Vorhalle und den gefliesten Flur zum Arbeitszimmer und fand, was ich in den Regalen hinter meinem Schreibtisch suchte: die wie eine Dissertation glänzend weiß eingebundene und computergedruckte Broschüre mit dem Titel *Martyrium eines Volkes.* Ein rascher Blick hinein, mein erster: Als Verfasser waren drei Russen angegeben. Mataliew, Fargiew und Pliew. Übersetzt von keinem Geringeren als Larry persönlich. Ich stopfte mir das Ding unter den Pullover, platschte zur Küche zurück und trat wieder in die Nacht hinaus. Der Sturm hatte sich gelegt. Aus dem Bach stiegen trostlose Nebelschleier. Sah ich den Schatten eines Mannes auf dem Hang – eines großen Mannes, der von links nach rechts lief, flüchtend wie jemand, der sich ertappt fühlte? Ich gelangte zu meinem Versteck und spähte, bevor ich Licht machte, unruhig durch sämtliche Schießscharten, sah aber nichts, was ich einen lebenden Menschen zu nennen wagte. Dann setzte ich mich an den Tisch, schlug die weiße Broschüre auf und strich sie glatt. Diese Dozenten, so umständlich, so weitschweifig, so ohne Zeitgefühl. Bringen es fertig, in einer Minute über den Sinn des Sinns zu reden. Ich schlug ungeduldig die Seiten um. Na schön, noch eine unlösbare menschliche Tragödie, die Welt ist voll davon. Die Ränder verunstaltet von Larrys kindischen Kommentaren, vermutlich eigens für mich geschrieben: »vgl. die Palästinenser« – »typisch unverschämte Lüge Moskaus« – »Der wahnsinnige Schirinowski fordert, allen russischen Moslems sollen die Bürgerrechte entzogen werden«.

Erst mit Verspätung erkannte ich das Schriftbild. Emmas elektrische Reiseschreibmaschine. Sie mußte das für ihn abgetippt haben, als sie in London waren. Und bei ihrer Rückkehr waren sie dann so aufmerksam, mir ein Freiexemplar zu schenken. Wie nett von ihnen.

Wieder einmal kann ich Ihnen nicht sagen, wieviel ich inzwischen wußte oder mit welchem Nachdruck mein ungläubiger Geist noch immer einen Beweis für das verlangte, was ich zwar wußte, aber schlichtweg nicht glauben wollte. Ich weiß jedoch, daß, während ich einen Hinweis nach dem anderen entdeckte, meine erst vor kurzem abgeschüttelten Schuldgefühle zurückkehrten und ich mich selbst als Urheber ihrer Verrücktheit zu sehen begann; als Herausforderer und negativer Anstifter; als der typische Selbstgerechte, der mit seiner Intoleranz genau das herbeiführt, was er am meisten mißbilligt.

Wir streiten, Cranmer gegen den Rest von England. Der Streit begann vorige Nacht, aber es gelang mir, ihn beizulegen. Beim Frühstück jedoch bricht die schwelende Asche wieder in Flammen aus, und diesmal gelingt es meinen freundlichen Worten nicht mehr, sie zu löschen. Diesmal reißt nicht Larry die Geduld, sondern Cranmer.

Er hat mir, weil ich den Leiden dieser Welt so gleichgültig gegenüberstehe, harte Vorwürfe gemacht. Er ist dabei so weit gegangen, wie es die Höflichkeit noch zuläßt, und dann noch ein Stückchen weiter, als er behauptet, ich verkörpere sämtliche Fehler des moralisch abgestumpften Westens. Emma sagt zwar wenig, ist aber auf seiner Seite. Sie sitzt ernst da, die Handflächen offen vor sich, wie zum Beweis, daß sie nichts darin verborgen hat. Und jetzt reagiere ich mit geballter Präzision auf Larrys Attacke. Die beiden haben mich als Archetyp bürgerlicher Selbstzufriedenheit hingestellt. Bitte, das können sie haben. Und verstockt, wie ich bin, nehme ich den Mund ziemlich voll.

Ich sage, daß ich mich nie für die Übel dieser Welt verantwortlich gefühlt habe, weder trage ich Schuld daran noch wolle ich ihnen abhelfen. Für mich sei die Welt wie eh und je ein von Wilden beherrschter Dschungel. Die meisten dieser Probleme seien unlösbar.

Ich sage, für mich sei jeder stille Winkel dieser Welt, wie zum Beispiel Honeybrook, eine Zuflucht, die wir dem Rachen der Hölle entrissen haben. Und daher fände ich es unhöflich, wenn ein Gast hier mit einem solchen Katalog von Katastrophen ankäme.

Ich sage, daß ich, wie schon in der Vergangenheit, auch in Zukunft stets bereit sein werde, für meine Nachbarn, Landsleute und Freunde Opfer zu bringen. Aber wenn es darum gehe, Barbaren vor einander zu retten, und das in Ländern, die nicht größer sind als ein Buchstabe auf der Landkarte, sähe ich nicht ein, warum ich in ein brennendes Haus stürmen sollte, um einen Hund zu retten, der mir noch nie etwas bedeutet habe.

Ich sage das alles mit Leidenschaft, aber mein Herz ist nicht dabei, auch wenn ich mir das nicht anmerken lasse. Vielleicht gefällt es mir, allein gegen alle dazustehen. Zu unser beider Überraschung erklärt Larry plötzlich, er sei entzückt von mir.

»Volltreffer, Timbo. Gut gebrüllt. Gratuliere. Stimmt's, Emm?«

Mit Emma stimmt überhaupt nichts.

»Du bist widerlich«, zischt sie mir boshaft direkt ins Gesicht. »Du bist wirklich das allerletzte.« Womit sie meint, daß ich mich zu ihrer großen Erleichterung so schlimm aufgeführt habe, daß ihre Sünden gerechtfertigt sind.

Und am selben Abend, als sie die große Treppe hinaufsteigt, um wieder an die Schreibmaschine zu gehen: »Du hast überhaupt keine Ahnung, was es heißt, sich für etwas zu engagieren.«

Ich hatte mir wieder das *Martyrium eines Volkes* vorgenommen. Nachhilfe in Geschichte, aber ich las zu schnell, nach Geschichte stand mir nicht der Sinn, auch wenn die Vergangenheit die Gegenwart erklären sollte. Akademische Debatten über die Gründung der Stadt Wladikawkas: Entstand sie auf inguschischem oder ossetischem Gebiet? Hinweise auf die »verzerrten historischen Tatsachen«, die von Parteigängern der ossetischen Sache vorgebracht würden. Schilderung der Tapferkeit, mit der die in den Ebenen lebenden Inguschen im achtzehnten und neunzehnten Jahrhundert zu den Waffen griffen, um ihre Dörfer zu verteidigen. Schilderung der umstrittenen Region Prigorod, des heiligen Prigorodniy Rajon, der heute der große Zankapfel zwischen Osseten und Inguschen ist. Schilderung der Gegenden, die tatsächlich nicht größer als ein Buchstabe auf der Landkarte sein mochten, die aber, als ihre Bewohner sich erhoben, der Macht des gesamten russischen Imperiums Paroli bieten konnten. Schilderung der Hoffnungen, die der aufdämmernde Sowjetkommunismus entstehen ließ, und wie sich diese Hoffnungen zerschlugen, als die roten Zaren sich als genauso furchtbar erwiesen wie ihre weißen Vorgänger.

Plötzlich fiel ein Lichtstrahl in meine zeitweilige Enttäuschung, und wieder sprang ich aufgeregt auf die Füße.

Dicht an die Mauer geschoben, stand die alte Schultruhe, die mir als Archiv zum Thema TT diente. Ich nahm einige

Aktenordner heraus. In einem befanden sich Observationsberichte, in einem zweiten Notizen zu seinem Charakter, in einem dritten Abhörprotokolle. Mit den Protokollen bewaffnet, eilte ich an den Tisch zurück und nahm die Lektüre wieder auf: nur daß das Martyrium jetzt das von TT ist und ich in der Erinnerung seine gedämpfte – man könnte fast sagen: zivilisierte – Stimme höre, als er und Larry auf ihrem mit Wanzen bestückten Hotelzimmer in Heathrow sitzen und aus Zahnputzbechern Malzwhisky trinken.

Diese Begegnungen zwischen Larry und TT haben für mich immer etwas Magisches. Nicht nur Larry, sondern auch ich fühle mich TT verwandt. Verbindet uns Larry nicht? Sind wir nicht beide abwechselnd begeistert und entsetzt von ihm, beflügelt und entmutigt, schockiert und bezaubert? Sind wir nicht beide, wenn es um unseren Stand bei unseren Vorgesetzten geht, auf ihn angewiesen? Und empfinde ich, während ich die Abschriften lese oder mir die Bänder anhöre, nicht mit Recht einen gewissen Stolz auf meine maßgebliche Beteiligung an dieser Sache?

Heathrow ist einer von TTs Lieblingsorten. Dort kann er für halbe Tage Zimmer nehmen, die Hotels wechseln und sich als anonymer Reisender fühlen – dank Larry sind ihm die Lauscher freilich meist voraus. Bei diesem speziellen Treffen hat TT, Larrys späterem Bericht zufolge, ein Bündel verblichener Fotos aus seiner Brieftasche genommen:

> Das ist meine Familie, Larry, das ist mein *aul* [Gratiszugabe des Übersetzers: Dorf], wie es zu Zeiten meines Vaters ausgesehen hat, das ist unser Haus, das noch immer von Osseten bewohnt wird, das ist ihre Wäsche auf der Wäscheleine, die noch mein Vater angebracht hat, hier sind meine Brüder und Schwestern, und das hier ist die Eisenbahn, mit der mein Volk nach Kasachstan deportiert wurde … Auf der Fahrt sind so viele gestorben, daß die Russen den Zug immer wieder anhalten mußten, um sie in Massengräbern zu begraben … und das hier ist die Stelle, wo mein Vater erschossen wurde …

Nach den Fotos zieht TT seinen Diplomatenpaß aus der Tasche und schwenkt ihn vor Larrys Gesicht hin und her. Dazu die wie immer hölzerne Sprache der Abschrift:

> Du denkst, ich bin 1946 geboren. Das stimmt nicht. 1946 gilt nur für meine hiesige Tarnung, für mein zweites Ich. Ich wurde 1944 geboren, am Tag der Roten Armee, das ist der 23. Februar. Das ist ein großer Nationalfeiertag in Rußland. Und ich wurde nicht in Tiflis geboren, sondern in einem eiskalten Viehwaggon unterwegs zu den eisigen Steppen von Kasachstan.
>
> ... weißt du, was am 23. Februar 1944 passiert ist, als ich geboren wurde und jedermann einen schönen Nationalfeiertag feierte und russische Soldaten auf Befehl in unseren Dörfern tanzten und Feste veranstalteten? Ich sage es dir. Die Völker der Inguschen und Tschetschenen wurden durch ein Edikt Josef Stalins pauschal zu Verbrechern erklärt und Tausende von Kilometern weit von ihren fruchtbaren kaukasischen Ebenen wegtransportiert und in das öde Gebiet nördlich des Aralsees umgesiedelt ...

Ich überschlug ein paar Seiten und las gierig weiter:

> Bereits im Oktober 43 hatten die Stalinisten die Karatschaier deportiert. Im März 44 waren die Balkaren an der Reihe. Und im Februar holten sie die Tschetschenen und Inguschen ... persönlich, verstehst du? Beria und seine Bevollmächtigten kamen persönlich, um unsere Umsiedlung zu überwachen ... als ob man einen Mann aus Kalifornien in die Antarktis umsiedeln würde, so hat man uns umgesiedelt ...

Ich überschlug eine halbe Seite: TTs trockener Humor begann sich trotz des banalen Stils der Abschreiber immer mehr durchzusetzen.

> ... die Alten und Kranken brauchten die Reise nicht mitzumachen. Man trieb sie in einem netten Gebäude zu-

sammen und steckte es in Brand, damit sie es schön warm hatten. Dann wurde das Gebäude mit Maschinengewehren beschossen. Mein Vater hatte etwas mehr Glück. Stalins Soldaten verpaßten ihm einen Genickschuß, weil er nicht wollte, daß seine schwangere Frau in den Zug stieg ... Als meine Mutter die Leiche meines Vaters sah, fühlte sie sich so allein, daß sie mich zur Welt brachte. Der Sohn der Witwe wurde in dem Viehwaggon geboren, der ihn in die Verbannung brachte ...

Hier notieren die Abschreiber auf ihre pedantische Art eine naturbedingte Unterbrechung: TT geht auf die Toilette, und Larry füllt die Gläser wieder nach.

... wer die Fahrt überlebt hatte, mußte in einem Gulag arbeiten: die eisigen Steppen bepflanzen, sechzehn Stunden am Tag Gold schürfen, weshalb die Inguschen bis heute mit Gold handeln ... Sie wurden wegen ihrer angeblichen Kollaboration mit den Deutschen als Sklavenarbeiter eingestuft, dabei haben die Inguschen durchaus gegen die Deutschen gekämpft, aber Stalin und die Russen haben die Inguschen einfach noch mehr gehaßt ...

»Und sie haben die Osseten gehaßt«, sagt Larry heftig wie ein Schuljunge, der Primus werden möchte.

Damit hat er, vielleicht absichtlich, an einen wunden Punkt gerührt, denn jetzt gerät TT in Rage.

Warum sollten wir die Osseten nicht hassen? Sie stammen nicht aus unserem Land! Sie sind nicht von unserem Blut! Sie sind Perser, die sich als Christen ausgeben und heimlich heidnische Götter verehren. Sie sind die Lakaien Moskaus. Sie haben unsere Äcker und Häuser gestohlen. Warum? Weißt du, warum?

Larry stellt sich unwissend.

Weißt du, *warum* Stalin uns deportiert und uns als Verbrecher und Feinde des Sowjetvolks bezeichnet hat? Weil Stalin Ossete war! Kein Georgier, kein Abchasier, kein Armenier, kein Aserbeidschaner, kein Tschetschene und kein Ingusche – weiß Gott, kein Ingusche, sondern ein Ausländer, ein Ossete. Liebst du den Dichter Osip Mandelstam?

Mitgerissen von TTs leidenschaftlichem Ausbruch, gesteht Larry seine Liebe zu Mandelstam.

Weißt du, warum Stalin den Dichter Mandelstam hat erschießen lassen? Weil er in einem seiner Gedichte geschrieben hat, daß Josef Stalin ein Ossete ist! Deswegen ist Mandelstam von Stalin erschossen worden!

Ich bezweifelte, daß dies der Grund für Mandelstams Erschießung war. Ich war der Ansicht, und die war besser bezeugt, daß er in einer psychiatrischen Klinik gestorben war. Und ich bezweifelte, daß Stalin wirklich Ossete war. Und Larry bezweifelte es vielleicht auch, doch angesichts solcher Inbrunst verzeichnet das Protokoll als Reaktion nur ein Stöhnen, gefolgt von einem langen Schweigen, während die beiden Männer trinken. Schließlich fährt TT in seiner Erzählung fort. Stalin ist 1953 gestorben. Drei Jahre später hat Chruschtschow ihn an den Pranger gestellt, und kurz darauf erhielt die Autonome Tschetschenisch-Inguschische Republik ihren rechtmäßigen Platz auf den Landkarten:

Wir kommen aus Kasachstan nach Hause. Das ist ein weiter Weg, aber wir schaffen es, auch wenn einige von uns ein wenig zu spät ankommen. Meine Mutter stirbt unterwegs, und ich schwöre ihr, daß ich sie in ihrer Heimat begraben werde. Doch als wir ankommen, sind uns die Türen unserer Häuser verschlossen, und ossetische Gesichter sehen aus unseren Fenstern. Wir sind Bettler, schlafen auf unseren Straßen, stehlen auf unseren Äckern. Es gibt zwar ein Gesetz, nach dem die Osseten gehen müssen. Aber das Gesetz gefällt ihnen nicht. Sie erkennen das Gesetz nicht an. Sie erkennen nur Gewehre an. Und Moskau hat den Osseten viele Gewehre gegeben und uns die unseren weggenommen.

Wir hatten, erinnerte ich mich, in der Oberen Etage lange Diskussionen darüber, ob wir auf Grund dieses Treffens an Tschetschejew herantreten und versuchten sollten, ihn als Quelle für uns zu gewinnen. Immerhin hatte er die Hälfte aller KGB-Regeln mißachtet. Er hatte seine Tarnung aufgegeben, antisowjetische Gefühle geäußert und die verbotene ethnische Trommel gerührt. Aber am Ende behielt meine leidenschaftliche Argumentation die Oberhand, und die Barone gaben widerwillig zu, daß unser wertvollster Mann immer noch Larry war und wir keine Schritte erwägen sollten, die ihn in Gefahr bringen könnten.

Ich stand wieder in der Mitte meines Verstecks unter der Deckenlampe und untersuchte die Reste einer Mappe mit gedruckten Pamphleten, herausgegeben vom Abhördienst der BBC. Schlüsselworte, soweit noch erkennbar, waren mit grünem Markerstift unterstrichen. An der eigenwilligen Orthographie der Mitschreiber hatte man nichts geändert.

Nordossetische Sen... Ruhe am fü...restag des Konflikts.
ITAR-TASS Nachrichtenagentur (Welt... Mosk... in Russisch 1106 MGZ 31. Okt. 93
Text der Meld...
Wladikawkas, 31. Oktober: Der traurige Jah... der Tragödie vom 31. Oktober 1992, als ... bewaffnete Konfrontation aus *im Geb....z...Oset....Inguschien-Konflikt,* ....
geschwächt durch e ....
Die tragische Zahl[für ....
Konflikt]: 1300 *Tote* ....
Seiten, über 400 ....
Häuser zerstört und ....
Obdachlose.

Ich blätterte ein paar geschwärzte Seiten um. Die Unterstreichungen gingen weiter: ob sie von Emma oder Larry stammten, war gleichgültig, denn ich wußte ja längst, daß sie beide demselben Wahn verfallen waren:

> .... *Massenunruhen und inte* ....
> *Konflikte* unter Einsatz von *Gewalt,*
> *Waffen* und *Kampffahrzeugen* ...
> ... die Lage der Flüchtlinge ... katastrophal, mehr *als* 60.000 ...
> ... Situation ist die Tragödie *eines Volkes, das von niemand gebraucht wird* ....
> ... *russische Truppen,* die unter Notstandsbedingungen auf dem Territorium von Nordossetien und Inguschien operieren, haben Anweisung erhalten, *Gangsterbanden zu eliminieren,* die ....
> Behörden, sagt General ....
> die Interimsregierung im ossetisch-inguschischen Kampfgebiet.

An den linken Rand aber hatte Larry mit wütenden Großbuchstaben das Folgende geschrieben:

GANGSTER HEIST PATRIOT
BANDE HEISST ARMEE
ELIMINIEREN HEISST TÖTEN, FOLTERN,
VERSTÜMMELN, LEBENDIG VERBRENNEN.

Ich arbeitete fieberhaft.

Fieberhaft, aber kaltblütig.

Ich hatte mich aufgerichtet, mein Rücken schrie Zeter und Mordio, und Zeter und Mordio schrie ich zurück, aber ich hatte die Akte gefunden, die ich gesucht hatte: LP: LETZTE EINSATZBESPRECHUNGEN, hatte ich in den Großbuchstaben meiner Bürokratenschrift auf den Umschlag geschrieben. Aber trotz aller Wißbegierde mußte ich mich, um das Ding zum Tisch tragen zu können, wie eine verwundete Krähe an der Wand entlang abstützen.

Ich hockte auf einem Stuhl, tief über den Tisch gebeugt, um mein Rückgrat so weit wie möglich zu entlasten. Den linken Ellbogen hatte ich, wie von Dr. Dass empfohlen, auf ein Kissen gestützt. Aber meine Rückenschmerzen waren nichts im Vergleich zu der Beschämung und den Seelenqualen, die mich bei der Konfrontation mit den massiven Beweisen für meine sträfliche Blindheit befielen:

> LP gefragt, ob er die Kaukasusreise, auf die TT so versessen ist, nicht irgendwie absagen kann. Das sei nicht meine Idee, aber das Kundeninteresse an der Region sei sehr schwach und mehr als befriedigt durch Satelliten, Abhörmaßnahmen, Fernmeldeaufklärung und eine Flut von Berichten amerikanischer Ölgesellschaften, die in der Region operieren oder Probebohrungen durchführen. LP unempfänglich:
> LP: *Ich bin es ihm schuldig, Timbo. Ich verspreche es ihm seit Jahren und habe es nie getan. Diese Menschen liegen ihm am Herzen. Es sind seine Leute.*

Ich befeuchtete mir die Fingerspitzen und wühlte mich durch die Seiten, bis ich auf meinen Bericht von der Besprechung drei Wochen später stieß:

> LP hat auf Kaukasusreise heftig und übermäßig reagiert wie bei seiner gegenwärtigen kritischen Verfassung vorherzusehen. Er hat jeden Maßstab verloren, sieht alles im Extrem. *Die traurigste, aufregendste, bewegendste, tragischste Erfahrung meiner Karriere usw., Unmengen zu berichten, wahnsinnige Unruhe, es kann jederzeit losgehen, ethnische, religiöse und Stammesspannungen an allen Ecken und Enden. Die russischen Besatzer totale Hornochsen, das Elend der Inguschen beispielhaft für das Elend aller kleinen unterdrückten moslemischen Völker in der Region usw. …*
> Fußnote zum Quellenbericht: H/Auswertung Ex-sowj. Zielperson gab mir inoffiziell den Rat, dies besser nicht in die Akten zu nehmen.

Aber Cranmer hatte es getan.

Cranmer hatte es zu den Akten gelegt und vergessen.

Cranmer in seiner kriminell fahrlässigen Kurzsichtigkeit hatte die Sache des inguschischen Volkes, und LP gleich mit, in den Mülleimer der Geschichte geworfen und dann seinen dummen Kopf in die liebliche Erde Somersets gesteckt – obwohl er wußte, daß nichts, absolut nichts in Larrys Leben oder Cranmers kläglicher Nachahmung davon jemals verlorenging:

> *... weil ich sie in ihren kleinen Bergdörfern und in ihren Bergen gesehen habe ... Wie wir beide wissen, ist alles im Leben Zufall: wen man kennenlernt und wann, wieviel man noch zu geben hat, und auch der Zeitpunkt, wo man sagt, zum Teufel mit allem anderen, hier will ich mitmachen, an dieser Sache will ich festhalten.*

Eine Bildpostkarte. Einmal senkrecht durchgerissen. Adressiert an Sally Anderson, Cambridge Street; das Bild zeigt ein bekleidetes Pärchen, das auf einem Feld liegt. Poststempel Macclesfield. Gemalt von einem David Macfarlane. Bildunterschrift: ›Mittagsruhe I, 1979, Mischtechnik I8"X24"‹. Fundort: Emmas Papierkorb.

> Emm. Wichtig. AM braucht bis Freitag mittag 50.000 auf seinem Konto. Sehne mich nach Deinen schönen Augen.
>
> L.
>
> PS. Künftig heißt er Nutty, die verrückte Nuß, Nüsse im Du-weißt-schon, die harte Nuß, schwer zu knacken.

Ich legte eine kurze Denkpause ein, denn jetzt wurden andere alte Erinnerungen wach. AM ist also Nutty, schwer zu knacken. Nüsse im Mai. Spricht wie Mr. Dass und hat ein neues Autotelefon. Erinnerungen kamen hoch, ordneten sich und wurden beiseite gelegt, bis sie an der Reihe waren.

Ich nahm einen gelben Notizzettel, von Emma zerknüllt und von mir wieder glattgestrichen. Fundort: ihr Schreibtisch in Honeybrook.

Emm. Sehr wichtig. Morgen um 10 treffe ich Nutty in Bath. TT hat über den bärtigen Freund die Einkaufsliste geschickt und erwartet meine Kollektion IN LONDON, im Royal Automobile Club an der Pall Mall. Ruf dort an. Gib Dich als meine Sekr. aus; sie sollen den Brief morgen PER EILBOTEN hier an mich weiterleiten. Das ist die beste Zeit meines Lebens. Ich danke Dir für die Zeiten, ich danke Dir für das Leben. Nutty sagt, wir müssen circa zwanzig Prozent für Schmiergelder einkalkulieren. Auden sagt, wir müssen uns lieben oder sterben. L.

Eine neu angelegte Mappe mit Berichten vom Abhördienst der BBC, diesmal unversehrt; die markierten Auszüge gleichen der Krematoriumsmusik zu sämtlichen Grenzkriegen rund um den Globus:

Fortdauer der Kampfhandlungen im Prigorodniy Rajon am 1. November ... Die Feuerstellungen der irregulären inguschischen Truppen geraten unter Druck ... Aus vielen Dörfern werden zahlreiche Verluste gemeldet, Tote und Verletzte ... Immer wieder kommt es im Konfliktgebiet zu Schußwechseln ... Luftlandeeinheiten stoßen auf erbitterten Widerstand ... inguschische Dörfer mit Raketen beschossen ... der russische Premier schließt Überprüfung bestehender Grenzen aus ... russische Panzerkolonne rückt nach Inguschien ein ... Inguschen fliehen in die Berge ... Wintereinbruch ohne Einfluß auf Kampfhandlungen ...

Tim Cranmer, du ungeheures Riesenroß, dachte ich. Jetzt siehst du mal *deine* törichte Unschuld – hast du nicht immer damit geprahlt, dir würde nie etwas entgehen?

Vielleicht lag es an dieser Wut auf mich selbst, daß ich so hastig den Kopf hob. Ich hob den Kopf und lauschte, und was ich da hörte, weiß ich nicht, aber ich hörte etwas. Mich krampfhaft an der Wand festhaltend, machte ich wieder einmal humpelnd die Runde meiner sechs Bogenscharten.

Das Gewitter hatte sich verzogen. Ein von Wolken verhangener Halbmond tauchte die Hügel in grauen Schimmer. Nach und nach erkannte ich die Umrisse von drei Männern, die sich in Abständen um die Kirche postiert hatten. Sie waren fünfzig Meter auseinander und etwa achtzig Meter von mir entfernt. Jeder stand wie ein Wachtposten auf halber Höhe seines Hügels. Dann machte der Mann in der Mitte einen Schritt nach vorn, und seine Kameraden links und rechts taten es ihm nach.

Ich sah zu meinem Haus. Im Licht der Eingangstür sah ich einen vierten Mann neben meinem Wagen stehen. Diesmal geriet ich nicht in Panik. Ich rannte keine Treppe nach oben, ich vergaß keine Telefonnummern. Panik gehörte, wie meine Rückenschmerzen, der Vergangenheit an. Ein flüchtiger Blick auf das Chaos von Papieren auf dem Fußboden, auf meinen Tisch, auf das improvisierte, jetzt zerwühlte Archiv, auf die Schultruhe, aus der die Akten quollen. Ich widerstand dem lächerlichen Drang, das alles aufzuräumen, und griff mir nur rasch ein paar unentbehrliche Dokumente.

Bairstows Aktenkoffer, sein Fluchtgepäck, stand offen neben der Tür. Ich stopfte die Dokumente hinein, dazu etwas Ersatzmunition, und schob mir die 38er in den Hosenbund. Dabei erinnerte ich mich instinktiv an Zorins Brief, den ich noch in der Tasche hatte. Ich wühlte noch einmal in der Truhe herum, bis ich auf einen mit »Peter« beschrifteten Ordner stieß. Ich nahm den Bogen mit Zorins Personalien heraus und steckte ihn zu den unentbehrlichen Dokumenten in den Aktenkoffer. Ich machte das Licht aus und warf einen letzten Blick nach draußen. Die Männer rückten auf die Kapelle vor. Die Aktentasche in der Hand, tastete ich mich die Wendeltreppe hinunter in die Sakristei. Ich schloß den Soutanenschrank hinter mir, ergriff eine Schachtel Streichhölzer und trat in die Kirche.

Ich hatte Vorsprung. Vom Mondlicht unterstützt, schloß ich die Südtür auf und lief dann zur Kanzel, die im normannischen Stil und mit schönen Schnitzereien verziert ist. Ich erklomm die vier knarrenden Holzstufen und stellte die

Aktentasche hinter die Verkleidung, dorthin, wo normalerweise die Füße des Predigers stehen würden. Ich ging zum Altar und zündete die Kerzen an. Ruhig. Nicht zittern. Ich wählte eine Bank an der Nordseite, kniete nieder, legte die Hände vors Gesicht und begann, mangels einer genaueren Definition dessen, was in meinem Kopf vorging, um meine Erlösung zu beten, wenn auch nur, damit ich Emma und Larry von ihrem Wahnsinn erlösen könnte.

Wenig später vernahm ich das heisere Knarren, mit dem die Südtür von außen geöffnet wurde; dann das Quietschen der Angeln, die ich mit Bedacht nie geölt hatte, da es für jeden, der in dem Turmversteck beschäftigt war, ein ausgezeichnetes Frühwarnsystem darstellte. Und nach dem Quietschen hörte ich ein Paar Füße – nasse Stiefel, Gummisohlen –, die ein paar Schritte näher kamen und wieder stehenblieben, dann durch den Gang auf mich zuplatschten.

Es gibt beim Beten sogar unter solchen Umständen so etwas wie ein Protokoll, und auch daran muß ich gedacht haben. Nur weil jemand um zwei Uhr morgens bei einem in die Privatkirche eindringt, fragt man ihn noch lange nicht, was zum Teufel er hier zu suchen habe. Man verhält sich aber auch nicht so, als habe die Andacht einen stocktaub gemacht. Ich hielt es für das beste, meinen wie neugeborenen Rücken unwillig hin und her zu bewegen, die Schultern hochzuziehen und das Gesicht noch tiefer in die Hände zu graben, um anzudeuten, daß ich mich angesichts solch rüpelhaften Benehmens nun erst recht ins Gebet zu vertiefen trachtete.

Aber derlei Finessen machten auf den Störenfried keinerlei Eindruck, denn gleich darauf sackte links von mir ein schwerer Körper unsanft auf die Kniebank, zwei Ellbogen im Regenmantel plumpsten dicht neben meinen auf die Armstütze, Munslow wandte mir sein brutales Gesicht zu und sah mich aus nächster Nähe finster an.

»Was soll das, Cranmer? Plötzlich unter die Betschwestern gegangen?«

Ich lehnte mich zurück. Ich stieß einen Seufzer aus. Ich

fuhr mir mit einer Hand über die Augen, als sei ich noch immer in meine Betrachtungen vertieft.

»Um Gottes willen«, flüsterte ich, aber das brachte ihn nur noch mehr in Rage.

»Kommen Sie *mir* nicht mit diesem Quatsch. Ich habe in Ihrer Akte nachgesehen. Da steht kein Wort von Gott. Was soll das Theater? Haben Sie hier jemand versteckt? Pettifer? Genosse Tschetschejew? Ihre kleine Freundin Emma, die nirgends zu finden ist? Sechs Stunden sind Sie heute nacht hier schon zugange. So lange schafft's ja nicht mal der Papst.«

Ich behielt meinen müden, entrückten Tonfall bei. »Ich habe über vieles nachzudenken, Andy. Lassen Sie mich in Ruhe. Bitte kein Verhör über meinen Glauben. Das geht Sie und niemanden etwas an.«

»O doch. Ihre alten Arbeitgeber würden Sie sehr gern über Ihren Glauben und ein paar andere Dinge verhören, die ihnen große Sorgen machen. Beginn morgen elf Uhr, Dauer so lange wie nötig. Bis dahin werden Sie ein paar Hausgäste haben, nur für den Fall, daß Sie auf die Idee kommen sollten, sich aus dem Staub zu machen. Befehl von oben.«

Er stand auf. Seine Knie waren dicht vor meinem Gesicht, und ich empfand den absurden Drang, sie ihm zu brechen; dabei hatte ich wahrscheinlich längst vergessen, wie das ging. Man hatte uns im Ausbildungslager einen Griff beigebracht, eine Art Tackling wie beim Rugby, wodurch die Beine in die falsche Richtung geknickt werden. Aber ich brach ihm die Beine nicht und unterließ auch den Versuch. Denn dann hätte er vermutlich mir die Beine gebrochen. Statt dessen ließ ich den Kopf sinken, fuhr mir mit der Hand über die Stirn und schloß die Augen.

»Ich muß mit Ihnen reden, Andy. Muß das endlich loswerden. Wie viele seid ihr?«

»Vier. Was hat das damit zu tun?« Aber seine Stimme klang gierig und aufgeregt. Zu seinen Füßen sah er den bußfertigen Sünder knien, der ihm bald zu großem Ruhm verhelfen würde.

»Ich möchte lieber hier mit Ihnen reden«, sagte ich. »Sagen Sie ihnen, sie sollen ins Haus gehen und dort auf uns warten.«

Noch immer auf den Knien, hörte ich die barschen Kommandos, die er in sein Funkgerät bellte. Ich wartete, bis ich die Bestätigung gehört hatte, dann zog ich den Revolver und rammte ihm den Lauf zwischen die Beine. Ich richtete mich auf, bis unsere Gesichter fast aneinanderstießen. Er hatte ein Mikrofon mit Sender umgeschnallt. Ich griff in seine Jacke und schaltete das Ding aus. Dann kamen einzeln meine Anweisungen.

»Geben Sie mir Ihre Jacke.«

Er gehorchte, und ich legte sie auf die Bank. Er hatte die Waffe noch immer zwischen den Beinen, als ich ich ihm den Sender von der Brust zog und zu der Jacke legte.

»Hände auf den Kopf. Einen Schritt zurücktreten.«

Wieder gehorchte er.

»Umdrehen und zur Tür gehen.«

Auch das tat er, und dann sah er zu, wie ich mit der freien Hand die Südtür von innen abschloß und den Schlüssel abzog. Dann brachte ich ihn zur Sakristei und schloß ihn dort ein. Die Sakristei hat eine schöne Tür. Der Schlüssel dazu ist genauso großartig wie die anderen Schlüssel meiner Kirche auch, aber im Gegensatz zu den meisten anderen Sakristeien hat diese weder eine Außentür noch irgendwelche Fenster.

»Wenn Sie schreien, erschieße ich Sie durch die Tür«, sagte ich. Und offenbar hat der Idiot mir geglaubt, denn er blieb still.

Ich rannte zur Kanzel, zog die Aktentasche aus ihrem Versteck und ging, ohne die Kerzen auf dem Altar zu löschen, durch die Nordtür hinaus, die ich als zusätzliche Sicherheitsmaßnahme von außen abschloß. Die blassen Pinselstriche eines jungen Morgens zeigten mir den Weg. Ein schmaler Reitpfad führte uneinsehbar an der Mauer des Weingartens entlang zu dem Bauernhaus, wo wir den Wein auf Fässer und Flaschen zogen. Ich lief im Trab. Es roch nach Pilzen. Mit einem der Schlüssel an meiner Kette schloß ich die Doppeltür der Zehntscheune auf. Drinnen stand ein VW-Bus, der Eigentum des Landgutes Honeybrook war und mit dem ich gelegentlich einkaufen fuhr. Seit meinem Rendezvous mit Larry hatte ich darauf geachtet, daß der Tank stets voll war, und hinten drin hatte ich noch einen Reservekanister und einen Koffer mit anständigen Ersatzkleidern, denn auf der Flucht gibt es nichts Schlimmeres, als wenn einem vernünftige Kleider zum Wechseln ausgehen.

Ich fuhr ohne Licht auf den Feldweg und dort, immer noch ohne Licht, eine Meile bis zur Kreuzung. Ich nahm die alte Mendipstraße, passierte, ohne einmal hinzusehen, den Weiher von Priddy und fuhr zum Flughafen Bristol, wo ich den Wagen auf dem Langzeitparkplatz abstellte und mir auf den Namen Cranmer ein Ticket für den ersten Flug des Tages nach Belfast kaufte. Mit einem überfüllten Pendelbus, in dem erschöpfte walisische Fußballfans mehrstimmig beschauliche Weisen sangen, fuhr ich dann weiter zum Bristoler Bahnhof Temple Meads. Auf dem Bahnhofsvorplatz erlaubte ich mir einen letzten ungläubigen Blick den Hügel hinauf zur Cambridge Street und bestieg dann einen Frühzug nach Paddington. Damit fuhr ich bis Reading, wo ich mich als Bairstow in einem plüschigen Hotel für Handelsvertreter eintrug. Ich versuchte zu schlafen, aber das Entsetzen pochte wie ein zweites Herz in mir, und es war ein Entsetzen, wie es schlimmer nicht sein konnte, das Entsetzen eines schuldbesessenen, zur Tatenlosigkeit verurteilten Augenzeugen einer Katastrophe, die auf Menschen zurast, denen er nicht zurufen kann, und diese Menschen waren meine Geschöpfe. Denn *ich* hatte Larry zu einem Leben im Verborgenen bestimmt, ihm alle Tricks und Kniffe beigebracht und den Mechanismus in Gang gesetzt, der jetzt so verhängnisvoll Amok lief. *Ich* hatte Emma eine Fessel angelegt und, als ich sie zur perfekten Gefährtin ernannte, nicht geahnt, daß sie sich als perfekte Gefährtin für Larry erweisen würde.

In meinem trostlosen Hotelzimmer schaltete ich sämtliche Lichter an, machte mir mit Teebeutel und Milchpulver einen abscheulichen Tee und sah dann noch einmal die Stapel von Papieren durch, die ich beim Rückzug aus meinem Versteck in die Aktentasche gestopft hatte. Ich schrieb meiner Bank einen langen Brief und instruierte sie unter anderem über Vorkehrungen für Mrs. Benbow, Ted Lanxon und die Toller-Mädchen. Ich klebte den Umschlag zu, schrieb die Adresse drauf und warf ihn in einen Briefkasten im Stadtzentrum. Nachdem ich von einer Telefonzelle aus einige Gespräche geführt hatte, verbrachte ich den Nachmittag in einem Kino, kann mich aber an den Film nicht mehr erinnern. Mit der Abendflut um fünf verließ ich Reading in einem auf den Namen Bairstow gemieteten roten Ford. Jedes goldene, mit einer braunen Hecke umgebene Feld erschien mir wie ein Bruchstück meiner zerschlagenen Welt.

»Die Klänge und Gerüche der Jugend kommen zu einem zurück«, hatte Larry an Emma geschrieben. »Und der Himmel, in den man als Kind geschaut hat. Man hat wieder Verständnis für Ideen. Geld hat keine Macht.«

Ich wünschte, ich hätte seine Schwärmerei teilen können.

11

»Nein, *wunderbar,* Tim!« hatte Clare Dugdale in spät-thatcherischer Affektiertheit ausgerufen, als ich ihr von einer Telefonzelle aus mitteilte, daß ich zufällig in der Gegend sei. »Simon wird *aus dem Häuschen* sein. Er hat seit *Wochen* nicht mehr von Mann zu Mann reden können. Komm möglichst *früh,* dann trinken wir was, und du kannst mir helfen, die Kinder ins *Bett* zu bringen, wie in alten *Zeiten.* Petronella wirst du nicht *wiedererkennen. Unglaubliches* Mädchen. Magst du Fisch? Simon hat's neuerdings am *Herzen.* Kommst du *allein,* Tim, oder bringst du jemand *mit?*«

Ich überquerte eine Brücke und sah unter mir unser weißes Hotel, das die Rezession jetzt grau gefärbt hatte. Die Wiesen am Ufer waren zugewuchert. Quer über die Eingangstür der Bar, wo ich auf sie gewartet hatte, war mit Kreide »Disco« geschmiert. Flippergeräte blinkten in dem einst vornehmen Speisesaal, wo wir Steak *flambé* gegessen hatten und sie mir einen bestrumpften Fuß zwischen die Beinen gesteckt hatte, bis es Zeit war, ins Bett zu gehen – was wir so unauffällig früh wie möglich taten, denn um vier Uhr morgens hockte sie schon vor dem Spiegel und brachte ihr Make-up in Ordnung, um nach Hause zu gehen.

»Die Kinder sollen mich nicht vermissen, Darling«, sagt sie. »Und Simon, der Ärmste, könnte *durchaus* auf die Idee kommen, mich mit einem Anruf aus Washington zu wekken. Auf *kurzen* Reisen *kann* er einfach nicht schlafen.«

»Hat er einen Verdacht?« frage ich, nicht so sehr, wie mir jetzt schien, aus einem Schuldgefühl heraus, sondern eher aus menschlicher Neugier.

Pause, während sie mit dem Lippenstift die letzte Linie zieht. »Glaub ich nicht. Simon ist Berkeleyaner. Was er nicht sieht, existiert für ihn nicht.« Clare hatte in Cambridge Philosophie studiert, bevor sie die intellektuelle Bürde einer Ehe mit einem Beamten des Außenministeriums auf sich nahm. »Und da wir nicht existieren, können wir machen, was wir wollen, richtig? Und haben es *trotzdem* nicht getan, *richtig*?«

Ich parkte den Wagen am Bahnhof in Maidenhead und nahm, mit Bairstows Aktentasche bewaffnet, ein Taxi zu den scheußlichen Reihenhäusern aus den fünfziger Jahren, wo sie wohnten. Ein verfallenes Klettergerüst zierte den überwucherten Vorgarten. Clares verbeulter Renault stand verwahrlost und bedenklich schief auf der mit Unkraut überwachsenen Einfahrt. Neben der Klingel ein verblichenes Schild: CHIEN MÉCHANT. Vermutlich ein Relikt von Simons Besuchen in Brüssel als Moskaubeobachter der Nato. Die Tür ging auf, und das Au-pair-Mädchen musterte mich mit träger Neugier.

»Anna Greta. Immer noch hier, meine Güte. Ist ja großartig.«

Ich ging um sie herum in den Flur und schob mich an Kinderwagen, Kinderfahrrädern und einem Wigwam vorbei. Schon kam Clare die Treppe heruntergestürmt und fiel mir um den Hals. Sie trug die Bernsteinbrosche, die ich ihr geschenkt hatte. Simon glaubte, die habe sie von einer entfernten Kusine geerbt. Jedenfalls behauptete sie das.

»Anna Greta, meine Liebe, würden Sie *bitte* das Gemüse anrichten und auf die Warmhalteplatte stellen?« ordnete sie an, nahm meine Hand und führte mich nach oben. »Du bist immer noch *prima* in Schuß, Tim. Und Simon sagt, du hast ein absolut tolles, *entsetzlich* junges Mädchen gefunden. Ich finde das *ungeheuer klug* von dir. Petronella, schau mal, wer da ist!« Sie bog mir die Hand auf den Rücken und kniff mich. »Es gibt nicht Fisch, sondern Ente. Ich denke, dieses eine Mal wird Simons Herz schon damit fertig werden. Laß dich noch einmal *anschauen*.«

Petronella kam mit finsterem Blick aus dem Bad, sie hatte ein Handtuch umgebunden und trug einen Mackintosh-Hut. Sie war jetzt zehn, eine undankbare Göre mit Zahnklammer und dem vagen Lächeln ihres Vaters.

»Warum küßt du meine Mutter?«

»Weil wir *gute* alte Freunde sind, Pet, Kleines«, antwortete Clare unter spitzem Gelächter. »Sei nicht so albern. *Du* würdest dich garantiert auch mal gern von so einem tollen Mann wie Tim in die Arme nehmen lassen.«

»Nein, würde ich nicht.«

Die Zwillinge wollten *Rupert Bear.* Ein Nachbarsmädchen namens Hubbie wollte *Black Beauty.* Der Schlichter in mir entschied sich für *Peter Rabbit,* und ich kam gerade zu der Stelle, wo Peters Vater in Mr. McGregors Garten einen Unfall hat, da hörte ich Simons Schritte die Treppe hinaufkommen.

»Hallo, Tim, schön dich zu sehen«, sagte er monoton und reichte mir eine leblose Hand. »Hallo, Pet. Hallo, Clive. Hallo, Mark. Hallo, Hubbie.«

»Hallo«, sagten sie.

»Hallo, Clare.«

»Hallo«, sagte Clare. Ich las weiter vor, und Simon hörte von der Tür aus zu. In meinem schwerelosen Geisteszustand hatte ich gehofft, jetzt, da ich ebenfalls Hörner trug, sei ich ihm vielleicht sympathischer. Aber das war anscheinend nicht der Fall, also sah man es mir wohl nicht an.

Die Ente war offenbar tiefgefroren gewesen, denn Teile davon waren es immer noch. Als wir uns durch die blutigen Gliedmaßen kämpften, fiel mir ein, daß wir bei unseren furchtbaren gemeinsamen Mahlzeiten immer so gegessen hatten: zu Matsch zerkochte Kartoffeln, Kantinenkohl in dünner grüner Tunke. Schöpften ihre katholischen Seelen Trost aus solcher Enthaltsamkeit? Fühlten sie sich näher bei Gott und weiter weg von der Herde?

»Warum bist du hier?« fragte Simon mit seiner trockenen, näselnden Stimme.

»Will eine unverheiratete Tante besuchen«, antwortete ich.

»Doch nicht noch so eine stinkreiche, Tim?« sagte Clare.

»Wo wohnt sie denn?« sagte Simon.

»Nein, diese ist mittellos«, erzählte ich Clare. »In Marlow«, erzählte ich Simon.

»Im Pflegeheim? In welchem?« sagte Simon.

»Sunnymeads.« Ich nannte ihm einen Namen, den ich aus den gelben Seiten hatte, und hoffte, daß es das Heim noch gab.

»Ist sie eine Schwester deines Vaters?« fragte Simon.

»Genaugenommen eine Kusine meiner Mutter«, sagte ich, um der Möglichkeit vorzubeugen, daß Simon beim Pflegeheim Suunymeads anrief und feststellte, daß die Tante gar nicht existierte.

»Bauen Sie eigentlich viel Wein an?« säuselte Anna Greta, die an diesem Abend zum Gast aufgewertet worden war.

»Na ja, eine *Rekord*ernte hatten wir nicht grade, Anna Greta«, antwortete ich. »Aber ganz ordentlich. Und die ersten Proben waren *überaus* vielversprechend.«

»Ach«, rief Anna Greta aus, als sei sie tatsächlich erstaunt.

»Ich habe da, ehrlich gesagt, ein kleines Problem geerbt. Mein Onkel Bob, der das Geschäft aus Liebhaberei gegründet hat, vertraute sehr auf seinen Schöpfer, und ziemlich wenig auf die Wissenschaft.«

Clare lachte spitz auf, während Anna Greta verblüfft der Kiefer nach unten klappte. Aus irgendeinem unerklärlichen Grund redete ich weiter.

»Er hat die *falschen* Reben am *falschen* Ort angepflanzt, dann hat er um Sonne gebetet und Frost bekommen. Leider beträgt die Lebenserwartung einer Rebe fünfundzwanzig Jahre. Und das bedeutet, wir müssen entweder Massenmord begehen oder noch weitere zehn Jahre gegen die Natur kämpfen.«

Ich konnte nicht aufhören. Erst machte ich mich über meine eigenen Bemühungen lustig, dann sang ich Lobeshymnen auf meine englischen und walisischen Konkurrenten und beklagte die enormen Steuern, die ihnen von einer gleichgültigen Regierung auferlegt wurden. Ich malte ein übertriebenes Bild von England als einem der ältesten weinerzeugenden Länder der Erde, und Anna Greta bekam den Mund gar nicht mehr zu.

»Du Ärmster«, sagte Simon.

»Jetzt erzähl mal von dieser Minderjährigen, mit der du

zusammenwohnst«, fuhr Clare rücksichtslos dazwischen; nach zwei Gläsern rumänischen Rotweins war sie imstande, aber auch wirklich alles zu sagen. »Du bist doch so ein alter Kerl, Tim. Simon ist schon ganz *grün* vor Neid. Stimmt's, Simon?«

»Nicht im geringsten«, sagte Simon.

»Sie ist schön, sie ist musikalisch, sie kann nicht kochen, und ich bete sie an«, gab ich fröhlich Auskunft, dankbar für die Gelegenheit, Emmas Vorzüge preisen zu können. »Außerdem ist sie warmherzig und ungeheuer klug. Was möchtest du sonst noch wissen?«

Die Tür ging auf, und Petronella stürmte herein, ihre blonden Haare waren über den Schlafanzug gebreitet und die blauen Augen mit einem Ausdruck ätherischen Schmerzes auf ihre Mutter gerichtet.

»Du machst einen Lärm, daß man nicht *schlafen* kann!« protestierte sie und stampfte mit den Füßen auf. »Das machst du *mit Absicht*.«

Clare brachte Petronella ins Bett zurück. Anna Greta räumte mürrisch die Teller ab.

»Simon, ich habe da was wegen der Firma mit dir zu besprechen«, sagte ich. »Ob wir uns mal für eine Viertelstunde zurückziehen können?«

Simon spülte, ich trocknete ab. Er trug eine blaue Metzgerschürze. Eine Maschine hatten sie nicht. Wir spülten offenbar das Geschirr von mehreren Mahlzeiten. »Was willst du?« fragte Simon.

Solche Gespräche hatten wir früher oft geführt, in seinem kargen Horst im Außenministerium, durch dessen schmutziges Fenster uns die blassen Tauben von Whitehall beäugten.

»Bei mir hat sich jemand gemeldet, der für eine gewisse Information eine Menge Geld haben will«, sagte ich.

»Ich dachte, du bist im Ruhestand.«

»Stimmt auch. Aber hier geht es um einen alten Fall, der wieder hochgekommen ist.«

»Mit so was brauchst du dich nicht abzugeben, das gibt

sich wieder von selbst«, sagte Simon. »Was will er dir denn verkaufen?«

»Einen bevorstehenden bewaffneten Aufstand im Nordkaukasus.«

»Wer steht da gegen wen auf? Danke«, sagte er, als ich ihm einen dreckigen Kochtopf gab. »Da sind doch dauernd Aufstände. Nichts Besonderes.«

»Die Inguschen gegen die Russen und Osseten. Mit etwas Unterstützung der Tschetschenen.«

»Das haben sie schon 92 versucht und sind plattgemacht worden. Keine Waffen. Nur was sie geklaut oder heimlich gekauft hatten. Während die Osseten dank Moskau bis an die Zähne bewaffnet waren. Und immer noch sind.«

»Und wenn die Inguschen sich inzwischen ein anständiges Arsenal zugelegt haben?«

»Unmöglich. Die sind verstreut und entmutigt, und was auch immer sie kriegen können, die Osseten kriegen mehr. Die Osseten sind auf Waffen spezialisiert. Vorige Woche bekamen wir einen Bericht, daß sie überschüssiges Material der Roten Armee in Estland aufgekauft haben und mit Hilfe des russischen Geheimdienstes an die Serben in Bosnien verschieben.«

»Meine Quelle behauptet, diesmal würden die Inguschen aufs Ganze gehen.«

»Ja, sicher behauptet er das.«

»Er sagt, sie sind nicht aufzuhalten. Sie haben einen neuen Führer. Ein Mann namens Bashir Haji.«

»Bashir ist ein Held von gestern«, sagte Simon und begann energisch einen stark verbeulten Topf auszukratzen. »Mutig wie ein Löwe. Ausgezeichneter Reiter. Sufist mit schwarzem Gürtel. Aber wenn es darum geht, gegen russische Raketen oder Hubschrauber zu kämpfen, hat er nicht mal eine Blaskapelle aufzuweisen.«

Solche Gespräche hatten wir früher oft geführt. In Simon Dugdale hatte die Kunst, geheime Informationen zu entkräften, ihren Meister gefunden.

»Wenn man meinem Mann glauben kann, verspricht Bashir, modernste westliche High-Tech-Waffen zu besorgen und die Russen und Osseten dorthin zurückzuschicken, wo sie hergekommen sind.«

»Jetzt hör mal zu!« Simon knallte den Kochtopf hin, hob eine nasse Hand und spreizte sie dicht vor meinem Gesicht. »92 haben die Inguschen zum Angriff geblasen und sind in den Prigorodniy Rajon einmarschiert. Sie hatten ein paar Panzer, einige gepanzerte Mannschaftswagen, ein bißchen Artillerie, russisches Material, gekauft oder gestohlen, nicht sehr viel. Gegenüber standen ihnen« – er griff sich mit der anderen Hand an den Daumen – »die nordossetische Armee« – er griff sich an den Zeigefinger – »russische OMON-Spezialeinheiten – republikanische Garderegimenter – Terek-Kosaken« – er war beim kleinen Finger angekommen – »und sogenannte Freiwillige aus Südossetien, die die Russen eingeflogen hatten, damit sie ihnen die Henkerarbeit abnahmen und sich im Prigorodniy Rajon breitmachten. Die einzige Unterstützung, die die Inguschen hatten, kam von den Tschetschenen, von denen sie sogenannte Freiwillige und ein paar Waffen ausgeliehen bekamen. Die Tschetschenen sind zwar Freunde der Inguschen, haben aber ihre eigenen Ziele, und das wissen die Russen natürlich. Also benutzen die Russen die Inguschen, um die Tschetschenen zu spalten. Wenn dein Mann ernsthaft behauptet, Bashir oder irgend jemand sonst plane einen großangelegten organisierten Angriff auf die Feinde der Inguschen, ist das entweder frei erfunden, oder Bashir ist verrückt geworden.«

Er hatte sich ausgetobt und tauchte die Arme wieder ins Spülwasser.

Ich versuchte es anders. Ich wußte, es gab da etwas, und das wollte ich aus ihm herauslocken. Etwas, das ich als Bestätigung von Larrys emotionaler Logik noch einmal hören muß

»Und ist es denn eine gerechte Sache?« fragte ich.

»Wie bitte?«

Ich machte ihn wütend. »Die Sache der Inguschen. Haben sie das Recht auf ihrer Seite?«

Er klatschte ein Küchensieb aufs Abtropfbrett. *»Recht?«* wiederholte er entrüstet. »Du sprichst von Recht oder Unrecht im absoluten Sinn? Wie die Geschichte die Inguschen behandelt hat?«

»Ja.«

Er packte ein Backblech und attackierte es mit dem Topfkratzer. Der Versuchung, einen Vortrag zu halten, hatte Simon Dugdale noch nie widerstehen können.

»Dreihundert Jahre lang haben ihnen die Zaren das Leben zur Hölle gemacht. Haben es denen häufig heimgezahlt. Dann kamen die Kommunisten. Kleines Intermezzo falschen Friedens, dann wieder das Übliche. 44 von Stalin deportiert und zu einem Volk von Verbrechern erklärt. Dreizehn Jahre in der Wildnis. Rehabilitierung durch Erlaß des Obersten Sowjets und Erlaubnis, die Mülltonnen zu leeren. Haben es mit friedlichem Protest versucht. Fehlanzeige. Krawalle. Moskau sitzt auf seinem Arsch.« Er beugte sich über das Backblech und schrubbte rachsüchtig. »Die Kommunisten treten ab, Jelzin tritt auf. Geht ihnen um den Bart. Das russische Parlament verabschiedet eine nebulöse Resolution zur Entschädigung enteigneter Völker.« Er schrubbte weiter. »Die Inguschen glauben den Mist. Der Oberste Sowjet beschließt ein Gesetz, das sich für eine inguschische Republik innerhalb der russischen Föderation ausspricht. Großartig. Fünf Minuten später dreht Jelzin ihnen eine Nase und verbietet per Präsidialerlaß jegliche Grenzänderungen im Kaukasus. Nicht so großartig. Moskaus neuester Plan sieht vor, die Osseten zu zwingen, eine bereits vereinbarte Zahl von Inguschen unter gewissen Bedingungen ins Land zurückzulassen. Wirklich tolle Aussichten. Moralisch, was auch immer das heißen mag, sind die Inguschen völlig im Recht, aber in dieser Welt widerstreitender Kompromisse, in der ich leider zu leben habe, heißt das so gut wie gar nichts. Rechtlich ist die Sache für jeden, der noch einen Pfifferling für das postsowjetische Rechtssystem gibt, vollkommen eindeutig. Die Osseten haben gegen das Gesetz verstoßen, die Inguschen sind unschuldig. Aber wann hat das je etwas zu sagen gehabt?«

»Und wie stehen die Amerikaner dazu?«

»*Wer* bitte?« fragte er – womit er sagen wollte, daß er

vielleicht Experte in Sachen Nordkaukasus war, mit den Vereinigten Staaten von Amerika hingegen kaum etwas anfangen konnte.

»Onkel Sam«, sagte ich.

»Mein lieber Mann« – es war das erstemal in seinem Leben, daß er mich so vertraulich anredete –, »jetzt hör mir bitte mal zu, ja?« Plötzlich sprach er mit amerikanischem Akzent. Klang wie eine Mischung aus einem Plantagenbesitzer der Südweststaaten und einem Londoner Straßenhändler. »Scheiße, Mann, ich höre immer *Inguschen.* Sind das nicht so was wie *Indianer,* Mann? *Ameringuschen?*«

Ich grinste gehorsam, aber zu meiner Erleichterung sprach er dann mit seiner normalen tonlosen Stimme weiter.

»Falls die Amerikaner da unten überhaupt eine postsowjetische Politik verfolgen, hat sie jedenfalls keine Linie. Was, wie ich hinzufügen darf, exakt ihrer sonstigen postsowjetischen Politik entspricht. Planvolles Nichtstun ist noch die freundlichste Bezeichnung, die mir dafür einfällt: einfach die Ohren zuhalten und wegsehen, wenn die ethnischen Säuberer mit dem Staubsauger kommen und wiederherstellen, was Politiker Normalität nennen. Anders gesagt, Washington ist alles recht, was Moskau anstellt, solange niemand die Pferde scheu macht. Ende der Politik.«

»Und was können sich die Inguschen erhoffen?« fragte ich. »Absolut gar nichts«, antwortete Simon Dugdale genüßlich. »In Tschetschenien gibt es verdammt große Ölfelder, die allerdings durch laienhafte Ausbeutung völlig versaut sind, aber was soll's. Erz, Holz, alles, was man so braucht. Außerdem führt da die georgische Militärstraße durch, und die will Moskau freihalten, egal, was Tschetschenen und Inguschen dazu sagen. Und die russische Armee marschiert doch nicht in Tschetschenien ein und läßt Inguschien nebenan als Joker liegen. Scheiße.«

Er hatte sich die Schürze naß gemacht, und seine Hose hatte auch etwas abgekriegt. Er nahm eine andere Schürze, die freilich noch schmutziger war als die erste, und band sie um. »Und überhaupt«, sagte er anklagend, »wer wäre denn dein Favorit, wenn *du* der Kreml wärst? Ein Haufen blutrünstiger moslemischer Gebirgsbewohner oder die sowjetisierten, christianisierten, arschkriecherischen Osseten, die täglich um Stalins Rückkehr beten?«

»Und was würdest du unternehmen, wenn du Bashir wärst?«

»Bin ich nicht. Hypothetischer Unsinn.«

Plötzlich redete er zu meiner Überraschung wie Larry, wenn der sich zum Thema modische und unmodische Kriege ausließ. »Als erstes würde ich mir einen dieser grinsenden Washingtoner Lobbyisten mit Plastikfrisur kaufen. Das kostet schon mal eine Million Dollar. Zweitens würde ich mir ein totes Inguschenbaby besorgen, möglichst ein Mädchen, und es in den Hauptnachrichten in den Armen eines heulenden Sprechers zeigen, möglichst männlich und ebenfalls mit Plastikfrisur. Ich würde im Kongreß und bei den Vereinten Nationen Fragen stellen lassen. Und wenn daraufhin wie üblich absolut nichts passiert, würde ich sagen, zum Teufel damit, und dann würde ich, wenn ich noch Geld übrig hätte, mit meiner Familie nach Südfrankreich fahren und den ganzen Mist vergessen. Nein, stimmt nicht. Ich würde allein fahren.«

»Oder in den Krieg ziehen«, schlug ich vor.

Er ging in die Hocke und räumte Kochtöpfe in einen stockdunklen Schrank auf Bodenhöhe.

»Man hat uns auf dich aufmerksam gemacht«, sagte er. »Ich finde, das sollte ich dir sagen. Jeder, der dich sieht, soll die Zentrale informieren.«

»Und? Machst du's?« fragte ich.

»Ich glaube nicht. Du bist Clares Freund, nicht meiner.«

Ich dachte, er wäre fertig, aber anscheinend hatte er noch viel mehr auf dem Herzen.

»Ehrlich gesagt, du bist mir ziemlich unsympathisch. Und deine verdammte Firma auch. Ich habe nie ein Wort von dem geglaubt, was ihr, du und deine Leute, mir gesagt habt, es sei denn, ich hatte es zufällig vorher in der Zeitung gelesen. Ich weiß nicht, was du eigentlich suchst, aber ich wäre dir dankbar, wenn du es nicht hier suchen würdest.«

»Sag mir nur, ob es wahr ist.«

»Was?«

»Planen die Inguschen irgendeine große Sache? Könnten sie das überhaupt? Wenn sie die nötigen Waffen hätten?«

Erst zu spät fragte ich mich, ob er womöglich betrunken war. Anscheinend hatte er die Orientierung verloren. Irrtum. Er redete sich allmählich warm.

»Wirklich interessante Frage«, stimmte er mit der jungenhaften Begeisterung zu, die er allen Arten von Katastrophen entgegenbrachte. »Nach unseren jüngsten Informationen macht Bashir, offenbar ohne es zu wollen, einen ziemlichen Wirbel. Du könntest da was entdeckt haben.«

Ich übernahm Emmas Rolle und spielte den Unschuldigen. »Kann denn *niemand* was dagegen tun?« fragte ich.

»Doch, sicher. Die Russen. Könnten tun, was sie letztesmal getan haben. Ihnen die Osseten auf den Hals schicken. Ihre Dörfer mit Raketen beschießen. Ihnen die Augen ausstechen. Sie in die Täler verschleppen, in Ghettos zusammentreiben. Deportieren.«

»Ich meine uns. Die Nato, ohne die Amerikaner. Schließlich gehört das zu Europa. Unser Gebiet.«

»Etwa so 'ne Nummer wie in Bosnien?« meinte er in dem triumphierenden Ton, mit dem Simon Dugdale jede ausweglose Lage zu feiern pflegte. »Auf russischem Boden? Brillante Idee. Und wo wir schon mal dabei sind, könnten wir uns doch ein paar russische Stoßtruppen kommen lassen, die unseren britischen Fußball-Hooligans mal richtig eins auf die Rübe geben.« Die Wut, zu der ich ihn provoziert hatte, war voll entbrannt. »Die *Annahme*«, fuhr er mit erhobener Stimme fort, »daß dieses Land – jedes zivilisierte Land – die *Pflicht* habe, sich zwischen irgendwelche Gruppen von Schlägertypen zu werfen, die zufällig entschlossen sind, sich gegenseitig abzuschlachten« – er redet wie ich, dachte ich –, »den Weltpolizisten zu spielen, zwischen durchgedrehten heidnischen Wilden zu vermitteln, von denen vorher kein Mensch je gehört hat – was dagegen, wenn wir jetzt Schluß machen?«

»Was bedeutet der Wald?«

»Spinnst du?« fragte er.

»Aus welchem Grund könnte ein Ingusche einen anderen vor dem Wald warnen?«

Wieder heiterte sich sein Gesicht auf. »Der ossetische Ku-Klux-Klan. Finsterer Haufen, vom KGB oder seinen Nebenorganisationen gepäppelt. Wenn du morgen früh mit deinen Eiern im Mund aufwachen solltest, was für meinen Geschmack noch gar nicht mal das Schlimmste wäre, könnte durchaus der Wald dahinterstecken. Bitte nach dir.«

Clare saß im Wohnzimmer, eine Zeitschrift auf dem Schoß, und blickte über den Rand ihrer Lesebrille auf einen Schwarzweißfernseher.

»Ah, Tim, Darling, bitte *laß* mich dich zum Bahnhof bringen. Wir haben ja noch *kaum* miteinander geredet.«

»Ich rufe ihm ein Taxi«, sagte Simon am Telefon.

Als das Taxi kam, nahm sie mich am Arm und brachte mich hinaus, während Simon im Haus blieb, ein Berkeleyaner, für den nur existierte, was er sah. Ich mußte daran denken, wie ich mich Emma gegenüber ähnlich höflich verhalten hatte, wutschnaubend im Haus geblieben war und meinem Spiegelbild Grimassen geschnitten hatte, während sie sich auf der Einfahrt von Larry verabschiedete.

»In dir habe ich immer einen Mann gesehen, der etwas tut«, flüsterte Clare mir ins Ohr, das sie schon halb zerbissen hatte. »Der gute Simon ist so *akademisch.*«

Ich empfand nichts für sie. Irgendein anderer Cranmer hatte mit ihr geschlafen.

Ich fuhr, Larry saß neben mir auf dem Beifahrersitz. »Du bist verrückt«, teilte ich ihm mit, denn ich hatte etwas von Simon Dugdale gelernt. »Gefährlich, hundertprozentig verrückt.«

Er stellte sich nachdenklich, was er immer tat, bevor er zurückschlug.

»Für mich, Timbo, ist ein Verrückter jemand, der alle Tatsachen kennt.«

Es war Mitternacht. Ich kam nach Chiswick. Ich bog von der Hauptstraße ab, schlängelte mich durch eine Schikane und fuhr auf ein Privatgrundstück. Das Haus war ein überladenes Prachtstück aus der Zeit King Edwards. Dahinter floß schwarz die Themse, ihre Oberfläche schraffiert von den Lichtern der Stadt. Ich parkte, kramte die 38er aus der Aktentasche und stopfte sie mir in den Hosenbund. Die Aktentasche in der linken Hand, schob ich mich an einem kaputten Zaunübertritt vorbei und stand dann auf dem Treidelpfad. Die Luft am Fluß roch braun und ölig. Auf einer Bank umarmte sich ein Liebespaar, das Mädchen rittlings auf dem Jungen. Ich ging langsam, umkurvte Pfützen, scheuchte Wasserratten und Vögel auf. Jenseits der Hecke verabschiedeten sich Gäste von ihren Gastgebern:

»Ganz *wunderbare* Party, ihr Lieben, einfach *herrlich*.«

Das erinnerte mich an Larry, wenn er Stimmen imitierte. Ich war jetzt wieder bei dem Haus angekommen, diesmal von der Rückseite. Über der Hintertür und an der Garage brannten Lampen. Ich wählte eine Stelle, wo die Hecke besonders niedrig war, drückte den Draht nach unten, warf die Aktentasche hinüber und hätte mich beinahe kastriert. Ich stürzte in einen Garten mit gemähtem Rasen und Rosenbeeten. Zwei nackte Kinder mit ausgebreiteten Armen starrten mich an, doch als ich näher kam, wurden sie zu zwei Porzellancupidos. Die Garage war links von mir. Ich hastete in ihren Schatten, trat auf Zehenspitzen an ein Fenster und spähte hinein. Kein Auto. Er ist zum Essen weggefahren. Er ist zu einer Kriegsbesprechung gerufen worden. Hilfe, Hilfe, Cranmer hat sich aus dem Staub gemacht.

Ich lehnte mich an die Mauer, den Blick auf das vordere Gartentor gerichtet. So konnte ich stundenlang warten. Eine Katze strich mir ums Bein. Von irgendwo stank es feucht nach Fuchs. Ich hörte ein Auto, ich sah die Scheinwerfer über den unbefestigten Weg auf mich zuspringen. Ich drückte mich noch fester an die Garagenmauer. Das Auto fuhr vorbei und hielt fünfzig Meter weiter. Dann ein zweites Auto, ein besseres: weiße Scheinwerfer, zweimal zwei, ein leiserer Motor. Komm allein, Jake, riet ich ihm. Mach es mir nicht schwer. Komm mir nicht mit irgendeinem wichtigen anderen. Komm mir nur mit deiner unwichtigen Wenigkeit.

Merrimans auf Hochglanz polierter Rover holperte durchs Gartentor und die kurze Auffahrt zur Garage hoch. Am Steuer saß Jake Merriman, sonst war niemand an Bord, kein anderer jedweden Geschlechts. Er fuhr in die Garage, er machte die Scheinwerfer aus. Dann gab es eine dieser Pausen, die für alleinstehende Leute in einem gewissen Alter typisch sind: Er blieb hinterm Steuer sitzen und hantierte beim Schein der Innenbeleuchtung mit Dingen, die ich nicht sehen konnte.

»Bleiben Sie jetzt ganz ruhig, Jake«, sagte ich.

Ich hatte ihm die Tür aufgemacht und hielt ihm den Revolver dicht an den Kopf.

»In Ordnung«, sagte er.

»Stellen Sie die Innenbeleuchtung auf Dauerbetrieb. Geben Sie mir den Wagenschlüssel. Legen Sie die Hände aufs Steuer. Nehmen Sie die Hände nicht vom Steuer weg. Wie schließt man die Garagentür?« Er hielt eine Fernbedienung hoch. »Zumachen«, sagte ich.

Die Tür ging zu.

Ich setzte mich hinter ihn. Ich drückte ihm den Revolver ins Genick, legte ihm den linken Unterarm um den Hals und zog seinen Kopf sachte zu mir hin, bis unsere Wangen sich berührten.

»Munslow hat mir erzählt, Sie suchen Emma«, sagte ich.

»So ein verdammter Idiot.«

»Wo ist sie?«

»Nirgendwo. Wir suchen auch nach Pettifer, falls Sie das noch nicht bemerkt haben. Ihn haben wir auch nicht gefunden. Und von heute an suchen wir auch nach Ihnen.«

»Jake, ich mache keine Witze. Ist das klar? Wenn es sein muß, *erschieße* ich Sie.«

»Sie brauchen mich nicht zu überreden. Ich mache mit. Ich mache mit. Ich bin ein Feigling.«

»Wissen Sie, was ich gestern getan habe, Jake? Ich habe einen offenen Brief an den Polizeipräsidenten von Somerset geschrieben und eine Kopie für den *Guardian* gemacht. In dem Brief beschreibe ich, wie einige von uns bei der Firma auf die Idee gekommen sind, mit Unterstützung von

Tschetschejew die russische Botschaft auszunehmen. Ich war so frei, auch Ihren Namen zu erwähnen.«

»Sie verdammtes Schwein.«

»Nicht als Rädelsführer, sondern als jemand, bei dem man sich darauf verlassen kann, daß er im richtigen Augenblick ein Auge zudrückt. Ein passiver Verschwörer wie Zorin. Die Briefe werden morgen um neun abgeschickt, es sei denn, ich sage das Zauberwort. Und das sage ich nur, wenn Sie mir sagen, was Sie über Emma wissen.«

»Ich habe Ihnen alles gesagt, was wir über Emma wissen. Verdammt, ich habe Ihnen sogar eine Akte über Emma gegeben. Sie ist ein Flittchen. Was wollen Sie denn sonst noch wissen?«

Er war in Schweiß gebadet. Der Schweiß tropfte auf den Lauf meines Revolvers.

»Ich will den neuesten Stand. Und bitte nennen Sie sie nicht Flittchen, Jake. Von mir aus sagen Sie hübsches Mädchen oder so was. Aber nicht Flittchen.«

»Sie war in Paris. Hat eine Telefonzelle in der Gare du Nord benutzt. Sie haben sie gut ausgebildet.«

Nicht ich, sondern Larry, dachte ich. »Wann?«

»Oktober.«

»Jetzt *ist* Oktober. Wann im Oktober?«

»Mitte. Am Zwölften. Was um alles in der Welt haben Sie eigentlich vor? Geben Sie nach. Legen Sie ein Geständnis ab. Kommen Sie nach Hause.«

»Woher wissen Sie, daß es der Zwölfte war?«

»Die Amerikaner haben sie mit einem Schuß ins Blaue erwischt.«

»Die *Amerikaner?* Was zum Teufel haben die Amerikaner mit der Sache zu tun?«

»Wir leben im Computerland, mein Lieber. Wir haben ihnen Emmas Stimmfrequenz übermittelt. Sie haben ihre Mitschnitte durchforstet. Und plötzlich hatten sie Ihre heißgeliebte Emma. Sprach mit falschem schottischem Akzent.«

»Wen hat sie angerufen?«

»Einen gewissen Philip.«

An einen Philip konnte ich mich nicht erinnern. »Was hat sie gesagt?«

»Es gehe ihr gut, sie sei in Stockholm. Das war gelogen. Sie war in Paris. Alle Jungs und Mädchen sollten wissen, daß sie glücklich sei und vorhabe, ihr Leben noch mal von vorne anzufangen. Dürfte ihr wohl gelingen, mit siebenunddreißig Millionen Pfund in der Tasche.«

»Haben Sie das selbst gehört?«

»Sie glauben doch nicht, daß ich sie irgendeinem Pickelhering vom CIA überlassen würde?«

»Den Wortlaut. Was genau hat sie gesagt?«

»›Ich gehe dorthin zurück, wo ich herkomme. Ich beginne noch einmal von vorn.‹ Worauf unser Philip antwortet: ›Ist gebongt.‹ So spricht man heutzutage in den unteren Klassen. Ist gebongt. Und Prost statt danke. Sie wartet auf Sie. Ist das nicht erfreulich? Sie ist total in Sie vernarrt. Ihre Sklavin. Ich war stolz auf Sie.«

»Den Wortlaut«, sagte ich.

»›Ich warte auf ihn, egal, wie lange es dauert‹, sagt sie mit ganz *wunderbarer* Gewißheit. ›Ich bin seine Penelope, und wenn es Jahre dauern sollte. Tagsüber webe ich, und nachts trenne ich's wieder auf, bis er mich endlich holen kommt.‹«

Den Revolver in der Hand, die Aktentasche segelte hinter mir her, rannte ich zu meinem Wagen. Ich fuhr nach Süden, bis zu den Außenbezirken von Bournemouth; dort ging ich in ein Bungalow-Motel mit Krematoriumsmusik auf den Fluren und mattvioletten Nachtlichtern über den Notausgängen. Ich komme dich holen, sagte ich ihr. Warte. Um Himmels willen, warte auf mich.

Sie ist erfroren, zittert aber noch. Als hätte ich sie aus dem eiskalten Meer gerettet. Sie klammert sich an mich, ihre feuchte Haut ist ganz klebrig. Sie preßt ihr Gesicht so fest an meins, daß ich nicht widerstehen kann.

»Tim, Tim, wach auf.«

Sie ist nackt in mein Zimmer gestürzt. Sie hat mir das Federbett weggerissen und ihren eiskalten Leib um mich geschlungen, sie flüstert »Tim, Tim«, meint aber doch nur

»Larry, Larry«. Sie zittert und drängt sich sinnlos an mich, aber ich bin nicht ihr Geliebter, nur ein Körper, an dem sie sich festhält, kurz vorm Ertrinken, nur die zweite Wahl nach Larry.

»Du liebst ihn auch«, sagt sie. »Du mußt.«

Sie schleicht auf ihr Zimmer zurück.

Paris, hatte Merriman gesagt. *Hat eine Telefonzelle in der Gare du Nord benutzt. Sie haben sie gut ausgebildet.*

Paris, dachte ich. Um noch mal von vorne anzufangen.

Bei Dee, sagt sie: *wo ich wieder zum Leben erweckt wurde.*

Wer ist Dee? frage ich.

Dee ist eine Heilige. Dee hat mich gerettet, als ich völlig am Ende war. Ich fange noch mal von vorne an, zitiert Merriman sie mit seiner parfümierten Stimme. *Ich gehe dorthin zurück, wo ich herkomme.*

Ein grauer Morgen ohne Sonne. Eine lange Auffahrt, am oberen Ende das Haus; Gekreisch von Möwen und Pfauen bei meiner Ankunft. Ich nannte meinen Namen, die Eisentore schwangen auf, als hätte ich »Sesam öffne dich« gesagt; die Villa im Pseudo-Tudor-Stil erhob sich vor mir aus nebligen Rasenflächen, daneben der Tennisplatz, der niemals benutzt wurde, und der Swimmingpool, in dem niemand schwamm. Ein schlaffer Union Jack hing müde um seinen hohen weißen Mast. Hinter dem Haus ein Golfplatz und Dünen. In der Ferne ein gespenstisches altes Schlachtschiff, auf halbem Weg zum Himmel steckengeblieben. Es war schon dagewesen, als ich mich vor fünfzehn Jahren zum erstenmal auf diesen Hügel gewagt und Ockie Hedges zaghaft vorgeschlagen hatte, ob er nicht vielleicht ein wenig zurückstecken und uns bei gewissen Angelegenheiten helfen wolle, die mit Waffenhandel nicht unverwandt seien.

»Helfen? Wie soll das aussehen, junger Mann?« fragt Ockie hinter seinem napoleonischen Schreibtisch. Offiziell ist noch immer die Isle of Wight sein Geschäftssitz, aber mit zunehmendem Alter wickelt er seine Transaktionen lieber hier auf dem Hügel bei Bournemouth ab.

»Nun ja, Sir«, sage ich verlegen, »wir wissen, daß Sie mit dem Verteidigungsminister sprechen, aber wir dachten, daß Sie auch mit uns sprechen könnten.«

»Worüber denn, junger Mann?« – jetzt noch gereizter – »Reden Sie Klartext. Worum geht es?«

»Die Russen lassen sich von westlichen Händlern heimlich mit Waffen beliefern«, sage ich.

»Versteht sich.«

»Einige dieser Händler sind Geschäftsfreunde von Ihnen«, sage ich und enthalte mich hinzuzufügen, daß sie auch seine Partner sind. »Wir würden Sie gern als Horchposten gewinnen, wir möchten Ihnen Fragen stellen und regelmäßig Kontakt mit Ihnen haben.«

Folgt ein langes Schweigen.

»*Und?*« sagt er.

»Und was?«

»Was haben Sie mir *anzubieten,* junger Mann? Was soll mir die Sache versüßen?«

»Nichts. Sie tun es für Ihr Land.«

»Nur über meine Leiche«, sagt Ockie Hedges mit Inbrunst.

Dennoch, nachdem wir mehrere Spaziergänge durch den gepflegten Garten gemacht haben, hält Ockie Hedges, Witwer, trauernder Vater und einer der größten Gauner im illegalen Waffenhandel, es trotz allem für an der Zeit, ins Heer der Rechtschaffenen einzutreten.

Ein großer junger Mann im Blazer führte mich durch die Vorhalle. Er hatte breite Schultern und kurzes Haar, so hatte Ockie seine großen jungen Männer gern. Zwei Bronzekrieger mit Pfeil und Bogen bewachten die Doppeltür zu Ockies getäfeltem Arbeitszimmer.

»Jason, mach uns bitte einen schönen Tee«, sagte Ockie und faßte mich an Hand und Unterarm gleichzeitig. »Falls wir ein Kalb gemästet haben, schlachte es! Für Mr. Cranmer ist das Beste grade gut genug. Wie geht es Ihnen, junger Mann? Sie bleiben zum Lunch, ich habe schon Bescheid gesagt.«

Er war ein kräftiger, untersetzter Mann von siebzig Jahren, ein etwas klein geratener Diktator in maßgeschneidertem braunen Anzug und zweireihiger Weste, deren flache Front eine goldene Uhrkette schmückte. Wenn er einen begrüßte, wölbte er stolz die schmächtige Brust und ernannte einen zu seinem Soldaten. Wenn er einem die Hand gab, packte seine Preisboxerfaust zu wie eine Kralle. Ein Panoramafenster mit Blick über die Gärten zum Meer. In dem Zimmer waren die von Ockie am meisten geschätzten Trophäen ausgestellt: von dem Kricketclub, dessen Vorsitzender er war, und von dem Polizeiclub, dessen Präsident auf Lebenszeit er war.

»Ich habe mich noch nie so gefreut, jemanden zu sehen, wie Sie, Tim«, sagte Ockie. Er sprach wie der Steward einer britischen Fluggesellschaft, schaltete zwischen Gesellschaftsklassen hin und her, als seien es Wellenlängen. »Ich kann nicht sagen, wie oft ich beinahe den Hörer abgenommen und Sie gebeten hätte: ›Tim. Kommen Sie her, wir wollen einmal vernünftig miteinander reden.‹ Dieser junge Bursche, mit dem Sie mich bekanntgemacht haben, ist ungefähr so brauchbar wie ein verregnetes Wochenende. Er sollte erst einmal zu einem guten Friseur gehen.«

»Ach, ich bitte Sie, Ockie«, sagte ich lachend. »So schlimm ist er nun auch nicht.«

»Was soll das heißen, ich bitte Sie? Er ist schlimmer als schlimm. Er ist schwul.«

Wir nahmen Platz, und ich hörte mir ergeben einen Vortrag über die Fehler meines glücklosen Nachfolgers an.

»Sie haben mir Türen geöffnet, Tim, und ich habe Ihnen manchen Gefallen getan. Sie mögen kein Freimaurer sein, aber Sie haben sich wie einer benommen. So hat sich im Lauf der Jahre ein schönes Geben und Nehmen zwischen uns entwickelt. Ich habe es nur immer bedauert, daß Sie Doris nie kennengelernt haben. Aber dieser Neue, den Sie mir da aufgehalst haben, das ist ein Pedant. Dauernd heißt es, wo haben Sie das her, wer hat wem was gesagt, warum hat wer was gesagt, das brauchen wir in zweifacher Ausfertigung. Die Welt ist nicht so, Tim. Die Welt ist im Fluß. Sie wissen das, ich weiß das. Warum weiß er es nicht? Keine *Zeit*, das ist sein Problem. Alles muß schon gestern erledigt sein. Sie wollen mir doch nicht etwa sagen, daß Sie wieder im Dienst sind?«

»Jedenfalls nicht auf *Dauer*«, sagte ich vorsichtig.

»Schade. Na schön. Also, was gibt's? Ich wüßte nicht, daß Sie mich jemals ohne einen Wunsch aufgesucht haben, und ich habe Sie nie mit leeren Händen fortgeschickt.«

Ich sah zur Tür und senkte die Stimme. »Es geht um die Firma, aber nicht direkt, falls Sie mir folgen können.«

»Leider nicht.«

»Inoffiziell. Äußerst delikat. Die Sache soll strikt unter uns bleiben. Falls Sie das stören sollte, sagen Sie es lieber gleich.«

»Stören? Mich? Sie scherzen.« Er sprach jetzt ebenfalls gedämpft. »Die sollten diesen Jungen mal überprüfen, wenn ich einen Rat geben darf. Er ist Pazifist. Sehen Sie sich nur mal seine Schlaghosen an.«

»Ich brauche die neuesten Informationen über jemanden, an dem wir in den schlechten alten Zeiten ein gewisses Interesse hatten.«

»Wer soll das sein?«

»Er ist halb Brite, halb Türke«, sagte ich, um Ockies entsetzlich rassistischen Vorstellungen entgegenzukommen.

»Alle Menschen sind gleich, Tim. Alle Religionen sind Wege zum selben Ziel. Wie heißt er?«

»Er hatte gute Kontakte zu gewissen Leuten in Dublin, und noch bessere zu gewissen russischen Diplomaten in London. Er hatte es auf eine Ladung Waffen und Sprengstoff abgesehen, die per Trawler von Zypern aus in die Irische See unterwegs war. Sie haben auch Ihr Teil bekommen, erinnern Sie sich?«

Ockie ließ bereits ein ziemlich gemeines Lächeln sehen. »Über Bergen«, sagte er. »Ein schmieriger kleiner Teppichhändler, der Mann hieß Aitken Mustafa May.«

Zahlung an AM, Macclesfield, dachte ich, während ich Ockie gebührend zu seinem erstaunlichen Gedächtnis gratulierte.

»Sie sollen sich für uns umhören«, sagte ich. »Wir brauchen seine Privatadressen, die Adressen seiner Handelspartner, den Namen seiner Siamkatze, falls er eine hat.«

Wenn Ockie sich für uns umhörte, geschah dies nach einem alterprobten Ritual. Mich verfolgte dann jedesmal die Vision von einem furchtbaren englischen Schattenreich, über das wir armen Spione nur Vermutungen anstellen können: wo Eingeweihte über geheime Computerleitungen Signale austauschen und Geheimabkommen gekündigt werden. Als erstes rief er Miss Pullen herein, eine Frau in grauem Twinset, die stehend und mit versteinertem Gesicht sein Diktat aufnahm. Ansonsten war sie für die Autobiographie zuständig, mit der Ockie eine gespannte Welt zu belehren gedachte.

»Ach, und stellen Sie bitte diskrete Nachforschungen über eine Gesellschaft namens Teppichhaus an, irgendwo im Norden, ein Mr. May, Aitken M. May«, sagte er mit bekümmert beiläufiger Stimme, nachdem er ihr, um seinen eigentlichen Zweck zu verbergen, eine Reihe anderer Aufträge gegeben hatte. »Wir hatten vor etlichen Jahren einmal flüchtigen geschäftlichen Kontakt, aber jetzt sind dort andere Leute am Ruder. Ich brauche Informationen über die Kreditwürdigkeit, Bilanzen, Aktionäre, aktuelle Handelsinteressen, börsenfähiges Kapital, Privatanschriften, private Telefonnummern, das Übliche.«

Zehn Minuten später kam Miss Pullen mit einem getippten Bogen zurück, und Ockie verzog sich in ein Nebenzimmer, schloß die Tür und führte Telefonate, von denen ich kaum etwas mitbekam.

»Ihr Mr. May macht zur Zeit Großeinkäufe«, verkündete er, als er zurückkam.

»Für wen?«

»Für die Mafia.«

Ich spielte meine Rolle weiter: »Die *italienische* Mafia?« rief ich. »Aber, Ockie, die sind doch schon bis an die Zähne bewaffnet!«

»Sie stellen sich absichtlich dumm. Die russische Mafia. Lesen Sie keine Zeitung?«

»Aber Rußland hat doch Waffen im Überfluß. Die Armee verkauft das Zeug seit Jahren an jeden, der es haben will.«

»Es gibt da drüben solche und solche Mafias. Vielleicht sind welche dabei, die etwas Besonderes haben wollen und sich von ihren Nachbarn nicht über die Schulter sehen lassen wollen, wenn sie es kaufen. Vielleicht gibt es welche, die über harte Währung verfügen und bereit sind, für ein bißchen Überlegenheit zu zahlen.« Er studierte Miss Pullens Aufstellung, dann seine Notizen. »Er ist Zwischenhändler, Ihr Mr. May. Ein Gauner. Sollte mich wundern, wenn er mehr als ein einziges Vorführmodell von irgend etwas besitzt.«

»Aber *welche* Mafia, Ockie? Es gibt Dutzende.«

»Mehr weiß ich nicht. Irgendeine Mafia. Als offizieller Kunde wird eine größere Nation genannt, die nicht in Erscheinung zu treten wünscht; als Empfänger der Lieferung ist Jordanien angegeben. Inoffiziell ist es die Mafia, und er steckt bis zum Hals in Schwierigkeiten.«

»Warum?«

»Weil das, was er da kauft, ein paar Nummern zu groß für ihn ist, darum. Er ist ein Schrotthändler, sonst gar nichts, ein schmieriger Schrotthändler. Und jetzt verschiebt er plötzlich Stingers, schwere Maschinengewehre, Panzerabwehrraketen, Granatwerfer, Munition bis zum Geht-nicht-mehr, Nachtsichtgeräte. Wo er das alles hinbringt, ist eine andere Geschichte. Der eine sagt, in den Norden der Türkei, der andere, nach Georgien. Er ist übergeschnappt. Hat neulich einen Freund von mir im Claridge's zum Dinner eingeladen, falls Sie's glauben können. Wundert mich, daß die ihn da reingelassen haben. Hier, bitte. Einem Mann mit vielen Adressen darf man nicht über den Weg trauen.«

Er schob mir einen Stoß Papiere hin, die ich in meiner Aktentasche verstaute. Dann führte uns Jason ins Speisezimmer, wo wir an dem sechs Meter langen Eichentisch ein Lunch verzehrten und dazu Barleywater tranken, während Ockie Hedges pauschal mit mildem Haß nacheinander über Juden, Schwarze, die gelbe Gefahr und Homosexuelle herzog. Und Tim Cranmer, der hatte bloß sein ewiges Sabberlächeln aufgesetzt und mampfte seinen Fisch, denn genau das hatte er in diesen fünfzehn Jahren immer für Ockie Hedges getan: der Eitelkeit des kleinen Mannes geschmeichelt, seine Beleidigungen wortlos hingenommen, die bigotten Reden ignoriert und im Einsatz für ein sichereres, klügeres England diesem widerwärtigen Gewerbe den Hof gemacht.

»Von Geburt an minderwertig, so sehe ich das. Untermenschen. Wundert mich, daß ihr die nicht alle erschießen laßt.«

»Dann wäre keiner mehr übrig, das ist das Problem, Ockie.«

»Doch, es wären noch welche übrig. Wir. Und mehr ist auch nicht nötig.«

Und nach dem Lunch mußte ich den Garten bewundern, jedes Blättchen an seinem Platz. Dann die neuesten Anschaffungen für Ockies Sammlung antiker Waffen, die, wie kostbarer Wein, in einem temperaturgeregelten Keller aufbewahrt wurde; der Lift, mit dem man nach unten gelangte, hatte als Tür ein Fallgitter. Und so hatte die Uhr längst vier geschlagen, als der kleine Mann mit verschränkten Armen unterm Eingangsportal stand, ein kinderloser Tyrann auf seinem Hügel, und mit finsterem Blick zusah, wie ich in meinen bescheidenen Ford kletterte. Der Union Jack hinter ihm schmollte immer noch an seiner Fahnenstange.

»Also das ist das Beste, was Ihr Land für Sie tun kann?« fragte er und schob das Kinn in meine Richtung.

»Das ist die neue Ära, Ockie. Keine fetten Spesen, keine schicken glänzenden Wagen.«

»Wenn Sie mich öfter besuchen, kaufe ich Ihnen vielleicht einen«, sagte er.

Ich fuhr wieder, und eine Zeitlang dämpfte die Bewegung meine Ängste. Manches Rasthaus bot sich an, aber der Gedanke an noch mehr abgestandenen Zigarettenrauch und muffige Frotteetagesdecken mit Waffelmuster entmutigte mich, und so fuhr ich weiter, bis ich nicht mehr konnte. Es fing an zu regnen, ein dunkler Himmel lag vor mir. Plötzlich empfand ich wie Emma ein Bedürfnis nach Trost, wenn auch nur in Form eines anständigen Abendessens. Schon das nächste Dorf kam meinem Wunsch entgegen: Dort gab es eine alte Poststation mit gerahmter Speisekarte und gepflastertem Hof. Hinterm Empfang stand eine rotwangige Dorfschönheit. Es roch nach Rinderbraten und Holzrauch. Ich war selig.

»Auf der ruhigen Seite des Hauses, bitte, wenn es geht«, sagte ich, während sie in der Zimmerliste nachsah.

Und dabei fiel mein Blick auf ein mit Zahlen bedrucktes Blatt, das verkehrt herum neben ihrem bloßen Ellbogen lag. Mein Zahlengedächtnis ist in der Regel nicht besonders gut, aber ich habe ein Gespür für Gefahr. Namen standen keine auf dem Blatt, nur Zifferngruppen, die wie Codes aussahen: Jede Gruppe bestand aus vier Ziffern und jede Zeile aus vier Gruppen. Überschrieben war das Ganze mit MERKLISTE, und als Quelle war die Kreditkartengesellschaft angegeben, bei der Colin Bairstow seit vielen Jahren Mitglied war.

Jetzt aber nicht mehr. Die Nummer meiner auf Bairstow ausgestellten Kreditkarte stand unten in der rechten Spalte, darüber in Großbuchstaben AKTUELL.

»Wie möchten Sie die Rechnung bezahlen, Sir?« fragte das Mädchen.

»In bar«, sagte ich und erfand mit leidlich sicherer Hand einen neuen Namen für ihr Gästebuch: Henry Porter, 3 The Maltings, Shoreham, Kent.

Ich saß in meinem Zimmer. Das Auto, dachte ich. Der Wagen muß weg. Wenn der Ford gesucht wurde, konnte er mir gefährlich werden. Aber wie intensiv wurde er gesucht? Wie intensiv wurde ich gesucht? Wie intensiv konnten Pew und Merriman mich suchen, ohne daß sie der Polizei ihr Interesse an mir verrieten? Gelegentlich, pflegte ich meinen Joes zu erzählen, müßt ihr tief Luft holen, die Augen zumachen und springen.

Ich nahm ein Bad, rasierte mich und zog ein frisches Hemd an. Dann ging ich in den Speiseraum und bestellte eine Flasche des besten Rotweins, den sie hatten. Als ich später im Bett lag, flüsterten mir Sibyllen ins Ohr. *Mischa, du darfst auf keinen Fall in den Norden. Mischa, bitte sieh dich vor … Falls er die Reise schon angetreten hat, soll er sie bitte abbrechen.*

Aber die Reise hatte ich mir nicht selbst ausgesucht. Der Weg war vorgegeben, und es war vollkommen gleichgültig, ob mich der Wald oder das ganze Tal der Schatten dabei beobachtete.

Der Hügel war steil, das Haus eine strenge alte Dame, die auf festen Beinen zwischen ältlichen Freundinnen stand. Sie hatte ein Sonntagsschulgesicht und ein verglastes Eingangsportal, das in der Morgensonne überirdisch leuchtete. Sie hatte fromme Spitzengardinen und wirkte ein wenig traurig; innerhalb der rechtwinklig gestutzten Hecke eine Vogeltränke und ein Kastanienbaum, von dem goldgelbe Blätter fielen. Dahinter erhob sich ginsterbewachsen der Gipfel wie der grüne Hügel im Kirchenlied, und hinter dem Hügel breiteten sich verschiedene Himmel aus, der blaue Himmel des Sonnenscheins, der schwarze des Strafgerichts und der klare weiße Himmel des Nordens.

Ich drückte auf die Klingel und hörte kräftige junge Füße die Treppe hinunterspringen. Es war fünf vor halb zehn. Die Tür flog auf, und ich sah mich einer hübschen jungen Frau gegenüber, barfuß, Jeans und Karohemd. Sie lächelte, aber ihr Lächeln verschwand, als sie feststellte, daß ich nicht derjenige war, den sie erwartet hatte.

»Oh, Entschuldigung«, sagte sie verlegen. »Wir dachten, Sie wären mein Freund, der uns überraschen wollte. Stimmt's, Ali? Wir dachten, es wäre Daddy.« Ihre Stimme klang antipodisch, aber sanft. Ich tippte auf Neuseeland. Ein barfüßiger kleiner Halbasiate spähte hinter ihrer Hüfte hervor.

»Mrs. May?« sagte ich.

Ihr Lächeln kam wieder. »Nicht schlecht geraten.«

»Entschuldigen Sie, daß ich ein wenig zu früh komme. Ich bin mit Aitken verabredet.«

»Mit Aitken? Hier im Haus?«

»Mein Name ist Pete Bradbury. Ich bin Einkäufer. Aitken und ich machen oft Geschäfte miteinander. Wir haben uns hier um halb zehn verabredet.« Mein Tonfall noch immer forsch, aber freundlich: wie eben zwei Leute an einem sonnigen Herbstmorgen vor der Haustür plaudern.

»Aber er hat noch *niemals* Einkäufer hier ins Haus bestellt«, wandte sie ein, und ihr Lächeln bekam einen flehenden, leicht ungläubigen Ausdruck. »*Alle* gehen in den Laden. Stimmt's, Ali? Das ist die Regel. Daddy bringt keine Arbeit mit nach Hause, stimmt's, Kleiner?« Der Junge nahm ihre Hand und schaukelte daran, versuchte sie ins Haus zurückzuziehen.

»Na ja, ich bin sozusagen ein ziemlich wichtiger Kunde. Wir machen schon seit langem Geschäfte miteinander. Ich weiß, daß er sich ungern stören läßt, aber er hat gesagt, er habe mir etwas ganz Besonderes zu zeigen.«

Sie war beeindruckt. »Sind Sie der große, *große* Einkäufer? Der, der uns alle unermeßlich reich machen wird?«

»Na, das will ich hoffen. Und ich hoffe, er wird auch *mich* reich machen.«

Ihre Verwirrung nahm zu.

»Das kann er doch nicht vergessen haben«, sagte sie. »Aitken doch nicht. Er denkt Tag und Nacht an dieses Geschäft. Er ist bestimmt schon unterwegs.« Ihre Zweifel kehrten zurück. »Und Sie sind wirklich *ganz* sicher, daß Sie sich nicht irren und in den Laden kommen sollten? Nur, er hätte doch ohne weiteres vom Flughafen aus direkt dorthin fahren können. Er ist *unheimlich* pünktlich!«

»Ich bin noch nie in dem Laden gewesen. Wir haben uns immer in London getroffen. Ich wüßte gar nicht, wie ich überhaupt da hinkommen sollte.«

»Ich auch nicht. Ali, laß das. Nur, er macht das eben grundsätzlich nicht. Er ist im Ausland, müssen Sie wissen. Aber anscheinend ist er jetzt auf dem Rückweg. Ich meine, er könnte schon *hier* sein.«

Ich wartete, bis sie mit sich ins reine kam.

»Also. Na schön. Warum kommen Sie nicht ins Haus und trinken eine Tasse Tee, bis er zurück ist? Er wird *furcht-*

bar wütend sein. Wenn irgend jemand *ihn* versetzt, könnte er vor Wut platzen. In *der* Beziehung ist er kein bißchen orientalisch. Ich heiße übrigens Julie.«

Ich trat nach ihr ins Haus, zog die Schuhe aus und stellte sie zu den anderen auf den Ständer neben der Tür.

Das Wohnzimmer war Küche, Spiel- und Wohnzimmer in einem. Es gab dort ein altes Puppenhaus, Rohrmöbel und angenehm unordentliche Regale voller Bücher in Englisch, Türkisch und Arabisch, die kreuz und quer gestapelt waren. Es gab einen Samowar aus vergoldetem Silber, Korantexte und Seidenstickereien. Ich erkannte ein koptisches Kreuz und osmanische Nelken. Ein goldgrünes magisches Auge über der Tür sollte böse Geister fernhalten. In einem geschnitzten Wandschränkchen saß eine Mutterkultgöttin im Damensitz auf einem unverkennbaren Hengst. Und auf dem Fernseher stand ein farbiges Atelierfoto, das Julie und einen bärtigen Mann zwischen rosa Rosen zeigte. Im Fernsehen lief ein Zeichentrickfilm für Kinder. Sie stellte den Ton leiser, stellte ihn aber wieder lauter, als Ali protestierte. Sie machte eine Kanne Tee und legte Butterkekse auf einen Teller. Sie hatte lange Beine und eine lange Taille und den bemüht lässigen Gang eines Models.

»Wenn Sie wüßten, wie ungewöhnlich das ist, es ist so dumm, so untypisch für ihn«, sagte sie. »Sie sind doch nicht den weiten Weg von London hierhergekommen, nur – nun ja nur *des*wegen?«

»Ist keine Tragödie. Wie lang ist er schon weg?«

»Eine Woche. Was ist Ihre Spezialität?«

»Pardon?«

»Womit handeln Sie?«

»Ach, mit allem möglichen. Hamadans. Belutschs. Kilims. Von allem das Beste, wenn ich's mir leisten kann. Sind Sie auch im Geschäft mit dabei?«

»Eigentlich nicht.« Sie lächelte, aber hauptsächlich zum Fenster hin, weil sie Ausschau hielt. »Ich unterrichte an Alis Schule. Stimmt's, Ali?«

Sie ging nach nebenan, der Junge folgte ihr. Ich hörte sie

telefonieren. Ich sah mir das Porträt des glücklichen Paares genauer an. Der Fotograf war so klug gewesen, die beiden im Sitzen aufzunehmen, denn stehend wäre Mr. Aitken Mustafa May selbst unter Berücksichtigung der hohen Absätze seiner auf Hochglanz polierten Schnallenschuhe einen bärtigen Kopf kleiner als seine Dame gewesen. Aber sein Lächeln war stolz und glücklich.

»Ich kriege immer nur den Anrufbeantworter«, jammerte sie, als sie zurückkam. »So geht das schon die ganze Woche. Er hat dort einen Lagerverwalter *und* eine Sekretärin. Warum schalten die das Ding nicht mal aus und beantworten die Anrufe selbst? Die beiden müßten schon seit neun Uhr da sein.«

»Können Sie denn nicht einen von ihnen zu Hause anrufen?«

»Aitken mußte ja unbedingt diese Irren einstellen!« beschwerte sie sich kopfschüttelnd. »Er nennt sie sein seltsames Pärchen; *sie* ist Bibliothekarin im Ruhestand oder so was, *er* ein ehemaliger Soldat. Die beiden wohnen in einem Haus im Moor und reden nur mit ihren Ziegen. Deswegen hat er sie eingestellt. Wirklich wahr.«

»Und kein Telefon?«

Sie stand jetzt wieder, barfuß und breitbeinig, am Fenster. »Wasser aus dem Brunnen«, sagte sie entrüstet. „Kein Strom, kein Telefon, gar nichts. Sie sind absolut *sicher,* daß er Sie nicht in den Laden bestellt hat? Ich will ja nicht dumm oder unhöflich sein, aber er empfängt einfach niemals, *niemals* seine Geschäftspartner hier im Haus.«

»Wo war er denn jetzt?«

»Ankara. Bagdad. Baku. Sie kennen ihn ja. Wenn er einmal was gewittert hat, ist er nicht mehr zu stoppen.« Sie trommelte mit den Fingerspitzen ans Fenster. »Das ist seine moslemische Seite«, sagte sie. »Die Frauen dürfen nichts wissen. Wie lange kennen Sie ihn schon?«

»Sechs Jahre. Vielleicht sieben«

»Wenn er mir doch bloß von den Leuten erzählen würde, die er kennenlernt. Da sind bestimmt einige sehr interessante dabei.«

Ein Taxi kam den Hügel hinauf und fuhr zügig vorbei. Es war unbesetzt.

»Ich meine, wofür *bezahlt* er die eigentlich?« beschwerte sie sich aufgebracht. »Zwei erwachsene Zombies, die auf ihren vier Buchstaben sitzen und einer Maschine zuhören. Tut mir wirklich leid für Sie. Aitken wird die beiden in der Luft zerreißen.«

»Du liebe Zeit.«

»Das ist auch so ein *lächerlicher* Aberglaube von ihm, daß er mir nie sagt, mit welchem Flug er kommt«, sagte sie. »Er meint, man könnte ihn in die Luft sprengen oder so was. Manchmal ist er richtig *unheimlich.* Ich frage mich – nun ja, werde ich einmal wie er, oder wird *er* einmal wie ich?«

»Was für ein Auto hat er?«

»Einen Mercedes. Blau metallic. Fabrikneu. Zweitürig. Das ist sein ganzer Stolz. Durch das Geschäft mit Ihnen konnte er ihn kaufen«, fügte sie hinzu.

»Wo läßt er den Wagen, wenn er ins Ausland reist?«

»Manchmal am Flughafen. Manchmal beim Laden. Kommt drauf an.«

»Er ist nicht mit Terry unterwegs, oder?«

»Wer ist das?«

»So eine Art halber Partner von Aitken und mir. Terry Altman. Amüsanter Bursche. Redet ziemlich viel. Hat eine wunderschöne neue Freundin, Sally. Sally Anderson. Aber aus irgendeinem Grund wird sie von ihren Freunden Emma genannt.«

»Wenn das Geschäftspartner sind, kann ich Ihnen nicht helfen.«

Ich stand auf. »Nun ja. Da ist wohl was schiefgelaufen. Am besten, wir vergessen die Sache, und ich geh mal zum Laden und versuche die Sekretärin aufzustöbern. Wenn ich etwas erfahre, ruf ich Sie an. Keine Sorge. Ich habe die Adresse. Ich geh einfach den Hügel runter und nehme mir ein Taxi.«

Ich nahm meine Schuhe vom Ständer und schnürte sie zu. Ich trat in den Sonnenschein. Mein Magen hatte sich zusammengekrampft, und in meinen Ohren brauste es.

12

Die Hügel wurden dunkler, die Straßen steiler und schmaler, die Felskuppen der Hügel waren wie schwarz versengt. Links und rechts tauchten Steinwälle auf, und ich kam in ein Dorf aus Schieferdächern, zerbröckelnden Mauern, alten Autoreifen und Plastiktüten. Ferkel und Hühner liefen mir vors Auto, neugierige Schafe beäugten mich, aber ich sah keine Menschenseele. Mein Straßenatlas lag aufgeschlagen auf dem Beifahrersitz neben Ockies Liste von Aitken Mays Adressen.

Die Steinwälle wichen zurück, und ich jagte durch weite, von Bächen durchzogene Täler. Kastanienbraune Pferde grasten auf sonnigen, exakt rechteckigen Wiesen. Aber für mich war das alles zu spät, und ich empfand nicht Freude, sondern Verzweiflung. Warum hatte ich hier nicht als Kind gespielt, als Junge diese Gegend, diese Felder durchstreift? In diesem Häuschen gelebt, an diesem Bach ein Mädchen geliebt? Diese Farben, warum hatte ich sie nie gemalt? Emma, du hast alle diese Hoffnungen verkörpert.

Ich hielt in einer Parkbucht und sah auf der Karte nach. Aus dem Nichts erschien ein alter Mann an meinem Autofenster, sein verwittertes Gesicht erinnerte mich an den Platzwart meines ersten Internats.

»Müssen da am Stausee vorbei ... beim Bethaus rechts abbiegen ... und weiter, bis Sie die Mühle vor sich haben ... dann immer geradeaus, bis es nicht mehr weitergeht ...«

Ich fuhr über die buckligen Hügel in eine Schonung bläulicher Nadelbäume, die dann grün und schließlich gesprenkelt aussahen. Ich kam über den ersten Buckel und sah Larry mit seinem breiten Hut am Straßenrand stehen, er hatte einen Arm erhoben, um mich anzuhalten, den anderen hatte er um Emma gelegt, aber es waren nur zwei Tramper mit einem Hund. Ich kam über den zweiten Buckel und sah die beiden im Rückspiegel, sie zeigten mir den Mittelfinger. Aber meine Befürchtungen waren bei weitem schlimmer als diese beunruhigenden Wahnvorstellungen. Sie setzten sich aus den unvollständigen Warnungen zusammen, die noch hinter mir her schallten. Eine Woche, hatte Julie gesagt ... *Ich kriege immer nur den Anrufbeantworter ... so geht das schon die ganze Woche ...*

Vor mir ragte ein Bethaus auf. Ich bog rechts ab, wie der alte Mann gesagt hatte, und sah die verfallene Mühle, ein Monster mit ausgestochenen Augen. Die Straße wurde ein Weg, ich überquerte einen Bach und geriet in einen ländlichen Slum: verfaulender Blumenkohl, Plastikflaschen und anderer Unrat von Bauern und Touristen. Spitzgesichtige Kinder beobachteten mich aus dem Eingang einer Blechhütte. Ich überquerte einen zweiten Bach oder denselben wie zuvor, kam an einem Steinbruch vorbei und erblickte einen mit oranger Glitzerfarbe gemalten Pfeil und darunter die mit einer Schablone geschriebenen Worte NUR FÜR TEPPICHHAUS. Ich folgte dem Pfeil und stellte fest, daß ich tiefer hinuntergefahren war, als ich gemerkt hatte, denn jetzt tat sich vor mir ein zweites Tal auf, die Hänge unten dicht mit Bäumen bestanden, und oberhalb der Bäume ein Karomuster aus grünen Feldern und schwermütigen Mooren, die oben von Wolken abgeschnitten wurden. Ein weiterer Pfeil führte mich zu einem Holztor, an dem sich ein gelbes Schild befand: PRIVATWEG. Ich stieß das Tor auf, fuhr hindurch und schloß es hinter mir. Noch ein Schild: TEPPICHHAUS GERADEAUS (NUR HÄNDLER).

Zu beiden Seiten des Weges Stacheldraht, an dem büschelweise Schafswolle hing. Zwischen den Felsen grasten weiße Kühe. Der Weg führte bergauf. Ich folgte ihm und sah dreihundert Meter vor mir eine Reihe unansehnlicher Farmgebäude, einige hatten Fenster, andere nicht; die Gebäude standen aufgereiht wie ein Güterzug, von den größten Waggons auf der linken bis zu mehreren Hühner- und Schweineställen auf der rechten Seite. Der Weg führte über eine weiße Brücke und eine Insel braunen Sumpflandes und kam vor dem Haupteingang wieder zum Vorschein.

Ein Schild: BESUCHER NACH VEREINBARUNG. Ein orangefarbener Pfeil zeigte direkt auf das Haus.

Ich überquerte die Brücke und sah einen blauen Mercedes in der Einfahrt stehen, die Motorhaube zeigte in meine Richtung. Metallic, hatte sie gesagt. Aber ich konnte nicht erkennen, ob das Blau metallic war oder nicht. Zweitürig, hatte sie gesagt. Aber der Wagen stand so, daß ich die Türen nicht zählen konnte. Dennoch schlug mein Herz schneller, trotz meiner bösen Ahnungen. Aitken May ist hier. Er ist zurück. Im Haus. Mit den beiden. Larry ist auch hier. Larry ist trotz der Warnung in den Norden gekommen – wann hatte Larry je auf eine Warnung gehört? Dann ist er nach Paris, um Emma zu suchen.

Als ich an das Haus heranfuhr, fiel vom Hügel ein weißer Wolkenvorhang, der mir den Eintritt verwehren wollte, wallte dann über mich hinweg und den Weg hinunter. Es standen noch zwei Autos da, ein VW Golf und ein ramponierter grauer Dormobile mit platten Reifen und einem blaßroten dreieckigen Wimpel an der Antenne. Der Volkswagen war auf der hinteren Seite des Vorplatzes geparkt. Der Dormobile stand verloren in einem Heuschober, offenbar seine letzte Ruhestätte. Jetzt sah ich, daß der Mercedes zwei Türen hatte, daß er tatsächlich metallic lackiert war und seine Fenster dick mit Schmutz bedeckt waren. *Das Geschäft mit Ihnen hat ihm den Kauf ermöglicht,* hatte Julie gesagt. Ich sah die Telefonantenne und erinnerte mich an die stolze, nicht ganz englische Stimme: »*Hallo, Sally, hier Teppichhaus, vom Autotelefon ...*«

Als ich meinen roten Ford parkte, ergab sich ein Problem, das ich längst hätte lösen sollen: Sollte ich die Aktentasche mitnehmen oder im Auto lassen? Mit dem Rücken zum Haus und der offenen Wagentür als zusätzlicher Dekkung, zog ich den 38er Revolver aus der Aktentasche und steckte ihn mir wieder einmal in den Hosenbund. Allmählich gewöhnte mich ein wenig zu sehr daran. Die Aktentasche verschloß ich im Kofferraum. Als ich an dem blauen Mercedes vorbeiging, strich ich mit den Fingerknöcheln über die Motorhaube. Sie war eiskalt.

Den Vordereingang des Hauses schützte ein aus schwarzem Bruchstein gemauerter Windfang. Die Tür war grün gestrichen, die Klingel mit einer Sprechanlage verbunden. Daneben eine mattierte Stahltafel mit Zahlen. Entweder man drückte auf die Klingel, oder man gab die Kombination ein. Die Tür hatte ein Guckloch, links und rechts lange schmale Buntglasfenster, die aber so dunkel wirkten, daß ich annahm, sie seien von innen verkleidet. Eine gewellte Visitenkarte: »Aitken Mustafa May, BADA, Orientteppiche, Objets d'Art, Vors., Teppichhaus Gesellschaft, GmbH.« Ich drückte auf den Knopf und hörte die Klingel im Haus: so ein Schlittenglockengebimmel, das angeblich die Gemüter beruhigt, sie in Wahrheit aber an den Rand des Wahnsinns treibt. Ich klingelte ein zweites Mal, den Blick auf den Volkswagen gerichtet. Zulassungsnummer von diesem Jahr. Kennzeichen aus der Gegend, wie der Mercedes. Blau, wie der Mercedes. Und die Fenster schmutzig und voller Regenspuren, wie der Mercedes. Wenn Aitken das große Los zieht, bekommt jeder ein neues Auto, nahm ich an. *Sind Sie der große, große Einkäufer? Der, der uns alle unermeßlich reich machen wird?* Nein, das ist ein Freund von mir: der, der siebenunddreißig Millionen gestohlene Pfund für Teppiche aus dem Kaukasus ausgibt.

Ich drückte dreimal auf die Klingel. Hörte mir aber die Schlittenglocken nicht noch einmal an, sondern ging am Haus entlang und suchte eine andere Tür, doch es gab keine; durch die Fenster war ein schmaler Flur mit weißgestrichenen Ziegelsteinen zu sehen. Als ich an eine Scheibe klopfte, erschien kein freundlich lächelndes Gesicht zur Begrüßung, nicht einmal das von Larry.

Ich ging zur Rückseite, suchte mir einen Weg durch die Überreste einer alten Sägemühle: rostige Kreissägen, klobige Motoren mit verschlissenen Treibriemen, ein Haufen zersägter Baumstämme, die noch so lagen, wie sie vor Jahren gefallen waren, eine rostige Axt, Berge von Sägemehl, überwuchert mit Unkraut und Flechten, alles wie auf Kommando hingeworfen. Und ich fragte mich, was hier wohl, vor wie vielen Jahren auch immer, vorgefallen sein mochte, daß der Mann an der Säge und seine Kameraden mitten in der Arbeit geflohen waren und das alles so zurückgelassen hatten, wie es jetzt noch herumlag; und daß Aitken Mustafa May und sein Lagerverwalter und seine Sekretärin ihre schönen neuen Autos preisgegeben hatten und ihm gefolgt waren.

Dann sah ich das Blut, oder vielleicht hatte ich es schon gesehen, aber an anderes denken wollen: Es lag geronnen auf dem Sägemehl, ein Flecken geschlechtsneutrales Blut, von Emma oder Larry, eine genau begrenzte Insel von etwa dreißig mal fünfzehn Zentimetern; aber das Blut war so dick, so massiv daß ich es, als ich mich darüberbeugte, zunächst nicht als flüssig, sondern als fest wahrnahm und schon aufheben wollte bis ich meine Hand zurückschrecken sah und mir einbildete, aus dem Sägemehl starre mir Emmas totenblasses Gesicht entgegen. Ich griff hinein. Es war gewöhnliches Sägemehl, bis zum Boden.

Aber keine schauerliche Spur, keine verräterischen Tropfen oder Flecken führten den scharfsichtigen Detektiv zum nächsten Hinweis. Es gab nur diese eine Blutlache, und die lag auf dem Haufen Sägemehl, und das Sägemehl lag fünf Schritte von der Hintertür entfernt. Und zwischen dem Sägemehl und der Hintertür entdeckte ich eine Menge geschäftiger Fußabdrücke in beide Richtungen, diesmal nicht geschlechtsneutral, sondern eindeutig männlich: entweder Turnschuhe oder normale flache Schuhe ohne besondere Merkmale. Aber dennoch ausgeprägt männlich; hier war ein Mann hin- und hergegangen, oft und mit so energischem Schritt, daß er einen schmierigen Fluß in den Matsch getrampelt hatte, und dieser Fluß endete genau bei der Insel aus Blut, die sich nicht mit dem Sägemehl, auf das sie gefallen war, verbinden zu wollen schien.

Oder vielleicht endete der Fluß doch nicht dort. Denn hinter dem Sägemehlhaufen erblickte ich jetzt die Abdrücke von zwei zusammengehörenden Reifen. Für ein Auto war die Spur zu schmal, eher hätte sie zu einem Motorrad gepaßt, nur daß in jeder der beiden Rinnen lediglich der Abdruck eines einzigen Reifens zu erkennen war und es sich demnach – mein Kopf, der hauptsächlich mit der Herkunft des Blutes beschäftigt war, hatte auf langsames Denken geschaltet – und es sich demnach wohl eher um irgendein landwirtschaftliches Fahrzeug handelte.

Ein Anhänger? So ein Fahrgestell, mit dem man sein Segelboot auf überfüllten Straßen befördert und den ganzen Feiertagsverkehr von Somerset zum Erliegen bringt? Eine Geschützlafette? Ein Beerdigungswagen? War es *diese* Art von Anhänger? Wohin das Ding verschwunden war, wußten die Götter, denn nach wenigen Metern mündete die Spur in einen Betonweg und wurde unsichtbar. Und der Betonweg führte ins Nichts: denn schon wallte die nächste scharf umrissene weiße Wolke vom Hügel herab.

Die Hintertür war verschlossen, was mich erst nur frustrierte, dann aber rasch wütend machte, obwohl ich genau wußte, daß von allen sinnlosen Gefühlen, denen ich mich hätte hingeben können – Schmerz, Verzweiflung, Enttäuschung, Entsetzen –, Wut das am wenigsten produktive und am wenigsten erwachsene war. Ich war schon auf dem Weg zu den Autos, in der Absicht, sie mir genauer anzusehen, als meine Wut mich mitten im Schritt anhielt, mich herumriß und zu einer Attacke auf die verschlossene Tür veranlaßte. Ich hämmerte mit beiden Fäusten dagegen. Ich brüllte: »Geh auf, verdammtes Ding!« Ich brüllte: »Larry! Emma!« Ich warf mich mehrmals dagegen, was weder der Tür noch seltsamerweise meiner Schulter etwas ausmachte. Ich war so außer mir, daß ich keinen Schmerz empfand. Ich brüllte: »May! Aitken May! Larry, um Gottes willen! Emma!« Dann fiel mir die rostige Axt neben den Baumstämmen ein. Ein erfahrener Spion hätte das Schloß mit der 38er gesprengt, aber ich fühlte mich nicht erfahren und dachte in meiner Erregung gar nicht darüber nach, ob die Tür abgeschlossen war. Ich schlug einfach zu, ungefähr so, wie ich Larry geschlagen hatte, nur diesmal mit einer Axt.

Der erste Schlag brachte einen ordentlichen Spalt und jagte einen Schwarm Krähen schimpfend in die Wolke: Das überraschte mich, denn es standen nur wenige, meist tote Bäume um das Haus, abgesehen von einer Reihe scheußlich vom Wind zerzauster Macrocarpas, die so aussahen, als wären sie beim Wachsen gleich abgestorben. Der zweite Schlag verfehlte sowohl die Tür als auch um Haaresbreite mein linkes Bein. Aber ich schwang die Axt zurück und schlug noch einmal zu. Beim viertenmal platzte die Tür wie Papier. Ich warf die Axt durch die Öffnung, stieg hinterher und schrie dabei »Rauskommen!«, »Stehenbleiben!« und »Schweine!«, um den aufgestauten Dampf abzulassen. Vielleicht wollte ich mir damit aber auch Mut machen, denn als ich nach unten sah, standen meine Füße in einer Blutlache, in der Form ähnlich der ersten, aber wesentlich größer. Offenbar hatte mein Blick sich entschieden, dies als erstes wahrzunehmen, noch vor allem anderen unter der schrägen Balkendecke der Bauernküche: das zerschlagene Geschirr, die Bestecke und Töpfe auf dem Steinfliesenboden, die zerschmetterten Stühle und den umgestürzten Tisch und den Baum, den unverkennbaren Umriß eines Baums, der auf das weißgetünchte Mauerwerk über dem zertrümmerten Herd gezeichnet oder vielmehr sorgfältig gemalt war. Eine Kastanie vielleicht oder eine Zeder – jedenfalls ein Baum mit ausladendem Astwerk. Und Tropfen des getrockneten Bluts liefen noch an ihm herunter, wie Zapfen oder Dornen. Der Wald war auf der Lauer.

Der ossetische Ku-Klux-Klan, hörte ich Simon Dugdale sagen. *Finsterer Haufen, am Leben erhalten vom KGB …*

Aber all diese Dinge erlaubte ich mir erst genauer zu betrachten, nachdem ich das Blut zu meinen Füßen gesehen hatte.

Und als ich das alles genug betrachtet und die nötigen Schlüsse gezogen hatte, nahm ich den Revolver aus dem Hosenbund wohl eher zum Schutz vor den Toten als vor den Lebenden –, trat aus der Küche, hob den linken Unterarm quer vors Gesicht und schassierte, wie die Ausbilder das nennen, durch den Flur; ich brüllte: »Aitken Mustafa May! Komm raus! Wo steckst du!« Dabei war mir durchaus bewußt, daß ich eigentlich noch immer »Larry!« und »Emma!« rufen sollte, aber ich hatte panische Angst, die beiden zu finden, und deshalb hielt ich auch die linke Hand hoch, um den Anblick abzuwehren, den ich am meisten fürchtete.

Ich trug gute braune Landschuhe, die ich bei Ducker in Oxford gekauft hatte, handgearbeitet und mit Gummisohlen, aber nicht sehr elastisch. Als ich über die Schulter zurückblickte, sah ich auf dem staubigen Parketthoden eine Spur klebriger Fußabdrücke, die, während die Herkunft des Bluts noch immer ein Rätsel war, zweifellos von mir selbst stammten. Ich schassierte an einer geschlossenen Tür vorbei, an noch einer, und rief: »Hallo, hallo, ist da jemand?« Und dann gebieterisch, so laut ich konnte: »May! *Aitken* May!« Aber diesen Ausbrüchen folgte ein Schweigen, das unheimlicher war, als jede Antwort hätte sein können, und ich fürchte, ich habe mir dies als das Schweigen des Waldes vorgestellt.

Ich kam an einem weiteren Fenster vorbei, sah grasende weiße Kühe, Moorland und die Brücke, und fühlte mich dankbar wieder mit der Natur verbunden. Eine dritte geschlossene Tür, aber ich ging weiter, entschlossen, meine Erkundung am Vordereingang zu beginnen und nicht per Axt durch die Hintertür. Außerdem bin ich Rechtshänder, und wenn ich mich schon wie ein in die Jahre gekommener Elitesoldat aufführen mußte, behielt ich lieber den Revolver in der rechen Hand und attackierte die Türen links von mir. Im Ausbildungslager oder im Kino mögen sie das anders machen, aber in meinem Alter war es so am natürlichsten, und es kam überhaupt nicht in Frage, daß ich die Waffe mit beiden Händen packte.

Mein Alter machte mir jetzt ganz besonders zu schaffen, so wie es mir jedesmal zu schaffen machte, wenn ich mit Emma ins Bett ging: Bin ich dem noch gewachsen? Bin ich zu alt für meine Leidenschaften? Würde ein Jüngerer das nicht besser machen? Ich hatte jetzt den Vordereingang erreicht. Ganz ruhig, Cranmer. Gehen, nicht laufen.

»Jemand hier?« rief ich mit versöhnlicherer Stimme. »Ich bin's, Cranmer. Tim Cranmer. Ich bin ein Freund von Sally und Terry.«

Polsterstühle. Ein Kaffeetisch, ein Stapel zerlesener Zeitschriften aus der Teppich- und Antiquitätenbranche. Ein Bord mit Haustelefonanlage und Anrufbeantworter: der noch immer funktionierende Anrufbeantworter. Im Schirmständer trocknete ein Damenschirm, der längst trocken war. Hatte es an dem Tag geregnet? An welchem Tag? Denk an die Fußabdrücke im Schlamm vor der Hintertür.

An der Wand orientalische Stickereien und ein Poster: Düsenjäger im Tiefflug über der Wüste. Auf dem Tisch drei benutzte Teetassen und ein Aschenbecher in Form eines kleinen Autoreifens, der von filterlosen Zigarettenkippen überquoll. Die Teereste tiefdunkel, weder Milch noch Zukker. Russischer Tee? Der wäre süß gewesen. Orientalischer Tee? Der wäre dünn gewesen. Also vielleicht Tee aus dem weiten Grenzgebiet dazwischen. Und russische Zigaretten, wie die von Larry.

Ich wollte mir die erste Tür vornehmen, blieb aber noch einmal stehen und horchte auf Schritte, auf ein Auto, das sich dem Haus näherte, auf das Klopfen des Briefträgers an der Vordertür und ein fröhliches »Jemand zu Hause?«. Auf dem Land ist es niemals still, das wußte ich, aber ich hörte nichts, was meine Beunruhigung vermehrt hätte. Ohne erst zu probieren, drückte ich die Klinke und stieß die Tür, so fest und schnell wie ich konnte, auf. Ich sprang hinterher und hoffte verzweifelt, auf diese Weise jeden, der dort drin sein mochte, zu überraschen, falls er nicht tot war.

Aber die Überraschung hatte bereits stattgefunden, denn das Zimmer war systematisch verwüstet. Schreibtischschubladen waren ausgekippt und zertrampelt worden. Fax- und Kopiergeräte zu unkenntlichen Klumpen zerschlagen. Der Schreibtischstuhl so zerschlitzt, daß ihm die Eingeweide heraushingen. Aktenschränke vornübergekippt und halb zertrümmert. Die Vorhänge von heftigen Messerstößen zerfetzt. Selbst das Geschlecht des fehlenden Bewohners dieses Zimmers blieb ein Rätsel, bis meine Untersuchungen allmählich ergaben, daß es eine Frau gewesen sein mußte: Kunstlederfetzen einer Schultertasche, ganz und gar nicht Emmas Geschmack; ein zerknülltes Papiertuch, mit nichts Schlimmerem befleckt als einem billigen

Lippenstift, den Emma niemals benutzt hätte; der Lippenstift selbst platt getreten; Gesichtspuder, verstreut wie Menschenasche; eine Damenbörse mit Münzen für die Parkuhr, ein verbogener Volkswagenschlüssel mit Fernbedienung.

Und ein Paar Schuhe. Kein schlammverkrustetes Ziegenleder, nicht die schwarzen Wanderstiefel, wie sie Emma am liebsten trug, sondern ordentlich geputzte, fast neue braune Pumps von der Sorte, die man wegschleudert, wenn man den ganzen Tag am Schreibtisch geschuftet hat und die armen alten Füße, Größe fünf, ein bißchen anständige Luft vertragen können. Emma hatte Größe drei.

Zwischen Aitken Mustafa Mays Sekretärin und ihrem Meister hatte es einmal zwei Türen gegeben. Sie hatten einen Abstand von etwa fünfundzwanzig Zentimetern gehabt und waren mit einem scheußlich grünen Plastikmaterial gepolstert. Aber was May sich auch immer an Ruhe von dieser Anordnung erhofft haben mochte, war jetzt nachhaltig gestört, denn die erste Tür war zu Kleinholz zertrümmert und die zweite kurzerhand auf seinen Schreibtisch geschmissen worden, was an eine mittelalterliche Foltermethode erinnerte, bei der das Opfer flach ausgestreckt, mit einem Brett bedeckt und buchstäblich vom Gewicht seiner Missetaten zu Tode gequetscht wurde: In diesem Fall waren es stapelweise Zeitschriften für Möchtegern-Freibeuter, Söldner und Sonntagsjäger; Waffenkataloge, Bestandsverzeichnisse und Preislisten von potentiellen Lieferanten; und Hochglanzfotos von Panzern, Artilleriegeschützen, schweren Maschinengewehren, Raketenwerfern, Kampfhubschraubern und Torpedobooten.

Während ich vorsichtig in dem Chaos herumstakte, staunte ich über die Gründlichkeit der Eindringlinge. Es schien, als hätten sie alle Götzensymbole planmäßig aufs Korn genommen und zerstört – und auch manches, das meines Wissens kein Götzensymbol war, wie zum Beispiel das Waschbecken im Badezimmer nebenan, wo sie die gläserne Ablage in die Wanne geschmissen und die Vorhänge in die Toilettenschüssel gestopft hatten.

Am schlimmsten aber hatte man die Sachen geschändet,

die Aitken Mustafa May am meisten geliebt hatte: die Fotografien seiner Kinder, von denen er offenbar viele und von verschiedenen Frauen hatte; den Mercedes-Briefbeschwerer, Eigentum eines stolzen neuen Besitzers; die Bronzefigürchen und antiken Keramiktöpfe; oder das Jackett seines nagelneuen dunkelblauen leichten Aquascutum-Anzugs, von dem noch Fetzen über der Lehne seines Stuhls hingen; oder der illuminierte Koran auf dem Tisch, entweiht von gewaltigen Hieben, die bis in die Tischplatte gedrungen waren; oder das Bild von Julie, vermutlich von demselben Fotografen aufgenommen, der die beiden auf den sonnenbeschienenen Baumstamm gesetzt hatte, nur daß sie hier im Badeanzug zu sehen war und, lächelnd der Kamera zugewandt, in der Kulisse eines Karibikkreuzers stand. Und die dezenten Trophäen aus seinem früheren Leben, etwa die zu einer Blumenvase umgearbeitete Geschoßhülse aus Messing und der versilberte Mannschaftstransportwagen, den ihm ein dankbarer, aber anonymer Käufer gewidmet hatte: beides zu Klump geschlagen.

Meinen Fußspuren folgend, ging ich durch den Flur zurück. Die Küchentür stand noch offen, aber ich lief, ohne hineinzusehen, vorbei. Ich hielt den Blick starr nach vorn gerichtet, dorthin, wo eine andere Tür, diesmal aus Stahl, mir den Weg versperrte. Ein Schlüssel aus einem größeren Bund steckte bereits im Schloß, und als ich ihn umdrehte, bemerkte ich die Schlüssel von Aitken Mays Mercedes. Ich schob mir den Bund in die Tasche, trat über die Stahlschwelle und sah im Tageslicht, das durch die offene Tür hinter mir fiel, daß der Flur von hier an mit einer zusätzlichen Mauer ausgekleidet war und die zugenagelten Fenster mit Sandsäcken gefüllt waren. Ich rief mir die äußere Gestalt des Hauses ins Gedächtnis und wußte, daß ich mich jetzt im zweiten Güterwaggon befand. Noch während ich diese Entdeckung machte, wurde ich plötzlich blind.

Ich zwang mich, klar zu denken, und kam zu dem Schluß, daß die Stahltür hinter mir zugefallen war, entweder von selbst oder weil jemand sie gestoßen hatte, und es also ratsam wäre, nach einem Lichtschalter zu suchen, obwohl ich bezweifelte, daß irgendein Stromkreis eine solche Verwüstung überlebt haben könnte. Aber ich dachte an den Anrufbeantworter und faßte Mut. Und mein Optimismus wurde belohnt, denn als ich mich an dem Mauerwerk entlangtastete, entdeckte ich zu meiner Freude ein über Putz verlegtes Kabel. Ich schob mir den Revolver in den Hosenbund zurück – auf was hätte ich in dieser Finsternis schießen sollen? –, folgte dem Kabel mit den Fingerspitzen, und plötzlich erschien, keine zwei Handbreit vor meinen Augen, in prächtigem Technicolor ein gewölbter grüner Lichtschalter.

Ich war in einem Schießstand. Er erstreckte sich, gut dreißig Meter lang, zwischen den Gebäuden. Am anderen Ende, unter nackten Deckenlampen, standen mannsgroße Zielscheiben von unverfroren rassistischer Gestaltung: grinsende negroide oder asiatische Ungeheuer mit Maschinenpistolen quer vor der Brust, ein Knie angehoben, über etwas hinwegsteigend, das sie soeben mit dem Bajonett erledigt haben, die Uniformen grün und ockerfarben gesprenkelt, die Stahlhelme lässig schief auf dem Kopf, was auf Mangel an Disziplin hinweisen sollte. Ich befand mich in der Feuerstellung: Es gab dort Sandsäcke, hinter denen man stehen oder knien konnte, Metallgabeln zum Aufstützen der Schußwaffe, Fernrohre, falls man die Zielscheiben genauer sehen wollte, und Sessel, falls man es nicht wollte.

Und nur wenige Meter hinter der Feuerstellung, mitten in der Schußbahn und diese für jeden ernsthaften Benutzer unbrauchbar machend, stand die blutverschmierte Werkbank eines Waffenschmieds. Und um das Untergestell der Werkbank und auf dem Boden noch mehr Blut. Das erklärte den Geruch, den ich zwar wahrgenommen, jedoch für abgestandenen Pulverdampf und Gewehröl gehalten hatte. Aber das war es nicht. Es war Blut. Schlachthausblut. Und in diesem Tunnel hatte das Schlachten stattgefunden, in diesem schalldichten Bunker, der dem einträglichen Vergnügen der Zerstörung gewidmet war. Hierhin waren die Opfer geschleppt worden, eins ohne Schuhe, eins ohne Jackett und ein drittes – wie ich nun fürchtete, als ich den braunen

Baumwolloverall des Lagerverwalters an einem Nagel über einer Reihe von Werkzeugen hängen sah – ohne Overall. Hier, in der Abgeschiedenheit dieser künstlichen Stille, waren sie in aller Muße zerstückelt worden, bevor Männer in normalen Schuhen oder Turnschuhen sie durch die Küche und über den Sägemehlhaufen zu dem Ding mit den zwei Rädern trugen, das dort auf sie wartete.

Ach ja, und unterwegs hatte jemand haltgemacht, um einen Baum zu malen. Baum wie im Wald. Baum wie im Blut.

Die Schlüssel für den Mercedes und den Volkswagen hatte ich in der Tasche. Meine Beine waren aus Blei, mein Kopf voller Bilder von sieben Tage alten Leichen in Kofferräumen. Aber ich rannte, denn, wenn überhaupt, mußte ich das schnell hinter mich bringen. Der Mercedes war abgeschlossen, und als ich den Schlüssel in der Beifahrertür umdrehte, ging ein Heulen los, und die weißen Kühe hoben die Köpfe und glotzten mich an, und auf der Weide daneben blökte noch lange, nachdem ich den Lärm abgeschaltet hatte, ein Schaf mit schwarzem Kopf. Im Wagen roch es noch ganz neu. Ein Paar schweinslederner Autohandschuhe lag Hand in Hand neben dem heißgeliebten Autotelefon. Am Rückspiegel hing eine Gebetsschnur, auf dem Beifahrersitz lag ungeöffnet eine acht Tage alte Ausgabe des *Economist.*

Aber keine Leichen.

Ich holte tief Luft und schloß den Kofferraum des Mercedes auf. Der Deckel hob sich automatisch, dann half ich nach. Eine Reisetasche, Teil eines Sets. Ein schwarzlederner Aktenkoffer, so schmal, daß er einem Mann allenfalls als Kosmetiköfferchen dienen konnte. Abgeschlossen. Später untersuchen. Ich überlegte, ob ich die Sachen in meinen roten Ford bringen sollte, ließ sie dann aber liegen. Dann ging ich zu dem Volkswagen und wischte mit einem Taschentuch Dreck vom Fenster. Ich späte hinein. Keine Leichen. Ich schloß den Kofferraum auf und hob die Klappe. Ein neues Abschleppseil, eine Dose Frostschutzmittel, eine Flasche für die Scheibenwaschanlage, eine Fußpumpe, ein Feuerlöscher, Fußmatten, ein herausnehmbares Radio. Keine

Leichen. Ich wollte zu dem ramponierten grauen Dormobile gehen, blieb aber wie angewurzelt stehen, denn jetzt sah ich zum erstanmal, was bis jetzt dahinter verborgen gewesen war: Halb im Heu begraben stand dort ein alter Ponywagen mit Deichsel und Gummireifen. Und am Hügel hinauf die unverkennbare Spur eben dieser Reifen im struppigen Gras. Und am Ende der Spur eine Granithütte mit Schieferdach und dahinter, auf dem Hang knapp unterhalb der zurückweichenden Wolke, ein abgestorbener Baum. Ich war, als ich den Ponywagen erblickte, noch fünf Meter davon entfernt, aber irgendwie überwand ich die Strecke und zerrte das Heu weg. Die alte Karosserie und die Polster waren blutverschmiert. Ich ging auf die Rückseite des Dormobile, packte den Türgriff und rüttelte daran, als wollte ich ihn abbrechen, was ich vielleicht auch getan habe. Plötzlich gab der Griff nach. Ich riß beide Türen gleichzeitig auf, fand aber nur Säcke und Rattendreck und einen Packen alter Erotikmagazine.

Halb rennend, halb gehend, stieg ich den Hügel hoch. Das Gras wuchs in kniehohen Büscheln wie das Gras in Priddy, und nach drei Schritten war meine Hose quietschnaß. Neben mir zog sich eine Steinmauer hin. Hohe kahle Bäume, vom Blitz entrindet und von Sonne und Regen versilbert, stachen mit ihren dünnen Fingern nach mir. Zweimal geriet ich ins Stolpern. Ein Stacheldrahtzaun umgab die Hütte, war aber dort, wo die Reifenspuren hindurchführten, offen. Die Hütte war rechteckig, knapp vier mal drei Meter, aber irgendwann hatte man einen primitiven Anbau angefügt, von dem jetzt nur noch ein hölzernes Skelett übrig war. Die Wolke hatte sich verzogen. Von beiden Seiten des Tals starrten finstere Gipfel auf mich nieder, in deren farnbewachsenen Hängen der Wind spielte.

Ich suchte eine Tür oder ein Fenster, aber ein erster Rundgang ergab nichts. Ich sah mir noch einmal die Spuren an und bemerkte, daß sie auf dem Hang oberhalb der Hütte aufhörten, kurz vor einer Stelle in der Mauer, wo früher einmal eine Tür gewesen war: Der steinerne Sturz und der Holzrahmen waren noch erkennbar, nur die Öffnung war mit Granitbrocken und Mörtel zugemauert. Und vor dieser Tür sah ich aufgewühlten und zertrampelten Matsch und Fußabdrücke, die zwischen den Reifenspuren hin und her gingen: dieselben Abdrücke von Männerschuhen, die ich vor der Küchentür gesehen hatte. Blut sah ich nicht, aber als ich eine Münze aus der Tasche nahm und damit an dem Mörtel herumkratzte, war er weicher als der Mörtel der Mauer außerhalb des Türrahmens.

Und hier bekam ich einen zweiten indirekten Hinweis auf die Eindringlinge: Sie waren nicht nur Schänder und Männer des Messers, sondern auch Männer des rauhen Landes, Männer, die im Freien lebten und an Entbehrungen gewöhnt waren. Das alles sagte ich mir, während ich mit einem Stück alten Eisens ungeschickt in dem Mörtel herumbohrte. Ich bohrte, bis ich stemmen konnte, und nachdem ich gestemmt hatte, sah ich hinein. Der Gestank explodierte mir ins Gesicht, ich sprang zurück und würgte, denn in dem einzigen Lichtstrahl hatte ich drei Leichen gesehen, die Hände über den Köpfen zusammengebunden, die Münder offen zu einem schweigsamen Chor. Doch unser Egoismus in schlimmen Situationen ist eigenartig – vor Erleichterung, daß weder Emma noch Larry dabei waren, sang ich trotz all meines Ekels ein stummes Halleluja.

Nachdem ich die Steine so gut ich konnte wieder eingesetzt hatte, ging ich langsam den Hügel hinunter, die durchnäßte Hose scheuerte mir an den Beinen. Im Angesicht des Todes klammern wir uns hartnäckig an Banalitäten, und das war zweifellos der Grund dafür, warum ich in das Empfangszimmer zurückging, routinemäßig die Kassette aus dem Anrufbeantworter nahm und in meine arg strapazierte Tasche stopfte. Von dort ging ich, meinen Weg zurückverfolgend, von Zimmer zu Zimmer und überlegte, was ich sonst noch mitnehmen sollte und ob es sich lohnte, die Beweise für meine Anwesenheit hier zu beseitigen. Aber meine Fingerabdrücke waren überall, ebenso meine Fußspuren. Ich sah mir Mays Büro noch einmal gründlich an. Ich klopfte ab, was von seinem Jackett übrig war, und durchwühlte die

Trümmer seines Schreibtischs. Keine Brieftasche. Kein Geld. Keine Kreditkarten. Dann fiel mir der schwarze Aktenkoffer ein.

Ich ging mit langsamen Schritten zu dem Mercedes zurück und suchte in Mays Schlüsselbund, bis ich auf ein verchromtes Ding stieß, das nicht größer war als ein winziger Dosenöffner. Ich schloß den Aktenkoffer auf und fand darin eine Mappe mit Papieren, einen Taschenrechner, einen deutschen Füllfederhalter mit dazu passendem Drehbleistift, einen dicken britischen Paß auf Mays Namen, Travellerschecks, US-Dollars und einen Umschlag mit Flugtickets. Der Paß war von derselben Art wie der von Bairstow: blau eingebunden, vierundneunzig Seiten, exotische Visa, Ein- und Ausreisestempel in rauhen Mengen, zehn Jahre Laufzeit, Größe 1 Meter 70, geboren Ankara 1950, ausgestellt 10. Nov. 1985, gültig bis 10. Nov. 1995. Das rotwangige Foto des Inhabers auf Seite drei hatte wenig gemein mit dem angejahrten Herrn, der mit seiner Geliebten rittlings auf dem Baumstamm saß. Und überhaupt nichts mit der gefesselten und verstümmelten Leiche in der Hütte. Die Flugtickets waren für Bukarest, Istanbul, Tiflis, London und Manchester; was Ankara und Baku betraf, hatte sein Mädchen sich also getäuscht. Nur der Flug nach Bukarest war gebucht, und den hatte er bereits verpaßt. Der Rest seiner Reise, einschließlich der letzten Etappe nach Hause, blieb offen.

Ich legte alles in den Aktenkoffer zurück, holte mein eigenes Gepäck aus dem roten Ford, packte die 38er wieder in meine Aktentasche und verstaute das Ganze im Kofferraum des Mercedes. Ich hatte die Wahl zwischen zwei heißen Autos: dem Ford, der wahrscheinlich gemeinsam mit Colin Bairstow auf sämtlichen Fahndungslisten stand oder auch nicht; und dem blauen Mercedes, der, sobald man die Leichen entdeckt hätte, das heißeste Auto im ganzen Land sein würde, bis dahin aber vollkommen sicher war. Und schließlich: Wenn nun schon sieben Tage vergangen waren, warum nicht auch noch ein achter? Aitken May befand sich, soweit irgend jemand wußte, im Ausland. Seine Post holte er aus einem Schließfach in Macclesfield ab. Kein Briefträger hatte Anlaß, hierherzukommen. Und wie lange würde es dauern, bis es irgend jemandem auffiel, daß das seltsame Paar aus seinem abgelegenen Häuschen im Moor verschwunden war?

Ich parkte den Ford außer Sicht zwischen dem Dormobile und dem Ponywagen, zog einen Ballen Heu herunter und verteilte es über Dach und Motorhaube. Und in dem Bewußtsein, daß jede Stunde, die ich verspielte, ohne weiteres meine letzte sein konnte, fuhr ich über die weiße Brücke.

Emma sprach wieder zu mir. Eindringlich. Diese angespannte, kommandierende Stimme hatte ich von ihr noch nie zuvor gehört.

»Teppichhaus«, lautete die erste Nachricht. »Hier spricht Sally. Wo sind Sie? Wir machen uns Sorgen um Sie. Rufen Sie mich an.«

»Aitken. Ich bin's noch einmal. Sally«, lautete die zweite. »Ich habe eine sehr wichtige Nachricht für Sie. Wir müssen mit Schwierigkeiten rechnen. Rufen Sie mich an, *bitte.*«

»Teppichhaus, hier noch einmal Prometheus«, lautete die dritte Nachricht. »Hören Sie. Terry schafft es nicht. Es hat sich einiges geändert. Bitte, wenn Sie das hören, wo auch immer Sie es hören, lassen Sie alles stehen und liegen und *rufen Sie an.* Wenn Sie nicht am Arbeitsplatz sind, gehen Sie auf keinen Fall hin. Wenn Sie Familie haben, fahren Sie mit ihr in Urlaub. Teppichhaus, reden Sie mit mir. Hier noch einmal die Nummer, falls Sie sie verlegt haben. Alles Gute. Sally.«

Ich stellte den Recorder ab.

Ich befand mich in einem Zustand angehaltenen Entsetzens. Sobald ich mir erlaubte, auf dem dünnen Eis meiner Gelassenheit einzubrechen, war ich verloren. Sämtliche Zweifel, die mir an meinem Auftrag gekommen sein mochten, waren wie weggefegt. Larry und Emma waren in schrecklicher Gefahr. Wenn Larry tot war, war Emma doppelt gefährdet. Das Feuer, das ich vor einem halben Leben in ihm entzündet und so lange geschürt hatte, wie es uns nützlich war,

war außer Kontrolle geraten, und jetzt züngelten die Flammen offenbar an Emmas Füßen. Würde ich Pew-Merriman mein Herz ausschütten, hieße das nur, meine Schuld zu vermehren und nichts damit zu erreichen: »Diese Leute sind schlimmer als Diebe, Marjorie. Sie sind Träumer. Sie beteiligen sich an einem Krieg, von dem noch kein Mensch gehört hat.«

Ich hatte zwei Pässe, einen für Bairstow, einen für May. Ich hatte Gepäck für May und Bairstow und fuhr Mays Wagen. Im Kopf fing ich an, verschiedene Kombinationen dieser Segnungen durchzuspielen. Bairstows Paß war eine Gefahrenquelle, aber nur innerhalb Großbritanniens, denn daß die Firma mit ihrer angeborenen Angst vor Entlarvung es riskieren würde, Bairstows Namen an Interpol weiterzugeben, konnte ich mir nicht vorstellen. Mays Paß war zwar in besserem Zustand als sein Inhaber, nur gehörte er eben May, und unsere Gesichter waren sich geradezu belustigend unähnlich.

Im Idealfall hätte ich die dritte Seite von Mays Paß – auf der sich das Foto befand, aber keine Angaben zur Person – gegen die dritte Seite von Bairstows Paß austauschen und so den Inhaber mit meinem Gesicht versehen können. Aber ein britischer Paß ist für Bearbeitungen absolut ungeeignet, und solche hervorragenden Pässe wie die von May und Bairstow sind die schlimmsten. Jede Seite ist mit allen anderen verbunden. Die Blätter sind ziehharmonikaförmig gefaltet und mit einem einzigen Faden in den Einband genäht. Die Druckfarbe ist wasserlöslich und verläuft, sobald man sich daran zu schaffen macht. Wasserzeichen und Farbabstufungen sind beeindruckend kompliziert, wie uns die Weißkittel von der Fälschungswerkstatt der Firma immer wieder aufgebracht versicherten. »Beim britischen Paß, meine Herren, tun Sie besser daran, Ihren Mann dem Dokument anzugleichen als umgekehrt«, pflegten sie mit einer Gehässigkeit zu sagen, wie man sie eher Feldwebeln zutrauen würde, die zu Kadetten reden.

Aber wie konnte ich mich Mays Paß angleichen, wenn dort eine Größe von 1 Meter 70 – vermutlich mit Plateausohlen – angegeben war, während ich selbst 1 Meter 83 maß? Ein schwarzer Bart, ein dunkles Make-up, schwarz gefärbte Haare – das alles, nahm ich an, lag mehr oder weniger im Bereich meiner laienhaften Fähigkeiten. Aber wie um alles in der Welt sollte ich meine Körpergröße um dreizehn Zentimeter reduzieren?

Die Lösung lieferte zu meiner Freude der Fahrersitz des Mercedes, der mich nach Betätigung eines Knopfs an der Innenseite der Tür in einen Zwerg verwandelte. Und diese Entdeckung brachte mich dazu, daß ich eine Stunde außerhalb von Nottingham vor einem Café am Straßenrand hielt, aus dem Umschlag mit Mays Flugtickets die Gepäckanhänger des Reisebüros nahm, Mays Namen und Adresse darauf eintrug und sie gegen die Bairstow-Anhänger an meinem eigenen Gepäck austauschte. Dann buchte ich für mich und den Mercedes auf den Namen May für neun Uhr dreißig an diesem Abend einen Platz auf der Fähre von Harwich nach Hoek van Holland; anschließend suchte ich mir aus den gelben Seiten den nächstgelegenen Kostümverleih heraus, der, wenig überraschend, in Cambridge war, keine fünfzig Meilen entfernt.

In Cambridge kaufte ich mir auch einen leichten blauen Anzug und eine grelle Krawatte von der Art, wie sie May offenbar bevorzugte, dazu einen dunklen Filzhut, eine Sonnenbrille und – wozu war ich in Cambridge – im Antiquariat einen Koran, den ich zusammen mit dem Hut und der Brille auf den Aktenkoffer auf dem Beifahrersitz legte, eine Stelle, die bestens geeignet war, den flüchtigen Blick eines mißtrauischen Einwanderungsbeamten zu beeinflussen, wenn er sich ins Wagenfenster beugte, um mich mit meinem Paß zu vergleichen.

Ich stieß jetzt auf eine Schwierigkeit, die mir neu war und die ich unter glücklicheren Umständen amüsant gefunden hätte: Wo kann ein anständiger Spion vier Stunden verbringen und sein Äußeres verändern, wenn er beim Herauskommen per definitionem eine andere Person ist als beim Hineingehen? Die goldene Regel der Verkleidung lautet: Je weniger, desto besser. Aber ich kam nicht daran vorbei, ich mußte mir die Haare dunkel färben, mein blasses englisches Gesicht, die Hände nicht zu vergessen, mit einem Bräunungsmittel einreiben, ich mußte mir Mastix aufs Kinn schmieren und mir Strähne für Strähne einen graumelierten schwarzen Bart ankleben, der dann liebevoll nach Aitken Mays extravagantem Geschmack zu trimmen war.

Nach einer Erkundung der Umgebung von Harwich fand sich als Lösung ein einstöckiges Motel, dessen Zimmer direkten Zugang auf numerierte Parkplätze hatten; der unangenehme Empfangsmensch verlangte Bezahlung im voraus.

»Schon lange auf?« fragte ich im Plauderton, als ich ihm die dreißig Pfund hinblätterte.

»Viel zu lange.«

Ich hatte noch fünf Pfund extra in der Hand. »Sehen wir uns heute abend noch? Ich nehme die Fähre.«

»Um sechs bin ich hier weg.«

»Na, das ist für Sie«, sagte ich großzügig: und hatte für fünf Pfund die Gewißheit erkauft, daß er nicht anwesend wäre und nicht sehen konnte, wie ich als eine andere Person abreiste.

Als letztes, bevor ich England verließ, mußte ich den Mercedes waschen und polieren lassen. Denn wer mit Beamtenhirnen zu tun hat – pflegte ich zu dozieren –, sollte, wenn er schon nicht bescheiden sein kann, wenigstens sauber sein.

Grenzposten haben mich immer nervös gemacht, am meisten die meines Heimatlandes. Obschon ich mich für einen Patrioten halte, fällt mir beim Verlassen der Heimat jedesmal eine Last von den Schultern, und bei der Rückkehr habe ich das Gefühl, von neuem eine lebenslängliche Freiheitsstrafe anzutreten. Vielleicht fiel es mir deshalb nicht so schwer, den Ausreisenden zu spielen, denn ich reihte mich leichten Herzens in die Schlange der Autos ein und näherte mich gut gelaunt der Paßkontrolle, die nicht mit einem Aufgebot von Beamten besetzt war, die meine Beschreibung vorliegen hatten, sondern bloß mit einem Jüngling, der eine weiße Schirmmütze auf den schulterlangen blonden Haaren trug. Ich hielt ihm Mays Paß unter die Nase. Er sah gar nicht hin.

»Fahrkarten, Mann. Bill-etti. Tickets.«

»Oh, Entschuldigung. Hier.«

Aber es war ein Wunder, daß ich überhaupt ein Wort herausbekam, denn inzwischen war mir die 38er eingefallen. Sie steckte, zusammen mit sechzig Schuß Munition, keinen Meter von mir entfernt auf dem Boden vor dem Beifahrersitz in Bairstows sperriger Aktentasche, die jetzt dem Waffenhändler Aitken Mustafa May gehörte.

An Deck wehte ein scharfer Nachtwind. Nur wenige abgehärtete Passagiere kauerten auf den Bänken. Ich taumelte zum Heck, fand eine dunkle Stelle, beugte mich über die Reling und ließ, in der klassischen Pose des Seekranken, erst den Revolver und dann die Munition in die Finsternis gleiten. Ich hörte nichts platschen, hätte aber schwören können, daß mir der Seewind den Grasgeruch von Priddy um die Nase wehte.

Ich ging zu meiner Kabine zurück und schlief so fest, daß ich mich in aller Eile anziehen mußte, um rechtzeitig zum Mercedes zu kommen und ihn in einem mehrstöckigen Parkhaus am Hafen abzustellen. Ich kaufte mir eine Telefonkarte, betrat eine Telefonzelle und wählte.

»Julie? Hier ist Pete Bradbury, von gestern«, sagte ich, aber ich war gerade so weit gekommen, als sie mich schon unterbrach.

»Ich denke, Sie haben gesagt, Sie wollten mich anrufen«, platzte sie hysterisch heraus. »Er ist *immer* noch nicht zurück, *immer* noch nur der Anrufbeantworter, und wenn er heute abend nicht zu Hause ist, setze ich Ali in den Wagen und fahre morgen früh als erstes dorthin und –«

»Das dürfen Sie nicht tun«, sagte ich.

Eine schlimme Pause.

»Warum nicht?«

»Ist jemand bei Ihnen? Außer Ali? Ist jemand bei Ihnen im Haus?«

»Was zum Teufel geht Sie das an?«

»Haben Sie einen Nachbarn, zu dem Sie gehen können? Haben Sie einen Freund, der mal vorbeikommen kann?«

»Jetzt sagen Sie doch endlich, was los ist, Herrgott noch mal!«

Also sagte ich es ihr. Dabei half mir kein Handwerk, keine Taktik. »Aitken ist ermordet worden. Alle drei sind ermordet worden. Aitken, seine Sekretärin und ihr Mann. Sie befinden sich in der Steinhütte auf dem Hügel oberhalb des Ladens. Er hat nicht nur mit Teppichen gehandelt, sondern auch mit Waffen. Sie sind in die Schußlinie geraten. Es tut mir sehr leid.«

Ich hatte keine Ahnung, ob sie mir noch zuhörte. Ich hörte einen Schrei, aber der war so schrill, daß er auch von dem Kind stammen konnte. Ich hörte ein Geräusch, als ob eine Tür auf und zuging, dann ein Krachen. Ich fragte immer wieder: »Sind Sie noch da?« und bekam keine Antwort. Ich sah den Hörer vor mir, wie er an der Schnur baumelte, während ich mit einem leeren Zimmer sprach. Nach einer Weile legte ich auf, und noch am selben Abend, nachdem ich den Bart entfernt und Haut und Haar so gut es ging die frühere Farbe zurückgegeben hatte, nahm ich den Zug nach Paris.

Dee ist eine Heilige, sagt sie am Fenster meines Schlafzimmers.

Dee hat mich aufgenommen, als ich am Ende war, sagt sie, als wir in den Quantocks spazierengehen, und sie hat sich mit beiden Armen bei mir eingehängt.

Dee hat mich wieder aufgebaut, erinnert sie sich schläfrig an meiner Schulter, als wir vor dem Kamin in ihrem Schlafzimmer liegen. *Ohne Dee hätte ich es niemals geschafft. Sie war Mutter, Vater, Freundin für mich, einfach alles.*

Dee hat mich dem Leben zurückgegeben, sagt sie zwischen ernsten Diskussionen darüber, wie wir Larry am besten helfen können. *Sie hat mich gelehrt, was Musik ist, was Liebe ist und wie man nein sagt ... Ohne Dee wäre ich gestorben –*

Bis mein Stolz als Agentenführer nach und nach an diesem anderen Kontrolleur ihres Lebens Anstoß nimmt. Ich möchte, daß sie Dee vergißt, ich will nichts mehr von ihr hören, von dieser Dee in dem sagenhaften leeren Schloß in Paris, wo es nichts gibt außer einem Bett und einem Klavier – von dieser Dee, deren aristokratischer Name samt Adresse mit liebevollen Verzierungen in Emmas herausklappbarem Adreßbuch geschrieben steht: alias Contessa Ann-Marie von Diderich, und dazu eine Anschrift auf der Île Saint-Louis.

13

Auf dem Kopfsteinpflaster klebten nasse Kastanienblätter. Das ist das Haus, dachte ich, als ich an den hohen grauen Mauern und Fensterläden hochsah, die ich mir in meinen Träumen ausgemalt hatte. Da oben im Turm sitzt Penelope, webt ihr Leichengewand, hält ihrem umherirrenden Larry die Treue und will von keinem Stellvertreter etwas wissen.

Ich hatte mich stundenlang nach Verfolgern umgesehen. Ich hatte in Cafés gesessen, Autos, Angler und Radfahrer beobachtet. Ich war mit der Metro und mit Bussen gefahren. Ich hatte klassische Parks durchstreift und auf Bänken gesessen. Ich hatte alles getan, was ein Agent tun konnte, der seine treulose Geliebte vor Merriman und Pew, Bryant und Luck und dem Wald beschützen wollte. Und ich wurde nicht verfolgt. Ich wußte es. Die Experten sagen zwar, das könne man nie mit Sicherheit wissen. Aber ich wußte es.

Eine runzlige alte Frau machte mir die Tür auf. Sie trug ihr graues Haar in einem Knoten und den groben blauschwarzen Kittel einer Magd. Und orthopädische Holzsandalen über Baumwollstrümpfen.

»Ich möchte bitte die Contessa sprechen«, sagte ich ernst auf französisch. »Mein Name ist Timothy. Ich bin ein Freund von Mademoiselle Emma.«

Ich wußte nicht, was ich sonst noch sagen sollte, und sie für eine Weile anscheinend auch nicht, denn sie blieb auf der Schwelle stehen, hielt den Kopf schief und kniff die Augen zusammen, als müsse sie sich erst auf mich einstellen, bis ich erkannte, daß sie mich eingehend betrachtete, erst mein Gesicht, dann meine Hände und Schuhe und dann noch einmal mein Gesicht. Und wenn auch das, was sie in mir sah, uns beiden ein unbehagliches Rätsel blieb, so sah ich jedenfalls in ihr eine solche Klugheit und Menschlichkeit, daß der runzlige kleine Körper fast zu schwach für diese Last erschien. Von oben hörte ich undeutlich ein Klavier spielen, ob original oder von Platte, war unmöglich auszumachen.

»Folgen Sie mir bitte«, sagte sie auf englisch, und so stieg ich hinter ihr her zwei Treppen hinauf; die Klavierklänge wurden mit jeder steinernen Stufe ein wenig lauter, und ich verspürte zunehmend eine Übelkeit des Erkennens, ein Gefühl wie Höhenangst, und wenn ich aus den Fenstern der einzelnen Treppenabsätze auf die Seine hinabblickte, kam sie mir wie mehrere verschiedene Flüsse auf einmal vor: ein Fluß mit starker Strömung, ein anderer ruhig fließend und der dritte glatt wie ein Kanal. Aus einer Wohnungstür beobachteten mich braunhäutige Kinder. Ein junges Mädchen in buntem arabischen Gewand huschte an mir vorbei nach unten. Wir kamen in ein geräumiges Zimmer, und in dem hohen Fenster hier vereinigten sich die drei Flüsse und wurden wieder die Seine mit ihren Anglern in Baskenmützen und Liebespärchen. Die Musik war in dem Raum nur noch leise zu hören, dennoch erkannte ich ohne weiteres das obskure skandinavische Stück, das Emma auf Honeybrook für ihre Fingerübungen benutzt hatte, bevor ihr die hoffnungslosen Fälle wichtiger wurden. Und auch heute morgen spielte sie die gleichen kleinen Phrasen, wiederholte sie ein ums andere Mal, bis sie mit ihrem Spiel zufrieden war. Und ich erinnerte mich, wie sehr mich das, während andere diese ewigen Wiederholungen wohl bald leid geworden wären, immer hingerissen hatte, wie ich mit ihr gefühlt und nahezu das Bedürfnis empfunden hatte, ihr physisch, und wenn es noch so oft hätte sein müssen, über jede einzelne Hürde hinwegzuhelfen, denn das war im Grunde die Rolle, die ich in ihrem Leben zu spielen glaubte: als ihr Dirigent, ihr andächtiges Publikum, als der Freund, der bereit war, sie nach jedem Sturz wieder aufzuheben.

»Ich heiße Dee«, sagte die Frau, als ob sie akzeptierte, daß von meiner Seite wenig Gesprächsbereitschaft zu erwarten war. »Ich bin Emmas Freundin. Aber das wissen Sie ja.«

»Ja.«

»Und Emma ist oben. Das hören Sie.«

»Ja.«

Ihr Akzent war eher deutsch als französisch. Aber das Leid in den Falten ihres Gesichts war universal. Sie hatte steif in einem großen Sessel Platz genommen und die Arme damenhaft würdig auf die Lehnen gelegt. Ich saß ihr gegenüber auf einem Holzstuhl. Die nackten Dielen liefen geradewegs von ihren Füßen zu meinen. Es gab keine Teppiche, keine Bilder an den Wänden. In einem Zimmer, nicht weit entfernt, läutete ein Telefon, aber sie achtete nicht darauf; schließlich brach es ab. Bald aber fing es wieder an, vermutlich läutete es den ganzen Tag, wie bei einem Arzt.

»Und Sie lieben sie. Und deshalb sind Sie hergekommen.«

Eine winzige Asiatin in Jeans war in der Tür erschienen und hörte uns zu. Dee fuhr sie scharf an, und sie trippelte davon.

»Ja«, sagte ich.

»Um ihr zu sagen, daß Sie sie lieben? Das weiß sie bereits.«

»Um sie zu warnen.«

»Sie ist bereits gewarnt. Sie weiß, daß sie in Gefahr ist. Sie ist zufrieden. Sie liebt, aber sie liebt nicht Sie. Sie ist in Gefahr, er aber ist in größerer Gefahr als sie, und deshalb ist sie nicht in Gefahr. Das ist alles ganz logisch. Verstehen Sie?«

»Sicher.«

»Sie hat aufgehört, nach Rechtfertigungen für ihre Liebe zu ihm zu suchen. Bitte verlangen Sie keine von ihr. Es wäre erniedrigend für sie, sich weiter rechtfertigen zu müssen. Bitte verlangen Sie das nicht von ihr.«

»Das habe ich nicht vor. Deswegen bin ich nicht hier.«

»Dann müssen wir noch einmal fragen: Warum sind Sie hergekommen? Bitte – es ist nicht ehrenrührig, es nicht zu wissen! Aber falls Sie Ihre Motive entdecken, wenn Sie sie sehen, denken Sie bitte zuerst an Emmas Gefühle. Bevor sie Sie kennenlernte, war sie ein Wrack. Orientierunglos und labil. Eine vage Persönlichkeit. Wie Sie vielleicht auch. Sie wollte sich nur in eine Muschel verkriechen und dort ihr Leben verbringen. Aber das ist jetzt vorbei. Sie waren die letzte ihrer Muscheln. Jetzt ist sie ein wirklicher Mensch. Mit klaren Konturen. Einig mit sich selbst. Auf alle Fälle fühlt sie sich so. Wenn es nicht stimmt, gehen die verschiedenen Menschen in ihr jedenfalls in dieselbe Richtung. Das hat sie Larry zu verdanken. Vielleicht auch Ihnen. Sie sehen traurig aus. Etwa weil ich Larry erwähnt habe?«

»Ich bin nicht wegen ihres Dankes hier.«

»Weswegen dann? Um ihr die übliche Szene zu machen? Das will ich nicht hoffen. Vielleicht werden Sie eines Tages auch ein wirklicher Mensch. Vielleicht waren Sie und Emma einander sehr ähnlich. Zu ähnlich. Sie haben sich beide gewünscht, der andere wäre ein wirklicher Mensch. Sie erwartet Sie. Sie erwartet Sie schon seit einigen Tagen. Kann ich Sie ohne Bedenken allein zu ihr lassen?«

»Gibt es denn ein Risiko?«

»Ich denke an Emmas Sicherheit, Mr. Timothy, nicht an Ihre.«

Sie brachte mich wieder ins Treppenhaus. Das Klavierspiel hatte aufgehört. Das kleine Mädchen beobachtete uns aus einem Winkel.

»Sie haben ihr viel Schmuck geschenkt, richtig?« sagte Dee.

»Ich wüßte nicht, daß ihr das geschadet hätte.«

»Haben Sie ihr die Sachen deswegen geschenkt – um sie vor Schaden zu bewahren?«

»Nein, nur weil sie schön war und ich sie geliebt habe.«

»Sind Sie reich?«

»Reich genug.«

»Vielleicht haben Sie ihr den Schmuck geschenkt, weil Sie sie *nicht* geliebt haben. Vielleicht ist Liebe für Sie etwas Bedrohliches, etwas, von dem man sich loskaufen muß. Vielleicht konkurriert die Liebe mit Ihren anderen Ambitionen.«

Ich hatte Pew-Merriman ins Auge gesehen. Ich hatte Inspektor Bryant und Sergeant Luck ins Auge gesehen. Aber Dee ins Auge zu sehen war schlimmer als alles andere.

»Sie müssen noch eine Treppe hoch«, sagte sie. »Wissen Sie jetzt, weswegen Sie gekommen sind?«

»Ich suche meinen Freund. Ihren Liebhaber.«

»Weil Sie ihm verzeihen wollen?«

»So was Ähnliches.«
»Vielleicht muß er Ihnen verzeihen?«
»Was denn?«
»Wir Menschen sind gefährliche Waffen, Mr. Timothy. Und am gefährlichsten, wenn wir schwach sind. Wir wissen so viel über die Macht der anderen. So wenig über unsere eigene. Sie haben einen starken Willen. Vielleicht haben Sie Ihre Macht über ihn gar nicht gekannt.« Sie lachte. »Wie wankelmütig Sie sind. Erst wollen Sie zu Emma, dann zu Ihrem Freund. Wissen Sie was? Ich glaube, Sie möchten Ihren Freund gar nicht finden, sondern nur an seine Stelle treten. Gehen Sie behutsam mit ihr um. Sie wird nervös sein.«

Sie war nervös. Und ich auch.

Sie stand am Ende des langgestreckten Zimmers, und das Zimmer war dem auf ihrer Seite von Honeybrook so ähnlich, daß sich mir als erstes die Frage stellte, warum sie dort überhaupt hatte wegziehen wollen. Ein typischer Dachraum, wie sie es gern hatte, mit einer hohen Holzdecke, die oben spitz zulief, und einer Aussicht, wie sie es liebte: Man konnte von beiden Fenstern auf den Fluß sehen. In einer Ecke befand sich ein altes Rosenholzklavier, vermutlich eins von der Art, die sie in der Portobello Road ins Auge gefaßt hatte, gerade zu der Zeit, als ich ihr den Bechstein kaufte. In einer anderen Ecke hatte sie einen Schreibtisch – keinen eleganten Damenschreibtisch, sondern eher ein nüchternes Möbel wie das in der Cambridge Street. Und auf dem Tisch stand eine Schreibmaschine, und darüber und auf dem Boden lagen Neuschöpfungen der Papiere, die ich geplündert hatte. Sie machten den stolzen Eindruck von Wiederauferstandenen, als hätten sie sich nach einer schweren Schlappe tapfer wieder aufgerafft. Hätte eine zerfetzte Fahne über ihnen geflattert, wäre ich nicht überrascht gewesen.

Sie stand mit hängenden Armen da. Die Hände steckten in Fäustlingen wie an dem Tag, als wir uns zum erstenmal begegnet waren. Sie trug einen zerknitterten Leinenkittel, der auf eine Gewohnheit deutete: auf die bewußte Abkehr von allem Fleischlichen; und von mir. Ihre schwarzen Haare hatte Emma zu einem Pferdeschwanz gebunden. Was auf mich die unwahrscheinliche Wirkung hatte, daß ich sie heftiger begehrte als je zuvor.

»Das mit dem Schmuck tut mir leid«, fing sie leicht unsicher an.

Das tat mir weh, denn nach allem, was sie meinetwegen durchgemacht hatte – die Angst, die Angriffe, die Verluste –, wollte ich nicht, daß sie dachte, ich könnte mir jetzt noch um etwas so Banales wie Schmuck irgendwelche Sorgen machen.

»Mit Larry ist also alles in Ordnung?« fragte ich.

Sie drehte heftig den Kopf zu mir herum und riß erwartungsvoll die Augen auf. »In Ordnung? Wie meinst du das? Was hast du gehört?«

»Entschuldige. Das war nur so allgemein gefragt. Nach Priddy.«

Erst jetzt hatte sie mich verstanden. »Ja, sicher. Du hast versucht ihn umzubringen, stimmt's? Er hat gesagt, er hoffe, alle seine Tode wären so angenehm. Ich hasse es, wenn er so redet. Auch im Scherz. Ich finde, das darf er nicht. Und wenn ich ihm das sage, tut er's natürlich erst recht, nur weil man ihn gebeten hat, es nicht zu tun.« Sie schüttelte den Kopf. »Er ist unverbesserlich.«

»Wo ist er jetzt?«

»Unterwegs.«

»Wo unterwegs?« – Schweigen. – »Moskau? Zurück nach Grosny?« – Wieder Schweigen. »Ich nehme an, das hängt von Tschetschejew ab.«

»Ich glaube nicht, daß irgend jemand Larry wie eine Handelsware herumschiebt. Nicht einmal TT.«

»Kann sein. Wie erreichst du ihn denn? Schriftlich? – telefonisch? – oder wie?«

»Gar nicht. Und du auch nicht.«

»Warum?«

»Weil er es gesagt hat.«

»Was hat er gesagt?«

»Wenn du kommst und nach ihm fragst, soll ich dir nichts sagen, selbst wenn ich was wüßte. Er hat gesagt, es habe nicht damit zu tun, daß er dir nicht traut. Er mache sich nur Sorgen, daß dir die Firma wichtiger sein könnte. Er ruft nicht an. Er sagt, das sei zu riskant. Für ihn und auch für mich. Ich bekomme Nachrichten. ›Es geht ihm gut ...‹ ›Er läßt grüßen ...‹ ›Alles beim alten ...‹ ›Bald ...‹ Ach, und natürlich ›Sehne mich nach deinen schönen Augen‹. Das ist sozusagen der Standardsatz.«

»Natürlich.« Dann dachte ich, es sei vielleicht besser, es ihr zu sagen, falls sie es noch nicht wußte. »Aitken May ist tot. Seine beiden Helfer wurden mit ihm umgebracht.«

Sie wandte das Gesicht heftig von mir ab, als ob ich sie geschlagen hätte. Dann drehte sie mir auch noch den Rükken zu.

»Der Wald hat sie umgebracht«, sagte ich. »Deine Warnung ist leider zu spät gekommen. Es tut mir leid.«

»Dann wird TT einen Ersatzmann finden müssen«, sagte sie schließlich. »Larry kennt bestimmt jemanden. Er kennt immer jemanden.«

Sie wandte mir noch immer den Rücken zu, und ich mußte daran denken, daß ihr das Reden so stets leichter gefallen war. Sie blickte aus dem Fenster, das Gegenlicht zeigte mir die Konturen ihres Körpers durch den Kittel, und mein Verlangen wurde so heftig, daß ich kaum zu sprechen wagte, was wohl mit der sexuellen Chemie zwischen uns zu tun hatte: Wir hatten uns, wie es zum Wesen unserer Mesalliance paßte, als Fremde geliebt, und dadurch war die erotische Spannung zwischen uns immer außerordentlich groß geblieben. Und ich fragte mich, ob ihr Verlangen ähnlich stark war wie meins, ob es noch dem entsprach, was es in den guten Zeiten doch anscheinend gewesen war, ob sie nicht irgendwie erwartete, daß ich sie hier und jetzt nehmen würde – sie einfach an mich zog und mit ihr auf den Boden sank –, während unten Dee saß und horchte, ob ich mich fair benahm. Und ich erinnerte mich an den Kuß, mit dem sie mich im Connaught aus meinem hundertjährigen Schlaf geweckt hatte, und wie ihre instinktive Kreativität in der Liebe mich in Regionen geführt hatte, von deren Existenz ich mir bis dahin nichts hatte träumen lassen.

»Und wie läuft es so auf Honeybrook?« fragte sie, als erinnerte sie sich nur noch vage an das Haus.

»Ganz gut. Das heißt großartig. Und der Wein sieht immer besser aus –«

Und da sie mir in gewisser Weise wie eine tapfere Patientin im Krankenhaus vorkam – zuviel Aufregung konnte schädlich sein –, erfand ich etwas über die Toller-Mädchen: Sie seien vergnügter denn je und ließen schön grüßen; und Mrs. Benbow lasse höflich ausrichten, sie möge sie nicht vergessen; und Ted Lanxons Husten höre sich schon viel besser an, freilich sei seine Frau noch immer überzeugt davon, daß er Krebs habe, da könne der Arzt noch so sehr beteuern, es sei nur eine leichte Bronchitis. Sie nahm das alles, wie von mir beabsichtigt, als nette Neuigkeiten auf, nickte zum Fenster und machte künstliche Bemerkungen wie »Na prima« und »Das ist aber wirklich nett«.

Dann fragte sie mich munter nach meinen Plänen und ob ich vorhabe, in diesem Winter auf Reisen zu gehen. Also erfand ich ein paar Pläne für den Winter. Ich konnte mich nicht erinnern, daß ich oder sie jemals so unbeschwert Konversation gemacht hatten, was ich darauf zurückführte, daß wir beide jenes Gefühl der Erleichterung genossen, das Menschen überkommt, wenn sie feststellen, daß sie nach den schrecklichen Dingen, die sie sich angetan haben, beide noch stabil und gesund und unbeschädigt und vor allen Dingen nicht mehr aneinander gebunden sind. Was unter anderen Umständen vielleicht Grund genug gewesen wäre, miteinander ins Bett zu gehen.

»Was werdet ihr beide eigentlich machen, wenn er zurückkommt?« fragte ich. »Einen Hausstand gründen oder so was? Mit Kindern habe ich mir dich nie so richtig vorstellen können.«

»Weil du mich für ein Kind gehalten hast«, antwortete sie. Von Konversation hatten wir uns allmählich zu ernsthafter Diskussion gesteigert, was zu einer gewissen Verkrampfung führte.

»Vielleicht kommt er auch gar nicht zurück«, fügte sie hinzu, und in ihrer Stimme schwang etwas wie Besitzerstolz mit. »Vielleicht folge ich ihm dorthin. Das ist Gottes letzter guter Acker, sagt er. Wir werden nicht nur kämpfen müssen. Wir können auch reiten und wandern und wunderbare Menschen und neue Musik und alles mögliche andere kennenlernen. Das Problem ist nur, daß wir jetzt den Jahrestag der großen Unterdrückung haben. Die Lage ist entsetzlich gespannt. Ich würde ihm nur im Weg sein. Zumal wenn man bedenkt, wie die da unten mit Frauen umgehen. Das heißt, sie würden nicht wissen, was sie mir mit anfangen sollten. Mir macht es nichts aus, daß dort alles furchtbar primitiv und ursprünglich ist, aber Larry würde es meinetwegen etwas ausmachen. Und das würde ihn ablenken, und das kann er nun wirklich überhaupt nicht brauchen. Zur Zeit jedenfalls nicht.«

»Versteht sich.«

»Er ist ja praktisch so eine Art General für sie. Insbesondere an der logistischen Front – das Material einschleusen und die Gelder dafür auftreiben, die Leute daran ausbilden und so weiter.«

»Versteht sich.«

Offenbar hatte sie in meiner Stimme etwas gehört, das sie zu kennen glaubte und nicht billigte. »Was soll das heißen? Warum sagst du dauernd *Versteht sich?* Tu nicht so überheblich, Tim.«

Aber ich tat nicht überheblich, jedenfalls nicht mit Absicht. Ich erinnerte mich an andere Gespräche mit Freundinnen von Larry. »Er kommt bald wieder zurück, na, Sie kennen ihn ja ... Larry ruft an, bestimmt, oder schreibt ...« Manchmal auch: »Ich fürchte, er sieht für Ihre Beziehung keine Zukunft mehr.« Ich überlegte emotionslos, daß, obwohl Larrys Liebe zu Emma zweifellos eine große Leidenschaft gewesen war, solange sie währte – und anscheinend währte sie noch immer –, ich sie aber dennoch mehr und mit größerem Risiko geliebt hatte. Der Grund dafür war, daß ihm die Frauen von allein zuliefen, daß er nur die Hand auszustrecken brauchte, und schon ließen sie sich einfangen. Wohingegen Emma für mich die eine, die einzige gewesen war, auch wenn ich das Larry nie so recht hatte deutlich machen können, am allerwenigsten in Priddy. Daß er ihr gesagt hatte: Warte geduldig auf mich, war mir als Fazit meiner Überlegungen zu wenig, ich suchte nach einem deutlicheren Zeichen für seine Liebe. Und da ich nichts dergleichen erkennen konnte, wollte ich ihr wenigstens Mut machen, zu ihm zu fahren, bevor seine Leidenschaft sich auf eine andere richtete.

»Ich muß gerade daran denken – das weißt du natürlich selbst –, daß in England eine Menge Leute hinter euch beiden her sind – und nicht nur in England. Das heißt, die sind ganz schön wütend. Die Polizei und andere. Siebenunddreißig Millionen, das ist schließlich kein Betrag, den man einfach so in den Wind schreibt.«

Sie gewährte mir ein leises Lachen.

»Ich finde, der Kaukasus könnte in gewisser Weise gar nicht mal so verkehrt für dich sein. Selbst wenn du mit den anderen Frauen dort sozusagen in einen Topf geworfen wirst und nicht allzuviel von Larry zu sehen bekommst. Vorläufig jedenfalls. Bis die Lage sich geklärt hat.«

»Du meinst, vom *praktischen* Standpunkt aus betrachtet«, protestierte sie mit leicht erhobener Stimme.

»Der praktische Standpunkt muß ja nicht immer der schlechteste sein. Und wenn's dich tröstet, wir sitzen im selben Boot.«

»*Wie* bitte? Unsinn, Tim. Wieso das denn?«

»Na ja, ich bin leider von höchster Stelle in eure Sache mit hineingezogen worden. Man nimmt an, ich sei daran beteiligt. Mit dem Ergebnis, daß ich – nun ja – jetzt auch auf der Flucht bin.«

»Das ist doch absolut *lächerlich.* Sag ihnen einfach, daß du *nicht* daran beteiligt bist.« Sie war sauer, daß ich zu den Höhen ihrer gemeinsamen Kriminalität strebte. »Du kannst schrecklich überzeugend sein, wenn du willst. Aber deine Unterschrift steht nicht auf allem. Du bist nicht Larry. Du bist du. So was Absurdes habe ich noch nie gehört.«

»Na ja, auf alle Fälle hielt ich es für besser, ein wenig auf Reisen zu gehen«, sagte ich; aus irgendeinem Grund fühlte ich mich genötigt, an dieser futuristischen Darstellung meiner selbst festzuhalten. »Außerhalb Englands zu bleiben. In sicherer Entfernung. Die Sache abkühlen zu lassen.«

Aber es war bereits klar, daß sie nicht das geringste Interesse an meiner Zukunft hatte.

»Und das Ganze war keine böse Intrige des Kreml, soviel wissen wir inzwischen«, sagte ich leichthin, wie jemand, der entschlossen ist, die Sache von der heiteren Seite zu betrachten. »Ich meine, du und Larry und TT, ihr habt mich irgendwie reingelegt und Honeybrook als sicheres Haus oder so was benutzt. In finsteren Stunden habe ich mir entsetzliche Verschwörungstheorien ausgedacht. Und ich war sehr erleichtert, als die sich als Unsinn herausstellten.«

Sie schüttelte mitleidig den Kopf, und ich wußte, sie war erleichtert, daß ich wieder einmal die Grenzen des Erlaubten überschritten hatte. »Tim. *Also ehrlich,* Tim. *Wirklich.*«

Ich war schon an der Tür, ehe sie begriff, daß ich Abschied nahm. Ich überlegte, was ich noch sagen könnte, irgend etwas Nettes – »Ich werde immer für dich dasein, wenn du mich brauchst«, zum Beispiel, oder »Wenn ich ihn finde, grüße ich ihn von dir« –, aber wenn ich überhaupt noch etwas empfand, dann ein Gefühl der Belanglosigkeit, und daher sagte ich nichts. Und Emma am Fenster war offenbar zu dem gleichen Schluß gelangt, denn sie blieb dort stehen und sah hinaus, als erwarte sie, daß Larry jeden Augenblick mit einem seiner Hüte auf dem Kopf am Flußufer auf sie zugeschritten käme.

»Ja. Also auf Wiedersehen«, sagte sie.

Sie können mit Sergej Kontakt aufnehmen, er hilft mir auch diesen Brief abzuschicken, las ich schlaflos im Bett. *Rufen Sie ihn an, aber nur auf englisch, unter der Ihnen bekannten Nummer …* In Zorins Welt war es klug, einen Sergej zu haben.

Ich wählte die Moskauer Nummer und kam beim sechsten Versuch durch. Eine Männerstimme meldete sich.

»Hier ist Timothy«, sagte ich auf englisch. »Ein Freund von Peter. Ich möchte bitte mit Sergej sprechen.«

»Sie sprechen mit Sergej.«

»Richten Sie Peter bitte aus, daß ich auf dem Weg nach

Moskau bin. Sagen Sie ihm, er soll bei einem Freund von mir eine Nachricht hinterlassen. Der Mann heißt Bairstow und wird in wenigen Tagen im Luxor Hotel sein.« Ich buchstabierte Bairstow und sicherheitshalber auch noch Colin.

»Sie werden eine Nachricht erhalten, Mr. Timothy. Bitte rufen Sie unter dieser Nummer nicht noch einmal an.«

In den drei Tagen, die ich auf mein Visum warten mußte, besuchte ich Kunstgalerien, aß in Restaurants, las Zeitungen und achtete auf Verfolger. Aber ich sah und schmeckte nichts. Tagsüber dachte ich mit freundlichen Gefühlen an sie. Sie war ein Mitglied der Familie, eine alte Freundin, eine längst vergebene Unbesonnenheit. Nachts jedoch halluzinierte ich abwechselnd von verstümmelten Leichen und von Emma, die tot in einem Waldteich lag. Blutbefleckte Sägemehlhaufen erhoben sich zu kaukasischen Gebirgsketten rings um mein Bett. Ich verfolgte den Kausalzusammenhang aller Dinge, die mir bis dahin in meinem Leben widerfahren waren, und erkannte Emma als den Höhepunkt meines Scheiterns. Ich erinnerte mich an all meine Ausweichmanöver und Maskeraden. Ich blickte auf alles zurück, was mir teuer gewesen war, die Ruhe und Geborgenheit, die ich als selbstverständlich betrachtet hatte, die Vorurteile, an denen ich gedankenlos festgehalten, und die Gewandtheit, mit der ich mich den Konsequenzen meiner Selbsteinschätzung entzogen hatte. Ich saß am Hotelfenster, sah die alte Stadt sich für den Winter rüsten, und ohne daß es mir wie eine große Offenbarung vorgekommen wäre, erkannte ich, daß Emma tot war: Womit ich sagen will, daß sie von dem Augenblick an, da mir klar wurde, daß sie meinen Schutz nicht mehr nötig hatte, für mich ebenso weit weg und gesichtslos war wie die Passanten draußen auf dem Bürgersteig.

Emma war tot, weil sie mich getötet hatte und weil sie in die Halbwelt zurückgekehrt war, in der ich sie gefunden hatte, mit den Füßen im Schlamm versinkend, den Blick auf einen unmöglichen Horizont gerichtet. Nur Larry hatte überlebt. Nur wenn ich Larry folgte, konnte ich den Abgrund füllen, der mir so lange als Seele gedient hatte.

14

Es war keine Nachricht von Sergej da.

Zaristische Kronleuchter erhellten das riesige Foyer, um einen buntschillernden Springbrunnen tanzten Gipsnymphen, deren glänzende Torsos sich in einem Karussell goldgerahmter Spiegel endlos wiederholten. Eine Tänzerin aus Pappe empfahl das Kasino im zweiten Stock, Imitationen von Stewardessen wünschten mir einen angenehmen Aufenthalt. Das hätten sie den eingemummten Bettlerinnen draußen an der Straßenecke sagen sollen oder den Kindern, die mit leblosen Augen und finsteren Absichten an den Ampeln und in schmutzigen Unterführungen herumlungerten, oder den zwanzig Jahre alten Wracks, die in Hauseingängen stehend schliefen wie die Toten; oder den geschlagenen Heeren von Fußgängern, die auf der Jagd nach ein paar Dollars waren, weil sie sich für ihre schwindsüchtigen Rubel nichts kaufen können.

Aber immer noch keine Nachricht von Sergej.

Mein Hotel lag zehn Minuten zu Fuß von der echten Lubjanka entfernt, in einer dunklen, mit Schlaglöchern übersäten Straße; die Pflastersteine klirrten metallisch unter meinen Schuhen, und wenn sie einsanken, quoll gelber Schlamm zwischen ihnen hoch. Den Eingang sicherten sechs Mann: Ein finster blickender Posten in blauer Uniform stand draußen unmittelbar vor der Tür, zwei Männer in Zivil beobachteten die ankommenden und abfahrenden Wagen; in der Vorhalle ein zweites Trio in schwarzen Anzügen, und alle so feierlich, daß sie mir wie Leichenbestatter vorkamen, die mit ihren scharfen Blicken die Maße für meinen Sarg berechneten.

Aber eine Nachricht von Sergej hatten sie nicht.

Ich ging durch die breiten Straßen, analysierte nichts, achtete auf alles und war mir bewußt, daß ich keine Zuflucht mehr hatte, keine beruhigende Telefonnummer, die ich anrufen konnte, falls ich in Schwierigkeiten geriet, daß ich schutzlos preisgegeben und unter falschem Namen in einem Land war, das ich zeit meines Lebens als feindliches Gebiet betrachtet hatte. Sieben Jahre waren seit meinem letzten Aufenthalt hier vergangen, als ich zwei Wochen lang in der Rolle des Lakaien vom Außenministerium irgendwelche administrativen Aufgaben an der Botschaft wahrnahm, in Wirklichkeit aber Geheimgespräche mit einem Parteitechnokraten führte, der gewisse Waren zu verkaufen hatte. Damals hatte ich, wenn ich mich in und aus Autos stahl und in dunkle Hauseingänge duckte, gewiß manche beängstigenden Situationen durchzustehen, aber was ich am meisten fürchtete, war Enttarnung und ein wenig ruhmreicher Rückzug nach London, ein paar unzutreffende Zeilen in den Zeitungen und das schiefe Lächeln der Kollegen in der Bar der höheren Chargen. Wenn ich damals, als ich die unglücklichen Seelen um mich her betrachtete, ein Bild von mir hatte, dann das von einem heimlichen Gesandten aus einer überlegenen Welt. Diesmal fand ich keinen Trost in so erhebenden Vorstellungen. Ich war einer von diesen Menschen, wurde ebenso wie sie von meiner Vergangenheit vorangetrieben und wußte nichts von meiner Zukunft. Ich war ein Flüchtling, heimatlos und staatenlos, ein kleines Volk, das aus einer Person bestand.

Ich ging durch die Straßen, und allenthalben begegnete mir der Wahnsinn der Geschichte. Im alten GUM-Gebäude, wo man früher die unkleidsamste Garderobe der Welt kaufen konnte, probierten stämmige neureiche Russinnen Kostüme von Hermès und Parfüms von Estée Lauder, während draußen in langer Reihe die Limousinen mit ihren Chauffeuren auf sie warteten, Leibwächter und Geleitwagen inbegriffen. Aber ein Blick die Straße entlang genügte, und man sah überall die Skelette von gestern an ihren verrußten Galgen baumeln: eiserne Viertelmonde, an denen die rostigen Sterne sowjetischer Großmannssucht baumelten, zerbröckelnde Fassaden, in die Hämmer und Sicheln gemeißelt waren, Bruchstücke von Parteiparolen, die von Betrunkenen an den regenverhangenen Himmel gekritzelt schienen. Und, wenn es Abend wurde, überall die Fanale der wahren Eroberer, die ihr grelles Evangelium verkündeten: »Kauft uns, eßt uns, trinkt uns, tragt uns, fahrt uns, raucht uns, sterbt an uns! Wir sind, was ihr für eure Sklaverei bekommt!« Ich mußte an Larry denken. Ich mußte oft an ihn denken. Vielleicht, weil es zu schmerzlich war, an Emma zu denken. »Proletarier aller Länder, vereinigt euch«, pflegte er zu sagen, wenn er mich aufziehen wollte. »Wir haben euch nichts zu verkaufen als unsere Ketten.«

Ich trat in mein Zimmer und erblickte auf den feudalen Kopfkissen meines übergroßen Betts einen braunen Umschlag.

»Kommen Sie bitte morgen um 13 Uhr 30 zu dieser Adresse, sechster Stock, Zimmer 609. Bringen Sie einen Blumenstrauß mit. Sergej.«

Es war ein schmales Haus in einer schmutzigen, schmalen Straße am Ostrand der Stadt. Nichts verriet seine Funktion. Ich hatte einen Strauß Nelken gekauft, sie rochen nach nichts und waren in Zeitungspapier eingewickelt. Ich hatte die Metro benutzt und war absichtlich öfter umgestiegen als nötig. Ich stieg eine Haltestelle zu früh aus und ging den letzten knappen Kilometer zu Fuß. Es war ein trüber Tag. Sogar die Birken auf den Boulevards wirkten dunkel. Verfolgt wurde ich nicht.

Das Haus hatte die Nummer sechzig, aber das konnte man nur aus den Gebäuden links und rechts davon erschließen, denn an der Tür stand keine Sechzig. Vor dem düsteren Eingang parkte ein schwarzer Zil, in dem zwei Männer saßen, einer von ihnen der Fahrer. Sie starrten mich an und meinen Blumenstrauß, dann starrten sie in eine andere Richtung. Luck und Bryant, dachte ich, russische Ausgabe. Ich trat auf die Stufe, und als ich läutete, drang Kampfergestank durch die Ritzen der schlecht eingepaßten Tür, und mir fiel der Gestank ein, der mir entgegenschlagen war, als ich Aitken Mays Grab geöffnet hatte. Ein alter Mann ließ mich ein, eine Frau in Weiß saß an einem Schalter und sah durch mich hindurch. Auf einer Bank saß ein Mann in einer Lederjacke.

Er musterte mich über den Rand seiner Zeitung und setzte dann seine Lektüre fort. Ich stand in einer hohen, verfallenen Eingangshalle mit Marmorsäulen und einem defekten Lift.

Die blankgewetzte Steintreppe hatte keine Teppiche. Nicht minder feindselig waren die Geräusche: harte Absätze auf Keramik, quietschende Rollwagen, barsche Stimmen alter Frauen die das Gemurmel ihrer Patienten übertönten. Einst ein privilegierter Ort, heute sehr heruntergekommen. Im sechsten Stock erhellte ein buntes Dachfenster das Treppenhaus. Ein kleiner, bärtiger Mann stand schüchtern darunter, er trug eine Brille und einen schwarzen Anzug und hielt krampfhaft einen Strauß Goldlilien fest.

»Ihr Freund Peter ist zur Zeit bei Miss Eugenie«, sprudelte es aus ihm hervor. »Seine Beschützer haben ihm eine halbe Stunde erlaubt. Bitte fassen Sie sich kurz, Mr. Timothy.« Und er gab mir die Lilien, die ich mitnehmen sollte.

Mein Freund Sergej bekennt sich zum Christentum, hatte Zorin mir anvertraut. *Wenn ich ihn vor dem Gefängnis bewahre, bringt er mich in den Himmel.*

Miss Eugenie war eine schmale weiße Erhebung in den schmutzigen Laken, die sie bedeckten. Sie war sehr klein, hatte gelbe Haut und atmete in rasselnden Stößen, und Soldat Zorin saß in steifer Haltung neben ihr wie eine Ehrenwache, die Schultern zurückgebogen, die Brust nach vorn gewölbt, als trüge er noch die alten Orden. Seine harten Züge waren von Schmerz zerfurcht. Er sah mir zu, wie ich ein Glas mit Wasser füllte und die Blumen hineinstellte, dann zwängte ich mich an die Seite des Betts, wo er saß, und konnte endlich seine ausgestreckten Hände ergreifen. Er stand auf und zog mich an sich wie ein Ringer, linke Seite, rechte Seite und ein Kuß, dann gab er mich frei und ließ mich ihm gegenüber auf einer Art Melkschemel Platz nehmen.

»Danke, daß Sie gekommen sind, Timothy. Tut mir leid, daß die Umstände so ungünstig sind.«

Er nahm Miss Eugenies Hand und hielt sie kurz fest. Sie hätte ein Kind sein können oder ein alter Mann. Ihre Augen waren geschlossen. Er legte ihr die Hand auf die Brust zurück, schob sie dann aber aus Angst, sie könnte zu schwer darauf lasten, auf das Laken neben ihr.

»Ist das Ihre Frau?« fragte ich.

»Sie hätte es werden sollen.«

Wir sahen uns verlegen an, fanden beide nicht den Anfang. Er hatte gelbe Ringe unter den Augen. Vielleicht sah ich auch nicht besser aus.

»Sie erinnern sich an Tschetschejew«, sagte er.

Das Ethos unseres Gewerbes verlangte, daß ich in meinem Gedächtnis kramte.

»Konstantin. Euer Kulturgeier an der Londoner Botschaft. Warum?«

Er runzelte unwillig die Stirn und sah nach der Tür. Er sprach englisch, schnell, aber mit gedämpfter Stimme. »Kultur war seine Tarnung. Das wissen Sie doch ganz genau. Er war meine Nummer zwei in der Residenz. Er hatte einen Freund. Pettifer, so ein bourgeoiser Linksintellektueller. Ich glaube, den kennen Sie auch.«

»Flüchtig.«

»Lassen wir heute mal die Spielchen, Timothy. Zorin hat keine Zeit, Mr. Bairstow hat auch keine. Dieser Pettifer und Tschetschejew haben sich zusammengetan und der russischen Regierung enorme Geldbeträge gestohlen, wobei die Londoner Botschaft als Tarnung benutzt wurde. Sie werden sich erinnern, daß ich den Rang eines Handelsattachés innehatte. Tschetschejew hat meine Unterschrift auf gewissen Dokumenten gefälscht. Die Summe, die sie gestohlen haben, geht über jeden gesunden Verstand. Es könnte um bis zu fünfzig Millionen Pfund gehen. Ist Ihnen das alles bekannt?«

»Ich habe Gerüchte gehört«, sagte ich und mußte daran denken, daß Zorin mit fünfundfünfzig noch immer das umständliche Englisch der Spionageschule sprach, pedantisch und voller altmodischer Ausdrücke; und daß ich, wenn ich ihm früher in dem sicheren Haus am Shepherd Market zuhörte, mir seine Lehrer als schmächtige alte Fabier mit einer Leidenschaft für Bernhard Shaw vorzustellen pflegte.

»Meine Regierung braucht einen Sündenbock. Man hat mich dazu auserwählt. Zorin hat mit dem Schwarzarsch

Tschetschejew und dem englischen Dissidenten Pettifer konspiriert. Zorin muß der Prozeß gemacht werden. Welche Rolle spielt Ihr ehemaliger Dienst bei der Sache?«

»Keine.«

»Ehrenwort?«

»Ehrenwort.«

»Sie wissen also von dieser Angelegenheit? Man hat Sie danach gefragt?«

Tempo und Heftigkeit seiner Fragen und der Ernst, mit dem er sie stellte, veranlaßten mich, jede Vorsicht fahrenzulassen.

»Ja«, sagte ich.

»Man hat Ihren Rat gesucht?«

»Man hat mich verhört und beschuldigt. Man weist mir eine ähnliche Rolle zu wie Ihnen, ich soll Ihr Komplize sein. Sie und ich, wir haben Geheimgespräche geführt, also müssen wir beide Diebe sein.«

»Geben Sie sich deswegen als Bairstow aus?«

»Ja.«

»Wo ist Pettifer?«

»Vielleicht hier. Wo ist Tschetschejew?«

»Meine Freunde berichten, er sei verschwunden. Vielleicht ist er in Moskau, vielleicht in den Bergen. Die Idioten haben überall nach ihm gesucht, sie haben einige seiner Landsleute verhaftet. Aber die Inguschen lassen sich nicht so leicht verhören.« Er verzog sein Gesicht zu einem grimmigen Lächeln. »Bis jetzt hat noch keiner eine freiwillige Aussage gemacht. Tschetschejew ist ein kluger Bursche, ich mag ihn, aber im Grunde seines Herzens ist er ein Schwarzarsch, und die Schwarzärsche töten wir wie die Fliegen. Er hat das Geld gestohlen, um seinem Volk zu helfen. Ihr Pettifer hat ihm dabei geholfen – für Geld, für was weiß ich. Vielleicht sogar aus Freundschaft.«

»Glauben die Idioten das auch?«

»Aber nein! So idiotisch sind sie nun auch nicht!«

»Wieso?«

»Weil sie sich weigern, eine Theorie zu unterstützen, die auf ihrer Unfähigkeit basiert!« erwiderte er, und als jetzt seine aufgestaute Wut losbrach, hatte er Schwierigkeiten, weiter gedämpft zu sprechen. »Wenn Tschetschejew ein inguschischer Patriot war, hätte man ihn niemals nach London schicken dürfen. Glauben Sie, der Kreml möchte der Welt die nationalen Bestrebungen eines Stammes von Wilden ausposaunen? Glauben Sie, man möchte der verwünschten Bruderschaft der internationalen Banker die Mitteilung machen, daß ein Schwarzarsch einfach so von der russischen Botschaft einen Scheck über fünfzig Millionen Pfund kriegen kann?«

Eugenie hustete. Er nahm sie behutsam in seine starken Arme, setzte sie auf und starrte ihr verzweifelt ins Gesicht. Einen solchen Ausdruck von Schmerz und inniger Liebe auf einem so wenig dazu passenden Gesicht habe ich wohl noch nie gesehen. Sie schrie leise und wie um Verzeihung bittend. Er nickte mir zu, und ich schüttelte die Kopfkissen auf. Dann legte er sie sachte wieder zurück.

»Finden Sie Tschetschejew für mich, Timothy«, befahl er. »Sagen Sie ihm, er soll es in die Welt hinausschreien, seine Motive erklären, sagen, daß er ein guter Mensch ist, sagen, was er getan hat und warum. Und wenn er schon mal dabei ist, kann er ihnen auch sagen, daß Wolodja Zorin unschuldig ist und Sie auch. Sagen Sie ihm, er soll seinen schwarzen Arsch bewegen, bevor die Idioten mir eine Kugel ins Genick jagen.«

»Aber wie soll ich ihn finden?«

»Pettifer war Ihr Agent, Herrgott noch mal! Er hat uns geschrieben. *Uns*. Dem KGB, oder wie auch immer man uns heute nennt. Er hat ein volles Geständnis seiner Verbrechen abgelegt. Er hat uns gesagt, daß er zuerst Ihnen und später uns gehört hat. Jetzt aber will er niemandem mehr gehören. Weder Ihnen noch uns, nur noch sich selbst. Leider haben die Idioten sein Schreiben, es wird also nie an die Öffentlichkeit gelangen. Nur hat er sich damit zur Zielscheibe gemacht. Wenn die Idioten nicht nur Tschetschejew, sondern auch Pettifer töten können, werden sie begeistert sein.« Er nahm eine englische Streichholzschachtel aus der Tasche und legte sie vor mich aufs Bett. »Gehen Sie zu den Inguschen, Timothy. Sagen Sie ihnen, Sie seien Pettifers Freund. Er wird es bestätigen. Tschetschejew auch. Dies sind die Telefonnummern der bekannten Rädelsführer der Bewegung hier in Moskau. Sagen Sie ihnen, sie sollen Sie zu ihm bringen. Vielleicht tun sie's. Vielleicht töten sie Sie auch vorher, aber das wäre nicht persönlich gemeint. Ein Schwarzarsch ist ein Schwarzarsch. Und wenn Sie Tschetschejew treffen, schneiden Sie ihm für mich die Eier ab.«

»Es gibt da ein Problem.«

»Es gibt Hunderte. Was denn?«

»Wenn ich an der Stelle Ihrer Vorgesetzten wäre und wenn ich Tschetschejew erwischen wollte und wenn ich Sie als meinen Gefangenen hätte, dann würde ich Ihnen den Auftrag geben, genau das, was Sie mir eben vorgeschlagen haben, Cranmer zu sagen, wenn er hier in dieses Zimmer käme« – er begann lautstark zu protestieren, aber ich redete weiter –, »und dann würde ich darauf warten, daß Cranmer mich zu Tschetschejew führt. Und natürlich zu seinem Freund Pettifer –«

Er unterbrach mich mit einem wütenden Knurren. »Glauben Sie denn, das würde ich nicht tun, wenn es möglich wäre? Herrgott! Ich würde selbst zu den Idioten gehen. ›Hört zu, Idioten! Cranmer, der britische Spion, kommt mich besuchen! Er ist nicht ganz richtig im Kopf. Er hält mich für seinen Freund. Ich habe ihn hergelockt. Ich schicke ihn zu den Inguschen. Wir folgen ihm gemeinsam, wie einem Fleck im Wasser, bis wir zur Quelle gelangen! Und dann zerschlagen wir das ganze Rebellenpack und jagen diese britischen Meisterspione zum Teufel!‹ Das würde ich tun und noch mehr, wenn wir dadurch unsere Würde und unser Ansehen in der Welt zurückgewinnen könnten. Ich habe mein Leben lang an das geglaubt, was ich getan habe. Ja‹, habe ich gesagt, ›wir machen Fehler, wir schlagen falsche Wege ein, wir sind Menschen und keine Engel. Aber wir sind auf der richtigen Seite. Bei uns hat der Mensch eine Zukunft. Wir sind die moralischen Werkzeuge der Geschichte.‹ Als die Perestroika kam, habe ich sie unterstützt. Mein Dienst auch. ›Aber nur nach und nach‹, haben wir gesagt. ›Wir müssen ihnen die Freiheit tropfenweise verabreichen. Immer nur ein bißchen mehr.‹ Aber die Leute wollten sie nicht tropfenweise. Sie haben den Topf umgeschmissen und alles auf einmal heruntergeschlungen. Und was ist jetzt aus uns geworden?«

Er starrte Eugenie an. Er schien auch zu ihr zu sprechen, denn seine Stimme war leise und sehr zärtlich geworden.

»Wir haben also Leute erschossen«, sagte er. »Viele Leute. Darunter auch gute Menschen, die man nicht hätte erschießen müssen. Andere waren miese Schweine, die man zehnmal hätte erschießen müssen. Wie viele Menschen hat Gott getötet? Wofür? Wie viele tötet er Tag für Tag, ungerecht, ohne Grund, Motiv und Mitgefühl? Und wir waren nur Menschen. Und wir *hatten* einen Grund.«

Ehe ich aus dem Zimmer ging, sah ich mich noch einmal um. Er beugte sich über sie und horchte gespannt auf ihren Atem, sein großes Gesicht war tränenüberströmt.

In meinem Zimmer standen zwei Telefone, ein rotes und ein schwarzes. Das rote war, dem Hochglanzprospekt zufolge, meine persönliche direkte Verbindung in alle Welt. Es war aber das schwarze Telefon, das mich gegen zwei Uhr morgens aus meinem schlaflosen Dämmerzustand riß.

»Sie sind Mr. Bairstow, bitte?« – eine Männerstimme, korrektes Englisch, aber mit Akzent.

»Mit wem spreche ich?«

»Hier spricht Issa. Was wünschen Sie von uns, bitte, Mr. Bairstow?«

Issa von Emmas Anrufbeantworter in der Cambridge Street, dachte ich. »Ich bin ein Freund von Mischa«, sagte ich.

Seit zwei Tagen hatte ich in Cafés und Telefonzellen die Nummern gewählt, die Zorin mir gegeben hatte, und in meinem handgepreßten Russisch, wie Larry es nannte, mit Anrufbeantwortern und kurz angebundenen Mittelsmännern gesprochen: Ich bin hier, mein Name ist Bairstow, ich bin ein Freund von Mischa, es ist dringend, bitten rufen Sie mich im Hotel unter folgender Nummer an. Und es kam mir, das gebe ich zu, ein wenig seltsam vor, mich, wenn auch nur teilweise, als Agenten Zorins reden zu hören.

»Wer ist Mischa, bitte, Mr. Bairstow?«

»Mischa ist ein englischer Gentleman, ebenso wie ich, Issa«, antwortete ich forsch, denn ich wollte nicht, daß die zwanzig anderen Zuhörer bei unserem Gespräch uns für Verschwörer hielten.

Stille, während Mischa diese Auskunft verdaute.

»Was ist dieser Mischa von Beruf, bitte?«

»Er handelt mit Teppichen. Er kauft Teppiche im Ausland und läßt sie an spezielle Kunden ausliefern.« Ich wartete, es kam aber keine Reaktion. »Leider ist der Exporteur, über den Mischa seine Lieferungen abwickelt –« doch ehe ich noch mehr sagen konnte, hatte Issa mich unterbrochen.

»Welches Geschäft führt Sie nach Moskau, bitte, Mr. Bairstow?«

»Freundschaft. Ich habe wichtige persönliche Mitteilungen für Mischa.«

Die Verbindung war unterbrochen. Wie Larry sagen nur wenige Russen am Telefon auf Wiederhören. Ich starrte in die Dunkelheit. Zehn Minuten später läutete es wieder. Diesmal sprach Issa zur Begleitung hallender Stimmen im Hintergrund.

»Wie ist Ihr Vorname, bitte, Mr. Bairstow?«

»Colin«, antwortete ich. »Aber Leute, die mich gut kennen, sagen Tim zu mir.«

»Tim?«

»Die Kurzform von Timothy.«

»Colin Timothy?«

»Colin *oder* Timothy. Timothy ist so eine Art Spitzname.« Ich wiederholte in Russisch das Wort für Spitzname. Ich wiederholte Timothy auf englisch und dann in der russischen Version.

Er legte auf. Zwanzig Minuten später meldete er sich wieder. »Mr. Colin Timothy?«

»Ja.«

»Hier spricht Issa.«

»Ja, Issa.«

»Vor dem Hotel wartet ein Wagen auf Sie. Ein weißer Lada. Die Nummer dieses Wagens« – er legte die Hand auf die Sprechmuschel, als berate er sich mit jemandem –, »die Nummer ist 686.«

»Und wer ist da drin? Wo bringt man mich hin?«

Die Stimme nahm einen Befehlston an, und zwar einen dringenden, als ob er selbst, während er mit mir sprach, Befehle empfing. »Der Wagen steht jetzt vor Ihrem Hotel. Der Fahrer heißt Magomed. Kommen Sie bitte sofort. Jetzt gleich.«

Ich zog mich hastig an. Im Flur war eine Ausstellung grauenhafter Gemälde von glücklichen russischen Bauern, die auf verschneiten Waldlichtungen tanzten. Im Kasino spielten zwei Finnen verdrossen gegen einen Raum voller Croupiers und Hostessen. Ich trat auf die Straße hinaus. Eine Schar Mädchen und ihre Zuhälter stürmten auf mich zu. Heftiger als ich eigentlich wollte, brüllte ich ihnen »Nein« entgegen, und sie verzogen sich. Graupel mischte sich in den eisigen Regen. Ich trug keinen Hut und nur einen dünnen Mackintosh. Ob der Herr ein Taxi haben wolle? fragte der Portier auf deutsch. Der Herr wollte keins. Der Herr wollte Larry haben. Dampf stieg aus den Gullis im Kopfsteinpflaster auf. Dunkle Gestalten huschten über die Straße.

Ein Lada parkte zwischen zwei Lastwagen mitten auf der Fahrbahn, er war nicht weiß, sondern grün, und die Nummer war 688, nicht 686. Aber schließlich befand ich mich in Moskau, und es war immerhin ein Lada. Ein sehr breitgebauter, kaum einsfünfzig großer Mann hielt mir strahlend die Beifahrertür auf. Er trug ein dickes Käppchen mit langer Quaste, einen Trainingsanzug und darüber eine wattierte Weste, und er hatte die traurigen Züge eines Clowns. Ein zweiter Mann lauerte im dunklen Fond des Wagens, sein hageres Gesicht war unter der Hutkrempe kaum zu erkennen. Nur auf sein hellblaues Hemd fiel ein Strahl der Straßenlaterne. Und da man in angespannten Situationen entweder alles oder nichts sieht, fiel mir auf, daß sein Hemd aus einem schweren, handgewebten Stoff war und keinen Kragen im westlichen Sinne hatte, sondern hoch geschlossen und mit Knebelknöpfen an langen geflochtenen Stoffschnüren zugemacht war.

»Mr. Timothy?« fragte der Clown. Er gab mir die Hand. »Mein Name ist Magomed, Sir, nach dem Propheten«, erklärte er in einem Russisch, das etwa so imposant war wie meins. »Ich bedaure, daß die meisten meiner Freunde tot sind.«

Ich kletterte auf den Beifahrersitz und fragte mich, ob er mir damit sagen wollte, daß auch mein Freund tot sei. Er schlug die Tür zu und tauchte vor dem Wagen wieder auf, um die Scheibenwischer einzusetzen. Dann schwang er sich gewandt auf den Fahrersitz, für den er allerdings etwas zu breit war. Er drehte den Zündschlüssel, einmal, dann noch mehrmals. Er schüttelte den Kopf mit der Quaste wie jemand, der weiß, daß niemals irgend etwas wirklich funktioniert, und versuchte es ein weiteres Mal. Der Motor sprang an, und als wir dann fuhren und uns zwischen den Schlaglöchern hindurchschlängelten, sah ich, daß Magomed das tat, was ich erhofft hatte: Er ließ den Rückspiegel nicht aus den Augen.

Der Mann hinter uns sprach leise in ein Handy, in einer Sprache, die ich nicht verstand. Gelegentlich unterbrach er sich, um Magomed Anweisungen zu geben, die er aber jedesmal gleich wieder rückgängig machte, so daß unsere Fahrt zu einem Hin und Her aus Zwischenspurts und hastigen Kurswechseln wurde, bis wir endlich mit quietschenden Bremsen hinter einer Reihe Limousinen und ihren Aufpassern zum Stehen kamen. Drahtige junge Männer in Nerzmützen, Rollkragenpullovern und Cowboystiefeln traten aus einer Haustür. Einer trug eine Maschinenpistole und hatte ein Goldkettchen ums Handgelenk. Magomed stellte ihm eine Frage, wartete und erhielt eine nachdenkliche Antwort. Er blickte bedächtig die Straße auf und ab, dann nahm er mich leicht beim Ellbogen, so wie man einen Blinden führt. Magomed trat in eine Gasse zwischen zwei Lagerhäusern, die von T-Trägern auseinandergehalten wurden. Er ging breitbeinig, den mächtigen Brustkasten vorgewölbt, den Kopf nach hinten, die Hände steif in die Seiten gestemmt. Zwei oder drei junge Männer folgten uns.

Wir gingen unter einem Bogen durch, stiegen eine steile Steintreppe hinunter und gelangten zu einer roten Eisentür mit Kutschenbeschlägen und einer Schottleuchte darüber. Er hämmerte ein Klopfzeichen an die Tür, und wir warteten, während uns der Regen in den Kragen lief. Als die Tür aufging, schlug uns eine Wolke Zigarettenrauch entgegen. Ich hörte Rockmusik und sah eine blaßviolette Backsteinmauer, an der die weißen Gesichter von Magomeds toten Freunden hingen. Das Violett wurde zu Orange, und nun erkannte ich unter den Gesichtern dunkel gekleidete Körper, die schimmernde Waffen in den kampfbereiten harten Händen hielten. Ich stand einem Trupp von sieben oder acht Bewaffneten in kugelsicheren Westen gegenüber. An ihren Gürteln hingen Handgranaten. Die Tür schloß sich hinter mir. Magomed und seine Freunde waren gegangen. Zwei Männer führten mich durch einen blutrot gestrichenen Flur zu einem abgedunkelten Beobachtungsbalkon, von dem man durch geschwärztes Glas auf die Reichen von Moskau hinabsah, die lässig in den feudalen Nischen eines Nachtclubs saßen. Dazwischen bewegten sich träge Kellner, einige Paare tanzten. Auf abgeschnittenen Säulen drehten sich nackte Go-go-Girls gedankenlos zum Rhythmus von Rockmusik. Die Atmosphäre war ungefähr so erotisch und angespannt wie in der Wartehalle eines Flughafens. Um eine Ecke gelangte man von dem Balkon in einen Vorführraum, der auch als Büro diente. An der Wand war neben Kisten mit Munition und Handgranaten eine Pyramide aus Kalaschnikows aufgebaut. Zwei junge Männer standen an dem Beobachtungsfenster, ein dritter hatte ein Handy am Ohr und blickte auf eine Reihe von Monitoren, auf denen die Gasse, die parkenden Limousinen, die Steintreppe und der Eingangsbereich zu sehen waren.

Hinten in einer Ecke war ein kahlköpfiger Mann in Unterhemd und Unterhose mit Handschellen an einen Stuhl gefesselt. Er kauerte vornüber gesunken in einer Blutlache. An einem Schreibtisch keinen Meter von ihm entfernt saß in braunem Anzug ein korpulenter kleiner Mann, der emsig Hundertdollarscheine durch einen elektronischen Geldzähler laufen ließ und die Ergebnisse auf einem hölzernen Abakus addierte. Beim Zählen schüttelte er gelegentlich den Kopf oder schob die Brille nach vorn und spähte über den Rand in ein Hauptbuch. Manchmal unterbrach er sich, um gewichtig einen großen Schluck Kaffee zu trinken.

Und mitten im Raum stand wie ein Herrscher ein sehr athletischer Mann von etwa vierzig Jahren, der jeden Winkel mit festem, ausdruckslosem Blick überwachte; er trug einen dunkelgrünen Blazer mit goldenen Knöpfen, an jedem Finger einen goldenen Ring und am Handgelenk eine goldene Rolex mit Diamanten und kleinen Rubinen. Er hatte ein breites Gesicht und breite Schultern, und mir fielen seine kräftigen Nackenmuskeln auf.

»Sind Sie Colin Bairstow, den man Timothy nennt?« fragte er in dem Englisch, das ich schon vom Telefon her kannte.

»Und Sie sind Issa«, antwortete ich.

Er murmelte einen Befehl. Der Mann rechts von mir legte mir die Hände auf die Schultern. Ein zweiter stellte sich hinter mich. Vier Handflächen tasteten meinen Oberkörper ab, vorne und hinten, meinen Schritt, Ober- und Unterschenkel. Sie zogen mir die Brieftasche aus der Innentasche des Jacketts und reichten sie Issa, der sie mit den Fingerspitzen nahm, als wäre sie etwas Unreines. Ich bemerkte seine Manschettenknöpfe: groß wie alte Pennies, auf denen anscheinend Wölfe eingraviert waren. Nach der Brieftasche gaben sie ihm meinen Füllfederhalter, mein Taschentuch, den Zimmerschlüssel, den Hotelausweis und das Kleingeld. Issa legte die Sachen pedantisch in eine braune Pappschachtel.

»Wo ist Ihr Paß?«

»Den behält das Hotel, wenn man sich anmeldet.«

»Bleiben Sie so stehen.«

Er zog eine kleine Kamera aus der Tasche seiner Uniformjacke und richtete sie aus einem Meter Entfernung auf mich. Es blitzte zweimal. Er umkreiste mich mit langsamen, besitzergreifenden Schritten. Er fotografierte mich von beiden Seiten, drehte den Film zurück, schüttelte ihn aus der Kamera und gab ihn einem Wächter, der damit aus dem Zimmer eilte. Der Mann auf dem Stuhl gab einen erstickten Schrei von sich, legte den Kopf zurück und begann aus der Nase zu bluten. Issa murmelte einen weiteren Befehl, zwei junge Männer schlossen die Handschellen auf und führten den Mann den Korridor hinunter. Der Büttel im braunen Anzug schob noch immer Hundertdollarscheine in seine Maschine und registrierte die Summen auf dem Abakus.

»Nehmen Sie Platz.«

Issa setzte sich an den Schreibtisch. Ich setzte mich ihm gegenüber. Er angelte ein Stück Papier aus seiner Tasche und faltete es auseinander. Dann baute er einen Taschenrekorder zwischen uns auf, was mich an Luck und Bryant auf der Polizeiwache erinnerte. Er hatte große, geschickte und seltsam elegante Hände.

»Wie lautet der vollständige Name des Mannes, den Sie Mischa nennen?«

»Dr. Lawrence Pettifer.«

»Was hat er für Begabungen?«

»Pardon?«

»Seine Fähigkeiten. Seine Fertigkeiten. Ist ›Begabungen‹ nicht richtig?«

»Doch doch. Ich habe Sie bloß nicht gleich verstanden. Sein Forschungsgebiet sind Revolutionen. Er ist ein Freund kleiner Nationen. Ein Sprachwissenschaftler. Wie Sie.«

»Was ist dieser Mann sonst noch, bitte?«

»Ehemaliger Agent des KGB, in Wirklichkeit aber Agent des britischen Geheimdienstes.«

»Wie ist die offizielle Einschätzung dieses Mannes in Großbritannien?«

»Er ist geflohen. Die Briten haben ihn im Verdacht, der russischen Botschaft einen enormen Geldbetrag gestohlen zu haben. Auch die Russen haben diesen Verdacht. Sie haben recht. Er hat es getan.«

Issa studierte den Zettel, hielt ihn aber so, daß ich ihn nicht sehen konnte. »Wann haben Sie diesen Mischa zum letzten Mal gesehen?«

»Am achtzehnten September dieses Jahres.«

»Schildern Sie die Umstände dieser Begegnung.«

»Es war nachts. In einem Dorf namens Priddy, in den Mendip Hills in Somerset. Wir waren allein.«

»Worüber haben Sie gesprochen?«

»Über private Dinge.«

»Worüber haben Sie gesprochen?«

Russische Bürokraten haben eine spezielle Art, jemanden anzufauchen, was ich selbst gelegentlich mit gutem Erfolg angewendet hatte, und unklugerweise versuchte ich es auch jetzt damit:

»Reden Sie nicht mit mir, als ob ich ein Bauer wäre. Wenn ich sage, es war privat, dann war es auch privat.«

Ich war in der Schule geschlagen worden, viel zu oft. Ich war von Frauen geschlagen worden, hatte ihnen allerdings nie eine zweite Chance dazu gegeben. Ich war Boxer gewesen. Aber die zwei Schläge, die Issa mir über den Schreibtisch hinweg verpaßte, waren wie Farben, die ich nie gesehen, und wie Töne, die ich nie gehört hatte. Er schlug mich mit der linken Hand, dann fast gleichzeitig mit der rechten, und die Rechte traf mich wegen der Goldringe an seinen harten Fingern wie ein Eisenrohr. Und zwischen seinen Händen sah ich, während er mich schlug, seine braunen Scharfschützenaugen so fest auf mich gerichtet, daß ich fürchtete, er werde weiter schlagen, bis ich tot wäre. Aber ein Ruf von der anderen Seite des Zimmers ließ ihn aufhören; er schob den Buchhalter beiseite und packte das Handy, das ihm von dem jungen Mann an den Monitoren hingehalten wurde. Er horchte, gab das Telefon zurück und wandte sich fragend an den Buchhalter, der weiter seine Hundertdollarscheine zählte und nur den Kopf schüttelte.

»Das sind Witzbolde«, beklagte sich der Buchhalter auf russisch. »Reden von einem Drittel, dabei ist es kaum ein Zehntel von einem Drittel. Es reicht nicht, um ihre Schulden zu bezahlen; es reicht nicht einmal für eine Maus. Die sind als Räuber so dumm, daß man sich fragt, wie sie überhaupt Gangster werden konnten.«

Mit einer raschen Bewegung des Ellbogens schaufelte er

das Geld zusammen und hielt es Issa hin, dann klapperte er mit flinken Fingern an dem Abakus herum, nahm ein Lineal und einen roten Stift und strich vier Seiten des Hauptbuchs durch; er nahm die Brille ab, legte sie in ein Stahletui und schob das Etui in eine Innentasche seines braunen Anzugs. Unmittelbar darauf hasteten wir alle – Buchhalter, Kämpfer, Issa und ich durch den blutroten Korridor zum Eingang. Die Eisentür stand offen, die Steintreppe lockte, überall huschten Bewaffnete herum, frische Luft umströmte mich wie ein Hauch von Freiheit, letzte Sterne blinkten an einem blassen Morgenhimmel. Am oberen Ende der Treppe war ein langes Auto vorgefahren. Magomeds hagerer Begleiter saß auf dem Fahrersitz, die behandschuhten Hände am Steuer. An der hinteren Tür stand Magomed selbst, in der Hand ein gepünkteltes Kopftuch, das er mir mit der ganzen Geschicktheit einer Krankenschwester vor die Augen band.

Jetzt gehe ich durch den Spiegel, dachte ich, als mich die Dunkelheit verschlang. Ich ertrinke im Weiher von Priddy. Ich bin Berkleyaner. Ich sehe nichts, also atme ich nicht. Ich schreie, aber alle anderen sind taub und blind. Als letztes sah ich Issas elegante italienische Schuhe neben mir, als Magomed langsam die Binde festzog. Die Schuhe waren aus braunen Lederstreifen geflochten und hatten Goldkettchen als Schnallen.

Was wollen diese Leute?

Auf wen warten wir?

Irgend etwas ist schiefgegangen. Pläne werden revidiert.

Ich träumte, daß ich im Morgengrauen erschossen würde, und als ich aufwachte, graute der Morgen, und ich hörte Schritte und leise Stimmen vor meiner Tür.

Ich träumte, Larry säße auf meinem Bett, er starrte mich an und wartete, daß ich aufwachte. Ich wachte auf und sah Zorin über mich gebeugt, er horchte auf meinen Atem, aber es waren nur meine jungen Wächter, die mir das Frühstück brachten.

Ich hörte Emma in der Kirche von Honeybrook Peter Maxwell Davies spielen.

Mein Keller war ein Fitneßraum, uralte Turngeräte standen an der Wand zusammengeschoben, an der Tür hing ein Zettel: WEGEN RENOVIERUNG GESCHLOSSEN. Der Raum befand sich unter einem monströsen Plattenbau, eine blinde Fahrstunde außerhalb des Moskauer Zentrums, am Ende einer holprigen unfertigen Straße, wo Müll, Öl und verrottende Bäume die Luft verpesteten, und es war der ungemütlichste Ort, den man sich denken konnte. Die feuchte Luft stank entsetzlich, Wasser tropfte und gluckerte die ganze Nacht aus Rohren, die an der Decke entlang und die Wände hinunter zu dem rissigen Betonfußboden liefen – Rohre für Abwasser, für warmes Wasser und Trinkwasser, Heizungsrohre und Rohre, die als Schächte für Strom und Telefon dienten und von kleinen grauen Ratten als Gänge benutzt wurden. Wenn meine Berechnungen nicht trogen, verbrachte ich dort neun Tage und zehn Nächte, aber die Zeit hatte nichts zu bedeuten, denn am Beginn einer solchen Haft vergehen Jahre, während der Zeiger der Armbanduhr kaum ein paar Sekunden weiterrückt, und die Strecke zwischen zwei Mahlzeiten ist wie ein Marsch durch die ganze Wüste des Lebens. In einer Nacht schläft man mit jeder Frau, die man je gekannt hat, und wenn man aufwacht, ist es noch immer Nacht, und man zittert noch immer allein.

Mein Keller hatte keine Fenster. Die zwei Gitter hoch oben in der Wand, die ursprünglich für Frischluft sorgen sollten, waren vor langer Zeit zugeschraubt worden. Als ich auf ein von Ratten zernagtes Sprungpferd kletterte und die Gitter untersuchte, stellte ich fest, daß die Eisenrahmen vom Rost zusammengeschmiedet waren. Am ersten Tag war der Gestank meiner Zelle unerträglich, am zweiten Tag störte er mich etwas weniger, und am dritten war er verschwunden: jetzt war ich selbst ein Teil des Gestanks geworden. Aber von oben kamen Gerüche, die ein wahres Fest für meine Sinne waren: Das ging von Sonnenblumenöl, Knoblauch und Zwiebeln über Lammbraten und Brathähnchen bis zu dem umfassenden Mief, den große Familien in winzigen Zimmern erzeugen.

»Bashir Haji!«

Ich fuhr schaudernd aus dem Schlaf, als meine Wächter in tiefster Nacht verwundert oder ängstlich diesen Namen riefen.

Erst hatte ihr Feldtelefon geläutet. Dann dieser gequälte oder begeisterte Aufschrei.

Feierten sie ihn?

Bekannten sie ihren Glauben an ihn, riefen sie seinen Namen in die Berge hinauf? Bedachten sie ihn mit Flüchen? Trauerten sie um ihn?

Ich lag wach und wartete auf den nächsten Akt. Es kam aber nichts. Ich schlief wieder ein.

Ein Gefangener der Inguschen mag einsam sein, aber allein ist er nie.

Ich kinderloser Mann war von Kindern belagert. Sie liefen über meinem Kopf, sprangen darauf herum, schlugen ihn, lachten ihn aus und schrien ihn an, und ihre Mütter wiederum schrien sie an. Ab und zu folgte einer lauten Ohrfeige eine erbitterte, atemlose Stille, dann ging das Schreien weiter. Ich hörte Hunde jaulen, aber nur von außerhalb des Gebäudes. Während ich mich danach sehnte, hinausgelassen zu werden, verlangten die Hunde eingelassen zu werden. Katzen hörte ich von überall. Ich hörte das wichtigtuerische Dröhnen von Fernsehern, die den ganzen Tag liefen. Ich hörte eine russisch synchronisierte mexikanische Seifenoper, die von einer wichtigen Meldung unterbrochen wurde, in der es um den Zusammenbruch eines weiteren Geldinstituts ging. Ich hörte klatschende Geräusche, wenn Wäsche gewaschen wurde, und heftige Stimmen wütender Männer, betrunkener Männer und aufgebrachter Frauen. Ich hörte Weinen.

Und ich hörte billige russische Discomusik und geistlosen amerikanischen Rock, und zwischendurch immer wieder intensivere Töne, die mir wesentlich angenehmer waren: ein langsames, weiches, rhythmisches Trommeln, das nachdrücklich und eindringlich mahnte, aufzustehen, dem Tag zu begegnen, mich anzustrengen und durchzuhalten.

Und ich wußte, es war Emmas Art von Musik, Musik aus den heimatlichen Tälern und Bergen der Verbannten, die diesen Klängen lauschten. Und nachts, wenn die meisten dieser Geräusche schliefen, hörte ich das ständige Hin und Her von Gesprächen am Lagerfeuer, so alt wie das Meer.

So hatte ich in jeder Hinsicht den Eindruck, mich einem Leben im Untergrund angeschlossen zu haben, denn meine Gastgeber waren selbst verachtet und fern der Heimat, und ich war zwar ihr Gefangener, doch wurden mir auch die Privilegien eines Ehrengastes zuteil. Wenn die Wächter, Finger auf den Lippen, um mir Schweigen zu gebieten, mich einmal täglich zum Waschen brachten, wenn sie mich mit finsteren Mienen durchs Innere des Gebäudes zu dem winzigen Waschraum mit den frisch zerrissenen Stücken unverständlicher Zeitungen führten, kam ich mir wie ihr Komplize und ihr Schützling vor.

Ich höre Pettifer über die Angst reden. Es ist kein langatmiger Vortrag, und erst recht keins seiner sonntäglichen Seminare. Wir sind in einem Hotel in Houston, Texas, und er hat gerade zehn Tage in einem kubanischen Gefängnis hinter sich; angeblich hatte man Drogen bei ihm gefunden, in Wirklichkeit aber, vermutet er, sollte der Geheimpolizei damit Gelegenheit gegeben werden, ihn gründlich unter die Lupe zu nehmen. Zunächst einmal ließen sie ihn nicht schlafen. Dann bekam er eine Nacht und einen Tag lang kein Wasser. Dann fesselten sie ihn mit gespreizten Armen und Beinen an eine Wand und wollten ihn zu dem Geständnis bringen, daß er ein amerikanischer Spion war.

»Als ich erst einmal in Fahrt war, ging es richtig toll«, versichert mir Larry; er sitzt lässig am Pool des Hotels, mustert die vorbeikommenden Bikinis und saugt am Strohhalm seiner Piña colada. »Ich habe ihnen gesagt, von allen Beleidigungen, die sie einem englischen Gentleman an den Kopf werfen könnten, sei der Vorwurf, für die Yankees zu spionieren, der primitivste. Das sei noch schlimmer, als wenn sie behaupteten, meine Mutter sei eine Hure. Dann habe ich behauptet, ihre Mütter seien Huren, und ungefähr an dieser Stelle mischt Rogow sich ein und sagt ihnen, sie sollen mich runterbingen, mich ein Bad nehmen lassen und nach Hause schicken.«

Rogow ist der leitende KGB-Resident in Havanna. Insgeheim bin ich überzeugt davon, daß Rogow das Verhör angeordnet hat.

Ich stelle die unmögliche Frage: War's schlimm? Larry spielt den Überraschten.

»Nach Winchester? Ein Kinderspiel. Ich würde jederzeit lieber in ein kubanisches Gefängnis gehen, als noch einmal in unsere Bibliothek. He, Timbo« – er stupst mich am Arm –, »wie wär's denn mit der da? Genau die richtige für dich. Häßlich und willig. Keine Gefahr.«

Ich hatte zwei Wächter, und die waren nur für mich da. Sie machten alles gemeinsam, Tag und Nacht. Beide hatten diesen Trippelgang, der mir bei ihren Kameraden in dem Nachtclub aufgefallen war. Beide sprachen das weiche Russisch des Südens, aber als zweite Sprache oder vielleicht inzwischen als dritte, denn sie studierten im ersten Semester an der Islamischen Universität in Nasran: Arabisch, Koran und Geschichte des Islam. Ihren Namen wollten sie mir, vermutlich auf Anweisung von oben, nicht nennen, aber da ihr Glaube ihnen auch das Lügen verbot, hatten sie in diesen zehn Tagen überhaupt keinen Namen.

Sie waren Muriden, wie sie mir stolz erzählten, sie hatten sich Gott und ihren geistlichen Führern geweiht und widmeten sich auf der Suche nach geheimen Erkenntnissen einem verschwiegenen männlichen Leben. Die Muriden, sagten sie, seien moralisch das Herz der inguschischen Sache und der militärischen und politischen Opposition gegen Rußland. Sie hätten gelobt, ein Beispiel an Frömmigkeit, Ehrlichkeit, Tapferkeit und Selbstentäußerung zu setzen. Der größere und eifrigere der beiden – deren Alter ich auf höchstens zwanzig schätzte – kam aus Jekaschewo, einem großen Dorf im Umland von Nasran; sein kleiner Kamerad stammte aus Jairach, hoch in den Bergen unweit der georgischen Militärstraße im äußersten Süden des umstrittenen

Prigorodniy Rajon, der, wie sie mir sagten, die Hälfte des traditionellen Inguschien ausmachte.

Das alles war am ersten Tag, als sie in ihren Bomberjakken, Maschinenpistolen umklammernd, schüchtern am hinteren Ende meiner Zelle standen und mir zusahen, wie ich zum Frühstück den gleichen starken schwarzen Tee trank, den ich in Aitken Mays Wartezimmer gefunden hatte, nur mit einer kostbaren Scheibe Zitrone, und dazu Brot, Käse und hartgekochte Eier verspeiste. Die Mahlzeiten waren von Anfang an festliche Angelegenheiten. Meine Muriden trugen abwechselnd das Tablett herein und waren sichtlich stolz auf ihre Großzügigkeit. Und da ich bald dahinterkam, daß ihre Mahlzeiten viel bescheidener waren – ihre Vorräte, erzählten sie mir, hätten sie selbst aus Nasran mitgebracht, um nicht gegen die Essensvorschriften ihrer Religion verstoßen zu müssen –, verspeiste ich mein Essen erst recht mit demonstrativem Behagen. Am zweiten Tag tauchten dann auch die Köchinnen auf: ernste Frauen, die Kopftücher trugen und im Schutz der Tür zu mir hineinspähten, die jüngste noch sehr zurückhaltend, die älteren mit prüfenden funkelnden Augen.

Nur einmal und nur durch ein Mißverständnis bekam ich die weniger gemütliche Seite unserer Beziehung zu spüren. Ich lag auf dem Bett und träumte, und meine Träume mußten eine heftige Wendung genommen haben, denn als ich die Augen aufschlug und meine beiden Muriden auf mich herabstarren sah – der eine hielt stolz ein Stück Toilettenseife und Handtücher, der andere hatte mein Abendessen gebracht –, sprang ich, eine Art Kampfruf ausstoßend, auf, doch wurden mir sofort die Beine weggetreten, und als ich mich wieder aufrappeln wollte, spürte ich die ölige Mündung einer Pistole im Nacken. Wieder allein, hörte ich ihr Feldtelefon knistern und sie mit leisen Stimmen von dem Vorfall Meldung machen. Sie kamen zurück, sahen mir beim Essen zu, entfernten dann das Tablett und ketteten mich am Bett an.

Für meine Rettung verzichtete ich auf jeden körperlichen oder geistigen Widerstand. Ich lag träge auf dem Rücken und redete mir ein, die größte Freiheit auf Erden biete ein Zustand, in dem man keinen Einfluß auf sein Schicksal habe.

Doch als mich die Wächter am Morgen losmachten, bluteten meine Handgelenke, und meine Knöchel waren so geschwollen, daß wir sie in kaltem Wasser baden mußten.

Magomed erschien mit einer Flasche Wodka. Er hatte rote Ränder um die Augen, ein schwarzer Stoppelbart verdunkelte sein rundes Gesicht unter dem Käppchen. Was bedrückte ihn? Oder lächelte er immer so traurig wie jetzt? Er goß den Wodka in Gläser, trank selbst aber nichts. Er erkundigte sich nach meinem Befinden. Ich antwortete: »Mir geht's glänzend.« Er lächelte vage und wiederholte: »Glänzend.« Wir sprachen in keiner bestimmten Reihenfolge über die Schriftsteller Oscar Wilde, Jack London, Ford Madox Ford und Bulgakow. Er versicherte mir, er komme nur selten dazu, sich zivilisiert zu unterhalten, und fragte mich, ob mir in England solche Gespräche möglich seien.

»Nur mit Larry«, antwortete ich in der Hoffnung, ihn aus der Reserve zu locken.

Doch seine Antwort war nur wieder ein trauriges Lächeln, das Larrys Existenz weder bestätigte noch ableugnete. Er fragte, wie ich mit meinen Muriden auskomme.

»Sind sie höflich?«

»Absolut.«

»Sie sind die Söhne von Märtyrern.« Wieder das traurige Lächeln. »Vielleicht sehen sie in Ihnen ein Werkzeug Gottes.«

»Warum sollten sie das?«

»Nach einer Prophezeiung, an die viele Sufisten seit dem neunzehnten Jahrhundert glauben, als Imam Schamyl an Ihre Königin Victoria Briefe schrieb, wird das russische Reich eines Tages zusammenbrechen und der Nordkaukasus, einschließlich Inguschien und Tschetschenien, unter die Herrschaft des britischen Monarchen geraten.«

Ich nahm diese Information ebenso ernst auf, wie er sie mir mitgeteilt hatte.

»Viele unserer Älteren reden heutzutage von dieser Prophezeiung«, fuhr er fort. »Da der Zusammenbruch des russischen Reiches jetzt eingetreten ist, fragen sie, wann das zweite Zeichen sichtbar wird.«

Glücklicherweise fiel mir jetzt etwas ein, das Larry einmal zu mir gesagt hatte: »Und habe ich nicht gelesen«, sagte ich bedächtig, meine Worte genauso sorgsam abwägend wie er, »daß Königin Victoria dem Imam Schamyl Waffen geliefert hat, um ihm zu helfen, den russischen Unterdrükker zu überwinden?«

»Das ist möglich«, gab Magomed eher gleichgültig zu. »Der Imam Schamyl stammte nicht aus unserem Volk und ist daher nicht der größte unserer Helden.« Er fuhr sich mit der dicken Handfläche erst über die Stirn, dann über den Bart, als wollte er sich von einer unseligen Assoziation befreien. »Es gibt auch die Legende, daß die Gründer der tschetschenischen und inguschischen Nationen von einer Wölfin gesäugt wurden. Diese Geschichte dürfte Ihnen in einem anderen Zusammenhang bekannt sein.«

»Allerdings«, sagte ich und dachte an die Wölfe auf Issas goldenen Manschettenknöpfen.

»Um es konkreter zu sagen, wir waren immer der Ansicht, daß Großbritannien mäßigend auf die Entschlossenheit der Russen, uns zu versklaven, einwirken könnte. Halten Sie das auch nur für einen unserer vergeblichen Träume, oder dürfen wir hoffen, daß Sie bei den Beratungen, von denen wir ausgeschlossen sind, für uns eintreten werden? Ich frage Sie das in allem Ernst, Mr. Timothy.«

Ich hatte keinen Grund, an seinem Ernst zu zweifeln, war aber sehr um eine Antwort verlegen.

»Falls Rußland die Verträge mit seinen Nachbarn gebrochen hat –«, fing ich unbeholfen an.

»Ja?«

»Falls in Nasran jemals Panzer einrücken wie 68 in Prag –«

»Das ist bereits geschehen, Mr. Timothy. Vielleicht haben Sie zu der Zeit geschlafen. Inguschien ist ein Land unter russischer Besatzung. Und hier in Moskau sind wir Ausgestoßene. Man traut uns nicht, man mag uns nicht. Wir sind die Opfer derselben Vorurteile, die schon unter den Zaren herrschten. Der Kommunismus hat daran überhaupt nichts geändert. In Jelzins Regierung sitzen lauter Kosaken, und die Kosaken hassen uns seit Anbeginn aller Zeiten. Er hat Kosakengeneräle, Kosakenspione, Kosaken in den Ausschüssen, die über unsere neuen Grenzen zu entscheiden haben. Sie können sicher sein, daß sie uns nach Strich und Faden betrügen. Für uns hat sich die Welt in den letzten zweihundert Jahren kein bißchen geändert. Wir sind unterdrückt, wir sind gebrandmarkt, wir leisten Widerstand. Energischen Widerstand. Vielleicht sollten Sie das Ihrer Königin erzählen.«

»Wo ist Larry? Wann kann ich ihn sehen? Wann lassen Sie mich hier raus?«

Er war bereits aufgestanden, und ich dachte schon, er wolle über meine Fragen hinweggehen, denn zu meinem Bedauern hatte ich sie in einem verzweifelten Ton gestellt, der keineswegs guter Haltung entsprach. Er gab nach, schloß mich feierlich in die Arme, sah mir fest in die Augen und murmelte etwas, das ich nicht verstand, von dem ich aber fürchtete, es sei ein Gebet um meine Sicherheit.

»Magomed ist der Meisterringer von ganz Inguschien«, sagte der ältere Muride stolz. »Er ist ein großer Sufist und Doktor der Philosophie. Er ist ein großer Krieger und religiöser Führer. Er hat viele Russen getötet. Man hat ihn im Gefängnis gefoltert, und als er herauskam, konnte er nicht gehen. Jetzt hat er die kräftigsten Beine im ganzen Kaukasus.«

»Ist Magomed euer religiöser Führer?« fragte ich.

»Nein.«

»Und Bashir Haji?«

Ich hatte mich auf verbotenes Terrain gewagt. Sie verstummten und zogen sich dann in ihren Verschlag auf der anderen Seite des Flurs zurück. Danach trat tiefe Stille ein, die nur von gelegentlichem Murmeln unterbrochen wurde. Ich nahm an, daß die Söhne der Märtyrer ihr Gebet verrichteten.

Issa tauchte auf, er trug eine nagelneue unförmige Lederjakke, die stark glänzte und ihn übergroß erscheinen ließ; er hatte meinen Koffer und die Aktentasche aus dem Hotel dabei und wurde von zwei seiner Bewaffneten begleitet. Wie Magomed war er unrasiert und machte einen gequälten, ernsten Eindruck.

»Haben Sie Beschwerden vorzubringen?« fragte er und drang so grimmig auf mich ein, daß ich glaubte, er werde mich wieder schlagen.

»Ich werde mit Ehrerbietung und Respekt behandelt«, erwiderte ich nicht weniger aggressiv.

Doch anstatt mich zu schlagen, nahm er meine Hand, zog mich an sich, genau wie Magomed es getan hatte, und klopfte mir vertraulich auf die Schulter.

»Wann komme ich hier raus?« fragte ich.

»Wir werden sehen. Morgen, in drei Tagen. Kommt darauf an.«

»Auf was? Worauf warten wir denn?« Die Gespräche mit den Muriden hatten mich kühn gemacht. »Ich habe keinen Streit mit Ihnen. Ich habe keine bösen Absichten. Ich bin mit ehrenwerten Motiven hierhergekommen, ich will meinen Freund besuchen.«

Seine finstere Miene verunsicherte mich. Sein Stoppelbart und sein gehetzter Blick verliehen ihm das Aussehen eines Mannes, der entsetzliche Dinge erlebt hatte. Aber er gab mir keine Antwort. Statt dessen machte er auf dem Absatz kehrt und ging, seine Kämpfer folgten ihm. Ich öffnete meinen Koffer. Aitken Mays Papiere fehlten, ebenso Emmas herausklappbares Adreßbuch. Ich fragte mich, ob Issa meine Hotelrechnung bezahlt hatte und, wenn ja, ob er dazu Bairstows ungültige Kreditkarte benutzt hatte.

Ich höre Pettifer über die endlose Einsamkeit des Spions reden. Die eine Hälfte von ihm beklagt sich, die andere Hälfte ist zufrieden. Er vergleicht sein Dasein mit Felsklettern, das er liebt.

»Es ist ein verdammt großer Überhang im Dunkeln. Manchmal ist man stolz, so ganz auf sich allein gestellt zu sein. Aber im nächsten Augenblick würde man alles dafür geben, wenn noch ein paar andere mit am Seil hingen. Oder man will plötzlich sein Messer nehmen und das Seil über sich kappen, um ein bißchen Schlaf zu finden.«

Die Tage vergingen, und die unterhaltsamsten – und informativsten – Stunden waren die, die ich im Gespräch mit meinen Muriden verbrachte.

Manchmal, nachdem sie zunächst immer allein gebetet hatten, beteten sie ohne Verlegenheit in meiner Gegenwart. Sie kamen mit ihren Käppchen in meine Zelle, setzten sich abgewandt von mir hin, schlossen die Augen und ließen die Betperlen andächtig durch die Finger gleiten. Ein Muride, erklärten sie, nehme niemals eine Perle in die Hand, ohne den Namen Gottes anzurufen. Und da Gott neunundneunzig Namen habe, gebe es neunundneunzig Perlen, und deshalb gebe es mindestens neunundneunzig Anrufungen. Gewisse sufistische Orden – ihr eigener gehöre dazu – schrieben jedoch vor, daß die Anrufung viele Male zu wiederholen sei. Ein Muride müsse seine Loyalität auf viele verschiedene Weisen unter Beweis stellen, bevor er akzeptiert werde. Die Muriden hätten eine komplizierte und dezentrale Hierarchie. Jedes Dorf sei in mehrere Bezirke aufgeteilt, jeder Bezirk bilde eine geschlossene Einheit, die von einem *turgh* oder Führer geleitet werde, der wiederum einem *thamada* unterstellt sei, und der wiederum sei einem *vekil* oder stellvertretendem Scheich unterstellt ... Wenn ich sie so hörte, empfand ich ein gewisses verwandtschaftliches Mitgefühl mit dem bedauernswerten russischen Nachrichtenoffizier, der den unausführbaren Auftrag hatte, ihre Organisation zu infiltrieren. Meine muridischen Wächter verrichteten die fünf vorgeschriebenen täglichen Gebete auf Gebetsteppichen, die sie in ihrem Verschlag aufbewahrten. Die Gebete, die sie in meiner Gegenwart sprachen, waren zusätzliche Gebete und wandten sich in besonderen Angelegenheiten an bestimmte heilige Männer.

»Ist Issa Muride?« fragte ich und erntete übermütiges Lachen.

Issa ist *sehr* weltlich eingestellt, antworteten sie, noch immer von Lachen geschüttelt. Issa ist ein ausgezeichneter Gauner für unsere Sache! Er unterstützt uns finanziell mit seinen Schiebereien! Ohne Issa hätten wir keine Gewehre! Issa hat viele gute Freunde in der Mafia, Issa kommt aus unserem Dorf, er ist der beste Schütze im ganzen Tal, der beste in Judo und Fußball und …

Dann wieder die Stille, in der ich über Issa und seine neue Rolle als Tschetschejews Komplize und vielleicht auch als Drahtzieher bei dem Diebstahl von siebenunddreißig Millionen Pfund nachdachte …

Mein Drang, ihnen Fragen zu stellen, war freilich nichts im Vergleich zu der Neugier, die sie mir entgegenbrachten. Kaum hatten sie das Tablett vor mich hingestellt, saßen sie auch schon bei mir am Tisch und bombardierten mich mit ihren neuesten Fragen: Wie heißen die Tapfersten aller Engländer? wollten sie wissen. Wer sind die besten Krieger, Ringer, Kämpfer? War Elvis Presley Engländer oder Amerikaner? Hat die Königin unumschränkte Macht? Kann sie Dörfer zerstören lassen, Exekutionen anordnen, das Parlament auflösen? Sind die englischen Berge hoch? Ist das Parlament ein Ältestenrat? Haben die Christen geheime Orden und Sekten, heilige Männer, Scheichs und Imame? Wer bildet sie zum Kämpfen aus? Welche Waffen haben sie? Schlachten Christen ihre Tiere, ohne sie vorher ausbluten zu lassen? Und – da ich ihnen erzählt hatte, daß ich auf dem Land lebte – wie viele Hektar und wieviel Stück Vieh und Schafe besaß ich?

Meine persönlichen Verhältnisse ließen ihnen keine Ruhe. Wenn ich ein Mann war, ein richtiger Mann, warum hatte ich dann keine Frau, keine Kinder, die mich im Alter glücklich machen würden? Vergeblich erklärte ich ihnen, daß ich geschieden war. Scheidung war für sie eine Lappalie, eine Sache, die in wenigen Stunden erledigt wurde. Warum hatte ich keine neue Frau, die mir Söhne schenkte?

Von dem Wunsch beseelt, sie möchten es mir mit ähnlicher Offenheit vergelten, formulierte ich meine Antworten äußerst sorgfältig.

»Und was hat Sie beide nach Moskau verschlagen? Müßten Sie jetzt nicht in Nasran sein und studieren?« fragte ich sie eines Abends bei der zigsten Tasse schwarzen Tees.

Sie berieten sich, wer von ihnen die Ehre haben sollte, als erster zu antworten.

»Wir wurden von unserem religiösen Führer ausgewählt, einen wichtigen englischen Gefangenen zu bewachen«, erklärte der junge Mann aus dem Tal in einem Anfall von Stolz.

»Wir sind die zwei besten Krieger von Inguschien«, sagte der junge Mann aus den Bergen. »Wir sind unschlagbar, die tapfersten und besten Kämpfer, die verwegensten und treuesten!«

»Und die hingebungsvollsten!« sagte sein Freund.

Jetzt aber fiel ihnen anscheinend ein, daß Prahlerei gegen ihre Lehre verstieß, denn sie machten ernste Gesichter und sprachen leise weiter.

»Wir sind nach Moskau gekommen, um für einen Bekannten meines Onkels eine große Summe Geldes zu begleiten«, sagte der erste.

»Das Geld war in zwei schön bestickte Kissen gestopft«, sagte der zweite, »und zwar, weil Kaukasier an den Flughäfen durchsucht werden. Aber unsere Kissen waren den dummen Russen nicht verdächtig.«

»Wir nehmen an, das Geld, das wir begleitet haben, war Falschgeld, aber wir sind uns nicht ganz sicher«, sagte der erste bedächtig. »Die Inguschen sind ausgezeichnete Fälscher. Am Flughafen kam ein Mann, wies sich aus, nahm die Kissen in Empfang und fuhr mit einem Jeep davon.«

Dann diskutierten sie eine Zeitlang erregt darüber, was sie sich von dem Geld kaufen sollten, das sie für diese Arbeit bekommen hatten: eine Stereoanlage, Kleider, noch mehr goldene Ringe oder einen aus Deutschland eingeschmuggelten gestohlenen Mercedes. Aber ich hatte es nicht eilig. Ich konnte die ganze Nacht auf meine Chance warten.

»Magomed hat mir erzählt, daß ihr die Söhne von Märtyrern seid«, sagte ich, als dieses Thema erschöpft war.

Der Junge aus den Bergen wurde sehr still. »Mein Vater war blind«, sagte er. »Er hat sein Geld damit verdient, daß er den Koran auswendig aufsagen konnte. Die Osseten haben ihn vor dem ganzen Dorf gefoltert, dann haben ihn die russischen Soldaten an Händen und Füßen gefesselt und mit einem Panzer überfahren. Als die Leute aus dem Dorf seine Leiche bergen wollten, wurden sie von den russischen Soldaten beschossen.«

»Mein Vater und meine zwei Brüder sind auch schon bei Gott«, sagte der Junge aus dem Tal leise.

»Wenn wir sterben, sind wir bereit«, sagte sein Freund mit derselben tonlosen Stimme, mit der er von seinem Vater erzählt hatte. »Wir werden unsere Väter und Brüder und Freunde rächen, und dann sterben wir.«

»Wir haben geschworen, im *gazavat* mitzukämpfen«, sagte sein Kamerad nicht minder leidenschaftlich. »Das ist der heilige Krieg, der unsere Heimat von den Russen befreien wird.«

»Wir müssen unser Volk aus diesem Unrecht retten«, sagte der Junge aus den Bergen. »Wir müssen unser Volk stark und gottesfürchtig machen, damit es nicht den Ungläubigen zum Opfer fällt.« Er stand auf, griff hinter sich, zog einen geschwungenen Dolch und hielt ihn mir hin. »Das ist mein *kinjal.* Wenn ich keine andere Waffe und keine Munition habe und von Russen umzingelt bin, laufe ich aus meinem Haus und steche den ersten Russen tot, den ich sehe.«

Es dauerte eine ganze Weile, bis ihre Leidenschaft verraucht war. Aber die Erwähnung der Ungläubigen hatte mir die Chance gegeben, auf die ich den ganzen Abend gewartet hatte.

»Dürfen die Muriden überhaupt für einen Ungläubigen beten?« fragte ich.

Der Junge aus dem Tal hielt sich offenkundig für die zuverlässigere Autorität in religiösen Dingen. »Wenn der Ungläubige ein angesehener und tugendhafter Mann ist und wenn dieser Mann unserer Sache dient, wird ein Muride für ihn beten. Ein Muride betet für jeden, der ein Werkzeug Gottes ist.«

»Könnte ein angesehener und tugendhafter Ungläubiger unter euch leben?« wollte ich wissen und fragte mich insgeheim, was Larry wohl von dieser Beschreibung halten würde.

»Wenn ein Ungläubiger als Gast in unserem Hause weilt, wird er *hashah* genannt. Ein *hashah* ist ein heiliges Gut. Wenn er Schaden erleidet, ist das genauso schlimm, als wenn der Stamm, der ihn beschützen sollte, Schaden erlitten hätte. Der Tod eines *hashah* kann nur durch Blutfehde gerächt werden, nur so wird die Ehre des Stammes wiederhergestellt.«

»Lebt zur Zeit ein solcher *hashah* bei euch?« fragte ich und während ich auf ihre Antwort wartete – »vielleicht ein Engländer? Ein Mann, der eurer Sache dient und eure Sprache spricht?«

Einen wunderbaren Augenblick lang glaubte ich wirklich, daß meine geduldige Strategie sich ausgezahlt hatte. Die beiden sahen sich aufgeregt an, ihre Augen funkelten, sie wechselten tuschelnd und atemlos ein paar unverständliche Sätze miteinander, die mir sehr verheißungsvoll schienen. Dann wurde mir langsam klar, daß der Junge aus den Bergen mir nur zu gerne etwas erzählt hätte, sein Freund aus dem Tal ihm jedoch befahl, es für sich behalten.

In dieser Nacht erschien mir Larry im Traum als ein moderner Lord Jim, als inthronisierter Monarch des ganzen Kaukasus, und Emma als seine leicht verstörte Gemahlin.

In der Morgendämmerung, wenn die Henker kommen, holten sie mich. Erst träumte ich sie nur, dann waren sie echt. Magomed, sein hagerer Begleiter und die zwei jungen Männer, die im Nachtclub zugesehen hatten, wie ich geschlagen wurde. Meine Muriden waren verschwunden. Vielleicht hatte man sie nach Nasran zurückgerufen. Vielleicht wollten sie mit dem, was jetzt geschah, nichts zu tun haben. Am Fußende meines Betts lagen eine Pelzmütze und ein *kinjal*, die mir die beiden dorthin gelegt haben mußten, als ich schlief. Magomeds Stoppeln waren zu einem Vollbart geworden. Er trug eine Nerzmütze.

»Wir brechen sofort auf, bitte, Mr. Timothy«, verkündete er. »Bitte bereiten Sie sich auf eine unauffällige Abreise vor.«

Dann machte er sich wie Zeremonienmeister auf meinem Sessel breit – die Antenne eines Handy ragte aus seiner wattierten Weste –, und während er nach verdächtigen Geräuschen im Korridor horchte, sah er zu, wie seine Männer mich beim Packen zur Eile antrieben: den *kinjal* in den Koffer, die Pelzmütze auf den Kopf.

Magomeds Handy piepte, er murmelte einen Befehl und gab mir einen Klaps auf die Schulter, als sei ich ein Läufer, den er ins Rennen schickte. Einer der Männer nahm meinen Koffer, ein anderer meine Aktentasche; beide hatten eine Maschinenpistole in der freien Hand. Ich trat nach ihnen auf den Korridor hinaus. Eisige Luft schlug mir entgegen, die mich an meine dünnen Kleider erinnerte, aber für den Hut dankbar sein ließ. Der Hagere zischte auf russisch »*Schneller,* verdammt« und stieß mich vorwärts. Es ging zwei kurze Treppen hoch, und als ich die zweite erreicht hatte, rieselte Schnee auf mich herab. Ich kletterte durch einen Notausgang auf einen verschneiten Balkon, auf dem ein Junge mit einer Pistole stand. Er winkte mich eine Eisenleiter hinunter. Ich rutschte aus und stieß mich empfindlich im Kreuz. Er beschimpfte mich lautstark. Ich fluchte zurück und stolperte weiter.

Vor mir sah ich die Männer mit meinem Gepäck im Schneetreiben verschwinden. Ich befand mich auf einer Baustelle zwischen Erdhaufen, Gräben und geparkten Traktoren. Ich sah eine Baumreihe und hinter den Bäumen wild durcheinander geparkte Autos. Meine Schuhe waren voller Schnee, der mir bis an die Waden reichte. Ich rutschte in einen Graben und zog mich mit Ellbogen und Fingern wieder heraus. Der Schnee blendete mich. Ich wischte ihn weg und sah zu meinem Erstaunen Magomed, halb Clown, halb Hirsch, vor mir herspringen; der Hagere war dicht hinter ihm. Ich taumelte weiter, versuchte ihre Fußstapfen zu benutzen. Aber der Schnee war so tief, daß ich mit jedem Schritt tiefer in diesem Priddy-Sumpf versank und mit rudernden Armen von einem Loch zum andern strauchelte.

Magomed und sein Begleiter warteten auf mich. Zweimal rissen sie mich brutal vom Boden hoch; bis Magomed mich unter lauten Flüchen auf die Arme nahm und über den Schnee und zwischen den Bäumen hindurch zu einem Lastwagen schleppte, dessen Ladefläche halb mit einer Plane abgedeckt war. Als ich ins Fahrerhaus kletterte, sah ich den zweiten der beiden jungen Männer aus dem Nachtclub unter die Plane kriechen. Magomed übernahm das Steuer, der Hagere setzte sich auf die andere Seite neben mich, eine Kalaschnikow zwischen den Knien und Ersatzmunition zu den Füßen. Der Motor des Lkw brüllte protestierend auf, als wir die Schneewehen beiseite schoben. Durch die schneebedeckte Windschutzscheibe nahm ich Abschied von der gespenstischen Landschaft, die ich gerade zum erstenmal gesehen hatte: geschwärzte Wohnblocks, die aus einem alten Kriegsfilm gestohlen waren; ein eingeschlagenes Fenster, aus dem in dicken Wolken warme Luft quoll.

Wir schlichen auf eine Hauptstraße, Lastwagen und Autos rasten vorüber. Magomed hieb auf die Hupe und hielt sie gedrückt, bis er eine Lücke erzwungen hatte. Sein Begleiter zu meiner Rechten beobachtete jedes Auto, das uns überholte. Er sprach in ein Handy, und ich nahm an, daß er mit den Männern unter der Plane redete, denn er lachte und drehte den Kopf nach hinten. Die Straße neigte sich, und wir neigten uns mit. Unten tauchte eine Kurve auf. Wir fuhren zuversichtlich darauf zu, doch unser Lastwagen verweigerte wie ein störrisches Pferd und rutschte einfach geradeaus weiter eine Böschung hinauf, bis er anmutig auf halber Höhe im Schnee steckenblieb. Magomed und drei seiner Leute sprangen sofort nach draußen. In perfekter Zusammenarbeit schoben sie den Wagen in die richtige Lage, und ehe ich noch Zeit hatte, unruhig zu werden, waren wir schon wieder unterwegs.

Jetzt säumten Datschas die Straße, die verzierten Giebel waren dick mit Schnee bedeckt, die winzigen Gärten lagen unter weißen Schonbezügen. Dann keine Datschas mehr.

Hochspannungsmasten und flache Felder glitten an uns vorbei, und dann kamen hohe Mauern und drei Meter hohe Stacheldrahtzäune, die die Paläste der Superreichen sicherten. Schließlich gelangten wir, wie es schien zu allgemeiner Erleichterung, in einen Wald Kiefern und halb entlaubte Weißbirken – und fuhren langsam über unberührten Schnee einen schnurgeraden Weg entlang, der an gefällten Bäumen und den ausgebrannten Wracks rätselhaft verlassener Autos vorbeiführte. Der Weg wurde schmaler und dunkler. Eisige Nebelwolken wälzten sich über die Motorhaube. Wir kamen auf eine Lichtung und hielten an.

Zunächst ließ Magomed den Motor laufen, damit wir die Heizung anlassen konnten. Dann schaltete er ihn aus und kurbelte das Fenster herunter. Wir rochen Kiefernholz und reine Luft und horchten auf das verstohlene Plumpsen und Rascheln, die Geräusche des Schnees. Mein Mantel, quietschnaß von meinem Sturz, war kalt und schwer. Langsam machte ich mir Sorgen um die Männer unter der Plane. Ich hörte einen Pfiff, drei leise Töne. Ich sah zu Magomed hinüber, aber der heilige Mann hatte die Augen geschlossen und den Kopf meditierend nach hinten gelegt. Er hielt eine grüne Plastikgranate in der Hand, den kleinen Finger in der Schlaufe. Offenbar der einzige Finger, der da reinpaßte. Ich hörte einen zweiten Pfiff, diesmal nur einen Ton. Ich sah nach links und rechts in die Bäume, dann den Weg entlang, bemerkte aber nichts. Magomed antwortete mit einem Pfiff, zwei Töne. Noch immer rührte sich niemand. Ich drehte mich wieder zu Magomed um und erblickte im Fenster neben ihm das stoppelbärtige Gesicht von Issa, der zu uns hereinspähte.

Ein Mann blieb beim Lastwagen, und als wir anderen aufbrachen, hörte ich, wie der Lastwagen losfuhr, und sah auf dem Weg hinter ihm den Schnee aufstieben. Issa ging voran, Magomed neben ihm, sie schritten dahin wie zwei Jäger und sicherten mit ihren Kalaschnikows jeweils ihre Seite des Wegs. Der Hagere und die zwei jungen Männer bildeten die Nachhut. Magomed hatte mir Kapokfäustlinge und

Überschuhe gegeben, mit denen ich einigermaßen durch den Schnee vorankam.

Unser Trupp stieg einen steilen Abhang hinunter. Die Bäume verschränkten sich über uns zu einem dichten Gewölbe, durch das blasse Fetzen des Himmels zu sehen waren. Der Schnee wich Moos und Unterholz. Wir kamen an Müllhalden und alten Reifen und dann an geschnitzten Plastiken von Hirschen und Eichhörnchen vorbei auf eine Lichtung; dort standen Tische und Bänke und am hinteren Rand eine Reihe Holzhütten. Wir waren in einem verlassenen Sommerlager. In der Mitte stand ein alter gemauerter Schuppen. An der Tür ein Vorhängeschloß und die mit einer Schablone in Militärfarbe gepinselte Aufschrift CLUB.

Issa ging voraus. Magomed stand unter einem Baum und gebot uns anderen mit erhobener Hand zu bleiben, wo wir waren. Ich blickte nach oben und sah über uns auf dem Hang drei Wachtposten. Issa klopfte ein verabredetes Zeichen an die Tür, dann ein zweites. Die Tür ging auf. Issa nickte in Magomeds Richtung, und dieser winkte mich genau in dem Moment neben sich, als der Hagere mir einen wenig freundlichen Stoß versetzte.

Magomed trat zurück und schob mich vor sich her. Ich trat in die Hütte und sah am hinteren Ende des Raums einen Mann allein auf einer provisorischen Bühne sitzen, den dunklen Kopf hatte er verzweifelt in den Händen begraben. Ein zerfetztes Bühnenbild zeigte heldenhafte Landarbeiter, die sich mit Schaufeln den Weg zum Sieg gruben. Die Tür schloß sich hinter mir, und bei dem Geräusch hob der Mann den Kopf, als sei er aus tiefem Schlaf erwacht, drehte sich um und starrte mich an. Und in dem Licht, das durch die zugeschneiten Fenster fiel, erkannte ich die verhärmten bärtigen Züge von Konstantin Abramowitsch Tschetschejew; er sah zehn Jahre älter aus als auf dem letzten heimlich von ihm gemachten Foto.

15

»Sie sind Cranmer«, sagte er. »Larrys Freund. Sein *anderer* Freund. Tim, sein großer britischer Spionagemeister. Sein bürgerliches Schicksal.« Seine Stimme war vor Erschöpfung wie betäubt. Er strich sich mit der Hand übers Kinn, was mich an die Muriden erinnerte. »Ja, Larry hat mir alles über Sie erzählt. Erst vor wenigen Monaten, in Bath. ›TT, sitzen Sie gut? Nehmen Sie lieber einen großen Schluck Scotch, ich muß Ihnen etwas beichten.‹ Ich war erstaunt, daß er überhaupt noch etwas zu beichten hatte. Kennen Sie dieses Gefühl?«

»Nur zu gut.«

»Und dann hat er gebeichtet. Ich war schockiert. Natürlich idiotisch von mir. Warum hätte ich schockiert sein sollen? Bloß weil ich mein Land verriet, mußte er doch nicht seins auch verraten? Also trank ich noch etwas Whisky und war nicht mehr schockiert. Guter Whisky. Glen Grant von Berry Brothers & Rudd. Sehr alt. Dann habe ich gelacht. Und ich lache immer noch.«

Aber das war weder seinem verwüsteten Gesicht noch seiner tonlosen Stimme anzumerken, und ich hatte überhaupt noch nie einen Mann gesehen, der von Erschöpfung und, wie ich es deutete, Selbsthaß dermaßen zerfressen war.

»Wer ist Bairstow?« fragte er.

»Ein Deckname.«

»Woher hat er seinen Paß?«

»Den habe ich gestohlen.«

»Wem?«

»Meiner ehemaligen Dienststelle. Für eine Operation, die einige Jahre zurückliegt. Ich habe ihn mir für meine alten Tage aufbewahrt.«

»Warum?«

»Als Versicherungspolice.«

»Gegen was?«

»Gegen Unglücksfälle. Wo ist Larry? Wann kann ich ihn sehen?«

Wieder fuhr er sich mit der Hand übers Kinn, diesmal in einer schroffen, ungläubigen Geste.

»Wollen Sie mir ernsthaft erzählen, daß Sie aus privaten Gründen hierhergekommen sind?«

»Ja.«

»Niemand hat Sie geschickt? Niemand hat gesagt: Wenn Sie uns Pettifers Kopf bringen, bekommen Sie eine Belohnung? Wenn Sie uns die Köpfe von beiden bringen, bekommen Sie doppelte Belohnung? Sie sind wirklich allein hier, Sie suchen nur Ihren Freund und Spion?«

»Ja.«

»Larry würde sagen: Scheiße. Also sage ich es auch. Scheiße. In meinem Land wird nicht viel geflucht. Wir nehmen Beleidigungen zu ernst, da ist Fluchen ziemlich riskant. Aber trotzdem Scheiße. Scheiße und noch mal Scheiße.«

Eine einsame Gestalt, saß er, einen Fuß vorgestellt, auf der Bühne an einem Tisch und starrte an mir vorbei auf die Arbeiter an der Wand. Auf dem Tisch stand eine brennende Kerze. Auf dem Boden waren noch mehr brennende Kerzen verteilt. Irgendwo bewegte sich ein Schatten, und ich erkannte, daß wir nicht allein waren.

»Wie geht es dem großen edlen Oberst Zorin?« fragte er.

»Gut. Er läßt Sie grüßen. Er sagt, Sie möchten eine öffentliche Erklärung abgeben, daß Sie das Geld für Ihre Sache gestohlen haben.«

»Vielleicht haben beide Sie geschickt. Die Briten und die Russen. Im großen neuen Geist der Entente.«

»Nein.«

»Vielleicht hat die einzige Supermacht der Welt Sie geschickt. Das gefällt mir. Amerika, der große Polizist: Diebe bestrafen, Rebellen niederwerfen, Ordnung und Frieden wiederherstellen. Es gibt keinen Krieg, aber beim Kampf um den Frieden bleibt kein Stein auf dem anderen. Erinnern Sie sich an diesen überaus komischen Witz aus dem Kalten Krieg?«

Ich erinnerte mich nicht, sagte aber ja.

»Die Russen bitten den Westen um Geld zur Sicherung des Friedens. Haben Sie diesen Witz auch gehört?«

»Ich glaube, ich habe mal so etwas gelesen.«

»Das *ist* so. Ein Witz aus dem wahren Leben. Und der Westen gibt ihnen das Geld. Das ist ein noch viel besserer Witz. Um den Frieden in der ehemaligen Sowjetunion zu sichern. Der Westen liefert das Geld, Moskau liefert die Truppen und die ethnische Säuberung. Die Friedhöfe sind voller Frieden, alle sind glücklich. Wieviel bezahlen die Ihnen?«

»Wer?«

»Wer auch immer Sie geschickt hat.«

»Niemand hat mich geschickt. Also bezahlt mich auch niemand.«

»Sie sind also Freischaffender. Ein Kopfgeldjäger im Geiste des freien Unternehmertums. Sie vertreten hier die Kräfte des Marktes. Wieviel sind wir denn, Larry und Tschetschejew, auf dem freien Markt wert? Haben Sie einen Vertrag? Hat Ihr Anwalt die Sache ausgehandelt?«

»Niemand bezahlt mich, niemand hat mich geschickt. Ich nehme von niemandem Befehle entgegen, ich liefere niemandem Berichte. Ich bin aus eigenem Antrieb hierhergekommen, um Larry zu finden. Ich habe nicht die Absicht, Sie zu verkaufen. Selbst wenn ich es könnte. Ich handele nur für mich.«

Er zog einen Flakon aus der Tasche und nahm einen Schluck. Das Silber war angelaufen und verbeult, im übrigen aber war es genau so ein Flakon wie der, den Zorin mir geschenkt hatte, mit denselben grellroten Insignien seines ehemaligen Dienstes.

»Ich hasse meinen Namen. Meinen schmutzigen, blutbefleckten Namen. Wenn man ihn mir mit einem glühenden Eisen eingebrannt hätte, könnte er mir nicht verhaßter sein.«

»Warum?«

»He, Schwarzarsch, wie findest du Tschetschejew?‹ ›Kein Problem‹, sage ich. ›Das ist ein schöner Name. Ein

Schwarzarschname, aber nicht allzu schwarz. Klingt doch nicht übel.‹ Jeder andere Ingusche, den Sie ins Gesicht hinein Schwarzarsch nennen, bringt Sie um. Aber ich? Ich mache Zugeständnisse, ich reiße Witze. Ich bin ihr weißer Nigger. Ich komme ihnen mit den Beleidigungen zuvor. ›Und was ist mit Konstantin?‹ fragen sie. ›Kein Problem‹, sage ich. ›Großer Kaiser, großer Liebhaber.‹ Richtig Spaß bekamen sie erst bei meinem Vatersnamen. ›He, Schwarzarsch, vielleicht sollten wir dich ein bißchen zu einem Juden machen‹, sagen sie, ›um die anderen in die Irre zu führen. Abraham hatte viele Söhne. Einer mehr wird ihm gar nicht auffallen.‹ Ich bin also ein Schwarzarsch, ich bin ein Jude, und ich lache immer noch.«

Aber jetzt lachte er nicht. Er war wild verzweifelt.

»Was tun Sie, wenn Sie ihn finden?« fragte er und wischte den Hals des Flakons am Ärmel ab.

»Ich sage ihm, daß sein Weg in die Katastrophe führt und daß er seine Freundin mit da hineingerissen hat. Ich sage ihm, daß in England bereits drei Menschen ermordet wurden –«

Er unterbrach mich. »Drei? Bereits *drei*? Eine Katastrophe? Erinnern Sie sich noch an Stalins Lieblingswitz? Wenn nach einem Autounfall drei Tote im Graben liegen, dann ist das eine nationale Tragödie. Aber wenn eine ganze Nation deportiert und die Hälfte davon ausgerottet wird, dann ist das Statistik. Stalin war schon ein toller Bursche. Besser als Konstantin.«

Ich redete entschlossen weiter. »Sie haben schweren Diebstahl begangen, sie stecken bis zum Hals in illegalen Waffenschiebereien, sie haben sich außerhalb des Gesetzes gestellt –«

Er hatte sich erhoben und stand jetzt, die Hände auf dem Rücken, mitten auf der Bühne. »Gesetz?« fragte er. »Was für ein Gesetz, bitte? Was für ein Gesetz hat Larry gebrochen?«

Ich verlor die Geduld. Die Kälte brachte mich zur Verzweiflung.

»*Welches* Gesetz wenden Sie gegen mich an? Das britische? Das russische? Das amerikanische? Das internationale? Das der Vereinten Nationen? Das Gesetz der Schwerkraft? Das Gesetz des Dschungels? Ich verstehe das einfach nicht. Hat man Sie deshalb geschickt? – Ihre Firma – meine Firma – der sensible altruistische Oberst Zorin –, damit Sie mir eine Predigt über das Gesetz halten? Diese Leute haben jedes Gesetz gebrochen, das sie je gemacht haben! Jedes Versprechen, das sie uns gegeben haben: gebrochen! Jedes Schulterklopfen in den letzten dreihundert Jahren – eine Lüge! Diese Leute töten uns, in den Dörfern, in den Bergen, in den Städten, in den Tälern, und jetzt wollen sie, daß *Sie* mit *mir* über das Gesetz reden?«

Seine Wut brachte mich in Wut. »Niemand hat mich geschickt! Geht das nicht in Ihren Kopf? *Ich* habe das Haus in der Cambridge Street gefunden. *Ich* habe gehört, daß Sie Larry in Bath besucht haben. *Ich* habe mir einen Reim darauf gemacht. *Ich* bin in den Norden gefahren und habe die Leichen gefunden. Und dann mußte *ich* das Land verlassen!«

»Warum?«

»Sie waren der Grund, TT. Sie und Ihre Intrigen. Und Larrys Intrigen. Und Emmas. Weil ich verdächtigt wurde, TTs Komplize zu sein. Weil ich verhaftet werden sollte. Wie Zorin. Ihretwegen. Ich muß ihn unbedingt sehen. Ich habe ihn sehr gern.« Als guter Engländer beeilte ich mich, das abzuschwächen. »Ich habe ihm viel zu verdanken.«

Eine Bewegung im Schatten oder vielleicht auch nur der Wunsch, der Heftigkeit seines Zorns zu entfliehen, veranlaßte mich, mich in der Hütte umzusehen. Magomed und Issa saßen neben der Tür, sie hatten die Köpfe zusammengesteckt und beobachteten uns. Zwei andere Männer bewachten die Fenster, ein dritter machte Tee auf einem Primuskocher. Ich wandte den Blick wieder Tschetschejew zu. Seine erschöpften Augen waren noch immer auf mich gerichtet.

»Vielleicht sind Sie nicht einflußreich genug«, sagte ich und hoffte, ihn damit aus der Reserve zu locken. »Kann ich mit jemandem reden, der statt nein auch mal ja sagen kann? Vielleicht sollten Sie mich zu Ihrem Obersten Führer bringen. Vielleicht sollten Sie mich zu Bashir Haji bringen, damit ich ihm die Sache erklären kann.«

Als ich diesen Namen aussprach, spürte ich förmlich, wie die Spannung im Raum anstieg. Aus dem Augenwinkel sah ich einen der Wächter am Fenster den Kopf umdrehen; der Lauf seiner Kalaschnikow schwang sachte mit herum.

»Bashir Haji ist tot. Viele unserer Leute wurden mit ihm getötet. Wir wissen nicht, wer. Wir trauern. Das macht uns gereizt. Vielleicht sollten Sie auch trauern.«

Eine furchtbare Müdigkeit hatte sich auf mich gelegt. Gegen die Kälte anzukämpfen, schien nicht mehr der Mühe wert. Tschetschejew lehnte in einem Winkel der Bühne, die Hände tief in den Taschen, den bärtigen Kopf im Kragen seines langen Mantels vergraben. Magomed und Issa waren in eine Art Trance verfallen. Nur die jungen Männer am Fenster schienen noch wach zu sein. Ich versuchte zu sprechen, aber ich bekam keine Luft mehr. Ich muß aber trotzdem etwas gesagt haben, denn ich hörte Tschetschejews Antwort, entweder in Englisch oder in Russisch.

»Wir wissen es nicht«, wiederholte er. »Es war ein Dorf hoch in den Bergen. Erst war von zwanzig Toten die Rede, jetzt sollen es zweihundert sein. Die Tragödie wird zur Statistik. Die Russen verwenden Material, das wir noch nie gesehen haben. Als ob man mit Luftgewehren gegen Stealthbomber kämpft. Man ist schon erledigt, bevor man den ersten Schuß abgegeben hat. Die Leute da haben eine solche Angst, daß sie nicht mal mehr zählen können. Wollen Sie auch einen Schluck?«

Er hielt mir die Flasche hin. Ich nahm einen langen Zug.

Irgendwie war es Abend geworden, wir waren um einen Tisch versammelt und warteten darauf, aufbrechen zu können. Tschetschejew saß am Kopfende, ich saß neben ihm und kannte mich in meinen Gefühlen nicht mehr aus.

»Und alle diese ausgezeichneten Nebenquellen, die er hatte«, sagte er gerade, »die haben Sie erfunden?«

»Ja.«

»Sie persönlich? Mit Ihrem professionellen Genie?«

»Ja«, sagte ich.

»Nicht übel. Für ein bürgerliches Schicksal nicht übel. Vielleicht sind Sie ein größerer Künstler, als Sie wissen.«

Plötzlich hatte ich das Gefühl, Larry sei in der Nähe.

Magomed hockte vor einem Armee-Funkgerät. Es war nur gelegentlich in verstohlenem Stakkato zu hören. Issas Hände lagen gefaltet auf seiner Kalaschnikow. Tschetschejew hatte den Kopf auf die Hände gestützt und starrte mit halb offenen oder halb geschlossenen Augen in die Finsternis.

»Sie werden hier keine mohammedanischen Fanatiker finden«, sagte er auf englisch und beinahe wie zu sich selbst. »Wenn man Sie deswegen hierhergeschickt hat, vergessen Sie's. Keine Fundamentalisten, keine Spinner, keine Bombenwerfer, keinen, der von dem großen islamischen Superstaat träumt. Fragen Sie Larry.«

»Was macht Larry für Sie?«

»Er strickt Strümpfe.«

Er schien für eine Weile einzunicken.

»Soll ich Ihnen noch einen Witz erzählen? Wir sind friedliebende Menschen.«

»Ein zufälliger Beobachter dürfte das freilich nicht merken«, meinte ich.

»Wir hatten jahrhundertelang Juden unter uns. Fragen Sie Konstantin Abramowitsch. Sie waren uns willkommen. Auch nur ein Stamm wie die anderen. Eine Sekte. Womit ich nicht sagen will, daß man uns dankbar sein soll, weil wir sie nicht verfolgt haben. Ich will damit sagen, daß wir ein friedliebendes Volk sind, mit einer streckenweise sehr friedlichen Geschichte, und das wird niemals richtig anerkannt.«

Wir machten eine Atempause, wie zwei erschöpfte Boxer.

»Hatten Sie Larry nie in Verdacht?« fragte ich ihn. »Auch nicht insgeheim?«

»Ich war ein Bürokrat. Larry war ein Topspion. Das halbe dumme Präsidium las seine Berichte. Glauben Sie, ich wollte da als erster reingehen und denen sagen, der Mann betrügt uns, und zwar schon seit zwanzig Jahren? Ich, ein Schwarzarsch, der gerade mal so geduldet wurde?«

Er nahm seine verschlungenen Gedanken wieder auf. »Okay, wir sind ein streitsüchtiger Haufen Wilder. Nicht so schlecht wie die Kosaken. Kosaken sind das Letzte. Nicht so schlecht wie die Georgier. Georgier sind schlimmer als Kosaken. Und bestimmt nicht so schlecht wie die Russen. Sagen wir, die Inguschen haben eine selektive Einstellung zu Recht und Unrecht. Wir sind religiös – aber nicht so religiös, daß wir nicht weltlich sind.« Der Kopf fiel ihm nach vorn, und er hob ihn abrupt wieder hoch. »Und wenn irgendein verrückter Polizist jemals versuchen würde, das Strafgesetzbuch bei uns einzuführen, würde die Hälfte von uns im Gefängnis landen, und die andere Hälfte würde mit Kalaschnikows auf die Straße gehen und uns rausholen.« Er trank. »Wir sind ein Haufen aufsässiger Gebirgsbewohner, wir sind gottesfürchtig, wir trinken, kämpfen, prahlen, stehlen, wir fälschen hier ein bißchen Geld, schmuggeln da ein bißchen Gold, wir führen Blutfehden und lassen uns nicht in Gruppen organisieren, die aus mehr als einem Mann bestehen. Noch einen Schluck?«

Wieder nahm ich die Flasche von ihm entgegen.

»Allianzen und Politik, das können Sie vergessen. Ihr könnt uns versprechen, was ihr wollt, und jedes eurer Worte brechen, aber morgen glauben wir euch wieder. Wir leben in einer Diaspora, von der kein Mensch je etwas gehört hat, und wir machen Leiden durch, die man nicht im Fernsehen sehen kann, nicht mal mit einer Spezialantenne. Tyrannen können wir nicht ausstehen, wir haben keinen Erbadel, und wir haben in tausend Jahren keinen Despoten hervorgebracht. Trinken wir auf Konstantin.«

Er trank auf Konstantin, und dann dachte ich er sei eingeschlafen, bis er den Kopf hob und mit dem Finger auf mich zeigte.

»Und wenn ihr Weißärsche aus dem Westen den Zeitpunkt für gekommen haltet, uns zu vernichten – und das werdet ihr, Mr. Timothy, das werdet ihr, weil ihr Engländer für jeden Kompromiß zu haben seid –, dann werden einige von euch sterben. Denn *wir* besitzen das, worum ihr gekämpft habt, als ihr noch Männer wart. Fragen Sie Larry.«

Aus dem Funkgerät kam ein schriller Schrei. Magomed sprang auf, Issa gab den Männern an den Fenstern einen Befehl. Tschetschejew brachte mich zur Tür.

»Larry weiß alles. Oder wußte alles.«

Wir fuhren mit einem Bus: Magomed, Issa, zwei Muriden, Tschetschejew und ich. Es war ein Armeebus mit kleinen Stahlfenstern und Gepäckstücken auf dem Dach, die nicht uns gehörten. Vorne und hinten ein Schild mit der Nummer 964. Am Steuer saß ein dicker Mann in Uniform, hinter ihm saßen die Muriden in ihren kugelsicheren Westen und hielten ihre Kalaschnikows schräg nach unten in den Gang. Ein paar Reihen hinter ihnen saßen Magomed und Issa und tuschelten wie Diebe. Der Dicke fuhr schnell und machte sich einen Spaß daraus, andere Autos von der vereisten Landstraße zu drängen.

»Für einen Schwarzarsch war ich ziemlich schlau«, vertraute Tschetschejew mir an; er hielt mir halbherzig die verbeulte Flasche hin und zog sie wieder weg. Wir saßen auf der hintersten Bank. Wir sprachen englisch und nichts anderes. Ich hatte das Gefühl, daß das Russische für Tschetschejew die Sprache des Feindes war. »Und Sie waren für einen Weißarsch auch ziemlich schlau.«

»Nicht besonders.«

Durch das blaue Licht im Bus wirkte sein verhärmtes Gesicht wie eine Totenmaske. Seine tiefliegenden Augen waren mit heftigem Mißtrauen auf mich gerichtet.

»Schalten Sie manchmal Ihren Verstand aus?« fragte er.

Ich antwortete nicht. Er trank. Ich überlegte es mir anders und trank ebenfalls, um meinen Verstand auszuschalten.

»Wissen Sie, was ich zu ihm gesagt habe, als ich den Schock überwunden hatte? Zu Larry? Nachdem er mir gesagt hatte: ›Ich bin Cranmers Kind, nicht deins?«

»Nein.«

»Warum ich da lachen mußte?«

Er lachte auch jetzt, ein ersticktes trockenes Lachen, dann trank er aus der Flasche und hielt sie mir wieder hin.

»Paß auf«, sagte ich zu ihm. »Bis Oktober 92 hatte ich vergessen, wie sehr ich die Russen haßte. Heute ist jeder, der Moskau bespitzelt hat, mein Freund.«

Larry ist tot, dachte ich. Zusammen mit Bashir Haji getötet worden. Erschossen auf der Flucht vor seinem bürgerlichen Schicksal.

Er liegt im Wasser, Gesicht nach oben oder unten, aber das spielt jetzt keine Rolle mehr.

Er ist eine Tragödie, keine Statistik. Er hat seinen byronischen Tod gefunden.

Tschetschejew hielt wieder einen seiner sarkastischen Monologe. Er hatte den Kragen hochgeschlagen und sprach zu dem Sitz vor ihm.

»Als ich in mein Dorf zurückgekommen bin, mochten meine Freunde und Verwandten mich noch. Okay, ich war beim KGB. Aber zu Hause in Inguschien war ich nicht beim KGB. Meine Brüder und Schwestern waren stolz auf mich. Mir zuliebe vergaßen sie ihren Haß auf die Russen.« Er spielte grimmig den Begeisterten. »›Vielleicht haben uns ja gar nicht die Russen nach Kasachstan deportiert‹, sagten sie. ›Vielleicht haben sie unseren Vater gar nicht erschossen. Und haben sie nicht unseren großen Bruder ausgebildet und zu einem richtigen Westler gemacht?‹ Ich hasse diese Art von Freundlichkeit. Warum hören sie nicht das verfluchte Radio, lesen nicht die verfluchten Zeitungen und werden endlich erwachsen? Warum haben sie mich nicht gesteinigt – erschossen – mit einem Messer durchbohrt? Warum haben sie mich nicht als verdammten Verräter beschimpft? Wer möchte geliebt werden, wenn er sein eigenes Volk verrät? Schon mal darüber nachgedacht? Wen haben *Sie* verraten? Jeden. Aber Sie sind Engländer.«

Er war erregt. »Und als das große Sowjetreich auf seinen weißen Arsch gefallen ist – wissen Sie, was meine Freunde und Verwandten da getan haben? Sie haben mich getröstet!

Ich solle mir keine Sorgen machen! ›Dieser Jelzin ist ein guter Bursche, du wirst schon sehen. Jetzt, wo wir keinen Kommunismus mehr haben, wird Jelzin uns zu unserem Recht verhelfen.‹« Er trank und verfluchte sich murmelnd. »Und wissen Sie was? Genau dieselbe dumme Geschichte hatte ich ihnen erzählt, als Chruschtschow an die Macht kam! Wie oft kann man eigentlich so idiotisch sein? Sie müßten die mal hören; Zorin. All diese Zorins. Wenn sie in der Kantine sitzen. Wie sie die Stimmen senken, wenn der weiße Nigger zu nahe kommt. Kaum liegt das Sowjetreich halbtot im Grab, klettert das russische Reich wieder raus. ›Unsere heißgeliebte Ukraine – verloren! Unser heißgeliebter Transkaukasus – verloren! Unsere geliebten Balten – verloren! Und jetzt bewegt sich der Virus nach Süden! Unser Georgien – verloren! Nagorny Karabach – praktisch verloren! Armenien, Aserbeidschan – praktisch verloren! Tschetschenien – verloren! Der ganze Kaukasus – praktisch verloren! Unser Tor zum Mittleren Osten – praktisch verloren! Unser Zugang zum Indischen Ozean – praktisch verloren! Unsere ungedeckte Südflanke der Türkei ausgeliefert! Mütterchen Rußland von allen Seiten vergewaltigt!‹« Der Bus fuhr langsamer. »Tun Sie, als ob Sie schlafen. Kopf nach vorne, Augen zu. Zeigen Sie ihnen Ihre schöne Pelzmütze.«

Der Bus hielt an. Ein Schwall eisiger Luft kam herein, als die Fahrertür aufgerissen wurde; Tschetschejew schob sich an mir vorbei. Aus halb geschlossenen Lidern sah ich eine Gestalt in einem sehr langen Mantel einsteigen und Tschetschejew flüchtig umarmen. Ich hörte vertrauliches Gemurmel und sah, wie ein dicker Umschlag den Besitzer wechselte. Der Mantel stieg wieder aus, die Tür knallte zu, der Bus fuhr langsam weiter. Tschetschejew blieb neben dem Fahrer stehen. Wir kamen an Kasernen vorbei, dann an einem Fußballplatz unter Flutlicht. Männer in Trainingsanzügen spielten sechs gegen sechs im Schnee. Wir kamen an einer Feldküche vorbei und sahen russische Soldaten, die unter Neonröhren beim Essen saßen. Für mich waren sie Feinde, und zwar wie niemals zuvor. Unser Fahrer behielt ein gemächliches Tempo bei, ein Unschuldslamm, nur keine Eile. Tschetschejew blieb neben ihm, eine Hand in der Tasche. Ein Kontrollpunkt kam auf uns zu. Ein rotweißer Balken versperrte uns den Weg. Die zwei Muriden legten sich ihre Kalaschnikows auf die Knie. Der Balken schwenkte hoch.

Dann rasten wir über schwarze Reifenspuren im Schnee auf die dunkle Seite des Flugplatzes zu. Ich war mir sicher, daß der Bus jeden Augenblick unter Beschuß geraten würde. Im Licht unserer Scheinwerfer tauchte plötzlich ein ramponiertes zweimotoriges Transportflugzeug auf: Die Türen waren geöffnet, die Gangway herangeschoben. Unser Bus kam schleudernd zum Stehen, und wir sprangen in die eisige Nacht; keine Kugeln flogen uns um die Ohren. Die Propeller drehten sich bereits, die Landescheinwerfer waren angeschaltet. Drei weiße Gesichter im Cockpit brüllten uns an, wir sollten schneller machen. Ich rannte die wacklige Treppe hoch, prägte mir aus alter Gewohnheit die Zulassungsnummer auf der Seitenflosse ein und kam mir reichlich blöd dabei vor. Der Bauch des Flugzeugs war leer, bis auf einen Stapel brauner Pappkartons, die mit Netzen festgezurrt waren, und Stahlkisten, die an Stelle von Sitzen an den Seitenstangen vertäut waren. Wir rollten ein paar Meter und hoben ab, der Motor setzte aus, wir sanken wieder, und im Mondlicht sah ich auf einem Hügel unter mir die drei Zwiebelkuppeln einer Kirche, die größte Kuppel war vergoldet, die zwei anderen eingerüstet. Wir stiegen wieder und gingen so steil in die Kurve, daß ich nicht mehr wußte, wo oben und unten war.

»Hat Magomed Ihnen von dieser bescheuerten englischen Prophezeiung erzählt?« schrie Tschetschejew, als er sich neben mich fallen ließ und mir die Flasche reichte.

»Ja.«

»Diese Spatzenhirne glauben auch alles.«

Larry, dachte ich. Deine Art zu reisen. *Flugzeug nach Baku. Stückchen die Küste rauf. Links abbiegen. Kinderspiel.* Die Gefahr tröstete mich. Wenn Larry diese Reise überlebt hat, hat er auch alles andere überlebt.

Tschetschejew kauerte auf seiner Stahlkiste und erzählte vom Herbst vor zwei Jahren.

»Wir dachten, die Russen schießen nicht. Das werden sie doch nicht mit uns machen. Jelzin ist nicht Stalin. Bestimmt nicht. Jelzin ist Jelzin. Die Osseten hatten Panzer und Hubschrauber, aber die Russen kamen trotzdem, um sicherzustellen, daß den Osseten nichts passiert. Ihre Propaganda war großartig. Die Inguschen waren blutrünstige Wilde, Russen und Osseten waren gute Polizisten. Ich hatte wirklich das Gefühl, daß ich die großen Gelehrten kannte, die so etwas schrieben. Die Osseten haben uns unter massiven Beschuß genommen, und als sechzigtausend Inguschen um ihr Leben liefen, haben die Russen lachend zugesehen. Die meisten dieser Russen waren Terek-Kosaken, die einen guten Scherz durchaus zu würdigen wußten. Die Russen hatten noch zusätzliche Osseten aus dem Süden geholt, die bereits von den Georgiern ethnisch gesäubert worden waren und daher wußten, wie man so was macht. Die Russen sperrten das Gebiet mit Panzern ab und setzten in Inguschien eine Militärregierung ein. Nicht in Ossetien, denn die Osseten sind ja zivilisierte Leute, alte Kreml-Kunden, Christen.« Er trank und reichte mir wieder die Flasche. Ich machte eine abwehrende Handbewegung, aber er merkte es nicht.

»Und da sind Sie neu bekehrt worden«, meinte ich. »Und nach Hause zurückgekehrt.«

»Die Inguschen haben sich an die Welt gewandt, aber die Welt war viel zu beschäftigt«, fuhr er fort, als hätte er mich nicht gehört. Er zählte auf, was die Welt so alles vorgeschützt hatte: »›Wer zum Teufel sind die Inguschen? He, das sind doch die aus dem russischen Hinterhof, oder? Also wirklich, diese Zersplitterung geht allmählich zu weit. Während *wir* die *wirtschaftlichen* Grenzen niederreißen, errichten diese verrückten Nationalisten neue *nationale* Grenzen. Sind das nicht alles Dissidenten? *Und* Moslems? Und Kriminelle. Also, die russischen Kriminellen sind doch harmlos, diese Schwarzärsche sind die wahre Gefahr. Wissen die etwa nicht, daß es Gerechtigkeit nur für die Großen gibt? Boris wird das schon regeln.‹«

Die Motoren des Flugzeugs stotterten und brummten dann etwas leiser weiter. Wir verloren an Höhe.

»Wir könnten das lösen«, sagte er. »Sechs Monate. Ein Jahr. Kein Problem. Natürlich müßten wir kämpfen. Ein paar würden über die Klinge springen. Ein paar alte Rechnungen würden beglichen. Wenn wir die Russen nicht am Hals hätten, könnten wir das lösen.«

»Landen wir, oder stürzen wir ab?« fragte ich.

In einem häufig wiederkehrenden Alptraum sitze ich nachts in einem Flugzeug, das zwischen Gebäuden über einer immer schmaler werdende Straße dahinrast. Dieser Alptraum wurde jetzt Wirklichkeit, nur daß wir diesmal zwischen Lichtmasten auf einen schwarzen Berghang zurasten. Der Hang öffnete sich, wir schossen in einen von Katzenaugen erhellten Tunnel, und die Katzenaugen waren über uns. Links und rechts rote und grüne Lichter. Dahinter ein fahlgrauer Betonspielplatz, auf dem hinter hohen Maschendrahtzäunen Kampfflugzeuge, Feuerwehrautos und Tankwagen mit Treibstoff standen.

Von Tschetschejews nachdenklicher Stimmung war nichts mehr übrig. Noch bevor wir schleudernd zum Stehen kamen, war er nüchtern. Er öffnete die Rumpftür und spähte hinaus, die zwei Muriden standen hinter ihm. Magomed drückte mir eine automatische Pistole in die Hand. Ich schob sie mir in den Hosenbund. Der weltliche Issa übernahm meine andere Seite. Die Besatzung sah stur geradeaus. Die Flugzeugmotoren brüllten ungeduldig. Aus den nebligen Tiefen des Bunkers blinkte zweimal ein Scheinwerferpaar auf. Tschetschejew sprang auf die Rollbahn, wir sprangen ihm nach, verteilten uns und liefen in Pfeilformation los – Tschetschejew an der Spitze, die Muriden mit den Kalaschnikows im Anschlag an den Außenflanken. Am Fuß einer langen Rampe erwarteten uns zwei schmutzige Jeeps. Als Magomed und Issa mich links und rechts beim Ellbogen packten und mir über die Ladeklappe des zweiten Jeeps halfen, sah ich, wie unser stolzes kleines Transportflugzeug schon wieder zum Starten wendete. Die Jeeps verließen die Rampe und rasten über eine Asphaltstraße an einem unbesetzten Kontrollpunkt vorbei. Wir erreichten einen Kreisverkehr, rumpelten über eine niedergewalzte Verkehrsinsel und schossen nach links auf eine Fahrspur, die man in diesen Gegenden wohl als Hauptstraße bezeichnete. Auf einem Schild stand in Russisch: Wladikawkas 45 Kilometer, Nasran 20. Es roch nach Mist und Heu und Honeybrook. Ich dachte an Larry, wie er in Strohhut und Bauernkittel Trauben pflückte und dabei zum Entzücken Emmas und der Toller-Mädchen »Greensleeves« sang. Ich sah ihn vor mir, Gesicht nach oben oder nach unten. Und stellte ihn mir, nachdem ich ihn getötet hatte, wieder lebendig vor.

Unser sicheres Haus bestand aus zwei Häusern innerhalb eines von weißen Mauern umgebenen Hofs. Es gab zwei Tore, eins zur Straße, eins zum offenen Weideland hin. Jenseits des Weidelands erhoben sich die von Mondlicht und Schatten konturierten Ausläufer eines Gebirges in einen sternenübersäten Himmel. Und über diesen Hügeln ragten hohe Bergketten auf. Dazwischen blinkten die Lichter eines fernen Dorfs.

Wir befanden uns in einem Wohnzimmer mit Matratzen auf dem Fußboden und einem Plastiktisch in der Mitte. Zwei Frauen in Kopftüchern, vermutlich Mutter und Tochter, trugen Essen auf. Unser Gastgeber, ein stämmiger Mann um die sechzig, sprach mich mit gesetzten Worten an und drückte mir die Hand.

»Er heißt Sie willkommen«, sagte Tschetschejew ohne seinen üblichen Zynismus. »Er sagt, es sei ihm eine große Ehre, daß Sie hierhergekommen sind, und Sie sollen neben ihm sitzen. Wir können unsere Kriege selbst führen, sagt er. Wir brauchen keine Hilfe von außen. Aber wenn die Engländer uns ihre Unterstützung anbieten, sind wir dankbar und danken Gott. Es ist ihm sehr ernst damit, also lächeln Sie, und machen Sie ein Gesicht wie ein englischer König. Er ist ein Sufist, also stellen wir seine Autorität nicht in Frage.«

Ich saß neben ihm. Die älteren Männer nahmen ebenfalls am Tisch Platz, während die jüngeren stehen blieben und die Frauen Pita, Rinderbraten mit Knoblauch und Tee servierten. An der Wand hing ein Foto von Bashir Haji. Es war das gleiche wie in der Cambridge Street, nur ohne die mit Tinte geschriebene Widmung in der Ecke.

»Das Dorf wurde in der Nacht angegriffen«, übersetzte Tschetschejew die Worte unseres Gastgebers, während die jungen Männer respektvoll schweigend zuhörten. »Das Dorf war jahrelang verlassen und unbewohnt, nachdem die Russen die Häuser niedergerissen und die Einwohner ins Tal getrieben hatten. Früher konnten wir uns immer in die Berge zurückziehen, aber heute haben die Russen Technologie. Sie haben uns mit Raketen beschossen, dann sind sie mit Hubschraubern gelandet. Russen oder Osseten, wahrscheinlich beide –«. Von sich aus fügte er hinzu: »Die Osseten sind Schweine, aber sie gehören uns. Mit denen werden wir auf unsere Weise fertig.« Dann fuhr er mit der Übersetzung fort: »Die Leute in den Dörfern der Umgebung sagen, sie hätten so etwas wie Donner gehört und Blitze am Himmel gesehen. Lautlose Hubschrauber, sagt er. Aber das ist nur Bauerngeschwätz. Wer einen lautlosen Hubschrauber erfinden könnte, würde die Welt beherrschen.« Kaum eine Veränderung in seiner Stimme oder im Tempo seines Vortrags, als er wieder eine eigene Bemerkung einschob: »Die Sufisten sind die einzigen hier in der Gegend, die es mit der russischen Herausforderung aufnehmen können. Sie sind das Gewissen dieser Region. Aber wenn es um Waffen und Ausbildung geht, sind sie wie Schildkröten, die auf dem Rücken liegen. Deshalb brauchen sie Issa und mich und Larry.« Er nahm seine Arbeit als Dolmetscher wieder auf: »Eine Frau war beim Begräbnis ihrer Mutter, zehn Kilometer von hier. Als sie nach Hause zurückkam, waren alle Dorfbewohner tot, also machte sie kehrt und ging zu dem Dorf zurück, wo sie ihre Mutter begraben hatte. Am nächsten Tag brach ein Trupp Männer auf. Sie wuschen alle Leichen, die sie finden konnten, sprachen Gebete und begruben sie, wie es bei uns Sitte ist. Bashir hatte man mit Messern gefoltert, aber sie erkannten ihn trotzdem. Unser Gastgeber sagt, daß wir verraten wurden.«

»Von wem?«

»Er sagt, von einem Verräter. Von einem ossetischen Spion. Mehr weiß er nicht.«

»Und was glauben Sie?«

»Bei all den Spionagesatelliten? Mit ihren Kameras und Horchgeräten? Ich glaube, daß der gesamte Müll der modernen Technik uns verraten hat.« Ich hatte schon den Mund auf, um die Frage zu stellen, aber er kam mir mit der Antwort zuvor. »Die anderen Toten wurden nicht identifiziert. Es wäre nicht höflich, ihn auszuquetschen.«

»Aber ein Europäer ist doch bestimmt –«

Doch als ich das sagte, mußte ich an Larrys eigenwillige schwarze Stirnlocke denken, die sich nicht von den Stirnlokken in dieser Runde hier unterschied, und an seine Haut, die in der Sonne braun wurde, während meine sich nur rot färbte.

Magomed sprach ein Nachtgebet. »›Wir werden jeden einzelnen von ihnen töten‹«, übersetzte Tschetschejew, während unser Gastgeber und die anderen leise zustimmend respondierten. »›Wir werden die Namen der Hubschrauberpiloten ermitteln, die Namen der Männer, die die Operation geplant haben, die Namen der Männer, die sie kommandiert haben, die Namen der Männer, die daran teilgenommen haben, und mit Gottes Hilfe werden wir sie alle töten. Wir werden so lange Russen töten, bis sie tun, was Jelzin versprochen hat: bis sie ihre Panzer und Geschütze und Hubschrauber und Raketen und Soldaten und Funktionäre und Spione auf die andere Seite des Terek verlegt haben, damit wir unsere Streitigkeiten untereinander regeln und uns friedlich selbst regieren können. Das ist Gottes Wille.‹ Wissen Sie was?«

»Nein.«

»Ich glaube ihm. Ich war ein Idiot: Ich habe Urlaub von mir selbst genommen, zwanzig Jahre hat das gedauert. Jetzt bin ich nach Hause zurückgekehrt und wünsche mir, ich wäre niemals weggegangen.«

Unser Gästezimmer glich dem Krankenrevier an der Uni Winchester während einer Masernepidemie: Betten waren an die Wände geschoben, Matratzen lagen auf dem Boden, daneben ein Eimer zum Pinkeln. Ein Muride stand am Fenster und beobachtete die Straße, während sein Genosse schlief. Meine Gefährten schliefen einer nach dem anderen ein. Manchmal sprach Larry mit mir, aber ich hörte ihm lieber nicht zu, da ich nur allzugut kannte, was er sagte. Daß du mir nur am Leben bleibst, ermahnte ich meinen Agenten. Bleib mir nur am Leben, das ist ein Befehl. Für uns bist du so lange am Leben, wie ich nicht weiß, daß du tot bist. Du hast einmal den Tod überlebt. Und jetzt tu es wieder, und halt deine große Klappe.

Stunden vergingen, ich hörte Hähne krähen und Schafe blöken, aus einem Lautsprecher sang mit schwankender Stimme ein Muezzin. Irgendwo rührte sich Vieh. Ich stand auf, stellte mich zu dem Muriden ans Fenster und sah wieder die Berge und die Berge über den Bergen und dachte daran, wie Larry in einem Brief an Emma geschworen hatte, hier an der Straße nach Wladikawkas werde er seine *bourka* auf den Boden werfen und seine Stellung verteidigen. Ich sah Frauen, die im Dunkel vor der Morgendämmerung Büffel über den Hof trieben. Wir frühstückten hastig, und auf Tschetschejews Drängen gab ich jedem der Kinder zehn Dollar, wobei mir der schwarze Junge einfiel, der mir in der Cambridge Street gefolgt war.

»Falls Sie vorhaben, die englische Prophezeiung zu erfüllen, sollten Sie lieber einen guten Eindruck hinterlassen«, sagte Tschetschejew trocken.

Es war noch dunkel. Wir fuhren erst auf der Hauptstraße, dann durch ein gewundenes Tal, bis die Straße in einen mit Felsbrocken übersäten Acker überging. Der vordere Jeep hielt an, wir hielten daneben. Im Licht unserer Scheinwerfer sah ich eine Fußgängerbrücke über einem Fluß und auf der anderen Seite einen steil ansteigenden Graspfad. Und am Flußufer acht gesattelte Pferde, daneben einen alten Mann in hoher Fellmütze, Stiefeln und Reithosen, und einen schlanken Jungen aus den Bergen, der uns mit den

Augen kommen hörte. Ich dachte wieder an Larrys Brief an Emma und empfand wie Negley Farson den heftigen Wunsch, den Kaukasus in Schutz nehmen zu dürfen.

Der Junge brach als erster auf, begleitet von einem der Muriden. Wir warteten, bis sich das Hufgeklapper in der Dunkelheit verloren hatte. Als nächster ging unser Führer los, dann Tschetschejew, dann ich. Issa, Magomend und der zweite Muride bildeten die Nachhut. Zu der Pistole, mit der Magomed mich ausgestattet hatte, gab er mir jetzt noch ein Halfter und einen Patronengürtel mit Metallschlaufen für Handgranaten. Ich wollte die Granaten nicht haben, aber Tschetschejew herrschte mich wütend an: »Nehmen Sie die verdammten Dinger. Wir sind dicht an der ossetischen Grenze, dicht an der Militärstraße, dicht an den russischen Lagern. Wir sind hier nicht in Somerset, kapiert?« Er drehte sich zu unserem alten Führer um, der ihm etwas ins Ohr flüsterte. »Er sagt, Sie sollen leise sprechen und nur, wenn es sein muß. Nur schießen, wenn es sein muß; nur anhalten, wenn es sein muß; kein Feuer machen, nicht fluchen. Können Sie reiten?«

»Als ich zehn war, konnte ich es.«

»Stören Sie sich nicht an dem Schlamm und den steilen Stellen. Das Pferd kennt den Weg, das Pferd schafft das schon. Gerade sitzen. Wenn Sie Angst bekommen, nicht nach unten sehen. Wenn wir angegriffen werden, kapituliert niemand. Das ist Tradition bei uns, also richten Sie sich bitte danach. Das ist hier kein Kricketspiel.«

»Danke.«

Gemurmel des Führers, dann grimmiges Lachen der beiden. »Und wenn Sie pissen wollen, warten Sie, bis wir ein paar Russen getötet haben.«

Wir ritten vier Stunden lang, und hätte ich nicht solche Angst vor dem gehabt, was mich erwartete, hätte der Ritt selbst mir noch viel mehr Angst gemacht. Wenige Minuten nach unserem Aufbruch sahen wir auf die Lichter von Dörfern hinunter, die Hunderte von Metern unter uns lagen, während die schwarze Bergwand an uns vorüberglitt. Doch in den zerschmetterten Leichen, die ich vor mir sah, erblickte ich eine Auslöschung meines eigenes Lebens, die vollständiger war als alles, was mir auf dem Weg dorthin passieren konnte. Der Himmel wurde hell, schwarze Bergspitzen erschienen zwischen den Wolken, darüber erhoben sich schneebedeckte Gipfel, und mein Herz erhob sich in mystischer Übereinstimmung. Hinter einer Biegung stießen wir auf eine Herde schwarzer dickfelliger Schafe, die prekär auf den Hängen unter uns balancierten. Zwei Hirten kauerten in einer primitiven Schutzhütte und wärmten sich an einem Feuer. Ihre dunklen Augen taxierten unsere Waffen und Pferde. Wir kamen in einen Wald, die Bäume von Lianen überwachsen, aber der Wald war nur auf einer Seite, auf der anderen befand sich der mit wallendem Morgennebel gefüllte Schlund des Tals, aus dem das Ächzen des Winds und Vogelschreie zu uns hinauftönten. Und da ich alles andere als schwindelfrei bin, hätte ich eigentlich jedesmal in Ohnmacht fallen müssen, wenn ich den Abgrund zwischen den rutschenden Hufen meines Pferdes, die enge gewundene Talsohle tief unten und den handbreiten und manchmal noch schmaleren bröckligen Felspfad sah, der mein einziger Halt an dieser Felswand war, und wenn ich das unirdische und seltsam anmutige Rauschen von Wasserfällen vernahm, das man ebensogut atmen und trinken wie hören konnte. Aber es ging mir um Larrys Überleben, nicht um meins, und die klare unermeßliche Majestät der Berge zog mich empor.

Das Wetter wechselte genauso ungestüm wie die Landschaft, riesige Insekten brummten mir ums Gesicht, stießen mir an die Wangen und tänzelten fröhlich weiter. Einen Augenblick lang trieben freundliche weiße Wolken heiter über den blauen Gebirgshimmel, im nächsten duckte ich mich im Windschatten gewaltiger Eukalyptusbäume vergeblich vor sintflutartigen Regenattacken. Dann ritt ich durch einen drückend schwülen Junitag in Somerset, und aus dem Tal stieg der Duft von Schlüsselblumen und gemähtem Gras und warmer Viehgeruch herauf.

Aber diese unerwarteten Wechsel wirkten auf mich wie

die Stimmungen eines lieben und unbeständigen Freundes, und dieser Freund war manchmal Larry und manchmal Emma. Ich will euer Fürsprecher sein, euer Freund, euer Verbündeter, ich will der Förderer eurer Träume sein, flüsterte ich unhörbar den vorüberziehenden Schluchten und Wäldern zu. Nur laßt Larry für mich am Leben sein, wenn ich über den Kamm des letzten Hügels komme; dann werde ich alles, was ich je gewesen bin, nie wieder sein.

Wir waren auf einer Lichtung, der alte Führer hatte uns Halt geboten und uns alle unter eine überhängende Felswand gewiesen. Die Sonne brannte uns stechend ins Gesicht, Vögel kreischten und kreisten in wilder Lust. Magomed war abgestiegen und machte sich an seiner Satteltasche zu schaffen, wobei er den Pfad vor uns nicht aus den Augen ließ. Issa saß, das Gewehr vor der Brust, mit dem Rücken zu ihm und beobachtete den Weg, den wir gekommen waren. Die Pferde ließen die Köpfe hängen. Der Junge aus den Bergen kam zwischen den Bäumen vor uns zurück. Er murmelte dem alten Führer etwas zu, der sich an seine hohe Fellmütze faßte, als ob er ein Abzeichen daran befestigte.

»Wir können weiterreiten«, sagte Tschetschejew.

»Was hat uns aufgehalten?«

»Die Russen.«

Anfangs merkte ich gar nicht, daß wir in das Dorf gekommen waren. Ich sah nur einen wie abgeschnitten wirkenden Berg, eine weite, mit zerschlagenen Steinen übersäte Hochebene; sie erinnerte mich an den Beacon, den ich von meinem Turmversteck auf Honeybrook sehen konnte. Ich sah vier verfallene Türme, über die sich blaue Wolken wälzten, und hielt sie in meiner Ahnungslosigkeit für alte Schmelzöfen – eine Ansicht, die noch von Brandspuren unterstützt wurde, für mich ein Hinweis auf die Verbrennung von Holzkohle oder was auch immer man vor hundert Jahren auf gottverlassenen Bergkuppen dreitausend Meter über dem Meer in solchen Steinöfen verbrannt haben mochte. Dann erinnerte ich mich, irgendwo gelesen zu haben, daß diese Region für ihre uralten steinernen Wachtürme bekannt sei; und ich erinnerte mich an Emmas Zeichnung von sich selbst und Larry, wie sie aus den oberen Fenstern hinausblickten.

Hier und da sah ich vereinzelte dunkle Gestalten, die ich zunächst nur für Schafhirten und ihre Herden und dann für Ährenleser hielt, denn als wir näher kamen, bemerkte ich, daß sie sich ständig bückten und aufrichteten, woraus ich schloß, daß sie mit einer Hand irgend etwas aufsammelten und es mit der anderen festhielten.

Dann hörte ich durch den Wind, der heftig über diese ungeschützte Wildnis fegte, ein hohes, durchdringendes, nasales Wimmern, das an- und abschwoll und mir von irgendwelchen Gebirgstieren zu kommen schien, die hier zu Hause sein mochten, von wilden Schafen oder Ziegen, von Schakalen oder vielleicht auch von Wölfen. Ich sah hinter mich und erblickte einen schwarzen Ritter in breiter Rüstung, aber es war nur Magomeds hoch aufragende bärtige Silhouette, denn das Pferd, das man ihm zugeteilt hatte, war um einiges größer als meins, und er trug eine für diese Region typische Schaffellmütze, oben breiter als unten – und hatte zu meiner Verblüffung eine traditionelle breitschultrige *tscherkessa* mit Patronengürteln über der Brust angelegt. Und über seine Schulter ragte wie ein großer Bogen die Kalaschnikow.

Das Wimmern wurde lauter, und mit Schaudern erkannte ich es jetzt als das, was es die ganze Zeit gewesen war: das Klagen von Frauen, die ihre Toten betrauerten, jede für sich und jede in schriller Dissonanz zu den anderen. Ich roch Holzrauch und sah auf halber Höhe des Hangs vor mir zwei Feuer brennen, die von Frauen bewacht wurden; daneben spielten Kinder. Und wo auch immer ich hinsah, hoffte ich verzweifelt auf irgendeine vertraute Körperhaltung oder Bewegung: Larrys unverkennbar englische Pose, ein Bein vorgestellt, die Hände auf dem Rücken; oder Larry, wie er sich die Stirnlocke zurückstreicht, während er einen Befehl erteilt oder bei einer Diskussion brilliert. Ich suchte vergeblich danach.

Ich sah Rauchwolken aufsteigen, bis der Wind sie den Hügel herunter auf mich zutrieb. Ich sah ein totes Schaf kopfüber an einem Baum hängen. Und nach dem Holzrauch roch ich Tod und wußte, daß wir am Ziel waren: Es war der süßliche, klebrige Gestank von Blut und verbrannter Erde unter freiem Himmel. Mit jedem Schritt, den wir vorankamen, wurde der Wind stärker und das Klagen lauter, als ob der Wind und die Frauen sich verbündet hätten und der Wind, je kräftiger er wehte, um so lautere Klagen von den Frauen mit auf den Weg bekam. Wir ritten hintereinander, Tschetschejew voran und Magomed dicht hinter mir, und seine Nähe war mir ein Trost. Hinter Magomed ritt Issa. Und auch Issa, der große Freidenker und Schwindler und Mafioso, hatte für den Anlaß festliche Kleidung angelegt, denn außer der hohen Mütze trug er einen schweren Mantel, der seinen Oberkörper wie eine Pyramide aussehen ließ, die goldenen Knöpfe seines grünen Blazers aber nicht ganz verbergen konnte. Er sah genau so finster drein wie Magomed; durch den Bart, den er sich aus Trauer hatte wachsen lassen, und den Stirnrand der Fellmütze wirkten seine Augen noch dunkler.

Nach und nach wurde mir klar, was die Gestalten in den Trümmern machten. Nicht alle trugen Schwarz, aber alle hatten den Kopf bedeckt. Am Rand des Hochplateaus, an einer Stelle, die von den zwei hinteren Wachtürmen gleich weit entfernt war, erkannte ich primitive längliche Steinhaufen, die wie Särge geformt waren und oben spitz zuliefen. Und ich sah, wie die Frauen sich dazwischen hin und her bewegten, wie sie sich nacheinander über jeden einzelnen dieser Steinhaufen beugten, die Hände darauf legten und mit denen, die dort lagen, redeten. Aber behutsam, als dürften sie sie nicht wecken. Die Kinder hielten sich abseits.

Andere Frauen schälten Gemüse, holten Wasser für die großen Kessel, schnitten Brot und legten es auf behelfsmäßige Tische. Ich zog daraus den Schluß, daß diejenigen, die vor uns angekommen waren, Schafe und andere Nahrungsmittel mitgebracht hatten. Die meisten Frauen aber standen gesondert und dicht gedrängt in einem Gebäude, das wie eine zerstörte Scheune aussah, und sie waren es, die beim Eintreffen jeder neuen Gruppe von Trauergästen diese entsetzlichen Klagelaute ausstießen. Unterhalb der Scheune, etwa fünfzig Meter davon entfernt, lagen, von verkohlten Zäunen umgeben, die Reste eines Hofs. Darüber hing der Finger eines Dachbalkens, in einer Mauer befand sich so etwas wie ein Eingang, der aber weder Tür noch Rahmen hatte, und das Mauerwerk war derart von Hochgeschwindigkeitsgranaten durchsiebt, daß man beinahe mehr Löcher als Sterne sah.

Dennoch traten alle Männer, die ankamen, durch diesen Eingang und begrüßten drinnen andere Männer, drückten Hände, umarmten sich, standen sich gegenüber und beteten, setzten sich dann und redeten miteinander und kamen und gingen mit dem Ernst von Jahrhunderten, und wie Magomed und Issa waren sie alle festlich gekleidet: Männer in hohen Schaffellmützen und Kniehosen wie aus den zwanziger Jahren, Männer mit breiten kaukasischen Gürteln und Schaftstiefeln und goldenen Uhrketten, Männer in Käppchen mit weißen oder grünen Bändern, Männer, die ihre *kinjals* an der Seite trugen, heilige Männer mit Bärten und ein alter Mann in einer prächtigen *bourka,* dem weiten Umhang aus Filz, eher Zelt als Mantel, unter dem seine Kinder sich nach alter Sitte vor Stürmen und Gefahren verbergen können. Aber so sehr ich mich auch umblickte, einen großen unbekümmerten Engländer mit widerspenstiger Stirnlocke und einer Vorliebe für anderer Leute Hüte sah ich nicht.

Tschetschejew war abgestiegen. Hinter mir sprangen Magomed und Issa leichtfüßig von ihren Pferden, doch Cranmer war nach allzu vielen Jahren zu Fuß auf seinem Sattel festgeschweißt. Mühsam versuchte ich mich loszumachen, aber meine Füße waren in den Steigbügeln verkeilt, bis Magomed mir wieder einmal zu Hilfe kam; er hob mich hoch, ließ mich in seine Arme sinken, stellte mich auf die Füße und fing mich auf, bevor ich umfiel. Kleine Jungen übernahmen unsere Pferde.

Wir betraten den Hof. Tschetschejew ging voran, Issa neben mir, und beim Eintreten hörte ich sie auf arabisch ein

Salam entbieten und sah die Männer, die gesessen hatten, vor uns aufstehen und die, die schon standen, wie auf Kommando eine strammere Haltung einnehmen, bis schließlich alle im Halbkreis vor uns standen, die Ältesten rechts von uns; ganz links aber stand ein Hüne in Uniformjacke und Kniehosen, der die Verantwortung für alle übernahm. Ich wußte, daß er der Hauptleidtragende war, der am schwersten Betroffene, auch wenn er, ähnlich wie Zorin bei seiner sterbenden Geliebten, mit grimmiger Miene jede Trauer von sich abzuweisen schien. Und ich wußte, so, wie es hier keine Begrüßung gab, würde es auch keine unziemlichen unmännlichen Trauerbekundungen geben; hier galt es, stoischen Gleichmut und Haltung und mystische Gemeinschaft und Rache zu zeigen, aber keine Weibertränen.

TT hatte wieder gesprochen, und diesmal offenkundig ein Gebet, denn die anderen Männer schwiegen zwar, legten aber die gewölbten Hände wie Opferschalen zusammen, erhoben sie darbietend und senkten für etwa eine Minute die Augen, wobei sie die Lippen bewegten und ab und zu im Chor ein Amen murmelten. Nach dem Gebet machten sie die Gesten der rituellen Waschung, mit der ich inzwischen vertraut war: Es sah aus, als rieben sie sich das Gebet ins Gesicht und reinigten es damit für das nächste. Während ich ihnen zusah, bemerkte ich, daß meine Hände ihren Gesten folgten, teils aus einer Art spiritueller Höflichkeit heraus, teils, weil nicht nur die Landschaft, sondern auch diese Menschen mich so für sich eingenommen hatten, daß ich zwischen vertrauten und unvertrauten Gesten gar nicht mehr unterscheiden konnte.

Rechts von mir sagte ein alter Mann etwas auf arabisch, das von jedem einzelnen wiederholt wurde, aber nicht als Worte, sondern als rasend schnelle Lippenbewegungen, die stets mit einem Amen endeten. Dann hörte ich dicht neben mir Issa, der in klarem Englisch und mit seiner gewöhnlichen Stimme zu mir sprach.

»Sie preisen ihn als Märtyrer«, sagte er.

»Wen?« flüsterte ich – aber warum sprach ich so leise, wo doch niemand sonst die Stimme senkte?

»Bashir Haji«, antwortete er. »Sie bitten Gott, ihm zu vergeben, ihm gnädig zu sein und seinen *gazavat* zu segnen. Sie schwören Rache. Rache ist nicht Gottes Aufgabe, sondern unsere.«

Ist Larry auch ein Märtyrer? fragte ich. Aber nicht laut.

Tschetschejew sprach mit dem Hünen und durch den Hünen zu ihnen allen.

»Er sagt, es liegt in Gottes Hand, ob wir leben oder sterben« übersetzte Issa mit fester Stimme.

Dann folgte wieder murmelndes Schweigen und noch eine rituelle Gesichtswaschung. *Wer lebt?* fragte ich flehend, aber auch diesmal nicht laut. *Wer stirbt?*

»Was sagt er noch?« fragte ich, denn gerade hatte mich wie ein Messer das Wort *Larry* durchbohrt: Tschetschejew hatte es ausgesprochen, und alle anderen hatten es aufgenommen, von dem Hünen links bis zu den Ältesten und Ehrwürdigsten rechts. Und einige nickten mir zu, und andere schüttelten die Köpfe, und der Hüne starrte mich mit vorgeschobenen Lippen an.

»Er sagt ihnen, daß Sie ein Freund von Larry, dem Engländer, sind«, übersetzte Issa.

»Was noch?« flehte ich ihn an, denn der Hüne hatte etwas zu Tschetschejew gesagt, worauf die anderen wieder mehrmals Amen gemurmelt hatten.

»Sie sagen, daß Gott die Teuersten und die Besten zu sich nimmt«, antwortete Issa. »Männer und Frauen gleichermaßen.«

»Also hat Gott Larry zu sich genommen?« schrie ich, aber meine Stimme war nicht lauter als die der anderen.

Tschetschejew hatte sich umgedreht und sprach mich direkt an. In seinen zerfurchten Zügen sah ich Zorn und auch eine Warnung. Und ich wußte, hätte ich Larry nicht schon früher den Gefallen getan, ihn zu töten, dann hätte ich es jetzt und hier getan, an einem Ort, der weiter von der Erde entfernt und näher am Himmel war als Priddy.

Tschetschejew sprach jetzt mit solchen Nachdruck, als befände er sich in einem wichtigen Einsatz.

»Die halten Sie für einen Mann, also reden Sie auch wie

ein Mann. Sprechen Sie englisch. Zu allen. Lassen Sie diese Männer Ihren Mut hören«, sagte er.

Also sprach ich zu dem Hünen und den anderen auf englisch, sehr laut, was ganz und gar nicht meiner Natur und meiner Ausbildung entsprach; Magomed und Issa standen hinter mir, und Tschetschejew dolmetschte mit Donnerstimme. Ich sagte, Larry sei ein Engländer, der die Freiheit über alles geliebt habe. Er habe den Mut der Inguschen bewundert und ihren Haß auf die Unterdrücker geteilt. Und Larry werde weiterleben, weil er sich engagiert habe, und nur wer sich zu wenig engagiere, sei nach dem Tod wirklich tot. Und da Mut und Ehre zusammengehörten und beide untrennbar mit Loyalität verbunden seien, müsse man auch davon berichten, daß Larry es in einer Welt, in der Loyalität zunehmend schwieriger zu definieren sei, verstanden habe, ein Ehrenmann zu bleiben, auch wenn die zwangsläufige Folge dieser Haltung war, in den Krieg zu ziehen und dort den Heldentod zu finden.

Und während ich sprach, kam mir der Gedanke – auch wenn ich ihm mit Bedacht nicht durch viele Worte Ausdruck verlieh –, daß Larry, mochte er auch das falsche Leben geführt haben, immerhin den richtigen Tod gefunden hatte.

Ob Tschetschejew meine Rede wortgetreu übersetzte, habe ich nie erfahren. Und auch nicht, als er es tat, wie meine Zuhörer sie aufnahmen, denn inzwischen war eine weitere Delegation eingetroffen, und das Begrüßungsritual begann von neuem.

Eine schnatternde Schar kleiner Kinder begleitete uns den Hügel hinauf, sie zogen Magomed an den Händen und blickten bewundernd zu dem großen Helden auf, während sie mich eher verwirrt betrachteten. Als wir bei der Scheune ankamen, ging Tschetschejew alleine weiter, während wir anderen im peitschenden Wind stehenblieben. Hier, unter den Frauen, waren gewisse Gefühlsbekundungen anscheinend erlaubt, denn als Tschetschejew mit einer blassen Frau und ihren drei kleinen Kindern zu uns zurückkam und erklärte, dies seien Bashirs Frau und Kinder, sah ich Tränen in seinen Augen, an denen nicht der Wind schuld sein konnte.

»Sagen Sie ihr, daß ihr Mann den Märtyrertod gestorben ist«, befahl er mir grob.

Also sagte ich etwas dieser Art, und er übersetzte es. Dann muß er ihr erzählt haben, daß ich ein Freund von Larry sei, denn wieder hörte ich das Wort *Larry.* Und bei der Nennung seines Namens umarmte sie mich von der Seite und weinte so heftig, daß ich sie stützen mußte. Sie weinte noch immer, als Tschetschejew sie in die Scheune zurückführte.

Ein junger Mann ging uns voran. Magomed hatte ihn auf dem Hof gefunden und zu uns gebracht. Wir kämpften uns mühsam hinter ihm her und bahnten uns einen Weg durch zerbombtes Mauerwerk und zertrümmerte Möbel, vorbei an einem Haufen verbrannter Matratzen und einer Blechbadewanne voller Einschußlöcher. Und ich erinnerte mich an den Kieselstrand von St. Loy in Cornwall, zu dem Onkel Bob mich in den Ferien manchmal mitgenommen hatte und wo er dann, während ich Treibholz sammelte, die Zeitung las.

Ein paar Männer schlachteten ein Schaf, Kinder sahen ihnen zu. Man hatte ihm die Beine vorn und hinten zusammengebunden, und jetzt lag es auf der Seite, vermutlich nach Mekka ausgerichtet, denn als es darum ging, den Kopf in die vorgeschriebene Himmelsrichtung zu legen, hatte es einige Aufregung gegeben. Dann wurde das Schaf unter kurzem Gebet mit einem flinken Dolchstoß getötet, und man ließ das Blut über die Felsen fließen und sich mit dem Blut vermischen, das dort bereits lag. Wir kamen an einer offenen Feuerstelle vorbei und sahen in einem großen Eisenkessel Wasser brodeln. Als wir den Wachturm an der entferntesten Ecke des Hochplateaus erreichten, dachte ich an Larrys Leidenschaft für abgelegene Orte.

Unser junger Führer trug einen langen Regenmantel, aber der war weder grün noch aus Österreich; vor dem Eingang des Wachturms blieb der junge Mann stehen, zeigte mit der Gebärde eines Reiseleiters auf das zerstörte Bauwerk über uns und erklärte durch Tschetschejew sein Bedauern darüber, daß der Turm infolge des Angriffs leider nur noch halb so hoch sei wie ursprünglich. Dann schilderte er in grausigen Einzelheiten die Schlacht – Tschetschejew übersetzte, aber ich hörte nicht richtig hin, wie alle bis zur letzten Kugel und bis zum letzten Stoß des *kinjal* gekämpft hätten und Gott die hier gestorbenen Helden und Märtyrer mit Wohlgefallen betrachte und dieser Ort eines Tages ein Heiligtum sein werde. Und ich fragte mich, was Larry wohl davon halten würde, ein berühmter Geist in einem Heiligtum zu sein.

Schließlich betraten wir den Turm, aber wie so oft bei großen Denkmälern gab es auch hier nur sehr wenig zu sehen, im Grunde nur das, was von den oberen Stockwerken herabgestürzt war. Denn das Vieh und Pferden vorbehaltene Erdgeschoß war traditionellerweise leer, wenngleich Emma, wie ich mich erinnerte, eine Kuh hineingezeichnet hatte. Ein paar Kochtöpfe lagen herum; ein Ölofen, ein Bett, ein paar Kleiderfetzen. Keine Bücher, aber das hätte man wohl auch kaum anders erwartet. Nicht einmal, soweit ich sehen konnte, ein Radio. Wahrscheinlich hatten die Angreifer den Turm geplündert, nachdem sie ihn bombardiert und zusammengeschossen und sich auf welche Weise auch immer davon überzeugt hatten, daß Larry und alle anderen tot waren. Oder aber es hatte nicht viel zum Plündern gegeben. Ich sah mich nach irgendeiner Kleinigkeit um, die ich als Andenken mitnehmen könnte, doch es gab nichts, nichts, was ein Mann auf der Suche nach Zusammenhang für eine künftige einsame Stunde mitgehen lassen konnte. Schließlich fand ich doch noch ein versengtes Stück geflochtenen Strohs, etwa zwei mal fünf Zentimeter groß und an einer Seite abgerundet. Es war lackiert und vergilbt und wahrscheinlich bloß das Überbleibsel eines Korbs – eines Obstkörbchens oder etwas dieser Art. Aber ich behielt es trotzdem, in der unbestimmten Hoffnung, daß es vielleicht doch ein Stück von Larrys Strohhut war.

Und draußen ein Steinhaufen, der vielleicht einen Grabstein darstellen sollte, respektvoll abseits von den anderen auf einem eigenen kleinen Hügel errichtet. Der Wind, in den sich harte Schneekristalle gemischt hatten, fegte darüber hin, und als ich den Steinhaufen anstarrte, schien er kleiner zu werden. Cranmer ist die Schachtel, in der Pettifer gekommen ist, wiederholte ich mir: Aber das tat ich nur, weil ich mir das Grab als mein eigenes vorstellte. Tschetschejew hatte zwei Stöckchen für mich gesucht, Magomed gab mir ein brauchbares Stück Schnur. Mit einer gewissen Verlegenheit – wie oft hatte ich doch Larry den Pfarrerssohn über seinen Schöpfer herziehen hören – fügte ich ein unbeholfenes Kreuz zusammen und versuchte es in den Grabhügel zu stecken. Das gelang mir bei dem eisenharten Boden natürlich nicht. Also hackte mir Magomed mit seinem *kinjal* ein Loch.

Ein Toter ist der schlimmste lebende Feind, dachte ich.

Du kannst an seiner Macht über dich nichts ändern.

Du kannst nicht ändern, was du liebst oder schuldig bist. Und es ist zu spät, ihn um Vergebung zu bitten.

Er hat dich nach Strich und Faden besiegt.

Dann fiel mir etwas ein, das Dee in Paris zu mir gesagt hatte und das ich damals bewußt überhört hatte: Vielleicht möchten Sie Ihren Freund gar nicht *finden,* sondern nur an seine *Stelle* treten.

Auf einer freien Fläche in der Nähe des Hofs tanzten jetzt Männer im Kreis und priesen den Namen Gottes. Kleine Jungen schlossen sich ihnen an, eine Zuschauermenge drängte sich um sie. Alte Männer, Frauen und Kinder sangen und beteten und wuschen sich die Gesichter in den Händen. Der Tanz wurde immer schneller und wilder und schien Zeit und Raum zu überwinden.

»Und wie soll es jetzt weitergehen?« fragte ich Tschetschejew

Doch diese Frage muß ich an mich selbst gerichtet haben, denn Tschetschejew wußte ganz genau, wie es weiterging. Er hatte unseren Führer fortgeschickt und führte uns in scharfem Tempo einen schmalen Pfad hinunter, der über den Rand des Plateaus geradewegs in einen Abgrund führte. Mir wurde klar, daß wir einen Uberhang überquerten, der steiler und beunruhigender war als alles, was wir zu Pferde hinter uns gebracht hatten. Unter uns, aber so tief unten, daß er schon nicht mehr von dieser Welt schien, floß ein schmaler silberner Bach durch idyllische grüne Wiesen, auf denen Kühe grasten. Aber hier oben auf dem Berghang, wo der Wind heulte und der Fels vor uns absackte und jeder Halt kleiner war als unsere Füße, befanden wir uns in einem himmlischen Hades mit dem Garten Eden unter uns.

Wir schoben uns um eine Felsnase herum und trafen auf die nächste. Wir liefen, davon war ich überzeugt, bewußt und schweigend in den Tod. Wir nahmen unseren Platz bei den Märtyrern und den heldenhaften Ungläubigen ein. Ich sah wieder um mich und stellte fest, wir standen auf einem geschützten, grasüberwachsenen Vorsprung, der so von Felsen umgeben war, daß er einer riesigen, in den Felsen gehauenen Kammer mit Panoramafenster glich, von dem man auf die Apokalypse blickte. Und auf dem Gras waren Brandflecken wie auf dem Plateau; und Stiefelspuren und die Abdrücke von schweren Ausrüstungsgegenständen. Und auch die stehende Luft in der Kammer roch nach Brand und Explosionen.

Wir gingen tiefer in die Felsen hinein und erblickten die Trümmer eines großen Waffenlagers: gesprengte und umgekippte Panzerabwehrgeschütze, Maschinengewehre, deren Läufe durch klug angebrachte Sprengladungen zerplatzt waren, vollständig zerstörte Raketenwerfer. Und in den Abgrund führte eine Spur schlammiger Fußabdrücke hinab, die mich an Aitken Mays Bauernhof erinnerte, wo man die leichtesten seiner Teppiche auf den Kamm des Hügels geschleift und zum Spaß heruntergeschleudert hatte.

Auf dem Plateau hatte sich der Wind gelegt und schneidend kalte Gebirgsluft zurückgelassen. Irgend jemand hatte mir einen Mantel gegeben, vermutlich Magomed. Wir drei standen auf dem Hang: Magomed, Cranmer und Tschetschejew. Auf dem Hof unter uns brannte ein Feuer, um das Männer aller Altersstufen saßen und sich berieten, darunter auch Issa und unsere Muriden. Gelegentlich sprang ein junger Mann auf, und Tschetschejew erklärte, er spreche von Rache. Gelegentlich wurde ein alter Mann leidenschaftlich, und Tschetschejew erklärte, er spreche von den Deportationen und daß sich nichts, rein gar nichts geändert habe.

»Werden Sie es ihr sagen?« fragte ich ihn.

»Wem?«

Er schien sie wirklich vergessen zu haben.

»Emma. Sally. Seiner Freundin. Sie ist in Paris und wartet auf ihn.«

»Sie wird es erfahren.«

»Wovon reden sie jetzt?«

»Sie sprechen über die Tugenden Bashirs. Nennen ihn einen großen Lehrer, einen richtigen Mann.«

»War er das?«

»Wenn bei uns ein Mann stirbt, befreien wir uns von allen schlechten Gedanken an ihn. Das würde ich Ihnen übrigens auch raten.«

Die Stimme eines alten Mannes drang zu uns herauf. Tschetschejew übersetzte. »Rache ist heilig, und es darf nicht daran gerührt werden. Aber es reicht nicht, ein paar Osseten oder Russen zu töten. Vor allem brauchen wir einen neuer Führer, der uns aus der Knechtschaft befreit, in der wir wie Tiere gehalten werden.«

»Haben sie einen Bestimmten im Sinn?«

»Das hat er gerade gefragt.«

»Sie?«

»Wollen Sie eine Hure als Klostervorsteherin?« Wir hörten zu, dann übersetzte er wieder. »Wer von uns ist groß genug, klug genug, tapfer genug, fromm genug, bescheiden genug – Warum nicht auch noch verrückt genug und damit fertig?«

»Also wer?« beharrte ich.

»Man nennt das *tauba.* Diese Zeremonie heißt *tauba.* Das bedeutet Reue.«

»Wer bereut? Was haben sie denn falsch gemacht? Was haben sie zu bereuen?«

Eine Weile nahm er meine Frage nicht zur Kenntnis. Ich hatte das Gefühl, daß er sich über mich ärgerte. Vielleicht war er auch wie ich mit den Gedanken woanders. Er nahm einen Schluck aus seinem Taschenflakon.

»Sie brauchen einen Muriden, der die sufistische Lehre kennt und der gut ausgebildet ist«, sagte er schließlich, noch immer den Hügel hinunterblickend. »Das bedeutet zehn Jahre Arbeit. Oder zwanzig. So etwas lernt man nicht beim KGB. Ein Meister der Meditation muß er auch noch sein. Ein hohes Tier. Ein erstklassiger Krieger.«

Ein Grollen erhob sich und wurde zum Schrei. Issa stand fast in der Mitte des Kreises. Das Feuer beleuchtete seine bärtigen Wangen, als er sich umdrehte und uns auf dem Hügel ein Zeichen gab. Wenige Schritte unter uns stand Magomed, die Falten seiner *tscherkesska* über den breiten Rücken gezogen, und sah zu ihm hinunter.

Andere Stimmen schlossen sich Issa an und unterstützten ihn. Plötzlich war es, als ob sie alle uns etwas zuriefen. Die zwei Muriden rannten aus dem Hof und liefen auf uns zu. Immer wieder hörte ich, wie Magomeds Name wiederholt wurde, bis alle ihn riefen. Magomed ließ Tschetschejew und mich stehen und ging langsam den Hang hinunter den Muriden entgegen.

Eine neue Zeremonie begann. Magomed saß in der Mitte des Kreises, wo ein Teppich für ihn ausgebreitet worden war. Die Männer, alte und junge, saßen mit geschlossenen Augen um ihn herum und riefen im Chor immer wieder dasselbe Wort vor sich hin. Eine Gruppe von Männern faßte sich an den Händen und begann zum Rhythmus des Sprechgesangs langsam im Kreis zu tanzen.

»Spricht da jetzt Magomed?« fragte ich, denn ich hätte schwören können, daß ich aus dem Händeklatschen und Beten und Stampfen seine Stimme heraushörte.

»Er ruft Gottes Segen auf die Märtyrer herab«, sagte Tschetschejew. »Er sagt ihnen, daß noch viele Schlachten gegen die Russen geschlagen werden müssen. Und da hat er verdammt recht.«

Dann kehrte er mir ohne ein weiteres Wort den Rücken

zu und ging, als sei er meiner westlichen Unbrauchbarkeit oder seiner eigenen überdrüssig, den Hügel hinunter.

»Warten Sie!« brüllte ich.

Doch entweder hörte er mich nicht oder wollte mich nicht hören, denn er ging weiter, ohne sich umzudrehen.

Der Wind hatte bei Einbruch der Dunkelheit nachgelassen. Wie eine Antwort auf die Lagerfeuer unten erschienen große weiße Sterne über den Felsspitzen der Berge. Ich legte die gewölbten Hände an den Mund und schrie noch einmal: »Warten Sie!«

Aber inzwischen war der Sprechgesang zu laut, und er konnte mich nicht mehr hören, selbst wenn er gewollt hätte. Ich blieb noch einen Augenblick alleine stehen, zu nichts bekehrt und ohne Glauben. Ich hatte keine Welt, in die ich zurückkehren konnte, und außer mir niemanden, für den ich verantwortlich war. Neben mir lag eine Kalaschnikow. Ich hängte sie mir über die Schulter und eilte hinter Tschetschejew den Hügel hinunter.